...GER

...NDE ...E

V. CRAWFORD

MRS. CRAWFOR...

J.D. FASSBENDER

GERALD G. HODGES

CPT. SNYDER

LEON

BAGINI

MR. KING

O'LEAR

LEE SPARKY ROSENBAUM

S. TRACY

PENELOPE

SNIFF

PALLY

SCOTT LAMONT

M. GANTINI

TIPPI

KOGA

DOC

F. GANTINI

LUIS RUIZ

BUDs FRAU

WEASEL

BUD

Col. RYAN

WEINSTEIN

BEBO

JACKSON

...AR ...Z

COHN

SUMITO

ERICH FRÄNKEL

FR. FRÄNKEL

PETERS

GRUBE

GERDA

KAPITÄN SIMON

TAG JOAN

RUDOLF

NACHT JOAN

rowohlt

Norbert Zähringer

EINER VON VIELEN
EINER VON VIELEN
EINER VON VIELEN
EINER VON VIELEN
EINER VON VIELEN
EINER VON VIELEN
EINER VON VIELEN

Roman   Rowohlt

2. Auflage September 2009 · Copyright © 2009 by Rowohlt Verlag GmbH, Reinbek bei Hamburg · Satz aus der Trinité PostScript bei hanseatenSatz-bremen, Bremen · Druck und Bindung CPI - Clausen & Bosse, Leck · Printed in Germany · ISBN 978 3 498 07664 1

Happiness must be earned.

The Thief of Bagdad

DIE BRÜCKE

Es war an einem Dezembermorgen im Jahr 2003 auf der Küstenstraße zwischen Monterey und Cambria, als ein alter Mann auf die Brücke über den Rocky Creek ging, um zu sterben. Der Highway beschreibt dort eine langgezogene Kurve, und so hätte jemand, der am anderen Ende in dem auf eine Klippe gebauten Restaurant saß, wohl sehen können, wie Edison Frimm langsam, aber zielstrebig auf das Viadukt marschierte, und sich vielleicht auch gefragt, was er da oben wollte. Doch es war früh am Morgen und das Restaurant noch geschlossen, der Parkplatz mit der Aussichtsplattform und dem Münzteleskop daneben leer, kein Tourist hatte sich bislang dort eingefunden.

Schläfrigkeit lag über dem Land, auf der taubedeckten Straße und den grünen Hügeln dahinter, zwischen deren flachen Gipfeln Nebel hing wie der Rest eines langen Traums. Selbst der Ozean lag still vor Frimm, als er die Mitte der Brücke erreicht hatte, so still, wie die Entdecker Kaliforniens ihn einst vorgefunden haben mochten: Graublau und endlos anmutend, kräuselte sich seine Oberfläche leicht, wenn ein Fallwind von den Bergen darüberstrich.

Frimm war von einem Getränkelaster mitgenommen worden. Er und der Fahrer hatten kaum ein Wort gewechselt, und auf die Frage, was er auf der Brücke wolle, hatte er nur geantwortet, er wolle das Meer sehen, er habe es lange nicht gesehen.

Was nicht einmal gelogen war. Frimm hatte die letzten achtzehn Monate im Nordtrakt des Bakersfield-Staatsgefängnisses zugebracht, verurteilt wegen schwerer Körperverletzung. Vor einer Woche erst hatte man ihn entlassen, allerdings gegen seinen ausdrücklichen Wunsch. Der Gouverneur von Kalifornien, bis dahin bekannt als harter Hund, was Kriminelle anging, hatte seine Umfragewerte immer weiter sinken sehen, bis irgendeiner seiner Berater ihm erzählte, dass sich mit einer landesweiten Amnestie für sogenannte Härtefälle neue Sympathien vor allem bei den Liberalen und den Hispanoamerikanern gewinnen ließen. Er erschien persönlich im Gefängnis, lächelte in die Kameras, drückte dem achtzigjährigen Frimm gleichzeitig die Hand und erklärte, er werde ihn wegen seiner früheren Verdienste für das Land begnadigen. Schließlich solle kein Veteran seinen Lebensabend in einem Staatsgefängnis verbringen müssen. Frimm widersprach, aber da waren die Mikrophone schon abgeschaltet, die Kameras eingepackt und der Gouverneur verschwunden.

Im Gefängnis hatte Frimm ein warmes Bett, einen kostenlosen Arzt, drei Mahlzeiten am Tag und sogar so etwas wie Freunde gehabt. Nachdem man ihn vor die Gefängnistür gesetzt hatte, besaß er nichts mehr. Nichts außer fünfzig Dollar Entlassungsgeld und der Telefonnummer eines Bewährungshelfers, den er aber nie anrief. Er hatte keine Waffe, Tabletten waren zu teuer, Aufhängen kam nicht in Frage. Ziemlich schnell entschied er sich für die Brücke.

Der ablandige Wind trug ihm den Geruch feuchter Disteln und Pinien in die Nase, er blinzelte, blickte über das Meer, dann plötzlich voller Angst auf seine Uhr. Wie lange stand er schon hier?

Er griff in die Tasche seiner Lederjacke und zog ein kleines schwarzes Notizbuch hervor. Ein Abschiedsgeschenk des Direktors. «Falls Sie befürchten, etwas zu vergessen, schreiben Sie's einfach da rein», hatte er leichthin gesagt. Frimm schlug es auf und las:

Samstagabend, 08:00 pm: Einen Burrito in der Kaschemme gegenüber gegessen.

09:00 pm: Liege im Bett in einem Zimmer des Coyote Inn Motels und schaue fern.

10:30 pm: Werde gleich das Licht ausmachen.

10:45 pm: Werde gleich schlafen.

11:00 pm: Habe beschlossen, mich morgen früh von der Brücke über den Rocky Creek zu stürzen.

Von den vielen Brücken, die zur Auswahl standen, hatte er jene über der Rocky-Creek-Mündung aufgrund ihrer Höhe, aber auch der phänomenalen Aussicht wegen gewählt. Fast siebzig Meter, das schien ihm eine sichere Sache. Das Bauwerk stammte aus dem Jahr 1932, war also nur neun Jahre jünger als er selbst, und auch dies schien ihm angemessen, denn natürlich hätte er sich von jedem x-beliebigen Autobahnzubringer stürzen können, aber das wäre ihm doch zu unpersönlich vorgekommen. Außerdem war der Blick von hier oben wirklich sehr schön, und wenn er mit etwas Schwung spränge, stünden die Chancen nicht schlecht, dass er nahe der Brandung aufschlagen und sein toter Körper von der Flut erfasst und weit hinaus aufs Meer getragen würde.

Er lauschte. Kein Auto zu hören. Er wollte keine Zeugen. Was die meisten Menschen zeit ihres Lebens fürchteten, wünschte er sich: im Augenblick seines Todes allein zu sein.

«Na dann», murmelte er und wollte auf die steinerne Brüstung steigen. Doch das war gar nicht so einfach. Seine Finger suchten vergeblich Halt auf dem über die Jahrzehnte vom Wind geglätteten Stein. Wäre er zwanzig, ja, nur zehn Jahre jünger und dazu gesund gewesen, hätte das kein Problem dargestellt. So aber versagten ihm Arme und Beine ihren Dienst. Er war zu schwach, um ohne Hilfe auf die Brüstung zu klettern.

Einige Minuten lang mühte er sich ab, dann sah er sich keuchend nach etwas um, das ihm als Tritt dienen könnte. Schließlich entdeckte er am anderen Ende der Brücke etwas Rotes am Straßenrand. Er lief darauf zu, der Schweiß rann ihm den Rücken hinunter. Es war ein Eimer, ein kleiner roter Plastikeimer, wie ihn Kinder zum Spielen im Sandkasten benutzen. Er hatte einen rosaroten Henkel und war mit Zeichentrickfiguren bedruckt: Aladdin mit der Lampe auf der einen, Aladdin und sein fliegender Teppich auf der anderen Seite. Frimm schüttelte den Kopf, beinahe hätte er laut aufgelacht. Dann drehte er sich um und ging wieder zurück zur Brückenmitte.

Mit Hilfe des Eimers schaffte er es, sich langsam auf die Brüstung zu ziehen. Als er bäuchlings darauf lag, gönnte er sich eine Pause. Er atmete durch, roch den alten Stein und hätte auf einmal nicht mehr sagen können, ob das Rauschen in seinen Ohren das eigene Blut oder doch die Brandung war. Er drehte den Kopf und sah hinunter: Ungeduldig schwappte der Ozean gegen die Felsen.

Frimm stemmte sich auf die Knie, richtete sich dann vorsichtig auf. Er spürte sein Herz pochen, seinen Mund trocken werden, als wolle sein Körper den Geist mit allerlei billigen Tricks vom bereits gefassten Entschluss abbringen. Aber Frimms Entscheidung stand fest. Auch deswegen hatte er einen Ort ohne Zuschauer gewählt. Alle, die es ernst meinen, tun das. Leute hingegen, die in der Mittagspause auf die Dächer irgendwelcher Hochhäuser in der Innenstadt steigen, meinen es nicht ernst. Die wollen nur Aufmerksamkeit, wollen, dass jemand kommt und es ihnen ausredet. Und wenn sie schließlich doch springen, glaubte er, dann nur, damit es jemandem leidtut, dass sie gesprungen sind.

In seinem Fall lagen die Dinge anders. Es würde niemandem leidtun. Weil es ganz einfach niemanden mehr interessierte, ob er sprang oder nicht. Er stand jetzt oben. Langsam wandte er sich dem Abgrund zu. Er spürte, dass etwas in ihm Angst bekam, schreckliche Angst, aber er wollte sich nicht von diesem Etwas oder dessen Angst beherrschen lassen. Er überlegte, ob sein ganzes Leben noch einmal an ihm vorbeiziehen würde, während er fiel. Dann musste er an Koga denken, der ihm einst gesagt hatte, dass die Ewigkeit nicht endlos lang, sondern womöglich nur einen einzigen, kurzen Augenblick andauere. Wie auch immer. Er atmete einige Male tief durch, spähte hinab.

Der Gefängnisarzt hatte ihm erklärt, er werde sich bald an gar nichts mehr erinnern können. Es werde damit anfangen, dass er zum Beispiel nicht mehr wisse, wo seine Schuhe stünden, dass er eine Verabredung oder unbedeutende, nicht lange zurückliegende Ereignisse vergesse. Zunächst werde ihm das gar nicht auffallen, aber nach und nach werde sich ein Gefühl der Leere, eine Ahnung des Verschwindens in ihm ausbreiten, mit der Zeit werde er Dinge suchen, die es gar nicht gebe, Begebenheiten erfinden, die nie passiert seien, und zu Verabredungen erscheinen, die er nie getroffen habe – nur um diese Lücken zu füllen. Er werde morgens aufwachen und nicht mehr wissen, wo er sei. Oder er werde es wissen, sich jedoch für einen anderen halten oder für denselben, nur an einer ganz anderen Stelle in seinem Leben.

«Waren Sie nicht mal beim Film?», hatte der Arzt gefragt und, ohne seine Antwort abzuwarten, Schere und einen Streifen Papier zur Hand genommen, auf dem, jetzt fiel es Frimm wieder ein, das Ergebnis seines Belastungs-EKGs aufgezeichnet war.

Er hielt den Streifen hoch:

«Sie müssen sich das so vorstellen: Das ist Ihr Film – Ihr Leben», er nahm die Schere, zerschnitt den Streifen, schob dann die einzelnen Stücke willkürlich auf dem Tisch herum, «und das ist Ihr Film in, sagen wir, zwölf Monaten.»

«Was kann man dagegen machen?»

«Nichts. Das heißt, wenn Sie richtig viel Geld hätten, könnte man aus den zwölf Monaten vielleicht zwei Jahre machen. Eventuell.»

«Und warum erzählen Sie mir das dann?»

Auf diese Frage hatte der Arzt zum ersten Mal nachdenklich geschwiegen. Er war noch jung. Frimm wusste nicht, ob dieser Dr. Baker nun Neurologe oder Psychiater war. Auf jeden Fall hatte ihn irgendein Witzbold ins Bakersfield-Gefängnis versetzt, und hier musste er sich bewähren, wollte er eines Tages wieder an einem richtigen Krankenhaus mit richtigen Patienten mit richtig viel Geld arbeiten. Wenn er Glück hatte, führte ihm das Gericht irgendwann einen kapitalen Serienkiller vor, und er würde ein Buch über diesen Kerl schreiben, bevor man ihm die Spritze setzte. Wenn er Pech hatte, würde er genau so einen Irren per Gutachten laufenlassen. Wahrscheinlich war Frimm einer seiner leichteren Fälle.

Dr. Baker schob die Papierschnipsel auf seinem Schreibtisch zu einem kleinen Häufchen zusammen.

«Sie haben recht, warum erzähle ich Ihnen das alles? Sie werden es sowieso bald vergessen haben.»

Darauf wollte Frimm nicht warten. Er wollte alles mitnehmen. Und mit ihm sollte alles verschwinden.

Eine leichte Böe strich über die Brücke. Von den Klippen am anderen Ende des Viadukts ließ sich ein Vogel hinab in die See fallen. Noch einmal atmete Frimm ein und wieder aus. Dann schloss er die Augen. Es war so weit.

Sonntagmorgen, 07:30 am: Ich bereite meinem Leben ein Ende.

In diesem Moment hörte er die Stimme, eine helle, quäkende, irgendwie wütende Kinderstimme sagen:

«Hallo, wie geht es Ihnen? Mir geht's gut.»

Er glaubte nicht, dass da wirklich jemand sprach. Wahrscheinlicher war, dass etwas in ihm ihn auszutricksen versuchte. Ihn zurückzuhalten. Vielleicht war er schon gesprungen und die Stimme bereits Teil der letzten Sequenz, Teil jener langen Erinnerung vor dem Aufschlag auf den Felsen. Vermutlich war er selbst es, der sich da ansprach. Wer wusste schon, was einem das Gehirn so eingab, wenn gleich Sense sein sollte. Trotzdem drehte er sich um.

Es waren zwei. Zwei Jungs, der eine drei oder vier, der andere vielleicht zehn Jahre alt. Der ältere trug eine Brille mit einem billigen, verchromten Gestell, das schief auf seiner Nase saß. Er hielt den jüngeren, der beide Hände zu kleinen Fäusten geballt hatte, am Handgelenk und erklärte:

«Tut mir leid, er kann nicht viel mehr sagen.»

Er klang unzufrieden, altklug, seine Worte wirkten erstaunlich gewählt. «Könnte mein Bruder jetzt den Eimer haben, oder benötigen Sie ihn noch, mein Herr?»

Sein Akzent kam Frimm bekannt vor. Natürlich. Die beiden Knaben waren Deutsche. Oder Österreicher. Er musste an den Gouverneur denken. Nein, Österreicher waren sie nicht, die klangen anders.

Er drehte sich um. Die Straße war leer. Kein Auto, keine Spaziergänger, niemand.

«Wo zum Teufel kommt ihr beiden her?», platzte er heraus.

Die Jungen sahen ihn an, der kleinere kniff die Augen zusammen, als wolle er gleich losheulen oder -schreien, sein Bruder neigte den Kopf ein wenig zur Seite.

«Die Frage ist doch wohl eher, wie *Sie* hierherkommen.»

Frimm wollte gerade antworten, da begann es. Die Brücke fing an zu zittern. Von tief unten, Kilometer um Kilometer, hatte es sich hochgearbeitet, als habe die Erde ein Gedächtnis, das weiter reichte, aber auch langsamer war als das der Menschen. Die Brüstung vibrierte, und dieses Vibrieren zog seine Beine hoch. Das Beben war nicht sehr stark, aber stark genug, dass er das Gleichgewicht verlor. Er ruderte mit den Armen wie in einem längst vergessenen Slapstick-Film. Er fiel.

I. LICHT UND TON

VIELE

Mary Frimm schrie bei der Geburt ihres Sohnes, schrie voller Zorn und Angst, als sie sah, wie sich die Gläser im Regal, die Hängelampe an der Decke, der Wasserkrug auf der Anrichte bewegten, während der Tisch, auf dem sie lag, zitterte, als rüttelte eine Schar von Zwergen an seinen Beinen. Es hatte mit einer schwachen, kaum merklichen Vibration begonnen. Da glaubte sie noch, sie selbst sei es, die zittere. In einer Pause zwischen zwei Wehen fiel ihr Blick auf die kleine, flache, zur Hälfte mit Whiskey gefüllte Flasche, welche die Hebamme auf der Mitte des Regalbretts abgestellt hatte. Mit winzigen, an Weite gewinnenden Sprüngen bewegte sich das Fläschchen jetzt auf die Vorderkante zu. Damit nicht genug. Wie eine kleine verrückte Armee wollte das übrige Geschirr ihm folgen, hüpfte und wackelte in Richtung Abgrund. Nicht Mary war es, die sich da schüttelte: Das ganze Haus, in dessen Küche sie lag, schüttelte sich, bebte, als würde ein Zug hindurchfahren.

«Scheiße!», brüllte sie in die Wehen hinein. «Auch das noch!»

«Großer Geist wütend», erklärte die Hebamme und fügte hinzu: «Mag keine Kommunisten.» Sie wog zwei Zentner, glaubte an den Großen Geist und dass die Erde eine Scheibe sei. Auf der sie jetzt stand. Und deren Erschütterung sie auf wunderbare Weise auszugleichen wusste: Mochte die Welt auch wanken, Tippi Lancaster wankte nicht.

Mit einer für ihre Leibesfülle erstaunlich flinken Bewegung fing sie den Whiskey auf. Dann sah sie sich fasziniert im Raum um, während Mary auf dem mit mehreren Decken gepolsterten Eichentisch lag und stöhnte, die Glühbirne über dem Tisch flackerte und zwei Tassen in den Ausguss hinabstürzten und zu Bruch gingen.

Aus verschiedenen, nicht unbedingt guten Gründen hatten die Bewohner von Joshua Ridge die Halbindianerin zur Hebamme erkoren. Irgendjemand hatte Dan Schmidt erzählt, Indianerinnen seien die besten Hebammen der Welt, würden sie doch von Kindesbeinen an in der Geburtshilfe unterwiesen. Schmidt, dem Gründer und ersten Bürgermeister von Joshua Ridge, galt die indianische Urgesellschaft, galten auch deren halbindianische Nachfahren, die drei Meilen westlich eine bescheidene Existenz als Schwarzbrenner fristeten, als Gegenentwurf zu den mächtigen Trusts, den habgierigen Rockefellers, Crawfords, Hodges und wie sie alle hießen. Den neuen Menschen, von dem er träumte, einen Menschen ohne Habgier, Neid und Grausamkeit, brachte man am besten mit der Unterstützung jener auf die Welt, die noch nicht durch diese Gesellschaft verdorben worden waren. Glaubte er.

Wie sich herausstellte, hatte Tippi, die immer ein wenig nach Selbstgebranntem roch und zwei Dollar für ihre Dienste verlangte, von Geburtshilfe keine Ahnung.

«Doc! Schaffen Sie diese schwachsinnige Trinkerin hier raus!»

Teller klirrten, Töpfe und Pfannen schepperten, Schöpf- und Schaumkellen, die an Fleischerhaken von eisernen, sich nun verbiegenden Halterungen herabhingen, Tranchierbesteck, Paletten, Filetiermesser, Backpinsel und Kochlöffel – alles rasselte, wackelte, klapperte, einem irren Orchester gleich, während sich im Gesicht der Hebamme ein Lächeln zeigte – und im Putz der Decke die ersten Risse.

«Nein, halt!», schrie Mary noch lauter. «Schaffen Sie *mich* hier raus!»

Auch der anwesende Doktor war kein Fachmann für Geburtshilfe. Jedenfalls beim Menschen. Doc Randall war Tierarzt. Und seine Erfahrung mit Pferden, Kühen, Schafen und Schweinen hatte ihn gelehrt, dass keine Zeit mehr blieb, Mary Frimm aus dem Haus ins sichere Freie zu schaffen.

«Hilf mir, Tippi!»

«Mhm?»

«Nein!», rief Mary Frimm. «*Sie* soll Ihnen *nicht* helfen!»

«Unter den Tisch, schnell! Hilf mir, sie unter den Tisch zu legen!»

Tippi, deren Alter selbst dem Doktor Rätsel aufgab (sie konnte genauso gut fünfundzwanzig sein oder fünfzig), grunzte. Mary spürte ihren harten Griff an den Waden, blickte über den eigenen, schweißnassen Leib hinweg in das Zahnlückengrinsen der Indianerin, sah darunter ein Doppelkinn schaukeln – und schrie; schrie, bis Randall sie von der anderen Seite unter den Schultern packte und beide sie anhoben, auf den Boden legten, unter den Tisch zerrten und schoben, der knarrte und knirschte wie das Gebälk des Hauses, wenn auch in einer etwas tieferen, vielleicht Stabilität nur vortäuschenden Tonlage, während noch mehr Putz von der Decke rieselte, das Geschirr längst auf dem Küchenboden zersprungen war, die Wehen schneller kamen, Mary die Augen schloss und dann wieder öffnete und nach Atem ringend und erschöpft auf die Unterseite des Tisches starrte, wo in sauberer Schrift eingebrannt stand: JULIUS RAABE MÖBELFABRIKEN, BERLIN.

So kam Edison Frimm zur Welt: an einem Morgen im September 1923 unter einem deutschen Eichentisch, während eines Erdbebens der Stärke vier Komma fünf, knapp einhundert Meilen nördlich von Los Angeles und etwa zwei Meilen westlich der Andreasspalte, die hier, in der Mojave-Wüste, die

Nordamerikanische Platte von der Pazifischen schied. Die Pazifische Platte stieß einige tausend Kilometer weiter westwärts vor der japanischen Küste an die Eurasische, und auf dieser Eurasischen Platte stand unter anderem auch Julius Raabes Möbelfabrik.

Das Familienunternehmen war ein Traditionsbetrieb, dessen Geschichte bis in die Tage der Reichsgründung zurückreichte. Nicht ohne Stolz schmückten sich Raabes Söhne auch nach dem Großen Krieg noch mit dem Etikett «Ehemaliger Koeniglich Preußischer Hoflieferant», was den falschen Eindruck vermittelte, der abgedankte Kaiser habe vor nicht allzu langer Zeit auf einem Sofa der Marke Raabe seinen Tee zu sich genommen.

Die Raabe'schen Möbelfabriken hatten hauptsächlich die Amtsstuben des Kaiserreiches beliefert – mit Tischen, Stühlen, Aktenschränken, Wartebänken, Registraturregalen. Und so hatte auch jener Tisch, unter dem Frimm geboren wurde, eine für ein solches Möbelstück durchaus nicht ungewöhnliche Karriere hinter sich: 1914 an ein Feldpostamt in der Nähe von Metz geliefert, hatte man auf ihm beinahe vier Jahre lang Karten und Briefe von der Front sortiert, bis Tisch und Front und alles drum herum von einer amerikanischen Einheit eingenommen worden waren.

Nach dem Krieg änderte sich der Briefkopf von Raabes Auftraggebern, aber die Nachfrage blieb. Ja, es schien Heinrich Raabe, dem jüngeren der beiden Söhne, als habe der Bedarf an Formularen, Papieren, Akten und damit auch an Möglichkeiten, sie zu sortieren und zu verwahren, eher zu- als abgenommen.

Unweit der Möbelfabrik standen einige Mietshäuser, die der alte Raabe Anfang des Jahrhunderts hatte errichten lassen, um sie an seine Arbeiter zu vermieten. In einem dieser

Mietshäuser kam ungefähr zur selben Zeit, als in der Mojave die Erde bebte, Siegfried Heinze zur Welt, uneheliches Kind Heinrich Raabes, was der offizielle Vater Adolf Heinze jedoch nie erfahren sollte.

Dass beide – Frimm und Heinze – am selben Tag geboren wurden, hätte Tippi Lancaster, die gelegentlich behauptete, in die Zukunft blicken zu können, wohl in der Annahme bestärkt, dass auch der Große Geist manchmal einen schlechten Tag oder zumindest merkwürdige Ideen habe. Tatsächlich werden jeden Tag, in jeder Stunde mehrere Menschen gleichzeitig geboren. Es sterben auch einige. An jenem 1. September 1923 war das nicht anders. Nur starben da besonders viele. Gleichzeitig.

Vor dem kleinen Beben in der Mojave, das von kaum jemandem außerhalb von Joshua Ridge wahrgenommen worden war und das allenfalls Mary Frimm und Doc Randall (und vielleicht auch noch Dan Schmidt und Tippi) im Gedächtnis bleiben sollte, hatte sich die Pazifische Platte im asiatischen Raum weitaus heftiger an der Eurasischen gerieben. Gegen acht Uhr abends, als Mary gerade die ersten heftigen Wehen gespürt hatte und mit den Worten «Wo steckt mein verdammter Ehemann?» durch die Tür des Workers Unite, der einzigen Bar in Joshua Ridge, trat, bebte in Japan die Erde so heftig wie seit einhundertfünfzig Jahren nicht mehr. Tokio und Yokohama waren innerhalb von fünf Minuten zerstört.

Ein alter Blechtopf, Staub und Ziegel lagen auf dem Tisch, unter dem Mary ihren Sohn zur Welt gebracht hatte. Die Glühbirne flackerte und pendelte noch immer leicht hin und her, aber sie erlosch nicht.

«Hast du schon einen Namen?», fragte Randall.

Mary blinzelte ihn an.

«Einen Namen?»

«Für deinen Sohn.»

Mary drückte ihren Sohn an sich und deutete mit einer Hand nach oben.

«Edison. Er soll Edison heißen. Wie der Erfinder der verdammten Glühbirne.»

Der auch der Erfinder des verdammten elektrischen Stuhls war, dachte Randall noch, behielt es aber für sich und entgegnete stattdessen: «Sehr schöner Name. Da ist Zukunft drin. Und Licht. Was meinst du, Tippi?»

«Gibt Schlimmeres», brummte die Hebamme und sah mit abwesender Miene aus dem Fenster gen Westen, hinaus in die Wüste, wo sternschwarze Nacht herrschte, während im Osten ein bizarres Violett bereits den Morgen ankündigte.

Zu diesem Zeitpunkt loderten die Flammen in Tokio und Yokohama, und noch vor dem Ende des ersten Tages, den Edison Frimm und Siegfried Heinze auf der Welt verbrachten, waren über hunderttausend Japaner von Trümmern erschlagen worden, in ihren Häusern verbrannt oder erstickt.

Inmitten dieser Zerstörung stand ein junger Polizist – Toshiro Koga –, der nicht wusste, was er tun sollte. Er hatte versucht, sein Leben nach den Regeln des Bushido auszurichten, war ein gelehriger Schüler des Judo-Begründers Jigoro Kano und des Judan Kyuzo Mifune. Er hatte Musashi gelesen. Jeden Morgen, bevor er im Polizeirevier seinen Dienst antrat, besuchte er einen Tempel, um gemeinsam mit den Mönchen zu meditieren, und jeden Abend nach dem Dienst trainierte er drei Stunden im Kodokan. Er glaubte an das Gleichgewicht der Dinge, glaubte an den Ausgleich zwischen der Vernunft und dem Herzen. Aber woran auch immer er sonst noch glauben mochte, nichts hatte ihn auf diese Situation vorbereitet: Ganze Straßenzüge brannten, während von anderen nur noch glühende Schutthaufen übrig waren. Man hörte die dumpfen Schreie der Verschütteten, sah Flüchtende ziellos durch die Trümmer irren, manche wirkten nackt, weil die Hitze ihnen die Kleider in die Haut gebrannt hatte. Die Luft war erfüllt von einem Tosen, einem Geräusch, das Koga noch nie in seinem Leben gehört hatte. Das war der Feuersturm.

Es dauerte einige Zeit, bis die Nachricht von der Vernichtung Tokios und Yokohamas die übrige Welt erreichte. In Joshua Ridge graute der Morgen, die Erschütterung um zwei Uhr früh war fast vergessen, und die Einwohner lagen wieder in ihren Betten. Nach dem Beben war Bürgermeister Schmidt auf dem Dorfplatz erschienen, hatte sich versichert, dass niemandem etwas geschehen war, und allen eine gute Nacht gewünscht. Nur kurz war er zu Mary hinübergegangen, um ihr zu gratulieren, als sei sie eine Fremde oder nur eine von vielen in Joshua Ridge, und schließlich dem kleinen Frimm eine große Zukunft in einer besseren Welt zu wünschen.

Mary lag mittlerweile im Freien auf einem Bett, das der Doktor zusammen mit Tippi aus dem Gästehaus getragen hatte. So war das Nächste, was Frimm verschwommen wahrnahm, der langsam verblassende Sternenhimmel. Aus dem Workers Unite drang immer noch leise Ragtime-Musik. Von Frimm senior fehlte immer noch jede Spur.

Siegfried lag in einer Wiege in der Waschküche einer Eineinhalbzimmerwohnung unweit der Raabe'schen Möbelfabrik. Die Wiege war in Ermangelung einer passenden Unterlage mit ungefähr fünf Millionen Reichsmark in kleinen Scheinen ausgepolstert worden, was immer noch günstiger gewesen war, als eine Matratze zu kaufen.

Adolf Heinze hatte die junge Mutter knapp auf die Wange geküsst, seinen Sohn dann stolz in die Höhe gehoben und der Vorsehung für den strammen deutschen Knaben gedankt. Insgeheim machte er ihr Vorwürfe, dass seine Frau das Kind nicht schon früher hatte herauspressen können, denn nun war es ihm kaum mehr möglich, zum «Deutschen Tag» nach Nürnberg zu fahren, um seinen Namensvetter reden zu hören. So zog er sich am Abend seine Uniformbluse über, rückte das Lederkoppel gerade und ging – nicht ohne ein ungewisses Glücksgefühl – in seine Stammkneipe Zum Schwarzen Adler, wo er eine Lokalrunde schmiss und mit den wenigen zu Hause gebliebenen Kameraden kernige Lieder sang.

Zwischendurch kam ein Junge mit der Abendzeitung herein, die allerdings nichts über das große Beben in Japan verlauten ließ, sondern sich mit dem Ruhrkampf und dem Dollarkurs (50 000 000 Reichsmark) beschäftigte sowie die Vorführung einer sensationellen technischen Neuerung, einen sogenannten Lichttonfilm mit dem Titel «Das Leben auf dem Dorfe», ankündigte. Außerdem druckte das Blatt den Aufsatz eines Vertreters der deutschen Filmindustrie, der dem Lichttonfilm keine große Zukunft bescheinigte. Geräusche, meinte er, lenkten nur ab vom Wesentlichen.

Dem hätte der junge Ölmillionär und selbsternannte Filmproduzent Gerald G. Hodges wohl kaum zugestimmt. Gerade sah er sich in seinem kleinen Privatkino zum sechsten Mal den Rohschnitt seines Erstlings «Duell in der Dämmerung» an, sah heldenhafte amerikanische Doppeldeckerpiloten den Roten Baron jagen. Er hatte gegen den Rat seiner Vorstandsmitglieder und den Widerstand der Aktionäre seiner Ölgesellschaft eine Million Dollar in den Streifen gesteckt und war nun, trotz der wirklich beeindruckenden, zuvor nie gezeigten Luftkämpfe, unzufrieden.

«Etwas fehlt», meinte er.

«Etwas fehlt?», fragte der Regisseur.

«Das Krach-Bumm fehlt», sagte Hodges, «das Peng-Peng.»

Gegen zehn Uhr abends verließ Adolf Heinze zusammen mit einem anderen Weltkriegsveteranen und Parteimitglied, Alois Nuschgl, den Adler. Die beiden waren bester Laune und ziemlich betrunken.

Was dann geschah, konnte nie ganz geklärt werden. Dem zuständigen Kommissar waren schnell gewisse Widersprüche in der Aussage Nuschgls aufgefallen: Eine Gruppe «Roter», hatte der behauptet, habe ihm und dem Heinze aufgelauert. Das war zwar gelogen, fand aber Eingang in die Annalen der Partei, die zehn Jahre später eine «Adolf-Heinze-Gedenktafel» an der Stelle des vermeintlichen Überfalls anbringen ließ.

Die Wahrheit sah jedoch anders aus. Zum fraglichen Zeitpunkt war Nuschgl einige Meter zurückgeblieben, um sich an einem Laternenpfahl zu erleichtern – so viel hatte eine Zeugin am Fenster beobachtet. Er ließ der Sache ihren Lauf. Pisste und summte ein Lied, hörte seinen Kumpel eine Ecke weiter einstimmen: «Es braust ein Ruf wie Donnerhall», dann plötzlich verstummen.

«Donnerhall!», intonierte Nuschgl noch einmal aus voller Brust, während unter ihm ein kleines Bächlein gemächlich seinen Weg zum Rinnstein suchte. In diesen letzten Donnerhall hinein fielen zwei Schüsse.

Nuschgl erstarrte.

«Adi?», rief er vorsichtig. «Ist was?» Er knöpfte sich den Hosenlatz zu. Lichter gingen an. «Adi?»

Er spähte um die Hausecke. Die Straße war dunkel und menschenleer.

Auf dem Bürgersteig lag Adolf Heinze. In seiner Stirn klafften zwei Löcher. Peng-peng.

Dan Schmidt war ein Mann, der von jedermann geachtet wurde, aber vielleicht von niemandem geliebt, abgesehen von seiner Frau Juliette und von Mary Frimm. Er hatte keine Freunde, er hatte Anhänger – Anhänger, die ihn als ihren Anführer bewunderten für die großen Ideen, die er in ihre Köpfe und Herzen pflanzte, für seinen unnachgiebigen Optimismus, für das sonderbare Pathos, das manchmal bei ganz praktischen Gelegenheiten zutage trat. Es konnte die Art sein, wie er eine Axt beim Holzhacken schwang oder wie er jemandem auf die Schulter klopfte: alltägliche Gesten, die in seinem Fall wirkten, als müsse man sie fotografieren, abmalen, in Bronze gießen. Hätte es damals schon Fernsehen gegeben oder hätte er eine Rede in der Kinowochenschau halten dürfen, wahrscheinlich hätte er es weit gebracht, vielleicht bis in den Senat.

Als Edison Frimm geboren wurde, war Dan Schmidt gerade 27 Jahre alt, wirkte aber älter. Groß und breitschultrig, mit blondem Haar und leuchtend blauen Augen, glich er den Helden jener Sagen, die seine Vorfahren in den Bibliotheken der Alten Welt zurückgelassen hatten. Dabei betonte er immer wieder, seine einzige Verbindung zum alten Europa bestehe darin, dass seine Großeltern irgendwann gegen Ende des vergangenen Jahrhunderts auf einem rostigen Frachter von dort in Richtung Amerika aufgebrochen waren.

Sie waren Deutsche gewesen. Juliette zeigte Mary Frimm eines Tages die einzige erhaltene Daguerreotypie aus jener buchstäblich grauen Vorzeit. Man sah zwei kleine, dickliche Leutchen vor einer von dunklen Tannen umstandenen Hütte sitzen; der Mann trug einen gezwirbelten Schnauzbart und im Mund eine lange, gebogene Pfeife, die Frau daneben war in ein wallendes Schürzenkleid gepackt und hatte die Hände in den Schoß gelegt. Beide besaßen nicht die mindeste Ähnlichkeit mit Schmidt, sie sahen wie die Zwergendarsteller eines monumentalen Märchenfilms aus.

Aufgenommen worden war dieses Urfoto in einer Gegend Deutschlands, die Der Schwarze Wald hieß, und obwohl es mehr als wahrscheinlich war, dass Dans Großeltern die große Reise angetreten hatten, weil es ihnen in diesem Wald irgendwann zu eng geworden war, weil hinter der Hütte noch eine Hütte gestanden hatte und daneben und dahinter die nächste und dann die nächste und so weiter, bis an den Horizont beziehungsweise bis an die Straße, den Güterbahnhof, das Schienenkreuz, die Sickerwiesen der offenen Kanalisation, die Elendsquartiere, die Müllhaufen in den Hinterhöfen der Mietskasernen an den Rändern der deutschen Städte mit ihren Fabriken, deren qualmende Schlote man selbst vom Schwarzen Wald aus noch sehen konnte; obwohl es also sein mochte, dass es in diesem ganzen Europa vor rund einem halben Jahrhundert voll, aussichtslos und laut geworden war, blieb die Alte Welt in Marys Vorstellung ein bewaldeter, nahezu menschenleerer, dafür von allerlei Fabelwesen, Rittern und Pfeife rauchenden Zwergen bevölkerter Winkel der Erde, wo die Dinge nach überlieferten Ritualen ausgehandelt wurden, wo es noch Blutschuld und Sühne gab und die Schmidts mit dem Schwert in der Hand und vor Tatendrang glühenden Wangen ihrem Schicksal entgegenritten, über Schlachtfelder und durch dunkle Katakomben irrten, verloren gingen und sich wiederfanden, der Hölle selbst die Stirn boten und sich mit ihren finsteren Mächten maßen.

«Ich komme von der Ostküste», das war alles, was Schmidt

antwortete, wenn man ihn nach seiner Herkunft fragte. Es hieß, er sei in New York aufgewachsen und habe dort beim Bau der Untergrundbahn geholfen, bevor er nach Monterey ging, wo er in einer Dosenfischfabrik zu arbeiten und sich in der Gewerkschaft zu engagieren begann.

Wer ihn näher kannte, wusste allerdings auch dies: dass sich hinter dem Satz «Dann bin ich von New York nach Monterey gegangen» nicht weniger als die buchstäbliche Wahrheit verbarg. Denn in Schmidts magerer Legende gab es eine Lücke, etwa zwischen Ende 1918 und Anfang 1920.

«Das kommt daher», erklärte Juliette, «dass man eben eine Weile braucht, wenn man zu Fuß von New York nach Monterey geht.»

Was immer der Anlass dieser Reise gewesen sein mochte, was immer Dan Schmidt auf seinem Weg widerfahren war – als er eines Tages in Monterey im Canner's Inn auftauchte und die hinter dem Tresen stehende Juliette Miller allen Ernstes fragte, wo das Meer sei, da hatte er bereits dieses gewisse Leuchten in den Augen, dieses religiöse Funkeln, das Männer gemeinhin dazu bringe, «Städte an Salzseen zu bauen», wie Juliette meinte.

Dan tat zunächst nichts dergleichen. Er suchte sich einen Job in der Sardinenfabrik und trat in die Gewerkschaft ein. Er organisierte politische Fortbildungsabende für die Arbeiter, einen Gesundheitsfonds für die Familien und schließlich einen ziemlich chaotischen Streik, bei dem es Verletzte gab und ein Geräteschuppen in Flammen aufging. Es war nicht seine Schuld, aber der Streik kostete ihn und einige andere den Job. Daraufhin entwickelte Schmidt die Idee von Joshua Ridge: Es sollte die Stadt der Zukunft, eine Stadt der Gleichheit und Gerechtigkeit werden.

Anfangs wollten ihm nur zwei Dutzend Getreue und ihre

Familien in die Mojave folgen. Doch im September 1923 hatten sich bereits an die zweihundert Kommunarden dort in der Wüste eingefunden, um Brunnen auszuheben, Bewässerungsgräben zu bauen und Obstgärten anzulegen. Jeder von ihnen erhielt einen garantierten Lohn von vier Dollar täglich – niemand bekam weniger, niemand mehr. Die Erträge aus der Landwirtschaft wurden aufgeteilt, der Rest in Projekte wie die Gemeinschaftsküche, in der Edison Frimm zur Welt kommen sollte, investiert.

Obwohl sich später nirgendwo in Joshua Ridge eine Ausgabe des «Kapitals» oder des «Kommunistischen Manifests» fand, obwohl hinter dem schmucklosen Schreibtisch in Dan Schmidts ebenso schmucklosem Büro kein Bild von Karl Marx oder Lenin hing, sondern die amerikanische Flagge, machte sich in der Nachbarschaft nach und nach der Eindruck breit, bei den Bewohnern der Siedlung handle es sich um Kommunisten, ein Gerücht, das selbst Tippi Lancasters Schwarzbrennercamp erreichte und das sie bei diversen Gelegenheiten zum Besten gab, ohne zu wissen, wer oder was ein Kommunist eigentlich war.

Schmidt kümmerte sich kaum darum, was die Leute in der Umgebung redeten, denn es gab kaum Leute in der Umgebung: Die nächste Ortschaft, das zehn Meilen entfernte Harperville, bestand im Wesentlichen aus einer Straßenkreuzung, einem Drugstore, einem Saloon, einem Hotel und einer etwas abseits gelegenen Hühnerfarm. Weiter nördlich wippten ein halbes Dutzend Ölförderpumpen in der Wüste (allerdings, ohne besonders ertragreich zu sein), und im Nordosten, jenseits des meist ausgetrockneten Salzsees, hatte die Armee ein riesiges Übungsgelände eingezäunt, auf beziehungsweise *über* dem in jenen Tagen Fesselballons und einige von den Deutschen requirierte Luftschiffe als Fernaufklärer getestet wurden. Nur selten verließen die Soldaten ihren Stützpunkt, und wenn sie es an den Wochenenden doch taten, brausten sie nach L. A., ohne in Harperville anzuhalten oder auch nur die Köpfe in Richtung Joshua Ridge zu drehen.

Zwar genoss die Schwarzbrennerei von Tippi Lancasters Verwandtschaft bei den Schmugglern an der Küste einen gewissen Ruf, vor allem, solange Engpässe in der Spritversorgung herrschten. Andererseits galten die Indianer als unzuverlässig, was Produktionsmengen und Qualität des Erzeugnisses, und der Sheriff von Harperville als unverschämt, was die Höhe der Schmiergelder anbetraf.

Und doch war es der Schnaps, der sie alle zusammengeführt hatte. Zu Beginn der Prohibition schwemmte er Johnny Frimm eines Tages ins Canner's Inn, wo er Mary und Juliette sah und ihnen sofort ein Ständchen darbrachte. O ja, er war schon jenseits von Gut und Böse beziehungsweise sternhagelvoll, aber auf eine lustige, Mary nannte es später eine «bejahende» Weise, wobei Eddie sich fragte, wie man auf bejahende Art besoffen sein könne.

Bejahend oder nicht, Johnny Frimm sah gut aus, und er spielte dieses neuartige Instrument, das Saxophon, wie kein Zweiter in Monterey. Er hatte es aus Frankreich mitgebracht, wo er zwecks Unterstützung einer alliierten Militärkapelle pünktlich drei Tage vor dem Waffenstillstand eingetrudelt war. Nun wollte er mit seinem Talent an der Westküste Karriere machen, zumal ihm an der Ostküste und im Süden die Türen verschlossen geblieben waren. Warum also nicht im Canner's anfangen? Die Spelunken, in denen er sich zuvor gestärkt hatte, hielten nicht viel von Musik, aber im Canner's hockte doch tatsächlich so ein alter Knacker vor einem bestimmt ebenso alten Klimperkasten und brauchte dringend Verstärkung.

Also zauberte Johnny unter Zuhilfenahme einiger populärer Melodien eine kleine geschmeidige Improvisation, die er «Cannery Serenade» taufte und den anwesenden Damen widmete.

Mary stand damals in der Dosenfischfabrik am Band und Juliette im Canner's hinter dem Tresen, sechs Tage die Woche, zehn Stunden jeden Tag. Da war ihnen Johnny gerade recht gekommen.

Später kam es Mary vor wie ein Kinderspiel, dieser Wettkampf zwischen zwei Backfischen, die beide hinter Johnny Frimm her waren. Dabei hatten sie zunächst viel Spaß zu dritt, wenn Frimm im Canner's spielte und sie danach noch weiterzogen von einer Kneipe zur nächsten, bis Johnny dann im letzten Lokal nach seinem Saxophon griff und die «Cannery Serenade» anstimmte.

Juliette hatte sich sofort in ihn verliebt, Mary erst nach und nach und vielleicht nie richtig, aber irgendwann wollte auch sie ihn haben – und sie kam schnell dahinter, wie sie ihn bekommen konnte. Johnny Frimm brauchte nicht nur Schnaps, er brauchte auch das Gefühl, das Schicksal hätte Großes mit ihm vor. Dazu gehörte, dass die Damen, mit denen er verkehrte, Damen von Welt waren, zumindest keine Provinzziegen. Er war bei seinen Besuchen in Pariser Bordellen jung, meist betrunken gewesen, seine Erinnerungen waren dementsprechend verschwommen. Daher reichten schon ein hochgerutschter Rocksaum und ein, zwei französische Wörter wie «mon Dieu» oder «chéri», die Mary von einer kanadischen Arbeiterin in der Fabrik aufgeschnappt hatte, um sein Interesse zu wecken. Bald hatte er die Dame-von-Welt-Nummer geschluckt und war verrückt nach Mary, die seine begehrlichen Träume beherrschte und für kurze Zeit auch seine Musik. Vor allem in dem Moment, als Juliette im Türrahmen stand und ihr Blick auf die beiden fiel, im Hinterzimmer des letzten Tanzlokals. Juliette mochte in ihrer Unschuld geglaubt haben, solche Dinge mache man erst in der Hochzeitsnacht und nicht im Hinterzimmer eines Tanzlokals, nicht halb an- beziehungsweise ausgezogen, Mary auf einem kleinen Tisch sitzend, den Rock hochgeschoben, und davor Johnny, die Hose in den Knien und das Sax achtlos neben sich. Das Schmatzen der Schenkel, das rhythmische Atmen und dieser Geruch, dieser merkwürdige, scharfe Geruch – all das übertraf Juliettes kühnste Phantasien. Hatte sie eine Sekunde zuvor noch geglaubt, sie liege in ihrem Werben um Johnny vielleicht hinten, sei aber noch lange nicht abgeschlagen (gut Ding braucht Weile, stille Wasser sind tief und so weiter), waren ihre Träume von der gemeinsamen Zukunft, vom kleinen Glück mit dem süßen Saxophonisten, auf einmal dahin: Johnny ohne Hose, ohne Sax und dazu ihre beste Freundin auf dem Tischchen, wie sie von *ihrem* Musiker (wie sagen die in ihrer beschissenen Dosenfischfabrik?) genagelt wurde – und dabei auch noch rauchte.

«Mon Dieu», sagte Mary tonlos, blies Rauch in die Luft und sah ihrer Freundin kurz in die Augen, dachte noch, dass Juliette ihr das vielleicht nicht so schnell verzeihen werde, als Frimm ihren Kopf gegen die Bretterwand des Hinterzimmerchens krachen ließ und sie einen eigenartigen Orgasmus bekam, eine Mischung aus Nikotin, Wollust und bretterwandbedingter Benommenheit.

Mary und Johnny heirateten Anfang 1920, und die edelmütige Juliette, die sich wochenlang in eisiges Schweigen gehüllt hatte, vergab ihnen pünktlich zur Hochzeitsfeier im Canner's Inn. Es wurde ein fröhliches Fest mit einem ebenso prächtig musizierenden wie stockbesoffenen Johnny, einer ausgelassen tanzenden Braut und einer munteren besten Freundin. Dennoch wurde Mary das Gefühl nicht los, dass noch etwas nachkäme. Sie hatte Johnny geheiratet, weil sie fürchtete, schwanger zu sein (was sie zu diesem Zeitpunkt nicht war), weil sie ihn mochte und es einfach gut fand, mit einem Saxophonspieler verheiratet zu sein und nicht mit einem Seemann oder einem Arbeiter aus der Dosenfischfabrik. Und schließlich war da auch noch ein Anflug von Reue gewesen und die vage Hoffnung, ein Trauschein könne ihrer Verbindung die höheren, auch von Juliette akzeptierten Weihen geben.

Denn nach Wochen des Schweigens war Mary klar geworden, wie sehr ihr die Freundin fehlte. Sie vermisste ihr fröhliches Hallo, wenn sie nach einem langen Tag in der Fabrik das Canner's betrat, vermisste Kleinigkeiten – das gemeinsame Lachen, die gemeinsame Sehnsucht, das besondere Einverständnis, das nur zwischen besten Freundinnen bestehen kann. Nicht dass sie ihr Handeln und ihre Verbindung mit Johnny als verwerflich empfunden hätte, trotzdem hatte sie das Gefühl, ein Fehler habe sich in ihr Leben eingeschlichen, und sie sehnte sich nach den Tagen, als sie noch zu dritt gewesen waren, ihnen alles offenstand und die Zukunft wie ein dicker Abenteuerroman im Bücherregal der Zeit bloß darauf wartete, gelesen zu werden.

Vielleicht täuschte sie sich, was Juliettes Unschuld, ihre Tugendhaftigkeit anging. Während der Hochzeitsfeier deutete sie das vorangegangene Schweigen ihrer Freundin als Zeichen verletzter Eitelkeit – hatte sie ihr doch «ihren Musiker weggeschnappt», wie Juliette es einmal im Vertrauen einer weniger guten Freundin gegenüber ausgedrückt hatte. Trotzdem, erst als Juliette wieder mit ihr sprach, war Mary wirklich glücklich. Ihre Befürchtung, dass mit Hochzeit und Versöhnung die Geschichte noch nicht ausgestanden sei, sollte sich allerdings bewahrheiten.

Viele Jahre später, als Frimm senior längst verschwunden war und man ihren einzigen Sohn Edison für vermisst erklärt hatte, dachte sie immer noch daran, wie ihr Leben wohl verlaufen wäre, wenn sie dieses musizierende Schnapsfass einfach in Ruhe gelassen hätte. Zumindest die Heirat hätte sie sich besser gespart. Sie hätte warten können.

Worauf? Darauf, dass Dan Schmidt eines Tages durch die Tür des Canner's Inn treten, dass er sie und nicht Juliette fragen würde, wo das Meer sei.

Er glaubte ihr nicht. Zwar heulte sich die Witwe, als er ihr die Todesnachricht überbrachte, wie man so sagt, fast die Augen aus, doch Kriminalkommissar Mauser hatte Trauer in den Augen vieler Menschen gesehen, und hinter dem Entsetzen darüber, dass ihr Mann auf offener Straße erschossen worden war, meinte er auch Erleichterung entdeckt zu haben. War da nicht ein schwaches Aufatmen zwischen den Schluchzern gewesen, ein kühler Unterton in ihrer Stimme – aber reichte das schon für einen Verdacht?

Im Mordfall Heinze gab es ein Dutzend Verdächtige und keinen. Immerhin war das Opfer unmittelbar nach der Geburt seines Sohnes mit polizeilich einschlägig bekannten Kameraden, allesamt Mitglieder eines illegalen Wehrverbandes, auf Sauftour gegangen. Bloß: Woher hatte einer wie Heinze eigentlich die Barschaft, die es für solche Zechereien brauchte?

Die Antwort blieben dem Kommissar sowohl die Witwe als auch dieser Nuschgl schuldig, was schon verdächtig war. Letzterer hatte immerhin als Augenzeuge zu gelten, aber sein Gerede von irgendwelchen Roten, die ihnen in der Dunkelheit aufgelauert und nachgestellt hätten, war bald als bloßes Gerede entlarvt.

Mauser sah die Akten durch. Heinze war mehrmals verhaftet, jedoch nie angeklagt worden. Verstöße gegen das Versammlungsrecht, illegaler Waffenbesitz, Mitgliedschaft in einer verbotenen politischen Organisation … Reinhard, Consul, Kapp … einige Namen tauchten immer wieder auf, aber nichts

Konkretes. Das Opfer hatte als Fußsoldat, als Wichtigtuer gegolten, und der Nuschgl, das spürte der Kommissar, hatte gehörigen Schiss vor den übrigen «Kameraden», weil er nicht angemessen auf den Heinze aufgepasst beziehungsweise nicht bis zur letzten, gar nicht vorhandenen Patrone gekämpft hatte.

Darum hatte er wohl die rote Übermacht erfunden. Und die Hitlerpartei dankte es ihm, indem sie ihn auf den ehemals von Heinze besetzten Posten beförderte und außerdem die Legende von dessen Märtyrertod verbreitete.

Nun war der sogar als «Held» in einer Rede des anderen Adolf aufgetaucht. Das war zumindest verdächtig, denn die Frage war ja: Wem nützte Heinzes Tod? Und da war die Antwort eindeutig: dem Nuschgl, der in der Hierarchie aufgestiegen war, und der Witwe selbst, die neben der eher spärlichen staatlichen Hinterbliebenenrente eine um einiges höhere Heldenpension aus einer geheimen und – wie ihm, dem Mauser, einer vom Staatsschutz gesteckt hatte – von national gesinnten Unternehmern verdeckt finanzierten Kriegskasse der Braunen bezog. Was Mauser nicht wusste, war, dass die «Pensionszahlungen» in diesem besonderen Fall vor allem von Heinrich Raabe, einem der beiden Söhne Julius Raabes, geleistet wurden.

Weitere Verdachtsmomente fehlten, die Zeugenaussagen waren konfus, die Indizien karg. Die Ermittlungen kamen nicht recht voran. Bald musste der Kommissar sich wieder dem Tagesgeschäft zuwenden, behielt den Nuschgl jedoch im Auge. Bis der einige Wochen später von einem Bierlaster überrollt wurde und noch vor seiner Haustür verschied.

Als sie ein halbes Jahr nach Nuschgls Tod eine Leiche aus der Spree zogen, war er vollends entlastet. Das Opfer, eine Frau aus dem Prostituiertenmilieu, eindeutig unpolitisch, hatte zwar nicht erst seit gestern dringelegen, aber nicht so lang, wie der Nuschgl schon im Bierhimmel war. Zwei Einschusslöcher zierten ihre Stirn, aus denen das trübe Wasser der Spree Blasen warf. Gleiches Kaliber.

Die Observierung der Witwe war schon vorher aufgegeben worden, trotzdem hatte Kommissar Mausers junger Assistent vorgeschlagen, sich unter einem Vorwand nochmals bei ihr umzusehen. Die Rat- und Rastlosigkeit seines Chefs hatte den Inspektor nicht minder bedrückt. Und so fuhr Erich Fränkel – dessen Beurteilungen auf der Polizeischule allesamt tadellos gewesen waren und seine unbedingte Loyalität und Amtstreue bewiesen – erneut zu Frau Heinze, im Gepäck einen kleinen Karteikasten mit Fotografien der üblichen Verdächtigen, den sie durchblättern sollte, während er selbst sich unauffällig nach weiteren Hinweisen umsehen würde.

Die Wohnung der Heinzes glich einer Art völkischem Souvenirladen: Alte Reichskriegsflaggen hingen neben Wimpeln diverser nationaler Veteranenverbände, gerahmten Strophen des Deutschlandlieds, einem Foto des Ermordeten in vollem Wichs, sprich in der Uniform eines Oberfeldwebels des Dritten Preußischen Artillerieregiments, und einem kleinen, verglasten Kästchen, worin auf rotem Samt des toten Helden Eisernes Kreuz Zweiter Klasse ruhte.

Nicht, dass Fränkel mit solchem Schnickschnack viel am Hut gehabt hätte. Doch einen Augenblick lang spürte er, der dem Krieg nur um zwei Monate entwischt war, so etwas wie eine Minderwertigkeit, einen Mangel, während es ihn gleichzeitig auf kindliche Art verlangte, nach all diesen putzigen Nippes zu grapschen.

Zentraler Blickfang der guten Stube war ein unmittelbar neben der Wiege platzierter Schaukasten («etwa von der Größe zweier Schachbretter», notierte der Inspektor), unter dessen

Glas Adolf Heinze ebenso mühe- wie liebevoll eine Schlach-
tenszene aus dem Weltkrieg nachgebildet hatte: Kleine wa-
ckere Deutsche wehrten sich gegen eine Übermacht von Franzosen, Briten und wahrscheinlich auch Amerikanern, wobei
einer der Landser ein Fähnlein in die Höhe hielt, auf dem für
gute Augen zu lesen war: «Im Felde unbesiegt!»

Über alldem wachte der große, mittlerweile inhaftierte Anführer der Bewegung, entschlossen in eine finstere Zukunft
blickend mit seinen stechenden Augen und diesem komischen Bärtchen, von dem Fränkel nicht hätte sagen können,
ob es nun schick oder bloß lächerlich war.

Auf jeden Fall war das Porträt des Vorsitzenden der Natio-
nalsozialistischen Partei von diesem selbst mit den Worten
«Dem gefallenen Kameraden Adolf Heinze, in ewiger Dank-
barkeit, A. H.» unterzeichnet worden.

«Ein echtes Gruselkabinett.»

Kommissar Mauser sah von Fränkels schriftlichem Bericht
auf, knetete die Unterlippe mit Zeigefinger und Daumen, bevor er nach einem Zigarillo griff, sich zurücklehnte und hin-
zufügte: «Was wird wohl aus dem Kleinen werden? Da züch-
ten die uns inmitten dieses Krimskrams schon den nächsten
Schläger heran oder Schlimmeres, und wir beide müssen ihn
dann fangen und einbuchten.»

Für den kleinen Heinze bedeutete der jähe Heldentod seines vermeintlichen Vaters vor allem, dass sich für ihn im Verlauf seiner Kindheit und Jugend wenig änderte. Andere behaupteten später, nach dem Untergang, sie hätten ja fast
nichts anderes gekannt als Marschmusik, ausgestreckte Arme,
Uniformen und das Bild des Führers an der Wand. In Heinzes Fall war es wirklich so gewesen: Wenn er in seiner kleinen Wiege aufwachte, traf ihn Hitlers Blick, je nach Wetter

und Lichteinfall stechend, väterlich oder dumpf, und in der Glasvitrine kämpften die wackeren Zinnkameraden immer noch gegen den Erbfeind an. Auch versäumten es die Kameraden nicht, der Witwe zumindest an den nationalen Feiertagen ihre Aufwartung zu machen, um laut und falsch, mit über der Wiege ausgestreckten Armen «Die Wacht am Rhein» anzustimmen – jenes Lied, das dem toten Patrioten als letztes über die bierseligen Lippen gegangen war. «Ein Donnerhall!», brauste über die Wiege Siegfried Heinzes hinweg, der fröhlich griente und dem Nachahmungstrieb folgend den braunen Recken selbst eines seiner Ärmchen entgegenhob.

Wie Elfriede Heinze, geborene Schmitt, darüber dachte, wusste niemand. Sie, die von einfacher Herkunft, aber ungewöhnlich gut gebaut und anzusehen war, pflegte das Andenken ihres Mannes, garantierte es doch finanzielle Sicherheit. Für die Kolleginnen in der Fabrik war sie abwechselnd «eine gebrochene Frau», dann wieder machten Gerüchte über geheime Liebschaften die Runde, und sie wurde zur «lustigen Witwe».

Beides stimmte und stimmte auch wieder nicht. Ab und zu mochte sie zwischen Hass und Sehnsucht schwankend zum Kontor des Fabrikantensohnes Heinrich Raabe hinübergeschaut haben. Wenn dort spätabends noch Licht brannte, wusste sie, was er dort trieb, wenn auch nicht, mit wem, und sie verachtete ihn dafür und sich ebenfalls, weil es sie danach verlangte, selbst dort drüben zu sein.

Hätte Kommissar Mauser davon gewusst, dann hätte er vermutlich eins und eins zusammengezählt und den Herrn Raabe, Fabrikantensohn oder nicht, sowie die Witwe Heinze einer strapaziösen Befragung unterzogen. Doch so fehlte jegliches Motiv bei irgendwem.

Hinzu kam, dass die Potsdamer Polizei zwei Jahre später im Wald einen dritten Toten fand, wieder mit zwei Kopfschüssen.

Da wollte der Kommissar schon an einen Serienmörder glauben (auch wenn diese Bezeichnung damals noch gar nicht geläufig war), wollte alle Kriminalinspektionen im Land ihre Akten nach ungeklärten Fällen mit zwei Kopfschüssen durchforsten lassen, dachte an einen wie den Haarmann aus Hannover.

Doch die Akten blieben geschlossen: Der Tote war ein bekannter Hehler gewesen, daher beschränkte sich der Verdacht auf kriminelle Kreise. Die Öffentlichkeit nahm kaum Notiz. Beim Haarmann, da waren es ja Strichjungen gewesen, die er umgebracht und wahrscheinlich sogar verwurstet und verzehrt hatte, da waren die Leute aufgeregt und entsetzt oder auch fasziniert von so viel Abscheulichkeit. Mausers Mörder hingegen blieb eine blasse Figur: Seine Opfer waren ein Nazi, eine Hure, ein Ganove. Kein großes Brimborium, kein Verkehr mit den Leichen, kein Zerstückeln, keine Einmachgläser, nur einfaches Peng-peng.

«Selbst wenn's ein Mehrfachtäter war, fehlt das Motiv», gab auch Mausers Vorgesetzter, Kriminalrat Cohn, zu bedenken. «Warum sollte denn einer grundlos drei Menschen erschießen?»

«Warum sollte er es nicht tun?», fragte Mauser, während ihn sein Chef nachdenklich musterte.

Noch eine ganze Weile quälte Mauser sich mit dem Gedanken, etwas Wichtiges übersehen, überhört oder einfach nicht gefragt zu haben. Doch irgendwann vergaß auch er den Fall, lange nachdem man ihn als ungeklärt zu den Akten gelegt hatte.

Jahre später dachte er wieder daran, als er und der Fränkel in einem Raum des Sicherheitshauptamtes saßen, draußen vor der Tür zwei Schwarzuniformierte und drinnen das Bild des Führers an der Wand.

«Erinnerste dich noch an den kleinen Heinze?», fragte Mauser. «Den mit dem Krimskrams, mit dem Bild über der Wiege und mit den Zinnsoldaten daneben?»

«Ja.»

«Siehst du, für den hat das Tausendjährige Reich schon zehn Jahre früher angefangen als für uns.»

Frimm senior tauchte vier Tage nach der Geburt wieder auf. Er hatte eine typische Johnny-Frimm-Tour hinter sich, die dem Motto folgte: Der Tag kommt, Johnny Frimm geht, und das nicht mehr gerade.

Nachdem er das Workers Unite gut gestärkt verlassen hatte, war er zur Straße nach Harperville gegangen und dort von einem der Indianer (von Tippis Cousin «Brennende Kehle» Lancaster) mitgenommen worden. Der Indianer lieferte seine Ladung Feuerwasser in der «Milchbar» von Harperville ab, wo Johnny erst mal blieb, Sax spielte und Selbstgebrannten aus bunten Saftgläsern schlürfte. Dabei lernte er zwei Armeeingenieure kennen, die auf dem Weg nach L. A. waren.

Es wurde ein ziemlich lustiger Abend für Johnny, denn die beiden waren völlig ausgetrocknet von ihrer Fummelei an deutschen Beuteluftschiffen, zudem bot die Garnison kaum Gelegenheit, den Sold vor Ort auszugeben, und sie zeigten sich dementsprechend spendabel.

Als Edison Frimm geboren wurde, hing Johnny gerade am Tresen einer als Veteranenclub getarnten Flüsterkneipe mit Namen Red Baron, das Richie-Hoven-Quartett spielte, und er machte der Bedienung glasig schöne Augen. Irgendwann schwang er sich vom Barhocker, griff nach dem Sax-Koffer und schlenderte auf den Bandleader zu, um ihm gegen freie Drinks seine Unterstützung anzubieten.

Johnny wachte neben einer Bedienung aus dem Red Baron auf, mit einer nur lückenhaften Erinnerung an die vergangene

Nacht. Keine Sekunde lang dachte er an seine zu diesem Zeitpunkt bereits nicht mehr schwangere Frau. Allein das Verbleiben seines Instruments bereitete ihm ernsthafte Sorgen. Er fand den Koffer neben dem Bett, sauber in die Ecke gestellt, mit dem Sax darin.

In ähnlicher Weise vergingen auch die folgenden drei Nächte. Und Johnny Frimm fühlte sich gut dabei. Joshua Ridge, die Stadt der Gerechtigkeit und Gleichheit, war ihm schon seit längerem auf die Nerven gegangen. Es stimmte, alle waren nett, alle halfen einander, niemand musste um seine Arbeit fürchten, alle bekamen denselben Lohn, und, ja, wahrscheinlich war Sax spielen nichts Bedeutenderes als Orangen pflücken oder einen Bewässerungsgraben anlegen. War das Workers Unite nicht beinahe jeden Abend voller dankbarer Zuhörer, aufrechten Arbeitern und braungebrannten Arbeiterinnen, hoffnungsvollen Paaren, die seine Musik viel mehr zu schätzen wussten als das übliche Säuferpublikum in den Kaschemmen von Monterey und Umgebung? Wann hatte er je randalierende Trunkenbolde in Joshua Ridge getroffen, beschwipste Mädchen, die man in ein Hinterzimmer hätte bugsieren können? Nirgends auch nur eine Andeutung von Schlägerei. Immer war alles maßvoll geblieben. Zwei Bier bedeuteten Geselligkeit, ab dem dritten erntete man scheele Blicke.

Und genau darin lag das Problem: diese ungeheure Sanftmut, die unausgesprochenen Regeln und Verbote. Dazu die erdrückende Weite der Wüste, die saubere Schönheit der Orangenhaine und der weißgetünchten flachen Häuser von Joshua Ridge.

Als er mit Mary hergekommen war, hatte er sich eine Zeit lang beinahe glücklich gefühlt, die tägliche harte Arbeit, die abendliche Stille, das nächtliche Sternenzelt, all das hatte ihm eine ungekannte innere Ruhe beschert. Inzwischen war ihm, als ob sein früheres Leben, einer unsichtbaren Hand gleich, an ihm ziehe, ihn zurückhaben wolle. Ihm war, als gebe es zwei Frimms, John, den musizierenden Kommunarden, und Johnny, den Lebemann, der irgendwann auf dem Weg zwischen Monterey und Joshua Ridge in einer Kneipe sitzen geblieben war und jetzt einen Weg durch die Wüste suchte, um den anderen einzuholen.

Er trank viel und konnte kaum mehr still sitzen, wenn die Kommunarden zu den gemeinsamen Mahlzeiten unter dem mit Palmwedeln gedeckten und von großen Holzstämmen gestützten Dach zusammenkamen. Oder wenn Dan Schmidt ihnen den Haushaltsplan des kommenden Monats erläuterte und um Verbesserungsvorschläge bat. Wenn man sich zu einem gemeinsamen Goodwill-Schachturnier traf. Oder zu einem Baseball-Freundschaftsspiel. Oder zum Sackhüpfen-Nachbarschaftswettkampf im gemeinsamen Kindergarten. Oder wenn der Dorfrat einberufen wurde, um eine der seltenen Meinungsverschiedenheiten zu schlichten. Selbst dann: überall Freundlichkeit und ständige Rücksicht, Entschuldigung hier, Entschuldigung da, und denkt an die Gemeinschaft!

Dann fühlte sich Johnny Frimm wie in Watte gepackt, wie betäubt. Und er fühlte sich leer. Unglaublich leer, wie ausgedörrt von der Sonne über der Wüste, die ihm hier gar nicht mehr wie die richtige Sonne vorkam, sondern wie ein fremdes Gestirn über einem namenlosen Planeten, das ihm die Sinne verglühte.

Ein-, zweimal schlug er Mary halbherzig vor, den Ort der Gleichheit und Gerechtigkeit zu verlassen. Und zwar für immer. Sie fragte ihn, wohin er denn gehen wolle, und beim ersten Mal fiel ihm darauf nichts ein, aber beim zweiten Mal, da hatte er schon ein bisschen Feuerwasser intus und antwortete keck:

«Ich will dahin, wo man alles dürfen darf.»

Sie lachte.

«Wie in alten Zeiten?»

«Ja», sagte er, «wie in alten Zeiten.»

Obwohl auch Mary, das merkte selbst er, nicht glücklich war, machten sie nie irgendwelche Anstalten aufzubrechen. Was hielt sie, was hielt ihn hier?, fragte er sich, wenn er nüchtern war. Sie besaßen kein Haus (weil offiziell alle Häuser allen gehörten), keinen Boden (weil der gesamte Grund und Boden von Dan Schmidt und Rupert Randall, dem Tierarzt, auf neunundneunzig Jahre von der Gemeinde Harperville gepachtet worden war). Genau genommen hatten sie noch nicht einmal eigenes Geschirr.

Mit jenem Teil der Gemeinschaftssitten, der die übrigen Kommunarden in tiefe innere Krisen zu stürzen vermochte, hatte Johnny Frimm noch die geringsten Probleme: Wenn allen alles gehörte, dann hielt der Mann natürlich kein exklusives Besitzrecht an seiner Frau und umgekehrt. Nicht, dass in der Wüste Orgien gefeiert worden wären – wie es verschiedene Zeitungen später, während des Wasserkrieges, behaupteten –, doch die übliche Rangordnung von Haus, Herd und Frau, die kein anderer begehren dürfe, war auf subtile Weise aufgehoben. Frimm senior störte sich kaum daran. Die einzigen Momente der Eifersucht erlebte er, wenn er einen anderen Musiker spielen hörte. Besser spielen hörte. Deswegen bemerkte er weder die äußerliche Ähnlichkeit zwischen Eddie und Dan Schmidt noch die Hast, mit der Dan Schmidt zufälligen Begegnungen mit Mary zu entkommen suchte, sah nie Juliettes Blick, wenn sie, die selbst kinderlos geblieben war, den kleinen Eddie heranwinkte, um ihm ein Stück Schokolade zu geben.

Frimm erschien, wie gesagt, vier Tage nach Eddies Geburt wieder auf der Bildfläche. Verkatert und wehrlos überließ er sich dem verbalen Gewitter, das sich nun über ihm entlud. Am Ende schrie der kleine Edison in seiner Wiege, John stand zerknirscht im Türrahmen, Mary schluchzte, er versprach, nie wieder so lange fortzubleiben, und sie sagte, er lüge, er werde wieder und wieder so lange und eines Tages für immer wegbleiben, und Eddie schrie noch lauter in seiner Gemeinschaftswiege im Gemeinschaftshaus in die nachmittägliche Gemeinschaftsruhe hinein.

Frimm schwieg noch einen Augenblick lang, dann holte er sein Sax aus dem Koffer, steckte das Mundstück auf und spielte die «Cannery Serenade». Eddie war augenblicklich still, seine Mutter hörte auf zu schluchzen, trocknete sich die Tränen mit einem Taschentuch und lächelte beinahe.

Fast genau sechs Jahre später, einen Tag vor Eddies Geburtstag, verschwand Johnny Frimm endgültig. Er verschwand ohne Vorwarnung, er hatte sich einfach mal wieder mit seinem Sax unterm Arm und einem ordentlichen Durst zu «Brennende Kehle» in den Lieferwagen gesetzt und war in Richtung Harperville davongefahren.

Zuvor hatte er dem kleinen blonden Jungen mit den wasserblauen Augen, der ihm so unähnlich sah, das erste Kinderliedchen auf der Klarinette beigebracht. Eddie war es tatsächlich gelungen, dem Instrument ein paar Töne zu entlocken, und Frimm war zum ersten Mal stolz auf seinen Sohn gewesen, der möglicherweise gar nicht sein Sohn war und dessen Erfolge im Sackhüpfen ihn nie interessiert hatten. Das muss gefeiert werden, dachte er und zog los.

Niemand wunderte sich, als er nicht pünktlich zu der kleinen Geburtstagsfeier erschien, noch nicht einmal Eddie, war doch sein Vater auch bei den vergangenen Geburtstagen nur selten zugegen gewesen.

Als er nach zwei Wochen noch immer nicht zurück war, nahm Mary Eddie zur Seite und sagte:

«Ich glaube, Mr. Frimm kommt nicht wieder. Verstehst du? Er kommt nicht mehr zurück.»

Eddie nickte langsam und griff dann zu seinem Geburtstagsgeschenk, der Klarinette, um ihr ein paar klagende, schiefe Töne zu entlocken. Er hätte nicht sagen können, was er in diesem Moment empfand. Irgendwie hatte er immer etwas in dieser Richtung erwartet, irgendwie hatte sein Vater immer schon mit einem Bein im Nebel der Vergangenheit gestanden, ein Mann von gestern, einer, der verschwinden musste, weil er die ganze Zeit über schon zur Hälfte verschwunden gewesen war. Trotzdem hielt Edison Frimm es für seine Pflicht, traurig zu sein.

Nachdem es dunkel geworden war, stieg er auf das Flachdach des Hauses, nicht, um wie sonst die Sterne zu betrachten, sondern um, wie er beschlossen hatte, zu weinen.

Doch daraus wurde nichts. Zunächst, weil einfach keine Tränen kommen wollten. Dann, weil sein Blick auf die weißgetünchte Wand schräg gegenüber fiel. Das hatte er völlig vergessen – dabei hatte Dan Schmidt sogar erlaubt, dass Handzettel verteilt und Plakate aufgehängt wurden.

Die Belegschaft des Workers Unite hatte sich aus der Stadt einen Projektor geliehen, ihn auf den großen Platz vor dem Versammlungshaus geschleppt und Holzbänke davor aufgestellt, die inzwischen fast bis auf den letzten Platz besetzt waren. Die Hauswand lag noch im Dunkeln, als Eddie ein vom Wüstensand und durch die ständigen Temperaturschwankungen völlig verstimmtes Klavier spielen hörte. Er hielt den Atem an. Das Geklimper schwoll zu einem kakophonen Creszendo an. Man zeigte «Der Dieb von Damaskus», einen Abenteuerfilm, der in Culver City, L. A., gedreht worden war, aber im Reich von Tausendundeiner Nacht spielte. Es war einer der letzten Stummfilme, die auf die Leinwand kamen – und einer der letzten Filme mit Penelope Brooks in der Hauptrolle, denn ihre Stimme gleiche, wie einer der mächtigen Studiobosse bald darauf sagte, der «eines süßen, sexy Schweinchens, bevor es in die Wurstmaschine kommt».

Frimm hatte in diesem Moment keine Augen für sie. Ihn interessierte der Dieb von Damaskus. Es war das erste Mal, dass er *ihn* sah: Scott LaMont alias Ali Khan. Breitbeinig stand er auf seinem fliegenden Teppich, flog mit einer Selbstverständlichkeit über die Stadt hinweg, dass es einem die Sprache verschlug. Und während Edison Frimm noch mit offenem Mund auf dem Dach saß, wandte sich LaMont, wie es schien, allein *ihm* zu und lächelte das breiteste und sympathischste Lächeln, das man sich vorstellen konnte. Dazu zwinkerte er verschwörerisch mit einem Auge, und es kam Eddie vor wie ein Versprechen, ohne dass er hätte ahnen können, was es beinhaltete.

1929 war das Jahr, in dem die Dinge begannen, sich aufzulösen, und die allgemeine Auflösung machte auch vor Joshua Ridge nicht halt. Nach dem Börsenkrach im Oktober und dem Beginn der Wirtschaftskrise strömten immer mehr Menschen in das vermeintliche Paradies, wodurch die Gemeinschaft größer, aber nicht unbedingt besser wurde. Die Preise für Zitrusfrüchte gingen nach unten, der garantierte Mindestlohn musste mehrfach gesenkt werden.

1932 zählte man in Joshua Ridge die meisten Einwohner seit seiner Gründung, die nun allerdings in ärmlichen Verhältnissen lebten. Alle Durchhalteparolen und Versprechen

Dan Schmidts wurden schließlich von den L.-A.-Wasserwerken durchkreuzt, die einen beträchtlichen Teil des Landes von Harperville erworben hatten, um ein neues Nord-Süd-Aquädukt hindurchzubauen. Eine Zeit lang versuchten die Kommunarden das noch zu verhindern, mit Sabotage der Leitungen und Sitzblockaden; aber schließlich verloren sie den «Wasserkrieg von Harperville» (wie das Ganze in den Zeitungen genannt wurde) und mussten sich mit dem übrigen Land, das kaum ein Drittel von ihnen ernähren konnte, zufriedengeben.

Als Erste verließen die während der Depression gekommenen Einwohner das Dorf. Die Übrigen gingen nach einem Dürresommer im Jahr darauf. Dan und Juliette Schmidt wollten zusammen mit ein paar letzten Getreuen in New Mexico gemeinsam eine Ranch kaufen, Mary hatte in L. A. eine Stelle bei der Post bekommen. Sie umarmte ihre alte Freundin zum Abschied, dann gab sie Dan die Hand.

«Das war's dann wohl», sagte sie.

«Ja», sagte Schmidt, «das war's.»

Eddie und seine Mutter verließen die Wüste auf demselben Weg, den Johnny Frimm genommen hatte. In Lancaster, der nächsten größeren Ortschaft nach Harperville (von der anscheinend alle schnapsbrennenden Indianer ihre Nachnamen bezogen), mussten sie vom Bus in den Zug nach Los Angeles umsteigen. An leeren Güterwaggons vorbei stolperten sie über die heißen Schienen zum richtigen Waggon.

Das hatte John Frimm gut vier Jahre zuvor in betrunkenem Zustand auch versucht: Er war über die Geleise gestolpert, hatte dabei allerdings das Gleichgewicht verloren und war mit der Stirn auf einer der Schienen aufgeschlagen.

Als er erwachte, lag er in einem fahrenden Güterwaggon. Sein Kopf tat ihm weh, und er hatte das Gefühl, dass ihm etwas fehle. Er sah sich um und atmete auf, als er den Koffer neben sich liegen sah. Das Saxophon war also noch da. Trotzdem plagte ihn weiter das Gefühl, ihm sei etwas Wichtiges abhandengekommen.

Die Tür des Güterwaggons stand offen, und die Luft, die durch kleine Turbulenzen gelegentlich ins Innere gedrückt wurde, war heißer als das Dunkel, in dem er lag. Draußen raste eine hügelige Landschaft vorbei, gelbe trockene Felder, Mais oder Weizen, vereinzelt Bäume mit spärlichem Grün, braunes Gestrüpp dazwischen. Der Zug fuhr nach Norden.

In der Dunkelheit des Waggons erkannte er plötzlich zwei Gestalten, in Lumpen gehüllt, von nicht bestimmbarer Größe. Sie bewegten sich kaum, schaukelten nur leicht im Takt des Ram-Ram, Ram-Ram der Schienen, und immer wenn der Fahrtwind ihre Körper streifte, trug er einen Geruch von Zwiebeln, Schweiß und Schnaps zu Frimm hinüber. Einer der beiden hielt eine offene Flasche in der Hand, der andere nickte ihm wie zum Gruß zu. Ram-ram, ram-ram, ram-ram. Frimm führte die Hand an seine Stirn, ertastete blutigen Schorf.

Was ihm fehlte, war ein Stück Zeit. Der Sturz auf die Schienen in Verbindung mit beträchtlichen Mengen vergorenen Kakteensafts hatte ihn eines Teils seiner Vergangenheit beraubt. Anstelle der letzten zehn Jahre fand sich in seinem Hirn nun ein großes Loch. Der gesamte letzte Abschnitt seines Lebens, auch die vergangenen Stunden, war für immer verloren. Er wusste nicht mehr, dass er von Joshua nach Harperville aufgebrochen, dann aber mit einem Handelsvertreter weiter nach Lancaster gefahren und dort in einer Bar versackt war, bis man die beiden rausgeschmissen hatte. Er erinnerte sich nicht mehr an den merkwürdigen kleinen Mann, den er dann, nach einer Nacht im Freien, in einem Geschäft getroffen hatte, wo er Kaffee trinken und frühstücken wollte.

Der Mann war Japaner, aber weil Frimm noch nie einen Japaner gesehen hatte, hielt er ihn für einen Chinesen, vielleicht aus Frisco, vielleicht Los Angeles, wer wusste das schon. Er schien fremd in Lancaster zu sein, zumindest wurde er vom Wirt und der Bedienung wie ein Fremder behandelt. Trotz seiner westlichen Kleider, einer braunen Bundfaltenhose mit dunkelblauem Hemd, sah er exotisch aus, vielleicht, weil alles an ihm so ordentlich, so wohlüberlegt und ruhig wirkte.

Die übrigen Gäste trugen durchschwitzte Hemden, offene Krawatten und schief auf den Kopf gesetzte Hüte, ihre Militärblusen waren speckig, die Stiefel voller Straßenstaub. Nicht so der Japaner. Seine Kleider schienen eben erst aus der Reinigung gekommen zu sein, die Schweißperlen auf seiner Stirn nicht zu ihm zu gehören, als sei die Außenwelt einschließlich der Hitze, die sich vor der Tür des Ladens über die Straße spannte und drinnen durch den Deckenventilator nur wenig gemildert wurde, kaum mehr als eine lästige Spiegelung, ein Effekt, der zwar vorhanden war, ihn aber nicht betraf.

Da sich sonst kein Platz mehr gefunden hatte, saßen sich die beiden am Fenster gegenüber. Frimm glaubte in dem Japaner, den er als Chinesen ansah, einen Reisenden zu erkennen, umso mehr wunderte es ihn, dass er kein Gepäck bei sich trug, keinen Koffer, keine Tasche, nichts außer einem Bündel aus dickem weißem Baumwollstoff, das von einem langen schwarzen, breiten Stoffband zusammengehalten wurde.

«Wo wollen Sie hin?», fragte er den Japaner, nicht weil ihn das – verkatert, wie er war – wirklich interessiert hätte, sondern einfach nur, um irgendetwas zu sagen.

Der Mann antwortete nicht, schüttelte nur den Kopf, als habe Frimm die falsche Frage gestellt, und entgegnete: «Und was wollen Sie?»

War es, weil der kleine Mann ihn so seltsam anmutete oder

weil er noch ein wenig betrunken war? Auf jeden Fall antwortete Frimm: «Frei sein. Ich will frei sein.»

Ram-ram, ram-ram machte der Zug auf den Schienen, und draußen raste Amerika an John Frimms geblendeten, müden Augen vorbei. Für ihn war es wieder das Jahr 1919, und er war auf dem Weg nach San Francisco oder Monterey oder sonst wohin, wo er Karriere machen würde, die Zukunft lag vor ihm.

Einer der Landstreicher hielt ihm die Flasche hin. Er griff danach, und der Mann fragte:

«Wie heißt du, Kumpel?»

«Johnny», antwortete er und nahm einen großen Schluck.

In seiner Erinnerung verwandelte sich Joshua Ridge zu einem verlorenen Stück Erde, Paradies und Schauplatz des ersten Schreckens zugleich, denn wenig wurde ihm in späteren Jahren von seiner Mutter überliefert, nur die Geschichte seiner Geburt hielt sich hartnäckig in der Chronik der Familie, die schließlich nur noch aus ihm und seiner Mutter bestand. Aus der Geburt während des Bebens wurde eine Geburt durch das Beben, fügten sich dramatische Sequenzen aus Feuer, Rauch und herabstürzenden Deckenbalken in die Legende ein, geriet Doc Randall zu einem Helden der Humanmedizin und Tippi Lancaster zu einer zweifelhaften Mischung aus weiser Einfalt und irrsinniger Schamanin.

Die Landschaft der Erinnerung war weit, großartig und größer als die ihm bekannte Welt, sie war von einem funkelnden Firmament mit Trilliarden von Sternen umhüllt, die, unerreichbar zwar, dennoch zu ihr gehörten, so wie er zu ihr gehörte, wenn er nachts auf dem Dach ihres Häuschens in der Wüste gelegen und den Himmel betrachtet hatte.

Nicht eingeschüchtert, sondern glücklich, hatte er damals den gedämpften Geräuschen gelauscht, die aus den Häusern, aus der Bar oder dem Büro Dan Schmidts zu ihm drangen. Von dort oben hatte Eddie ihn oft bis spät in die Nacht an seinem Schreibtisch sitzen sehen, meist schien er reglos über weißem, unbeschriebenem Papier zu brüten, neben sich einen Füllhalter und einen offenen Briefumschlag, als wolle er jemandem etwas sehr Wichtiges mitteilen und ihm fehlten die richtigen Worte dafür, während hinter ihm, aus einem

54

kleinen braunen Kasten, die Stimmen der Welt tönten, leise, wispernd, drängend.

Manchmal sang in Schmidts Radio eine Frau, manchmal heulten die Kojoten in der Wüste, manchmal säuselte der Wind eine Geschichte von Steinen – und manchmal flog der Dieb von Damaskus über ihn hinweg durch die Nacht. Dann konnte er gerade noch den Luftzug des Teppichs spüren, glaubte Ali Khans Lachen zu hören, *hoho*, und fühlte sich dabei als Teil einer ihm unbekannten, aber bedeutenden Zukunft, obwohl er keine Ahnung hatte, welche Aufgabe er darin übernehmen würde. «Warum nicht?», fragt der Dieb von Damaskus, als ihm einer sagt, dass Teppiche nicht fliegen können. «Warum nicht?» stand auch auf der Wand des Gemeinschaftshauses. Damals schien alles möglich zu sein, und während seine Altersgenossen bereits von ganz konkreten Karrieren träumten (Indianerhäuptling, Agrarpilot, Gewerkschaftsführer), hatte Edison Frimm sich mit neun Jahren ein vages «Wir werden sehen» als Antwort auf jede in diese Richtung zielende Frage der Erwachsenen vorbehalten.

Nun aber lagen Wüste und Himmelszelt, Kojotengeheul, die Wahngestalt der Joshua-Bäume im Mondlicht und selbst der seltene Geruch von Regen auf Sand für immer hinter ihm, und er verstand plötzlich jene rätselhafte Geschichte aus der Bibel: die Vertreibung aus dem Garten Eden. Zwar sah er immer noch nicht ganz ein, warum Adam die blöde Schlange nicht einfach totgeschlagen hatte, als noch Zeit gewesen wäre («Warum nicht?»), oder weshalb Gott sich so aufregte wegen eines Apfels. Aber das mit dem Rausschmiss, das verstand er plötzlich. Dass dies die härteste Strafe von allen sein musste: Vertreibung von einem Ort, den man liebte.

In den ersten Monaten, die sie bei einer Tante in L. A. zur Untermiete wohnten, schien ihm «Josh», wie er es nannte, unendlich entfernt, zumindest aber mehrere Tagesreisen und nicht drei Autostunden. Obwohl er ihre Antwort fürchtete, fragte er seine Mutter, wann sie dorthin zurückkehren würden, und sie antwortete: «Niemals.»

Das traf ihn härter als das Verschwinden seines Vaters, härter, als seine Mutter vielleicht erwartet hatte.

«Es führt kein Weg zurück», sagte er unvermittelt während eines gemeinsamen Mittagessens mit seiner Mutter, der Tante und deren Freundinnen. Die Frauen sahen ihn irritiert an.

Mary Frimm vermutete, ihm fehle der Vater.

«Er wird sich schon einen suchen», hatte Tippi zum Abschied gesagt, Tippi, die Zurückgebliebene, Tippi, die zurückblieb, «er wird sich schon einen suchen», ohne dass Mary sie danach gefragt hätte, «er wird schon», murmelte sie, um ihren tränensackschweren Blick wieder auf den Kleinen zu richten. «Mein Erdbeben-Eddie», hatte sie ihn genannt, wenn er ihr zusah, wie sie die Häuser und Gemeinschaftsräume für ein paar Cent fegte, nicht, weil niemand sonst sie gesäubert hätte, sie hatte selbst darum gebeten: «Kann ich nicht die weißen Häuser sauber machen?», hatte sie gefragt, und da hatte Dan Schmidt nachgegeben, denn niemand wollte Tippi je wieder als Hebamme haben, niemand wollte sich von ihr aus der Hand lesen lassen, niemand wollte ihre Heilsalben kaufen. So gesehen war Edison Frimm ihr einziges Kind geblieben.

«Verstehst du, Eddie, du bist mein einziges Kind, das einzige, was je geklappt hat. Und bald erlauben sie auch wieder das Schnapstrinken auf der Welt, und dann bin ich erledigt, komm nur näher, ich beiße nicht, hier, schau mal.» Und da hatte sie ihren staubschweren Rock gerafft und ihm einen ausgiebigen Blick auf das gegönnt, was darunter lag. «Merk dir das, merk dir das gut, du kannst es auch anfassen, aber ganz vorsichtig. Armer Erdbeben-Eddie! Bist von Frauen umgeben, die alles für dich machen und alles mit dir machen, und dabei brauchst du doch einen Mann, der dir erklärt, was das alles soll.»

Mehr war nicht geschehen, nur ein langer Blick in die dunkle Borstenwelt unter Tippis Staubrock und ein vorsichtiges Tasten nach etwas, das sich anfühlte wie eine Rinderzunge. Dann hatte sie ihn glucksend weggeschubst und gelacht, er hatte aus Verlegenheit und Schrecken auch gelacht, und sie hatte gesagt: «Keine Angst, mein Kleiner. Ist ja nichts passiert», und hatte einen Finger zum Zeichen ewigen Schweigens an den Mund gelegt. Und Eddie hatte genickt.

«Wirst schon einen finden», sagte sie leise beim Abschied, nun waren sie unübersehbar, die Tränen in ihren Augen, und dann hatte sie ihn umarmt:

«Lass dir nichts erzählen, kleiner Mann, lass dir nichts erzählen, die Erde ist eine Scheibe, und da ist ein Rand, da kannst du runterfallen, und wenn du erst mal da runtergefallen bist, dann siehst du die schrecklichsten Dinge, Dinge, die du dir nicht vorstellen kannst. Pass auf dich auf, Erdbeben-Eddie.»

So war sie im Rückfenster des Wagens immer kleiner geworden: unter einem leeren Himmel mit dem Besen zwischen den verlassenen weißen Häusern stehend, der Wind bewegte ihren schwarzen staubigen Rock, und lange noch, in den Nächten brennender Sehnsucht nach dem Verlorenen, schritt Tippi Lancaster in seinen Träumen durch die Häuser und fegte und fegte, während der Wind mit den Büschen und seinem Rad spielte.

II. DIE FREIBEUTER VON TOBAGO

Am Anfang des Jahres wusste ich nichts von Siggi oder dem alten Bunker. Ich wusste auch nichts von dem verschwundenen Viertel, an dessen Stelle sich eine Art wilder Erweiterung des Parks befand: ein Streifen unbebauten Landes in Form eines Trapezes inmitten der Stadt, von zwei Hauptstraßen und den an ihnen gelegenen alten Mietskasernen eingefasst, wurde er vom Park durch eine alte gepflasterte Straße getrennt, deren Existenz sich niemand so recht erklären konnte. Die Straße hatte keinen Namen, oder wenn sie einen hatte, dann war er schon lange in Vergessenheit geraten. Kein Schild verriet ihn, niemand wohnte in ihr, niemand hatte eine Adresse dort.

Die namenlose Straße verband die beiden Hauptstraßen, aber weil das Pflaster so grob und die Straße so schmal war, wurde sie noch nicht einmal als Abkürzung genutzt. Damals, knapp vier Jahre nach dem Fall der Mauer, waren in jener Gegend noch genügend Parkplätze vorhanden, und so parkte kaum einer dort. Lediglich ein paar Autos hatten hier nachts ihre letzte Ruhestätte gefunden. Am nächsten Morgen sah man sie dann ohne Nummernschilder und irgendwie traurig, wie ausgesetzte Haustiere an der Bordsteinkante stehen.

Das Stück unbebauten Landes war im Frühjahr grün, wurde im Sommer gelb, im Herbst und Winter matschig braun. Man stolperte über die Reste von Grundmauern, traf auf rostige Metallrohre, die wie Periskop und Schnorchel eines vergrabenen U-Bootes aus der Wiese ragten. Gräser und Dornensträucher wuchsen dazwischen und wilde Blumen, von denen Siggi behauptete, sie stünden gerne auf Gräbern, aber wir glaubten, er habe sich das bloß ausgedacht, um diesen Ort und damit auch sein Lokal interessant zu machen, dachten, er habe sich das zusammengeträumt, zusammengeträumt aus der Ruine des letzten Hauses, die am oberen Ende des Brachlandes hinter der Tankstelle und Siggi's Diner stand, zusammengeträumt aus dem nahen Mahnmal für eine Gruppe alliierter Soldaten, die angeblich fünfzig Jahre zuvor im Park ermordet worden waren, zusammengeträumt aus den Gerüchten, dass unter den Gräsern und Dornen und wilden Blumen immer noch verborgene Kellergewölbe zu finden seien, Gerüchte, die sich im Jahr zuvor erhärtet hatten, als eine Wagenburgkolonne versuchte, das Gelände zu besetzen.

Einer der umgebauten russischen Armeelaster war auf der unscheinbaren Wiese eingebrochen, die Wagenburgler hatten noch eine Nacht an der namenlosen Straße kampiert, im Schein ihrer Lagerfeuer die abgestellten Autos ausgeschlachtet – und waren am nächsten Morgen weitergezogen.

Die Zeitungen berichteten von Verbrechen, und die Leute kauften sich Hunde, jedenfalls wurden es immer mehr Hunde, die zu jeder Tages- und Nachtzeit von ihren Besitzern aus den umliegenden Mietskasernen auf die Wiese in die Dornen getrieben wurden, und so war es nicht ratsam, blindlings über das freie Feld zu gehen.

Jetzt endlich wisse er, sagte Siggi, was ein Hundeleben sei, ein Hundeleben sei es, wenn man auf einen Acker gejagt und einem dann beim Scheißen zugeschaut werde. Das wünsche er niemandem, nicht mal seinem ärgsten Feind, sagte Siggi, Hundehasser aus Passion. Er habe nichts gegen Hunde, behauptete er, nur hier in der Stadt, einer Großstadt immerhin, und außerdem in der Nähe seiner Restauration, könnten es einfach weniger sein.

Es wurden aber nicht weniger – es wurden mehr. Zu allem Übel schien es ihnen bald so zu ergehen wie den Autos: Sie wurden nachts ausgesetzt. Eines Morgens, in der Dämmerung, als ich vom Eingang des alten Flak-Bunkers kam, der als künstlicher Berg inmitten des Parks aufragte, sah ich das Rudel zum ersten Mal: vorn der Anführer, eine Schäferhundmischung, und hinterdrein acht, neun weitere, die ihm folgten, stehenblieben, wenn er stehenblieb, weitertrotteten, wenn er weitertrottete.

Nadja sagte später: «Das sind die Geister der Verschütteten, das ist die Armee der verschütteten Geister, die Geister der verschütteten Armee, die keine Ruhe finden und als Hunde wiedergeboren am Rande ihres verschwundenen Viertels herumstreunen», und ich lachte, und sie zwinkerte, und uns gefiel der Gedanke.

Es stimmt nicht, dass das Lokal immer leer gewesen wäre, bevor das Filmteam auftauchte. Siggi's Diner war für bestimmte Leute eine Institution, und es blieb uns bis zum Schluss ein Rätsel, warum er trotzdem keinen Fuß auf die Erde bekam und ständig mit den Banken und dem Finanzamt im Clinch lag. Solange ich dort hinging, war es gut besucht, beliebt bei Leuten, die aus den halblegalen Kneipen und Clubs der Gegend hungrig zu ihm torkelten oder einer schlecht bezahlten Tätigkeit nachgingen wie ich, als Fahrer von Blohfeld & Co. – Wach- und Schließdienste – Hausverwaltung – Hausreinigung – Automatenservice.

«Was machst du denn nun eigentlich?», fragte Siggi, nachdem er den Firmennamen auf der Tür meines Funkwagens gelesen hatte, «Automaten leeren, Häuser reinigen, verwalten, bewachen oder zuschließen?»

«Bewachen und zuschließen», antwortete ich und fügte hinzu, dass es meistens gar keine richtigen Häuser seien, die ich da bewachte und auf Verschluss kontrollierte, sondern leere Bürohäuser, aufgegebene Lagerschuppen, verlassene Fabrikhallen, durch die seit den letzten fünf Jahren oder schon länger eigentlich nur noch der Wind wehte.

«Du beschützt also leeren Raum.» Siggi knetete seine Unterlippe. «Aber vor wem?»

«Vor Feuer, Havarie und Vandalismus», antwortete ich. «Das wollen die Versicherungen so.»

Siggi runzelte die Stirn. «Das ist alles?»

Es war nicht alles.

Wir waren die Hüter der kleinen Dinge. Unsere Auftraggeber mochten glauben, dass wir sie vor Wasserrohrbrüchen bewahrten, in Wirklichkeit wachten wir über den Schlaf der kleinen Dinge, über die Federn, die Spulen, die Rädchen im Getriebe der Welt. Ich schrieb nicht: «durch die Tür, die vom nördlichen Kellerflur in den östlichen führt» in mein Notizbuch, um mir meine Route einzuprägen. Denn die Keller, die langen, nach Reinigungsmittel und zuweilen kaltem Rauch riechenden leeren Büroflure hatten ihre eigene Geographie. Bald brauchte ich meine Notizen nicht mehr, sondern fand meinen Weg mit Hilfe der kleinen Dinge: eines Bleistifts, der jeden Abend in einem ganz bestimmten Winkel auf dem Tisch seines Besitzers zurückgelassen wurde, oder der gelben Strickjacke, die immer auf einem Kleiderständer hinter der Tür zu einem Büro hing, das sich nur durch sie von den anderen Büros unterschied.

Einmal, als ich den großen Lesesaal der öffentlichen Bibliothek kontrollierte, glaubte ich zwischen den Bücherregalen plötzlich die Anwesenheit all jener zu spüren, die vor mir dort gewesen waren und nach mir da sein würden, ihr Hüsteln, ihr Atmen und Räuspern, ihr Flüstern, das Umblättern der Seiten, die Geräusche, die Bücher machen, wenn sie aus den Regalen gezogen, betrachtet und aufgeschlagen, die Geräusche, die Bücher machen, wenn sie gelesen werden.

Mit der Zeit konnte ich mich in den Gebäuden, die der Wachdienstleiter mir zugewiesen hatte, zwar nicht mit verbundenen Augen, aber doch ohne Licht zurechtfinden. So hatte ich auch den leuchtenden Pfad entdeckt: als ich durch die Stahltür aus dem Flur «mit-den-ausrangierten-Schreibtischen» in den angrenzenden Gang, der damals noch der Flur «mit-dem-blaugestrichenen-Kabelkanal-an-der-Decke» hieß, trat und den zeitgesteuerten Lichtschalter aus Bequemlichkeit nicht ein weiteres Mal drückte, sondern einfach in der Finsternis weitergehen wollte.

Mit einem mechanischen Klacken erloschen die Neonröhren in den Kellergängen, ich stand im Dunkeln, hörte nur das Klirren meines großen Schlüsselbundes, drehte mich um, sah den grünlich schimmernden Pfeil an der Wand und in einer Entfernung von zwei Metern den nächsten.

Der Keller gehörte zu einem alten Verwaltungsgebäude, einem Postamt, das die Post wohl eine Zeit lang zu verkaufen versucht, inzwischen aber einfach vergessen hatte. Die leuchtenden Pfeile erinnerten mich an frühere Schnitzeljagden. Ich folgte ihnen, bog in einen mir unbekannten Flur ein, immer noch im Dunkel, bis die Wegmarken vor einer weiteren Stahltür endeten, auf der mit derselben phosphoreszierenden Farbe geschrieben stand:

Schutzraum

Max. 100 Personen

Die Riegel der Stahltür ließen sich mit einem Tritt öffnen, und ich stand in einem länglichen Raum, führte den Lichtkegel meiner Taschenlampe über allerlei Gerümpel, das man dort abgestellt hatte: ausrangierte Tische, alte Garderobenständer, kaputte Bürostühle. An einer Wand waren ein Dutzend niedriger, schmaler Holzbänke gestapelt, an der gegenüberliegenden stand ein riesiges Regal mit über fünfzig quadratischen Fächern, die man einst zum Sortieren von Post verwendet haben mochte, und an der Stirnseite des Raums traten ein paar armdicke Stahlrohre aus dem Gemäuer, deren Funktion ich mir zunächst nicht so ganz erklären konnte. Erst später habe ich von einem Kollegen erfahren, dass es sich um eine alte, vermutlich seit Jahrzehnten unbenutzte Rohrpostanlage handelte.

Meistens schrieb ich mich für die Touren am Wochenende und in der Nacht ein. Ich kann nicht sagen, dass ich unglücklich gewesen wäre. Wenn frühmorgens, am Ende meiner Schicht, im Osten die Sonne aufging, war die Stadt in ein fremdartiges Licht getaucht, klar und metallisch, lange Schatten werfend, wie sie zu den langen Tagen in den leeren Straßen zu gehören schienen, die nun nie wieder eine Mai-Parade erleben würden.

Ich fuhr an zerschossenen Häuserfronten vorbei, an alten, nur notdürftig instand gehaltenen Kirchen und schlummernden Museen oder den wie in einem tiefen Koma gefangenen Prachtbauten des untergegangenen Sozialismus, deren verspiegelte Fensterfronten den Morgen als bronzenen Schimmer zurückwarfen. Vögel sangen, manchmal bellte ein Hund, oder ich hörte ein einzelnes, aufgeregt quäkendes Martinshorn. Und doch schien niemand da zu sein. Die Luft schmeckte nach feuchten Dachziegeln, roch nach Moos und Zeit.

Siggis erstaunliches Restaurant hatte ich eher zufällig entdeckt. Ich war auf den Bunkerberg im Park gestiegen, dessen von Amts wegen verschlossenen Eingang wir regelmäßig zu kontrollieren hatten, war dann aber auf der falschen, mir unbekannten Seite wieder hinabgegangen. Und dort lag er vor mir: Siggis amerikanischer Traum, hell erleuchtet von einer bunten Lichtergirlande.

Zunächst dachte ich, er gehöre zur Tankstelle, dann dachte ich an einen Zirkuswagen. Dann ging ich näher heran: Siggi's Diner war ein umgebauter, überlanger Gelenk-Omnibus der Marke Ikarus. Mit dem Tankstellenpächter hatte Siggi vereinbart, ihn in einer Ecke des Parkplatzes abzustellen.

Der Bus trug noch immer die rot-weiße Lackierung jener Verkehrsbetriebe, für die er einst gefahren war, aber Siggi hatte einen Streifen Blau rundherum gemalt, sodass die Farben jetzt an die amerikanische Flagge erinnerten. Oder an die russische – je nachdem, von welcher Seite man es betrachten wollte. Für das Interieur mussten die roten Kunstlederpolster aus der Milchbar des Hauses der Mongolei herhalten, die Tische stammten aus einem Mitropa-Speisewagen.

Morgens, wenn die Sonne schon lang hinter den grauen Wohnblocks aufgestiegen war, sah das alles sehr nach Katzenjammer aus: schäbig, zusammengeklaut und -gestückelt, billig auf eine deprimierende Art. Doch sobald die Sonne wieder untergegangen war, erfuhr Siggi's Diner eine einzigartige Verwandlung. Verheißungsvoll blinkte die Leuchtreklame auf dem Dach, und wenn sich die Türen des Busses zischend hinter einem geschlossen hatten, stand man im Inneren von Siggis amerikanischem Traum: Im schummrigen rotgelben Lampenschein reihten sich die Nischen mit den mongolischen Polstern aneinander, spätestens ab neun waren sie alle besetzt, in der Luft hing der Geruch von gebratenem Fleisch, und aus den Lautsprechern waberten die Saxophonläufe von Charlie Parker und John Coltrane.

Siggi liebte Amerika, obwohl er niemals dort gewesen war, er träumte von Amerika, einem Amerika, das, menschenleer fast, von einem endlosen Himmel überspannt, von weiten

Ebenen und magischem Licht beherrscht wurde, einem Amerika wie auf der mannshohen Plakatwerbung für Zigaretten, die neben der Ausfahrt der Tankstelle stand: ein Amerika vor der Ankunft der Amerikaner, allenfalls von ein paar Pferden und Cowboys bevölkert, auf jeden Fall ohne Gerichtsvollzieher, Kreditsachbearbeiter und Steuerfahnder. Das war Siggis stiller Traum, ein wärmender Stein in seiner Brust. Eines Tages werde er eine längere Reise dorthin unternehmen, wenn er erst mal seine Angelegenheiten hier geregelt habe, sagte er, wir würden schon sehen.

In Siggi's Diner verkehrten die üblichen Stammgäste, Typen, wie sie sich überall auf der Welt einfinden, sobald jemand einen Tisch aufbaut und eine Flasche draufstellt. Ich lernte sie bereits am ersten Abend kennen. Keine Ahnung, wie sie sich hierher hatten verirren können, aber nun waren sie eben da, genau wie die Mitropatische, die Fotografien an den Innenwänden und den blindgestrichenen Fenstern.

Yusuf war ein ehemaliger Westberliner Fabrikarbeiter, der dem Umzug seiner Fabrik Richtung Asien nicht gefolgt war. «Ich geh doch nicht wieder zurück», erklärte er trotzig und fügte hinzu: «Das wäre gegen meine Ehre.» Yusuf war überhaupt schnell gekränkt, wenn man etwas tat oder sagte, was er auch nur im Geringsten als Beleidigung interpretieren konnte, häufig bezog er Bemerkungen auf sich, die ihn gar nicht betrafen, aber erklärte man ihm das, war er wiederum beleidigt, weil er sich zu wenig beachtet fühlte. Vielleicht konnte er es einfach nicht verwinden, dass man ihn nach über drei Jahrzehnten harter Arbeit einfach so vor die Tür gesetzt hatte.

Seit dem Tag seiner Entlassung schien er in einer Art Zeitschleife gefangen, denn alles, wovon er sprach, war Willy Brandt. Willy Brandt war Bürgermeister gewesen, als Yusuf in die Stadt kam, um für die nächsten fünfunddreißig Jahre in einer Glasgießerei am Hochofen zu stehen. Eher zufällig – er hatte in dem ganzen Durcheinander die falsche U-Bahn genommen – stand Yusuf am 16. August 1961 in einer riesigen Menschenmenge und hörte «den Willy» reden.

«Und wisst ihr, was er gesagt hat?», fragte er, wenn er sich wieder einmal kaum mehr auf dem Hocker halten konnte.

Wir hätten es gerne gewusst. Aber er verriet es uns nicht, sondern ging stattdessen gleich zu den Jahren über, in denen Willy Bundeskanzler gewesen war – und zwar der beste Bundeskanzler aller Zeiten, denn er hatte etwas getan, was Yusuf keinem Herrscher oder Staatsmann vorher zugetraut hätte: Er hatte sich entschuldigt.

Willy Brandts Kniefall in Warschau war Yusufs Schlüsselerlebnis gewesen. Anschließend hatte er seine Staatsbürgerschaft beantragt.

Yusuf habe wahrscheinlich kein Wort verstanden von dem, was Brandt damals gesagt hatte, mutmaßte Wolfram. «Wie denn auch? Kam doch geradewegs aus Anatolien. Glaubst du, der hatte einen Osttürkisch-Deutsch-Sprachführer in seiner Tasche? Nee, da waren nur Hammelwurst und 'n bisschen Knoblauch drin! Frag ihn doch mal, was Brandt genau gesagt hat. Und frag ihn auch gleich nach den Ostverträgen. Oder nach Guillaume.»

Wolfram studierte Mathematik und Informatik, behauptete aber, in seinem Inneren Philosoph zu sein. Er studierte schon sehr lange, und so, wie er es beschrieb, war ein Ende nicht wirklich abzusehen. Er litt unter chronischem Geldmangel und zögerte nicht, uns anzupumpen, obwohl er nebenher verdiente. «Um die Philosophie zu bezahlen», arbeitete er als Fernmeldetechniker für ein Sub-Sub-Unternehmen der Post.

«Telekom», korrigierte er mich, «es heißt jetzt Deutsche Bundespost – Telekom.»

Wolframs Arbeitgeber hieß schlicht «Kabel-Kurt», installierte Endgeräte im Osten, kontrollierte Leitungen und führte Wartungsarbeiten durch, weil die Post dort zu wenige Leute hatte und die meisten Leute noch keine Telefonanschlüsse. Damals musste man Monate, manchmal auch Jahre auf ein Telefon warten, wenn man im Ostteil der Stadt wohnte. Ich hatte keins, und in Siggi's Diner gab es auch keins. Wollte man jemanden sprechen, ging man zu ihm hin. In sehr dringlichen Fällen durfte Siggi in der Tankstelle telefonieren.

Eines Tages kam Wolfram mit einem schwarzen Koffer an, in dem ein Telefonhörer mit Kabel und eine kurze Antenne steckten.

«Was ist das?», fragte ich.

«Das vermietet Kurt an die ganz Eiligen.»

«Ein Funkgerät?», fragte Yusuf.

«Mobiltelefon. Es heißt Mobiltelefon. Weil man es überallhin mitnehmen kann.»

«Mobil sieht es nicht gerade aus», meinte Siggi, als Wolfram das schwere Ding auf den Tresen hievte.

Yusuf grinste.

«Ja, ja, lacht ihr nur», sagte Wolfram. «Eines Tages wird jeder so ein Ding haben.»

«Dann sollte man aber Räder dranschrauben, damit man es hinter sich herziehen kann», trumpfte Yusuf auf.

Eigenartig, aber Siggi konnte sich nie zur amerikanischsten aller Unterhaltungselektronik, einer Jukebox, durchringen – vielleicht, weil er die Kontrolle über das, was da aus den Boxen drang, behalten wollte. Den Wünschen seiner Gäste, zum Beispiel der LKW-Fahrer der Stadtreinigung, die regelmäßig nach

Elvis und Truck Stop verlangten, kam er nicht nach, und bei Forderungen der Jüngeren, die aus den Kellerclubs zum Essen in sein Etablissement strömten, stellte er sich einfach dumm.

«Industrial? Was meinst du damit? Ich habe hier industrielles Bier und Hamburger von industriell gemästeten Rindern. Reicht das?»

So blieb es bei schwarzem Jazz der vierziger und fünfziger Jahre, blieb es bei den alten Schlagern von Cole Porter und den Melodien von Gershwin, die selbst mir vertraut vorkamen und die Siggi schon heimlich während jener Bombennächte gehört haben wollte, als er zusammen mit ein paar Gleichgesinnten im dunklen Keller kauernd das Ende des Krieges abwartete.

«Die Japaner haben das mal untersucht», wusste er. «Was du im Mutterleib drinnen hörst, prägt dich fürs Leben. Deswegen müssen sich die japanischen Mütter auch die ganze Zeit Bach und Beethoven anhören, damit sie diese kleinen Wunderkinder bekommen, die du dann im Fernsehen sehen kannst. Im Keller war es natürlich nicht so gemütlich, aber doch irgendwie ähnlich – vor allem dunkel.» Er lachte kurz auf. «Leider hab ich nie ein Instrument in die Finger bekommen, sonst wäre ich jetzt vermutlich ein verdammtes Genie.»

Was hatte Siggi in den vergangenen vierzig Jahren in die Finger bekommen? Wir wussten es nicht. Wir wussten nicht einmal, wie alt er wirklich war. Den Bemerkungen, die er bei meinen Besuchen im Ikarus fallenließ, konnte ich wenig entnehmen, außer einer beständigen Sehnsucht nach Amerika, die mir wie das Verlangen eines Mannes nach einer Frau vorkam, die er nur von Fotos aus einem Magazin kannte.

«Ja, eine Reise über den Großen Teich, das wär's gewesen. War halt nicht drin. Ist immer was dazwischengekommen. Wenn ich genügend Geld zusammen- und hier alles geregelt habe, mach ich den Tank voll, schmeiß den Motor an, und los geht's», murmelte er an einem Sonntagnachmittag, als ich zwischen zwei Kontrollen auf einen Kaffee bei ihm vorbeigekommen war.

«Ähm – Entschuldigung», meldete sich Wolfram, «aber war da nicht ein Meer dazwischen oder so was? Ich meine zwischen hier und Amerika? Oder nimmst du die Route über den Nordpol?»

Siggi beugte sich über den Tresen und sah Wolfram scharf an. «Warum nicht», zischte er in die leisen, schnellen Saxläufe Parkers hinein, «warum nicht?»

Das war Anfang des Jahres, bevor Nadja anfing, bei Siggi zu arbeiten, bevor Gero Heym auftauchte. An den Wochenenden drehte ich meine Runden in und unter der Stadt, tauchte ab und zu an der Oberfläche in Siggi's Diner auf, setzte mich auf die mongolischen Polster, vor mir einen Cheeseburger, in meinem Rücken das Schwarz-Weiß-Foto eines Baseballspielers, der gerade nach einem Ball hechtete und in der Luft zu schweben schien und dessen Namen ich noch nie in meinem Leben gehört hatte.

«Hast du was gegen Baseball, Opa?» Rodriguez grunzte. «Niemand hier hat was gegen Baseball, niemand in ganz Amerika hat was gegen Baseball, stimmt's, Schmeißfliege?»

Schmeißfliege lag oben auf dem zweiten Stockbett, gegenüber von Rodriguez. Er hieß eigentlich Peter Williams, war Anfang vierzig, hager, mit eingefallenen Augen. Früher hatte ein einziger Blick aus diesen Augen ausgereicht, um Anleger davon zu überzeugen, Anteile an Firmen zu kaufen, die es gar nicht gab. Doch die letzten vier Wochen hatten ihnen jedes Feuer genommen.

Williams starrte an die Decke wie einer, der sich vom Leben betrogen fühlt. Er war noch nie im Gefängnis gewesen. Noch nicht einmal in einer Ausnüchterungszelle. Bis zuletzt hatte er geglaubt, sein Anwalt würde eine Bewährungsstrafe rausholen oder sonst einen Handel abschließen können. Doch die Leute, denen er seine Phantasiefirmen angedreht hatte, waren unversöhnlich geblieben.

«Ich hab dich was gefragt, Schmeißfliege.»

«Ich liebe Baseball.»

«Na also!» Rodriguez beugte sich vor und spähte von seinem Doppelstockbett herab in die Dunkelheit unter Williams' Bett. Dann wandte er sich Frimm zu.

«Was ist mit dir? Meinung inzwischen geändert?»

«Ich habe meine Meinung über Baseball in den letzten sechzig Jahren nicht geändert, warum sollte ich jetzt noch damit anfangen?»

«Ich warne dich, Opa. Die ham mich hier nicht wegen

73

Hühnerdiebstahl eingesperrt. Ich sitze hier wegen bewaffnetem Raub und Körperverletzung. Und ich bin ein großer, ein ganz, ganz großer Baseballfan.»

«Ich hasse Baseball», wiederholte Frimm. «Und ich liege hier wegen schwerer Körperverletzung.»

«Willst du mich hochnehmen, Alter? Wie hast du's denn angestellt? Im Altersheim die Räder am Rollstuhl deines Kumpels gelockert?»

«Bratpfanne.»

«Bratpfanne?» Rodriguez geriet etwas aus dem Konzept. «Mhm … Bratpfanne, wirklich? Mhm … Du verarschst mich doch nicht, oder?»

«Nein.»

«Wen hat die Bratpfanne denn erwischt?»

«Meinen Vermieter.»

Williams starrte immer noch an die Decke und fragte: «Was hat er Ihnen denn getan, Ihr Vermieter?»

«Die Miete erhöht.»

«Oh.»

«Schnauze, Schmeißfliege!» Rodriguez genoss es spürbar, Williams zurückzucken und sich noch tiefer ins Zwielicht seiner Koje drücken zu sehen.

Das mit der Mieterhöhung stimmte nur teilweise. Edison Frimms Vermieter hatte ihn vor die Wahl gestellt, entweder mehr Miete zu zahlen oder rauszufliegen. Frimm hatte nicht vorgehabt, mehr als das zu bezahlen, was er während der letzten dreißig Jahre bezahlt hatte. Er hatte das Häuschen im Norden von L. A. in Schuss gehalten, es gestrichen, das Dach geflickt, hatte sogar einmal, ziemlich am Anfang, auf eigene Kosten den Kammerjäger bestellt, der ein übles Gift ausbrachte, das die Termiten davon abhalten sollte, den Holzbungalow über kurz oder lang in Sägespäne zu verwandeln.

Mit welchem Recht glaubte dieser Arthur denn, plötzlich mehr verlangen zu können? Sein Schreiben enthielt jedenfalls keine Begründung, außer jener, dass die Miete, für ein Objekt in dieser Lage, nach Ansicht einer dubiosen Maklervereinigung viel zu gering sei.

Frimm hatte den Brief weggeworfen und weiterhin das bezahlt, was er immer gezahlt hatte. Als er sechs Monate später vormittags vom Tierarzt zurückkam, hatte er den Brief und seinen Ärger vollkommen vergessen. Zumal seine Schildkröte krank zu sein schien, jedenfalls hatte ihn eine Verfärbung des Panzers misstrauisch gemacht. Doch der Mediziner hatte ihn beruhigen können, alles sei in Ordnung, um Gertrude müsse er sich keine Sorgen machen, allerdings solle er selbst mal zu einem richtigen Doktor gehen.

Frimm hatte mit den Achseln gezuckt, einen schönen Tag gewünscht und sich, die Schildkröte unterm Arm, auf den Heimweg gemacht. Er fühlte sich eigentlich gut – bis auf jenes merkwürdige, leise Brummen, das er in letzter Zeit häufiger hörte. Beim ersten Mal hatte er es noch auf einen der Polizeihubschrauber geschoben, die gelegentlich über der Nachbarschaft ihre Kreise zogen, aber da war kein Hubschrauber gewesen. Dumm, dachte er damals, dumm, wenn ich auf meine alten Tage noch was mit den Ohren bekomme.

Wenig später war er mitten in der Nacht aufgewacht, weil er glaubte, Charlie Parkers «Yardbird Suite» zu hören. Er nahm an, er habe vergessen, das Radio in der Küche abzuschalten. Aber das Radio in der Küche war aus. Immer wieder betätigte er den Schalter, um immer wieder Rod Stewart zu hören und wieder abzuwürgen, während gleichzeitig die «Yardbird Suite» erklang. Schließlich zog er den Netzstecker und drehte die Sicherung raus, aber Parker spielte weiter und weiter.

Lee «Sparky» Rosenbaum, ein alter, vielleicht sein einzig verbliebener Freund, der noch einmal zehn Jahre älter als er selbst war, hatte ihm eine Erklärung für das Phänomen geliefert: «Interferenzen», hatte er gemeint und: «Mach mal den Mund auf.»

Einmal im Monat, jeweils am Sonntag um zwölf Uhr mittags, lud Rosenbaum eine Handvoll steinalter, ehemaliger Hollywoodheroen und -diven (die seit Jahrzehnten auf keiner «Sternenkarte» mehr verzeichnet waren) zu seiner Cocktailparty ein. Er bewohnte immer noch sein altes Haus in Pacific Palisades, und Frimm, der kein Auto besaß, brauchte jedes Mal eine halbe Ewigkeit, bis er mit dem Bus dort ankam.

Rosenbaum hatte ein ähnliches Problem wie Frimm, sprich, er hatte ein Problem mit seinem Haus. Es gehörte ihm zwar, war alt, vergleichsweise klein, stand aber auf einem ziemlich großen Grundstück. Und auf dieses Grundstück hatte es Sparkys Nachbar, ein erfolgreicher ehemaliger Kraftsportler und inzwischen berühmter Hauptdarsteller von Actionfilmen, abgesehen. Nicht, um ein Haus darauf zu bauen und darin zu wohnen, sondern um ein weiteres Grundstück zu besitzen, ein Grundstück, das samt einer noch zu pflanzenden hohen Hecke zwischen seinem Anwesen und jener Straße liegen würde, auf der sich die Paparazzi und Touristenführer mittlerweile dauerhaft eingerichtet hatten, um ihre Teleobjektive und Feldstecher über Rosenbaums Garten hinweg auf den Swimmingpool, die Tennisanlage und vor allem die Freundinnen des Filmhelden richten zu können.

Rosenbaum hatte jeden Unterhändler fortgeschickt, bis der genervte Schauspieler schließlich persönlich bei ihm vorsprach (mitten in der Nacht und als Pizzalieferant verkleidet), um ihm eine sehr, sehr hohe Summe für sein Anwesen zu bieten, die Sparky leider und zu seinem größten Bedauern ausschlagen musste, ebenso wie die Bitte des Stars, wenigstens die ersehnte Hecke zu pflanzen.

«‹Mein Lieber›, hab ich zu ihm gesagt, ‹kommen Sie erst mal in mein Alter, dann brauchen Sie auch keine hohen Hecken mehr. Wenn Sie so ein alter Furz wie ich sind, dann freuen Sie sich über jeden Schmierfinken, der noch einmal seinen neugierigen Hals über niedriges Gatter reckt.›»

Wohl auch deswegen waren Sparkys Cocktailsonntage so beliebt. «Schau dir meine durchgeknallten Mumien an», kicherte er, wenn wieder einer seiner Gäste den Fotografen der Klatschpresse, die ihre Objektive eigentlich über Sparkys Grundstück hinweg auf den Pool des Actionhelden ausgerichtet hatten, freundlich zuwinkte. «Die glauben doch tatsächlich, das wäre ihr Bahnhof hier!»

Als Sparky Frimm aufforderte, den Mund zu öffnen, waren die meisten Gäste schon gegangen oder in ihren Sesseln im Cocktailschlaf wie Kinder zusammengesunken.

«Na, los doch, mach schon auf!»

Frimm war überrascht, dann tat er wie ihm befohlen.

«Während der McCarthy-Zeit haben manche geglaubt, die CIA hätte Zahnärzte bestochen, damit die uns heimlich Abhörwanzen in die Karieslöcher stopfen», erklärte Sparky, während er Eddies Zunge mit einem Teelöffel runterdrückte.

«Aa-hö-hanzen?»

«War vermutlich alles Quatsch», er grinste, begann mit der anderen Hand in seiner Hosentasche zu kramen und zog schließlich einen Schlüsselbund hervor, an dem eine Miniaturtaschenlampe hing. Offenbar erwischte er zunächst den falschen Knopf, denn Eddie Frimm hörte irgendwo ein elektrisches Garagentor aufgehen.

«Ha! Wusst ich's doch», zischte er schließlich, «Amalgam!

Kein Wunder. Damit bist du so 'ne Art wandelnde Richtantenne. Was du da hörst, sind Interferenzen. Wie bei einem alten Kofferradio. Heute schon Radio Moskau empfangen? Berlin? London? Tokio?»

Endlich zog er den Löffel zurück. Frimm schluckte trocken.

«Und was kann man dagegen tun?»

«Nichts. Lass dir die paar Zahnruinen ziehen und kauf dir ein Gebiss, wie jeder anständige alte Knacker.»

Abgesehen davon, dass er kein Geld für ein Gebiss hatte, traute Frimm Sparkys Diagnose auch nicht. Eine ganze Weile lang hatte er nichts mehr empfangen, nur heute, da hörte er es wieder, nicht die Musik, aber das Brummen. Auf halbem Weg zu seinem Haus blieb er stehen, schloss die Augen, hielt sein Gesicht in die Sonne und wartete, dass das Geräusch wieder verstummte. Es kam ihm vertraut vor. Sehr vertraut. – Als er die Verandatür öffnete, war es verschwunden. Dafür waren die Deutschen da.

Eddie schätzte sie auf Mitte dreißig, ein Mann und eine Frau, beide trugen sie schwarze Rollkragenpullover, und sie standen in seiner Küche herum. Die Frau war hübsch auf eine verschämte Art, sie hatte eine etwas eingeknickte Körperhaltung und spielte das unschuldige Mädchen. Der Mann sah irgendjemandem ähnlich, aber Frimm fiel nicht ein, wem. Vielleicht einem aus dem Fernsehen.

Er ging langsam in die Hocke, und die Schildkröte kroch gemächlich auf ihr Salatschüsselchen zu.

«Ach wie sü-hüß!», rief die deutsche Frau auf Englisch.

Arthur, der Vermieter, stand auch in der Küche. «Das ist Gertrude, die Schildkröte», sagte er.

«Und ich bin Eddie, der Hund», echote Frimm.

«Das Haus ist einfach toll, und die Sicht, die Sicht!»

«O ja, es i-ist einfach groß, richtig groß, wir nehmen es!», beeilte sich der Pulloverträger zu sagen. Die Frau klatschte begeistert in die Hände.

«Was soll das heißen?», fragte Eddie.

«Das soll heißen, dass du mir sechs Monate Mieterhöhung schuldig bist, Eddie. Das soll das heißen.»

«Ich bin dir gar nichts schuldig. Ich lebe in diesem Haus seit gut dreißig Jahren, und jetzt willst du mir hier ein paar junge –», er deutete auf die beiden Deutschen in ihren schwarzen Rollkragenpullovern und sagte in gleichmütigem Ton: «Nazis reinsetzen?»

Gertrude hatte zu Ende gefressen und schien interessiert ihren Kopf zu heben.

«Fang nicht wieder damit an, du alter Idiot», fauchte Arthur, dem nicht entgangen war, dass seine zukünftigen Mieter bei dem Wort «Nazis» zusammenzuckten.

Arthur war seit dem Tod seines Vaters, seit fünfzehn Jahren, Frimms Vermieter. Selbst über sechzig, hatte er in den vergangenen Jahren vergeblich auf Eddies «Heimgang» gewartet. Nun schien er die Sache beschleunigen zu wollen.

«Die sind *wirklich* im Filmgeschäft, die haben hier einen richtigen Job, die verdienen Geld und werden ihre Miete bezahlen!»

«Ja, ja. Die Nazis, die waren richtig, richtig schlecht», meinte der Mann kleinlaut.

«Wir tun uns so entschuldigen, was mit dem Krieg passiert ist!», fügte die Frau aufgeregt hinzu.

«Wovon reden die eigentlich?», fragte Eddie.

Arthur ignorierte die Frage: «Ich werde sie nicht bei dir reinsetzen, Eddie, ich werde dich raussetzen. So einfach ist das.»

«Dreißig Jahre!», rief Frimm.

Die beiden Deutschen waren jetzt still und sahen etwas verängstigt aus. Der Mann öffnete den Mund, als wolle er etwas sagen, ließ es dann aber bleiben. Gertrude schlurfte in Richtung Garten.

«Drauf geschissen, Eddie. Ich scheiße auf deine dreißig Jahre, genau wie du auf die letzten sechs Monate geschissen hast, die ich meinem Geld hinterhergerannt bin. Ich hab's satt, hörst du? Ich scheiß drauf!»

«Das ist dein letztes Wort?»

Arthur nickte.

Frimm drehte sich in Richtung Spüle, griff nach der kleinen gusseisernen Pfanne, in der er sich am Morgen ein Spiegelei gebraten hatte. Sie traf Arthur über dem Ohr, und er sackte filmreif vor den Rollkragenpullovern zusammen. In der Linken immer noch die Pfanne, streckte Eddie den rechten Arm aus, die beiden Deutschen wichen zurück und starrten abwechselnd ihn und den stöhnenden Arthur an. Das also war es, das harte, brutale, erbarmungslose Amerika, wie sie es aus dem Fernsehen kannten.

«Mowl ha-alten», sagte Edison Frimm beinahe akzentfrei.

«Bratpfanne. Cool. Warst bestimmt in der Zeitung damit?»

«Keine Ahnung.»

«Und im Fernsehen?»

Eddie zuckte mit den Schultern.

«‹Schwere Körperverletzung›, hast du gesagt? Das heißt, das Arschloch lebt noch.»

«Falls du meinen Vermieter meinst, ja, der lebt. Hat 'ne Beule.»

«Deswegen warst du nicht im Fernsehen. Du hättest fester zuschlagen müssen.» Rodriguez schien angestrengt nachzudenken, bevor er fortfuhr: «Aber dass du was gegen Baseball hast, gefällt mir immer noch nicht. Ich wollte als Junge immer Baseballstar werden.» Er beugte sich noch ein wenig weiter über die Bettkante nach vorn, bis das Licht der funzeligen, vom Fliegendreck getrübten Hängelampe auf sein Gesicht fiel. Es war ein breites, grobes Gesicht mit einer breiten, wahrscheinlich mehrfach gebrochenen Nase und dicken, fleischigen Backen. Obschon dieses Gesicht zu mimischem Ausdruck überhaupt nicht mehr fähig schien, glaubte Frimm in diesem Augenblick so etwas wie Verzagtheit oder Trauer darin zu erkennen.

«Ich war gar nicht mal schlecht, früher», sagte Rodriguez leise, «als Schläger, mein ich. Wenn nicht was dazwischengekommen wär, hätt ich 'ne richtige Legende werden können. So wie Babe Ruth oder Ted Williams.»

Eddie stellte sich seinen Zellenkumpan mit Helm, Trikot und Schläger vor, aber das Bild wurde unvermittelt von einem anderen überlagert, jenem von Georgie McPherson jr., dem Nachbarsjungen, der – es musste 1939 gewesen sein – schon frühmorgens seinen kleinen dreckigen Ball in die von Mama McPherson zum Trocknen aufgehängten Bettlaken warf oder schlug und immerzu kreischte: «Ich bin Babe Ruth! Ich bin Lou Gehrig! Schaut dem großen Lou zu, seht die Legende, wird er es schaffen? Ja, er schafft es, er schafft es, Homerun!»

«Eine Legende, ja, das ist es», murmelte Rodriguez und sackte seltsam kraftlos zusammen, als habe ein übermächtiger, düsterer Gedanke kurzzeitig von seinem schwerfälligen Leib in seiner ganzen Bosheit Besitz ergriffen. «Man muss eine Legende werden. Jemand, den alle sehen wollen. Wie Ruth. Oder Hitler.»

«Oder Georgie», sagte Frimm, zog die Decke über sich und drehte sich um.

Am Morgen seines sechzehnten Geburtstags wurde Siegfried Heinze, der die Nacht einmal mehr in der Uniform der Flieger-HJ verbracht hatte, von der Nachbarin mit den Worten geweckt: «Unser Führer hat dir ein Geschenk gemacht!»

Das war ein wenig übertrieben, denn das Geschenk des Führers, dessen Bild auch nach dem Umzug in die größere Wohnung wieder zwischen allerlei aus der *Berliner Illustrirten* ausgeschnittenen Fotografien mit Jägern, Sturzkampfbombern und braungebrannten Kondor-Legionären über dem Bett des Jungen hing, dieses Geschenk war keineswegs so exklusiv, wie Frau Kriemhild es ihn in ihrer freudigen Erregung darüber, dass sich nun ihr eigenes sowie das Schicksal des deutschen Volkes insgesamt zum endgültig Besten wenden sollte, glauben machen wollte, und es war auch nicht so, dass sich jeder gleichermaßen über dieses Geschenk gefreut hätte.

Mauser beispielsweise, den man von der Mordkommission zum Einbruch versetzt hatte, nachdem er den Tod eines laut Obduktionsbefund mehrfach dieselbe Treppe hinuntergefallenen jüdischen Schuhhändlers aufklären wollte, sprich ermitteln, wo es nach Ansicht seiner neuen Vorgesetzten gar nichts zu ermitteln gab, der verfluchte den Tag, an dem er seinen Mund nicht hatte halten können. Nicht jenen, an dem er angesichts des eingeschlagenen Schädels des Schuhhändlers, des leeren Blicks der Frau, die ihre Handflächen über die Augen der Kinder gelegt hatte, langsam, aber klar und deutlich gesagt hatte: «Mord bleibt Mord», sondern jenen, an dem er betrunken, zynisch und tollkühn zugleich versucht hatte, einen Spitzel zu veräppeln.

Nach einem bedrückenden Tag im Einbruch hatte er am Tresen des Bierkellers Zum Schweinemagen Trost gesucht, und er sah dem Mann neben sich sofort an, dass er von den Geheimen war, ein verkappter Abstinenzler, der nur ein Glas vor sich stehen hatte, um die Gespräche der Kneipengäste möglichst unauffällig mithören zu können.

Oha! Das missfiel dem Kommissar gewaltig. Der Bierkeller war seine letzte Oase im wüsten Land: In diese heimelige Gruft, diese schiefen Stiegen hinab war die neue Zeit noch nicht geschwappt. An den Wochenenden spielte man laut und eifrig Negermusik, und auch sonst gestaltete sich der Umgang freier, als es oberirdisch üblich war. Mauser fühlte sein Revier verletzt, er musste den Knilch loswerden! Enttarnung schien das beste Mittel. Also bestellte er dem Spitzel zum halbvollen Glas gleich noch ein neues, dazu einen Schnaps. Dann zeigte er seine Marke, sagte: «'n Abend, Kollege», schön laut, und noch bevor der Gestapo-Mann, sich umschauend wie ein Hund, dem man beim Geschäft zusah, ein Wort erwidern konnte, erzählte er ihm so dies und das vom Alltag im Einbruchsdezernat, bis er dann plötzlich ganz leise wurde und zu seiner Parade ausholte, sich nun ebenfalls konspirativ umsehend fragte, ob der Kollege ein Geheimnis für sich behalten könne, ja? Gut. Er, Mauser, fürchte, die ganze Reichskanzlei weise erhebliche bauliche Sicherheitsmängel auf, genauso gut könne der Führer im Tiergarten zelten, wenn man ihn, den Einbruchsfachmann, fragen würde.

Wäre Mauser nicht schon bei der fünften Molle angelangt gewesen, dann hätte er wohl nicht ganz so dick aufgetragen. Bei Bier Nummer sechs hingegen kam er so richtig in Fahrt und erzählte dem Mann auch noch, wie da kürzlich ein paar

Ganoven versucht hätten, über die Kanalisation in ein Warenhaus einzubrechen, nämlich Wertheim am Leipziger Platz, und dass ihm darüber klar geworden sei, in welch schrecklicher Gefahr der Führer sich befinde. Keine Gitter, keine Wehre, nichts, was ihn davor bewahren könnte, bei einem Abortgang hinterrücks gemeuchelt zu werden. Im Mauerwerk zwischen Fallrohr und Hauptkanal, da liege zumeist die Schwachstelle, denn die Untermenschen, die den Deutschen ihren Führer nicht gönnten, die hießen ja nicht nur Untermenschen, weil sie so untermenschlich, sondern auch, weil sie so klein seien. Großnasige, dunkelbärtige Zwerge malte Mauser da anstelle des Teufels an die Wand, lichtscheue Kreaturen, die mit ein, zwei Meißelschlägen ins Allerheiligste des Führers vorzudringen vermochten.

Sein Gegenüber verzog keine Miene: «Aha», sagte er. Und dann: «Wie heißen Sie? Dienstgrad? Abteilung? Vorgesetzter?»

Da sah Mauser ein, dass dieser Mann überhaupt keinen Humor besaß, und bestellte sich das siebente Bier. Man konnte ja nicht wissen, wie lange man noch was bekam.

Am nächsten Tag wachte Mauser mit schwerem Kopf auf, denn zu allem Überfluss hatte er sich auch noch ausgiebig aus der Zigarilloschachtel bedient und hatte, nachdem er, gerade noch gehfähig, im Aufgang zu seinem bescheidenen Heim angelangt war, mit dem zufällig des Wegs gekommenen Exilarmenier Bebo Globodajarian zwei Etagen höher dessen Restbestände an exilarmenischem Kognak angegriffen.

Der noch junge Bebo war nicht unbedingt ein Freund des Kommissars, eher ein guter Bekannter. Schon einige Male war er Mauser über den Weg gelaufen, leider meistens im Präsidium – wegen kleinerer Betrügereien, ungedeckter Schecks und einmal wegen eines angeblich gegebenen Heiratsversprechens. Doch war es in keinem der Fälle zu einer Verurteilung gekommen. Bebo war nach eigenem Bekunden zur Hälfte Armenier, zu einem Viertel Georgier und zum letzten Viertel deutsch. Eine seiner Großmütter soll in einem Dorf in Armenien geboren worden sein, wohin irgendwelche Schwaben zweihundert Jahre zuvor aus Süddeutschland eingewandert waren. Ob das allerdings stimmte, wusste Mauser nicht zu sagen. Bebo war erst vor den Türken, dann vor Stalin geflüchtet und glaubte dem Mauser kein Wort, als der sagte, es würde hierzulande vielleicht noch schlimmer werden. War die Olympiade nicht schön gewesen? Waren die Straßen nicht geteert und gefegt?

Gut, der Krawall im letzten November, die Bürgersteige voller Scherben, das sei nicht schön gewesen, das nicht. Andererseits: Wurde er, Bebo, im Deutschen Reiche vielleicht von pumphosigen, säbelrasselnden, Steinschlosspistolen schwingenden schnauzbärtigen Straßenräubern überfallen, wie das während seiner Kindheit in der unzugänglichen Berggegend, aus der er stammte, an der Tagesordnung gewesen war? Nein! Aber Bebos Zweifel gründeten wohl auch darin, dass der Schnaps nach den sieben Bier Mausers Satzbau nicht gerade verständlicher machte.

«Bebo», hatte der Kommissar mit schwerer Zunge angesetzt, «Bebo, ich sag dir mal was: Wenn's einen Ort gibt, wo du nicht hier bist, dann geh dorthin.»

Was sollte er bloß mit solchen Ratschlägen anfangen?

Es war sein freier Nachmittag, als es an der Wohnungstür klingelte. Mauser hatte Kopfschmerzen, beinahe überhaupt keine Erinnerung an die Zecherei, dafür aber eine nebulöse an den Versuch, an jenem Abend dem Gestapo-Mann einen

Bären aufzubinden. Die Länge und die Intensität des Ge-
schelles verhießen nichts Gutes. Hatte der Knabe ihn nach
seinem Namen gefragt? Hatte er geantwortet? Au Backe,
mein lieber Herr Gesangsverein! Am Ende müsste er gleich
die Tasche mit den warmen Sachen packen. Mauser schlurfte
zur Tür, bemüht um Haltung und Würde in der Stunde des
Untergangs.

Es war, wie er erwartet hatte: vor der Tür ein SSler, der ihm
mit seinem dämlichen Deutschen Gruß beinahe die Nase
brach und die Hacken knallen ließ, dass sich seine Kopfschmerzen ins Unermessliche steigerten.

«Kommissar Mauser?»

«Ja.»

«Sie werden im Sicherheitsamt erwartet.»

«Wann?»

«Sofort.»

Mauser blickte in das stille Treppenhaus. Beinahe konnte
er spüren, wie die Nachbarn jetzt hinter ihren Türen standen
und lauschten. Schweigende Mehrheit nannte man das wohl.
Mehr als einmal hatte er sich gefragt, ob dies nicht das eigentliche Geheimnis der Mächtigen war: diese sprachlose Mehrheit gleichzeitig als mögliche Opfer und duldende Mittäter
zu halten. Schuhverkäufern wurde der Schädel eingeschlagen,
Nachbarn, mit denen man zehn Jahre lang Tür an Tür gewohnt hatte, wurden abgeholt und verschwanden ohne Abschied. Wer fragte noch, warum oder wohin?

Jene, die kamen, die Nächsten zu holen, ließen den Mitwis-
sern immer ein kleines Schlupfloch (sodass sie schnell noch
zur Arbeit oder zum Bäcker gehen oder sich Watte in die Ohren stopfen konnten), wenn es laut wurde, wenn das Geze-
ter, das Flehen oder auch das leise Weinen der Menschen, deren Vater, Mutter, Sohn, Tochter da gerade abgeholt wurden,

allzu störend durch die sauber gefegten Treppenhäuser und ordentlich tapezierten Wände drang.

Immer lebten diese verächtlichen Zeugen in Angst, weil man nie genau wusste, was der Nachbar verbrochen hatte, beziehungsweise weil man tief in seinem Inneren ahnte, dass er eben *nichts* verbrochen hatte und dass dieses *nichts* bedeuten könnte, selbst schon bald an seiner Stelle zu sein.

«Kann ich noch ein paar warme Sachen einpacken?», fragte Mauser.

«Warme Sachen?»

«Falls es kalt wird.»

Der Uniformierte geriet für einen Augenblick aus dem Takt, aus dem inneren Stechschritt, runzelte die Stirn, wandte sich ratsuchend um und dem wartenden Wagen zu, in dem ein Kamerad saß und rauchte. Dann war die Sache entschieden.

«Es wird nicht kalt.»

Die Fahrt durch die Stadt geriet Mauser zur Fahrt durch ein unbekanntes Land. Da war das vertraute Gewimmel auf den Straßen, das Geschrei der Zeitungsverkäufer, das Quietschen der Tram, wenn sie in eine Kurve bog – was also hatte sich groß verändert? Sondermeldungen drangen aus den öffentlichen Hörstuben auf die Bürgersteige, mischten sich mit dem Geräusch flatternder Fahnen, marschierender Stiefel und fröhlichem Tschingdarassabum. Keine große Begeisterung, aber auch keine hängenden Köpfe, allenfalls Mühe, das Haupt gerade zu halten. Der Führer verspricht, die Danzig-Frage zu lösen, Rekordflug der Condor nach New York und zurück, Spanien-Kämpfer geehrt. Tschingdarassabum. Waldmeisterei fünf Pfennige, nur Manskes Dampfwurst ist eine echte Berliner Dampfwurst, die deutsche Antwort auf polnische Heuchelei und Herausforderung.

Mauser suchte nach Zeichen des Altbekannten, nach einer unschuldigen Straßenecke, einer harmlosen Szenerie, wo er einfach aussteigen und in die er gleichsam eintreten könnte wie in einen Spiegel, um auf der anderen Seite, in einer anderen Welt herauszukommen, die ihn beruhigen würde, sagen: Es ist alles gar nicht so schlimm, es wird alles gar nicht so schlimm, vieles wird sich ändern, aber das meiste bleibt doch für gewöhnlich, wie es ist: Brennabor Fahrräder – leicht laufend, wertbeständig, nicht teurer, gegen Freimaurertum und die jüdisch-bolschewistische Weltverschwörung, heute zum letzten Mal: Menschen, Tiere, Sensationen.

Er erinnerte sich an den Tag, als er aus dem Weltkrieg heimkehrte und nach einem Stück seiner Jugend suchte, aber nichts fand, nur Kälte und Unordnung und Fremdheit. Da war er Polizist geworden. Um ein bisschen aufzuräumen, mehr innerlich als äußerlich. Er sei ein guter Polizist, hatte der Kriminalamtsleiter gesagt und ihn früh in die Mordinspektion geholt. Er habe einen Instinkt für das Böse. Das liegt daran, Herr Kriminaldirektor, weil ich selbst böse bin. Ja? Dann seien Sie mein Wolfshund, Mauser, jagen Sie diejenigen, für die mein Arm nicht lang genug ist, finden Sie die Wahrheit in den dunklen Gassen und Kellern, wo mein Licht nicht mehr hinreicht. Glauben Sie niemals dem Hörensagen, nehmen Sie alles in Augenschein, behaupten Sie nie, dieser oder jener habe ein solches Ende verdient, wen kümmert's schon, wer's gewesen ist. Denken Sie daran: Mord ist Mord. Finden Sie den Kain und bringen Sie ihn zu mir. Und wenn ich nun selbst ein Kain wäre, Herr Kriminaldirektor? Dann tun Sie Buße, Mauser, und tun Sie, was ich Ihnen sage.

Der Kriminaldirektor Cohn war ihnen entwischt. Nach England. Gerade noch rechtzeitig. Mauser hatte Mühe gehabt, ihn zu überzeugen. «Das Pack bring ich vors Gericht», hatte der Cohn gewettert, «die werden schon sehen, was Recht und Ordnung ist.» War doch glatt noch in seinem Büro erschienen, um Akten zusammenzusuchen. Hatte schon mehr als Glück gehabt, dass Mauser am Vorabend bei der kasernierten Schutzpolizei ein größeres Aufgebot bestellen musste, zwecks Routine-Razzia in einem Bordell in der Friedrichstraße. Auf dem Schreibtisch des Wachhabenden hatte er die Notiz entdeckt: Anforderung einer Gruppe Uniformierter für den nächsten Morgen, Ziel: Kriminalamt, Entfernung des Cohn aus seinem Amt und Sicherungsverwahrung zwecks späteren Verhörs, Haftbefehl folgt.

Das können die nicht machen. Die können noch ganz anders. Ich habe eine weiße Weste. Das allein reicht nicht. Ich habe keine Angst vor denen. Doch, Sie haben Angst. Und wenn Sie jetzt schon Angst haben, wo die noch gar nicht da sind, wie viel Angst werden Sie haben, wenn die da sind und Sie nicht mehr wegkönnen? Wollen Sie damit sagen, ich bin ein Feigling? Nein, damit will ich sagen, Sie sind ein Mensch, und so ein Mensch hält nicht alles aus. Beeilen Sie sich, Ihre Frau wartet unten im Wagen, der Zug nach Hamburg geht in einer halben Stunde, noch ist der Haftbefehl nicht aufgesetzt, der Richter schläft, Sie haben Zeit, aber nicht viel, vielleicht genug, gehen Sie, bitte.

Cohn ließ die Schultern hängen, lächelte zerknirscht, als habe er gerade gegen den Mauser beim Kartenspiel verloren. Hast ja recht, Mauser, klug eingefädelt hast du das, na, dann woll'n wir mal.

Beinahe munter nahm er Mantel und Hut, drehte sich noch einmal um, griff nach einer Aktenmappe und drückte sie Mauser in die Hand. Ungelöste Fälle, Mauser, beiß dir da mal die Zähne dran aus, bis ich wieder zurück bin. Wird ja nicht ewig dauern, der Schlamassel hier. Tausend Jahre haben die uns versprochen. Ach wirklich? Dann werd ich eben nur noch Kräuterschnaps trinken und alt werden wie Methusalem, Mauser, und wenn die tausend Jahre rum sind, werde ich dich suchen und finden – und wehe, du hast dann die ganze Zeit auf der faulen Haut gelegen und deine Plauze in die Sonne gehalten.

Er reichte Mauser die Hand, sah zu ihm hoch. Viel Glück. Wir können's beide brauchen. Pass auf dich auf, heul mit den Wölfen, aber nicht zu laut und nur, wenn's nicht anders geht, sonst kriegst du noch Sodbrennen. Halte dich an das, was ich dir beigebracht habe. Und vertraue niemandem.

Mauser war nicht mit hinunter zum Wagen gegangen, sondern hatte in Cohns Büro gewartet, ungefähr zwei Stunden, bis die Schupos eintrafen. Die meisten der Polizisten, vor allem die älteren, die den Cohn schon lange kannten, schienen erleichtert, ihn nicht mehr anzutreffen.

«Die Judensau hat sich verdrückt. Ist ganz feige abgehauen», brummte Mauser und beobachtete, wie einige der Älteren den Blick senkten und schwiegen.

Während er aus dem Seitenfenster des Wagens blickte, hoffte er mit einem Mal inständig, er möge etwas entdecken, das so unverrückbar, so ehern und zeitlos wäre, dass es auch die schlimmste Stunde überstünde. Ein Anfall abgründiger Schwermut. Und als sie an beflaggten Gebäuden vorbei- und durch belebte Straßen fuhren, plötzlich das Gefühl, man fahre durch eine Ruinenstadt. Einzig ein Schupo auf seinem Podest in der Mitte der Kreuzung ließ ihn sich heimisch fühlen. Was gäbe er jetzt darum, dort zu stehen, nochmal von vorn anzufangen und, unbekümmert um alle große Gerechtigkeit, die Ordnung im Kleinen zu wahren, einfach, indem er den Verkehr regelte.

Der Verkehrspolizist hob den Arm, der Wagen hielt. Am Straßenrand stand ein Junge in HJ-Uniform und beobachtete den Horch mit den beiden SS-Männern vorne und Mauser hinten. Der Junge sah Mauser an, schlug die Hacken zusammen und streckte den Arm aus.

«Heil Hitler, Herr Kommissar!», grüßte der Beamte, in dessen Dienstzimmer Mauser sich anstandslos hatte führen lassen, flankiert von den beiden Schwarzuniformierten, die ihm zwar keine Handfesseln anlegten, aber weder in der pompösen Eingangshalle des Amtes noch in den endlos erscheinenden, sich verzweigenden und wieder zueinanderfindenden Fluren von seiner Seite gewichen waren.

Der Beamte trug eine schlichte graue Uniform, hatte ihm den Rücken zugewandt, den Hitlergruß eher gemurmelt als gebrüllt, den Arm angewinkelt, die rechte Hand leicht angehoben, als wolle er einem davonfahrenden Zug zum Abschied winken. Über ihm hing ein großformatiges Bild des Führers, und er schien ganz in dessen Betrachtung versunken.

In dieser Position – Mauser vor dem Schreibtisch, der Beamte dahinter, ihm den Rücken zukehrend, den Führer betrachtend wie ein Geistlicher das Kreuz überm Altar, ehrfürchtig und gleichzeitig bar jeglicher Furcht – verharrten sie beide eine Weile und schwiegen. Es war merkwürdig, aber Mauser beunruhigte dies mehr als die Festnahme durch die beiden SS-Männer. Er hatte einen Keller erwartet, einen Stuhl mit Lampe und Fotoapparat davor, dann die Verhörstube, den Vernehmer, seine Gehilfen, Fragen, die er nicht würde beantworten können, die aber ständig wiederholt würden, Drohungen, leises Flüstern, Brüllen, grelles Licht und nachtschwarze Finsternis, Schläge, Stromstöße, sanfte Hände, die seine aufgesprungenen Lippen mit kühlem Wasser benetzten: Jetzt reden Sie schon, tun Sie sich selbst einen Gefallen, so reden Sie doch endlich, Mauser.

Der Beamte drehte sich um.

«Schön, dich zu sehen, Gert.»

Inspektor Fränkel, der jetzt, wie es aussah, Hauptsturmführer Fränkel war, wirkte etwas fülliger, hatte aber noch immer jene bei Aufregung leicht geröteten Wangen und sein freundliches Jungenlächeln. Er wies auf den Stuhl vor dem großen Schreibtisch.

«Setz dich doch», sagte er, und sein Lächeln wurde zu einem breiten Grinsen, «da biste baff, was?»

Mauser setzte sich. «Allerdings.»

«Und jetzt fragst du dich, was ich von dir will?» Mausers ehemaliger Assistent lehnte sich zurück, faltete die Hände und schien den Augenblick gar nicht genug auskosten zu können. «Wir wollen dir danken.»

«Mir?»

«Ja, dir.» Fränkel zog ein Papier hervor. «Vom Reichsführer persönlich: ‹Bitte danken Sie dem zuständigen Kriminalkommissar ausdrücklich in meinem Namen, und betrauen Sie ihn mit den Sicherungsmaßnahmen. Diese unterliegen strikter Geheimhaltung, eine mögliche Infizierung des VK ist tunlichst zu vermeiden.›» Er lachte kurz auf. «Da hast du dich ja wie Münchhausen am eigenen Zopf aus dem Sumpf gezogen. Ich kann nur sagen, einige deiner Kollegen würden ihre Frau verkaufen für so ein Briefchen.»

«Würden sie das, ja?»

«Mensch, Gert. Denkst du, das mit dem Cohn ist niemandem aufgefallen? Hältst du uns für so blöde?»

«Wir waren mal in derselben Firma, Erich. Du und ich.»

«Das sind wir noch. Du könntest jetzt auch hier sitzen, wenn du nicht so stur wärst. Ehrlich, ich war auch froh, als der Cohn sich davongemacht hatte. War ja eigentlich 'n anständiger Mensch. Aber Jude halt. Wirklich, ich war ganz froh. Aber musstest du ihm auch noch dabei helfen?»

«Habt ihr mich deswegen kommen lassen?»

«Wie ich höre, willst du zurück zur Mordinspektion.»

Mauser runzelte die Stirn. «Und?»

«Dafür musst du aber was tun.»

«Ich weiß nicht, wo der Cohn ist. Nach England abgehauen. Hat mir keine Ansichtskarte geschickt.»

«Ach, Gert», seufzte der Fränkel und blätterte in einem Stapel Papier, zog einen mehrfach gefalteten Bogen hervor und breitete ihn vor Mauser aus.

«Sagt dir das etwas?»

Mauser dachte zuerst an eine Art Schnittmuster. Dicke und dünne Linien waren zu einem Netz verbunden, dessen Struktur ihm entfernt bekannt vorkam. Schnittpunkte und Flächen waren mit Nummern und Abkürzungen versehen. Bei näherem Hinsehen entdeckte er feine, gestrichelte Linien, die mal den übrigen, stärkeren zu folgen, mal ganz andere Wege zu gehen schienen, als befänden sie sich über oder unter der Ebene des Dargestellten.

«Straßen», antwortete er.

«Nicht ganz: Kanäle. Die Kanalisation von Berlin.»

Fränkel lehnte sich zurück und sah Mauser an. Der Blick sollte wohl stechend und scharfsinnig wirken, doch er geriet seltsam verschwommen und fast melancholisch. Ruckartig stand er auf, stemmte die Hände in die Hüften, holte tief, wie auf Vorrat, Luft.

Tatsächlich war seine Stimme um einige Grade lauter, fast wie ein Ruf, sich in den Höhen überschlagend, als er sagte: «Der Feind lauert überall! Diese niederen Elemente zieht es in den Schlamm, aus dem sie gekrochen sind, dorthin, wo sie der

Schein des Lichts nie erreichen kann. Es zieht sie – bitte entschuldige meine Ausdrucksweise – in die Scheiße!»

Der ist übergeschnappt, dachte Mauser.

«Ja! Daran haben wir nicht gedacht – nur du, du mit deiner Erfahrung, du hast es gedacht.» Er deutete auf den Plan. «Es wäre ein Leichtes, durch die Kanalisation kommend ein Attentat auf den Führer zu verüben. Aber da schieben wir – vielmehr du – einen Riegel vor!»

Mauser runzelte die Stirn. «Wieso ich?»

«Warum sollte ein anderer für deine Wachsamkeit belohnt werden? Nein, nein, so läuft das nicht bei uns. Da gibt es keine Vetternwirtschaft, keine Postenhuberei wie in der Systemzeit! Weißt du, wie oft sie mich vor 33 in der Kripo befördert haben? Kein einziges Mal. Immer war ein anderer Sesselpuper vor mir dran. Vorbei, vorbei, vorbei. Jetzt werden Nägel mit Köpfen gemacht.» Er lächelte selbstgewiss. «Es soll dein Schaden nicht sein, Gert. Bist hiermit zum Hauptkommissar befördert! Offiziell verbleibst du beim Einbruch, leitest inoffiziell die Abteilung Vorbeugung Untergrund, kurz VU. Noch Fragen?»

«VU. Und was war das mit der Infizierung des VK?»

Fränkel wand sich ein wenig in seinem Sessel.

«Zunächst sollten wir uns dem Dringlichsten zuwenden.» Er deutete auf den Plan der Kanalisation. «Verstopf den Dachsbau! Die Sicherung des Abwassersystems wird natürlich eine gewisse Zeit in Anspruch nehmen, deswegen muss die ganze Operation absolut verschwiegen vonstattengehen! Sonst könnten die Täter ja vorher noch auf denselben Gedanken kommen. Du verstehst?»

«Gibt es denn schon Verdächtige?»

«Das ist es doch gerade: Es gibt immer Verdächtige. Du eröffnest ein Bankhaus, und eines Tages kommt jemand daran vorbei und überlegt, wie man das Bankhaus berauben kann.

Nun ist der Gedanke in der Welt, und wir müssen verhindern, dass er sich ausbreitet! Denn – glaube mir – jeder noch so kranke Gedanke sucht und findet irgendwann ein Hirn, in dem er sich einnisten kann! Der Spießbürger schützt sich, indem er sich Gitter vor die Fenster seines Hauses schweißt, einen Hund oder einen Browning kauft oder nachts nicht mehr auf die Straße geht. Was wir vorhaben, geht viel weiter: Wir doktern nicht an den Symptomen des kranken Volkskörpers herum. Wir isolieren die Krankheit, den kriminellen Gedanken, und dann merzen wir ihn aus!»

Mauser betrachtete den Kanalisationsplan.

«Kann ich auch nein sagen?»

«Im Prinzip, ja. Das Problem ist nur –»

«Was?»

Fränkel wirkte plötzlich erschlafft, seine Stimme klang müde. «Der Gedanke, die Kanalisation für einen Anschlag zu nutzen, der ist ja nun mal da. Sozusagen unkontrolliert in dir drin. Und leider gibt es nicht allzu viele Möglichkeiten, ihn da wieder rauszukriegen.»

Mauser zeigte keine Regung, nickte dann. «Wenn ich damit fertig bin, komme ich wieder zum Mord?»

«Du hast mein Wort darauf.»

Mauser sah nach dem Bildnis Hitlers. Es war sonderbar, fast schien es ihm, als habe sein ehemaliger Assistent, während er sprach und sich ereiferte, die Züge und die Gestik seines Führers angenommen, als habe ein dunkler Zauber ihn gelenkt, um ihn nun bleich und hohl zurückzulassen, mit seinem Jungengesicht und einem Stein als Herzen, der ihn tief und tiefer in seinen Sessel zog.

«Erinnerst du dich noch an den kleinen Heinze?», fragte Mauser. «Den mit dem Krimskrams, mit dem Bild über der Wiege und mit den Zinnsoldaten daneben?»

«Ja.»

«Siehst du, für den hat das Tausendjährige Reich schon zehn Jahre früher angefangen als für uns.»

Die folgenden Wochen und Monate verbrachte Mauser über Plänen der Kanalisation, der U-Bahn, des Rohrpostsystems. Begleitet von einem misstrauischen Emissär der Abteilung IV, ließ er alle größeren Tunnel und Rohre mit Eisengittern zuschweißen, leitete Abwasserströme und Rohrpostzüge um, gab Order, neue Kanäle und Abflüsse anzulegen, bis um die Alte wie auch um die gerade erst fertiggestellte Neue Reichskanzlei ein zweites unterirdisches Netz entstanden war, dessen Gestalt und Abmessung strenger Geheimhaltung unterlagen. Oberirdischen Übereifer, was die Prävention anging, milderte er ab, indem er den Befehl ausgab, man möge auf besonders kleinwüchsige Personen achten, die sich als Kanalarbeiter ausgäben oder an Abwasseranlagen zu schaffen machten. Unwahrscheinlich, dass es jemanden geben könnte, auf den diese Beschreibung insgesamt zutraf. Dachte er.

«In was für eine Geschichte bist du da nur wieder hineingeraten?», hatte Bebo Globodajarians Mutter oft gefragt, selbst wenn der kleine Bebo sich nur die Hosen an einem Brombeerstrauch aufgerissen hatte. Sie gebrauchte diese Wendung häufig, zumeist verbunden mit dem Rat, künftig darauf zu achten, in keine Geschichten mehr zu geraten und sich auch sonst am besten unsichtbar zu machen. «Achte darauf, nie Erster zu sein. Sei lieber Zweiter, besser Dritter.» Doch wie so vieles waren auch diese gutgemeinten Worte in Vergessenheit geraten, als Bebo sich spätabends auf dem Nachhauseweg vom Jahrestreffen der Exilarmenier befand. Da seine Mutter zur Hälfte georgischer Herkunft war, besuchte er nicht nur diese, sondern auch die Treffen der Exilgeorgier regelmäßig. Wenngleich beide Gruppen sich hinsichtlich des folkloristischen und kulinarischen Programms unterschieden, teilten sie doch das Schicksal des Exilantentums und die damit einhergehenden Grübeleien, wie es zum Besseren zu wenden beziehungsweise zu beenden sei.

Auch heute hatte Bebo sich zahllose Reden anhören müssen, in denen es um die Rückgewinnung der Heimat ging. Einige sahen in den deutschen Gastgebern die geeigneten Verbündeten. Galten die Armenier neuerdings nicht wie die Inder und Isländer als Arier? Waren die Straßen nicht asphaltiert, die Treppenhäuser gefegt? Trotzdem spürten die meisten Unbehagen beim Gedanken an eine Allianz. Sie wollten abwarten, wie sich die Dinge entwickelten.

Einmal mehr war kein Beschluss in irgendeine Richtung gefasst worden, und Bebo fühlte sich nach all den verwirrenden Reden erst wieder wohl, als die Suppe aufgetragen und sein Rotweinkelch gefüllt worden war. Leise, aber hartnäckig klang ihm noch Mausers Warnung im Ohr, und es brauchte einige Gläser Burgunder, um sie in den hintersten Winkel seines Kopfes zu schwemmen.

In gehobener Laune wankte er schließlich vom Leipziger Platz nach Hause. Fragte sich, ob das Portemonnaie nicht doch noch einen Kognak in der nächsten Bar hergäbe. Vom Burgunder zugegebenermaßen etwas benebelt, hatte er Mühe, seine Barschaft zu summieren, und so – ping, ping, pingeling – hüpften ihm tatsächlich ganze fünf Reichsmark aus dem Leder. Frech tänzelte die Münze auf dem Pflaster hin und her, um nach einer abschließenden Pirouette recht zielstrebig in einen Gully zu kullern.

Verflixt. Bebo wollte nicht geizig sein, aber fünf Mark waren nun einmal fünf Mark. Er versuchte die Hand durch das Gullygitter zu zwängen, doch der selige Hindenburg, der da irgendwie höhnisch vom Grunde des Abflusses heraufblinkte, blieb unerreichbar.

Bebo seufzte. Der Anzug war sowieso schon schmutzig, was half es. Er legte das Jackett ab, krempelte die Ärmel hoch und hob den Gullydeckel an. So sah die Sache schon viel besser aus! Er streckte seinen Arm, so weit es ging. Vergeblich.

Um noch ein wenig an Länge zu gewinnen, steckte er den Kopf unter Straßenniveau, was drei Nachteile hatte: Erstens war es nun stockduster um ihn herum. Zweitens hatte er sich irgendwie verkeilt, und es ging weder voran noch zurück. Drittens aber bogen in genau diesem Moment, als von Bebo Globodajarian kaum mehr als ein Paar zappelnder Beine zu sehen war, zwei Schupos um die Ecke.

Es dauerte eine Stunde, bis man ihn aus dem Gully befreit hatte. Er wollte sich schon bedanken, als man ihn mit einem Tritt in einen Polizeiwagen und später mit einigen Knüffen die Treppen hinab in ein Kellerverlies beförderte.

Normalerweise waren solche Verliese ja dunkel. Dieses jedoch war durch einige Fabriklampen mehr als taghell erleuchtet. Selbst wenn Bebo die Augen schloss, war er noch geblendet. Es gab keine Sitzmöglichkeit, keinen Abort, kaum konnte er eine Tür in den weißgefliesten Wänden erkennen. In unregelmäßigen Abständen wurde das Licht abgeschaltet, und Bebo badete für einen Moment in Finsternis. Umso größer die Qual, wenn die Scheinwerfer wieder angingen.

Stunden verstrichen, bevor eine Stimme erklang, die Bebo wie ein böser Gott von oben herab fragte, was er in der deutschen Kanalisation zu suchen gehabt habe.

«Meine fünf Mark!», krähte der Geblendete und schob eine zugegebenermaßen weitschweifige Erklärung nach, die das Treffen der Exilarmenier, den Rotwein und die mutmaßlich arische Herkunft mit einschloss.

Die Stimme wollte nichts davon hören. Bis Bebo irgendwann das Wörtchen «Hindenburg» fallenließ.

«Jetzt kommen wir der Sache schon näher!»

«Ja, Hindenburg», bestätigte Bebo matt, aber nicht ohne Hoffnung.

«Sie waren also hinter dem Reichspräsidenten her!»

«Hindenburg?»

«Und die Person des Reichspräsidenten und die des Reichskanzlers sind ja nun bekanntlich in einer Person vereinigt!»

«Hä?»

«Und diese Person, in welcher die beiden anderen Personen aufgegangen sind, einschließlich jener, deren Namen Sie gerade genannt haben, sie war das eigentliche Ziel Ihres schändlichen Vorhabens, war es nicht so?!»

«Hindenburg?»

«Geben Sie zu, dass Sie klein sind!»

«Ja, ja!»

«Dass Sie Ihre Kleinwüchsigkeit ausnutzen wollten!»

«Ja.»

«Um in die Kanalisation zu gelangen!»

«Ja?»

«Und ein Attentat auf die zuvor genannte Person zu verüben!»

Das Licht schien noch etwas heller zu werden. Bebo sank auf die Knie. «Fünf Mark!», jammerte er, die Handflächen nach oben zum Licht gewandt. «Es waren doch nur fünf Mark.»

Dann glaubte er neben dem peinigenden Summen der Scheinwerfer Getuschel zu hören. Das Licht ging aus.

Bebo erwachte auf einer Bank im Tiergarten. Sitzend. Er hatte keine Ahnung, wie er dort hingekommen war. Seine letzte Erinnerung führte ihn wieder in das gleißende Licht und die folgende, labende Dunkelheit.

Einen Augenblick lang wollte er an einen bösen Traum glauben, an zu viel Rotwein. Erst als er an sich hinabschaute, wurde ihm klar, dass es kein Traum gewesen sein konnte. Es fiel ihm an den Schuhen auf oder vielmehr an den Schnürsenkeln: Sie waren in einer Weise geschnürt, wie er es noch nie im Leben gesehen hatte. Was bedeutete, dass er irgendwann im Verlauf der vergangenen Stunden oder Tage ohne Schuhe in der Welt gestanden haben musste. Möglicherweise auch ohne –

Aber darüber wollte er gar nicht nachdenken. Warum die Staatsmacht ihn gefangen und nun wieder, offenbar bemüht, alle Spuren seiner Einkerkerung zu tilgen, auf freien Fuß gesetzt hatte, wusste er nicht. Diese Willkür war schlimmer, als jede Verurteilung es hätte sein können. Sie ließ ahnen, dass es sich jederzeit wiederholen könnte – mit ungewissem Ausgang.

Bebo dämmerte, was Mauser bei ihrer letzten Begegnung gemeint haben mochte. Und er erinnerte sich wieder an den Rat seiner Mutter. Ausgestattet mit dem Überlebensinstinkt der Kaukasier und Transkaukasier, fackelte er nicht lange. Kognak war noch vorhanden, Beziehungen auch. Mehrere dramatische Briefe an den Großcousin Leon Globodajarian, der sich gerade bemühte, seine erste Million selbstverdienter Dollars im Land der unbegrenzten Möglichkeiten gewinnbringend anzulegen, taten ein Übriges.

Leon bürgte für den entfernten Verwandten, ließ aber in einem separaten Schreiben keinen Zweifel daran, dass der «liebe Bebo» diese Bürgschaft samt Reisekosten in einem seiner Unternehmen in Los Angeles würde abarbeiten müssen.

Mauser gegenüber gab Bebo sich einsilbig. Das Erlebnis hatte ihn misstrauisch gemacht. Seit seinem Erwachen im Tiergarten hatte er das unbestimmte Gefühl, verfolgt und beobachtet zu werden. Wenn er in einem Kaffeehaus saß und jemand sich um drehte, dann dachte er: Der dreht sich nach mir um. Wenn ihn jemand in der Tram anstieß, dachte er: Das tut der mit Absicht. Vielleicht war das ja das Ziel der ganzen Aktion gewesen – ihm klarzumachen, dass er verschwinden solle. Es war Zeit, die Koffer zu packen. Er werde ein wenig verreisen, sagte er. Mauser runzelte die Stirn, nickte und wünschte gute Fahrt.

Bebo hatte nicht nach Art und Gegenstand der Unternehmungen des Cousins gefragt, wohl aber seine unbestreitbaren Talente in einem Bittbrief ausgiebig gepriesen: Versiert sei er im Umgang mit Menschen; gestärkt durch die harte Schule des Exils, könne er sich nahezu jeder Geschäftssituation, aber auch jeder menschlichen Frage anpassen, zudem spreche er mehr als ein halbes Dutzend Sprachen fließend und wäre – dies sei gewiss keine Prahlerei – durchaus in der Lage, sich innerhalb kürzester Zeit weitere anzueignen.

Die höfliche, aber auch distanzierte Antwort des Verwandten enthielt bezüglich der zukünftigen Tätigkeit Bebos nur den Hinweis, dass Cousin Leon die beschriebenen Talente beachtet und auf dieser Grundlage bereits eine geeignete Stelle für den Neuankömmling gefunden habe. Vage schwebte Bebo eine Privatbank, eine Import-Export-Firma, ein Filmstudio vor. Auch ein exklusives Restaurant, das einen neuen Manager benötigte, zog er in Betracht.

Gut, dass er nicht nachfragte, vielleicht hätte er doch noch abgelehnt. So aber schien Bebo Globodajarian der Geschichte entkommen zu sein.

Mauser erfuhr nie von dem Verhör, dem man seinen armenisch-georgisch-deutschen Nachbarn unterzogen hatte. Er stand zur selben Zeit in einem Hauptabwasserkanal nahe der Friedrichstraße. Ausgestattet mit Gummistiefeln, Taschenlampe und dem Schnittmuster, fragte er sich, wie es weitergehen solle. Nicht nur, dass er sich albern vorkam, so wie er da stand. Notgedrungen mit Fränkel zusammenarbeitend, hatte er das Gefühl, sich auf weichem, nachgiebigem Grund zu bewegen, wie auf einer riesigen, gallertartigen Masse, die einmal seine Stadt gewesen und ihm nun unermesslich und noch weniger verständlich geworden war. Während seiner Zeit bei der Mordkommission hatte Mauser in Abgründe geblickt, aber nie an seiner Aufgabe gezweifelt. Mord war Mord. Doch nun schien etwas durcheinandergekommen zu sein: Er war sich zum ersten Mal nicht sicher, ob er das Richtige tat. Ihm war, als schimmere das rechte Leben – gleich den angedeuteten Straßen auf dem Abwasserplan – zwar gelegentlich noch durch, bloß um im nächsten Augenblick ganz hinter dem falschen zu verschwinden.

Bebo Globodajarian war gerade ein paar Tage auf und davon, als die Nachricht, deren Inhalt die Nachbarin als Geschenk bezeichnet hatte, durch den Äther hallte. Es werde jetzt zurückgeschossen, verkündete der Führer nachmittags, in dem ihm sehr eigenen Ton, und auch wenn diese Kunde auf einer Lüge basierte, im Ergebnis sprach er die volle Wahrheit: Es wurde gebombt, überrollt und zerfetzt, was das Zeug hielt, am 1. September 1939, dem sechzehnten Geburtstag von Siegfried Heinze und Edison Frimm. Als er die Meldung hörte und dann auf der Straße in die Gesichter sah, in denen er keine Begeisterung, sondern allenfalls Furcht und eine dunkle Ahnung des Kommenden fand, da machte Mauser sich Vorwürfe: Hätte er doch einmal seinen Mund gehalten, jetzt wäre der Zeitpunkt gekommen, zurück in die Kanäle zu kriechen und den falschen Jahren ein rechtes Ende zu bereiten.

Fraglich, ob es gelungen wäre. Frimm hatte sich, geplagt von wiederkehrenden Träumen, in denen er abwechselnd von Ali Khans fliegendem Teppich, dann wieder, Tippis Warnungen ausschlagend, vom Rand der Welt fiel, eine Strategie zurechtgelegt: Man darf nicht versuchen, inmitten eines Albtraums aufzuwachen. Damit er nie mehr wiederkehrt, glaubte er, muss man ihn ganz zu Ende träumen.

Edison Frimm säuberte den Swimmingpool vor Gerald G. Hodges' zweitem Haus, als sich die ersten deutschen Panzer ins polnische Unterholz wälzten. Äste krachten, und die Verteidiger in ihren hastig ausgehobenen Schützenlöchern, die ihnen zu klein, zu flach, zu schutzlos erschienen und es auch waren, die Verteidiger, die alles hatten kommen sehen, schon seit langem, aber nichts hatten abwenden können, die Verteidiger sprachen letzte Gebete zu einem fernen, überarbeiteten Gott, während die Deutschen lachten, lachten in das Brummen ihrer Panzermotoren hinein, lachten über die schwachen polnischen Tankbüchsen, die flachen, nutzlosen Schützenlöcher, über die kleinen Gewehre, die zu großen Stahlhelme, die altertümlichen Revolver, die blankpolierten, stumpfen Paradesäbel aus Toledo, lachten über die wenigen polnischen Doppeldecker, die einen kurzen, längst aus der Mode gekommenen Tanz am Himmel aufführten, bevor die Messerschmiede sie aus dem Septemberblau pflückten, die Messerschmiede, die den deutschen Sturzkampfbombern den Rücken freihielten, die nun mit Geheul auf die polnischen Wiesen zustürzten wie prähistorische, blindwütige Tiere, die starren Fahrgestelle klauengleich abgespreizt, die Fliegerkanzeln blind gegen die Sonne, und unter dem Plexiglas die deutschen Piloten, die lachten, als sie auf die schönen polnischen Pferde zustürzten, die alles vertrugen, Gewehrfeuer, Kartuschenfeuer, Haubitzenfeuer, Granatfeuer, aber keine heulenden Sturzkampfbomber, die Pferde der Verteidiger, die nun auseinanderstoben in wilder, ungezähmter Flucht, zerrissen wurden von den ersten Bomben, zerschossen von den Maschinenkanonen, die über die Felder streiften wie Sensen, die ihre Reiter verloren, aber immer noch weiter rannten, die ihre Gedärme verloren, aber immer noch weiter rannten, die ihre Leben verloren, aber immer noch weiter rannten, rannten, bis sie das fehlende Ziel ihrer Flucht erkannten, taumelten, einknickten, umfielen, ein letztes Blähen der Nüstern, ein letztes Ausatmen als Gruß den Angreifern hinterherwarfen, die sich nicht umdrehten, sondern schon längst mit einem Lied auf den Lippen in die Abendsonne flogen oder lachend und brummend in ein nächstes Gehölz, über ein nächstes, zu flaches, zu kleines, nutzloses Schützenloch rollten.

Behutsam zog Frimm seinen Käscher durch das silbrige Blau des Beckens, um eine Seerose einzufangen, die, Gott wusste wie, ihren Weg vom benachbarten Teich in das Wasser des Pools gefunden hatte. Er ließ sich Zeit, war mürrisch und lustlos, denn er glaubte, ein Recht auf Faulheit zu haben, an diesem 1. September, seinem sechzehnten Geburtstag.

Der Chef der Poolreinigungsfirma hatte ihm nicht freigegeben. Im Gegenteil: Eddie war es eben gelungen, die Schicht zu tauschen, als der Chef in den Aufenthaltsraum trat und auf der Schiefertafel die eigenmächtige Änderung des Plans entdeckte.

«Du glaubst wohl, wir tanzen hier alle nach deiner Pfeife, oder was? Glaubst, du kannst hier die Dienstpläne machen, wie's dir gefällt, was, Frimm?»

«Nein, ich –»

«Nein, *Sir*.»

«Nein, Sir. Es ist nur so, dass ich heute Geburtstag habe.»

«Das ist mir egal. Jesus Christus hat auch jedes Jahr Geburtstag, und trotzdem fällt Weihnachten nicht aus.»

Dies war einer der widersinnigen Sprüche, für die der Chef, ein großer, grobschlächtiger Mann irischer Abstammung mit dem Namen O'Lear, bekannt war. Wie er Eigentümer der Poolreinigungsfirma hatte werden können, wusste niemand. Vielleicht hatte er sie beim Pokern gewonnen. O'Lear polterte, prügelte und pokerte sich seit Anbeginn der Zeiten durch ein Leben, das irgendwie seinen widersinnigen Sprüchen glich. In seiner Welt gab es keine Regeln und keinen Plan, außer jenem, den Eddie gerade eigenmächtig zu ändern versucht hatte. Vielleicht erklärte das O'Lears Zorn, vielleicht aber auch nicht, denn er war meistens zornig, als müsse er sich immerzu gegen ein ihm unbekanntes Schicksal auflehnen.

So passte es, und es passte auch wieder nicht, dass O'Lear dreißig Jahre später, älter, aber nicht unbedingt klüger geworden, bei einer Kneipenschlägerei erstochen wurde. Er lebte noch, als die Sanitäter eintrafen.

«Halten Sie durch», sagte einer von ihnen.

«Ich halte so lange durch, wie's mir passt», antwortete O'Lear.

Er hinterließ keine Kinder, keine Verwandten, er hatte wahrscheinlich noch nicht einmal richtige Freunde gehabt, von seiner wöchentlichen Pokerrunde und ein paar Bardamen abgesehen. Er hätte zehn Jahre früher oder zehn Jahre später sterben können, auf dieselbe oder auf eine andere Weise. Bis zuletzt verweigerte die Welt dem zornigen O'Lear die kleinste Offenbarung dessen, was der Grund seiner Anwesenheit auf ihr gewesen sein mochte. Vielleicht gab es ja keinen.

«Bitte, Sir, es wäre doch kein Problem zu tauschen.»

O'Lear betrachtete Frimm aus seinen grimmigen Marderaugen, tat so, als müsse er sich das erst überlegen, dabei überlegte er nie, bedachte niemals seine Taten, wog nie das Für und Wider ab, verfolgte kein Ziel, hatte nichts vor, strebte nicht nach Höherem, hegte keine Hintergedanken, schaute weder zurück noch voraus, sondern höchstens auf das, was sich unmittelbar vor seiner Nase befand: meistens ein Poker-Blatt – in diesem Fall war es ein schmutziges Waschbecken, in dem ein nasser Lappen lag. O'Lear nahm ihn und wischte Eddies Namen von der Tafel.

«Entweder du arbeitest dann, wenn ich es dir sage, oder du arbeitest gar nicht. Also?»

«Dann, wenn Sie es sagen, Sir», entgegnete Eddie.

Dass er überhaupt Schwimmbecken reinigte, hatte mit seinem fehlenden Talent für Baseball zu tun. Edison Frimm war schlecht als Werfer, schlechter als Schläger und am schlechtesten als Fänger. Obwohl ein leidlich guter Läufer, hatten seine frühen Misserfolge in den drei genannten Disziplinen dazu geführt, dass er meist keine Lust mehr hatte zum Laufen.

Dummerweise beschäftigte man sich auf der Schule, die er besuchte, beinahe ausschließlich mit Baseball; sie war im ganzen Staat als Brutstätte hoffnungsvoller Nachwuchstalente bekannt. Selbst bei den Traditionsclubs an der Ostküste hatte die Jesse-Wayne-Highschool einen gewissen Ruf. Alle übrigen Sportarten wurden mehr oder weniger vernachlässigt, und die wenigen Stipendien für Kinder armer Eltern blieben jenen vorbehalten, die es in das A-Team der Baseballmannschaft schafften.

In den ersten Monaten nach ihrer Ankunft in der Stadt hatten Eddie und seine Mutter bei einer entfernten Tante zur Untermiete gewohnt, bevor sie in jenes kleine Haus in Wayne Heights zogen, das aus zwei Hälften bestand, beide im Besitz der Witwe McPherson, die in einer dieser Hälften mit ihren schmutzigen Kindern und den im Garten abgestellten Autowracks ihres verstorbenen Mannes und der zum Trocknen aufgehängten und nie ganz sauberen Wäsche lebte.

Wayne Heights, im Jahrhundert zuvor von einem Mann namens Jessaja Wayne auf dem Grund einer verlassenen Hühnerfarm erbaut und von da an stetig gewachsen, galt wegen niedriger Mieten und der Nähe zum Zentralbahnhof als erste Anlaufstelle für Neuankömmlinge. Menschen aller Religionen und Hautfarben lebten dort, und diese Fülle, dieses Gewimmel und der dazugehörige Krach machten es beinahe unmöglich zu sagen, ob sich das Viertel nun auf dem auf- oder absteigenden Ast befand. Zweifellos war es voll von gestrauchelten Männern und gefallenen Mädchen, die alle irgendwann aus einem Zug, Bus oder Auto gestiegen waren, um in der großen Stadt das große Glück zu suchen, es aber nicht gefunden, es bestenfalls von weitem gesehen hatten. In der Nachbarschaft wimmelte es von Schauspielerinnen, Musikern, Drehbuchautoren, die vorgaben, dieses oder jenes Engagement zu haben, diesen oder jenen zu kennen und am Wochenende, wenn sie tatsächlich von den trostlosen Spelunken Chinatowns verschluckt wurden, zu dieser oder jener Party in Bel Air geladen zu sein.

Seit ihrem Umzug arbeitete Mary Frimm für die Post. Im großen zentralen Postgebäude in Downtown L. A. sortierte sie jeden Tag von vier Uhr früh bis zwei Uhr nachmittags Briefe und Pakete. Die Eintönigkeit dieser Arbeit glich der in der Fischfabrik, und darum bat sie eines Tages ihren Vorgesetzten, einen Mr. King, der immer mit einem abgebrochenen Streichholz zwischen seinen nikotingelben Zähnen herumstocherte, sie in den Außendienst zu versetzen.

«Außendienst?»

«In die Zustellung. Ich möchte Briefträgerin werden. Ich muss an die frische Luft. Ich brauche Sonnenschein.»

«Sonnenschein? Unmöglich.»

«Warum?»

Mister King hätte ihr einfach antworten können, dass im Zustelldienst momentan keine Stelle frei sei, doch ließ er sich diesmal zu einer ausführlichen Erklärung hinreißen:

«Wissen Sie, wie viele Briefträgerinnen es gibt? Ich meine, wie viele es in den ganzen Vereinigten Staaten gibt?»

Mary schüttelte den Kopf.

«Vielleicht ein knappes Dutzend. Und ich möchte nicht wissen, wie die an ihre Jobs gekommen sind.»

Er grinste, und das Streichholz fiel aus seinem Mundwinkel. «Briefzustellung ist seit Anbeginn der Zeiten, seit dem Ponyexpress und den Postkutschen Männerarbeit», sagte er und zeigte auf das Modell einer achtspännigen Postkutsche auf seinem Schreibtisch, eine scheinbar getreue Nachbildung jenes Gefährts, mit dem einst Jessaja Wayne auf der Suche nach dem Glück von der letzten Bahnstation im Osten gen Westen gereist war, woran eine Gedenktafel neben dem früheren Haus der Waynes in Wayne Heights noch erinnerte.

Auf der Miniaturkutsche saßen zwei kleine Kutscher, einer schwang eine Peitsche in Richtung der acht glänzenden schwarzen Pferde, der andere hatte eine doppelläufige Schrotflinte auf den Schenkeln liegen. Beide trugen buschige Schnurrbärte und verwegene, breitkrempige Hüte.

Im Inneren der Kutsche saßen sechs offenbar wohlhabende und bestens gelaunte Passagiere und blickten interessiert in Mister Kings Büro.

In diesem Punkt war das Modell weit weniger exakt, als sich annehmen ließ, wie ja auch die Gedenktafel außer dem

Datum der Ankunft nichts über den Verlauf von Jessaja Waynes Reise verriet.

Zwei Wochen hatte sie gedauert. Im Gegensatz zu Kutschern und Tieren, die während der Fahrt mehrfach gewechselt wurden, hockten die Passagiere die ganze Zeit über in der Kutsche, nur wenn frische Pferde vorgespannt wurden, durften sie zum Austreten das Gefährt verlassen.

Es waren auch nicht sechs Fahrgäste, sondern neun, die zusammengepfercht im Sitzen schliefen, aßen und sich zwei Wochen lang nicht wuschen. Als Verpflegung gab es morgens, mittags und abends schwarzen Kaffee und Bohnen, zwei Wochen lang, jeden Tag.

Kein Wort fand sich auf der Gedenktafel darüber, dass Jessaja Wayne ursprünglich mit seiner jungen Verlobten, einer Lehrerin aus St. Louis, aufgebrochen war, ihre Liebe aber irgendwo in Colorado, nach einer infernalischen, mit kurzen Unterbrechungen zwei Minuten lang abgehenden Blähung Waynes für immer erlosch und sie die Kutsche an der nächstbesten Poststation verließ. Wayne war nicht einmal traurig. Noch weniger versuchte er sie zurückzuhalten. Endlich konnte er seine Beine ein wenig ausstrecken.

Nichts sagte das kleine Modell in Kings Büro über den Gestank der Passagiere, die mit wirren Blicken, aufgedunsenen Bäuchen, wunden, schorfigen, nässenden Hinterteilen, verfilzten Haaren und Bärten an der Endstation ihrer Reise aus der Kutsche krochen oder fielen und sich infolge einer Anweisung des lokalen Gesundheitsamtes nicht direkt in der Stadt, sondern zwei Meilen außerhalb, auf ebenjenem Hügel wiederfanden, der später Waynes Namen tragen sollte.

«Ääch – wie – was – öörp – ich – aber – Stadt», ächzte Jessaja, der auf allen vieren im Matsch vor der Kutsche kniete und zu ihren Lenkern aufschaute.

Einer der beiden runzelte die Stirn, ballte die Hände unter seinen Achseln zu Fäusten, bevor er breitbeinig auf Wayne zustapfte und, einen Affen nachahmend, voller Hohn sagte: «Uh-uh-uh-uh!»

Der andere nickte, wiegte die Schrotflinte im Arm und spuckte Jessaja etwas Kautabak vor die Hände. Den Rest des Weges werde er wohl laufen müssen, erklärte er. Oder auf 'ne Kutsche in die Stadt warten – wenn es denn eine gäbe.

Dann stapfte er zum eigenen, nunmehr leeren Gefährt zurück, schwang sich, gefolgt von seinem Kameraden, der noch immer einen Affen nachzuahmen schien oder – Wayne blinzelte, versuchte, die verklebten Augenlider ein wenig weiter zu öffnen – tatsächlich ein Affe war, auf den Bock und schenkte Wayne ein breites Grinsen, bevor er die Peitsche schnalzen ließ, die Zügel lockerte und schließlich der staubige Holzverschlag, der zwei Wochen lang Jessajas Zuhause gewesen war, wieder gen Osten klapperte.

Jesse ließ elend den Kopf hängen, starrte auf die Kautabakspeichelpfütze vor seinen Händen und übergab sich. An dieser Stelle wurde Wayne Heights gegründet.

«Die Post ausliefern, das hat schon immer ganz besondere Kerle erfordert», erklärte King und strich mit dem Zeigefinger vorsichtig über seine Spielzeugkutsche. «Selbst wenn Sie mir mit der Gewerkschaft kommen oder irgendein Kurpfuscher Ihnen Sonnenschein und frische Luft verordnet – unter meiner Sonne wird keine Frau je Briefträger sein.»

Er sollte sich irren. Aber bis zu dem Tag, an dem Vizeadmiral Chuichi Nagumo diesen Irrtum korrigierte, schob Mary Frimm in der Zentralpost Extraschichten, um das Schulgeld für ihren Sohn zusammenzubekommen.

Kam Eddie aus der Schule, sah er sie grau und müde in

der engen Küche stehen und für sie beide das Essen kochen. In Seattle oder Anchorage oder in Grönland, dachte er sich, würde das vielleicht nicht weiter auffallen, aber in Kalifornien, wo doch jeder, ja sogar der nichtsnutzigste Gin-Bruder zumindest die Sonne hatte, ihm ein besseres Leben vorzutäuschen, da war es eine besondere Grausamkeit, die eigene Mutter ohne Sonne buchstäblich verkümmern zu sehen. Einmal mehr erinnerte er sich voller Sehnsucht an die Tage in Joshua Ridge, und er hatte Angst, dass sie schon die besten seines Lebens gewesen sein könnten, dass ihnen beiden nur noch Entbehrungen, Verzicht und Alltag bevorstünden.

Dieses Gefühl war so intensiv und bedrohlich, dass er nächtelang nicht schlafen konnte. Zum ersten Mal sah er in seinem verschwundenen Vater jemanden, der ihn und seine Mutter im Stich gelassen hatte, und zum ersten Mal hasste er ihn dafür.

Und sich selbst hasste er auch. Sich selbst, Baseball und Georgie McPherson. Denn wie um den Stachel noch tiefer in die Wunde zu treiben, wie um ihn dort auch noch umzudrehen, wieselte der dreckige Sohn ihrer Vermieterin, Georgie McPherson, in solchen Augenblicken im verkommenen Nachbargarten herum und schlug den von seiner kleinen dreckigen Schwester geworfenen Ball wieder und wieder in die McPherson-Wäsche, die aus ebendiesem Grunde niemals sauber wurde. «Ich bin Babe Ruth, ich bin Lou Gehrig. Schaut dem großen Lou zu!»

Frimm war weder Babe Ruth noch Gehrig, er würde nie wie sie werden, er würde noch nicht mal Karten für eines ihrer Spiele bekommen. Es war völlig abwegig, an ein Stipendium auch nur zu denken.

«Ich könnte mir Arbeit suchen. Am Wochenende. Dann müsstest du einen Tag weniger in der Woche arbeiten.»

«Kommt nicht in Frage», antwortete seine Mutter. «Außerdem: Was für eine Arbeit sollte das sein?»

Einige Tage nach dieser Unterhaltung ratterte der Wagen einer Poolreinigungsfirma durch die Straßen von Wayne Heights. Das war ungewöhnlich, denn in Wayne Heights gab es keine Schwimmbecken, die man hätte reinigen können.

Im Lieferwagen saß O'Lear. Immer noch nahm er, wenn jemand krank oder gerade von ihm gefeuert worden war, Aufträge persönlich an. Immer noch verfuhr er sich dabei, und immer noch machte ihn das zornig. An jenem Tag war er einfach den Olympic Boulevard in die falsche Richtung gefahren. Und da der Olympic ziemlich lang ist, kam er nicht in Santa Monica, sondern in Wayne Heights raus.

«Oh, verdammte Scheiße!», murmelte er. «Ich sag's dir, O'Lear, du blöder, versoffener Ire, du bist in einem beschissenen Niggerviertel gelandet.» Eine Weile fluchte er so vor sich hin, schimpfte über Schwarze, Asiaten, Mexikaner, Protestanten, Kommunisten und Juden, kurvte planlos zwischen den geduckten Häusern herum, die alles, nur keine Swimmingpools, in ihren Vorgärten hatten.

«He, du! Gibt's in euren beschissenen Vorgärten auch noch was anderes als schmutzige Bettlaken?»

«Ja, schmutzige Unterhosen!»

O'Lear bremste scharf und hielt genau neben Eddie Frimm, der gerade durch das Gartentor auf die Straße trat. Es war Nachmittag. Frimm hatte kein besonderes Ziel. Vielleicht trieb einen so was direkt in die Arme von O'Lear.

«Aus welchem Waisenhaus kommst du denn gekrochen?»

«Aus dem neben dem Freudenhaus, wo Sie gerade o-beinig rausgeflogen sind, Sir», antwortete Frimm höflich.

O'Lear stellte den Motor ab, kniff die Augen zusammen, spannte die Nackenmuskeln an: «*O-beinig?*», fragte er und runzelte die Stirn, dann begann er zu lachen. «Hahaha! O-beinig! Aus einem Freudenhaus! Das ist gut!»

Als er sich wieder beruhigt hatte, fragte er Frimm, der immer noch neben dem Lieferwagen stand: «Hier in der Nähe gibt's nicht zufällig ein Haus mit einem Swimmingpool davor?»

«Hier gibt's noch nicht mal 'nen Goldfischteich in der Nähe.»

«Hab ich schon befürchtet. Sieht auch so aus, als ob's hier nicht besonders viele Jobs gibt. Suchst du einen?»

Auf diese Weise bekam Frimm eine Anstellung als Schwimmbeckenreiniger.

«Du hast ja gar keine Vorstellung davon, was diese Schnösel alles in ihre Pools werfen», erzählte O'Lear, als sie den Olympic Richtung Santa Monica fuhren.

Frimm saß auf dem Beifahrersitz des Lieferwagens, die Scheibe war heruntergekurbelt, links und rechts von ihnen Lagerhäuser, Drugstores, manchmal Leute davor, die ihnen nachschauten, so, wie sie jedem Fahrzeug nachschauten, das zum Stillen Ozean fuhr.

«Wenn Gott nicht am siebten Tag Pause gemacht hätte, sähe das hier ganz anders aus», sagte O'Lear, ohne dass einer der beiden gewusst hätte, wie.

Damals gab es noch keine programmierbaren Umwälzpumpen, keine ausgeklügelten Filtersysteme. Mit dem Käscher fischte Eddie die groben Verunreinigungen – Blätter, Grasbüschel, Möwenfedern – aus dem Becken, ließ einen Teil des Wassers ab, reinigte Siebe und schrubbte Poolwände, bevor er wieder frisches Wasser einlaufen ließ. Den Rest erledigten ein paar Chlorpastillen. Wasser war knapp, trotz des neuen Aquädukts, aber das schien niemanden in Hollywood, Bel Air oder Brentwood zu interessieren.

Die Arbeit mit dem Käscher, inmitten großzügiger Gärten, dazu das Zzzhp-Zzzhp der Rasensprenger, das alles entspannte ihn, und er begann zu überlegen, was er mit seinem Leben anfangen sollte. Er wollte etwas daraus machen, etwas Außergewöhnliches.

«Schwimmbecken reinigen reicht dir wohl nicht, was, Frimm?», hatte O'Lear gefragt. «Du glaubst wohl, du bist was Besonderes!»

«Jeder Mensch ist etwas Besonderes», hatte Eddie Frimm entgegnet, und einen Moment lang war ihm, als seien es nicht seine Worte, sondern die Worte Dan Schmidts gewesen, ausgesprochen an einem fernen Tag in der Vergangenheit, auf dem Dorfplatz von Joshua Ridge.

«Nein, Frimm, niemand ist etwas Besonderes.» O'Lears Augen wurden noch kleiner, noch schwärzer. «Wir sind alle gleich, so steht's in der Verfassung. Alle gleich geboren und irgendwann alle gleich tot.»

Zzzhp-zzzph machten die Rasensprenger im Garten von Gerald G. Hodges' zweitem Haus. Jenseits des Pools und des Zierteiches sah Eddie den japanischen Gärtner mit Akribie und unermüdlicher Hingabe die Rosenbüsche beschneiden. In gewissem Sinne beneidete er den kleinen Mann. Er schien auf eigentümliche Weise vertieft in das, was er tat, und eins zu sein mit seiner Umgebung. Er konnte die welken Blüten kappen, ohne die Kolibris, die Nektar aus einem benachbarten Kelch saugten, zu vertreiben.

Der Gärtner blickte kurz auf und nickte Eddie lächelnd zu, als bestehe ein stummes Einverständnis zwischen ihnen beiden. Alle zwei Wochen trafen sie sich im Garten des Hauses am westlichen Zipfel der Stadt, in den Hügeln bei Santa Monica, aber Eddie hatte nie gewagt, ihn anzusprechen. Früher hatte das Anwesen einem Mann namens Wilbur James Crawford II. gehört. Er hatte es nicht selbst errichtet, sondern zu Beginn der Wirtschaftskrise von einem Methodistenprediger für einen Spottpreis gekauft und mehrfach umgebaut und erweitert.

Der Japaner lebte im Souterrain des Hauses, in einem zur Wohnung umgebauten Pferdestall, denn Crawfords Frau war eine Pferdenärrin gewesen. Wilbur der Zweite nicht.

Wilbur interessierte sich ausschließlich für Fische und Uniformen. Er war mit der Herstellung von Bekleidung, vor allem Uniformen, aber auch Gummistiefeln und den ersten wasserdichten Anglerhosen reich geworden.

Das Haus hatte mindestens ein Dutzend Zimmer, der Garten die Größe eines kleinen Golfplatzes und der Swimmingpool Wettkampfformat, sein Wasser war allerdings nicht besonders tief: Es ging Frimm nur bis zur Hüfte.

Darauf hatte der Textilfabrikant großen Wert gelegt, nicht zuletzt, um die neu entwickelten Anglerhosen im flachen Becken testen zu können. Auch Mrs. Crawford hatte eines Tages die Vorteile eines seichten Pools und seines während der Sonnentage angenehm temperierten Wassers entdeckt. Sie entdeckte diese Vorteile zusammen mit ihrem Reitlehrer. Die beiden trugen keine Anglerhosen, als Wilbur Crawford sie im Pool überraschte.

Gerald G. Hodges hatte das Haus nach der Crawford-Scheidung schnell und günstig der ehemaligen Mrs. Crawford abgekauft, die wohl durch ihren Reitlehrer in finanzielle Schwierigkeiten geraten war. Er hatte es nicht gekauft, um darin zu wohnen, sondern um in dem Pool einige Trickaufnahmen für seinen Abenteuerfilm «Die Freibeuter von Tobago» zu drehen. Das Becken war so geschickt in das zum Meer hin abschüssige Grundstück gebaut worden, dass sich, stand man an einer

Seite im hüfttiefen Wasser und beugte die Knie, die Illusion einstellen konnte, vor einem lägen nur Meer und Himmel, bis zum Horizont.

Er hatte das Haus mitsamt Mobiliar, Gärtner und Poolreinigungsdienst übernommen – um es nach den Dreharbeiten, wie so viele Dinge, die er berührt und in Gold verwandelt hatte, alsbald zu vergessen. Seitdem befand es sich in einem eigenartigen Dornröschenschlaf.

Eddie legte den Käscher mit der Seerose beiseite und ging ein paar Schritte auf den Gärtner zu, beobachtete das stille Schauspiel der schwebenden Kolibris und des arbeitenden Mannes.

«Hallo», sagte Frimm.

«Hallo», entgegnete der Japaner.

«Ich bin Edison Frimm.»

«Sehr erfreut. Ich bin Koga, der Gärtner.»

«Wie machen Sie das?»

«Was?»

«Dass die Kolibris nicht wegfliegen in Ihrer Nähe.»

«Ich schneide die Rosen.»

«Aber es gibt doch bestimmt einen Trick.»

«Ich schneide die Rosen. Nichts weiter.»

«Mhm.»

«Man sollte jede Arbeit so gut machen, wie man kann.»

«Das mag vielleicht für die Rosen gelten», brummte Eddie und drehte sich zu dem verlassenen Pool, «aber bei einem Schwimmbecken, in dem nie jemand schwimmt, ist das was anderes.»

«Was sollte da anders sein?», fragte Koga, ohne von den Blüten aufzusehen.

«Es schwimmt halt niemand drin. Die Arbeit ist völlig unnötig.»

«Die Rosen wachsen auch ohne mich.»

«Ja, aber nicht so schön.»

«Das ist den Rosen egal. Die Rosen wollen nur wachsen.»

«Und außerdem sollte ich heute freihaben. Ich habe nämlich Geburtstag.»

Der Japaner sah auf, und kurz glaubte Eddie Frimm in seinen Augen eine Art Flackern zu sehen, als sei der Schatten einer Wolke über seinen Blick gezogen.

«Wann genau bist du geboren?»

«Am 1. September 1923. Wieso?»

Der Japaner nickte und wandte sich wieder den Sträuchern zu. «Was wünschst du dir?»

«Ein langes Leben», antwortete Eddie. Er hielt das für eine ziemlich gute Antwort.

«Ein langes Leben», wiederholte Koga leise, sah wieder auf und deutete Richtung Becken: «Trotzdem solltest du deine Arbeit zu Ende machen. Da!»

Eddie runzelte die Stirn, drehte sich zum Pool. Irgendetwas schwamm darin, er konnte nicht genau erkennen, was. Seufzend ging er zurück und griff nach dem Käscher.

Es war eine kleine Seeräuberflagge, wie von einem Spielzeug- oder Modellschiffchen.

Ein weißer Totenkopf prangte auf feuerrotem Grund, trug einen schwarzen Dreispitz keck in die Schädelstirn gezogen und schien Eddie anzugrinsen.

«Jo-hoo!», sangen die Freibeuter von Tobago.

«Und morgen die ganze Welt!», sangen die Deutschen.

DIE RACHE DER ROTHAUT

Stur und schwerfällig stampfte die Emsland über den Atlantik, ein mittelgroßer Frachter, Vorkriegsbau, der sich hob und senkte wie ein Grauwal in der langen Dünung eines nachhallenden, längst vergangenen Sturms irgendwo am anderen Ende des Ozeans.

Bebo Globodajarian stand an der Heckreling und sah ohne jegliche Melancholie dem von der Schiffsschraube aufgewirbelten Wasser nach. Er hielt eine Kaffeetasse in der Hand, blinzelte in den Sonnenaufgang und überlegte, ob er jetzt schon eine «Gold Dollar» rauchen sollte. Hier auf dem Schiff war er zum Frühaufsteher geworden, erwartete jeden neuen Tag auf See, der ihn seiner Ankunft in Amerika näher brachte, mit Ungeduld und vermochte auch den gelegentlichen Anfällen von Schwermut und Seekrankheit zu trotzen.

Nicht zu trotzen vermochte er einem seiner Mitreisenden, einem gewissen Herrn Peters aus Baden-Baden, der ihn zu seinem ständigen Gesprächspartner auserkoren hatte, weil er sich mit den übrigen Passagieren, immerhin knapp hundert an der Zahl, nicht unterhalten wollte. Noch ein Grund für Bebo, früh aufzustehen: So war er zumindest in der ersten Stunde des Tages vor Peters sicher.

Aber eben nur während dieser ersten Stunde. Wie jeden Morgen kam er auch jetzt wieder angeschlendert, stellte sich neben Bebo an die Reling und sagte: «Na, auch schon auf? Wissen Sie, ich bin ja Frühaufsteher. Sonst übrigens noch keiner wach.» Er sah sich um. «Ja, ja, der Jude schläft gern lang. Soll er ruhig. Wie schmeckt der Kaffee?»

Peters war einer jener Deutschen, deren Bedürfnis, Teil eines größeren Ganzen zu sein, so groß war, dass sie begonnen hatten, den Plural aus ihrer Sprache zu tilgen. Herr Peters erzählte Bebo von dem Russen (der meist auch der Bolschewik war), der zusammen mit dem Juden die Weltherrschaft an sich zu reißen gedenke, als ob es jeweils nur eines einzigen Menschen bedürfe, Geschichte zu machen. Nur der Deutsche und vielleicht noch einige Verbündete (der Italiener, der gelegentlich auch «der Römer» genannt wurde, und der Spanier, der grundsätzlich der «stolze Spanier» war) könnten diese konspirative Flut aufhalten, denn der Rest der Welt – sowohl die alten Feinde («der Franzmann», «der Tommy») als auch der Amerikaner, zu dem sie nun unterwegs waren – schwächele letztlich, sei durchsetzt von Dekadenz und jüdischer Liederlichkeit. Kein Geringerer als der Deutsche werde dem Amerikaner die Rettung bringen, ihn vom Gift des roten Mannes, des Negers und des Juden befreien, damit auch er wieder frei sein und vor allem frei atmen könne.

«Wie das?», fragte Bebo. Für einen kurzen Augenblick, ja wirklich nur für den winzigen Bruchteil einer Sekunde, als Peters, dessen länglicher, ovaler Kopf auf einem instabil wirkenden Hals saß, sich mit missglückender Lässigkeit seitlich an die Reling lehnte und durch die ganze schlaksige, insgesamt unausgewogen große Erscheinung aussah, als könne er, wenn man nur ein wenig nachhelfe, darüber hinwegfallen und im Gurgeln der Schiffsschraube auf Nimmerwiedersehen verschwinden, da verspürte Bebo das starke Bedürfnis, jenen alten georgischen Ringertrick anzuwenden, den ihm einst sein Großonkel beigebracht hatte und der darin bestand, größere Gegner zu fällen, indem man sein eigenes, angewinkeltes Bein hinter dessen Kniekehlen stellte, um ihm dann beide Beine gleichzeitig wegzureißen, was im vorliegenden Fall unweigerlich zum Sturz von Peters in den Atlantik und damit zum Ende der Konversation geführt hätte.

Peters kramte in der Tasche seines Lodenmantels, der so überhaupt nicht in die maritime Umgebung passen wollte. Eine Brise kam auf, Kielwasser schäumte, er zog ein goldenes Zigarettenetui hervor, öffnete es und hielt es Bebo hin.

«Bitte, bedienen Sie sich.»

Bebo zögerte.

«Kommen Sie», sagte Peters munter, «ich weiß doch, dass Sie morgens gerne ein Zigarettchen rauchen. Wir haben alle unsere kleinen Schwächen, wir Männer. Kommen Sie, probieren Sie. Ist meine Hausmarke, sozusagen.»

Immer noch zögernd, griff Bebo schließlich ins Etui. Peters reichte ihm ein ebenfalls vergoldetes Benzinfeuerzeug. Bebo hatte zunächst einige Mühe, die Zigarette gegen den Wind zu entzünden, er saugte, als aus dem Feuerzeug eine kleine Stichflamme flackerte, inhalierte tief.

Was war das? Es brannte, es kitzelte, es schabte an Rachen und Lunge, und es schmeckte – dieser Vergleich mochte zwar abgenutzt sein, traf das Aroma allerdings auf den Punkt –, als hätte jemand alte Socken zu Glimmstängeln verarbeitet. Bebo ging hustend in die Knie, ließ die Zigarette fallen (die sofort in den Ozean kullerte) und musste sich an einer Strebe der Reling festhalten, während er mit der anderen Peters' goldenes Feuerzeug umkrallt hielt und glaubte, er müsse augenblicklich ersticken.

Peters hockte sich neben ihn, klopfte ihm auf den Rücken und fragte: «Wissen Sie, was der Führer denkt?»

Bebo japste, Tränen traten ihm aus den Augen, er schüttelte den Kopf.

«Der Tabak ist die Rache des roten Mannes dafür, dass der Weiße ihm das Feuerwasser gebracht hat.»

«Hah-höch», hustete Bebo.

«Und wissen Sie auch, wie viele Menschen, wie viele Amerikaner jedes Jahr an den Folgen der Nikotinsucht sterben?»

Bebo schüttelte den Kopf. Sanft entwand Peters ihm das goldene Feuerzeug, griff in seinen Lodenmantel, zog das Etui wieder hervor und steckte sich seinerseits eine Zigarette in den Mund. Bevor er sie anzündete, sagte er nachdenklich: «Ich auch nicht. Zehntausende, ach was, hunderttausend sind es bestimmt. Lungenkrebs rafft sie dahin wie die Fliegen, was sag ich, Ratten. Wir haben es ja an Ratten getestet. Sind alle krank geworden. Rauchen bringt einen langfristig um. Lungenkrebs, Arterienverkalkung –», Peters beugte sich vor und sah Bebo tief in die Augen: «Impotenz.» Er richtete sich wieder auf und fuhr fort: «Und nun raten Sie mal, mein lieber Herr Bebo, was das Besondere an dieser Zigarette ist!»

Dass sie einen sofort umbringt, dachte Bebo.

Peters ließ sein Feuerzeug klicken, inhalierte.

«Nikotinfrei», erklärte er und blies den Rauch aus, «absolut nikotinfrei. Genuss ohne Reue, sage ich nur. Der Rothaut ein Schnippchen geschlagen.» Er schnippte die Asche ab, die der Wind auf das Loden blies. «Zugegeben, der Geschmack ist gewöhnungsbedürftig. Aber das gibt sich, glauben Sie mir. Ich stehe bereits mit Reynolds in Verhandlungen – ein Riesengeschäft! Man wird den Deutschen um dieses Produkt beneiden. Und über kurz oder lang dankbar sein. Weil wir die Volksgesundheit, was sage ich, die Weltgesundheit retten!»

Es wurde nichts aus der Rettung der Weltgesundheit. Kaum hatte Herr Peters seine nikotinfreie Zigarette zu Ende geraucht, da stoppten alle Maschinen, der Qualm über dem Schornstein erstarb, und die Emsland trieb ohne Fahrt in der Dünung des Atlantiks.

Auch das noch, Bebo seufzte. Maschinenschaden, Verzögerungen, am Ende noch einen Tag länger auf See mit Peters, seinem Geschwätz und seinem fiesen Gesundheitskraut, an das er sich aus Höflichkeit gewöhnen würde, dabei war er schon viel zu lange, viel zu diplomatisch mit diesem Popanz umgegangen – was auch ein wenig daran lag, dass die anderen Passagiere der Emsland bislang unter sich geblieben waren. Begegnete man sich an Deck, grüßten sie zwar höflich, aber auch misstrauisch, wie Menschen, die gelernt hatten, sich mit niemandem mehr einzulassen.

«Maschinenschaden», brummte Peters, «Verzögerungen, das fehlte gerade noch.»

Während des Frühstücks, das sie in Abwesenheit des Kapitäns in der Offiziersmesse einnahmen, hielt es Peters kaum auf dem Stuhl. Mehrmals bedrängte er die Offiziere, vor allem den als geschwätzig geltenden Zweiten, forderte, Auskunft zu erhalten, drohte mit Beschwerde, wies auf seine dringlichen Geschäfte mit Reynolds Tobacco hin und deutete eine mögliche Schadensersatzklage an, was den Zweiten offensichtlich amüsierte.

«Schadensersatz ist ausgeschlossen bei höherer Gewalt, Herr Peters.»

«Höherer Gewalt? Was denn für eine höhere Gewalt?»

«Ich möchte sogar sagen – höchste Gewalt.» Mit diesen Worten drehte er sich um und machte sich auf zur Brücke.

«Die denken wohl, ich lass mich hier hochnehmen», sagte Peters und griff nach einem seiner nikotinfreien Glimmstängel, der ihn diesmal jedoch nicht so recht zu beruhigen schien.

Auch unter den übrigen Passagieren entstand Unruhe. Als Bebo wieder an Deck war, unschlüssig, ob man bei dem Geschaukel das gewohnte vormittägliche Sonnenbad einschließlich Nickerchen im Deckstuhl würde nehmen können, tauchte an Backbord eine kleine Delegation auf, angeführt von einem älteren Mann in Anzug und Mantel, der mit einer Hand seinen Hut, mit der anderen Hand sich selbst am Geländer der Treppe zur Schiffsbrücke festhielt.

«Geht dem Juden wohl nicht schnell genug», brummte Peters von seiner mit mehreren Decken ausgelegten und vom Zweiten einmal scherzhaft als «Kampfkuhle» bezeichneten Liege aus. «Kann sich ja selbst an die Reparatur der Maschine machen. Hat ja sonst auch überall die Finger drin.»

Die Delegation diskutierte vor der Tür zur Schiffsbrücke mit einem Mann, in dem Bebo den Ersten Offizier erkannte. Der Delegationsleiter schien wenig Erfolg zu haben, aber dann drängelte sich eine junge Frau mit einem Kind auf dem Arm vor, und sie und der ältere Herr wurden vorgelassen.

«Ganz schön frisch. Und dann dieses Geschaukel. Wie wär's mit einem Schnaps? Kaffee? Oder Tee mit Rum?», bot Peters an.

«Für mich nichts, danke», antwortete Bebo.

Peters zuckte mit den Achseln, quälte sich aus seiner Kampfkuhle hoch und schlackste in Richtung Messe. Bebo hatte immer noch den morgendlichen Geschmack der Nikotinfreiheit im Mund und sah nachdenklich zur Brücke. Die Emsland trieb mit stillstehender Schraube in der Dünung. Ihm kamen Zweifel, was den Maschinenschaden anbetraf.

Es dauerte auch nicht lange, bis Peters diese Zweifel bestätigte. Gerade hatte Bebo sich eine richtige Zigarette anzünden wollen, da kam der Deutsche mit vor Aufregung hochroten Wangen zurück. In den Händen trug er zwei gefüllte Schnapsgläser.

«Trinken Sie, Herr Bebo! Trinken Sie mit mir auf Deutschland! Dass es erwache und nie wieder einschlafe!»

124

An diesen Satz sollte Bebo sich noch lange erinnern, bewahrheitete er sich doch, wenn auch nicht unbedingt in der von Herrn Peters ersehnten Weise. Einstweilen nahm Bebo ihm der verdammten Höflichkeit wegen ein Schnapsglas ab, deutete eine zuprostende Geste an, nippte aber nur an der Spirituose, die er sofort als Genever billigster Qualität identifizierte, während Peters den Inhalt seines Glases in einem Zug hinunterstürzte, um es dann theatralisch über die Reling zu werfen.

«Zu den Waffen, mein lieber Herr Bebo. Ab heute wird zurückgeschossen!»

«Nun ja», räusperte sich Bebo und ärgerte sich sofort über seine Höflichkeit.

«Der Pole hat uns den Krieg erklärt. Der Franzmann und der Tommy werden folgen. Sollen sie ruhig! Zeit, die Schande zu tilgen, sag ich!»

Ohne Bebos Meinung zum Ausbruch des Zweiten Weltkrieges im Allgemeinen und dem Vertrag von Versailles im Besonderen abzuwarten, streckte Peters seinen rechten Arm über die Reling in Richtung Sonne in den Wind, dorthin, wo er die Heimat vermutete, und stimmte mit ungeübter und leicht quietschender, aber nicht unangenehmer Stimme das Deutschlandlied an.

Bebo kam schnell dahinter, was die Delegation der Emigranten vom Kapitän gewollt hatte. Der Zweite Offizier verriet es ihm. Beinahe auf Knien hätten sie den Kapitän angefleht, die Fahrt in Richtung Amerika fortzusetzen, da ihnen in ihrer einstigen Heimat Erniedrigung, Gefängnis, Zwangsarbeit oder Schlimmeres drohten.

Wie er sie da so vor sich hatte stehen sehen, den alten Mann und die junge Frau mit dem ihn aufmerksam betrachtenden Kind auf dem Arm, das habe den Kapitän nicht kaltgelassen.

Denn der Kapitän war ein Ehrenmann. Dummerweise in jeglicher Beziehung. Er hatte immer seine Pflicht getan und keinen Befehl je missachtet, und sein jüngster Befehl lautete nun mal, jedes deutsche Handelsschiff, das sich derzeit auf den Ozeanen aufhalte, habe unverzüglich einen deutschen oder zumindest freundlichen Hafen anzusteuern.

Der Kapitän hatte also den Blick gesenkt, geflüstert, es tue ihm leid, aber Befehl sei nun einmal Befehl. Die Emsland müsse umdrehen und Kurs auf das spanische Vigo nehmen, wo die Emigranten im schlimmsten Fall interniert, wahrscheinlich aber einfach nach Deutschland zurückgeschickt würden.

Obwohl diese Order eindeutig war, bewegte sich die Emsland lange nicht. Erst am Nachmittag gingen rasselnd die Maschinen an, prustete der Schornstein Dieselruß in den Himmel, und der Frachter dümpelte unwillig mit halber Kraft südwärts, sodass Peters sich schon beschweren wollte, jedoch vom Zweiten beruhigt wurde, da man bei Kursänderungen immer auf die herrschenden Meeresströmungen Rücksicht zu nehmen habe, die nun mal gegen die Emsland stünden und einen kleinen Schlenker nötig machten.

Bebo glaubte dem Zweiten kein Wort, lag schlaflos in seiner Koje, als der einzige Steward des Schiffes an seine Kabinentür klopfte und ihn in die Messe bat.

Der Kapitän hatte hängende Backen und hängende Tränensäcke und kam Bebo vor wie ein Mann, dessen ganze Schwermut daher rührte, nie seine Pflicht vergessen und immer nur Befehle befolgt zu haben. Auch jetzt, als Herrscher über sein kleines Frachterreich, sah er sich an einen solchen gebunden. Allerdings zeigte sich da so etwas wie der Anflug eines Lächelns in seinen Mundwinkeln, was Bebo auf eine geheime Quelle des Eigensinns und der Verschlagenheit hoffen ließ.

«Sie kennen die Befehle», sagte der Kapitän. «Ich habe noch keinen missachtet», fügte er hinzu. Dabei war ein seefahrender Armenier wahrscheinlich der Letzte, dem der Kapitän Rechenschaft schuldig war. «Wenn wir in Vigo sind, werden Sie nicht interniert, aber es wird auch kaum ein Schiff geben, das Sie in die Vereinigten Staaten bringen kann. Wir sind im Krieg. Die Meere sind unsicher. Haben Sie Geld? Die Reederei kann Ihnen die Passage leider nicht zurückerstatten. Höhere Gewalt. Sie müssen sich in Vigo eine neue Passage kaufen. Wenn es denn eine zu kaufen gibt. Oder weiter nach Lissabon und es dort versuchen.»

Er seufzte und sah pflichtvergessen durch eines der Bullaugen ins Schwarze hinaus, bevor er sich wieder Bebo zuwandte: «Hören Sie, noch heute Nacht treffen wir auf ein spanisches Schiff, die –» er räusperte sich, «Santa María. Deren Kapitän ist ein alter Freund von mir. Wenn Sie es wünschen, können Sie mit den übrigen Passagieren auf dieses Schiff wechseln. Es bringt Sie nach Amerika, allerdings nicht nach New York. Die Reise wird … etwas länger werden.»

Und um ihm dieses Angebot zu machen, hatte ihn der Kapitän rufen lassen?

«Also, was sagen Sie?», fragte der Kapitän ungeduldig.

«Wohin fährt dieses spanische Schiff denn?», entgegnete Bebo.

«An die Westküste. Nach Los Angeles, soweit ich weiß. Wie gesagt, die Reise wird etwas länger dauern, aber es wird nichts zusätzlich berechnet.»

Los Angeles!, er traute seinen Ohren kaum, direkt zu Cousin Leon, sogar das Geld für die Bahnfahrt würde er sparen!

«Nun, ich würde gerne auf dieses Schiff wechseln», erklärte Bebo und fügte schmeichlerisch hinzu, «auch wenn ich sehr gerne Passagier unter Ihrem Kommando gewesen bin.»

Der Kapitän wirkte erleichtert, die hängenden Gesichtszüge schienen sich sogar ein wenig zu straffen. Er stand auf und reichte Bebo die Hand.

«Ausgezeichnet. Machen Sie sich bereit, in etwa zwei Stunden wird es so weit sein.»

Bebo nickte. «Und was ist mit dem Herrn Peters?»

Der Kapitän runzelte die Stirn.

«Sind Sie gut bekannt mit ihm?»

«Nein, das nicht gerade. Ich durfte heute Morgen eine seiner Zigaretten rauchen.»

Der Kapitän grinste.

«Herr Peters ist nicht interessiert. Er schläft.»

Viel Gepäck hatte er nicht, und das empfand er als Glück, besonders als er sah, was die übrigen Reisenden heranschleppten. Jeder führte mindestens drei Überseekoffer mit sich, hinzu kamen Säcke und Bündel, die Kinder hielten sich an kleinen Köfferchen, an Puppen fest. Ein Maat wies die Wartenden an, jeweils nur ein Gepäckstück bereitzuhalten, mehr könne unter keinen Umständen mitgenommen werden.

Auf Deck fand ein chaotisches Umpacken und Sortieren statt, sodass sich Bebo wie auf einem nächtlichen Basar vorkam. Frauen trennten sich von liebgewonnenen Kleidungsstücken; er sah sie diesen oder jenen Rock, die ein oder andere Bluse hin- und herwenden, als müssten sie nicht nur ein Stück Stoff, sondern mit ihm auch alle über die Jahre angesammelten Erinnerungen zurücklassen. Kinder kreischten vor Angst, Stofftiere wurden aus Liebe erdrückt. Bebo beobachtete einen athletisch gebauten Mann, der mindestens ein Dutzend silberner Pokale und geprägter Teller, sogar eine Medaille, die – konnte es sein? – wie eine olympische aussah, mit zorniger Miene über Bord warf.

Vielleicht war dies ein Akt der Rebellion gegen jene Mächte, die sich gegen seine Siege verschworen hatten. Möglich aber auch, dass es nur Ekel war, das Verlangen, sich nicht gemeinzumachen, die unter Entbehrungen gewonnenen Trophäen nicht auf jenem Haufen liegen sehen zu müssen, der sich inzwischen auf dem Deck gebildet hatte: Da ruhte ein Sommeranzug, ausgebreitet auf Daunenkissen, als sei sein Träger während des Schlafes geflüchtet, Oberhemden stapelten sich auf sorgfältig verpacktem Porzellan, Besteckkoffer lagen unter dicken, ledergebundenen Büchern. Aus einem Regenmantel zog eine Frau einen Schlüsselbund hervor und hielt ihn, plötzlich irr lachend, in die Höhe.

Abschied lag schwer auf den Dingen, die der Maat und Bebo schweigend betrachteten, bevor sie sich, einer gemeinsamen Regung folgend, anblickten und sofort verschämt wegschauten, hatte sich in ihnen doch angesichts des herrenlosen Gutes dieselbe Frage gerührt: Was passiert damit, wenn die Eigentümer verschwunden sind?

Kurz nach Mitternacht frischte der bis dahin schwache Wind auf, Wolken verdeckten Sterne und Mond, und sie sahen die ersten Lichter. Der Zweite stand an der Reling und gab Signal. Kurz vor eins erkannte Bebo längsseits die dunkle Silhouette eines Schiffes, das nicht größer, aber irgendwie höher wirkte als die Emsland, sah eine Lampe aufblitzen und Morsezeichen über das schwarze, unruhige Wasser schicken.

Da der Wind weiter zunahm und die See unruhiger wurde, beschloss man, sowohl die Boote der Emsland als auch jene der Santa María zu Wasser zu lassen, damit alle Passagiere auf einmal übersetzen könnten. Frauen und Kinder sollten die stabileren Beiboote der Emsland besteigen, während jene des spanischen Schiffes den Männern zur Überfahrt dienten.

Auf die Umpack- und Basarszene folgte nun ein allgemeines, rühriges Abschiednehmen. Bebo schüttelte den Kopf.

«Wir sind doch keine Schiffbrüchigen», sagte er zu einem Mann neben sich; es war der Sportsmann und Medaillenversenker. «Das sind doch allenfalls dreihundert Meter, die wir da in diesen Booten fahren müssen.»

Der Athlet drehte sich um.

«Ja, aber wissen Sie auch, wie tief das Meer an dieser Stelle ist?»

Bebo schüttelte den Kopf.

«Fünf Kilometer», erklärte der Mann.

So war ihm etwas mulmig, als er schließlich in einem der wackeligen spanischen Beiboote saß, insbesondere, da die Matrosen nicht sehr geschickt und sich zudem untereinander nicht grün waren. Die rudern ja, dachte er, wie ein paar Sommerfrischler auf der Havel.

Das Stirnrunzeln seines Nebenmanns, des Athleten, bestätigte ihm seinen Verdacht. Mal brach das Boot nach links aus, dann nach rechts, zu ungleichmäßig war die Paddelei, als dass man auf geradem Kurs vorwärtsgekommen wäre.

Während die meisten Passagiere ängstlich ihre Habe und sich selbst vor überkommender Gischt zu schützen versuchten, diskutierten die Seeleute untereinander über die richtige Art zu rudern, als täten sie es das erste Mal. Dabei fiel Bebo auf, dass die Matrosen Verständigungsschwierigkeiten hatten: Der Steuermann sprach ein leicht zischendes, wahrscheinlich andalusisches Spanisch, sein Nebenmann gab hingegen ein – nun ja – italienisch eingefärbtes Vulgärlatein von sich. Ein Dritter wiederum warf dem widerspenstigen Meer französische Flüche entgegen, während der Seemann hinter Bebo

(War das möglich? Ja, kein Zweifel), ohne die Miene zu verziehen, eine Reihe russischer Schimpfwörter auf den Steuermann niederprasseln ließ. Was war das denn für eine Mannschaft?

Bebo senkte den Kopf. Keinen Moment zu früh, denn während der ganzen Diskussion und gegenseitigen Beschimpfung, wie denn nun die dreihundert Meter bis zur rettenden Bordwand zu bewältigen seien, war die überladene Nussschale ein weiteres Mal aus dem Ruder gelaufen und wurde jetzt von einer sich brechenden Welle längsseits getroffen. Ihm sackte das Herz in den Magen.

Wasser ging über die Insassen nieder, das Boot krängte, richtete sich aber wieder auf, anders als Bebo, der den Kopf gesenkt, die Augen geschlossen hielt und, als er sie wieder öffnete, bibbernd nach unten auf die Holzplanken des Bootes starrte, wo in der Bilge Meerwasser schwappte und neben einem Holzbecher zum Schöpfen ein Rettungsring schwamm.

«Hilde» las er im Schein der Sturmlaterne auf dem Rettungsring, was ihm gar nicht spanisch vorkam, er aber sofort wieder vergaß, als die nächste Welle das Boot erwischte und mit Mann und Maus herumwirbelte.

Fünf Kilometer, dachte er noch, fünf Kilometer.

Der Sturm hatte sich gelegt, der Kanonendonner war verklungen, die Säbel gesenkt, das Meer ruhig, als Billy seinen Blick fiebrig in die Rah schweifen ließ, um einige letzte Worte zu hauchen, bevor er starb. Schweigend trug ihn der verwegene Kapitän Blake durch das Spalier der Mannschaft, seinem feuchten Bett entgegen.

Müdigkeit vortäuschend, rieben sich nicht wenige Jungen im Kinodunkel die Augen. Der Tod des kleinen Billy ging ihnen allen nah. Andererseits: Wenn schon gestorben werden musste, dann bitte genau so, in den Armen von Kapitän Blake, dem Freibeuter von Tobago, einem verwegenen Piraten, Meisterfechter und Frauenliebling.

Auf dem Klüvermast stehend, die barbusige Galionsfigur der Intrepid zu seinen Füßen, sah er der flüchtenden spanischen Galeone nach (die in der deutschen Fassung eine flüchtende französische Fregatte geworden war) und schwor Rache für seinen Schiffsjungen, ohne die geringsten Gewissensbisse oder Fragen nach der eigenen Schuld, denn schließlich hätte er ja auch mit seinem Kahn im Freibeuterhafen von Tobago bleiben können, wo der Film begonnen und Billy in einer lustigen, lauten Kaschemme um Mitnahme auf die Prisenfahrt des Blake gebettelt hatte.

Hatte Billy keine Mutter, die ihm so was ausredete? Nein, Billy war Waise, und Siegfried Heinze ertappte sich während dieser Anfangsszene bei dem Wunsch, selbst Vollwaise sein, in totaler Verwaisung zu leben, frei und ohne alle Bindungen. Ängstlich sah er sich um, als seien seine Gedanken weithin sichtbar wie die Rauchschwaden, die durch das Kino zogen, griff nach seinem Koppelschloss, versicherte sich der Armbinde, tastete nach seiner Mütze. ‹Und sie werden nicht mehr frei sein ihr ganzes Leben lang›, hatte er gesagt, und Siegfried ahnte, was das bedeutete: dass schon der Wunsch nach Freiheit Verrat war.

Er schloss die Augen und vergegenwärtigte sich das Bild, das, seit er denken konnte, auf ihn herabgeschaut hatte. Nur: Als er sie wieder öffnete, stand Kapitän Blake freier und kühner denn je auf dem Klüverbaum und hielt seinen Degen dem unheilvollen Abendrot entgegen. Laut wiederholte er seinen Schwur, Vergeltung zu üben, das Unrecht, wenn es sein müsse, auf allen sieben Meeren zu jagen, niemals zurückzuweichen vor dem Bösen und keiner Autorität zu folgen, außer dem Wind, der in seine Segel blies, und den Gestirnen, die ihm den Weg wiesen.

Es folgte eine ausgiebige, nächtliche Seeschlacht, wahrscheinlich die erste nächtliche Seeschlacht der Filmgeschichte, dann die Enterung des Spaniers (beziehungsweise Franzosen) und die abschließende Versenkung des brennenden Schiffes, die recht aufregend anzusehen war. Blake bezwingt alle Rivalen, entkommt allen Verfolgern, erreicht schließlich England, wo er von Königin Elisabeth I. empfangen wird. Die Herrscherin bietet ihm Adelstitel, Ländereien und das Kommando über ein Drei-Mast-Linienschiff an, doch Blake lehnt ab. Unvergesslich die Szene, in der Blake, neben Elisabeth auf dem Deck des königlichen Flaggschiffs stehend, auf die See deutet und erklärt, dies sei die einzige Braut, der er niemals untreu werden könne. Jeden anderen hätte Elisabeth wohl einen Kopf kürzer gemacht. Doch die Königin lacht nur rau und gibt Blake frei.

Würde der Führer es genauso machen?, überlegte Siegfried.

Eine unheilvolle Sehnsucht überfiel ihn bei der vorletzten Einstellung, als der Piratenkapitän, gespielt von Scott LaMont, wieder auf dem Klüverbaum steht, während der Bug der Intrepid das Wasser zerteilt und der Zuschauer durch neueste Tontechnik ein ungeheuer natürliches Meeresrauschen im Ohr hat.

Dazu der Ozean selbst: alles in Technicolor! So etwas hatte Siegfried noch nie gesehen, so blau und weit war das Meer, dass er es beinahe zu riechen glaubte. Und über ihm ein paar verspielte Schleierwolken, die das Schiff begleiteten wie freundliche Delphine. Einfach tadellos grandios! Ob er sich doch zur Marine melden sollte? Auf ein U-Boot vielleicht?

In der letzten Einstellung, die in einer sich zusammenziehenden Irisblende endet, entfernt sich die Intrepid vom Betrachter, segelt dem endlosen Horizont entgegen, der Siegfried Heinze wie eine Verheißung vorkam – tatsächlich aber der Rand von Wilbur Crawfords seichtem Swimmingpool war.

Tagelang, erzählte der Gärtner, habe das Filmteam in der Villa ausgeharrt und auf besseres Wetter gewartet. Mal zogen dichte Nebelschwaden von der Küste herauf, die sich erst am späten Nachmittag auflösten, wenn Hodges der Lichteinfall und das Schattenspiel nicht mehr gefielen. Dann wieder herrschte strahlender Sonnenschein – zu strahlend für Gerald G. Hodges, der sich für die letzte Einstellung seines Filmes, wenn das kleine Holzmodell der Intrepid am Rand von Wilburs übergroßer Badewanne entlanggezogen wurde, zarte Kumuluswolken «in der Form von Delphinen» wünschte, als könne man die in einem Katalog bestellen.

Assistent, Dekorateur und Kameramann versuchten Hodges, der Produzent und Regisseur in einer Person war, davon zu überzeugen, dass man alles auch im Studio drehen könne, mit einem gemalten Rundhorizont, auf dem Wolken jeder Art, Form und Größe immer verfügbar wären.

Hodges aber blieb stur und weitete seine Forderungen zum Entsetzen des Teams sogar noch aus: Die Seeschlacht zwischen Blake und dem Spanier war bereits im Schwimmbecken gedreht worden. Hodges wollte dem Zuschauer die Weite des Meeres zeigen, die Anspannung vor der Schlacht, die sich immer weiter steigerte, bis der feindliche Segler in Schussweite war. Was jedoch bei einem Segler leicht zu tricksen war, versagte bei zweien. Spätestens, wenn beide Schiffe auf gleiche Höhe kamen, konnte man erkennen, dass es sich um Modelle handelte. Die Illusion war dahin.

Je öfter Hodges sich im Wohnzimmer des Crawford-Hauses sitzend den Rohschnitt des Gefechts anschaute, desto weniger gefiel es ihm. Bis ein Skript-Junge namens Lee Rosenbaum vorschlug, nachts zu drehen. Der Regieassistent meinte, das sei der größte Blödsinn, den er je gehört habe, aber Hodges gefiel die Idee, nicht, weil er sie gut, sondern weil er sie ungewöhnlich fand.

So entstand die berühmte nächtliche Seeschlacht, ein bedrohliches, majestätisches Spektakel, mit den dunklen Silhouetten der beiden Schiffe vor dem übergroßen Vollmond über Los Angeles, gegengeschnitten mit den angespannten, bleichen Gesichtern der Piraten im Bauch der Intrepid, unterlegt mit dem plötzlichen Donner der Kanonen, deren Einschläge den spanischen Kapitän aus dem Bett und seine Mannschaft aus dem Leben rissen.

Die Geschütze feuerten in die Dunkelheit, und Hodges feuerte den Regieassistenten, um Lee Rosenbaum einzustellen und ihm – wegen des funkenschlagenden Feuerwerks, aber auch wegen des plötzlichen Einfalls – den Spitznamen Sparky zu geben.

Am folgenden Tag, berichtete Koga, seien die gewünschten Wolken am Himmel aufgetaucht, und die Außenaufnahmen konnten abgeschlossen werden.

Das Filmteam verschwand so plötzlich, wie es gekommen war. Nur Koga blieb und arbeitete weiterhin als Gärtner. Er sei schon immer der Gärtner gewesen, erzählte er Eddie Frimm; schon bevor Crawford ihn einstellte, sei er Gärtner gewesen, von dem Tag an, als er mit dem Zug nach Los Angeles gekommen war, 1929, wenn er sich recht erinnere.

«Das war das Jahr, in dem mein Vater uns sitzengelassen hat», sagte Frimm. «Er ist an meinem Geburtstag verschwunden, genau vor zehn Jahren.» Er zuckte mit den Achseln. «Ich hab anscheinend nicht besonders viel Glück mit meinen Geburtstagsgeschenken.»

Er betrachtete die Totenkopfflagge, die er aus dem Pool gefischt hatte.

«Dein Leben ist lang», gab Koga zu bedenken, «es werden noch viele Dinge geschehen.»

«Das sagt sich so leicht. Aber ich lebe *jetzt*. Und wir haben kein Geld, meine Mutter und ich, und ich muss Schwimmbecken sauber machen, in denen nie jemand schwimmt.»

«Nun», gab Koga zu bedenken, «wenn nie jemand drin schwimmt, dann sind sie auch leichter zu reinigen. Außerdem», fuhr er fort, «ist es auch nicht irgendein Schwimmbecken, sondern das, in dem Kapitän Blake seine große Schlacht geschlagen hat.»

«Ach», Eddie winkte ab, «den gibt's doch gar nicht, hat's nie gegeben. Genauso wenig wie den Dieb von Damaskus und seinen fliegenden Teppich. Das sind alles Geschichten, nicht die Wirklichkeit.»

«Die Wirklichkeit? Was ist das denn nun schon wieder, die

Wirklichkeit? Hast du nicht geweint um den kleinen Bill, dir nicht gewünscht, den großen Blake auf seinen Kaperfahrten zu begleiten?»

Darauf wusste er keine Antwort, fühlte sich auf eine unangenehme Weise durchschaut. Also schwieg er, ließ das alte Wasser aus dem Pool ab- und frisches hineinlaufen, reinigte die Abflusssiebe, während der Gärtner sich wieder seinen Pflanzen widmete.

Nach einer Weile rief er Koga zu: «Ich will einfach mehr, verstehen Sie das nicht? Sie sind glücklich als Gärtner, aber ich bin nicht glücklich als Schwimmbeckenreiniger. Ich meine –», er stockte, «ist es nicht so, dass jeder Mensch etwas Besonderes ist, eine besondere Bestimmung hat?»

Toshiro Koga, Schüler des letzten Judan Kyuzo Mifune, Laienmönch in einem Zen-Kloster, einst Polizist in Tokio, Überlebender des Großen Kanto-Erdbebens, danach Reisender, jetzt Gärtner in Pacific Palisades, antwortete nicht auf Eddies Frage. Stattdessen tat er einige Schritte auf den Jungen zu, sah ihn scharf an und sagte: «Dein Vater ist verschwunden und wahrscheinlich tot; deine Mutter ist arm, und auch sie wird sterben; du bist allein, und du wirst allein sterben. Wie soll dir ein Schicksal da weiterhelfen? Warum bettelst du um Bestimmung, wo es doch vielleicht besser ist, keine zu haben?»

Eddie wich erschrocken zurück. Der Gärtner, der plötzlich überhaupt nicht mehr wie ein harmloser Gärtner aussah, folgte ihm.

«Zeig mir das Gesicht, das du hattest, bevor deine Eltern geboren wurden. Zeig mir dein wahres Gesicht, Edison Frimm!»

Er stand am Rand des Schwimmbeckens. Er konnte nicht

mehr weiter zurück. Da hob er die Hände und hielt Koga die kleine Totenkopfflagge hin.

Kogas Gesichtszüge entspannten sich.

«Hoho», lachte er und hüpfte von einem Bein aufs andere. «Die Tür ist auf! Die Tür ist auf! Die Tür ist auf!»

Gerettet!, dachte Bebo. Gerettet! Aber hatte er je Zweifel daran gehegt, gerettet zu werden? Seltsam, dachte er, aber so war es nun mal, keine Sekunde hatte er ernsthaft geglaubt, sterben zu müssen, nun ja, höchstens, als das Boot kenterte und ihm die Bemerkung des Athleten über die Meerestiefe einfiel, da waren ihm möglicherweise für einen Moment Zweifel an der eigenen Überlebensfähigkeit gekommen.

Nun saß er mit dem Rücken an die Reling gelehnt auf dem Deck der Santa María und konnte seinem Retter gar nicht genug danken. Jakob Weinstein, so hieß der Athlet, hatte ihn am Kragen gepackt und bis zum Fallreep hinter sich hergezogen – keine leichte Aufgabe, bedachte man den Seegang, die Dunkelheit und die stümperhaften Rettungsversuche der immer noch in babylonischer Sprachverwirrung befindlichen Matrosen. Zudem bot der kurze, aber schwere Bebo dem Wasser unerwarteten Widerstand und hatte auch, nur noch halb bei Bewusstsein, die herrschende Unordnung durch mehrsprachig ausgerufene Verwünschungen zusätzlich angeheizt.

Kaum hatte er Bebo in Sicherheit gebracht, stürzte der Athlet sich wieder vom Fallreep in die Fluten, um die restlichen Insassen des gekenterten Bootes zu bergen. Bebo empfand es als Auszeichnung, als Erster gerettet worden zu sein. Bis auf einen älteren Herrn, einen Goldschmied aus Idar-Oberstein, der im Boot auf der anderen Seite neben Weinstein gesessen hatte, konnten alle geborgen werden.

Obwohl Wind und Seegang weiter zunahmen, strichen die Suchscheinwerfer der Emsland und der Santa María noch lange über die aufgewühlte schwarze See. Der Abstand zwischen den beiden Schiffen wurde größer und größer, aber der Goldschmied tauchte nicht wieder auf. Er war zusammen mit seiner Frau gereist, die noch lange an der Reling stand und nach ihm rief, bis sie im Morgengrauen erschöpft zusammensank.

Bebo saß indessen in eine Decke gehüllt mit den anderen unter Deck und trank heißen Tee.

Ein sonderbares Schiff, diese Santa María, zunächst mal augenscheinlich ein «Auxiliardampfer», wie ihn ein elfjähriger Junge belehrte, also ein Dampfer mit Hilfsbesegelung, oder ein Segler mit Hilfsmotor, je nachdem, wie man es betrachten wollte. Deswegen war Bebo die Silhouette des Schiffes so ungewöhnlich vorgekommen, es war die nicht ganz eingeholte Takelage gewesen.

Er versuchte zu schlafen, konnte es aber nicht. Die Santa María schien keine Passagierkabinen zu besitzen, und wenn doch, so waren diese wohl schon besetzt oder anderen vorbehalten. Bebo und seinen Retter hatte man in einem der zu Schlafsälen umfunktionierten Frachträume einquartiert. Sie lagen in Hängematten.

Die ganze Szenerie erinnerte ihn an einen Film, den er mal im UFA-Palast gesehen hatte, irgendwelche Piraten in der Karibik. Fehlten nur noch die Kanonen! Eine Weile noch lauschte er den Erklärungen des elfjährigen Naseweises, hörte ihn fragen, ob der Hilfsmotor des Schiffes mit Kohle oder Diesel angetrieben werde, ob man am nächsten Tag wohl den Maschinenraum besichtigen und er Schiffsjunge werden könne, ob der Kapitän ihn in die Rah schicken würde, als Ausguck, wegen der Eisberge und so weiter und so fort.

Während sein Retter neben ihm schon lange schnarchte, glitt Bebo erst in den Morgenstunden allmählich in den

Schlaf, begleitet vom Flüstern des Jungen, der seinem Vater zuletzt von einem gewissen Kapitän Blake erzählte, dessen Name auch ihm irgendwie bekannt vorkam.

Ihre Stimmen weckten ihn. Ein Matrose versuchte Weinstein beizubringen, dass der Kapitän ihn zu einem späten Frühstück erwarte. Aber Weinstein verstand ihn nicht. Weil der Matrose französisch sprach.

Zugegeben, es hatte etwas Gönnerhaftes, wie Bebo sich langsam aufsetzte und die beiden einander noch eine ganze Weile missverstehen ließ, während er gemächlich seine Schuhe anzog, die, wie er feststellen musste, leider noch etwas feucht waren. Da seine Kleidung ebenfalls nass geworden war, hatte die Mannschaft ihm mit Socken, Hose und Hemd ausgeholfen, die jedoch alle zu groß waren.

So stand er schließlich in hochgekrempelten Hosen, feuchten Stiefeln und einem schlabberigen Hemd wie ein ausgesetzter, zu heiß gebadeter Film-Korsar vor ihnen und übersetzte: «Der Maat sagt, dass der Kapitän mit uns frühstücken will.»

«Mit uns beiden?», fragte Weinstein.

«So ist es.»

Als sie sich auf den Weg machten, sagte der Maat zu Bebo auf Französisch: «Der Kapitän hat lediglich Herrn Weinstein zu sich bestellt.»

«Das weiß ich. Aber Herr Weinstein besteht darauf, dass ich ihn begleite. Wir sind gute Freunde, ich war der Erste, den er gerettet hat.»

«Was hat er gesagt?», fragte Weinstein.

«Dass der Kapitän sehr erfreut sein wird, uns zu sehen.»

Als sie an Deck kamen, fiel Bebo zuerst die Frau des Goldschmiedes aus Idar-Oberstein auf. Immer noch oder schon wieder saß sie an der Reling, in einen aufwendigen, irgendwie unpassend wirkenden hellen Pelzmantel gehüllt, und starrte auf das Meer hinaus. Ihr Blick war ebenso leer wie die See.

Bebo musste sich zwingen, die Frau nicht länger anzustarren. Es hieß, die beiden hätten keine Kinder, seien aber schon über vierzig Jahre verheiratet. Gewesen, fuhr es Bebo durch den Kopf. Schnell ging er weiter. Dabei fiel ihm eher zufällig auf, dass auf einigen Rettungsringen «Hilde» stand. Auf den übrigen stand entweder nichts oder eine Nummer. Nun, die würde der Schiffseigentümer wohl allesamt günstig auf irgendeiner Auktion erstanden haben, ohne sich die Mühe zu machen, die Beschriftung später zu ändern. Überhaupt wirkte die Santa María auf ihn noch heruntergekommener als die auch schon nicht mehr ganz taufrische Emsland. Sei's drum, Abenteuer ist Abenteuer, und Amerika ist Amerika.

Der Himmel hatte aufgeklart, die Brise war stark genug, um die Santa María Richtung Westen vor sich herzutreiben, sodass der Kapitän die Maschinen gar nicht erst hatte starten lassen. Das Schiff machte gute Fahrt bei halbem Wind.

Der Kapitän hieß Simon und war Deutscher. Er ließ Kaffee und Toast bringen, bedankte sich knapp, aber aufrichtig bei Weinstein und bewunderte dessen Schwimmvermögen. Dann sah er Bebo an: «Und wer sind Sie? Ich nehme nicht an, dass Sie beide verwandt sind, oder?»

Etwas zu hastig sprang Bebo auf. «Gestatten: Bebo Wachtang Globodajarian. Geschäftsreisender, Übersetzer, gerettet von Herrn Weinstein, zu Ihren Diensten!»

Hatte er den richtigen Ton getroffen? Sollte er vielleicht die Hacken zusammenschlagen, den Arm ausstrecken? Nein, das kam ihm irgendwie unangemessen vor.

«Übersetzer?», sagte der Kapitän nachdenklich. «Was übersetzen Sie denn so, Herr –»

«Nun, ohne übertreiben zu wollen: fast alles, möchte ich sagen. Ich spreche Italienisch, Spanisch, Französisch, Englisch, Russisch und natürlich meine Muttersprache Armenisch fließend; Portugiesisch und Bulgarisch sollten kein größeres Problem darstellen. Darüber hinaus verfüge ich über Kenntnisse des Dänischen, Schwedischen, auch des Ungarischen, Georgischen und diverser kaukasischer Dialekte, die Sie kaum interessieren werden. Nicht unerwähnt lassen möchte ich die Tatsache, dass ich mir in jedem arabischen Land der Welt zumindest einen Kaffee oder Tee bestellen und mich auch dafür bedanken könnte, außerdem kann ich auf Türkisch –»

«Danke, danke, das reicht.» Der Kapitän lächelte. «So ein Zufall, dass das Meer mir gerade jetzt einen wie Sie an Deck spült.»

«Mit Verlaub, aber der Herr Weinstein –»

«Hat Sie gerettet», unterbrach er, «ich weiß. Wie Sie vielleicht bemerkt haben, ist meine Mannschaft, sagen wir, etwas bunt zusammengewürfelt und auch unerfahren, was das Seemännische betrifft. Sie könnten uns helfen, indem Sie ab und zu als Dolmetscher auftreten.»

«Nichts würde ich lieber tun», erklärte Bebo.

Der Kapitän stand auf, nickte ihnen beiden zu und wollte sich gerade verabschieden, als Bebo fragte:

«Eine Frage noch, Herr Kapitän.»

«Ja?»

«Wann erreicht die Santa María den Panamakanal?»

Simon sah ihn verdutzt an.

«Welche Santa María?»

«Nun, diese Santa María, Ihr Schiff …»

«Wer hat Ihnen denn erzählt, dieses Schiff würde Santa María heißen?»

«Der Kapitän der Emsland.»

Simon ließ sich zurück in den Stuhl plumpsen und begann laut zu lachen.

«Das ist gut!», rief er. «Das ist gut. Hätte gar nicht gedacht, dass der alte Knabe so viel Humor hat. Tut mir leid, Sie enttäuschen zu müssen, Herr Globo... Sie befinden sich an Bord der Hilde.»

«Dann ist das hier gar kein spanisches Schiff?»

«Nein, das würde ich nicht sagen.»

«Sondern ein deutsches?», warf Weinstein besorgt ein.

«Das kann man so auch nicht mehr sagen.»

«Was für ein Schiff ist das dann?», fragte Bebo.

«Ein geklautes», antwortete Simon.

Während in Polen der nächste Krieg begonnen hatte, war in Spanien der vorige gerade zu Ende gegangen. Kaum fünfzig Mann zählte zu diesem Zeitpunkt der Rest der 15. Internationalen Brigade, die sich quer durch die Iberische Halbinsel nach Westen durchschlug, nachdem alle Pässe ins rettende Frankreich gesperrt und von den Francisten besetzt worden waren.

Mit einem einfachen Trick erreichte das Häuflein schließlich die Hafenstadt Vigo: indem die eine Hälfte die andere als Gefangene nahm. Da alles Republikanische nach Osten oder in die Berge geflohen war, schöpfte niemand Verdacht, als sie in die Stadt einmarschierten. Ein paar Eier und faules Gemüse flogen auf die Gefangenen, die von ihren als Nationalisten verkleideten Kameraden mit aufgepflanzten Bajonetten durch die Straßen zum Hafen getrieben wurden, wo die Mannschaft eines deutschen Küstenfrachters gerade auf Landurlaub ging, wo die Seeleute in den Hafenkneipen verschwanden und danach in den Bordellen und, sobald sie wieder herauskamen, wieder in die Hafenbars gingen und danach wieder in die Bordelle – rein, raus, wieder und wieder, solange sie Urlaub hatten, fünf Tage, fünf Nächte lang.

Ganz lautlos, sanft und ohne Blutvergießen, kaperte Kapitän Simon, der im Ersten Weltkrieg auf der Dresden gedient hatte, mit den Resten seiner Brigade in einer dieser Nächte das älteste, unscheinbarste Schiff im Hafen, die Hilde nämlich, deren Weg von keiner verräterischen Qualmspur verraten werden würde.

«Und um den zweiten Teil Ihrer Frage zu beantworten: Wir werden den Panamakanal nicht so bald erreichen, weil wir nicht durch den Panamakanal fahren.»

«Wir fahren nicht nach Los Angeles?»

«Doch, nur eben außenrum.»

Zunächst fürchtete sich Bebo nur vor den Wörtern «Kap Hoorn», schnell lehrten ihn einige andere das wahre Fürchten: U-Boot, Sehrohr, Torpedotreffer.

«Das Dumme ist, mein Junge», erklärte einer der wenigen mit Salzwasser gewaschenen Interbrigadisten, Steuermann Heinrich Rudolf aus Bremerhaven, «dass wir jetzt für jedes deutsche U-Boot vogelfrei sind und jederzeit für eine kleine Schießübung gut.» Er spuckte aus. «Richtig dumm ist allerdings, dass wir in den Büchern der Tommys und Franzosen immer noch als deutscher Kahn laufen – kurzum, dass die uns wohl auch gerne versenken würden. Ganz schön beschissen, was? Ich hoffe mal, der Juan da oben hat so gute Augen, wie alle sagen.»

Juan war der Ausguck im Toppmast, der das Meer nach Rauchwölkchen und den gefürchteten Sehrohren absuchte. Eigentlich waren es zwei Juans, der Tag-Juan und der Nacht-Juan, ein baskischer Berghirte aus Burguete, der die Stunde verfluchte, in der er sich der Brigade angeschlossen hatte (denn was hatte ein Baske in einer internationalen Einheit zu suchen und was in Amerika?), sowie ein Trotzkist und Pistolenheld aus Durango, Provinz Chihuahua, Nordmexiko, der Trotzki (er hatte neben seiner Hängematte eine Art Altar aufgebaut) jeden Tag dafür dankte, dass er Capitán Simón über den Weg gelaufen war, der ihn in seine geliebte Heimat zurücksegeln würde. So unterschiedlich sie waren, in Bebos Vorstellung verschmolzen sie zu einem, dem «Juan-da-oben».

Lange geschah nichts, Kapitän Simon hatte einen Kurs abseits aller Schifffahrtsrouten genommen. Und dann geschah doch etwas – so leise und still, dass es auch Juan-da-oben nicht auffiel, möglicherweise, weil es sich direkt unter ihm und damit irgendwie außerhalb seines Horizontes abspielte.

Die Frau des Goldschmieds aus Idar-Oberstein hatte aufgehört zu klagen, aber sie hatte nicht aufgehört, in ihren hellen Pelzmantel gehüllt im Klappstuhl an der Heckreling zu sitzen und auf die sich kräuselnden Wellen und die kleinen Strudel zu blicken, welche die Hilde auf ihrer Fahrt gen Süden hinter sich ließ.

Bebo hatte sie dort abends sitzen sehen, bevor er sich schlafen legte, und am Morgen glaubte er sie dort immer noch sehen zu können, bis er näher herantrat und entdeckte, dass da nur noch ihr Pelzmantel war, ordentlich über die Stuhllehne gehängt, und ihre Schuhe, kleine violette Schuhe mit mittelhohen Absätzen und wie für einen Operettenbesuch gemacht, völlig unpassend für die Umstände, diese kleinen violetten Schuhe standen daneben.

Erst wollte Bebo rufen «Mann über Bord», dann fiel ihm ein, dass es ja «Frau über Bord» heißen müsste, und dann kam er sich albern vor, und da er sowieso nicht wusste, in welcher Sprache er es hätte rufen sollen, rannte ins Ruderhaus zum Kapitän.

«Ich bin schuld», jammerte Bebo, «wäre ich nicht gerettet worden anstatt ihres Mannes, dann wären jetzt beide noch munter und lebendig! Drehen Sie bei, drehen Sie um! Wir müssen sie suchen!»

«Suchen?», fragte Simon und deutete auf das Meer hinaus. «Wo?»

Trotzdem drehte er bei und ließ sich von Bebo überreden, eine Stunde lang auf dem ursprünglichen Kurs zurückzufahren. Da es gegen den Wind ging, wurde der Hilfsmotor gestartet.

Die Stunde verstrich. Sie fanden nichts. Keine Leiche, kein Stück Kleidung, keine Spur. Alles, was vom Leben des Goldschmieds und seiner Frau übrig geblieben war, waren ein Pelzmantel und ein Paar violetter Schuhe.

Bei schwachem Wind und ruhiger See befahl Kapitän Simon, die Maschinen anzuhalten, Segel zu setzen und den ursprünglichen Kurs wieder aufzunehmen.

U-Boote sind wie Haifische. Über Kilometer können sie ihre Beute wittern, ohne sie zu sehen. Mit dem Unterschied, dass die U-Boote nicht von Blut, sondern von Geräuschen angelockt werden. U-114 war routinemäßig abgetaucht, um die Akkumulatoren zu testen. Der Auftrag sah vor, sich nahe dem britischen Geleitzugweg zwischen der Mündung des Rio de la Plata und Europa auf die Lauer zu legen. Noch befand man sich nicht im Operationsgebiet, war deswegen wohl etwas nachlässig, ja sogar einmal an der Hilde vorbeigefahren, ohne sie zu bemerken. Bis sie ihren Motor startete, um nach der Frau des Goldschmieds zu suchen, und im Sonar des U-Bootes so eine Art Rückkoppelung erzeugte.

Der Kommandant von U-114 konnte sich zunächst keinen Reim darauf machen, warum das kleine Schiff vor seinem Sehrohr hin und her fuhr und den Kurs gleich zweimal wechselte. Also reimte er sich was zusammen:

Das Schiff (das er in keinem britischen oder französischen Verzeichnis finden konnte) war, erstens, voll beladen, wahrscheinlich ein Küstendampfer mit Waffen oder Kriegsgerät, den die Briten gechartert hatten (Beflaggung ließ sich nicht erkennen). Es hatte, zweitens, Probleme mit seiner Maschine, musste Treibstoff sparen, oder war, drittens, auf der Suche nach etwas, wahrscheinlich hatte es den Anschluss an einen größeren Geleitzug verloren.

Juan aus Burguete sah das Rohr. Ganz ruhig verließ er seinen Posten, flüsterte Juan aus Durango ins Ohr, was er gesehen hatte, schrie nicht, gestikulierte nicht, sondern verhielt sich, wie man es ihm befohlen hatte – als ob nichts geschehen wäre.

«Na wunderbar, Herr Globo-, das haben wir nun davon, dass ich Ihrem Gejammer nachgegeben habe.»

«Werden wir jetzt versenkt?»

«Nicht sofort, aber bald, wenn uns nicht schnell etwas einfällt. Die warten bloß ab, ob da nicht irgendwo ein noch viel größerer Happen rumschwimmt.»

«Und was werden wir jetzt tun?», fragte Bebo.

«Wir werden ihnen den Gefallen tun und mitspielen.»

«Mitspielen?»

«Wir werden die Maschine anschmeißen und so tun, als ob wir tatsächlich unseren Schwarm suchen. Wenn wir Glück haben, können wir ihnen nachts entwischen. Allerdings –»

«Allerdings?»

«Die haben keine Angst vor uns. Wovor auch. Die werden uns an die kurze Leine nehmen. Wahrscheinlich wissen die schon, dass wir wissen, dass sie wissen – Sie verstehen, Herr Globo-?»

«Äh, nun ja.»

«Die werden's drauf ankommen lassen. Ziemlich nahe aufschließen, weil sie davon ausgehen, dass wir so oder so nach unserem Geleitzug suchen werden, weil ihn zu finden unsere einzige Chance ist. Dumm nur, dass es keinen Geleitzug gibt. Keine Kreuzer, Zerstörer, Jabos oder Wasserbomben. Unwahrscheinlich, dass sie ein Torpedo an uns verschwenden werden. Die werden einfach auftauchen, wenn ihnen langweilig geworden ist, und mit ihrer Kanone ein großes Loch in die Hilde schießen. Und das war's dann.»

«Und wenn wir uns ergeben?»

«Dasselbe Ergebnis, mit dem Unterschied, dass man meine Männer in Deutschland oder Spanien aufhängt. Die Zivilisten stecken sie ins Lager. Nur Sie, Herr Globodadu-, Sie sind ja gar kein Deutscher, gehören nirgendwo dazu. Sie kommen vielleicht so davon. Soll'n wir exklusiv für Sie die weiße Fahne hissen?»

Zwei Tage noch bis Neumond und beinahe Flaute, brummte Rudolf am Steuerrad, und Simon nickte.

Mit hängendem Kopf verließ Bebo das Ruderhaus. Die Segel schlugen wie nutzlose Flügel gegen das Rigg; der Kapitän ließ sie einholen und die Maschine abermals starten, um Kurs auf einen britischen Geleitzug zu nehmen, den es gar nicht gab.

Merkwürdig, aber zum zweiten Mal auf dieser Reise fiel Bebo sein Onkel ein, der georgische Ringermeister im Halbschwergewicht. Wenn man eine Finte macht, der Gegner aber weiß, dass es eine ist, kann der Wurf nicht gelingen. Also versucht man eine Finte, von der man weiß, dass der Gegner sie als solche erkennt, die aber nur die nächste Finte vorbereitet.

«Das funktioniert nie», meinte Simon.

«Wenn es nicht funktioniert, verschlechtert das unsere Aussichten?»

«Nein.»

«Also?»

Also ging Bebo, nachdem der stählerne Haifisch ihnen schon zwei lange Tage gefolgt war, mit dem Kapitän in den Kartenraum, wo das Funkgerät stand. Daneben der Funker, ein Amerikaner. Als er den von Bebo geschriebenen Zettel in der Hand hielt, sagte er: «That's crazy», bevor er sich an sein Gerät setzte und in englischer Sprache durchgab:

«Gruß an die Familie: Glück beim Angeln gehabt. Schwertfisch am Haken.»

«Unverschlüsselt!» Der Funker schüttelte den Kopf. «Auf einen so billigen Trick fallen die nicht rein.»

«Vielleicht denken sie aber auch, dass wir denken, dass sie nicht auf einen so billigen Trick hereinfallen würden», sagte Bebo.

Billig oder nicht, noch bevor der Abend dämmerte, war das Sehrohr des U-Bootes für Juan-da-oben nicht mehr auszumachen. «Das hat nichts zu bedeuten», sagte der Steuermann. «Die haben sich zurückfallen lassen oder einfach das Rohr eingezogen, warten ab, verfolgen unser Schraubengeräusch.»

«Neumond, Heinrich», sagte der Kapitän, «und Nordwestwind, Stärke vier. Vielleicht noch ein paar Wolken, wenn wir Glück haben. Stockschwarze Nacht. Nicht mal Sterne.» Und zu Bebo: «Sie, Herr Globodings–, also Sie gehen jetzt zu jedem Einzelnen hier auf dem Schiff, egal ob Mannschaft oder Passagier, und machen ihm in einer Ihrer zwanzig Sprachen klar, dass ab Einbruch der Dunkelheit der Mund gehalten wird, dass ich kein Sterbenswörtchen hören will, kein Geräusch, kein Naseschnauben, Husten, Kindergeschrei, kein gar nichts. Verstanden?»

Bebo wollte schon umständlich salutieren und «Jawohl, Herr Kapitän!» brüllen, doch er besann sich, legte einen Finger auf die Lippen, nickte und verließ das Ruderhaus.

Die Nacht brach herein, und noch einmal ließ der Maschinist den Motor laufen, schnaufend und scheppernd und rasselnd, weithin hörbar, während der Kapitän Befehl gab, Segel zu setzen. Dann, als auch das letzte Licht hinter dem Horizont verschwunden war, der Wind wie erhofft aufgefrischt und sich die Wolken vor die Sterne geschoben hatten, erstarb das Motorengeräusch so unvermittelt, dass die Stille Bebo erschreckte. Das Schiff halste und lag nun wieder auf südlichem Kurs.

Nur das Gurgeln der Bugwelle war zu hören, ein leichtes Knarren in den Wanten und Schoten und ab und zu, wenn der Bug vom Kamm in ein Wellental stieß, das Schlagen des Klüvers. In diesem und auf diesem Schiff saßen schweigend die Passagiere, hielten ihren Kindern die Münder zu, hielten sich aneinander fest, hielten den Atem an, während die Hilde durch die Nacht glitt und Bebo über die Planken schlich und in die Gesichter blickte. Ein Geisterschiff, dachte er, dies ist ein Schiff voller Geister auf seiner Fahrt ins Vergessen.

Lange, sehr lange wagte niemand ein Wort. Bebo stand am Bugspriet, da hörte er plötzlich, wie es längsseits zu schäumen begann, wie etwas parallel zur Welle des Schiffes eine eigene Welle erzeugte, Strudel und Schaum, und wie es sich prustend aus dem Griff des Meeres zu befreien suchte. Umsonst!, dachte er. Alles umsonst, sie haben uns entdeckt. Von wegen gerettet: Torpedotreffer, Turmgeschütz, versenkt mit Mann und Maus!

Da erst erkannte er die grauen Umrisse, den narbigen, sich mühelos aus dem Wasser erhebenden Körper, dessen Oberfläche im Dämmerlicht wie stumpfes Blei schimmerte. In einer großen Fontäne blies der Wal den Atem der Tiefsee aus und begleitete dann, aus welchen Gründen auch immer, das Schiff mit Mann und Maus in den Morgen hinein.

BEINAHE FREUNDSCHAFT

Beinahe eine Freundschaft war zwischen Frimm und dem Gärtner entstanden. Jedes Mal, wenn Eddie den Pool von Hodges' zweitem Haus zu reinigen hatte, blieb er länger, schaute Koga bei der Gartenarbeit zu, erfuhr einiges über das Beschneiden von Rosen und das Wachstum der Bäume. Irgendwann lud der Gärtner ihn zum Tee in seinen umgebauten Pferdestall, einen spärlich möblierten Raum mit kalkweißen Wänden und einem niedrigen Tisch in der Mitte, vor dem sie auf dem Boden hockten, in Händen die Tassen, die sie nur langsam austranken.

Eddie war voll von Fragen, aber er stellte sie nicht, und Koga, der vielleicht darum wusste, gab keine Antworten. Während Frimm unter der Woche das Leben eines Schülers lebte, Baseball verachtete und dafür verachtet wurde, während er versuchte zu lernen, obwohl ihm nicht klar war, wozu er das Erlernte je würde gebrauchen können, während er – wie viele seiner Kameraden – versuchte, sich mit einem Mädchen zu verabreden, und einiges Geschick aufwenden musste, um ein paar Jungs aus dem Weg zu gehen, die sich vorgenommen hatten, ihn zu verprügeln, ohne dass ihm zugetragen worden wäre, warum, während seine Mutter die Post sortierte, Mrs. McPherson ihre Wäsche wusch und aufhängte und ihr schmuddeliger Sohn sie unter Geschrei mit seinen Ballwürfen wieder einsaute, während O'Lear zornig wurde und sich nur ungern beruhigte, der Pazifik mal große, mal lange, mal hohe, mal flache Wellen gegen den Strand schob, während die Sonne abends unter- und morgens wieder aufging, waren

Koga, der Garten und das leer stehende Haus ihm zu einer eigenen Welt geworden, die außerhalb der Zeit zu liegen schien, etwas Fremdes, das Unsicherheit und Zuflucht zugleich bot.

Es kam der Tag, an dem Edison Frimm ohne den Auftrag, das Schwimmbecken zu reinigen, dorthin ging. Er war aufgewacht und hatte eine tiefe Leere gespürt, eine schwere Hand, die nach seinem Herzen griff und ihn einen Moment lang bangen ließ, es könnte aufhören zu schlagen.

Seine Mutter hatte Schichtdienst, er hatte sie am Vorabend nur kurz gesehen, sie sah müde aus, und er fürchtete, sie könnte wieder krank werden. Um ihre Arbeit zu behalten, ging sie auch dann zur Post, wenn sie sich wirklich schlecht fühlte. Durch Eddies Anstellung bei O'Lear hatte sich ihre Lage kaum verbessert.

Er stand auf, kochte sich einen dünnen Kaffee und blickte durchs Fenster hinaus in den verwahrlosten Garten der Nachbarin. Die Wäsche der Witwe hing starr auf der Leine und wartete darauf, dass Georgie aufwachen, unter seiner muffigen Decke hervorkriechen und sein Ritual praktizieren würde. Aber wozu? Eddie Frimm verstand nichts von Baseball und glaubte doch keine Sekunde daran, dass Georgie McPherson jemals wie Babe Ruth oder Lou Gehrig werden könnte. Es gab nur einen einzigen Grund, warum Stinky-George – wie die Nachbarsjungen ihn nannten – die Wäsche quälte: weil niemand sonst mit ihm spielen mochte. Weil niemand und nichts, außer ein paar Bettlaken und den ausgeleierten Unterhosen seiner Mutter, Georgies Ball annehmen wollte.

Es war ein Sonntagmorgen im Frühjahr 1940, als Eddie aus dem Haus ging und in allem Vergeblichkeit sah. Er lief den halben Weg von West-Hollywood aus auf dem Sunset Boulevard, vorbei an der Universität, an Baseballfeldern und Golfplätzen, den Gärten und Villen der Reichen, der Ranch von

Will Rogers, die immer noch Trauer zu tragen schien, seit Rogers, ein weiterer unverwundbarer Leinwandheld aus Eddies Kindertagen, einer, der immer wieder den tollsten Gefahren entkommen war, einer, der auf einem Pferd stehend reiten und dabei ein Lasso hatte schwingen können, über Alaska mit dem Flugzeug abgestürzt war.

Am Rand des Swimmingpools fand er Koga mit verschränkten Beinen auf dem Boden sitzend. Er trug eine dunkle Anzughose und ein weißes Hemd, beides faltenlos wie frisch aus der Wäscherei und für einen besonderen Anlass ausgewählt. Vor ihm lag ein leicht gebogener Holzstab, keinen halben Meter lang.

Der Gärtner sah auf das Meer hinaus. Einige Zeit stand Eddie einfach schweigend hinter ihm, überlegte, ob der Holzstab auch ein Schwert sein könnte, als Koga, ohne sich umzudrehen, sagte: «Der Pool soll erst in der nächsten Woche wieder gereinigt werden. Was tust du hier?»

«Ich habe schlecht geschlafen.»

Koga schwieg.

«Ich bin aufgewacht und hatte das Gefühl, als ob alles verschwindet, nichts sicher ist.»

Kogas Gestalt schien im Wanken, aber vielleicht war auch er es, der wankte.

«Und jetzt», sagte Koga, «hast du Angst. Du hast Angst davor, dass alles verschwindet, nichts sicher ist und wir alle, dich eingeschlossen, irgendwo hingehen, wo wir nicht hinwollen. Kein Ort, kein Name, nichts bleibt. Du bist hierhergekommen, damit ich dir diese Angst nehme, dir etwas erzähle, von dir, deiner Bestimmung, der Welt, damit du nach Hause gehen und ruhig weiterschlafen kannst.»

«Ja.»

«Was hast du gefühlt, als ich dir die Frage nach deinem

wahren Gesicht stelltest und du mir die kleine Fahne entgegengehalten hast?»

Edison Frimm zögerte. Er suchte nach einer *klugen* Antwort, etwas wirklich Cleverem. Aber dann rutschte doch die Wahrheit aus ihm heraus.

«Nichts.»

«Gar nichts?»

«Nichts – außer, dass ich wusste, dass das die Antwort ist.»

Koga nickte, richtete sich langsam auf, griff im Aufstehen nach dem Stab, der vielleicht ein Schwert war, drehte sich um und sah Frimm an. Seine Augen waren glasig, sein Blick entrückt, wie bei einem Betrunkenen.

«Das ist ein Anfang», sagte er.

III. IHRE STIMME

BERLIN, FRÜHSOMMER 1993

Also der Sand: Als der kam, war sie noch gar nicht da. Saß vielleicht noch in einem Flugzeug, einer klapprigen Iljuschin, zusammen mit Schafen, Hühnern, jeder Menge Gepäck aller Art, ein paar alten, Knoblauch kauenden Mütterchen, den schnauzbärtigen Familienpatriarchen von Karaganda und ihren züchtigen Töchtern, den kleinen Mafiosi mit ihren flatternden Seidenanzügen und den zu großen Sonnenbrillen, die sie zuvor, abgepackt in Kartons zu je zwanzig, über die chinesisch-kasachische Grenze vor Panfilov geschmuggelt hatten. Und unter dem Flugzeug nur Steppe und Wind und ein paar wilde Esel, die man aber gar nicht sehen konnte, weil die Maschine hoch genug flog.

Der Sand, den Siggis dubiose Kumpels, die ihm Gefallen um Gefallen schuldeten, ohne dass er verraten hätte, wofür, sie, deren Konten untilgbar überzogen schienen, wenn sie mit verschämten Blicken das ihnen von Siggi angebotene Bier weder ausschlugen noch vorbehaltlos tranken – der Sand, den sie brachten, wurde hinter dem Ikarus vor der Ruine des letzten Hauses ausgekippt und verteilt. Ich weiß nicht, ob es dieselben waren, die tags darauf mit den Pflöcken für das Volleyballnetz, dem Beton für die Tischtennisplatte, dem Bauholz und etwas weißer Farbe anrückten und die kahle, bis auf einige alte Einschusslöcher beinahe glatte Wand des letzten Hauses strichen. Sie übermalten eine rechteckige Fläche, übermalten jenen Schriftzug, der Krieg und Nachkriegszeit verblassend überstanden hatte: «Brennabor Fahrräder – leicht laufend, wertbeständig, nicht teurer».

Ich hatte Nachtschicht. Kaufte mir am Abend – es war noch nicht dunkel – eine Cola an der Tankstelle und dann in Siggi's Diner ein Triple-Decker-Club-Sandwich, eine mayonnaise-strotzende, tomatentriefende, mit Corned Beef und Hähnchenpastete belegte Spezialität des Hauses, die in der Stadt bestimmt einzigartig war.

Siggi stand wie immer hinter dem Tresen, vor ihm lehnten zwei Bauarbeiter, die nach dem Feierabend an ihrem Bier hängengeblieben waren. Jenseits der Fensterscheiben des Busses, im Abendrot, sah ich eine Art Sandbank, und obwohl ich kurz nach Dienstbeginn selten in der Stimmung war, mich zu unterhalten, sprach ich Siggi darauf an.

Was das geben solle, wollte ich wissen, und die beiden Bauarbeiter hoben die Köpfe, vermutlich hatten sie bereits dasselbe gefragt und keine befriedigende Antwort erhalten.

«Rate mal», antwortete Siggi.

Und dann riet ich mal: ein Vergnügungspark, eine Strandbar ohne Wasser und so weiter. Alles stimmte anscheinend irgendwie, aber nichts traf den Kern der Sache. Die Bauarbeiter renkten sich jetzt fast die Hälse aus, ihre Ohren kamen mir groß und fleischig vor und schienen unnatürlich gewachsen zu sein.

«Also was nun?»

«Lass dich überraschen.»

Die Bauarbeiter schauten sich an, schüttelten einvernehmlich die Köpfe und sackten mit blutleeren Ohren wieder über ihrem Bier zusammen. Nichts dahinter, mögen sie gedacht haben, es gibt gar keine besonderen Pläne, der tut nur so, ist nur ein weiterer alter Spinner mit einer weiteren dämlichen Geschäftsidee, ein Aufschneider, ein unsolider Zeitgenosse, wie man ihn inzwischen in jeder Kneipe zu jeder Tageszeit treffen kann. Ich kannte Siggi besser. Etwas hatte er vor. In gewisser Weise muss ich ihm heute recht geben, wenn ich daran denke, wie oft er davon sprach, am falschen Ort, zur falschen Zeit geboren worden zu sein. In einer anderen Epoche, vielleicht in dem von ihm so geliebten Amerika, als dort die ersten Glühbirnen zu flackern, die ersten Kühltruhen zu brummen begannen und Männer in weißen Anzügen und Reithosen das Leben Kleopatras zwischen Kakteen verfilmten, da hätte er wahrscheinlich seinen Platz gefunden, wäre reich geworden als Selfmademan, als Mann, der sich selbst erfindet. Hier aber, in einem Land, wo der Lauf der Dinge am Ende von großohrigen Bauarbeitern mit halbleeren Gläsern abhing, da half einem wie Siggi nur das Glück.

Es war die Zeit des Wegwerfens. Des Aussortierens. Alles war auf einmal mindestens zweimal vorhanden. Das fing bei den Autos an (die man einfach abstellte) und hörte bei den Straßen nicht auf (die man umbenannte). Alte Kaffeeautomaten fanden ihren Weg auf den Schrott, ebenso ganze Fabriken, die, nachdem man ihre Maschinen demontiert hatte, wie leere Paläste einer versunkenen Kultur bewacht wurden. Bald lagen die unglaublichsten neben den alltäglichsten Dingen zwischen den Ruinen und an den Rändern der Straßen mit den neuen fremden oder den alten vergessenen Namen herum. Auch Menschen. Darunter einer von Siggis Kumpels, ein ehemaliger Schlosser, der eines Tages im Diner aufgetaucht und einfach sitzen geblieben war. Man hatte ihn, weil er in der Firma, die seine Firma übernommen hatte, plötzlich als doppelter Posten auftauchte, «re-individualisiert», wie Siggi das nannte, und zwar, indem man ihn entließ. Um den Sturz ins Individuelle ein wenig abzufedern, durfte er bei der Auflösung einer anderen doppelten Existenz, in diesem Fall eines Archivs, mithelfen.

Noch heute wundere ich mich, dass dieses Archiv damals für niemanden einen Wert gehabt haben soll, dass man es einfach verschenken konnte und es selbst dann zunächst keinen Abnehmer fand. Vermutlich hatten es einfach die falschen Leute entdeckt. Lediglich der Schlosser hatte die Verwertungsmöglichkeit erkannt. Erzählte Siggi großspurig von der «Riesenchance», die sich ihm aufgetan habe, die er aber leider mangels Zeit und Startkapital nicht wahrnehmen könne. Eine Weile lang wollte der Kumpel Bargeld, wusste aber nicht, wie viel. Man handelte ein bisschen, und schließlich lief das Ganze auf die übliche Naturalienwirtschaft hinaus: auf einen Austausch von Gefälligkeiten, Arbeitsleistung und Freibier – was auch viel besser war, denn so fühlte sich niemand über den Tisch gezogen.

Nach dem Sand, der Farbe, den Tischtennisplatten und dem Volleyballnetz kam der Turm. Kein großer Turm, eher so eine Art Hochsitz, wie ihn Jäger oder Vogelliebhaber benutzen. Der Projektor war die einzige wirkliche Investition. In der Nähe war ein altes Kino geschlossen worden, und sie verkauften dieses Monstrum sozusagen auf der Straße. Siggi griff zu.

Er nannte seine Konstruktion «die Zeitmaschine», was ich zunächst etwas hochtrabend fand. Als er das Ding jedoch auf den Hochsitz gehievt hatte, samt dem Mischpult für die Tonanlage und einem einzelnen Sessel aus dem Haus der Mongolei, sah das Ganze tatsächlich etwa so aus, wie ich mir eine Zeitmaschine immer vorgestellt hatte.

Bereits im Mai war das Thermometer auf dreißig Grad gestiegen, und es sollte noch heißer werden. Der Sand, auf dem tagsüber nur wenige Leute Tischtennis und noch weniger Volleyball spielten, wurde an drei Abenden die Woche zur Sitzfläche für die Besucher des Freiluftkinos. Um seinen künstlichen Strand hatte Siggi einen Zaun gezogen, wegen der Hunde.

Eintritt verlangte er keinen, er verdiente sein Geld mit Getränken und Verpflegung.

Wie er das alles genehmigt bekam, falls er überhaupt je eine Genehmigung beantragt hatte, haben wir nie erfahren. Auch beschwerte sich nie einer der Bewohner der umliegenden Mietskasernen, ja, nicht wenige saßen abends an ihren geöffneten Fenstern und sahen sich die Filme an. Es war heiß, und es wurde noch heißer. Man konnte sowieso nicht schlafen. Nur ein einziges Problem entstand – beziehungsweise hatte von Anfang an bestanden: Siggi konnte nicht an zwei Orten gleichzeitig sein.

Und so stand Nadja eines Tages im Ikarus. Als ich sie das erste Mal sah, kam ich von meinem Rundgang im Park. Sie kam aus Karaganda.

Schlank, etwas blass, in einem geblümten Sommerkleid stand sie hinter dem Tresen. Mir fielen ihre dunklen Augen auf. Sie sah mich an, und ich überlegte mir, ob ich mich mit ihr verabreden solle. Ich überlegte mir so einiges, was ich ihr sagen könnte, aber dann bestellte ich mir doch nur eine Cola. Sie fragte langsam und mit einem leichten Akzent: «Eine Cola?»

Ich nickte.

Wolfram hatte sie auch gesehen. Und sie gefiel ihm. Während ich erst mit der Arbeit anfing, hatte er bereits Feierabend. Er wuchtete sein Telefon auf den Tresen, grinste und sagte:

«Für mich ein Bier, bitte.»

Nadja stellte ihm ein Bier hin, er sah sie an und sagte: «Na?»

Und sie lächelte, wie Frauen hinter Tresen eben lächeln, wenn Gäste sie ansprechen.

Wolfram deutete auf den schwarzen Kasten: «Willst du mal telefonieren?»

Nadja sah ihn verwundert an.

«Du kannst anrufen, wen du willst.»

Sie lachte, murmelte etwas, das keiner von uns beiden verstand, und begann Gläser einzuräumen.

Danach schauten Wolfram und ich uns den Vorfilm an. Kurz bevor mein Dienst begann, ging ich wieder hinein und zahlte.

«Also dann», sagte ich.

Wir sahen uns an. Von draußen hörten wir den Vorspann zu «Die schreckliche Wahrheit», einer Komödie mit Cary Grant.

«Ich muss los», sagte ich.

Koga sah sie zuerst. Barfuß, in einer Hand einen roten Schuh, stand sie am oberen Ende der Treppe und blickte auf sie beide hinunter. Ihr heller, seidig schimmernder Morgenmantel wurde von einem Gürtel zusammengehalten, dessen Knoten so aussah, als müsste er sich im nächsten Augenblick lösen.

Koga seufzte. Frimm war ein schwieriger Fall. Schon seit über einem Jahr versuchte er, ihm etwas beizubringen. Etwas, wofür keiner einen Namen hatte, etwas, dessen Fehlen Frimm erst bewusst geworden war, als er die Totenkopfflagge aus dem Pool gefischt hatte.

«Du bist ein wenig aufgewacht», hatte Koga ihm erklärt. «Wenn du es wirklich willst und dich bemühst, wirst du eines Tages vielleicht ganz aufwachen. Du musst nicht. Die meisten tun es nie. Sie führen ein angenehmes Leben, und dann sterben sie. Das Aufwachen ist nicht immer angenehm. Es bedeutet Leiden, dies ist die erste und wichtigste Erkenntnis. Aber das Leiden kann überwunden werden.» Nur wie? Er machte kaum Fortschritte. Missbilligend stellte Koga fest, dass sein Schüler sich brennend für Tricks interessierte, für Nahkampftechniken zum Beispiel. Zwar brachte er ihm bei, was Sensei Mifune ihn gelehrt hatte und was ihm in der Polizeischule in Tokio eingeprügelt worden war: Judo und die Grundformen der Selbstverteidigung, eine Mischung aus Karate, Judo und Jiu-Jitsu. Eigentlich widerstrebte Koga solcher Mischmasch, gerne hätte er seinen Schüler in einer Disziplin zur Perfektion gebracht. Das hätte Jahre gedauert, und so viel Zeit hatten sie beide nicht, das wusste er.

Der Kern der Unterweisung und zugleich ihr schwierigster Teil war die Meditation. Koga hatte Frimm eine Aufgabe gestellt, ein Koan.

«Das ist eine Art Rätsel, nicht wahr?», fragte Eddie. «Eine Knobelei, oder?»

«Nein. Es ist kein Rätsel. Die Antwort ist schon immer da. Aber nur du kannst sie finden. Sie steht in keinem Lehrbuch, niemand wird dir helfen. Selbst ich werde sie erst kennen, wenn du sie gefunden hast.»

So kam es, dass Frimm seit beinahe einem Jahr morgens zwischen vier und fünf von Wayne Heights nach Pacific Palisades aufbrach. Wenn er gerade nicht für O'Lear arbeitete und keinen Lieferwagen hatte, musste er ein Stück mit dem Bus fahren und den Rest des Weges laufen, um kurz nach Sonnenaufgang im Garten des verlassenen Hauses sitzen, in Richtung Ozean blicken und über seinem Koan brüten zu können. Lächelnd hatte der Meister ihm den Rat gegeben, einfach wieder an nichts zu denken.

Nur war das nahezu unmöglich. Je angestrengter er es versuchte, desto hartnäckiger stürzten Gedanken auf ihn ein: Erinnerungen an die letzten Tage in Joshua Ridge, die Anzahl der Chlorpastillen, die man in einen Pool werfen darf, Mrs. McPhersons Wäsche, das Saxophonspiel seines Vaters, Bilder, Melodien, Stimmen, einige angenehm, viele nicht, die meisten völlig belanglos. Es geht einfach nicht, dachte Frimm und wusste sogleich, dass der Gedanke, es gehe einfach nicht, schon der nächste Gedanke gewesen war und dass weitere folgen würden, als stehe er zwischen zwei Spiegeln und müsse sich bis in die Unendlichkeit wiederholen, dachte er, verdammt, schon wieder.

Und natürlich fragte er sich, warum er überhaupt an

nichts denken solle. Wäre es nicht sinnvoller, über die Kritik des Meisters vom Vortag zu grübeln, um sich zu verbessern? Oder, ganz allgemein, über das eigene Leben, seine Verfehlungen, Ziele, die Zukunft? Oder über die Aufgabe, das Koan selbst? Weil Frimm diese Fragen nie stellte, schwieg er meistens in den seltenen Gesprächen zwischen Schüler und Meister, bis Koga sinnlose Anekdoten zum Besten gab, wie jene des Mönchs, der sein Koan löste, indem er dem Meister mit einer Sandale ins Gesicht schlug.

Nach der für Frimm so qualvollen Meditation begann auf dem Rasen vor dem Pool das Judo-Training. Koga beschränkte sich auf wenige simple Techniken, die er unendlich variierte. Kaum glaubte Eddie, einen Hebel oder Wurf zu beherrschen, stellte Koga ihn vor eine Situation, in der er erneut versagen musste. Frimm hatte das Gefühl, dass es nicht voranging. Doch sooft ihn auch Zweifel plagten, der Gedanke, alles hinzuwerfen, kam ihm nie.

Dass er sich verändert hatte, fiel ihm erst kurz nach jener merkwürdigen Begegnung mit Georgie McPherson auf.

Beinahe unbemerkt von Frimm war Georgie vierzehn geworden, hatte sein Stimmbruch eingesetzt und Pickel in seinem Gesicht zu sprießen begonnen. Gleichzeitig war er entschlossen, in jene unterste Mannschaft der Highschool aufgenommen zu werden, deren Trainer ihn zuvor immer hatte abblitzen lassen. Georgie war ein mittelmäßiger Schüler, der in keinem Fach besonders begabt war und der häufig zu spät kam. Ging es allerdings um Baseball, zeigte er trotz aller Rückschläge eine erstaunliche Disziplin. In den Tagen vor dem Testspiel stand Georgie noch früher auf als sonst und warf noch früher als sonst seine Bälle in die Wäsche. Seine Mutter hatte ihm streng verboten, vor Sonnenaufgang im

Garten rumzukrakeelen, und deswegen hörte Frimm nur ein Wispern, als er das Haus verließ: «Ich bin Babe Ruth, ich bin Babe Ruth, ich bin Lou Gehrig, schaut dem großen Lou zu.»

In diesem Moment drückte der Wind eines der schmutzigen Laken wie einen Vorhang zur Seite, und die beiden sahen sich an.

«He, Frimm! Kommst du, oder gehst du?», fragte Georgie erstaunt.

«Ich muss vor der Schule noch woandershin.»

Das interessierte Georgie.

«Woanders? Was ist denn das, wo du da anders hingehst?»

«Es ist», begann Eddie und überlegte, was er antworten sollte, er konnte ja schlecht sagen, dass er An-nichts-Denken übte, «so eine Art Training. Eine Art Sport.»

«Baseball?»

«Nein, nichts dergleichen.»

Aber Georgie ließ nicht locker. Schließlich gestand Frimm, dass er sich in etwas übe, für das es eigentlich keinen richtigen Namen gebe. Georgie zwinkerte ihm zu und sagte: «Ich verstehe.»

Als Georgie gegen acht in seinem neuen und vergleichsweise sauberen Trikot auf das Schultor zumarschierte, wurde er schon erwartet. Die Baseball-Gang hasste Frimm, weil er sich zu wenig für Baseball interessierte, und Georgie, weil er sich zu sehr dafür interessierte und ständig rief: «Ich bin Babe Ruth!» Was dachte sich dieser kleine, dreckige Scheißer eigentlich? Für sie war es Blasphemie, war es so, als ob ein Messdiener «Ich bin Gott!» brüllte. Der Knabe hatte eine Abreibung verdient.

Wie sie da so standen, waren sie überrascht und gleichzeitig verunsichert von Georgies Gelassenheit. Der erzählte ihnen schlicht, er stehe unter Eddie Frimms Schutz.

«Frimm? Das trifft sich gut: Der ist der Nächste auf unserer Liste.»

«Sagt bloß, ihr wisst es nicht.»

«Was denn, Georgie?»

«Dass Frimm morgens vor der Schule heimlich trainiert», Georgies Stimme überschlug sich, «bei einem tibetanischen Shaolin-Mönch nämlich. Einem Meister», er machte eine Pause und sah die drei mitleidig an, «der *namenlosen Kunst*.»

Die drei Jungs waren völlig überrumpelt und ließen ihn unbehelligt ziehen, obwohl sie ihm eigentlich nicht glaubten. Das Gerücht verbreitete sich, wahrscheinlich auch, weil niemand wusste, worin die namenlose Kunst eigentlich bestand. Jeder stellte sich etwas anderes darunter vor. Die Baseball-Gang ging Frimm jedenfalls fortan aus dem Weg, und auf ihrer «Liste», wenn es denn eine gab, schien er plötzlich ganz unten zu stehen. Dafür hielt Georgie sich neuerdings ständig in seiner Nähe auf, was ihm auf die Nerven fiel, zumal er es sich nicht so recht erklären konnte.

«Danke, Frimm», sagte Georgie beispielsweise einmal, «ich werd mich eines Tages bei dir revanchieren.»

Frimm nickte und dachte nicht weiter darüber nach. Er hatte O'Lear überreden können, ihm den Lieferwagen zu überlassen, damit er ein Mädchen ausführen konnte. O'Lear hatte dreckig gegrinst, dann überraschenderweise doch eingewilligt.

Frimm hatte sich seinen ersten Autokinoabend mit einem Mädchen aus der Highschool anders vorgestellt. Irgendwie romantischer. Aber seine Begleiterin kam gleich zur Sache, schob ihren Rock hoch. Frimm musste an Tippi Lancaster denken.

«Und jetzt», verlangte sie, «mach mit mir die namenlose Kunst!»

Frimm ächzte, während sie immer noch am oberen Ende der Treppe stand, ihren Schuh hochhielt und die beiden beobachtete oder nicht, an alles dachte oder an nichts, bevor sie ein paar Stufen hinabging.

Gerade wollte er sich aus dem Haltegriff seines Meisters winden, als er sie sah. Koga hielt Frimms Beine umschlungen, als er spürte, wie Eddies Körperspannung nachließ, sich seine Konzentration verlagerte und sein Blick wanderte: zu der Frau auf der Treppe. Nun ließ auch Koga locker, hob den Kopf.

Sie wirkte zunächst sehr jung, aber als sie näher kam, zeigte sich, dass sie bereits Ende zwanzig oder Anfang dreißig sein musste. Ruhig und anmutig schritt sie die Treppe hinab. Sie hatte dunkle Haare, die kürzer als üblich geschnitten waren, und trug nichts weiter als einen weißen Morgenmantel. Vor Eddie und Koga, die ineinander verschlungen auf dem Boden lagen, blieb sie stehen, musterte die beiden, hob eine Augenbraue und fragte schließlich:

«Hat einer von euch Clowns meinen zweiten Schuh gesehen?»

Frimm starrte sie an. Sie war die schönste Frau, die er je gesehen hatte. Und er kannte sie. Ihm fiel nur nicht ein, woher. Was ihn aber noch mehr gefangen nahm als ihr Aussehen, war ihre Stimme – die kannte er nicht. Es war eine klare, nicht allzu helle Stimme, die Frimm an den Klang eines Saxophons erinnerte.

«Schuhe, ja, zapatos, comprende? Wie bei Cinderella, okay?», sagte sie und hielt Koga den Schuh hin.

Koga stand auf, stemmte die Hände in die Hüften, lächelte verschmitzt und wirkte dabei kein bisschen überrascht. Er sah aus, als habe er erwartet, dass die Frau die Treppe hinunterkommen und genau das fragen würde.

«Wenn Sie Cinderella sind, muss der Prinz den Schuh haben. Glauben Sie, dass einer von uns ein Prinz ist?»

Sie zog den Gürtel ihres Morgenmantels fest.

«Wer weiß? Ich bin Penelope.»

«Ich bin Koga, der Gärtner, und das ist Edison Frimm vom Poolreinigungsdienst.»

«Was machen Sie hier?», platzte Frimm heraus.

«Die Frage ist doch wohl eher, was ihr hier gerade gemacht habt, hm? Gartenarbeit?»

Etwas umständlich erklärte ihr Frimm, dass sie sich in japanischer Selbstverteidigung geübt hätten. Penelope interessierte das nicht. Sie brauchte jemanden, der sie in die Stadt brachte.

«Hat einer von euch ein Auto?»

«Ja, ich», antwortete Frimm.

«Gut, ich muss in einer Stunde im Studio sein. Und damit ihr gleich Bescheid wisst und den anderen nicht irgendwelche Geschichten erzählt: Ich war mit Sparky hier, und wir sind die Rolle durchgegangen, klar?»

«Wer ist Sparky, und was für eine Rolle meinen Sie?», erkundigte sich Koga.

Sie sah Koga an.

«Du bist wirklich der Gärtner? Und der da reinigt den Pool, in dem nie jemand schwimmt?»

«So ist es.»

«Na, das kann ja richtig lustig werden.»

Jedenfalls brachte Frimm Penelope in die Stadt. Sie trug eine Art Leinenhosenanzug, hatte die Schuhe ausgezogen, ihre Füße gegen das Handschuhfach gestemmt und rauchte, während sie allerlei abfällige Bemerkungen über O'Lears Lieferwagen machte. Frimm hatte Mühe, auf die Straße zu schauen und nicht auf ihre lackierten Zehennägel. Er beschloss, heute nicht zur Schule zu gehen.

«Wer ist Sparky?», fragte er.

«Das ist der Regisseur des Films, den man in eurem Hexenhäuschen drehen will. Er nennt sich Lee Rosewood. Keine Ahnung, wie er wirklich heißt. In diesem Geschäft haben alle viele Namen.» Die letzte Hälfte des Satzes hauchte sie nur noch, was seine Wirkung nicht verfehlte.

«Wird das ... wieder ein Piratenfilm?»

«Piratenfilm? Wie kommst du denn darauf?» Sie kannte wohl «Die Freibeuter von Tobago» nicht. «Nein, ein Agentenfilm. Das Hexenhaus ist nur für die Außenaufnahmen. Weil es so deutsch aussieht, glaube ich.»

«Und Sie spielen die Hauptrolle.»

Penelope zog an ihrer Zigarette. «Ich habe eine tragende Nebenrolle.»

Sie bogen in den nördlichen La Brea ein und fuhren in Richtung Süden.

«Wir müssten gleich da sein», sagte Frimm.

«Wenn du keinen Unfall baust, weil du die ganze Zeit auf meine Zehen starrst.»

Plötzlich wusste Frimm, woher er sie kannte.

Sie lachte. «Du erkennst mich an meinen Zehen?»

«‹Der Dieb von Damaskus›! Sie haben die Prinzessin gespielt, nicht wahr?»

Sie sah ihn nicht an, blickte nur stumm aus dem Fenster und zündete sich eine weitere Zigarette an.

«Wie findest du meine Stimme?», fragte sie plötzlich.

Penelope Brooks war gerade zweiundzwanzig gewesen, als der «Dieb von Damaskus» gedreht wurde. Der Film machte sie über Nacht zum Star. Plötzlich lagen ihr Männer und Frauen buchstäblich zu Füßen. So kam es mehrmals vor, dass Verehrer sich, unverständliche Liebesschwüre brabbelnd, vor sie auf den roten Teppich schmissen oder leichtbekleidete Damen ihr in ihrer Hotelsuite auflauerten. Die Fachwelt pries ihre völlige Natürlichkeit vor der Kamera, in der Unschuld, Verlangen und Selbstbewusstsein vereint seien. Einige Kritiker behaupteten freilich, sie habe überhaupt kein Talent, weil sie immer nur sich selbst spiele.

Irgendwann wurde sie von einem untersetzten, komischen Kerl verfolgt. Der Mann sah aus wie ein Professor, mit seinem Bart und der Brille, aber er hatte auf geheimnisvolle Weise Zugang zur Filmwelt gefunden. Wie kam er auf die Premierenfeiern? Die Preisverleihungen? Wer ließ ihn in die exklusiven Restaurants, wo er einsam an einem Tischchen saß und Penelope beobachtete? Zwei, drei Wochen ging das so, bis sie ihn zur Rede stellte.

«Entschuldigen Sie, gnädige Frau», sagte er in Anspielung auf den «Dieb von Damaskus», «aber Sie sollten Ihr Talent nicht auf einem alten Teppich vergeuden.» Der Mann war ein deutscher Regisseur und fest entschlossen, einen Film mit ihr zu machen. Die Summe, die er bot, war nicht viel höher als das, was ihr das Studio in Los Angeles garantierte, aber sie war beträchtlich. Nach kurzer Bedenkzeit wählte Penelope das Abenteuer. Sie folgte dem vierschrötigen, dicklichen Deutschen nach Berlin. Er war einer der wenigen Männer, die nicht mit ihr schlafen wollten. Im Gegenteil – ständig war er bemüht, sie von Bars oder Partys fernzuhalten, aber diskret genug, sie nicht auf die entsprechenden Klauseln in ihrem Vertrag hinzuweisen, die ihr solche Vergnügungen während der Dreharbeiten verboten. Er war seltsam. Wie überhaupt alle Deutschen ein wenig seltsam waren. Sie schienen entweder eiskalt oder wie im Fieber, waren höf-

lich, korrekt und dennoch ständig gekränkt, schnell beleidigt. Sie konnten wunderbar großzügig sein und im nächsten Moment den Kellner auf eine Zehn-Pfennig-Differenz
in der Rechnung hinweisen. Sie waren freizügig und folgten
dennoch jeder Anweisung, die ihnen gegeben wurde, kam sie
nur von jemandem, der halbwegs offiziell aussah. Nicht umsonst erzählte der Streifen, den sie mit dem Deutschen drehte – ihr letzter Stummfilm –, von einem jungen Mädchen, das
in die Großstadt kommt, dort den Vergnügungen und der
«Sünde» erliegt und dabei reihenweise Männer in den Wahn-
sinn treibt. Freilich werden die vor allem deswegen wahnsin-
nig, weil sie so verzweifelt darum bemüht sind, den Anschein
ihrer Wohlanständigkeit zu wahren, sprich, normal zu bleiben. Penelope selbst fasste die Aussage des Films in der ihr eigenen Weise zusammen: «Es geht einfach um ein Mädchen,
das tut, was es will», sagte sie in einem Interview, «und das Problem der anderen ist, dass sie immer das Gegenteil von dem
tun, was sie wollen.»

Der Film wurde ein großer Erfolg, obwohl oder gerade
weil Penelope nichts weiter darstellte als sich selbst. Doch als
der Regisseur sie für fünf weitere Filme verpflichten wollte,
winkte sie ab. Der Tonfilm war auf dem Vormarsch, und sie
hätte Deutsch lernen müssen, was ihr nicht sonderlich gefiel. Also ging sie wieder nach Amerika zurück. Ihr altes Studio bot ihr widerwillig einen neuen Vertrag an, aber nur unter der Bedingung, dass sie einige ihrer Filme nachvertonte.
«Ich soll mich selbst sprechen? Reicht es denn nicht, dass ich
mich selbst spiele?», lachte sie. «Das sind Stummfilme, sie
sind nicht dafür gemacht, dass darin gesprochen wird. Nein
danke.»

Ohne es zu wissen, hatte sie damit den Bogen überspannt.
Der Studioboss erklärte der Presse, Penelope Brooks könne

ihre Filme nicht nachsynchronisieren, ganz einfach, weil ihre Stimme sich anhöre wie die «eines süßen, sexy Schweinchens, bevor es in die Wurstmaschine kommt». Penelope wechselte den Agenten, doch es half nichts: Sie bekam keine größere Rolle mehr. Eine Weile lang beschäftigte sich die Klatschpresse noch mit ihr, vor allem, als sie 1932 einen Millionär heiratete, von dem sie sich 1933 wieder scheiden ließ, aber dann wurde es stiller und stiller um sie. Penelope Brooks war noch keine dreißig, da hatte man sie schon vergessen.

«Ihre Stimme ist ... viel schöner, als ich sie mir je vorgestellt habe», sagte Frimm.

Immer noch schaute sie ihn nicht an, doch er sah, dass sie lächelte.

«Nur zu deiner Information», entgegnete sie, «die Straße macht da vorn eine Kurve.»

Wenig später hielten sie an einer Kreuzung. Die Gegend sah ein wenig verwahrlost aus.

«Hast du schon gefrühstückt?», fragte sie. Frimm verneinte. Er stellte den Wagen ab, und sie stiegen aus. Schräg gegenüber stand ein niedriger Flachbau, auf dem eine riesige Neon-Weltkugel leuchtete, die von irgendetwas umkreist wurde.

«Leo macht die besten Hot Dogs in der Stadt», sagte sie, und es klang, als kenne sie Leo persönlich.

Bereits frühmorgens war der Imbiss gut besucht. Penelope schien einige der Gäste zu kennen: Männer, die aussahen wie Mechaniker und vielleicht für die Beleuchtung oder die Kulissen in den nahen Studios verantwortlich waren, grüßte sie mit einem gönnerhaften Winken. Frimm fragte sich indessen, welcher der drei merkwürdigen Typen hinter dem Tresen Leo wohl sein mochte.

«Sind Sie Leo?», erkundigte er sich bei dem kleinen Kerl,

der ihm schließlich den auf Penelopes Anraten bestellten Hot-Caucasian-Horse-Dog überreichte.

«Der Boss hat keine Zeit», entgegnete der mürrisch.

«Kann ich trotzdem noch ein wenig Ketchup draufhaben?»

Der Verkäufer sah kurz auf und griff dann nach der Chilisoße. Der Hot-Caucasian-Horse-Dog war nicht schlecht, allerdings sehr scharf, denn so hielt sich das in der Wurst verarbeitete Pferdefleisch länger. Auf diesen Hot Dog noch Chilisoße zu streichen zeugte entweder von einem ziemlich ausgefallenen Geschmack oder von purer Bosheit. «Darf's ein wenig schärfer sein, *Sir*?»

«Gerne.»

«Bitte sehr», sagte Bebo Globodajarian und lächelte.

BEGRENZTE MÖGLICHKEITEN

Nach monatelanger Irrfahrt war die Hilde im Frühjahr 1940 endlich in Los Angeles angekommen. Als Bebo damals von Bord ging, hatte es ein kleines Blitzlichtgewitter gegeben, das jedoch nicht ihm, sondern Weinstein, dem Weltrekordschwimmer, gegolten hatte, den man, kaum stand er auf festem Boden, um ein Interview bat. Für Bebo interessierte sich niemand. Irgendwann, nachdem er sich von Weinstein verabschiedet hatte, stand er allein auf dem Kai und wartete auf seinen Cousin. Der kam aber nicht. Was kam, war ein Lieferwagen, aus dem ein untersetzter, dunkelhaariger Mann mit einem kleinen Menjoubärtchen stieg.

«Bist du Bebo?», fragte er.

«Ja», antwortete Bebo freundlich und reichte ihm die Hand. «Ich nehme an, mein Cousin Leon Globodajarian schickt Sie?»

Der Mann beachtete die Hand gar nicht. Stattdessen nahm er Bebos Gepäck, warf es hinten auf die Ladefläche und deutete auf die Beifahrertür: «Steig ein.»

«Fahren wir jetzt zu meinem Cousin?»

«Der Boss hat keine Zeit», murmelte der Mann. Dann fuhren sie los.

Sie waren auf Höhe der Alameda Street, als Bebo sich streckte. «Ah, ich freue mich so auf eine heiße Dusche, das können Sie sich gar nicht vorstellen.»

«Heiße Dusche», wiederholte der Mann glucksend, «klar doch.»

An einer Kreuzung hielt er an, nickte Bebo zu und stieg aus. Bebo wusste nicht recht, was das bedeuten sollte.

Eine Panne? Musste der Kerl noch irgendetwas besorgen? Schnaps? Zigaretten? Etwas zu essen? Auf einmal war er unglaublich müde. Er beugte seinen Kopf zur Seite, schaute aus dem Fenster.

Die Gegend sah nicht sehr einladend aus. Zwei Ecken der Kreuzung waren Brachland, auf dem Gestrüpp wuchs und Gerümpel abgeladen worden war. An der dritten Ecke stand ein Flachbau, eigentlich eher ein größerer Schuppen, dessen Zweck und volle Gestalt Bebo nicht erkennen konnte. Etwas blinkte auf dem Dach des Schuppens, vielleicht Leuchtreklame. Schräg gegenüber sah er einen frei stehenden, fünfstöckigen, rußbraunen Backsteinbau, dessen ihm sichtbare Seitenwand vollständig von Feuerleitern verunstaltet war. Im vierten und fünften Stock waren einige fehlende Fensterscheiben durch Sperrholz ersetzt worden. Auf dem Dach war ein riesiges Plakat angebracht, das für einen Film von Panamerican Pictures warb. Bebo sah eine blonde, sehr vollbusige Frau, konnte aber den Titel nicht lesen.

Er schreckte auf, als der Fahrer an die Wagentür klopfte und rief: «Komm schon!»

Widerwillig stieg er aus.

«Und ... wohin?»

«Is' nich' gerade das Ritz», erklärte sein Begleiter und zeigte auf den Backsteinbau, als sie über die Straße zum Eingang der sich selbst hochtrabend Hotel Pacific bezeichnenden Ruine gingen. «Aber dafür hast du's nicht weit zur Arbeit», fügte er hinzu und deutete mit dem Daumen hinter sich.

Bebo drehte sich um. Jetzt erkannte er die blaue Neonreklame auf dem Dach des Schuppens gegenüber: ein Globus. Um ihn kreiste eine Wurst. Darunter standen, in geschwungener Schrift, die Worte: Leo Globe's Hot Dog Planet.

Mittlerweile wohnte er seit fast einem Jahr im Hotel Pacific, in einem Zimmer mit zwei Fenstern, von denen eines mit Sperrholz zugenagelt war und das andere sich nicht öffnen ließ. Tagsüber war es so heiß in diesem Zimmer, dass man nicht atmen konnte, nachts konnte man zwar atmen, dafür aber nicht schlafen.

«Lassen Sie den besser aus», hatte der Portier gesagt, als er ihm die Zimmerschlüssel in die Hand gedrückt hatte. Den Rat hätte er sich sparen können: Über dem Bett hing ein Ventilator, der sich nur noch auf einer Stufe, der höchsten, betreiben ließ, dessen Aufhängung aber so ausgeschlagen war, dass er eine kreiselnde Eigenbewegung vollführte und es so aussah, als könne er jeden Moment aus der Decke brechen und den darunterliegenden Schläfer in Stücke häckseln. Dann doch lieber nur erschlagen werden. Überhaupt hatte das Ding weniger Ähnlichkeit mit einem Ventilator als mit dem Propeller eines Flugzeuges, eines Flugzeuges, das dummerweise direkt über dem Hotel Pacific abgestürzt war und das sich bis zu Bebo durchfressen wollte.

Und dann dieses Bett! Ein Stahlrohrgestell, das von der Krankenstation eines besonders üblen Gefängnisses hätte stammen können, mit einer hügeligen Matratze, über deren Füllung oder Vorbelieger Bebo lieber überhaupt nicht nachdenken wollte. Wenigstens gab es keine Ratten. Das heißt, es gab schon Ratten, groß wie Katzen, nur hielten die sich nicht lange in Bebos Zimmer auf. Sie durchquerten Bebos Zimmer auf dem Weg zum Domizil des Säufers zwei Türen weiter, wo ihr Festmahl bereitstand: Dem Geruch nach zu urteilen, mussten sich dort Müll und Essensreste eines ganzen Monats stapeln.

Einmal war ihm der Handelsvertreter, der über ihm wohnte und regelmäßig Streit mit seiner Ehefrau hatte, im

Treppenhaus begegnet. Ein großer Mann mit schweren Knochen, wulstigen Augenbrauen und Bürstenhaarschnitt. «He, wohne über Ihnen, können Sie mir eben helfen?»

Und noch ehe Bebo eine Ausrede eingefallen wäre, schob ihn der Vertreter die Treppe hoch. «Ich heiße Bud», sagte er, «dauert nich' lang, keine Sorge.»

Das Zimmer sah im Grunde aus wie Bebos. Seine Frau war nicht da. Bebo sah ein zerwühltes Bett und ein paar leere Flaschen. Ein Regalbrett war an die Wand geschraubt, auf dem ein billiger Pokal neben einem gerahmten Foto des Mannes und seiner Frau stand, der Nachbar blickte beinahe freundlich in die Kamera. Jetzt hielt er sich nicht mit langen Erklärungen auf, sondern manövrierte Bebo zu einem Stuhl: «Hinsetzen.»

Aus einer Kiste holte er etwas hervor, das aussah wie ein Requisit aus einem billigen Horror-Film: «Dr. Ashcrofts Glücklichmacher» stand auf der Kiste, der «elektropsychische Apparat gegen Migräne, allgemeines Unwohlsein und Depressionen – für Erfolg, Selbstbewusstsein und mentale Stärke!» Das Gerät bestand aus einer polierten Blechhaube, aus der oben ein langer Eisendorn herausragte. Die seitlich angeschlossenen dünnen Kabel verabreichten dem Träger eine Reizstrommassage und kamen hinten an der Haube in einem kleinen Metallkästchen zusammen, von dem ein dickes Kabel mit Stecker abging. Die Strommenge an den Elektroden sei völlig unbedenklich, erklärte Bud jedem, der danach fragte, und dass der Dorn oben bei längerem Betrieb warm wurde, liege daran, dass über die Spitze die negative Energie des Benutzers abgeleitet würde.

«Wie geht's?», fragte Bud.

«Es geht so», bekannte Bebo.

Daraufhin nahm sein Nachbar das Gerät aus der Kiste und setzte es ihm auf den Kopf.

«Ähm, Dr. Ashcroft, hören Sie –», begann Bebo.

«Ich bin nicht Dr. Ashcroft. Ashcroft ist der Kerl, der das Wunderding gebaut hat, ich verkauf es nur», erwiderte der Vertreter, als er das Kabel bereits angeschlossen hatte. «Und jetzt?», fragte er.

Ein unangenehmes, bedrohliches Kribbeln breitete sich auf Bebos Kopfhaut aus. «Also –»

«Ich kann noch 'n bisschen mehr Saft draufgeben.»

Bebo starrte Bud an. Dann begann er zu zittern, bleckte die Zähne, riss die Augen auf, spannte den gesamten Körper für einige Sekunden an, um dann einen tiefen Seufzer auszustoßen und sich schließlich entspannt zurückzulehnen. «Besser», sagte er, «oh, ja wirklich, ich fühle mich jetzt viel, viel besser.»

Bud nickte zufrieden und hob die Haube wieder von Bebos Kopf.

«Wissen Sie», sagte er, «es gibt ein paar sehr unglückliche Kunden, die nicht bezahlen wollen und behaupten, der Apparat sei defekt.»

Tatsächlich hätte Bebo kaum unglücklicher sein können.

Jeden Morgen stand er gegen sechs Uhr früh auf, wusch sich und ging zu Leos Imbissbude hinüber, wo er, wenn er Glück hatte, vor Arbeitsbeginn noch einen Kaffee bekam. Danach bereitete er zwölf Stunden lang Hot Dogs zu. Sein Cousin hatte Bebo deutlich gemacht, dass er ihn nicht würde ziehen lassen, bevor er nicht Bürgschaft, Reisekosten und Unterkunft restlos bezahlt hätte.

Mit Genugtuung sah Bebo, wie die Chilisoße den blonden Lümmel von eben hochrot werden ließ, ihm Tränen in die Augen und den Schweiß auf die Stirn trieben. Die Frau, die ihm gegenübersaß, war Schauspielerin, das erkannte er sofort, vielleicht drehte sie einen Film in den Panamerican-Filmstudios. Ohne dass er sie gekannt hätte, versetzte sie ihm damit einen Stich ins Herz.

Abends, wenn er Spätschicht hatte, sah er manchmal, jenseits der nahen Backsteingebäude und des zu den Studios gehörenden Friedhofs, Lichtkegel, die den Himmel absuchten, deren Strahlen kreisten, einander wie Finger berührten und sich im Himmel über der Stadt verloren. Dann wusste jeder, dass dort eine Filmpremiere stattfand, dass dort gerade die schönsten Frauen in eleganten Kleidern und Männer in teuren Smokings lächelnd über den roten Teppich schritten – während er Senf und Sauerkraut auf ein Brötchen legte, eine Wurst aus dem Topf fischte, Zwiebeln röstete und feuchte Augen bekam, sobald er wieder den Kopf hob und den Lichtern nachschaute: Da war es, ebenso nah wie unerreichbar, das Leben, das er sich wünschte, das Amerika, das er sich erhofft hatte, das Land der unbegrenzten Möglichkeiten, der Ort, an dem Träume wahr wurden.

STADT DES VERGESSENS

Nach seinem Tod war von Gerald G. Hodges' Traumfabrik Panamerican Pictures schon bald nicht mehr viel zu sehen. Ebenso wenig von seiner Flugzeugfabrik und dem Privatflughafen im Süden der Stadt. So, wie Hodges verschwand, waren auch sie verschwunden: nach und nach, sich zurückziehend wie eine Sandbank ins Meer. Anfang der achtziger Jahre kaufte ein Bierbrauer aus Colorado die leeren Filmstudios. Er machte einen Vergnügungspark daraus, den er Garden of Dreams nannte. Das Ganze rechnete sich nicht. Universal City und Disney Land machten ihm die letzten Besucher abspenstig, und er verkaufte wieder. In die Gebäude, die nicht abgerissen wurden, zog ein Einkaufszentrum. Auf dem parkähnlichen Gelände neben den Studiohallen, das früher für Außenaufnahmen genutzt worden war, baute man Einfamilienbungalows, alle gleich groß, alle weiß, zitronengelb, himmelblau oder fliederfarben, lediglich Hauseingänge und Türen wurden individuell gestaltet. Der studioeigene Friedhof blieb am ursprünglichen Ort, allerdings war er zugunsten der Wohnanlage verkleinert worden, und man hatte einige weniger wichtige Tote umbetten müssen.

Oder auch nicht. Gerüchte besagten, man habe – wenn überhaupt – nur die Grabsteine versetzt, die Überreste jener Frauen und Männer, die im Abspann entweder ganz am Schluss oder gar nicht genannt wurden, befänden sich noch immer dort, die Hälfte der pastellfarbenen Häuschen sei also auf Knochen gebaut.

Sparky Rosenbaum gefiel diese Legende so gut, dass er bei

einer seiner berüchtigten Cocktailpartys darüber schwadronierte, einen Horrorfilm daraus zu machen.

«Was haltet ihr davon?», rief er in die Runde greiser Ex-Schauspielerinnen und -Schauspieler, Ex-Produzenten und Ex-Regisseure, «‹Die Rache der Stars› – das wäre doch ein guter Titel! Und – ihr könntet alle mitmachen!»

«Wie wär's mit ‹Ich habe nie einen Oscar bekommen›? – ‹Die Nacht der Unerwähnten›», rief Frimm vom Sofa aus.

«Noch besser. Also abgemacht!» Rosenbaum hob sein Glas und lachte in die Runde. «Ich hoffe, dass mir keiner von euch vor Drehbeginn abspringt!»

Es war der Abend, an dem auch Rosenbaums Nachbar, der ehemalige Kraftsportler und jetzige Actionfilmstar, wieder einmal als Pizzalieferant verkleidet an der Tür klingelte, um über den Verkauf von Rosenbaums Anwesen zu verhandeln beziehungsweise ihm ein weiteres, noch höheres Angebot zu unterbreiten, und von Sparky mit den Worten «Hallo, mein Sohn, hast du schon eine letzte Ruhestätte gefunden?» begrüßt wurde.

Hatte er nicht.

«Sie scheinen sich überhaupt keine Gedanken über Ihren Lebensabend zu machen», gab Rosenbaum zu bedenken. Der Actionfilmstar nahm die Mütze des Pizzalieferdienstes und seine Sonnenbrille ab.

«Nein. Dafür habe ich auch überhaupt keine Zeit, weil ich Tag und Nacht von Schmeißfliegen mit Fotoapparaten verfolgt werde.»

«Ich verkaufe nicht», beharrte Sparky.

«Und die Hecke? Könnten Sie nicht wenigstens die Hecke pflanzen?»

«Nein. Da käme ich mir vor wie schon begraben. Ich verstehe auch nicht, dass Sie so einen Aufwand wegen der paar

Reporter machen. Haben Sie sich schon einmal überlegt, was Sie ohne die wären, was von Ihnen bleiben wird?»

«Was von mir bleiben wird?»

«Nichts. Um genau zu sein: nichts plus die Fotografien dieser Reporter, die entweder in den Archiven verstauben oder die man in irgendwelchen Nostalgiebildbänden nachdruckt, die dann auf Eigenheimmessen auf den Musterhauscouchtischen als Dekoration liegen. Und vielleicht vierteljährlich die Wiederholung eines Ihrer Filmchen in einem Spartenkanal. Zur besten Sendezeit, versteht sich: nachmittags, damit Ihre verbliebenen», Sparky deutete auf seine Gäste, «älteren Fans nicht schon eingeschlafen sind.»

Sparkys Nachbar sah plötzlich viel mehr wie ein Pizzalieferant als wie ein Filmstar aus.

«Meinen Sie?», fragte er.

«In meinem Alter macht man über so etwas keine Witze. Kennen Sie Gerald G. Hodges?»

Der Nachbar starrte Sparky an. Es war nicht erkennbar, ob er über die Frage nachdachte, einen Herzanfall bekommen oder dem alten Mann an die Kehle springen würde.

«Schon mal von ihm gehört», sagte er leise.

«Schon mal von ihm gehört!», brüllte Sparky, als wäre er wieder auf dem Set und müsste einen besonders talentlosen Darsteller zurechtstutzen, «der reichste Mann Amerikas – und unser Held hier hat ‹schon mal von ihm gehört›! Hodges hatte nicht ein Haus wie Sie, mit oder ohne Hecke davor, er hatte fünfzig! Sein Vermögen war so groß, dass die Finanzbehörden zwanzig Jahre brauchten, um herauszufinden, wie groß. Er hat drei Dutzend Filme produziert, kannte alle Hollywoodstars seiner Zeit, und mit der Hälfte der weiblichen hat er wahrscheinlich geschlafen. Er hat Öl gefördert, Flugzeuge gebaut, Gouverneure geschmiert, und worüber er mit dem jeweiligen Präsidenten gesprochen hat, ist bis heute streng geheim! Aber Sie haben ja von ihm gehört. Warum glauben Sie wohl, ist das so?»

Der Actionfilmheld zuckte mutlos mit den Achseln.

Sparky legte ihm seine knochige Hand auf die breiten Schultern.

«Weil von ihm im Grunde genommen nichts geblieben ist, mein Sohn, nichts: kein Haus, keine Kinder, keine Liebe, keine Sehnsucht, kein Bedauern; noch nicht einmal Geld, das gehört jetzt dem Staat oder gemeinnützigen Stiftungen.»

«Es gibt ein Museum», kam es von der Couch.

Sparky drehte sich um und funkelte Frimm böse an.

«Wie bitte?»

«Es gibt ein Museum», wiederholte der Actionstar leise, aber hoffnungsvoll, «hat er gesagt.»

«In Hodges' alter Flugzeugwerft», fuhr Frimm fort, «ich war nie drin. Aber es soll dort sein, in einem leeren Hangar.»

Die Flugzeugwerft war nach Hodges' Tod in einer undurchsichtigen Auktion von einem Rüstungskonzern gekauft worden, und für kurze Zeit, gegen Ende des Kalten Krieges, erlebten die Fabrik und das Arbeiterviertel daneben eine neue Blüte. Doch dann wurde der Rüstungsetat gekürzt, die Konzernleitung der Korruption und Veruntreuung überführt, der Konzern zerschlagen und häppchenweise in die ganze Welt verkauft. Die Fabrik stand fortan leer, und so fand man beinahe gar nichts dabei, als sie während der Unruhen in den neunziger Jahren von den nunmehr seit fast einem Jahrzehnt arbeitslosen Anwohnern angezündet wurde.

Der private Flugplatz hielt sich am längsten. Sportpiloten nutzten ihn, bis die Betriebserlaubnis entzogen wurde.

In einem leeren Hangar hatte ein Hodges-Begeisterter auf eigene Kosten ein Museum eingerichtet, das die Schließung des Flugfeldes noch um ein paar Jahre überdauerte.

Der Museumsbesitzer, Sohn italienischer Einwanderer, war weder ein begeisterter Flieger noch Cineast oder ein Geschäftsmann, der mit seinem Kuriositätenkabinett Geld verdienen wollte. Er fand einfach, dass der ehemals reichste Mann Amerikas ein Museum verdient habe, selbst wenn sich seine Landsleute nicht mehr an ihn erinnerten. Die Stadt der Engel hatte anscheinend kein Gedächtnis. Keine Ausstellung, keine Büste, kein Straßenname erinnerte an Gerald G. Hodges. Wer hier wünschte, dass man an ihn dachte, musste sich selbst ein Denkmal setzen oder sich damit abfinden, vergessen zu werden.

Einige Monate bevor man ihn wegen der Sache mit seinem Vermieter verhaftete, verurteilte und einsperrte, wollte Edison Frimm dieses Museum, von dem er häufig gehört hatte, endlich besuchen.

Aber als er im schaukelnden Wagen der U-Bahn saß, fiel ihm kein guter Grund mehr ein, überhaupt dorthin zu fahren. Was erhoffte er sich davon? Was hatte er dort zu suchen? Je näher er kam, desto unsinniger erschien ihm sein Vorhaben. Die Menschen um ihn herum waren Fremde, und fremd waren ihre Gesten, ihre Blicke, die kleinen Zeichen, die sie sich machten und die ihn betrafen oder auch nicht. Mütter zogen ihre Kinder zu sich heran, als er durch den Waggon ging, auf der Suche nach einem Sitzplatz, Jugendliche betasteten ihre gleichfarbigen Blousons, wie um sich der Existenz einer Waffe oder eines Plans zu versichern, in dem er Täter oder Opfer oder beides zugleich war.

Als Frimm ausgestiegen war, sah er sich um. Er kannte die

Gegend, und er kannte sie auch wieder nicht. Die Straßen waren brüchig, aus dem einzigen mehrstöckigen Gebäude, an dem er vorbeiging, einem leer stehenden Lagerhaus, zogen Rauchschwaden wie von vergessenen Schwelbränden. Auf Abbruchgrundstücken zwischen niedrigen Hütten formten Schrott und Müll eine bizarre Hügellandschaft, in der schmutzige Kinder spielten. Peng-peng machten sie, zielten mit selbstgebastelten Gewehren und Pistolen auf ihn, peng-peng, und dann, plötzlich, inmitten des Schutts, des Qualms und der schießenden Kinder, wurde ihm schlagartig klar, woran ihn das alles erinnerte.

Das Museum war «wegen Krankheit vorübergehend geschlossen», wie es auf einem vergilbten handgeschriebenen Zettel hieß, der von innen gegen die Tür geklebt worden war und dort schon lange, sehr lange hängen musste. Durch die staubigen Scheiben konnte Frimm schemenhaft einige Exponate ausmachen: Gerald G. Hodges' ersten Doppeldecker, der bereits im «Duell in der Dämmerung» zum Einsatz gekommen war, eine ausrangierte Cessna, ein paar kleine, zusammengeleimte Modellbausätze von bekannten Passagiermaschinen.

«Suchen Sie was, Mister?»

Er drehte sich um. Hinter ihm stand eines der schmutzigen Kinder und hatte eine Spielzeugpistole auf ihn gerichtet. Wenn es denn eine Spielzeugpistole war.

«Für 'nen Fünfer können Sie sich das alles aus der Nähe ansehen.»

Der schwarze Junge war vielleicht zehn, zwölf Jahre alt und schob sich die Automatikpistole mit einer lässigen Bewegung in den Hosenbund.

«Ich dachte, das Museum ist geschlossen.»

«Für besondere Besucher mach ich 'ne Ausnahme.»

«Du bist der Museumsführer?»

«Was dachten Sie denn?»

«Ich hab nur drei Dollar.»

«Auch gut.» Der Junge schnappte sich die drei Scheine, drehte sich um und winkte Eddie, ihm zu folgen.

Er führte ihn zur Rückseite des Hangars, dessen Eingang mit einer Kette und einem rostigen Vorhängeschloss gesichert war. Der Junge nahm ein herumliegendes Eisenrohr, schob es als Hebel zwischen Kette und Tür und hängte sich mit Schwung daran, bis das Schloss nachgab.

«Hab heute leider die Schlüssel vergessen», grinste er.

Im Inneren des Hangars herrschte Zwielicht, das durch die blind gewordenen Oberlichter drang, deren Glas teilweise zerschlagen war. Tauben schreckten auf und flatterten umher, landeten auf Stahlstreben und betrachteten von dort oben mit hektischem Blick den alten Mann und den Jungen, der instinktiv nach Eddies Jackenärmel gegriffen hatte.

«Ich dachte, du bist der Museumsführer.»

«Meine Freunde sagen, dass es hier Geister gibt.»

«Und – glaubst du das auch?»

«Ich weiß nicht. Manchmal sieht man nachts komische Lichter. Und man kann Stimmen hören.»

Hodges' erster Doppeldecker, zweifellos das Schmuckstück der Ausstellung, hing am Hangarhimmel, in seinen Sitzen lehnten zwei Kleiderpuppen, deren von der Zeit ausgeblichene, lächelnde Gesichter unter den Pilotenbrillen einen merkwürdig bösartigen Ausdruck angenommen hatten. Irgendetwas (wahrscheinlich ein Stück Draht) hielt den roten Schal des Flugzeugführers waagerecht in der Luft, als wehe der Wind ihn nach hinten. Der Bordschütze zielte mit seinem Maschinengewehr auf das Glasdach des Hangars, sodass es aussah, als habe er die Löcher darin verursacht. Auf dem Boden standen einige halb fertiggepackte Kisten, verstreut daneben ein paar alte Videokassetten.

Sie betraten ein Labyrinth aus stoffbespannten Stellwänden, an denen noch vereinzelt Fotografien hingen und engbedruckte Papierstreifen mit Details aus Gerald G. Hodges' Leben. Manchmal stand ein kaputter Fernseher dabei, vielleicht hatte der Museumsbesitzer darauf Ausschnitte aus alten Filmen gezeigt. Während sie vorübergingen, löste sich zuweilen einer der kleinen Zettel, segelte auf den Boden und blieb mit der Schrift nach unten liegen, als sei die auf ihm festgehaltene Erinnerung nicht mehr wichtig. Die Stellwände waren nach keinem erkennbaren Muster platziert, so, als habe ihr Schöpfer kein System gekannt oder es sogar bewusst vermieden.

«Pssst! Hören Sie das?», flüsterte der Junge.

Frimm lauschte. Wenn man sich anstrengte, konnte man tatsächlich Stimmen wahrnehmen. Sie kamen von jenseits der Stellwände, und er glaubte, in diesem Moment leise, aber deutlich hören zu können, wie jemand «Highl Hiddler!» rief.

«Was ist das?», flüsterte der Junge. Er hielt noch immer Frimms Jackenärmel und folgte nur widerwillig, während der alte Mann unbeirrt auf die Stimmen zuschritt.

«Das», antwortete Edison Frimm, «bin ich.»

«Heul Hitler!»

«Nein, nein, nein, nei-in!» Sparky schrie in ein Megaphon, obwohl er beinahe direkt vor Frimm stand, der immer noch die Hacken zusammenpresste, den Arm ausstreckte und in seiner schwarzen Uniform ziemlich schwitzte.

«Heul Hitler würde bedeuten, dass Hitler weinen soll! Nochmal.»

Frimms Arm wurde langsam schwer, aber er wagte nicht, ihn herunterzunehmen. Bei Rosenbaum verdiente er das Doppelte dessen, was O'Lear ihm zahlte, und er hoffte, dass man ihn auch für die Studioaufnahmen verpflichten würde.

Der Film, den Lee Rosenbaum in Crawfords «Hexenhaus», beziehungsweise im Garten davor, drehte, war in mehrfacher Hinsicht ein Machwerk. Der geplante Streifen sollte ein B-Film, ja, was das Budget anging, sogar eher ein D-Film werden, offiziell produziert von einer der vielen Panamerican-Tochterfirmen, die nach Maßgabe von Hodges' Generalbevollmächtigtem, dem Finanzjongleur J. D. Fassbender, nur ein Ziel hatten: Verlust zu erwirtschaften durch schlechte Filme mit niedrigen Einspielergebnissen, aber hohen Kosten. Man setzte also große Erwartungen in Lee Rosewood. Die hohen Kosten existierten freilich nur auf dem Papier. In Wirklichkeit wurden die Geldströme, die von den Ölfördergesellschaften über die Flugzeugwerft in die Tochterfirmen flossen, durch Fassbenders Geschick wieder in die Hauptproduktionen von Panamerican umgeleitet, wo sie für das Finanzamt noch einmal als Ausgaben auftauchten und für Hodges eine angenehm steuermindernde Wirkung hatten.

Zum Beispiel standen Lee auf dem Papier unzählige Kammerassistenten, Beleuchter, Ausstatter und vor allem ein Heer von Komparsen zur Verfügung, die er in Wirklichkeit nie zu Gesicht bekam. Da waren ihm der japanische Gärtner und dieser Junge, der den Pool reinigte, gerade recht gekommen.

Es war eine erstaunliche Verwandlung gewesen. Nicht nur dass die Uniform wie maßgeschneidert saß, alle Emigranten, die kleine Rollen in dem Film hatten ergattern können, waren sich einig, dass Frimm darin genau so aussehe, wie sich die Nazis einen germanischen Helden wünschten. «Schneidig», sagte eine der älteren Nebendarstellerinnen auf Deutsch, und Frimm lächelte, ohne das Wort verstanden zu haben.

Auf einer steinernen Bank im Garten, in der modifizierten und an den entscheidenden Stellen knapper geschnittenen Kluft des «Bandes Deutscher Mädchens» (was auch immer das sein mochte) saß, im Mundwinkel eine Zigarette, Penelope Brooks, die schönste Frau der Welt, und wartete auf ihren Auftritt. Sie trug eine blonde Perücke mit geflochtenen Zöpfen. Die Schuhe hatte sie ausgezogen, einen Fuß auf die Bank gestellt, während sie den anderen herabbaumeln ließ. Ihre Beine waren sehr glatt und leicht gebräunt. Frimm konnte nicht anders, als dorthin zu starren, wo der Saum des schwarzen Rocks endete, und zu hoffen, er möge ein Stück höherrutschen. «Hast du mich verstanden, Frimm?»

«Wie? Ja … natürlich.»

«Also nochmal!»

Also nochmal. Sie standen vor dem Haupteingang des Crawfordhauses, das von dieser Seite aussah wie der Direkt-

192

import einer gigantischen Kuckucksuhr. Die Sonne brannte erbarmungslos auf die breite Auffahrt und die Schauspieler in ihren schwarzen Uniformen herab.

Es ist die Sonne über dem französischen Überseedepartement Guadeloupe, das jetzt unter dem Stiefel der Vichy-Regierung ächzt. Und dem des deutschen Nazi-Honorarkonsuls Streicher. Ein fieser Knochen. Kahlköpfig, Monokel, eiskalt. Der geht über Leichen. Der hat im Keller eine Sammlung mittelalterlicher Foltergeräte, vor denen sich selbst die Voodootanten von Guadeloupe fürchten. Eben haben seine Schergen den Amerikaner Trent O'Connor geschnappt. Dessen Haus, das letzte unten am Hafen, war einmal ein Treffpunkt für Hochseeangler, jetzt versammeln sich dort Flüchtlinge aus Europa, die O'Connor mit seiner Yacht Esmeralda gegen gute Bezahlung nach Puerto Rico schafft. Ein schmieriger Kerl, dieser Trent O'Connor. Geldgierig, ein Frauenheld, Daiquiritrinker. Eine Rolle wie geschaffen für Rosenbaums Hauptdarsteller, der seit der Komödie «Ich tanz mich in dein Stübchen rein» (in der er gedoubelt werden musste, weil er nicht tanzen beziehungsweise die meiste Zeit nicht einmal stehen konnte) kein Engagement mehr bekommen hatte. Inzwischen bewegten sich die Gagen des einstigen Stars auf jenem unteren Niveau, das einer D-Film-Produktion wie dieser angemessen war. Edison Frimm riss also die Tür der großen schwarzen Limousine auf (einen Bentley, ein deutsches Modell hatten sie zu dem Preis nicht bekommen können), schrie «Highl Hiddler!», schlug die Stiefel zusammen und reckte den Arm noch ein wenig höher. In diesem Moment hätte eigentlich O'Connor halb betrunken aus dem Wagen stolpern sollen, um zu sagen: «Heil dich erst mal selbst, mein Junge», aber das ging nicht, weil O'Connor gar nicht dadrin, weil O'Connor – oder vielmehr der Mann, der ihn spielen sollte – seit einer Woche unpässlich und seit achtundvierzig Stunden verschwunden war.

«Schnitt», seufzte Rosenbaum.

Es hätte alles ganz gut werden können.

«Okay, Leute, das kann alles noch ganz gut werden. Ich nehme nicht an, dass mein Star gerade in der Maske sitzt.»

Rosenbaum sah in die Runde. Niemand sagte etwas.

«Was ist mit Joe, war der schon in den einschlägigen Löchern?»

«Hat gerade angerufen. Ist mit dem Wagen liegengeblieben.»

«Auch das noch. Okay, wir drehen nochmal die Szene am Pool. Dich brauch ich nicht mehr», sagte er zu Frimm, «obwohl: Hast du 'n Wagen?»

«Ja, aber –»

«Haste einen, oder haste keinen?»

«Einen Lieferwagen.»

«Okay, lass dir die Liste mit den einschlägigen Löchern geben, die Hälfte ist sowieso noch geschlossen, und in einem der anderen findest du ihn.»

«Wen?»

«Scott LaMont.»

«Scott LaMont, der Freibeuter von Tobago?»

Frimm nickte vorsichtig.

O'Lear brauchte einen Moment, um das zu verdauen. «Du arbeitest heimlich für eine andere Firma und benutzt auch noch meinen Lieferwagen, während ich hier rumsitze und denke, du tust, wofür ich dich bezahle. Und jetzt soll ich dir auch noch den Wagen für den Rest des Tages leihen, damit du dich weiter bei diesen Filmfuzzis beliebt machen kannst?»

O'Lear hielt Scott LaMont insgeheim für den größten aller

lebenden Schauspieler. «Die Freibeuter von Tobago» war ein religiöses Erlebnis für ihn gewesen. Der Anblick von LaMont da auf dem Klüverbaum, wie er dem Horizont und der Freiheit entgegensegelte … Nun ja, das war es, was O'Lear sich vom Leben wünschte. Nicht das Rüschenhemd oder den gezückten Degen, das verführerische Lächeln und die Schminke im Gesicht, sondern einfach nur den Moment, in dem man ganz bei sich selbst ist.

«Das heißt, Sie leihen mir den Wagen nicht, Mister O'Lear?»

«Das heißt, ich komme mit. Und wenn dann in irgendeiner dieser Kaschemmen nicht irgendwann Scott LaMont höchstpersönlich vor mir steht, heißt das, dass du für den Film höchstens noch als Leiche taugst.»

Die Suche gestaltete sich schwieriger, als Rosenbaum versprochen hatte. Die meisten Bars waren zwar noch geschlossen, aber bei weitem nicht alle. Außerdem schien die Liste der letzten Löcher, die er ihm gegeben hatte, nicht aktuell zu sein. Vor allem die Spelunken in Chinatown existierten größtenteils nicht mehr, zumindest nicht dort, wo sie hätten sein sollen, was daran lag, dass Chinatown größtenteils nicht mehr dort war, wo es sein sollte, seit man den neuen Zentralbahnhof gebaut hatte und ganze Blocks samt ihrer illegalen Bewohner und illegalen Kneipen der Abrissbirne und dem Dynamit zum Opfer gefallen waren.

«Das ist L. A.», sagte O'Lear, der paffend und zornig, aber zufrieden auf dem Beifahrersitz saß, «‹Die Stadt der Träume› nennen sie es. Dass ich nicht lache. Eines Tages werden wir aufwachen und einfach auf der Erde liegen, auf dem Sand, und um uns wird nichts sein, keine Häuser, keine Straßen, nichts.»

Eddie wurde weder klar, warum das so sein sollte, noch, ob O'Lear diesen Zustand herbeisehnte oder fürchtete. Allerdings war Frimm aufgefallen, dass O'Lear keine Angst zu kennen schien, nicht, weil er so mutig gewesen wäre, sondern eher, weil ihm die Fähigkeit, Angst zu haben, grundsätzlich fehlte.

«Wenn du Angst hast», hatte Koga ihm geraten, «frage dich, wovor du eigentlich Angst hast und warum. Nur Dummköpfe haben keine Angst. Aber wer die Angst beherrscht, den beherrscht die Angst nicht.»

War O'Lear ein Dummkopf? Oder beherrschte er die Angst? Diese Fragen gingen Frimm noch durch den Kopf, als sie schließlich in einer Seitenstraße des Sepulveda Boulevards vor einem Schuppen hielten, der sich Red Baron nannte, vor jenem Lokal also, in dem sich Frimm senior einst, während der Geburt seines Sohnes und eines in Kalifornien kaum beachteten Erdbebens, hatte vollaufen lassen.

Seitdem hatte sich – sah man einmal von der Aufhebung des Alkoholverbotes und dem damit verbundenen Austausch der Kaffeepötte gegen milchige Whiskeygläser ab – im Red Baron nicht viel verändert. Auf einem rostigen Schild bezeichnete sich das Red Baron immer noch als «Veteranenclub».

O'Lear runzelte die Stirn. «Veteranen wovon? Der Prohibition?»

Innen rieselte rotes Zwielicht auf sie herab. Frimm konnte den Barkeeper nur schemenhaft erkennen, der ihm zurief, er habe gefälligst draußen zu bleiben. O'Lear schnauzte zurück, Frimm gehöre zu ihm, das gehe schon in Ordnung, und schob sich so breitschultrig, missmutig und wachsam durch die purpurne, flirrende Düsternis, dass der Mann hinter dem Tresen ihn wohl für einen Polizisten hielt – und Frimm für das Opfer, den Zeugen oder den Täter irgendeines Verbrechens.

Nachdem sich seine Augen an die Kneipendämmerung gewöhnt hatten, erkannte Frimm am anderen Ende des schummrigen Schlauches ein Podium, auf dem ein paar schwarze Musiker gerade ihre Instrumente auspackten. Links und rechts waren Sitznischen, in der Mitte ein paar runde Tische. Gäste waren keine zu sehen.

O'Lear setzte sich an die Bar und bestellte einen Kaffee. Frimm stellte sich hinter ihn. Als der Kaffee kam, nahm sich O'Lear Zucker und rührte sehr lange und bedächtig in seiner Tasse. Frimm trat an seine Seite und flüsterte: «Warum gehen wir nicht wieder? Er ist nicht hier. Hier ist niemand.»

«Abwarten.»

Dann wandte sich O'Lear dem Keeper zu.

«Ich suche einen Mann namens LaMont.»

«Kenne ich nicht, tut mir leid.»

«Er soll öfter hier sein.»

«Sind Sie von der Polizei?»

«Was wäre Ihnen denn lieber? Dass ich von der Polizei bin oder dass mich ein anderer schickt?»

«Ich hab nichts verbrochen. Ich arbeite nur hier.»

«Ich suche immer noch nach LaMont. Scotty LaMont.»

«Ach, Scotty», der Keeper tat plötzlich erstaunt. «Der ist hinten.»

Frimm war beeindruckt.

«Woher haben Sie das gewusst?»

«Gar nichts habe ich gewusst», raunte O'Lear. Das Einzige, was O'Lear gewusst beziehungsweise gespürt hatte, war, dass der Barkeeper vor irgendetwas Angst hatte.

Die Musiker sahen ihnen nach, bis der düstere Durchgang sie verschluckt hatte. Frimm und O'Lear folgten einem durch eine nackte Glühbirne erhellten schmalen Flur, der rechts von mehreren Türen gesäumt war. Hinter der letzten, dort, wo der Gang vor einer Art Eisentor mit der Aufschrift «Kein Ausgang» endete, brannte Licht. Frimm hörte Stimmen und Musik, Flüstern und Keuchen. O'Lear ahnte wohl, was sie erwartete, auf jeden Fall schob er seinen Hut in den Nacken und stieß die Tür mit dem Fuß auf.

LaMont lag nackt auf einem abgewetzten Diwan, der wie ein ausrangiertes Requisit aus einem Operettentheater aussah, in der einen Hand hielt er eine halbleere Flasche Gin, in der anderen eine Zigarette, deren Rauch merkwürdig süßlich und schwer auf Brusthöhe im ganzen Raum hing. Er schien die Eindringlinge nicht zu bemerken. Es war sowieso fraglich, ob er überhaupt in der Lage war, irgendetwas zu bemerken. Mit glasigem Blick sah er an sich hinunter, genauer gesagt auf seinen halbschlaffen Penis in der Hand eines braungebrannten Jungen, der außer einer weißen Unterhose nur allerlei alberne Glasperlenkettchen trug und der etwa in Eddie Frimms Alter sein mochte. Der Junge sah sofort erschrocken auf, war sich aber nicht sicher, ob er den Schwanz schon loslassen durfte oder nicht. O'Lear nahm ihm die Entscheidung ab.

«Raus hier, Chico», sagte er.

Chico schnappte sich ein Paar Hosen und ein Unterhemd, Schuhe schien er keine zu besitzen, und rannte klimpernd an ihnen vorbei, wobei er Frimm einen zugleich verzweifelten und brüderlichen Blick zuwarf. Eddie fühlte sich elend.

LaMont auch. Er wälzte sich auf dem Diwan herum, glotzte die beiden ungläubig an und wollte vielleicht etwas sagen wie: «Was zum Teufel»; oder: «Ihr verdammte Saubande». Was es auch immer war, es blieb ihm im Hals stecken, um dann – als sich sein Körper unvermittelt zusammenkrampfte – in einem Schwall von Gin und halbverdauter Pasta auf dem Boden zu landen. Mühsam richtete sich LaMont danach auf, griff nach seiner Hose, zog sie jedoch nicht an. In seinem Menjoubart hing noch eine kleine Nudel, die Zigarette war ihm aus der Hand gefallen und glomm jetzt auf dem schäbigen Damast vor sich hin, unentschlossen, ob sie das Red Baron in Brand stecken sollte oder nicht. LaMont zog einen Zehner aus seiner Hosentasche, hielt ihn O'Lear hin und sagte: «Reicht das, Sie nie hier gesehen zu haben, Officer?»

«Wir sind nicht von der Polizei», antwortete O'Lear.

«Wer seid ihr dann?»

«Wir beide», sagte O'Lear, «sind Ihre größten Fans.»

Der Film, der schließlich mit dem Titel «Die schwarze Orchidee» in die Kinos kam, obwohl er nichts mit Orchideen zu tun hatte, wurde ein Überraschungserfolg. LaMont, den die Kritiker schon abgeschrieben und ein Teil des Publikums bereits vergessen hatte, erlebte nach seinem desaströsen Auftritt in «Ich tanz mich in dein Stübchen rein» eine erstaunliche Wiedergeburt auf der Leinwand. Vielleicht, weil er nicht mehr den Charmeur, den fröhlichen Herzensbrecher oder verwegenen, jugendlichen Helden spielen musste, der er längst nicht mehr war, sondern einen versoffenen, desillusionierten Mann Anfang vierzig, dessen Geheimnis die Ideale waren, denen er immer noch anhing. LaMont spielte also sich selbst und einen, der er selbst gerne gewesen wäre. Denn er hatte keine Ideale mehr, er wusste nur, wenn er nicht spielte, fände er sich irgendwann im Red Baron wieder, wo schlimme Dinge geschehen konnten.

Das war sein Antrieb. Das und eine gewisse Selbstironie, für die ihn sein Publikum umso mehr schätzte. So wirkt es –

trotz seiner unterdrückten, wahren Neigungen – authentisch, wenn Trent O'Connor, von Streichers Schergen bereits übel misshandelt, zu Penelope in ihrem BDM-Kostüm sagt: «Wenn ich zehn Jahre jünger wäre, Schätzchen, würden drei Daiquiris und etwas Swing genügen, um dich von diesem Quatsch hier abzubringen.»

Woraufhin Penelope schnarrt: «Der Führer trinkt nicht.»

«Das ist vielleicht sein Problem.»

Weder Frimm noch O'Lear verloren je ein Wort über die Ereignisse im Red Baron. Auf der Rückfahrt – LaMont hatte es mittlerweile aufgegeben, mit dem Käscher gegen die Wand des Führerhauses zu trommeln, und war, wie sich zeigen sollte, auf einem Stapel Putzlappen und Schwämme eingeschlafen – sagte O'Lear: «Das ist nie passiert. Wenn dich einer fragt, haben wir ihn in einem Restaurant abgeholt, den Namen hast du vergessen. Verstanden?»

«Was ist nie passiert, Mister O'Lear?»

O'Lear grinste. Und dann sagte er wieder etwas, das in keinem Zusammenhang mit der Situation zu stehen schien: «Wusstest du, Frimm, dass wir von der Erde aus immer die gleiche Seite des Mondes sehen? Die Erde dreht sich, aber der Mond dreht sich auch, und so kriegt er es irgendwie hin, dass wir immer nur eine Seite von ihm sehen. Und das wird wohl auch bis in alle Ewigkeit so bleiben.»

«Ich habe davon gehört.»

«Ich hab's in einer Zeitschrift gelesen, die bei meinem Friseur rumlag. Weißt du, es ist komisch, aber manchmal denke ich, dass es noch einen gibt, dass wir nur die Hälfte sind von etwas, das wir nicht begreifen, und dass da draußen irgendwo der andere wartet, eine Art Doppelgänger, wie der von LaMont, den wir heute Nachmittag gesehen haben.»

Viele Jahre lang hatte Mary Frimm sich im Stillen gewünscht, eine Nachricht zu erhalten, eine Nachricht von Johnny Frimm oder Dan Schmidt, nicht, weil sie sich eine besondere Wendung davon versprochen hätte, sondern weil diese beiden Männer eine Zeit verkörperten, in der ihr noch alles offen gestanden hatte, in der die Würfel noch nicht gefallen waren und in der sie das ganze Leben noch vor sich hatte oder glaubte, es vor sich zu haben.

In der Sortierabteilung der Post von Los Angeles hatte sie Zeit, über ein Leben nachzudenken, das dort zum Stillstand gekommen war, ein zeitloses Dasein, einzig unterteilt durch das Dreischichtsystem. Vielleicht war diese Zeitlosigkeit, dieses Aus-der-Zeit-gefallen-Sein einer der Gründe, die sie dort weiterarbeiten ließen, obwohl sie längst eine andere Stelle hätte finden können.

So saß sie seit beinahe zehn Jahren vor den Sortierregalen, ordnete Karten, Briefe, Eilzustellungen. Einige ihrer Kolleginnen nannten diesen Raum, in dem über fünfzig von ihnen arbeiteten, das Fegefeuer. Laut war er und verschwiegen zugleich, denn Horace King, der wie ein niederer Teufel aus seinem glasumfriedeten Büro auf das ihm übertragene Purgatorium herabblickte, hatte Gespräche zwischen den Frauen streng untersagt.

Der Lärm des Sortierens erstarb nie. Nicht eine Sekunde hörte das Rascheln und Flattern auf, das Klopfen der Bündel aus sortierten, festen Umschlägen, bevor sie ins passende Fach gelegt wurden. Allenfalls ein unterdrücktes Husten oder das Klingeln des Telefons in Mister Kings Büro konnten ihn für einen Moment übertönen. Das Klingeln, das nur King oder einem seiner zwei Stellvertreter gelten konnte, wurde über Lautsprecher in den Sortierraum übertragen, damit King, sollte er Lust verspüren, zwischen den Angestellten und ihren Regalen spazieren zu gehen, es immer und überall, egal, ob er gerade den Mittleren Westen, Südamerika, Europa, Australien oder auch nur Orange County inspizierte, hören könnte.

In der Regel verließen aber weder Horace King noch seine Stellvertreter das Büro, und die Lautsprecher waren lediglich dazu da, Kings scharfe Zurechtweisungen in den Raum zu tragen und es alle wissen zu lassen, dass er einen zwar seltenen, aber, wie es aussah, gerade deswegen unglaublich wichtigen Anruf bekam.

Mary und ihre Kolleginnen machten in der Pause oder nach der Arbeit, wenn sie in einen Tanzsaal gingen, Witze darüber, wer King wohl anrief.

«Er macht jedes Mal ein Gesicht, als wäre es der Präsident persönlich.»

«Vielleicht ist es ja der Präsident persönlich», meinte Mary. «Vielleicht erwartet er einen bestimmten Brief und beschwert sich, dass er ihn noch nicht erhalten hat. ‹Hier spricht der Präsident. Wo ist die Weihnachtskarte meines lieben Freundes Gerald? Haben Sie sie etwa verschlampt, Horace?›»

Ihre Kolleginnen lachten, dann wendeten sie sich wieder der Tanzfläche zu, in der Hoffnung, einer der jungen Marinesoldaten von der anderen Seite würde mit ihnen tanzen wollen. Mary, so sah es aus, war das späte Mädchen unter ihnen. Sie nahmen sie gerne mit, und sie, die nie tanzte, sah ihnen gerne zu, aber es stand immer etwas zwischen ihnen, das seinen Ursprung nicht nur in ihrem Alter haben konnte oder dass ihr der Mann abhandengekommen und sie Mutter eines beinahe erwachsenen Sohnes war, sondern auch, dass sie diese Gedanken hatte, während der Arbeit, Gedanken über die Dinge und die Welt, die sie außerhalb der Gemeinschaft der Postsortiererinnen, sogar außerhalb der Zeit selbst geraten ließen. Der Schichtdienst tat sein Übriges. Nach einem Monat Nachtarbeit kam Mary das Leben wie ein lärmender Traum vor. Dennoch fühlte sie sich vor ihren Regalfächern auf eine besondere Weise mit der Welt verbunden. Wie klein sie ihr dann schien: Sacramento lag nur wenige Fächer von San Diego entfernt. Was, wenn alle durch unsichtbare, dünne Bande verbunden waren und es vom einen zum nächsten nur ein paar Briefe weit war?

«Versteht ihr? Nur fünf, sechs Briefe muss man schreiben, um jeden auf der Welt zu erreichen: Ich schreibe einem, den ich kenne, der einem schreibt, den er kennt, der einem schreibt, den er kennt...»

Die Mädchen lachten, lehnten sich über das hölzerne Geländer am Rande der Tanzfläche; eine deutete mit dem Kopf zu einem jungen, dunkeläugigen Matrosen. «Wem von euch müsste ich denn schreiben, um den da drüben näher kennenzulernen?» Und sie lachten noch mehr.

Das ist es ja gerade, dachte Mary, dass wir die Verbindungen nicht kennen, Verborgene sind und verborgen bleiben, ohne es zu wollen.

«Ich glaube, Koga sieht das ähnlich», sagte Eddie, als sie ihm von diesen Überlegungen erzählte.

«Ich würde ihn gern einmal kennenlernen, deinen Koga», sagte sie.

Noch strenger als das Sprechen war das Entwenden von Briefen verboten. Wer einen Brief öffnete, unterschlug oder stahl, konnte nicht nur fristlos gekündigt, sondern auch mit Gefängnis bestraft werden. Trotzdem schaffte sie es eines Tages nicht, der Versuchung zu widerstehen.

Der Brief kam vom Rockefeller Institute for Medical Research. Er war mehrfach und an verschiedenen Orten abgestempelt worden, und ein Mitarbeiter des Instituts hatte ihn erneut auf die Reise geschickt. Die Stempel wichen leicht voneinander ab, sagten im Wesentlichen aber dasselbe aus. Boston Military Hospital: «Empfänger aus dem Dienst entlassen und unbekannt verzogen», New York: «Empfänger unbekannt», Monterey: «Empfänger unbekannt verzogen», Joshua Ridge: «Adresse und Empfänger unbekannt». Der Adressat war Mister Daniel Schmidt.

Ihr Herz klopfte, so stark, dass sie glaubte, jeder könne das verräterische Pochen sehen, als sie, den Brief unter der Bluse versteckt, endlich aus dem grauen Lautsprecher das Signal zum Schichtwechsel hörte. Mit glühendem Kopf schlich sie an Kings Büro vorbei und war schon beinahe an der Tür, als er nach ihr rief:

«Einen Moment, Mrs. Frimm!»

Da war sie, ihre kleine Welt: in Scherben, zerstört aus purer Neugier, aus einer Laune heraus, völlig unnötig, was würde nur aus Eddie werden, mit der Mutter im Staatsgefängnis, ohne Job, ohne Geld, ein herrenloser Hund, noch herrenloser, als er es sowieso schon war, ein Hobo würde er werden, was hatte sie sich davon versprochen, diesen Brief einzustecken, hatte sie den Preis nicht bedacht, den sie würde zahlen müssen, die Schuld, die beglichen werden musste, jetzt, hier und heute, am Ende aller Träume, alles für ein Stück Papier zusammengefaltet von einem Mitarbeiter des Rockefeller-Instituts, der wahrscheinlich einfach nur die Buchhaltung geordnet und in den Umschlag eine Rechnung über zehn Dollar fünfzig gesteckt hatte, man muss sich das mal vorstellen, da geht man wegen einer Arztrechnung baden, versaut sich den letzten Rest der ohnehin kaum vorhandenen Zukunft, hops, Schluss, aus und vorbei!

«Mrs. Frimm!» Horace King war verärgert. Er rief nicht gerne zweimal. Mary drehte sich um. Sie hatte nicht die Kraft, auf ihn zuzugehen, obwohl er das von ihr erwartete. King vermied unnötige Wege. Er wartete also, und Mary überlegte, ob sie nicht einfach weglaufen solle.

«Kommen Sie doch bitte einmal her.»

Mary ging, zitterte dabei.

King sah sie an.

«Sie haben doch nicht vor, krank zu werden?»

«Nein.»

«Sie sehen fiebrig aus.»

«Es geht mir gut.»

«Es nützt mir nichts, wenn meine Angestellten hier halb krank arbeiten, nur um dann richtig krank zu werden.»

«Ja, da haben Sie sicher recht, Mr. King.»

«Morgen ist Freitag.»

«Ja, Mr. King.»

«Nehmen Sie sich frei. Ruhen Sie sich aus. Ich möchte Sie erst am Sonntag zur Frühschicht wieder hier sehen. Machen Sie was Schönes. Erledigen Sie Ihre Weihnachtseinkäufe.»

Mary sah King mit offenem Mund an.

«Schönes Wochenende, Mrs. Frimm.»

Zu Hause schämte sie sich. Weil sie King direkt vor seiner ersten Anwandlung von Menschlichkeit betrogen hatte. Weil ihr der geschmuggelte Brief plötzlich bedeutungslos vorkam. Vor allem aber, weil ihr die möglichen Folgen so wenig bewusst gewesen waren und sie so spät erst an ihren Sohn gedacht hatte.

Seltsam: Zu Hause legte sie den Brief vor sich auf den Küchentisch, ganz durchweicht war er von ihrer Angst. Und nun lag er da, und sie wusste nichts damit anzufangen.

Nachdem sie ihn eine gute halbe Stunde angestarrt hatte, legte sie ihn in eine Schublade des Küchenschranks – wo er liegen blieb.

Edison Frimms Verschwiegenheit, was LaMont anging, hatte sich ausgezahlt. Er meditierte jetzt seltener, dafür war er für weitere Filme als Kleindarsteller engagiert, meistens spielte er einen Deutschen. Die Deutschen hatten wenig Text. Sie rannten, standen still, salutierten, rannten. Sie waren meist böse, aber sie wussten selten, warum.

Frimm hatte seinen Abschluss an der Wayne High gemacht, ohne übermäßig dafür gelernt zu haben. Jedoch war es ihm weder gelungen, das Koan zu lösen, noch wusste er, was er nach der Schule anfangen sollte.

«Immer drehst du alles dreimal um», sagte Koga gleichmütig, «wozu? Du fragst, aber du fragst nicht mehr, weil du dich nach Antworten sehnst, sondern weil du zu bequem geworden bist, selbst nach den Antworten zu suchen. Wenn du nicht aufs College willst, dann werde eben Schauspieler, oder reinige wieder Schwimmbecken, aber, was du auch tust, tue es gut, tue es, so gut du kannst!»

«Die Schauspielerei ist nicht schlecht, aber ich weiß nicht, ob ich dafür geboren bin.»

«Ein Thunfisch weiß auch nicht, wofür er geboren ist! Oder glaubst du, er will in die Dose? Kannst du dich nicht damit abfinden, einer von den vielen Fischen zu sein?»

«Ja, nein. Ich weiß es nicht. Ich bin nicht wie Scott LaMont.»

Koga runzelte die Stirn. Selten hatten sie ein so ausführliches Gespräch geführt. Eigentlich wollte er dieses hier auch längst beendet haben, aber das mit LaMont interessierte Koga. Frimm war es schon mehrfach aufgefallen, dass der Meister zuweilen auf den neuesten Hollywoodklatsch neugierig war.

«Wie ist er denn, der große Scott LaMont?»

Frimm zögerte. «Er möchte immer anders sein. Deswegen ist er Schauspieler, weil er sich so sehr wünscht, ein anderer zu sein, und weil er nur so vergessen kann, wer er wirklich ist.»

«Und du möchtest sein, wie du wirklich bist? Du willst dein ‹wahres Ich› entdecken? Und wenn du es gefunden hast, willst du es dann in einen Schrank einschließen oder im Museum ausstellen?» Koga lachte, lachte sein japanisches Lachen, das etwa höhöhö ging und rau und spöttisch klang. Dann sagte er: «Du hast mich einmal gefragt, warum die Kolibris nicht wegfliegen, während ich die Rosen schneide. Du hast gedacht, es gibt einen besonderen Trick, etwas wie einen Zauber oder eine Technik, die Kolibris so weit zu bringen, dass sie ihrem Wunsch widerstehen, davonzufliegen. Aber es gibt keinen Trick. Die Kolibris wollen zu den Blüten fliegen, ich will die Rosen schneiden, das ist alles.»

Koga kam Eddie Frimm wie ein Fremder vor, als er am Samstag zum Abendessen kam. Er trug einen Anzug und ein Hemd mit Krawatte. Er hatte seine Haare schneiden lassen, was aber erst auffiel, als er den breitkrempigen Hut abnahm. Auch Mary musste zugeben, dass sie ihn sich ganz anders vorgestellt hatte.

«Ich habe Sie mir auch anders vorgestellt», entgegnete er, «ich hätte nicht gedacht, dass Edison eine so schöne Mutter hat.»

Sie sprachen wenig während des Essens, was Mary jedoch

nicht störte. Hauptsächlich sprach sie selbst. Sie erzählte von ihrer Arbeit bei der Post, vom Sortieren der Briefe und den Überlegungen, die sie dabei angestellt hatte.

«Glauben Sie», fragte sie, «dass alles mit allem zusammenhängt?»

«Wäre es nicht besser», antwortete Koga, «wenn nichts mit nichts zusammenhinge, wenn wir alle Inseln wären?»

Als Eddie nach dem Essen das Geschirr hinausbrachte, fragte Mary: «Wovor sind Sie davongelaufen, war es eine Frau?»

Koga schüttelte den Kopf.

«Nein, keine Frau.»

«Was war es dann?»

Koga ließ die Frage unbeantwortet und danach seinen Hut auf dem Stuhl liegen, sodass Frimm noch einmal ins Haus zurückgehen musste, um ihn zu holen, während seine Mutter den Gast bereits am Gartentor verabschiedete. Der Mond war über Wayne Heights aufgegangen, ein klarer, weißblauer Dezembermond, und irgendwo in einem der niedrigen, klapprigen Häuser spielte jemand Saxophon.

«Werde ich Sie wiedersehen, Mr. Koga?»

Er sah sie schweigend an und schüttelte kaum merklich den Kopf. Sie nickte, dann gab sie ihm einen Kuss auf die Wange. «Leben Sie wohl, Toshiro Koga, ich wünsche Ihnen viel Glück.»

«Das wünsche ich Ihnen auch», sagte er.

Am Sonntagmorgen sortierte Mary Frimm die Post und dachte an Koga, seine eigentümliche Ruhe, die ihr so vertraut vorgekommen war, dass sie glaubte, ihn schon sehr lange zu kennen. Sie dachte an den albernen Kuss, den sie ihm gegeben hatte, und an das Zittern, das sie dabei gespürt hatte und

das in ihr nachklang wie eine angeschlagene Saite, die plötzlich einen uralten Ton von sich gab, den sie vielleicht vergessen hatte, der aber von Anfang an in ihr gewesen war, als hätte
er nur auf diese Berührung gewartet. Lange dachte sie daran,
lauschte und glaubte ihn noch zu hören, bis er schrill und
schmerzhaft von Horace Kings Telefon übertönt wurde, das
klingelte und klingelte und klingelte.

Das einsame Telefon. Bebo hatte nie gesehen, dass es jemand benutzte, nie gehört, wie es klingelte. Manchmal umschlich er es, konnte kaum der Versuchung widerstehen, den Hörer hochzuheben und hineinzurufen: Ja, das ist hier ein Notfall! Ich bin der Notfall! Ich vegetiere in einem Loch vor mich hin! Jeder Tag ist so voll von Mühsal und Sorgen, dass ich kaum mehr klar denken kann!

Der «Boss» hatte sich das ganze Jahr über nicht blicken und seine Botschaften durch jenen Mann übermitteln lassen, der Bebo einst am Hafen abgeholt hatte. Die Nachrichten bestanden meist nur aus einer Aufstellung der Beträge, die Bebo seinem Cousin angeblich schuldete. Wie sich dabei herausstellte, gehörte auch das Hotel Pacific zu Leons Besitz. Die Miete für sein Zimmer wurde Bebo direkt vom Lohn abgezogen. Eine grobe Berechnung ergab, dass er noch mindestens zehn Jahre auf Leo Globe's Hot Dog Planet würde verweilen müssen.

Mehrfach hatte er um ein persönliches Gespräch mit dem Cousin gebeten, stets ohne Erfolg. Das Einzige, was darauf hinwies, dass Leon Globodajarian überhaupt existierte, war das einsame Telefon. Das einsame Telefon – jeder, der auf dem Hot-Dog-Planeten arbeitete, nannte es so – befand sich in einer Art Kabine an der Rückseite des Imbisses. Neben dem Telefon hing eine Nummer, und darunter stand in großen Lettern und in mehreren Sprachen: «Nur im Notfall zu benutzen! Wer grundlos oder privat telefoniert, wird sofort gefeuert!»

Nie klingelte das Telefon, und nie benutzte es jemand, vielleicht auch, weil niemand sicher wusste, was als Notfall anzusehen sei.

Bebo war fremd, klein, für das Würstchenbraten im Grunde ungeeignet. Seine Talente als Dolmetscher und Übersetzer interessierten auf Leo Globes Planeten niemanden. Selten bekam er Trinkgeld, auch weil er die Neigung hatte, Kunden, die wirklich nur eine Wurst essen wollten, in langatmige Gespräche über Themen zu verwickeln, für die sich niemand, der wirklich nur eine Wurst essen wollte, begeistern konnte. Dennoch vertraute Bebo auf sein Glück, vertraute darauf, dass etwas Besonderes geschehen und ihn aus dieser Falle befreien würde. Und so kam es auch.

Eines Tages stand sein Retter Weinstein vor ihm an der Theke und verlangte einen Hot Dog. Bebo zitterte richtig, als er ihn erkannte, er hätte ihn am liebsten geküsst. Weinstein freute sich ebenfalls, ein bekanntes Gesicht zu sehen. Nach mehreren erfolglosen Anläufen beim Film hatte er eine Nebenrolle in der Serie «Burma Jack» bekommen. «Burma Jack»-Filme waren zwanzig Minuten lang und liefen vor dem Hauptfilm. Die Figur des «Burma Jack» war eine Abenteurer-Karikatur und die Serie eine Aneinanderreihung kurzer deftiger Sketche mit Anspielungen auf aktuelle Themen und Seitenhieben auf den Filmbetrieb. Weinstein spielte Ukaa, den lendenbeschürzten König des Dschungels, der durch krokodilverseuchte Gewässer schwamm und mit seiner breiten, braungebrannten Brust und seinem knappen Schürzlein Burma Jack bei den Frauen regelmäßig die Show stahl. Text hatte er keinen.

«Es ist nichts Anspruchsvolles», räumte Weinstein ein, «aber besser als gar nichts.»

Die kurzen Auftritte als Ukaa machten Weinstein nicht

reich, aber er konnte sich ein kleines Apartment am Wilshire Boulevard und ein gebrauchtes Auto leisten. Er versprach, sich beim Regisseur von «Burma Jack» nach einer Nebenrolle zu erkundigen, und verschaffte Bebo tatsächlich einen Termin.

«Sie können also mehrere Sprachen?», fragte der Regisseur.

«Ja. Ich spreche –», hob Bebo an.

«Das interessiert mich nicht. Können Sie auch in diesen Sprachen singen?»

Konnte er nicht. Was dem Regisseur aber gerade gut gefiel. So wurde aus Bebo Globodajarian Ponton, das singende Nilkrokodil. Der Nilkrokodilsketch war einfach: Bebo alias Ponton lauerte Burma Jack auf, um dann erfolglos nach ihm zu schnappen und sein schräges multilinguales Klagelied anzustimmen. Das kam beim Publikum gut an, und Bebo hielt nach der ersten Ponton-Folge einen Vertrag mit Option auf vier weitere in der Hand. Mit etwas Glück, dachte er, lag die Würstchenbude bald hinter ihm.

«Jetzt hast du mich ein zweites Mal gerettet», sagte er zu Weinstein.

Auch wenn er weiterhin für seinen Cousin arbeiten musste, beschloss er, wenigstens aus dem Hotel Pacific auszuziehen. In Weinsteins Haus war noch eine winzige Wohnung frei, kaum mehr als eine Besenkammer, aber immer noch besser «als dieses Loch hier», meinte auch Weinstein, als er in Bebos Zimmer im Pacific stand, um ihn abzuholen.

Wäre er doch nur einen Tag früher gekommen. Hätte sich Bebo doch nur einen Tag früher entschieden, dem Hotel Pacific für immer den Rücken zu kehren. Wie anders wäre sein Leben verlaufen? Doch wem nützt all das Hätte, Wäre, Wenn? Es war ein Dezemberabend 1941. Weder heiß noch besonders kühl, die erträglichste Zeit in seinem «Loch». Bebo packte, und Weinstein versuchte in der stickigen Hitze zu atmen. Kopfschüttelnd betrachtete er den Ventilator über Bebos Bett, der wenig später seinen einzigen großen Auftritt hatte.

Er wackelte. Er wackelte, weil im Stockwerk über ihnen, genauer, im Zimmer über ihnen, etwas polterte, auf den Boden geworfen wurde und jemand schrie.

«Da schreit jemand.»

«Ach», entgegnete Bebo, «das ist nichts.»

Rums-rums-bum! Der Ventilator zitterte in seiner Verankerung.

«Was heißt nichts? Es klingt wie –»

Ja – wie klang das eigentlich? Bei Weinstein weckte das Rumsen über ihm, das Vibrieren der Decke, ausgelöst durch ein dumpfes Stampfen, eine ganz bestimmte Erinnerung.

«Das ist nur ein Ehekrach. Nichts Besonderes.»

Wrums. Ga-wrums!

«Das ist kein Ehekrach», widersprach Weinstein. Er dachte an die Stiefel. Er dachte an die Stiefel, an sein Versteck unter dem Bett und an seine Angst vor den Stiefeln.

«Wenn es dich interessiert», stöhnte Bebo, «der Kerl da oben ist Vertreter für medizinische Geräte. Ziemlich merkwürdige Geräte, wenn du mich fragst. Er verprügelt gerade seine Frau. Das macht er regelmäßig. Das letzte Mal kam die Polizei, und die Frau warf mit ihren Schuhen nach den Polizisten. Das Ganze geht mich überhaupt nichts an. Selbst wenn King Kong sich gerade da oben amüsiert, interessiert das Ponton nicht die Bohne, weil das Krokodil vom Nil jetzt seine Sachen packt und geht», erklärte Bebo, ließ seinen Koffer zuschnappen und stand auf, reisefertig.

In diesem Moment tat der Ventilator das, was er schon lange hatte tun wollen. Nach einem weiteren Rums! löste er sich endgültig aus der Verankerung, vollführte noch eine letzte, einsame Pirouette, bevor er auf Bebos Bettchen krachte, das sofort zusammenbrach. Ein tellergroßes Loch klaffte in der Decke. Putz rieselte heraus. Und sehr nah und zugleich unendlich fern konnten die beiden eine Frauenstimme hören, so verzweifelt und flehend, dass sich Bebo am liebsten die Ohren zugehalten hätte.

«Mein Gott», sagte die Frauenstimme, «bitte nicht, nein! Bitte, bitte nicht damit.» Aber am Klang ihrer Stimme konnte man hören, dass sie längst nicht mehr auf Gnade hoffte. Der Mann brüllte etwas Unverständliches, das abgerissene Kabelende, an dem der Ventilator angeschlossen gewesen war, flutschte plötzlich zurück in das Loch, ein weiteres Krachen folgte, etwas schepperte, ein Gegenstand fiel zu Boden, gefolgt von einem weiteren Brüllen, dann Klatschen, und schließlich einem dumpfen Schlag. Eine merkwürdige Ruhe folgte, eine Art Feierabendstille, bis sie ein Wimmern, begleitet vom rhythmischen Quietschen eines Eisenbettes, vernahmen, das Bebo nur allzu gut kannte.

«Wir müssen etwas tun», sagte Weinstein und war schon an der Tür.

«Müssen wir das? Ich finde nicht. Das ist nicht mein Problem da oben.»

«War es mein Problem, als du im Atlantik am Ertrinken warst?»

Bebo ließ die Schultern hängen.

«Das ist keine Freiheit», sagte Weinstein und sah dabei zur Decke hinauf, «wenn es wieder nur so ist, dass man unter dem Bett liegt und darauf wartet, dass die Stiefel weggehen.»

«Was für Stiefel?», erkundigte sich Bebo. Aber da war Weinstein bereits auf dem Weg nach oben.

Als seine Frau sich einmal in dem Zimmer eingeschlossen hatte, hatte Bud die Tür eingetreten und das Schloss demoliert, sich aber nie die Mühe gemacht, es zu reparieren. So war die Tür nur angelehnt, als Weinstein sie mit dem Fuß aufstieß, was Bud, der gerade seine halb bewusstlose Frau vergewaltigte, nicht weiter zu stören schien. Sein nackter Rücken war schweißbedeckt und sein Gesicht, soweit man es erkennen konnte, hochrot vor Zorn, Lust oder Hitze. Die Frau war kaum zu sehen, aber da lagen zwei bleiche Beine auf dem schmutzigen Laken, dünn und lang und knochig, wie die einer Giraffe, und ein Arm war da, ebenso bleich und wie zum Gruß erhoben, was daran lag, dass Bud diesen Arm mit einem ihrer Strümpfe an das Eisenbett gefesselt hatte. Direkt neben dem Bett, auf dem Boden, stand das Gerät: Dr. Ashcrofts Glücklichmacher.

Zunächst hatte Bud verlangt, dass seine Frau sich die Haube aufsetzte, weil er gehofft hatte, es werde ihr so mehr Spaß machen. Sie wollte nicht. Da wurde er wütend und kam darauf, dass er ihr den metallenen Dorn ja auch … Aber das Kabel war zu kurz, und weil seine Frau einfach nicht still sein wollte, sondern winselte wie ein Hund, zog er an dem verdammten Ding und riss Steckdose und Stromkabel gleich mit aus der Wand. Etwas am Glücklichmacher war dabei beschädigt worden, denn das Gerät versetzte Bud einen kräftigen Stromschlag, was ihn noch wütender machte. Er brach seiner Frau mit einem Fausthieb das Nasenbein, dann wälzte er sich auf sie.

Der Glücklichmacher zischte feindselig auf dem Boden, als Weinstein das Zimmer betrat und rief: «Hören Sie sofort auf damit!»

Bud war einen Augenblick lang überrascht, hörte tatsächlich auf «damit». Dann war er nicht mehr überrascht. Im

Grunde genommen hatte er schon länger damit gerechnet, dass eines Tages irgendein Volltrottel durch die kaputte Tür kommen könne. Erstaunlich flink sprang er aus dem Bett, zog sich die Hosen hoch und war schon an der Tür, aber statt Weinstein mit den Fäusten zu attackieren, packte er seinen Kragen, zog ihn zu sich, beugte sich ein wenig nach vorn und versetzte ihm einen Kopfstoß. Weinstein taumelte, setzte sich auf den Hintern und hielt sich die Stirn, von der dunkles Blut floss.

Bebo war der Nächste. Er versuchte zu fliehen, aber Bud war schneller, bekam ihn zu fassen und schleuderte ihn zu Boden, als sie beide einen Schuss hörten. Bud drehte sich um und sah ungläubig seine Frau an, die mit gebrochener Nase im Bett lag und in ihrer freien Hand einen Revolver hielt. Sie hatte danebengeschossen. Bud ließ Bebo fallen, stapfte auf das Bett zu. Die Frau schoss zweimal, traf seine Schulter. Wahrscheinlich hätte er sie auch einarmig noch verprügeln können, aber die Wucht der Geschosse ließ ihn ein, zwei Schritte rückwärtstaumeln, bis er stolperte – über Bebo. Der Handelsvertreter fiel wie ein Baum. Auf den Glücklichmacher.

Bebo rappelte sich auf, sah Weinstein, benommen und blutüberströmt, zur Tür wanken und – merkwürdigerweise – nach Bebos davor abgestelltem Koffer greifen und damit auf den Flur hinaustorkeln, als wolle er einen Ausflug machen, bevor er sich an die Wand lehnte und erbrach. Dann sah Bebo neben sich.

Der Dorn hatte Buds Körper von hinten durchstoßen, und die Spitze, wenn auch nur ein Zentimeter davon, kam vorne, zwischen den Rippen, wieder heraus. Buds Körper zuckte, sein Mund war weit aufgerissen, aber er schrie nicht. Seine Augen traten aus den Höhlen, merkwürdig verdreht und unmenschlich, und während er so zuckte, kam Rauch aus Nase und Mund, und seinem Körper entströmte ein beißender Geruch.

«Mörder! Mörder! Mörder!», schrie die Frau auf dem Bett.

Dann tat es einen lauten Knall, und im Hotel Pacific gingen die Lichter aus.

Aus dem Dunst des Morgens kamen die Flugzeuge, knapp über dem gespiegelten Himmel, dessen Oberfläche sich unter ihren Flügeln kräuselte, wie Haare auf der Haut, wenn ein kalter Lufthauch darüberstreicht. Mit dröhnenden Motoren kamen sie, mit pfeifenden Bomben, schnurrenden Torpedos und hektischen, fremden Stimmen, die man auf Oahu wohl empfangen, sich aber nicht erklären konnte.

Horace King hielt in Los Angeles einen Telefonhörer in die stickige Luft seines Büros wie ein Fanal; war kreidebleich und sagte kein Wort, während aus dem Hörer die Schüsse, das Knallen und Sterben und das Gebrüll eines alten Mannes, des diensthabenden Postmeisters von Honolulu, drangen, dem nichts Besseres eingefallen war, als seinen Kollegen auf dem Festland anzurufen und zu fragen, ob Los Angeles auch angegriffen werde.

Wurde es nicht. Dennoch verbreiteten sich in den Tagen und Wochen nach dem Angriff auf Pearl Harbor Entsetzen, Wut, Trauer, vor allem aber Hysterie. Von nun an glaubte man, die Japaner könnten jederzeit und überall auftauchen, ja, seien schon aufgetaucht, in der Nacht, in dieser oder jener Bucht, mit ihren Mini-U-Booten und lautlosen Bombern, von denen man sich allerorten erzählte.

Vor den Rekrutierungsbüros bildeten sich Schlangen, junge Männer warteten aufgeregt, gähnend, ungeduldig, während man selbst unterwegs zur Arbeit war oder jemanden im Auto mitnahm, zu dieser oder jener alltäglichen Besorgung, und später fuhr man nochmal an ihnen vorbei und winkte manchmal, und sie winkten manchmal zurück.

Mary Frimm dachte sich nichts dabei. Vielleicht war es ja der fensterlose Postsortierraum, der sowohl die allgemeine Aufregung als auch ihren Sinn für deren Folgen von ihr fernhielt. Bis sie eines Tages in Kings Büro gerufen wurde. Noch nie in seinem Leben war Horace King von einem einmal gefassten Entschluss abgewichen, und dass er es diesmal dennoch tat, sagte er, habe einzig und allein mit seiner Liebe zum Vaterland zu tun.

«Es ist nicht so, dass mir das gefällt. Aber es geht nicht anders.»

Jetzt ist es so weit, dachte sie. Er hat irgendwie von dem gestohlenen Brief erfahren. Hatte jemand sie verraten? Hatte er es vielleicht die ganze Zeit über gewusst und nur auf die historische Gelegenheit gewartet, ihr das Vergehen mit patriotischer Empörung um die Ohren hauen zu können, als Landesverrat und nicht als einfachen Diebstahl?

«Sie wissen, wovon ich spreche?»

«Ja.»

«Sie haben es ja selbst so gewollt.»

Sie wusste nicht, ob sie demütig den Kopf senken oder aufbegehren sollte. Sie wusste nicht, ob sie das oder in Wirklichkeit etwas ganz anderes gewollt hatte. Was hatte sie gewollt in den letzten zehn Jahren? Zehn Jahre, Mister King, zehn Jahre lang habe ich Briefe, Rechnungen, Einladungen, knappe Grüße, umständliche Liebesschwüre, Flüche und Entschuldigungen, Gratulationen, Anteilnahmen und Zurückweisungen fremder Menschen sortiert und auf den Weg gebracht, und immer habe ich versucht, mich irgendwo zu finden, in den Regalfächern zwischen Downtown, Santa Monica, Nevada, Mississippi, Übersee, aber ich habe mich nicht gefunden. Entweder ich bin überall oder nirgendwo, verstehen Sie?

Wenn sie King bloß begreiflich machen könnte, dass der Brief, der so oft als unzustellbar zurückgegangen war, jemanden anging, den sie wahrscheinlich kannte und dessen Aufenthaltsort sie ausfindig machen könnte, wenn sie ihm ihre Theorie der verborgenen Verbindungen erklären würde. Nur sechs Briefe, Mr. King, verstehen Sie, trennen uns alle vielleicht voneinander, alles hängt zusammen, deswegen *musste* ich den Brief nehmen, um den verlorenen Faden wieder aufzunehmen, verstehen Sie?

King runzelte die Stirn.

«Sie scheinen sich ja nicht sehr zu freuen.»

«Freuen? Worüber?»

«Über den Sonnenschein, Mrs. Frimm, über den Sonnenschein, um den Sie mich einst angebettelt haben, erinnern Sie sich nicht mehr?»

«Doch, ja, aber –»

«Kein Doch-ja-aber. Die Briefträger werden in der Armee gebraucht. Ab morgen arbeiten Sie im Zustelldienst. Verstehen Sie das als Ausdruck meiner Wertschätzung. Ich hätte mir genauso gut eines von den jungen Dingern aussuchen können, aber ich denke, Sie sind zuverlässiger und haben auch mehr Erfahrung.»

In den folgenden zwei Wochen wurde Mary von einem alten, missmutigen, Kautabak kauenden Briefträger in einer nicht sehr freundlichen Gegend östlich des Sunset an der Brooklyn Avenue angelernt, dann trug sie die Post einen Monat lang mit dem Fahrrad aus, bis sie erneut in die Zentrale beordert wurde.

Der Zustellungsleiter saß hinter seinem Schreibtisch, ein

kleiner, grauhaariger Mann mit runder Nickelbrille und traurigen Mundwinkeln.

«Sie haben einen Sohn?», fragte er.

«Ja.»

«Wie alt ist er?»

«Er ist im September achtzehn geworden, Sir. Er soll bald aufs College. Warum?»

Der Grauhaarige nickte nachdenklich, antwortete aber nicht.

«Sie sind von nun an für Eilzustellungen, Einschreiben und Telegrammretouren in einem ziemlich großen Gebiet im Westen der Stadt verantwortlich. Können Sie Auto fahren?»

«Nein.»

«Dann lernen Sie es.»

Marys Fahrprüfung bestand darin, sechs rotgestrichene Holzkegel auf dem Parkplatz der Hauptpost zu umfahren und den Wagen genau so vor einem auf einen Pflock geschraubten Briefkasten zu stoppen, dass sich das Fenster der Fahrertür genau vor der Blechklappe befand. Ein paar Spaßvögel hatten irgendwann einmal «Joan Crawford» darauf geschrieben, aber jetzt prangte dort ein neues Adressschildchen: «Scott LaMont». Sechs Briefe, so klein ist die Welt. Beinahe war sie versucht, den mysteriösen Umschlag, der weiterhin unberührt in der Schublade lag, für ihr Glück verantwortlich zu machen.

Bis sie eines Tages einen ganz anderen Brief in die Finger bekam. Er trug eine Adresse in West-L. A., eine Gegend mit ein- bis zweistöckigen, nicht zu protzigen Häusern, bescheidenen Vorgärten und niedrigen Hecken drum herum. Eine Gegend mit wohlhabenden, aber nicht reichen Bewohnern, die zuweilen ein faires Trinkgeld springenließen, wenn man ihnen eine erfreuliche Nachricht überbrachte.

Das Haus stand in einer kurzen, geraden Straße. Links und rechts hatte man Eukalyptusbäume gepflanzt, deren Äste Schutz anbietend über den Asphalt ragten. Hin und wieder sah sie Sittiche in den Zweigen, die einander anschrien, und spät am Abend war sie hier einmal einem verirrten Kojoten begegnet. In dieser Straße machte sie meist eine kurze Kaffeepause. Das wollte sie auch heute tun. Nur diesen einen Brief noch. Sie parkte am Straßenrand, stieg aus und klingelte. Auf dem Rasen vor dem Haus wuchsen Mohnblumen. Die Sonne schien.

Das Haus sah nicht weiter bedeutend aus. Es war nach hinten versetzt, einstöckig und wirkte in dem weitläufigen Garten etwas verloren. Als niemand kam, klingelte sie noch einmal.

Später sagte sie sich, dass etwas schiefgegangen sein musste. Erst kam das Telegramm, dann der Brief. So war das. Aber der Junge von Western Union hatte sich wohl verspätet, die Adresse nicht gefunden oder geläutet und niemanden angetroffen, wollte womöglich später wiederkommen. Vielleicht lag das Telegramm auch gerade in der Briefbox oder auf dem Boden hinter der Eingangstür, und niemand hatte es bis dahin entdeckt, weil es sinnlos war, um diese Uhrzeit nach Post zu schauen. Oder aber sie hatten das Telegramm bekommen und schlicht und einfach nicht geglaubt, was darin stand. Sie klingelte noch einmal, und schließlich kam ein Mann Anfang fünfzig heraus, mit Halbglatze und einem unsicheren Lächeln. «Einschreiben», sagte sie, und er sagte: «Manchmal hören wir das Klingeln nicht, wenn wir hinten im Garten sitzen; es ist sehr schön um diese Tageszeit hinten im Garten. So kühl, Sie verstehen, da hören wir das Klingeln nicht, manchmal, da bekommen wir auch Post von anderen Millers, Miller ist ja ein Allerweltsname, und das hier ist der Pico Drive, und es gibt ja auch den Pico Boulevard und wahrscheinlich noch eine Pico Avenue und eine Pico Street, wer weiß, und da bekommen wir manchmal Post für die Millers in der Avenue oder am Boulevard und hören das Klingeln nicht und können sie erst am nächsten Tag zurückgeben. Die anderen Millers ärgern sich bestimmt darüber, dass sie ihre Briefe so spät bekommen», sagte er mit diesem merkwürdigen Lächeln, bevor er endlich den Umschlag nahm, «danke.»

Er quittierte den Empfang, starrte dabei die ganze Zeit auf den Umschlag, den er einige Male wendete und dessen Adresse er genau kontrollierte. Er wollte Mary ein Trinkgeld geben, doch sie lehnte ab. Der Mann ging wieder in das Haus. Ein Schatten streifte sein Gesicht, von einer der großen Pinien, die in seinem Garten wuchsen.

Mary hatte das Postauto noch nicht erreicht, da hörte sie den Schrei. Ein gellender, lauter, irgendwie gar nicht menschlicher Schrei, der in ihren Körper eindrang wie ein Messer. Es war eine Frau, die schrie, und sie schrie immer noch, als sie aus dem Haus rannte; eine Frau Anfang fünfzig, mit einer Schürze, als habe sie gerade einen Kuchen gebacken, nein, schrie die Frau, als sie aus dem Haus kam, rannte, immer dasselbe schreiend: Nein! Nein! Dann warf sie sich auf den Rasen und stöhnte wie jemand, den eine schwere Krankheit befallen hat, oder jemand, der unter einem einstürzenden Gebäude zusammenbricht, und dann schluchzte sie, mein Baby, mein Baby, schluchzte sie, und dann riss sie das Gras aus, mein Baby, mein Baby, mein Baby.

Der Mann aber, der jetzt auf die Veranda trat, war derselbe und war es nicht, gealtert innerhalb eines einzigen Augenblicks: der Gang, der nur noch ein Schlurfen war, die Augen, wässrig und leblos, in seiner knochigen Hand der Brief, mit dem er kraftlos in der Einfamilienhausvormittagswelt herumwedelte, die von alldem noch keine Notiz genommen hatte.

Mary ging durch das Gatter auf ihn zu, er sagte, können Sie bitte meiner Frau helfen, und Mary wusste gar nicht, wie, und alles, was sie tat, war, neben der Frau zu knien und ihr über das graue Haar zu streichen, nichts zu sagen, kein Ist-ja-gut, kein Das-wird-schon-wieder, während der Rasen sein Grün verlor, nichts gut war und nie wieder werden würde, mein Baby, stöhnte die Frau und krallte sich mit solcher Kraft in die Erde, als wolle sie ihr etwas entreißen oder selbst Teil des Bodens werden, und dann wurden ihre Hände schlagartig kraftlos, Mary strich ihr immer noch über das Haar, da packte die Frau Marys Arm wie jemand, der eine Treppe hinunterstürzt, das Geländer und sah sie an und sackte wieder zusammen, mein Baby, mein Baby, und dann kam der Mann näher und legte seine Hand vorsichtig auf ihre Schulter, und dann stand sie auf und ging ins Haus, und der Mann sagte, können Sie bitte mit hineinkommen, nur einen Moment, und dann folgte er seiner Frau, und Mary folgte ihm, bis sie im Halbdunkel eines Wohnzimmers standen, die Frau hatte sich auf das Sofa gesetzt und starrte geradeaus ins Nirgendwo, und der Mann stand in einer Ecke voller Dunkelheit und las dennoch immer wieder und wieder und wieder und wieder den Brief, als könnte sich dessen Inhalt in dieser äußersten Ecke des Raumes verändern, auflösen, verschwinden. Auf der anderen Seite aber, auf einem breiten, niedrigen Schrank, stand die Fotografie des Jungen: Blond, in Uniform, kaum älter als Eddie, lächelte er arglos in eine Welt hinein, die er längst verlassen hatte.

Es gab keine sonnigen Tage, keine bewölkten Tage. Von da an gab es nur noch Tage ohne und Tage mit Briefen. Diesen Briefen. Nicht wenige hatten noch Hoffnung nach dem Telegramm, eine irrationale, wilde Hoffnung auf einen Irrtum, einen Fehler im Getriebe des Krieges, der riesigen Armeen mit ihren Smiths, Millers und Stones; ja, manche erhielten immer noch Post von ihren Söhnen, verspätete Karten, kurze Grüße, Mutter, es geht mir gut, macht euch keine Sorgen – bis der Brief kam und Gewissheit brachte, den Spuk beendete und alle Hoffnung auslöschte.

Eine Weile noch blieb es die Hoffnungslosigkeit der anderen, war es deren Schmerz, deren Verlust, so wie jeder Mensch von sich denkt, es bliebe immer eine Handbreit zwischen ihm und dem Unheil, der Verzweiflung, dem Tod. Was aber, wenn da keine Handbreit ist?

Mary sah ihren Sohn an und wurde von einfachen, grauenvollen Gedanken überfallen: Wann werde ich ihn zum letzten Mal berühren, wer wird der Letzte sein, dem er in die Augen schaut, wie wird das letzte Haus aussehen, das er betritt, wovon wird er träumen in seiner letzten Nacht?

«Was ist das für ein Brief, Edison?»

Frimm stand im Flur, hatte den Umschlag achtlos aufgerissen und zu Boden fallen lassen.

«Sie wollen mich mustern.»

«Die Armee etwa? Wozu denn? Damit du da mitmachst? Das lasse ich nicht zu!», schrie Mary.

«Mama, wir sind im Krieg, man kann sich nicht einfach drücken.»

Warum eigentlich nicht?, dachte sie und schämte sich im selben Moment dafür. Sie wusste, dass jetzt jeder seinen Anteil beitragen, seine Pflicht tun musste. Aber sie glaubte auch, dass es, hätten die japanischen Mütter nur die gleiche

Einstellung wie sie gehabt, nie zu einem Krieg gekommen wäre.

«Bist du nicht irgendwie unabkömmlich, kriegswichtige Industrie oder so?»

«Ich bin Statist, hundert andere könnten meine Arbeit machen.»

«Vielleicht sollte ich Doc Randall anrufen. Erinnerst du dich an ihn, er könnte einen Herzfehler diagnostizieren.»

«Doc Randall ist Tierarzt.»

Der Tag der Musterung kam, und als Frimm wieder zu Hause war, war alles schlimmer als zuvor.

«Sie haben nichts gefunden? Noch nicht mal Plattfüße?»

«Nein, nichts. Mir geht's fabelhaft. Und sie finden es interessant, dass ich auf dem College Geographiekurse belegt habe.»

Mary schwieg.

«Ich bin kein Feigling», sagte er, «und ich will auch keiner werden. Wir müssen uns verteidigen.»

Wahrscheinlich hatte er sogar recht. Hier waren die Guten, und dort waren die Bösen, die Bösen hatten angefangen und mussten gestoppt werden. Wie konnte man daran zweifeln?

Eine Mutter hatte ihr erzählt (den Brief in der Hand), dass sie jeden Tag für ihren Sohn gebetet habe, und gleichzeitig habe sie sich geschämt, weil sie dabei gedacht habe, sollen die anderen doch sterben, aber meinen bring mir zurück, bitte, bitte, bring mir meinen zurück, und dass sie Gott im Stillen allerlei Handel angeboten habe, zehn Jahre meines Lebens, wenn er zurückkommt, fünfzehn, zwanzig, so viele du willst, nur einmal will ich ihn noch sehen, wenn's sein muss, nimm ihm einen Fuß, eine Hand, ein Auge, aber bring ihn mir zurück.

Mary wollte nicht auf Gott vertrauen. Sie stellte sich vor, wie sie eines Tages die Sendungen aus der Zentrale abholen würde und der Brief dabei wäre, an sie gerichtet.

Lee «Sparky» Rosenbaum stellte den Angriff der Japaner in Crawfords Swimmingpool nach, wobei Frimm die Schlachtschiffe durch das feuchte Diorama schieben musste, während Sparky dem Pyrotechniker von hinten Zeichen gab, wann und wo die Modelle explodieren und – ergo – versinken sollten.

Das Ganze war Gerald G. Hodges' Idee gewesen; er hatte der Regierung angeboten, einen Film über Pearl Harbor zu drehen, einen Dokumentarfilm, und die Regierung hatte eingewilligt, vermutlich ohne zu wissen, was Hodges unter «dokumentarisch» verstand. Tatsächlich bedeutete es für ihn kaum mehr als die übliche Floskel «nach einer wahren Begebenheit». Im selben Privatkino, in dem er beinahe zwanzig Jahre zuvor seinen ersten Film «Duell in der Dämmerung» gesehen und über das fehlende «Peng-Peng» geklagt hatte, schaute er sich jetzt, zusammen mit Sparky und einem Augenzeugen namens Snyder, das Dokumentarmaterial an, das dieser, Chef einer Einheit, die an jenem schicksalhaften Tag zufällig für die Manöverbeobachtung abgestellt worden war, hatte aufnehmen lassen. Captain Snyder, der bereits unzählige Übungen der Marine für Schulungszwecke gefilmt hatte, war völlig eingenommen von den Aufnahmen und betonte abwechselnd seine eigene Geistesgegenwart als Regisseur und die Kaltschnäuzigkeit seines Kamerateams. Hodges starrte stumm auf die Leinwand, auf der sich ebenso stumm – eine Tonspur gab es nicht – Snyders Material abrollte, und vielleicht war es ja diese Lautlosigkeit, die Hodges übellaunig werden ließ.

«Kaum zu glauben», schwelgte Snyder, «was meine Männer da geleistet haben.»

«Allerdings», sagte Hodges, «genau genommen ist es weniger als nichts.»

«Wie bitte?»

«Ich sehe einen Haufen Schrott, der qualmt, ein paar Leute mit Tellerhelmen in der Gegend herumrennen, als hätten sie gehört, dass Joan Crawford sich gerade in irgendeiner Hafenkaschemme auszieht, ach so, und dann sind da noch schwarze Punkte am Himmel.»

«Das ... das sind die Japaner!», rief Snyder entrüstet.

«Ach ja? Wie soll ich mir als Zuschauer da sicher sein? Vielleicht sind es auch die Ziegfeld-Girls, Flash Gordon oder die Marx Brothers!»

«Sir, bei allem Respekt! Man macht sich nicht über die Toten lustig!»

«Eben, Captain, eben. Diese Toten brauchen Namen, Gesichter und vor allem eine Geschichte! Und sie brauchen Ton, verstehen Sie? Geräusche! Donner! Bersten! Krachen! Sirengeheul! Geschrei! Kommandos! Letzte Worte! Sonst kann ich auch ein Urlaubsfilmchen in Honolulu drehen und die Namen der Gefallenen im Abspann nennen.»

Was eine außergewöhnliche Idee wäre, dachte Rosenbaum, sagte es aber nicht, sondern bot seinerseits an:

«Ich könnte ja erst mal eine Tonspur darüberlegen und dann mit einigen Darstellern die wichtigsten Ereignisse nachdrehen – wobei Sie, Captain, mir natürlich genau sagen müssten, wie sich alles zugetragen hat.»

«Mit ‹einigen Darstellern›?» Snyders Stimme überschlug sich. «Meinen Sie etwa Schauspieler?»

«Natürlich, was sonst?»

«Aber – das geht doch nicht! Außerdem – wo wollen Sie

die denn herbekommen, Hunderte, Tausende von Schauspielern? Hä?!»

«Erstens», warf Hodges ein, «wäre das das geringste Problem, zweitens brauchen wir gar nicht so viele. Und drittens, Captain –», Hodges blickte an Snyder vorbei auf die große, weiße Leinwand, «sind wir nicht alle Schauspieler? Kleine Komparsen im großen Welttheater? Sparky?»

«Etwa ein Dutzend werden wir brauchen. Und jemanden, der halbwegs bekannt ist und als Erzähler durch die Story führt. Ach so – und die Schiffe und das Wasser drum herum brauche ich natürlich auch noch.»

«Sollst du bekommen», nickte Hodges, dann wandte er sich dem Captain zu: «Vielen Dank. Wenn wir noch Fragen haben, melden wir uns.»

So drehte Lee Sparky Rosenbaum den Angriff auf Pearl Harbor im selben Swimmingpool nach, in dem einst «Die Freibeuter von Tobago» die Karibik unsicher gemacht hatten. Frimm versenkte Schlachtschiffe, Kreuzer, Tender, Torpedoboote, Minensucher, sprengte Hafenanlagen, Küstenbatterien und Docks in die Luft; Rosenbaum schnitt das Ganze anschließend mit dem Dokumentarmaterial zusammen, das einigermaßen brauchbar war, und legte eine Tonspur darüber, die das Donnern und Prasseln, das Krach-Bum, das Ramm, das Wruum und Boooaaaan!, das Kuuuu-uraaaach, das Ga-ta-ta-ta-tat, das Peng-Peng also, von einer ganzen Reihe anderer Filme hatte – von den «Freibeutern von Tobago», der «Entscheidung vor Gettysburg», von «Ihr Schicksal hieß Verdun», «Drei Gunmen», «Swing, Swing», «Ich tanz mich in dein Stübchen rein», «Charly, wie geht's?», «Soso lala», «An einem anderen Tag», «Und morgen, wenn es ein Morgen gibt», «Intrepid» bis zu «Der Tag und die Stunde» und nicht zuletzt der nachvertonten Fassung von «Duell in der Dämmerung». Er fand es sehr merkwürdig, diese Filme noch einmal zu sehen, sie auf ihren Lärm, ihre Stimmen, ihr Wispern hin zu durchmessen, ihre Geräusche für Bilder zu verwenden, die nicht ihre waren, und auf einmal, vielleicht zum ersten Mal, wurde ihm neben der Macht der Bilder auch jene des Tons, der Stimme bewusst, und er ahnte, dass er fortan nur ein halber Filmemacher wäre, wenn er sie nicht einsetzen würde. Eine seltsame Welt letzter Augenblicke tat sich vor ihm auf. Bislang hatte er dem Sterben im Film wenig Beachtung geschenkt, hatte auf eingespielte Choräle und künstliche Tränen vertraut. Erst als er nur noch ihre Stimmen hörte, erfuhr Lee Rosenbaum, wie jeder einzelne dieser durch das Drehbuch Todgeweihten – sei es auf einer staubigen Straße, im Krankenbett oder in der Kulisse eines untergehenden Schiffes – den unmöglichen Versuch unternommen hatte, nicht nur dem Skript, sondern tatsächlich auch dem Augenblick gerecht zu werden – dem Tag und der Stunde, um die sie alle wussten und der dennoch niemand entkommen konnte.

Aber bis dahin ist ja noch Zeit, dachte Rosenbaum. Ja, ja, dachte er, noch Zeit, lästige Gedanken fortwischend, um Aufschub feilschend (mit wem?), und schnitt dann Ton und Bild zusammen. Fehlten nur noch ein paar Einzelszenen, mit Frimm an der Flugabwehrkanone und dazwischen Scott LaMont, der verwundete Captain, den sie aus den Trümmern der Geschichte gezogen hatten und der ebendiese erzählte.

«Wo ist eigentlich der Gärtner?», fragte Rosenbaum, dem plötzlich eingefallen war, dass ihm noch ein paar Schlitzaugen in der Halbtotalen fehlten.

Ja, wo war er?

Niemand wusste es.

Er musste kurz nach dem Angriff verschwunden sein.

«Du suchst den Reisfresser? Der Reisfresser ist weg», antwortete Joe Bagini, der Nachbar, dem Mafiaverbindungen nachgesagt wurden, als Frimm ihn nach Koga fragte. «Hat sich wahrscheinlich in einem dieser Mini-U-Boote aus dem Staub gemacht. Was soll's? Hier ist für die Reisfresser sowieso kein Platz mehr, auch wenn sie nur Gärtner sind. Melde dich doch einfach freiwillig», riet er, «dann triffst du bald genug Schlitzaugen.»

Daran hatte Frimm auch schon gedacht. Unterdessen schmiedete seine Mutter immer absurdere Rettungspläne. Wollte ihn verstecken, verkleiden, hatte einen Fälscher in der Union Street ausgemacht, einen schmierigen dünnen Mann, dem buschige grauweiße Haare aus den Ohren wuchsen und der sich ausgiebig die Lippen leckte, bevor er sagte:

«Ihren Sohn ein, zwei Jährchen jünger machen – mhm, das wird Sie was kosten. Ihn gleich ganz verschwinden zu lassen, Sie meinen so, als ob es ihn nie gegeben hätte? Ich glaube nicht, örp … mhm … dass Sie das bezahlen können.»

Frimm hatte gar nicht vor zu verschwinden. Das halbe College hatte sich schon freiwillig gemeldet. Er zögerte, aber er ahnte, dass er jetzt vielleicht noch die Wahl hätte, die über sein Leben entscheiden könnte. Auch er war wütend darüber, dass der japanische Kaiser mit seinen Soldaten einfach so sein Land angegriffen hatte. Dennoch wollte er nicht gegen die Japaner kämpfen – was konnten sie denn dafür? Waren sie schuld an dem, was sich ihr Kaiser und ihre Admirale ausgedacht hatten?

«Gegenfrage», sagte O'Lear, «was haben sie denn dagegen unternommen, deine Japaner? Soweit ich das mitbekommen habe, sind sie ziemlich begeistert. Im Fox haben sie kürzlich Ausschnitte aus der japanischen Wochenschau gezeigt: Da

232

waren keine Transparente zu sehen mit ‹Stoppt den Krieg gegen die amerikanische Zivilisation› – oder ist dir eins aufgefallen?»

«Die können nicht anders. Die müssen gehorchen.»

«Gehorchen», brummte O'Lear, «klar doch … Was glaubst du denn, was passieren wird, mhm? Wir werden dieses kleine Scheiß-Japan ausradieren, diese Drecksinseln versenken, so sieht's aus.»

Nachdem japanische U-Boote einige Öltanks bei Santa Barbara beschossen hatten, gingen Gerüchte um, in der Bucht von San Francisco würde ein ganzer Schwarm dieser Dinger kreuzen und in Mendocino County sei ein Spionageflugzeug mitsamt Himmelfahrtskommando zur Sprengung der Golden-Gate-Brücke gelandet. Die Agenten, hieß es weiter, hätten nach Kontaktleuten in der Stadt gesucht, sich aber in den Küstenwäldern verlaufen und seien schließlich vom örtlichen Sheriff festgenommen worden. In Redondo hätten Matrosen ein paar Surfer verprügelt, weil sie Wellenreiten für eine japanische Sportart hielten. Alles, was Frimm in den folgenden Wochen erfuhr, war, dass es eine ganze Menge Japaner in Los Angeles gegeben hatte, bevor der Krieg ausgebrochen war. Die meisten waren inzwischen aus ihren Wohnungen und Häusern geholt und in Internierungslager gebracht worden. Doch wo Koga sich aufhielt, konnte oder wollte ihm niemand sagen.

«Es sind keine Gefangenenlager», betonte der zuständige Beamte der zuständigen Bundesbehörde, «hier geht alles rechtens zu. Wir haben den Auftrag, jeden japanischstämmigen Bürger, der Bewohner eines Kampfgebietes ist – und momentan ist die gesamte Westküste potenzielles Kampfgebiet –, ins Landesinnere zu bringen.» Der Beamte zuckte mit den Achseln. «Ihr Mr. Koga ist nicht unter den bisher erfassten Personen», fuhr er fort. «Die Aktenlage ist ja auch recht dürftig. Ich finde weder Pass- noch Visa- oder Einwanderungsdaten, keine Postadresse, keine Steuernummer, von Krankenversicherung ganz zu schweigen. Was erwarten Sie? Auch im Sterberegister taucht Ihr Mann nicht auf. Um die Wahrheit zu sagen, es sieht ganz so aus, als habe er nie existiert.»

So blieb Toshiro Koga verschollen, ein Gesichtsloser, ein Niemand ohne Akte, einer von vielen, die der Krieg wie eine Sturmflut erfasst und mit sich gerissen hatte. Einige erinnerten sich noch an den Gärtner, Bagini an den «Reisfresser», Rosenbaum an das «verrückte Schlitzauge mit den Kolibris», aber niemand erinnerte sich an Koga als den Mann, der die Antworten kannte – oder zumindest die richtigen Fragen.

Er sah Penelope bei den Außenaufnahmen wieder. Sparky hatte beschlossen, die letzten Szenen von «Pearl Harbor» im Garten von Crawfords Haus zu drehen, immerhin gab es dort Palmen und Azaleen, es wirkte also einigermaßen hawaiimäßig. Penelope Brooks spielte eine Krankenschwester. Eine Krankenschwester, die die Verwundeten unter freiem Himmel verarztete. Und Frimm war einer von ihnen.

In der Drehpause standen sie in dem kleinen Innenhof vor dem Gesindeeingang, und sie bat ihn, ihre Schürze festzubinden. Als er fertig war, drehte sie sich um, und sie küssten sich so lange, bis sie ihn wegschob und energisch ansah. «Darf ich dir einen Rat geben? Verlieb dich nicht in mich. Egal, was du dir da ausmalst, vergiss es einfach.» Ohne dass er etwas hätte entgegnen können, ließ sie ihn stehen.

Natürlich verliebte Frimm sich in sie. Vielleicht nicht so, wie man sich das erste Mal verlieben sollte, aber doch auf eine ebenso bedingungslose wie lächerliche Weise. Er ließ sich möglichst wenig anmerken, und sie ließ ihn bis zu einem gewissen Grad gewähren, verbat sich aber öffentliche Zärtlichkeiten, vor allem während der Dreharbeiten. Waren sie allein, war sie wie ausgewechselt.

Die alte Crawford-Villa wurde ihr seltsames Refugium. Da der Gärtner weg war, hatte man Frimm die Schlüsselgewalt übertragen – und nach dem Ende der Dreharbeiten schlicht vergessen, sie ihm wieder abzunehmen. Oft trafen sie sich dort, ein paarmal blieben sie die ganze Nacht. Aber sie schliefen nicht miteinander.

«Wäre es nicht besser, diese Dinge mit einem netten Mädchen in deinem Alter zu machen?», fragte sie.

Also tranken sie ein wenig und redeten, er über seine Kindheit in Joshua Ridge und sie über ihre in Woodbury, Minnesota, wo ihre Eltern einen Gemischtwarenladen besaßen, es aber – so viel hörte Frimm heraus – keine netten Jungen gleichen Alters gegeben hatte. «Ach, lassen wir das», sagte sie, «erzähl mir lieber noch etwas von der Wüste.» Und sie redeten bis zum Morgengrauen, und dann legte sie ihren Kopf in seinen Arm und schlief ein.

Was macht die Zeit mit uns, und was machen wir mit der Zeit, die uns durchdringt? Später würde ihm diese Frage wieder in den Sinn kommen, auf den Flügen über das Meer, allein in der dröhnenden Einsamkeit. Aber jetzt gab es nur den Augenblick, das Erwachen in einem der oberen Zimmer der Crawfordvilla, ihr Rücken auf einem Bett im Zwielicht des herannahenden Tages, ihr dunkler Haarschopf. Schlaflos und schläfrig zugleich stand er auf, lauschte ihrem gleichmäßigen Atem, trat ans Fenster.

Draußen im Dunst des neuen Tages, dessen Licht die Schatten der Nacht noch nicht ganz vertrieben hatte, sah er eine Gestalt unter den alten Pinien. Kaum mehr konnte er erkennen: nur dass da etwas war, stand, wartete. Auf wen? Leise schlüpfte er aus dem Zimmer, schlich die Treppe hinab und auf die Veranda hinaus.

Was es auch war, es ließ sich durch ihn nicht stören. Er ging die Treppe hinunter in den Garten.

Zuerst dachte er: ein Hund, dann: ein Kojote, aber für einen Kojoten war das Tier zu groß. Es trank aus dem kleinen Weiher, den Koga für die Vögel angelegt hatte. Frimm setzte sich auf die unterste Treppenstufe, neben eine große Azalee in einem Tongefäß, und beobachtete das Tier, das jetzt den Kopf gehoben hatte und ihn ansah. Langsam, geschmeidig fließend, bewegte es sich aus dem Schatten der Bäume, kam auf ihn zu und blieb dann kaum fünf Meter entfernt vor ihm stehen. Es war ein Puma, ein Berglöwe. Er hatte gehört, dass es in den umliegenden Bergen noch einige von ihnen geben sollte. Man sagte, sie hätten sich nach dem Bau der Küstenstraße immer weiter in den trockenen Wald und sein schwer zu durchdringendes Dornengestrüpp zurückgezogen. Niemand hatte je wirklich einen gesehen. Einmal hieß es, ein Schauspieler sei bei Dreharbeiten auf der Paramount Ranch von einem angegriffen worden, doch tatsächlich war er einfach betrunken vom Pferd gefallen.

Der Puma setzte sich auf seine Hinterläufe und sah ihn weiter an, und Frimm sah ihn und sich und den Garten, in dem sie beide saßen, sah unmittelbar daneben zwei Kolibris ihre Schnäbel in die Blütenkelche recken, ohne sich an ihnen zu stören. In diesem Moment löste er das Koan. Oder vielleicht war es auch so, dass das Koan sich löste. Er hätte es nicht aufschreiben oder in Worte fassen können, aber er wusste, dass dieser Augenblick, der gleich zu Ende gehen und niemals wiederkehren würde, die Antwort war.

Der Puma erhob sich, drehte sich um und verschwand dann mit trägen Schritten ins Unterholz, dorthin, wo Frimm ein Loch im Zaun vermutete.

Es war bereits Nachmittag, als er den Sunset wieder in Richtung Stadt fuhr. Er überlegte, welche Ausrede er O'Lear servieren könnte, der mittlerweile seine kritische Temperatur erreicht haben mochte und wahrscheinlich gerade wutschnaubend über den Parkplatz seiner Firma stapfte, fluchend seine großen Hände knetete und vielleicht überlegte, was er mit diesen großen Händen alles machen konnte.

«Von mir aus», sagte O'Lear achselzuckend, «kannst du den Wagen behalten. Nur das Benzin musst du selbst besorgen.»

«Brauchen Sie den Wagen nicht mehr?»

O'Lear schüttelte den Kopf.

«Ich mach den Laden dicht.» Er blickte etwas ratlos auf die Papiere, Quittungen und Aktenordner, die sich in seinem Büro stapelten. Dann stand er auf, nahm einen Lappen und wischte alle verbliebenen Namen von der Tafel. «Ich weiß ehrlich gesagt gar nicht», wunderte er sich, «wie ich an so etwas Bescheuertes wie einen Poolreinigungsservice kommen konnte.»

«Und was wollen Sie stattdessen anfangen?»

«Japsen und Deutsche killen.» O'Lear hielt ein Blatt Papier mit offiziellem Briefkopf hoch. «Was ist mit dir?»

«Werde mich wohl nächste Woche freiwillig melden», log Frimm. «Dann kann ich mir aussuchen, wo ich hinkomme.»

«Gute Idee. Viel Glück, mein Junge. Von all den Leichtmatrosen hier warst du der beste, kannste mir glauben.» Er reichte ihm die Hand.

«Tja, auf Wiedersehen dann», sagte Frimm.

«Wiedersehen? Glaub ich nicht.»

«Wieso nicht?»

«Weil einer von uns beiden draufgehen wird. Deshalb.»

Im Sommer 1942 war Sparkys Film endlich fertig und kam in die Kinos. Etwas spät, wie das Kriegsministerium fand, das um den propagandistischen Effekt fürchtete. Grundlos, wie sich zeigen sollte. Im Abspann wurden die Namen aller 2403 Gefallenen von Pearl Harbor genannt. Frimm sah sich den Film am Tag der Premiere an. Zwar hatte er vorher einzelne Szenen und eine Rohschnittfassung ohne Musik gesehen. Doch das hier war etwas vollkommen anderes. Sparky hatte in gewisser Weise ein Meisterwerk abgeliefert. Die nachgestellten Szenen fügten sich nahtlos in das Dokumentarmaterial ein. Und er hatte die Geschichte einiger Gefallener recherchiert. Da war zum Beispiel die des Bootsmanns Joe Fletcher aus Indiana, der schon als Kind zur See hatte fahren wollen. Sparky ließ Fletchers Mutter von Joe und seinen Träumen erzählen, während die Kamera auf dessen erstem Spielzeug-Segelboot verharrte. Eddie saß im Kino und spürte, wie eine blinde Wut auf die Angreifer in ihm hochstieg.

«Wut und Hass sind Gefühle, die dich in die Irre leiten», hatte Koga einst gesagt. Zum ersten Mal zweifelte er an seinem Lehrer: War es nicht so, dass die Geschichte Koga eingeholt und buchstäblich aus dem Garten vertrieben hatte?

Kurz nach der Premiere mussten einige Rekrutierungsstellen wegen des großen Ansturms schließen. Wer sich noch nicht freiwillig gemeldet hatte, der tat es jetzt. Frimm sah es noch genau vor sich: die Menschentraube vor dem Büro am La Brea, neben dem ausgebrannten Hotel Pacific. Und auf der anderen Straßenseite Globes Imbiss, der für die Wartenden rund um die Uhr geöffnet hatte, den Freiwilligen Rabatt gab und wo, ohne es zu wissen, einige von ihnen den letzten Hot Dog ihres Lebens aßen.

«Bebo?»

«Ja – Leon, bist du's?»

«Wer sonst?»

Es hatte nicht geklingelt. Tatsächlich hatte Bebo, während er Hot Dogs zubereitete, immerzu das einsame Telefon betrachtet, bis er sich schließlich ein Herz gefasst und den Hörer in die Hand genommen hatte. Und da war schon jemand in der Leitung.

«Eine ganz schön dumme Geschichte, in die du da hineingeraten bist», sagte die Stimme.

«Ich wollte das nicht!»

«Das Hotel ist abgebrannt, es gibt einen Toten.»

«Es war ... ein Unfall!»

«Das hat die Polizei auch gedacht. Aber mittlerweile sehen sie das anders. Sie haben angefangen, mir Fragen zu stellen, bald werden sie auch dir Fragen stellen wollen.»

Bebo schluckte. «Was soll ich tun?»

«Siehst du die Menschenschlange auf der anderen Straßenseite?»

«Ja.»

«Stell dich dazu», sagte die Stimme.

Gerald G. Hodges' größtes Haus, das nie vollständig fertiggestellte Serendip, lag außerhalb der Stadtgrenzen von Los Angeles und damit eigentlich nicht mehr im Zustellbereich. Es thronte auf einem Hügel, der zum Meer hin sanft abfiel, inmitten eines riesigen, von einer hohen Mauer begrenzten Parks. Das burgähnliche Eingangstor wurde von zwei mit Zinnen bewehrten Wachtürmchen gesäumt. Zwei Mitglieder der Hodges'schen «Leibgarde», in blauen Kavallerieuniformen, die aussahen, als hätte General Custer sie für seine letzte Schlacht entworfen, traten heraus, als sich der Lieferwagen näherte.

«Halt! Wo wollen Sie hin?»

«Post für Mr. Hodges.»

«Die können Sie hier abgeben.»

«Es ist ein Einschreiben mit persönlicher Übergabe.»

«Zeigen Sie her.»

Mary zeigte dem Uniformierten den Brief, gab ihn aber nicht aus der Hand.

«Warten Sie einen Augenblick.» Der Pförtner verschwand in seinen Zuckerbäckerturm. Sie sah sich um. Auf der anderen Straßenseite hatte man zum Meer hin einen Graben ausgehoben und die Laibung mit Sandsäcken erhöht und verstärkt. In dem Graben saßen ein paar Gardisten und rauchten, neben ihnen war ein Maschinengewehr aufgebaut, dessen Mündung zum Strand zeigte, wo sich, in angemessener Entfernung, ein paar Robben in der Sonne mit Sand bewarfen.

Der Pförtner kam wieder zurück.

«Sie können mir den Brief geben. Ich bin autorisiert, ihn entgegenzunehmen.»

Mary betrachtete den Umschlag, sah dann dem Mann in die Augen.

«Sind Sie Gerald G. Hodges?»

«Nein, natürlich nicht.»

«Dann kann ich Ihnen den Brief nicht aushändigen.»

«Jetzt geben Sie schon her», sagte er und hielt Mary einen Dollar hin, «bitte.»

Mary schob seine Hand zurück.

«Wissen Sie, wie hoch die Strafen für Bestechung oder auch nur versuchte Bestechung eines Angestellten der Post der Vereinigten Staaten sind?»

Der Wächter schüttelte den Kopf.

Mary wusste es auch nicht. Der Mann ging indessen wieder in sein Türmchen und kam kurz darauf mit hängenden Schultern zurück.

«Fahren Sie weiter», sagte er.

Der ganze Park war voll von steinernen Fabelwesen, dazwischen liefen echte Tiere – sie sah einige Hirsche, Pferde und sogar einen Elch – umher. Plötzlich musste sie scharf bremsen, weil ein Mann mit Schubkarre, in der allerlei Gartengeräte lagen, den Weg kreuzte. Der «Gärtner» trug komische braune Strumpfhosen, ein Lederwams und ein grünes Hütchen mit einer Feder daran. Hoho!, rief er, als Mary an ihm vorbeifuhr, hoho! Dann weitete sich die Straße zu einer Allee, die schließlich vor dem Schloss endete, das von dieser Seite (und wie Mary später feststellte, ausschließlich von dieser Seite) aussah wie der Landsitz eines englischen Adeligen. Ein Butler, oder vielmehr jemand, der kostümiert war wie ein Butler aus dem neunzehnten Jahrhundert, öffnete die schwere Tür mit den Worten: «Mr. Fassbender erwartet Sie bereits.»

«Der Brief ist für Mr. Hodges und nicht für Mr. Fassbender.»

«Gewiss», sagte der Butler mit einem sanften Neunzehntes-Jahrhundert-Akzent.

Er führte sie in einen großen, holzgetäfelten Raum, in dessen Mitte ein schwerer, mit Akten bedeckter Schreibtisch stand. Telefone klingelten, Telegraphen rasselten, aus einer Rohrpostanlage ploppten ab und zu kleine Aluminiumzylinder in einen Drahtkorb. Ein kahler, korpulenter Mann erhob sich, zückte seinen Füllfederhalter und kam auf sie zu. «Wo muss ich unterschreiben?»

«Sind Sie Mr. Hodges?»

«Mein Name ist Fassbender, und ich bin Mr. Hodges' Generalbevollmächtigter.»

«Moment», sagte Mary. Sie holte eine ledergebundene Kladde hervor und begann mit offizieller Miene darin zu blättern.

«Fassbender, sagten Sie? Ah, ja hier.»

Fassbender seufzte.

«Es ist tatsächlich eine Vollmacht auf Ihren Namen hinterlegt worden – allerdings nur für die ‹Hodges' Mining & Tools Company›, für ‹Panamerican Pictures› und für eine ganze Reihe weiterer Unternehmen, aber soweit ich sehe, ist hier nirgendwo eine Vollmacht für Mr. Hodges' persönliche Post dabei.»

«Sie wollen doch sicher Ihren Job behalten, oder?»

«Nein, Mr. Fassbender, ich will meinen Job nicht unbedingt behalten. Auch wenn Sie es nicht verstehen, es würde mir bessergehen ohne diesen Job.»

«Sie wollen eine Filmrolle.»

«Ich will keine Filmrolle. Ich will diesen Brief hier Mr. Hodges persönlich übergeben. Das ist alles.»

Fassbender stemmte die Hände in die Hüften und schüttelte den Kopf.

«Kommen Sie mit.»

Gerald G. Hodges saß in einem Arbeitszimmer, das erstaunlich schlicht anmutete, sah man einmal von der riesigen Relieflandkarte Nordamerikas an der Wand und einer etwas kleineren Weltkarte ab. Auf beiden waren alle Orte, an denen Hodges irgendein Geschäft am Laufen hatte, markiert und teilweise mit etwas, das aussah wie Zwirn oder dünner Draht, untereinander verbunden. Der Milliardär schien ihr Eintreten gar nicht zu bemerken. Hemdsärmelig ging er auf und ab, blieb dann neben seinem Schreibtisch stehen, um aus einer kleinen silbernen Schatulle eine Zigarette hervorzuziehen und anzuzünden. Schließlich sah er sie an, lächelte und sagte:

«Post für mich?»

Fassbender hustete.

«Es tut mir leid, aber sie ließ sich nicht dazu überreden, mir das Einschreiben auszuhändigen.»

«Stur, was? Na, dann geben Sie mal her.»

Da stand er nun also vor ihr. Der reichste Mann Amerikas. Und wie weiter? Vor ihm auf die Knie fallen? Sich an seinem Hosenbein festkrallen und nicht eher gehen, bevor sie nicht die Gewissheit hatte, dass ihr Sohn in Sicherheit sein würde? Sie brachte kein Wort heraus. Hielt krampfhaft den Umschlag fest. Hodges griff danach, aber sie ließ nicht los.

«J. D.», begann er, und sie dachte: Jetzt ist es aus. Der Moment verstrichen, die Chance vertan, Eddies Tod besiegelt. Gleich wird er seine Operettensoldaten rufen und mich aus seinem Märchenschloss werfen, «lassen Sie uns allein.»

Fassbender verließ zögernd den Raum. Leise schloss er die Tür.

Mary ließ den Umschlag los. Hodges nahm ihn, setzte sich an seinen Schreibtisch und deutete auf einen Stuhl gegenüber. «Setzen Sie sich doch.»

Er zog den Brief aus dem Umschlag: ein leeres Blatt. Er besah sich noch einmal den Umschlag, dann legte er beides auf den Tisch.

«Ich nehme an», begann er, «Absender und Zustellerin sind dieselbe Person, Mrs. Frimm?»

«Ja.»

«Sie haben sich viel Mühe gemacht, mir ein leeres Blatt Papier zu schicken. Ich hoffe, Sie wollen keine Filmrolle, dafür sind Sie nämlich, bitte nehmen Sie mir das nicht übel, zu alt. Sie könnten meine Mutter sein.»

Mary und Hodges waren im gleichen Alter. Aber das nahm Hodges nicht wahr. Er meinte, dass Mary im gleichen Alter wie seine Mutter war, als diese starb und er an ihrem Bett stand.

«Es geht um meinen Sohn.»

«Ja und?»

«Ich will ihn beschützen.»

«Wovor?»

«Vor dem Krieg. Vor dem Tod.»

«Und warum kommen Sie damit zu mir?»

«Weil Sie ihn schützen können.»

Hodges runzelte die Stirn.

«Ich bitte Sie», fuhr sie fort, «beschäftigen Sie ihn in einer Ihrer Fabriken oder einem Ihrer Studios; tun Sie irgendetwas, egal was, damit er unabkömmlich ist, ein für alle Mal, bis der Krieg vorüber ist.»

«Warum sollte ich das tun?»

«Warum sollten Sie es nicht tun?»

Einen Moment lang wirkte Hodges matt und ratlos, als habe ihn die Wirklichkeit in ihrer ganzen Trostlosigkeit, die

Wirklichkeit, in der Menschen verkrüppelt, zerfetzt, ausgelöscht werden, die Wirklichkeit ohne letzte Worte, sondern nur mit einem weggeschossenen Kiefer, der keine letzten Worte mehr hervorbringt, die Wirklichkeit mit brennenden Flugzeugen und brennenden Städten, mit Leibern, die von Panzern überrollt werden, mit Mördern, die ihre Opfer vor selbstgeschaufelten Gräbern antreten lassen, mit Maschinengewehr und Handgranate und Bajonett und Spaten und Geschrei nach der Mutter, als habe ihn all das, was in diesem Augenblick tatsächlich geschah, wie eine Vision gestreift.

«Als ich ein Junge war», sagte er leise, «ging ich in ein Internat, das mitten in der Wildnis New Mexicos gelegen war, eine Mischung aus Schule und Pfadfinderlager. Wir sollten nicht nur Algebra und Grammatik lernen, sondern auch reiten, einen Unterstand bauen, Feuer machen können. Es war eine glückliche Zeit. Doch eines Tages hörte meine Mutter, dass an einer anderen Schule die Pocken aufgetreten waren. Ich weiß bis heute nicht, woher sie das hatte und ob überhaupt irgendjemand krank geworden war. Auf jeden Fall meldete sie mich sofort ab und brachte mich nach Hause, wo ich die nächsten Jahre mit einem Privatlehrer zubrachte.»

«Falls Sie damit sagen wollen, dass mein Sohn es mir nicht danken wird? Da pfeif ich drauf. Der Krieg ist kein Pfadfinderlager, Mr. Hodges.»

Hodges sah auf.

«Die Geschichte ist noch nicht zu Ende, wissen Sie? Meine Eltern sind beide, als ich noch sehr jung war, kurz hintereinander gestorben. An der Spanischen Grippe. Gerade meine Mutter, die sich zeitlebens vor allen Krankheiten gefürchtet hat, die sich kaum aus dem Haus wagte, ausgerechnet sie starb an einer Grippe.»

«Das tut mir sehr leid für Sie. Wirklich.»

«Die schreckliche Wahrheit ist: Menschen werden sterben. Auch solche, die wir kennen.»

«Ja, ich weiß.»

«Und Sie wollen entscheiden, wer?»

Und dann kam er doch noch – der schmale Umschlag mit amtlichem Stempel.

«Das ist er», sagte Mary und starrte den Brief an. «Ich habe Hunderte davon gesehen. Und die dummen Jungs dazu, wie sie sich freuten.»

«Wir sind im Krieg. Wir müssen unsere Pflicht tun, unser Land verteidigen.»

«Kein Mensch sollte sich darauf freuen», sagte Mary, «dass er bald andere Menschen umbringen muss.»

So betrat Edison Frimm im Spätsommer 1942 ein Rekrutierungsbüro in Culver City, im Nebengebäude einer Art Fabrikhalle am Washington Boulevard. Nachdem ein mürrischer Sergeant den Einberufungsbescheid entgegengenommen hatte, sah er auf seine Liste und nickte.

«Okay, Frimm, wie's aussieht, warten die schon auf dich. Dahinten geht's rein.» Ohne weitere Erklärung schickte er Frimm zu einer schmalen, unscheinbaren Tür, die aussah wie der Eingang zu einem Wandschrank.

«Jetzt sofort?»

Der Sergeant nickte.

«Da rein?»

«Yep.»

Frimm trat durch die Tür. Sie führte tatsächlich in eine Art Kammer, und als sie hinter ihm ins Schloss gefallen war, stand er einen Moment lang in völliger Dunkelheit, bis er anhand eines feinen Lichtstrahls erkannte, dass eine zweite Tür wieder aus der Kammer herausführte. Er fand einen Knauf, drehte ihn und stand in einem Raum, der aussah wie der Salon eines britischen Herrenhauses. Niemand war zu sehen. Der Raum hatte keine Fenster, und vor allem hatte er keine Decke, er war nach oben hin offen und verlor sich in einem von Fabriklampen erhellten Himmel. Durch eine Flügeltür gelangte er in einen Rittersaal, dann durch ein Holztor in einen runden, mit Metall ausgeschlagenen Kriechgang. Zischen kam aus Ventilen, er meinte ein metallisches Hämmern zu hören, unter den Bodengittern schwappte Wasser. Am Ende des Ganges war eine Luke, Frimm drehte ein Handrad, die Luke öffnete sich knarrend und entließ ihn ins Freie.

Langsam ging er eine Straße entlang, Sand knirschte unter seinen Füßen. Er blieb stehen und sah sich um. Lehmverputzte Häuser, Marktstände mit bunten Baldachinen. Er wusste, dass er noch nie hier gewesen war, er den Sand noch nie hatte knirschen hören. Und trotzdem war ihm alles so vertraut, wie es sonst nur die Orte der eigenen Kindheit sein können. Er befand sich auf dem Basar von Damaskus. Auf jenem Basar von Damaskus, den er einst nachts an einer Hauswand in Joshua Ridge gesehen hatte. Der Basar war leer. Keine Spur von Ali Khan. Als sei er in eine andere Geschichte verschwunden. Frimm entdeckte das Fenstersims, von dem aus Ali unbemerkt einem der reichen Kaufleute die Börse stibitzt hatte. Dann sah er den Laden des armen Lampenhändlers. Immer noch bildete ein einfach gewebter Vorhang die Tür. Einen Moment lang zögerte er, dann schob er ihn zur Seite.

Niemand war da. Auf allen Möbeln – der Theke, den Holzkisten, dem chinesischen Schrank – lag Staub. Auch die Lampe, die noch immer in einer Ecke des Ladens auf einem unscheinbaren Tischchen zwischen allerlei Gerümpel stand, sah aus, als habe sie seit Jahren niemand mehr berührt. Frimm ging hinüber, nahm sie und strich über den Lampenhals. Nichts geschah. Noch einmal sah er sich um, dann ging er zum Hinterausgang.

Die Sonne blendete ihn, als er die Tür öffnete. Vor ihm lag eine breite, staubige Straße. Ein Jeep mit drei Soldaten und zwei Mädchen, die ihn johlend grüßten, fuhr vorbei. Jenseits der Straße dehnte sich ein Feld aus, eine Ebene, die durchzogen war von Gräben und Unterständen und Stacheldrahtverhauen und die am Horizont mit den Ruinen einer Stadt und einem dunklen Himmel verschmolz. Rauchsäulen verharrten seltsam starr über Granattrichtern, Baumstümpfen, Barrikaden. In der Ferne glaubte er ein bedrohliches, dumpfes Donnern zu hören.

Der Jeep kam wieder zurück, allerdings ohne seine grölenden Passagiere. Ein Mann saß am Steuer und lenkte den Wagen ungebremst gegen einen Wegweiser, der nun krumm aus der Erde ragte. Der Mann kramte in der Brusttasche seiner Uniform, zog eine Brille hervor und setzte sie auf.

«Das Dreckding», sagte er, dann entdeckte er Frimm. «Was gibt's da zu glotzen?»

«Nichts, Sir.»

«Suchst du was?»

«Ich soll mich in Abschnitt eins melden. Im Dispositionsbüro.»

«Oho! Bei Comandante Rosario persönlich! Steig auf, Junge.»

Frimm kletterte in den Jeep. Der Mann nahm seine Brille ab, verstaute sie wieder in seiner Brusttasche, drehte den Zündschlüssel und fuhr los.

«Wie heißt du?»

«Frimm, Edison Frimm, Sir.»

«Ach lass das. Alle nennen mich Ron.»

«Was machen Sie hier?», fragte Frimm.

«Das, was alle machen», Ron bremste und hätte beinahe das nächste Schild umgefahren, «Krieg spielen.»

Sie waren vor einem niedrigen Gebäude angekommen.

«Hier ist es. Moment –» Ron langte hinter sich auf den Rücksitz, wo eine Ledermappe lag, aus der er einen Handzettel und eine Art Plakette zum Anstecken zog. Beides drückte er Frimm in die Hand.

«Oh – danke.»

«Ich weiß ja nicht, ob du eingetragen bist, aber wenn, dann erinnerst du dich vielleicht irgendwann an unsere kleine Spazierfahrt.» Er zwinkerte.

Auf der Plakette war Rons gezeichnetes Konterfei zu sehen. Auf dem Flugblatt stand in großen Lettern:

«RONALD REAGAN FOR PRESIDENT
Macht einen von euch zum Präsidenten
der Schauspieler-Gewerkschaft!
Ronald Reagan:
Faire Verträge – Patriotische Rollen»

Reagan deutete auf den Schuppen. «Den Gang geradeaus und dann rechts. Viel Glück.»

Frimm hielt den Handzettel hoch.

«Ihnen auch, Sir.»

Lee «Sparky» Rosenbaum saß an seinem Schreibtisch und kaute an einem Zahnstocher. Er trug Uniform und schien bester Laune. Ein knappes Dutzend Rekruten war in seinem muffigen Büro «angetreten» – allesamt Statisten, von denen Frimm die Hälfte kannte.

«Okay, Jungs», sagte er, «auch wenn der eine oder andere das Gegenteil denkt: Wir spielen hier nicht Krieg. Wir machen ihn.»

DIE WACHT AM RHEIN

Das Studio der Special Motion Picture Unit befand sich in bedauernswertem Zustand. Hodges hatte es einem Konkurrenten vor beinahe zwei Jahrzehnten abgekauft, eine Reihe von Kostümfilmen dort gedreht, bis er die stickige Studioluft leid gewesen war und es schließlich vergessen hatte. Nun ließ er es auf Staatskosten sanieren. Fassbender war es gelungen, mit der Armee einen Mietvertrag «b. a. w.» abzuschließen, was bedeutete, dass die Regierung die gesamten Kosten tragen würde, solange der Krieg andauerte. Das Schönste aber war, dass die Schauspieler, die ja nun allesamt als Soldaten galten, ebenfalls vom Staat bezahlt wurden und man keine Rücksicht mehr auf Agenten, Drehtage, Verpflegung, Unterbringung, Pausen, Empfänge, Fototermine oder Ähnliches nehmen musste. «Krieg ist Krieg», erklärte Fassbender.

Die ersten Filme waren Lehrfilme. Was tun, wenn japanische Bomber angreifen, und woran erkennt man Spione? Es gab Filme über Schnellboote, Filme über Panzerfahrer. Dann wieder saß Frimm mit einem anderen Soldaten auf einer Eisscholle aus Pappmaché, die Windmaschine blies ihnen künstlichen Schnee ins Gesicht, irgendwo brüllte ein Eisbär. Sie spielten zwei Flieger, die sich aus ihrem brennenden Torpedojäger auf diese Scholle hatten retten können. Frimm hatte keinen Text, während der andere Darsteller ausführlich erklärte, wie man mit der Notfall-Angelausrüstung Fische fängt und richtig ausnimmt.

Drehten sie einen Propagandastreifen, fiel die Wahl, wer einen Nazi darstellen sollte, schnell auf Frimm. Zwar gab es eine ganze Reihe von Schauspielern, die Deutsch sprachen, zumeist Emigranten jenseits der vierzig, die ihr Handwerk auf den Bühnen ihrer alten Heimat gelernt hatten. Für die Art von Filmen, die die Special Motion Picture Unit machen sollte, brauchte Sparky Rosenbaum jedoch ein paar stinknormale junge Nazisoldaten. So drückte er Edison Frimm eines Tages ein kleines Büchlein in die Hand: «Kriegst mehr Text. Hier steht das Wichtigste drin. Lern es auswendig. Aussprache siehe mittlere Spalte.»

In einem Streifen ging es um ein paar amerikanische Flieger, die über dem Deutschen Reich abgeschossen werden und nun, zeitweise in der Verkleidung ihrer deutschen Häscher, auf abenteuerliche Weise wieder zurück hinter die alliierten Linien finden. Zwischendurch werden sie gefangen genommen und in Berlin von einem Offizier verhört. Frimm spielte dessen Adjutanten, den Captain der abgeschossenen Flieger verkörperte Scott LaMont.

«Schau an, wie klein die Welt ist», grinste er. Eine Zigarette im Mundwinkel, fläzte er sich auf der Holzbank vor dem Büro des deutschen Majors.

«MOWl-hahl-ten! FOR-tray-ten!»

«Warum so unfreundlich?»

«Sh-now-zeh! STAY-en Zee ow-f! Zo-FORT!»

«Okay, okay, Siegfried.»

«Ikh hai-zeh Uli.»

«Von mir aus.»

«FAWL-gen Zee meer!»

Kaum jemand im Studio hatte eine Vorstellung davon, wie es in einer deutschen Stadt, geschweige denn in Berlin aussah. Da Sparky sich nicht mit langwierigen Recherchen aufhalten wollte und außerdem auf die Kosten achten musste, wurde in bereits vorhandenen Kulissen gedreht, die sich Rosenbaum teilweise von anderen Studios borgte. So hatten die Außenaufbauten des Fliegerfilms schon einmal für eine Verfilmung von «Les Misérables» herhalten müssen, während das Interieur dem Stummfilm «The Student-Prince of Old-Heidelberg» entstammte. Berlin von außen glich also Paris im neunzehnten Jahrhundert, zumindest dem, was sich einmal ein Amerikaner darunter vorgestellt hatte: eine Art mittelalterlicher Slum mit engen Gassen und Fachwerkhäuschen unter schiefen Dächern, über die LaMonts Crew erstaunlich schnell flüchten konnte.

«HAHLT! VAYR da? STEH-AN BLAY-ben! Er-GAY-ben Zee zish! Hen-da hoakh!»

Berlin von innen hingegen war «Old-Heidelberg»: ein Ort voller rustikaler Möbelstücke, Hirschgeweihe und schwerer Eichentüren, hinter denen sich riesige Schanksäle auftaten. Dort, wo vor fünfzehn Jahren die Corps-Studenten von Old-Heidelberg ihre Lieder gegrölt hatten, standen nun SS-Soldaten – was freilich, wie einer der deutschen Statisten anmerkte, zu den wenigen historisch stimmigen Details des Films zählte. Es wurde viel gesungen, vor allem von den Deutschen. Die Drehbuchautoren mussten gemeinsam beschlossen haben, dass diese Feinde sich entweder gegenseitig anschrien, marschierten, Bier tranken oder Lieder schmetterten.

Dank Sparkys undurchsichtiger Abmachungen fand Frimm sich einmal in einem fremden Studio wieder, dessen Dekoration an eine orientalische Bar oder auch ein Kaffeehaus denken lassen sollte. Gemeinsam warteten sie in Wehrmachtsuniform neben einem Klavier auf ihr Zeichen, und es dauerte auch nicht lange, bis sie wieder sangen.

Frimm streckte sich und gab sich alle Mühe: «EHs BROW stain ROOF wee DUNNER-hal!» Die Melodie war gar nicht schlecht – und Frimms Kollegen auch nicht. Einer der Offiziere war früher Kammersänger in Düsseldorf gewesen, der Mann am Klavier ein Barpianist aus Dodge City. Kräftig hieb er in die Tasten, während Frimm und die anderen die «Wacht am Rhein» intonierten. Leider musste die Szene mehrmals wiederholt werden, da irgendetwas mit dem Licht auf der Nase der Hauptdarstellerin nicht stimmte. Vielleicht aus Trotz, vielleicht aus sportlichem Ehrgeiz, angetrieben vom Kammersänger sangen sie jedes Mal lauter, schallten ihre Stimmen jedes Mal kräftiger durch die Kulissen. Aber sosehr sie sich auch anstrengten, letztlich hatten sie keine Chance gegen das Drehbuch: Immer wenn sie laut und mit einem leichten Scheppern in den Obertönen zum Refrain gekommen waren, stimmten die Komparsen in der anderen Ecke des Kaffeehauses die Marseillaise an, fielen die übrigen Gäste ein, und die französische Hymne schwoll zu einem alles übertönenden Crescendo an, in dem die «Wacht am Rhein» absoff wie ein alter, leckgeschlagener Kartoffelkahn.

Dann ist es wieder Anfang April, und die Dämmerung zerstäubt den Geruch taufeuchter Pinien zwischen den Häusern. Im Maul eine tote Ratte, trottet ein Kojote auf der Straße an jener Villa vorbei, in der früher einmal Mary Pickford gewohnt hat. Er ist alt und wird es wohl nicht mehr lange machen, grau und endgültig empfängt ihn der Nebel am Ende der Straße zwischen den Hügeln. Über der Stadt flimmert gebrochenes Sonnenlicht, sodass sie, könnte einer sie jetzt so sehen, wie eine Ansammlung riesiger Scherben wirkt. Hier und da ein Auto, selten ein Mensch. Als würden die Maschinen früher erwachen.

Unten in Culver City rieb Frimm sich die Augen, nippte an seiner Kaffeetasse. Zusammen mit neun weiteren Männern war er in Rosenbaums Büro zitiert worden. Draußen begann das Krachen und Schießen, das die nachgestellte Landung der amerikanischen Truppen in Nordafrika begleitete, drinnen schnurrte ein alter Ventilator. Die Jalousien waren heruntergelassen, und das Telefon auf Rosenbaums Schreibtisch läutete viermal, bevor es verstummte. Sparky war noch nicht da.

Einige der Männer kannte Frimm bereits: Da war ein kleiner Mann namens Pauly, der sich bislang seinen Lebensunterhalt als Stand-up-Comedian und Bauchredner verdient hatte, dann die Gantini-Zwillinge, und auf dem Sofa saß, vielmehr lag, Scott LaMont. Seit einer Woche kursierten Gerüchte, man habe ein minderjähriges Mädchen in der Nähe seines Hauses am Mulholland Drive aufgegriffen, und es hieß auch, dass sie ausgesagt habe, sie sei vorher bei einer ziemlich seltsamen Party in LaMonts Haus gewesen. LaMont und gewisse «Freunde» hätten «Dinge» mit ihr gemacht. LaMont sagte nur, er könne sich nicht erinnern, irgendetwas mit ihr gemacht zu haben – was sogar der Wahrheit entsprach. Aber er weigerte sich beharrlich, die Namen seiner sogenannten Freunde preiszugeben. Die hatten an dem Tag angerufen, an dem die Geschichte mit dem Mädchen in der Zeitung stand.

«Hi, Scotty, wie geht's?»

«Oh, danke gut.»

«Dumme Geschichte, die da in der Zeitung steht, nicht wahr?»

«Ja.»

«Vielleicht solltest du mal Urlaub machen, Scotty.»

Die Eroberung Orans war längst im Kasten, als Rosenbaum in das Büro trat. Er ließ die Tür schwungvoll zufallen, dann stellte er sich in seiner Majorsuniform vor die Männer, stemmte seine Hände in die Hüften und nickte.

«Freut euch, Leute, denn ihr werdet», er machte eine kurze Pause, bevor er abermals nickte und fortfuhr, «Flügel bekommen.»

Die Männer sahen ihn verständnislos an.

«Ihr seid ein Team», erklärte er, «ihr seid *das* Team! Die Mannschaft, die Crew!»

Frimm und die anderen sollten die Besatzung eines viermotorigen Bombers bilden. Neben Wochenschauberichten war ein abendfüllender Film geplant: Er sollte die jungen Rekruten von dem Tag an zeigen, an dem sie sich freiwillig für die US Army Air Force meldeten, ihre Ausbildung, ihr Training, ihren Alltag, ihren ersten Flug – und ihren letzten.

Sie lernten in einer Kaserne bei Irvine schießen und auf Hodges' privatem Rollfeld fliegen. Sie lernten, mit einem Funkgerät umzugehen und ihre beheizbaren Fliegeranzüge anzulegen. Im Griffith Park, wo seit einigen Jahren ein Observatorium stand, absolvierte Frimm einen Grundkurs in Astronavigation.

Er kannte zwar den Blick über die nächtliche Stadt, doch dies war anders.

Der Himmel über der Stadt war in Stunden eingeteilt, in Bogenminuten, Sekunden. Die Höhe der Gestirne über dem Horizont zu einem bestimmten Zeitpunkt in einer bestimmten Himmelsrichtung ermöglichte die Bestimmung der Breiten- und Längengrade. Da waren der Polarstern, die Sternbilder um ihn herum: der Kleine Bär, der Drache, Kepheus, der König von Äthiopien, Ehemann der Kassiopeia und Vater der Andromeda, und schließlich Perseus, der Andromeda im Kampf gegen ihren Onkel gewonnen hatte, indem er ihm den leibhaftigen Schrecken zeigte: das abgeschlagene Haupt der Medusa.

Während die anderen Rekruten nach dem Ende des Unterrichts zurück zu ihrem Stützpunkt fahren mussten, durfte Frimm jeden Abend nach Hause gehen.

«Spring auf, Frimm», riefen die anderen vom Lastwagen herunter, «wir nehmen dich ein Stückchen mit!»

«Danke, ich laufe lieber!»

«Pass auf, dass sie dich nicht für einen Japs halten.»

«Wieso sollte mich jemand für einen Japaner halten?», wunderte sich Frimm.

«Ab und zu hauen ein paar aus dem Lager ab.»

«Da ist ein Lager im Park?»

«Ja. Richtung Glendale.»

Der Pfad war schmal, steil und dunkel. Kaum hatte er die Aussichtsplattform des Observatoriums hinter sich gelassen, schlossen sich die Wipfel der Eichen über ihm, und er stieg weiter hinab, eingehüllt in Finsternis. Zunächst konnte er noch den LKW hören, wie er, durch den Widerstand seines Motors gebremst, stöhnend die gewundene Straße hinunterrollte, dann herrschte Stille. Es roch nach wildem Salbei, nach Minze und trockener Erde. Vielstimmiges Rascheln drang auf einmal aus dem Unterholz, Füchse, Schlangen und Waschbären stoben zur Seite, hielten inne, horchten, reckten Nasen und Ohren in die Nachtluft, als der ungebetene Wanderer jenes Reich durchschritt, von dem sie glaubten, dass es vom Einbruch der Dunkelheit an bis zum nächsten Morgen allein ihnen gehörte.

Colonel Griffith, der Stifter des Parks, war mit Goldminen reich geworden, hatte mit Immobilien spekuliert und auf dem Gelände des heutigen Parks Strauße gezüchtet. Nicht aus Liebhaberei, sondern wegen des Profits. Alle Welt war damals verrückt nach Straußenfedern gewesen. In «Der Goldene Käfig» hatte Penelope Brooks ein Kleid getragen, das vollständig aus diesen Federn bestand – und sonst nichts. Sie hatte nur eine Nebenrolle, aber ihr Foto war in jeder Zeitung. Bald jedoch überschwemmten billige Nachbildungen den Markt, und die Straußenfarm verfiel.

Kurz vor seinem Tod hatte Griffith viel Geld für den Bau des Observatoriums gespendet, wohl um der Nachwelt als geachteter Bürger im Gedächtnis zu bleiben. Denn sein Ruf war zu dem Zeitpunkt nicht mehr der beste gewesen. Irgendwann waren ihm die Sicherungen durchgebrannt oder – wie er es zeitgemäßer ausdrückte – «die Pferde durchgegangen», und er hatte zum Entsetzen der feinen Gesellschaft von Los Angeles zwei Jahre seines Lebens im Gefängnis von San Quentin verbringen müssen, nachdem er versucht hatte, seine Frau umzubringen.

Die Nacht war lau, der Mond beschien eine Lichtung und ließ das niedrige Buschgras weißgolden schimmern. Hier waren 1915 für den Bürgerkriegsfilm «Birth of a Nation» Hunderte von Statisten mit aufgepflanzten Bajonetten und gellenden Kriegsschreien aufeinander zugerannt oder -geritten, hatten sich erschossen, erschlagen und aufgespießt, waren auf Geheiß ihres Regisseurs den Filmheldentod gestorben. Der Ton hatte da freilich seinen Weg in den Film noch nicht gefunden. Wo war er geblieben? Waren da nicht noch Trompeten zu hören, ganz leise? Oder Hufgetrappel? Kanonendonner? Kommandorufe?

Mit etwas Mühe hätte Frimm ihn vielleicht doch noch gehört, den verschwundenen Ton, gefangen zwischen Büschen und Bäumen. Aber er achtete nur auf seinen Weg, auf die Sterne, wusste nur, dass sich jenseits der Lichtung, am Rande des Waldes, jenes Lager befinden musste, von dem der Kadett ihm erzählt hatte.

Die Baracken standen am Fuße eines mit Dornengestrüpp bewachsenen Hügels, hinter einem mit Stacheldraht verstärkten Zaun. Ein einzelner Soldat bewachte den Eingang, stützte sich auf ein langes Gewehr mit aufgepflanztem Bajonett, trug ein altertümliches Käppi, Wickelgamaschen, eine zu große Uniformjacke und sah überhaupt aus, als stamme er aus einem längst vergangenen Krieg. Als Frimm näher herankam, stellte er sich gerade hin, zog seine monströse Waffe wie eine Sense durch die Nacht und rief: «Halt! Wer da?»

«Kadett Frimm, United States Army Air Force!»

Der andere ließ das Gewehr sinken, stellte es neben sich ab, salutierte träge und wirkte bei alldem wie die sprechende Vogelscheuche aus einem Märchenfilm. Frimm erinnerte sich daran, dass er trotz des zweifelhaften Rufs, den die Special Motion Picture Unit innerhalb der Armee genoss, in der militärischen Hierarchie über dem Soldaten stand. Zackig grüßte er zurück. Dann betrachtete er den Soldaten von oben bis unten.

«Sie haben Japaner hier, Soldat?»

«Kann schon sein.» Der Soldat stützte sich wieder auf sein Gewehr, als wollte er ein wenig dösen.

«Ist da auch ein Gärtner darunter?»

«Möglich», er kratzte sich im Nacken, «die sind ja alle so verrückt mit Blumen.» Der Soldat nickte in Richtung des Tors. «Von mir aus, schau dich um, aber mach nicht zu lange.»

«Du bist hier. Du hast dein Koan gelöst», sagte Koga und öffnete die Augen. Er saß unter einem Baum im Mondlicht, hatte die Beine zum Lotussitz übereinandergeschlagen und hielt den Rücken gerade. Für einen Moment hatte es so ausgesehen, als schlafe er, aber er war hellwach. «Ich habe gewusst, dass du kommen würdest, aber ich habe nicht auf dich gewartet, denn wenn ich gewartet hätte, wärst du nicht gekommen.»

Frimm wollte etwas sagen, aber Koga schüttelte nur den Kopf und bedeutete ihm zu schweigen.

«Bedenke: Zwei Arten von Nacht gibt es – die Nacht, wie du sie siehst, und die Nacht, wie sie wirklich ist. Ich war wie du. Ich war jung. Ich trug eine Uniform, und die Mädchen sahen mir nach. Durch eine Stadt lief ich, durch eine Stadt aus Holz, Papier und Gesang, eine lebendige Stadt, eine schöne Stadt.»

Irgendwo klingelte ein Telefon, dreimal, viermal, dann hörte es auf. Frimm vernahm ein Surren, das von einer ihm unbekannten Maschine kommen musste. Das Licht war heruntergedreht, es war warm und roch nach Reinigungsmittel. Bis auf seine Unterhose war er nackt.

«Und dann», sagte er, «hat er mir von dem Erdbeben erzählt.»

«Ja, klar», sagte die Krankenschwester. «Aber jetzt stellen Sie sich bitte mit dem Rücken da ran. Gerade stehen!»

«Es dauerte die ganze Nacht. Zumindest kam es mir so vor.»

«Hören Sie – das hier kostet Geld. Ich gehe jetzt raus und mache drei Aufnahmen.»

«Brauch ich nicht», er sah sich hilflos in dem halbdunklen Raum um, «so eine Bleischürze?»

Die Krankenschwester war eine muskulöse Mittdreißigerin, einen halben Kopf größer und bestimmt zwanzig Kilo schwerer als er. Der Wächter, der ihn in das Krankenhaus gebracht hatte, war draußen im Flur sitzen geblieben und blätterte jetzt wahrscheinlich in der neuen Hustler-Ausgabe. Anscheinend rechnete niemand damit, dass Frimm die Schwester überwältigen könnte.

Sie betrachtete ihn von oben bis unten. «Nein, brauchen Sie nicht. Nach der zweiten Aufnahme atmen Sie bitte ganz tief ein, okay? Und nicht reden. Verstanden?»

«Ich wollte Sie nicht langweilen.»

Sie rollte mit den Augen. «Wenn Sie die ganze Zeit quatschen, verwackelt die Aufnahme.»

«Tut mir leid», sagte Frimm zerknirscht, «sehen Sie, es ist ganz komisch, diese Erinnerungen kommen einfach so.»

«Das können Sie mit Dr. Baker besprechen, bevor man Sie wieder in Ihre Zelle bringt. Jetzt bitte gerade stehen und Klappe halten!»

Sie verschwand hinter einer armdicken Stahltür. Frimm lauschte wieder dem seltsamen Geräusch.

«Hören Sie, Meister», flüsterte er. «Wir können hier weg.»

«Nicht reden!»

«Es ist ganz einfach.»

«Einatmen!»

«Sie kommen einfach mit mir mit.»

Der Mond verschwand hinter einem Baumwipfel, und er stand in fast vollkommener Dunkelheit.

Ruhig sagte Koga: «Hier liegen die unruhigen Schläfer, die heimatlos Träumenden. Sie wissen nicht, wo sie hingehören, nur in ihrer Erinnerung können sie noch in ihre Welt zurück. Das Lager wird bald aufgelöst. Niemand weiß, wohin die Reise geht. Sie brauchen mich. Du und ich, wir sind jetzt hier, aber wenn dieser Augenblick vergangen ist, bin ich nicht mehr da und du auch nicht. Entkommen können wir nicht.»

«Sensei –»

«Nicht reden!»

Kogas Silhouette wirkte plötzlich übermächtig. Obwohl er sich nicht bewegte, sah es aus, als stürze er auf Frimm zu:

«Dein Schatten in der Finsternis! Wo ist er?»

IV. DER RISS IN DEN WOLKEN

Manchmal, in der Nacht, legte Siggi einfach eine andere Rolle ein und zeigte den nächsten Film, egal, ob Publikum da war oder nicht. Ich kam meistens gegen zwölf, nach der Spätschicht und gerade noch rechtzeitig zur Mitternachtsvorstellung, bestellte mir bei Nadja ein Bier und ging dann hinaus, dorthin, wo ich Yusuf und Wolfram vermutete, und wenn ich sie gefunden hatte, setzte ich mich, und der Film begann, und dann und wann kam Nadja und brachte uns noch ein Bier und blieb kurz zwischen Projektor und Leinwand stehen, sodass wir ihre Silhouette als Schatten an der Wand sehen konnten. Nach dem Abspann saßen wir oft noch draußen und tranken weiter, bis Siggi irgendwann den Laden dichtmachte. Nadja war längst weg. Schließlich gingen auch wir, jeder von uns allein, nach Hause.

Gero Heym lief mir am helllichten Tag in die Arme. Er suchte die Mauer. Doch die war verschwunden, und das war wohl ein echtes Problem für ihn, man konnte beinahe den Eindruck gewinnen, er nehme es persönlich. Aber das änderte nichts. Die Mauer war weg. Nur die Bilder waren noch da, die Bilder der Menschen auf der Mauer, die inzwischen zu einem Symbol für ihr Verschwinden geworden sind. Wann genau, und vor allem, wohin sie tatsächlich verschwunden war, vermochte ihm niemand zu sagen.

So gesehen war es ein echtes Glück für ihn, dass er mir in die Arme lief, denn ich konnte ihm erzählen, was mit der Mauer passiert war: Nach und nach hatte man sie auseinan-

dergenommen, hatte die Betonsegmente auf Tieflader gehoben und dann zu einem großen städtischen Bauhof im Norden der Stadt gebracht.

Dort stand er nun, der antifaschistische Schutzwall, sah
aus wie ein Spielzeug für Riesen, wie der verstreute Inhalt
eines gigantischen Baukastens, mit dem keiner mehr etwas
anzufangen wusste. Blohfeld hatte den Auftrag bekommen,
ihn zu bewachen, man fürchtete eine Invasion professionel-
ler Mauerspechte, die sich nachts ihren Teil aus dem erhaltenen Rest brechen könnten – ein Auftrag, der an sich schon
absurd war, denn man hatte die Mauer nur aus einem einzigen Grund auf den Bauhof gebracht: um sie zu schreddern
und als Straßenbaumaterial wiederzuverwenden. Zudem war
das Gelände weitläufig, die Betonsegmente bildeten ein Labyrinth aus Stelen, das kaum zu überschauen und lediglich
von einem niedrigen, leicht zu überwindenden Zaun eingefasst war, sodass jeder, der es nur wollte, sich an der «Mauer»
hätte zu schaffen machen können – was freilich niemand tat.
Der Grund für die ausbleibende Invasion war einfach: Die
Nachfrage und damit der Preis für Stücke der Mauer war immer tiefer gesunken. Siggi hatte sich selbst eine Zeit lang in
dem Geschäft versucht, aber damit keinen Profit machen
können.

«Es war eben nur ein Stück Beton. Manchmal war Farbe
dran, aber dann war es eben ein Stück Beton mit Farbe dran»,
sagte er achselzuckend, bevor er sich wieder seinem Zapfhahn
zuwendete. Die meisten Leute, selbst jene, die damals einen
Brocken kauften, glaubten in Wahrheit nicht, dass er echt sei.
Was den Preis nur weiter drückte. Daraufhin wechselte Siggi
zwar nicht den Standplatz, wohl aber die Branche: Er sattelte
auf Würstchen um, genauer gesagt auf Brat- und Currywürste.
Zu diesem Zweck hatte er sich einen Propangasgrill zum Um-

hängen gebaut. Möglich, dass Siggi als Erster darauf gekommen war, nur hatte er versäumt, daraus ein größeres Unternehmen zu machen. Damit, erzählte er uns, habe er ganz gut verdient, gut genug, um sich irgendwann den Ikarus kaufen zu können. Trotzdem war er von seinen Nachbarn auf der Oberbaumbrücke dafür belächelt worden. Diese findigen Turkmenen präsentierten ihre Mauerstücke mit aufwendig gestalteten und allerlei offiziellen Stempeln versehenen «Echtheitszertifikaten», wobei die ausstellende Behörde mal der «Generalpolizeidirektor von Berlin», mal das «Oberste Grenzschutzamt» war. Diese Dokumente, erklärte Siggi, offenbarten die tiefe Krise, in der der Schutzwallverkauf damals schon gesteckt habe: Die Mauerstücke waren echt, die «Zertifikate» waren es nicht.

Auf einer Seite des Bauhofes hatte ein Kranfahrer aus mehreren Segmenten ungefähr fünfzig Meter der Mauer wieder aufgestellt, sodass man sich tatsächlich vor so etwas wie einem Rest des Originals wiederfand. Allerdings standen sie nicht mehr in der ursprünglichen Reihenfolge, und so lautete die Botschaft auf der ehemaligen Westseite:

DIE MAUER MUSS ANJA ICH LIEBE KAPITALISTEN-
SCHWEINE OHNE ENDE

Zu jener Zeit, als die Inschriften noch am alten Ort und in der richtigen Reihenfolge standen, hatten Gero und ich das Gymnasium einer süddeutschen Kleinstadt besucht. Als ich ihn auf dem Alexanderplatz, auf dem es damals noch Hütchenspieler, aber keine Würstchengriller gab, traf, hatte ich ihn zehn Jahre lang nicht gesehen. Wir waren keine Freunde gewesen, aber in diesem Moment freuten wir uns beide, einander wiederzusehen, sprachen von dem wahnsinnigen Zufall, nach zehn Jahren, unglaublich, ausgerechnet hier – und so weiter. Wir tranken Filterkaffee an einer Bude im Bahnhof. Es roch nach kaltem Fett. Zwei Starkstromelektriker der Verkehrsbetriebe sahen uns über ihre Bierbüchsen hinweg feindselig an. Möglicherweise sprach Gero deshalb so leise, als verrate er mir ein Geheimnis. Eines, das vor allem darin bestand, dass er Karriere gemacht hatte und ich nicht. Was mich nicht wunderte. Er sah einfach danach aus. Er war groß, trug sein borstiges Haar gescheitelt und hatte die tiefe, beruhigende Stimme eines Wertpapierberaters. Eine Weile hatte er als Radiomoderator gearbeitet, dann beim Fernsehen, wo er mit Reisereportagen angefangen hatte: «Mit Gero durch die Südsee» hieß eine Reihe. Etwas musste in der Südsee geschehen sein. Vielleicht wollte er endlich als ernsthafter Journalist und Dokumentarfilmer anerkannt werden, auf jeden Fall hatte er sich von den weißen Sandstränden des Pazifiks in den Mahlstrom der deutschen Geschichte gestürzt und produzierte nun Filme, die sich mit der jüngsten deutschen Vergangenheit auseinandersetzten. «Doku-Fiction!», erklärte er mir, während rrrumm-rrrumm-rrrumm über uns die S-Bahn hinwegfuhr, «und natürlich Contra-Fiction!» Ich hatte keine Ahnung, wovon er sprach, aber ich erfuhr zumindest, dass alles, was er brauche, ein unversehrtes Stück Mauer sei. Und das war gar nicht so leicht zu finden. «Überall sind Löcher drin!»

Am nächsten Tag zeigte ich ihm den Bauhof. Heym und der Verwalter wurden sich schnell einig. Er bedankte sich überschwänglich bei mir und versprach, sich bei der Produktionsfirma um ein kleines «Beraterhonorar» zu bemühen. Schließlich fragte er, ob ich nicht Lust hätte, bei den Dreharbeiten dabei zu sein. Als Statist. So aus Interesse. Es gebe auch ein wenig Geld. Außerdem fehlten immer noch ein paar Komparsen, wenn ich also noch jemanden kennen würde, dann könne ich ihn gerne mitbringen.

So kam es, dass Wolfram, Yusuf und ich eines Abends im grellen Scheinwerferlicht auf dem letzten Stückchen unversehrter Mauer balancierten. «Wir sind ein Volk! Wir sind ein Volk!», skandierten wir. Wir waren nicht allein. Rastlos hatte Heym ein Komparsenheer ausgehoben, Ossis zumeist, wenigstens behaupteten das die meisten. Ich fragte mich, wo er sie aufgetrieben hatte. Entweder hatte er eine sehr versierte Kostümbildnerin, oder er musste diese Truppe unter irgendeiner Brücke gefunden haben.

«Wir sind ein Volk! Wir sind ein Volk!», riefen wir in unseren Stone-washed-Jeanshosen und -jacken, und unter uns, vor der Mauer, stand James Brown, flankiert von vier baumlangen NVA-Soldaten, und dirigierte.

Er hieß wirklich so. James Brown war der Regisseur dieser amerikanisch-deutschen Koproduktion, die «Der Letzte Krieg» heißen und sich mit einem fiktiven Szenario auseinandersetzen sollte: Was wäre geschehen, wenn die DDR-Grenztruppen auf die Mauerstürmer des 9. November geschossen hätten?

Das also verbarg sich hinter Heyms «kontrahistorischer Fiktion», wie er selbst es nannte. Eine ganze Reihe von «Was-wäre-gewesen-wenn»-Filmen schwebte ihm vor, die er mit James Brown entwickeln und produzieren wollte, der übrigens keinerlei Ähnlichkeit mit seinem Namensvetter aufwies. Er war bleich und dünn, seine schwarzen Röhrenjeans umschlossen seine Beine wie ein Fahrradschlauch, während die Füße in übergroßen, weißen Basketballstiefeln steckten, die aussahen, als hätte er sie aus der Kabine von Magic Johnson stibitzt. Dazu trug er eine dunkle Hornbrille – ein unglücklicher Versuch, Woody Allen ähnlich zu sein. Seine Hände bewegten sich im Takt, während wir immer weiter «Wir sind ein Volk! Wir sind ein Volk» riefen.

Irgendetwas schien ihm nicht zu gefallen. Er winkte Gero zu sich und flüsterte ihm ins Ohr. Heym nickte, schaute zu uns hinauf, hob sein Megaphon und rief:

«Sehr schön. Das gefällt James Brown richtig gut. Aber er findet, die Betonung sollte mehr auf ‹ein› liegen und weniger auf ‹Wir› und ‹Volk›. Also statt ‹Wir sind ein Volk› – ‹Wir sind ein Volk›. Okay?»

«Wir sind ein Volk! Wir sind ein Volk!», riefen wir, diesmal mit stärkerer Betonung auf «ein». Und Mister Brown wirkte geradezu selig, wippte in seinen Gummiknien und bewegte seine Ärmchen dazu, wie eine glückliche Marionette, die von einem unsichtbaren, satten, fröhlichen Gott gelenkt wurde. Alles lief bestens, bis Yusuf neben mir schlagartig aufhörte und schrie: «Nein, nein! Stopp! Stooooopp!»

Brown sah völlig entgeistert nach oben. Er murmelte etwas, gab seinem Kameramann ein Handzeichen.

«Das ist falsch!», rief Yusuf. «Es muss heißen: Wir sind *das* Volk!»

«Wieso?», brüllte Heym.

«Weil es so war.»

Die Frauen und Männer neben uns sahen einander an, einige tuschelten. Der eben noch fast starre, aber homogene Körper von Zu-kurz-Gekommenen, Sozialhilfeempfängern und Totalaussteigern rührte sich.

«Das stimmt!»

«Genau.»

«Der hat recht!»

«Ick hab ma ooch schon die janze Zeit jefragt, wieso det ein Volk jewesen sein soll.»

Mit einer Mischung aus Hass und Verzweiflung blickte Heym zu uns hoch. Eine Weile lang sah er uns so an. Dann flüsterte Brown ihm wieder etwas ins Ohr, und er flüsterte einem der NVA-Soldaten etwas ins Ohr, bevor er abermals das Megaphon hob:

«Okay, James Brown ist einverstanden. Aber er will es ohne Schnitt machen und dann gleich in die nächste Szene gehen. Also los!»

«Wir sind das Volk! Wir sind das Volk!», brüllten wir – bis James Brown seiner kleinen Streitmacht ein Zeichen gab. Zunächst befahl uns der Offizier, wir sollten die Grenzanlagen unverzüglich räumen, was wir natürlich nicht taten. Dann stürmten die Volksarmisten auf uns zu und feuerten in die Menge. Wolfram stürzte getroffen nach hinten, nach West-Berlin. Ich brach auf dem Betongrat zusammen, mein Kopf und ein Arm hingen leblos nach unten. Yusuf aber, der sich mit Händen und Füßen wehrte, wurde von zwei Uniformierten von der Mauer gezerrt, um dann unmittelbar unter mir an die Wand gestellt zu werden. Die Mündung einer Kalaschnikow war auf sein Gesicht gerichtet. Im allgemeinen Trubel und Lärm wird außer mir wohl niemand gehört haben, wie er die beiden Soldaten anzischte: «Wollt ihr wissen, was der Willy zu euch gesagt hätte?»

Es war spät geworden, die Mitternachtsvorstellung bereits vorbei, als wir bei Siggi ankamen, lachend und erschöpft zugleich. Unser Entschluss stand fest: Wir wollten die hundertfünfzig Mark, die uns unser Auftritt eingebracht hatte, verprassen. Siggi hatte keine Einwände. Als wir unsere Gläser in der Hand hielten, mussten Wolfram und ich erzählen, wie Yusuf auf der Mauer gestanden und die ganze Szene gekippt hatte. Yusuf saß auf seinem Barhocker und blickte träumerisch an Siggi vorbei ins Flaschenregal.

Siggi lächelte, dann runzelte er die Stirn:

«Ich war auch einmal Statist», sagte er. «Das war kurz nach

dem Krieg. Am Theater. Ich machte Klappen auf und zu oder stand auf der Bühne herum, verkleidet als Landsknecht aus dem Dreißigjährigen Krieg.»

«Wie lange hast du das gemacht?», wollte Yusuf wissen.

«So ein paar Jahre. Dann wollten die mich nicht mehr.»

«Einfach so?»

«Einmal die Klappe zu weit aufgemacht, konterrevolutionäre Propaganda.»

«Ich dachte, du warst im Westen.»

«Am Anfang war ich im Osten.»

«Und dann?»

«Zehn Jahre. So ungefähr nach der Hälfte bin ich freigekauft worden.»

Wir schwiegen. Nadjas Blick wanderte von Siggi zu den anderen und blieb schließlich an mir hängen, als wolle sie mich auffordern, das unangenehme Schweigen endlich zu brechen.

«Das war eben der Kalte Krieg», sagte ich schließlich und kam mir im nächsten Moment dumm vor. Dann erzählte ich von der Welt in Zellophan.

Der Keller eines der Gebäude, die ich bewachte, war in den sechziger Jahren zu einem Behelfsbunker umgebaut und mit Stockbetten, Feldbetten, Verbandsmaterial, Medikamenten, Konservendosen und Gasmaskenfilterkartuschen vollgestopft worden. Das meiste war in mittlerweile brüchiges Zellophan verpackt, die Filterkartuschen in Stahlregalen je nach zu erwartendem Angriff gelagert: A, B und C – atomar, biologisch, chemisch. Schutzanzüge hingen wie müde Gespenster in ihren Stahlspinden, und ich entdeckte eine kleine Gasmaske, deren Verwendungszweck ich mir auf den ersten Blick nicht erklären konnte. In einem abgetrennten Bereich fand ich Benzinkanister, Fässer mit Löschkalk und schwarze Leichensäcke, große, kleine und ganz kleine.

Jahrzehntelang hatte all das im Keller des Amtsgebäudes geharrt, während in den Stockwerken darüber Pässe verlängert, Führerscheine umgeschrieben oder Konzessionen für Würstchenbuden erteilt wurden. Auf der einen Seite war der Kellereingang, dahinter das Treppenhaus. Auf der anderen Seite befand sich eine zweite Tür – fast oval, mit mehreren Hebeln verschlossen und aus Stahl. Jeder der Hebel war verplombt mit dem Siegel der Stadt, einem kleinen bleiernen Bären, die Tür selbst trug die Aufschrift «Durchgang verboten – Nur auf besondere Anweisung zu öffnen!». Niemand in der Firma wusste, wohin sie führte, auch wenn jeder behauptete, es zu wissen. Neben der Tür hing ein altes Wandtelefon aus Bakelit. Erhielt man von ihm die besondere Anweisung?

Ich hob ab, hielt mir die Muschel ans Ohr. Es kam kein Freizeichen, aber die Leitung war auch nicht tot. Ich hörte ein Rauschen, als ob am anderen Ende vor langer Zeit der Hörer abgenommen worden war und nun an seinem Kabel in einen vergessenen Raum hineinhing.

Etwas bewegte sich an Mausers Stiefel vorbei, ging unter, ein schmaler schwarzer Körper, dessen Kopf einige Meter entfernt wieder auftauchte und sich im Strom des Abwassers in den Hauptkanal treiben ließ. Jetzt sind nur noch die Ratten frei, dachte er.

Es erinnerte ihn an den Graben vor Ypern, in dem er beinahe vier Jahre seines Lebens zugebracht hatte. Auch dort hatte es Ratten gegeben. Ratten in den Gräben, in den Unterständen, Ratten, die den Zwieback mit einem teilten, Ratten, die in den Stiefeln schliefen, wenn draußen der Stahl niederging, tagelang, bis der Stiefelbesitzer, irr geworden vom Gewitter (dem taub machenden Donnern, dem Prasseln der Granatsplitter auf die Decke des Unterstandes, dem Herabrieseln der mühsam festgeklopften Erde auf den wankenden Boden), in Socken aus dem Unterstand ging und ihn keiner mehr zurückhielt, weil man müde und träge geworden war und Kopfschmerzen hatte von dem Geschrei und furzen musste von der vielen Kohlsuppe und der in Socken nicht mehr wiederkam (seine letzten Worte: Aufhören, aufhören, aufhören!) und die Ratte ungestört weiterschlafen konnte, vorausgesetzt, es waren keine besonders gut erhaltenen Stiefel, die wären nämlich gleich stibitzt worden. Dort, in den Gräben, waren die Ratten mehr wie die Menschen gewesen, sozusagen menschlicher als die in Berlin. Vor allem aber konnten sie gehen, wohin sie wollten. Und das unterschied sie deutlich vom Rest der Grabenbewohner. Einige Soldaten schlugen sie mit dem Spaten tot, andere richteten sie ab und brachten ihnen kleine Kunststücke bei. Die Ratten waren ziemlich genau zwei Monate vor Kriegsende verschwunden. Waren zu den Amerikanern, zu Bohnen mit Speck und Corned Beef gezogen. Da hatte Mauser gewusst, dass der Krieg verloren war.

«Hier muss es sein», sagte er. Er schaute auf seinen Plan und dann an die Decke des Tunnels, als ob man dort irgendetwas hätte erkennen können. Sie waren irgendwo in der Nähe der Neuen Reichskanzlei angelangt, Voßstraße, vielleicht aber auch schon unter dem Tiergarten zwischen Hermann-Göring- und Lennéstraße. Mauser hatte keine Ahnung. Seit sich der Spitzel aus Abteilung IV nach oben zurückgezogen hatte, vielleicht, weil die Scheiße der Bonzen eben doch stank wie die ganze andere Scheiße auch, platzierte Mauser seine Gitter sozusagen aus dem Bauch heraus, also dahin, wo es ihm gerade passte. Die Arbeiter waren zwar linientreu und handverlesen, hatten aber noch weniger Überblick als er.

Wenigstens war der Tunnel relativ breit, man konnte stehen, wenn auch im Wasser. Mauser trug ein Paar Anglerstiefel, amerikanische, das hatte er sich ausgebeten: Crawford-Special-Deluxe, die waren beinahe hüfthoch, gefüttert, wie geschaffen für die eiskalten Fluten des oberen Colorado. «Für meinen Führer», hatte Mauser erklärt, «ist mir das Beste gerade gut genug.» Das ganze Umleiten und Zuschweißen der Unterwelt, das mittlerweile «Unternehmen Gjöll» genannt wurde, hatte sich wegen starker Regenfälle und bürokratischer Ungereimtheiten viel länger hingezogen als geplant. Heute nun hoffte Mauser, endlich das letzte Gitter anbringen zu können.

«Ist es hier?», fragte einer der Arbeiter. Mauser und die anderen nannten ihn «Herrn Hundertundfünfzigprozent», weil er seine Arbeit selbst für einen Handverlesenen etwas zu ernst nahm. Hatte sich angeblich durch Beziehungen hierhin abkommandieren lassen. Wer den Führer unterirdisch beschützte, musste nicht an die Front.

Mauser hob die Lampe ein wenig an, und die Schatten der Männer dehnten sich an der Mauer, die in unregelmäßigen Abständen von Rohrmündungen durchbrochen war, aus denen eine graue, trübe Flüssigkeit floss. Manchmal mehr, manchmal weniger.

«Also dann.» Mauser sah noch einmal bedeutungsvoll an die Decke, wo allerdings gar keine Bedeutung steckte, sondern nur ein paar bleiche Pilze wuchsen.

Sie hatten Glück. Die Armierungseisen, die sie mitführten, passten recht gut und reichten gerade aus, um den Kanal kurz vor den Abflussrohren, die vielleicht von der Neuen Reichskanzlei kamen, vielleicht aber auch nicht, zu verschließen. Als sie damit fertig waren, kritzelte Mauser ein letztes Kreuz in seinen Plan, der immer imaginärer geworden war, und überlegte, ob er jetzt, vor dem letzten Wehr, eine kleine Kanalrede halten solle. Immerhin (verdammte deutsche Gründlichkeit) hatten sie sich ja selbst bei dieser Aufgabe alle Mühe gegeben, aber nun war auch sie erledigt. «Heute haben wir den Führer endgültig hinter Gitter gebracht!», so hätte die Rede anfangen können, aber seine Mannschaft, vor allem der Hundertundfünfzigprozentige, hätte wohl kaum darüber gelacht.

«Ende gut, alles gut», brummte Mauser schließlich.

Der Neue nahm Haltung an und streckte vor dem Gitter, hinter dem eine Rohrmündung, die der roten Farbe wegen, mit der man sie, warum auch immer, vor Äonen bestrichen hatte, sozusagen aus den anderen Röhren farblich herausragte, den Arm aus.

«Heil», flüsterte er. Aus einem Rohr suppte graubraune Brühe.

Im nächsten Moment krachte es.

Ein dumpfes, vibrierendes Grollen. Eine Druckwelle, die sich im Erdreich fortpflanzte. Mauser erkannte es sofort. Einen Moment lang wusste er nicht, wo er war. War er noch in seinem Unterstand bei Ypern? War sein ganzes bisheriges Leben –? Oder bildete er sich dieses Krachen ein? Das war am wahrscheinlichsten. Späte Macke, aber immerhin. Er würde sich pensionieren lassen können.

Dann krachte es noch einmal.

Und noch einmal.

Dreck rieselte von der Mauer.

Und dann krachte es wieder.

Seine Arbeiter zogen die Köpfe ein und blickten einander an. Sahen die Angst in ihren Gesichtern. Die blanke Angst vor dem Verrecken. Der Neue hatte den Arm gesenkt und starrte auf das rote Rohr.

«Raus», sagte Mauser, «raus hier.»

Nicht dass er sich fürchtete. Im Gegenteil. Plötzlich kam ihm alles vertraut vor. Sein altes Leben hatte ihn wieder. Rennen und stolpern, innehalten, horchen, abwarten, sich hinschmeißen, wieder aufstehen, rennen, stolpern, innehalten, horchen, hoffen, abwarten, Stoßgebet. Schweiß auf der Stirn und den salzigen Geschmack der Angst auf der Zunge. Konfusion:

«Hier entlang!»

«Nein, hier!»

«Mir nach!»

Das Zuschweißen der unterirdischen Zugänge und Wege erwies sich schnell als verhängnisvoller Fehler. Mehr als einmal standen sie plötzlich vor ihren eigenen Gittern. Mauser verließ sich auf seinen Instinkt. Bald war das Krachen vorüber, was seine Truppe vor lauter Furcht allerdings gar nicht mitgekriegt hatte. Die sind noch nicht schussfest, dachte er.

An die Oberfläche kamen sie schließlich neben einem öffentlichen Pissoir am Ende der Charlottenburger Chaussee, kurz vor dem Hindenburgplatz. Das Häuschen hieß jetzt «Öffentliche Bedürfnisanstalt», was Mauser bei dieser Größe übertrieben fand, aber Krieg war Krieg, und der Feind sollte nicht das letzte Wort haben. Drinnen fand sich wenig mehr als eine eiserne Pissrinne, von der der übliche beißende Geruch aufstieg. Seufzend entleerte sich Mauser. Über der Rinne ein Emailleschild: «Juden sind hier unerwünscht».

«Also, Männer», sagte er ganz militärisch zu den Männern, die neben ihm vor der Rinne standen und das Häuschen mit mehrstimmigem Geplätscher füllten, «das war's. Meldet euch morgen in der Dienststelle. Ich danke euch.»

Das Häuschen lag nur einige hundert Meter vom Brandenburger Tor entfernt. Es war früher Abend. Irgendwo heulte eine Sirene. Entwarnung. Keine Flak. Keine Flugzeuge. Etwas weiter entfernt, im Tiergarten, brannte es. Er ging auf den Brand zu.

Fünf Bomben hatten eine Lichtung zwischen die Bäume geschlagen, aus einigen der Trichter qualmte es noch. Schaulustige, die ihre Wagen an der Chaussee hatten stehenlassen, bahnten sich ihren Weg durch Gestrüpp und verkohlte Äste. Ein paar Feuerwehrleute löschten ohne große Eile die Brandherde. Fünfhundert Kilo, dachte Mauser, vielleicht auch mehr. Die Zuschauer, die an den Bombentrichtern standen, diskutierten darüber, was davon zu halten sei. Mitunter sah sich einer um, senkte den Kopf, flüsterte etwas, und seine jeweiligen Zuhörer lachten leise. Man war sich einig, dass das Ganze wohl eine Verzweiflungstat gewesen sein musste, es fiel denen anscheinend nichts Besseres ein, als Knallkörper auf Parkbänke zu werfen. Mauser war müde, sein Rücken schmerzte vom Gebückt-Gehen in den Abwasserröhren. Außerdem roch er sehr nach Kanal, weshalb sich schon einige nach ihm umgedreht hatten. Er wanderte in die Dunkelheit des Parks hinein und stand plötzlich vor einem zylindrischen Körper, der halb aus der Erde ragte und ihm den Weg versperrte. Mit weißer Farbe hatte der Absender für den Fall des Versagens aufgepinselt: «Don't worry. We've got more.»

Später saß er in der verdunkelten Tram und fuhr durch die verdunkelte Stadt; obwohl man eigentlich nicht viel von ihm sah, starrten die Leute ihn trotzdem an. Weil er noch in seiner Kanalmontur steckte. Saß da, belegte zwei Bänke mit seinen ausladenden amerikanischen Anglerhosen, aber neben ihm wollte sowieso niemand sitzen. «Hier stinkt's!», rief eine spitznasige Frau in den Wagen hinein.

«Luftangriff», entgegnete Mauser.

Bei der schlanken Gerda ließ er sich ein Bad ein, sie sagte ihm, er solle ruhig von der französischen Seife nehmen, er habe es nötig.

«Französische Seife?», fragte Mauser aus der Wanne heraus.

«Direkt aus Paris. Von einem Generalstabler. Major.»

«Gratuliere.»

«Konnte er ja nicht wissen, dass das alles für dich draufgeht.»

Mauser lachte. Dann schrubbte er sich gründlich ab, schlang sich ein Handtuch um die Hüften und legte ein paar Scheine in eine flache gläserne Schale.

«Das nächste Mal hätte ich gerne Zigaretten und vier Pfund Kaffee», rief sie vom Bett aus.

«So weit ist es schon», brummte Mauser, «ich dachte, wir gewinnen.»

Dann, später, war sie eingeschlafen, und Mauser lag nackt in dem mit schweren Samtvorhängen verdunkelten Zimmer und fragte sich, wie es weitergehen würde. Er war fertig mit der Kanalsache. Ob Fränkel Wort hielt? Für die Front war er zu dick und zu alt, für die Pension zu jung. Der Krieg war eine merkwürdige Sache. Den letzten hatte er in einem Erdloch zugebracht, jetzt war er sozusagen permanent auf Heimaturlaub, alles war scheinbar wie immer, bis es dann doch krachte, bring nächstes Mal bitte Zigaretten und Kaffee mit. Gerda schnarchte. Mauser stand auf, ging zum Fenster, nahm sich eine Zigarette, schob den Vorhang zur Seite und sah hinaus in die verdunkelte Stadt. Cohn war jetzt in England. Und das war ja auch ganz vernünftig so. Musste an seine Familie denken. Mauser musste an keine Familie denken. Es gab nur die und ihn. Wie er da so stand und in die Finsternis blickte, hoffte er auf einmal, dass irgendwo noch ein anderer stünde und wie er in die Nacht schaute. Dass es da draußen noch einen gebe. Nur einen Einzigen. Mehr nicht. Er sah noch einmal zum Bett, dann zog er sich an. Brauner Anzug, darunter das Halfter mit der Pistole, Hut und Mantel. Er griff nach der Ledertasche mit der Kanalmontur.

Die Rosenthaler war fast leer, eine einsame Tram rumpelte an ihm vorbei, ohne Beleuchtung fuhr sie in Richtung AEG Brunnenstraße, mit ihr vielleicht die Arbeiter der ersten Schicht. Mauser bog in die Sophien ein. Einen Augenblick lang unschlüssig auf den Fußballen wippend, fiel ihm die Kaschemme am Ende der Straße ein, der er wohl noch einen Besuch abstatten könnte.

Doch da war nichts mehr. Die schmalen, dicht an dicht gebauten Häuser sahen ihn an wie einen Fremden, ihre Fenster waren blinde, schwarze Spiegel, kaum konnte er sagen, ob dahinter die Bedrängten angstvoll auf ihn herabspähten oder ob er von den neuen Bewohnern misstrauisch beobachtet wurde. Er ging zurück. Am ehemaligen Handwerkervereinshaus blieb er kurz stehen, lauschte, hörte ein dumpfes Hämmern, ein Ächzen. Die hatten dadrinnen angeblich ein kleines KL eingerichtet, in dem Zwangsarbeiter Plakate malen sollten.

Und dann kamen sie. Er hörte, wie der Motor eines Opel Blitz, kurz nachdem er von der Großen Hamburger in die Sophien eingebogen war, abgestellt wurde, sodass das Fahrzeug die letzten Meter beinahe lautlos rollte. Keine Sirene, keine Scheinwerfer. Sieben Männer sah er vom Wagen heruntersteigen, teils in Uniform; zwei trugen Mantel und Hut. Mauser suchte den Schatten, blieb in der Toreinfahrt stehen, unter Weinranken aus Sandstein, misstrauisch beäugt von ein paar Handwerksputten und Füchsen. Vier gingen hinein. Drei warteten draußen, neben dem Wagen, rauchten. Er glaubte, dumpfes Gehämmer und Rufe im Haus zu hören. Er war sich nicht sicher. Hörte vielleicht nur sein schweres Herz schlagen. Warum? Die holen einen ab. Na und? Was ging ihn das an? Irgendeiner wird immer abgeholt. Wird schon nicht unschuldig sein. Irgendetwas hat jeder getan.

Die vier kamen mit einem Mann und einer Frau und drei Kindern zurück, zwei kleine Mädchen und ein Junge, vielleicht elf, zwölf Jahre alt. Der Mann und die Frau trugen je einen Koffer. Eines der Mädchen weinte. Als sie den Mann in den Lastwagen schoben, wehrte er sich. Sie schrien. Die Frau schrie auch. Die Mädchen weinten lauter. Sie schlugen den Mann. Der Junge rannte los.

Er rannte genau auf Mauser zu. Mauser drückte sich noch tiefer in die Toreinfahrt. Wohin, wohin? Zwei hinter dem Jungen her. Die Frau schrie entsetzlich. Rief sie ihren Jungen zurück, oder schickte sie ihn fort? Die Fenster dunkel. Die Straße stumm. Nur die Schuhe des Jungen auf dem Pflaster, nur die Stiefel seiner Verfolger – klipp-klapp-klapp – tack-tack-tack. Hatte Mauser jetzt fast erreicht. Wohin, wohin, flüstern die steinernen Füchse, wo doch kein Platz ist auf der Welt und keine Liebe? Hat er ihn gesehen? Schwer zu sagen. Einer zieht die Pistole. Schießt. Die Frau schreit so laut, gleich werden die Scheiben zerspringen. Der Junge bleibt stehen. Keucht. Blickt zur Toreinfahrt. Er kann dich nicht sehen, sagen die Füchslein zu Mauser, unmöglich. Aber er weiß, dass ich hier stehe. Ja, er weiß es. Und dass ich ihm nicht helfen werde. Ja, das auch.

Einer schlägt dem Jungen mit dem Knüppel ins Gesicht, man hört ein Ächzen und weiß nicht, kommt es vom Schläger oder vom Geschlagenen. Dann Blut auf dem Pflaster. Wimmern. Geduld, sagt eines der Füchslein, Geduld. Gleich sind sie weg. Noch ein kleines Weilchen. Niemand muss dich finden. Niemand wird dich fragen. Nicht heute und nicht morgen. Sie fassen den Jungen unter den Armen, und seine Schuhspitzen machen ein schmirgelndes Geräusch auf dem Pflaster, als sie ihn zum Lastwagen schleifen. Dort schließt ihn die Mutter in die Arme. Jetzt sind alle wieder zusammen. Steigen stumm ein. Fahren davon.

DER RISS IN DEN WOLKEN

Viele Dinge werden in Vergessenheit geraten. Man wird nicht mehr wissen, wie der Mann hieß, der den Projektor bediente, oder die Frau, die den Kaffee ausschenkte. Man wird sich nicht mehr daran erinnern, wie das Wetter war, an den Tagen, an denen man am Boden blieb, oder welche Filme man an den Tagen im Himmel verpasste. Man wird sich fragen, irgendwann, zusammen mit denen, die noch da sind, ob diese oder jene diesen oder jenen Namen trug und ob sie diesen oder jenen oder am Ende dich selbst geküsst hat und was du ihr damals sagtest, nur um festzustellen, dass das, was du gesagt haben könntest, jeder jeder sagte, damals, in jenen Tagen, als der Boden unter deinen Füßen das Paradies war und der Himmel über dir die Hölle.

Edison Frimm sollte niemals den Mann mittleren Alters vergessen, der eines Morgens an der Bushaltestelle saß, die sich jenseits des Zauns des Stützpunktes auf der anderen Straßenseite befand. Es war ein trüber Februarmorgen mit Nebel über dem Flugfeld und Wolken über allen möglichen Zielen, Frimm hatte gehört, dass ein Angriff auf Saint-Nazaire anstand, aber wegen des Wetters wahrscheinlich abgeblasen werden würde. Nur widerwillig ging er zum Waschhaus. Die Besatzung der Magic Carpet, zu der auch er nun gehörte, hatte zwar ihre eigene Schlafbaracke, aber Toiletten und Duschen mussten sie mit den anderen Fliegern auf dem Stützpunkt teilen. Bereits in der ersten Woche hatte es eine Schlägerei gegeben.

Luis Ruiz, der Funker, ein mittelmäßiger Zirkusartist aus

San Diego, der in einem «Zorro»-Film einmal einen messerwerfenden Bösewicht gespielt hatte, war mit dem Heckschützen eines anderen Bombers aneinandergeraten. Der Sergeant hatte angeblich nicht nur Ruiz' Mut angezweifelt, sondern sich auch über die Namenswahl seiner Eltern lustig gemacht und damit, zumindest indirekt, Ruiz' Mutter beleidigt. Irgendwann war wohl ein Messer geflogen und im Oberschenkel des Sergeants gelandet. Ruiz beharrte darauf, dass der Sergeant zuerst angegriffen habe. Doch davon wollte der Kommandant nichts hören. Der Kommandant, ein ernster, schweigsamer und letztlich trauriger Mann namens Ryan, sah seine Leute jeden Tag weniger werden, während diese Filmtruppe auf seinem Stützpunkt ein unbeschwertes Leben führte, ohne dass er etwas dagegen hätte tun können. Er hasste Schauspieler. Aber das nützte ihm nichts. Befehl von ganz oben, er musste sich fügen und damit abfinden, dass diese Musical-Truppe hier ihren läppischen Film drehte.

«Sie müssen das so sehen», hatte ihm sein Vorgesetzter, ein Brigadegeneral, erklärt, «die Chancen stehen schlecht, Ihre Leute werden weniger, und wenn das so weitergeht, haben wir bald niemanden mehr, der sich in unsere schönen Flugzeuge setzen will. Da kommt Hodges' Truppe ins Spiel. Sie machen Laune. Gute Laune. Sie fliegen hier ihre Tour; wie sie das machen, ist ganz egal, Hauptsache, sie machen einen schönen Film draus, der in der Heimat für gute Stimmung sorgt und Laune macht, in eine dieser tollen Maschinen zu steigen und Bomben auf die bösen Krauts zu werfen, um als strahlender Held in die Heimat zurückzukehren! Oder wollen Sie ihnen etwa die Wahrheit zeigen?»

«Ich sage meinen Männern immer die Wahrheit!», protestierte Ryan.

«Die Wahrheit sagen und die Wahrheit *zeigen* ist nicht unbedingt dasselbe», entgegnete der General. «Behandeln Sie die Carpet-Crew gut, und Sie werden nie über Personalmangel klagen müssen!»

Nach diesem Gespräch verachtete der Kommandant La-Mont und dessen Crew allerdings noch mehr. Das Einzige, was er tun konnte, war, im Zweifelsfall zu seinen Leuten zu halten. Deswegen kam Ruiz in den Bau und nicht der Sergeant. Ruiz saß immer noch, als Frimm an jenem Morgen zum Waschhaus ging und zum ersten Mal den Mann an der Bushaltestelle sitzen sah, ohne ihn besonders zu beachten. Jeden Morgen warteten irgendwelche Leute aus Wickam an der Haltestelle, manchmal winkten Kinder, und manchmal winkten auch Frauen. Durch den Zaun beobachtete er die Tieflader, die vom Depot zum Stützpunkt fuhren, voll bepackt mit Bomben. Dann hatten sie also doch noch ein freies Ziel gefunden, dachte er.

Für ihn war es ein Feierabend-Krieg. Frimm hatte sich oft vorgestellt, wie sein Vater die Trommel geschlagen oder in die Trompete geblasen haben mochte, bis seine Einheit im November 1918 ein Stück von Deutschland eingenommen hatte. Eigentlich war er nur für die Musik zuständig gewesen – Marschmusik, vermutlich, aber vom kognaktrunkenen Johnny mit ein paar subversiven Ragtime-Rhythmen versetzt, die den Besatzern wie den Besetzten die Knie zucken ließen, während ihre Gesichter spiegelten, was ihnen auf dem Schlachtfeld widerfahren war: Grausamkeit und Verzweiflung, die Ödnis der Etappe und schließlich der Fieberkampf um ein paar dreckige Hügel, einen zerschossenen Wald, ein Haus mit einem Zimmer und einem Tisch darin (JULIUS RAABE MÖBELFABRIKEN, BERLIN). Das war es, was Frimm sich unter dem Krieg vorgestellt hatte. Aber dieser Krieg hier begann morgens mit dem ersten Bus nach

London, mit den Pendlern, die einstiegen, während die Piloten und die Besatzungen in ihre Maschinen kletterten, und hörte abends wieder auf, wenn der Bus zurückkam, die Arbeitenden wieder entließ wie auch, mit Glück, die Flugzeuge ihre Flieger.

Dass man nicht zurückkehren könnte, davon hörten sie jeden Tag, und doch rechneten sie nicht damit, dass es sie selbst einmal treffen könnte. Am allerwenigsten Scott LaMont. LaMonts Mannschaft, die Mannschaft der Magic Carpet, bestand, abgesehen vom Kopiloten und dem Techniker, aus Mitgliedern von Sparky Rosenbaums Film-Spezialeinheit. Ihre Truppenzugehörigkeit und Kommandostruktur war unklar, und ihre bloße Existenz musste jedem Stabsoffizier ein Dorn im Auge sein. Manchmal hoffte der Kommandant, dass ihnen über dem Kanal der Sprit ausgehen und sie ins Meer fallen würden. Wäre natürlich schade um den Kopiloten und den Technical Sergeant (und um das Flugzeug) – aber Krieg war eben Krieg und kein Musical. Colonel Ryan ließ Kopiloten und Techniker nach jedem Flug mit der Carpet austauschen, weil er nicht wollte, dass zwei seiner Männer sich zu sehr an das süße Hollywoodleben mitten im Krieg gewöhnten. Dabei meldeten sich ohnehin immer nur zwei Freiwillige für den Dienst auf der Magic Carpet, was den Colonel in seiner Ansicht bestärkte, dass seine Männer lieber ihren verdammten Job machten, als mit diesen Tunten einen Kanalrundflug zu buchen.

Frimm spürte die Verachtung, die ihnen sogar das Bodenpersonal entgegenbrachte. Es machte ihm nicht viel aus, bis zu jener Nacht, in der er herausfand, warum sich immer exakt zwei Freiwillige für die Posten des Kopiloten und des Technikers auf der Magic Carpet meldeten.

Unterdessen landeten die Alliierten bei Anzio, und auf den Salomonen rammte O'Lear einem japanischen Leutnant den Kolben seines M1-Karabiners ins Gesicht, als der gerade vorhatte, sich mit seiner Pistole in ebendieses Gesicht zu schießen. «Hiergeblieben, Freundchen!», sagte O'Lear lachend, stieß mit dem stumpfen Holz zu und rettete auf diese Weise einem späteren Vorstandsmitglied der Mitsubishi-Motorenwerke das Leben, wenngleich er ihm dabei die Nase brach. In Wickam sah der Krieg anders aus. Die Besatzungen der Bomber mussten fünfunddreißig Einsätze hinter sich bringen, bevor sie nach Hause durften. Aber das hatte dort noch niemand geschafft. Ein Teil der Deutschen mochte sich zwar gerade auf einem langen Marsch durch die Taiga in den Tod befinden, alle übrigen schienen aber den Himmel über ihren Köpfen zu verteidigen. Von jedem Angriff auf Saint-Nazaire, Amiens, Emden, Wilhelmshaven, Bremen kehrten weniger Maschinen nach Wickam zurück, als aufgestiegen waren. Und von denen, die zurückkamen, waren die meisten in einem schrecklichen Zustand. Von vier Motoren liefen oft nur noch zwei, die Tragflächen waren durchsiebt, einmal fehlte der komplette untere Geschützturm samt dem Schützen darin, beinahe täglich kam es zu Not-, Bauch- und Bruchlandungen. Und so konnte es Frimm dem Sergeant, den er an diesem Morgen im Waschhaus traf, nicht verübeln, dass er ihn nicht grüßte, ihn nicht ansah, ihn überhaupt nicht zur Kenntnis nehmen wollte, als sie nebeneinander vor dem Becken standen.

Schließlich, nachdem er ausgiebig seine Zähne geputzt hatte, sagte der Mann, ohne den Blick von seinem Spiegelbild abzuwenden:

«Ich hatte drei Könige. Aber dieses Arschloch hatte ein Full House.»

«Pech beim Pokern?»

Der Sergeant nickte. «Und mein Mädchen zu Hause ist schwanger. Kann jeden Tag kommen.» Er schüttelte den Kopf. «Drei Könige, das ist nicht gerecht.»

«Ich bin kein guter Poker-Spieler», sagte Frimm.

«Du musst ja auch keiner sein», entgegnete der Mann grimmig.

Als er aus dem Waschhaus trat, saß der Mann immer noch an der Haltestelle, obwohl der erste Bus nach London schon abgefahren sein musste. Frimm maß dem keine besondere Bedeutung zu. Stattdessen beobachtete er, von den Stufen des Waschhauses aus, das Treiben auf dem Stützpunkt.

Die Luft war vom Dröhnen der anlaufenden Bombermotoren erfüllt, während die leeren Tieflader vom Flugfeld zurück zu den Depots rumpelten. Frimm glaubte, den Mann, der beim Pokern verloren hatte, behindert durch seine Fliegerkombi, in einer Hand seine Flugtasche, in der anderen die Schwimmweste, wackelnd wie einen Tanzbären über den Platz rennen zu sehen. Der Aufmachung nach war er einer der beiden Rumpfschützen und zudem spät dran. Alle schienen heute spät dran zu sein. Vielleicht hatte man sich erst in letzter Minute für den Einsatz entschieden, als sich irgendwo über Europa ein Riss in der Wolkendecke aufgetan und den Spähern den Blick auf das bislang Verborgene freigegeben hatte – einen U-Boot-Bunker, eine Fabrik, die Häuser einer Stadt. Wolken entschieden darüber, wer leben und wer sterben würde.

Die ersten B-17 drehten sich behäbig, bewegten sich in einem Abstand von zehn, fünfzehn Metern auf die Rollbahn zu. Über den Wolken trafen sich die in kurzen Abständen gestarteten Bomber wieder, formten Staffeln und mit anderen Staffeln Geschwader, Geschwadergruppen und schließlich Verbände.

Manchmal dauerte es Stunden, bis die Maschinen sich so gefunden hatten, hing ein dumpfes Brummen wie Hochnebel über der grünen Landschaft, den Feldern, Weiden und kleinen Ortschaften, bis schließlich die gesamte Formation, der Bomberstrom, Kurs auf Ziele nahm, die irgendwo jenseits des Meeres lagen, Orte, deren Namen nur wenige der Männer, die in elektrisch beheizten Overalls hinter ihren Maschinenkanonen saßen oder durch das Okular des Bombenzielgerätes blickten, je zuvor in ihrem Leben gehört hatten.

Wie die Dinge lagen, würde die Magic Carpet niemals auch nur in die Nähe eines U-Boot-Bunkers, einer Treibstoff-Raffinerie, einer Munitionsfabrik oder einer deutschen Stadt kommen. Wie schon als Dieb von Damaskus flog Scott LaMont nun über fremde Länder, wo gar keine waren, bombardierte Phantasiestädte und -stellungen, vollbrachte Heldentaten, die sich in Wahrheit über der Irischen See und schottischen Dörfern abspielten. Allenfalls bei klarem Wetter und sicherer Aufklärung wagten sie einen Abstecher über den Kanal. Das OSS hatte Sparkys Pearl-Harbor-Film gesehen und seine Idee der «eingebundenen Darstellung» mittels «unterstützender» Schauspieler und einiger nachgestellter Szenen weitergedacht: warum nicht einfach *alles* nachstellen, wenn es der Moral der Truppe, vor allem aber der Stimmung zu Hause diente?

Der Plan war einfach: Die Besatzung der Magic Carpet würde offiziell die vorgeschriebenen Einsätze absolvieren, LaMont und seine Crew als strahlende Sieger und, was viel wichtiger war, als strahlende Überlebende zurückkehren, sie würden mit ihrem Flugzeug auf eine Tour durch das ganze Land geschickt, yes, Sir! In einem mit Fähnchen und Girlanden geschmückten Sonderzug würden sie fahren, von Ost nach West und wieder von West nach Ost, und auch noch im letzten Kuhkaff entlang der Bahnlinie von ihrem großen Abenteuer erzählen, auf dass die Jungen dort ihnen folgten und deren Eltern Kriegsanleihen zeichneten. Bis es so weit war, berichteten die Wochenschauen in der Heimat regelmäßig von La-Mont, seiner mutigen Mannschaft und ihren gefährlichen Missionen.

Der Mann an der Bushaltestelle war aufgestanden und sah den Flugzeugen nach. Er trug Hut, Brille und einen Mantel, der ihm zu groß war und ihn zerbrechlich wirken ließ. Er hatte den Kopf in den Nacken gelegt, um nun die erste Maschine der Staffel in einer weit gezogenen Schleife aufsteigen zu sehen. Wahrscheinlich kennt er einen der Flieger, dachte Frimm, als der Mann sich plötzlich von den aufsteigenden Bombern abwandte und ihn ansah. So standen sie sich eine Weile lang gegenüber, wie Tiere, die im selben Wald wohnten, der eine nicht des anderen Beute, aber auch nicht seiner Art. Schließlich sank der Mann wieder auf die Holzbank und blieb reglos sitzen, den Blick auf einen fernen Punkt der Erinnerung gerichtet, inmitten seiner völlig undurchdringlichen Einsamkeit.

Frimm wandte sich achselzuckend ab und folgte dem Trampelpfad zwischen Waschhaus, Stacheldrahtzaun und der Remise für die Jeeps zurück zur Wohnbaracke.

«Home of the Magic Carpet» stand an der Stirnseite des Baus, der – wie die anderen auch – im Wesentlichen ein halbierter Zylinder aus Wellblech war. Das runde Dach war tarnfarben gestrichen, es gab zwei Türen und zwei Fenster.

«Na wunderbar – ein echter Hamsterbunker!», hatte La-Mont gesagt, als er die Baracke zum ersten Mal betrat. «Hier gibt's noch nicht mal einen Nagel für meine Mütze! Ich wette, Jimmy Stewart hat einen goldenen Garderobenständer in seiner Hütte. Und Gable eine gutgefüllte Hausbar! Und was habe ich? Keinen Nagel!»

Andere Hollywood-Stars waren LaMonts Lieblingsthema. Ständig fühlte er sich zurückgesetzt, nicht beachtet, vernachlässigt. Trat die Besatzung der Magic Carpet in einem Theater in London auf, konnte man davon ausgehen, dass LaMont erst einmal jemanden vorausschickte, um zu sondieren, wer in diesem Theater schon zu sehen gewesen war. Überhaupt war er von dem europäischen Job zunächst alles andere als begeistert gewesen. Aber Finanzamt und Staatsanwaltschaft hatten ihm wohl keine Wahl gelassen. «Was ist», sagte er einmal zu Frimm, «wenn Sparky mal Schnupfen kriegt? Wenn unser Mäzen Hodges eine neue Flamme hat und darüber alles vergisst?», fuhr er nachdenklich fort. «Glaubst du, Colonel Ryan lässt uns dann einfach so vom Set gehen?»

Obwohl LaMont ein echtes Ekel sein konnte, er ständig nörgelte, auf bevorzugter Behandlung bestand («Was soll das heißen – Sie haben keinen Kaviar? Ich dachte, die Russen sind auf unserer Seite!») und jeden Befehlshaber zur Weißglut gebracht hätte, fühlte er sich für Frimm verantwortlich, möglicherweise, weil sie beide ohne Vater aufgewachsen waren.

«Was ist mit ihm passiert, Frimm?»

«Keine Ahnung. Ist abgehauen, als ich sechs war.»

«Ging mir ähnlich.»

Sobald allerdings eine Filmkamera oder ein Reporter auftauchte, verwandelte LaMont sich in den Haudegen, den Frauenhelden, das Großmaul.

«Meine Männer und ich», polterte er dann, die Fliegermütze leicht schief auf dem Kopf wie einst Captain Blake seinen Dreispitz, «werden diesem Göring jede Bombe einzeln in seinen dicken Hintern jagen!»

Obwohl das nicht besonders geistreich war, kam es an. Es kam bei den Einheimischen im Örtchen Wickam an, bei den Amerikanern, die den Piloten kurz vor irgendeinem imaginären Einsatz in seinen «Fliegenden Teppich» steigen sahen, es kam sogar ein wenig bei den Fliegern auf dem Stützpunkt an, die wussten, dass LaMont nur ein Leinwandheld war, aber trotzdem «Jo-hoo!» riefen, als wären sie die vergessene Besatzung der Intrepid und ihrem Kapitän durch die Jahrhunderte gefolgt.

LaMont war der Einzige der achtköpfigen Schauspielertruppe, der schon vor dem Krieg in einem Flugzeug gesessen hatte. Angeblich war er mit Will Rogers, dem berühmten Cowboy-Darsteller, befreundet gewesen, und der hatte ihm das Fliegen beigebracht, so wie andere Leute ihren Freunden das Tennisspielen beibringen. Mittlerweile war Rogers tot – abgestürzt über Alaska, und LaMont erwähnte ihn mit keinem Wort. Als Sparky mit seiner «Spezialeinheit» in Wickam eintraf und ein paar Reporter von LaMont wissen wollten, ob er überhaupt genügend Flugerfahrung habe, lachte LaMont. «Sie kennen doch meine Filme.» Dabei zwinkerte er Frimm zu wie im Frühjahr 1929, als er auf der weißgetünchten Wand des Gemeinschaftshauses von Joshua Ridge auf einem fliegenden Teppich über eine fremde Stadt hinweggeflogen war.

Die Magic Carpet war, wie die anderen Maschinen auf dem Stützpunkt, eine Boeing B-17, ein viermotoriger Bombertyp, der «Fliegende Festung» genannt wurde. Die Besatzung eines solchen Flugzeugs bestand aus zehn Mann, von denen die meisten während des Fluges damit beschäftigt waren, die Jäger abzuschießen, die die Deutschen in die Luft schickten, um sie abzuschießen. Scott LaMont mimte den Piloten der Carpet, Frimm war der Navigator, er stand in einer kleinen Glaskuppel, von der aus man früh im Morgengrauen die letzten Sterne sehen konnte, oder hockte an einem Kartentischchen im linken Teil der Nase. Manchmal spielte er auch das Abschießen der deutschen Jäger. Dann stand er an einem der beiden Kinngeschütze und schoss Löcher in die Luft. Mit ihm zusammen saß der Doc in der Nase, der eigentlich Earl Shoemaker hieß und aus Chicago kam. Warum er «Doc» genannt wurde, war nicht ganz klar. Wahrscheinlich, weil das sein Spitzname in einem Film mit Spencer Tracy war, in dem er als Sechzehnjähriger den Anführer einer Jugendgang gespielt hatte, die von Tracy, der einen katholischen Priester mimte, von der schiefen Bahn auf den rechten Weg gebracht wird.

Das Interessante daran war, dass Shoemaker tatsächlich seit seinem achten Lebensjahr auf der Straße oder in Besserungsanstalten gelebt hatte. In den beiden Fortsetzungen des erfolgreichen Films hatte Shoemaker jeweils eine tragende Nebenrolle und erlangte bescheidene Berühmtheit. Von da an spielte er regelmäßig gestrauchelte Jugendliche. Er war ganz zufrieden und hätte diese Rollen wohl bis ans Ende seiner Tage angenommen, wenn ihm nicht die Natur dazwischengekommen wäre: Mit Anfang zwanzig nahm man ihm den Teenager nicht mehr ab. Er wurde immer seltener besetzt, versuchte sich als ernsthafter Schauspieler und scheiterte kläglich. Aus Earl wurde wieder der Doc, der sich erneut mit seinen alten Freunden aus Chicago traf, die ebenfalls älter geworden waren und sich schon lange nicht mehr damit zufriedengaben, den Eismann an der Ecke zu beklauen. Bald war Doc in illegale Wettgeschäfte verwickelt. Im Februar 1942 fand man im Hafen von Chicago einen toten Buchmacher. Zeugen hatten Shoemaker mit ein paar seiner alten Kumpel zuvor am Pier gesehen, wie sie mit dem Buchmacher stritten. Der Doc tauchte unter und bald darauf in Hollywood wieder auf. Angeblich soll ihn Tracy persönlich der Special Motion Picture Unit empfohlen haben, sozusagen als letzte Chance für den Gestrauchelten.

Frimm teilte sich ein winziges Zimmer mit dem Doc. Er

war wortkarg, wirkte verbittert und ließ Frimm zu sehr spüren, dass er älter war, wenn auch nur zwei Jahre.

«Ist die nicht zu alt für dich?», fragte er, als Frimm ein Foto von Penelope Brooks an seinen Spind hängte. Sie trug darauf das Straußenfedernkostüm aus dem «Goldenen Käfig».

«Nein», antwortete Frimm, «ist sie nicht.»

Der Rest der Crew bestand aus den Gantini-Brüdern, die im hinteren Teil des Bombers an den Maschinenkanonen standen und sich ständig mit Ruiz, dem Funker, stritten, der die Beleidigungen in ihrer Muttersprache überraschenderweise verstand. Dann waren da noch Dean Pauly, der untere Turmschütze, ein stiller Komiker und Bauchredner aus New York; ein Heckschütze aus Texas namens Jackson, der früher bekannte Schauspieler in Western gedoubelt hatte; und eben die beiden Freiwilligen, die der Kommandant entsandte, der Techniker und der Kopilot.

Als Frimm die Baracke betrat, wurde er von Ruiz mit einem Grinsen begrüßt.

«Raus aus dem Bau?»

«Freiflug. Heute Abend muss ich wieder rein.»

«Ryan spinnt.»

«Weißt du schon, wo's hingeht?»

«Schottland. Wir sollen dort ein ‹Hauptquartier› bombardieren. Ich wüsste mal ganz gerne, wie viele Hauptquartiere diese Deutschen in Sparkys Vorstellung haben.»

Niemand beachtete die Magic Carpet, als sie über die Rollbahn rumpelte und startete. Auch der Mann an der Bushaltestelle war nirgends zu sehen. Langsam schraubte die B-17 sich nach oben.

Zusammen mit der Carpet stieg eine Douglas Dakota DC-3 auf, die sonst Fallschirmspringer über feindlichem Gebiet absetzte. Sparky hatte in der offenen Luke eine 16-Millimeter-Kamera installieren lassen. Von dort aus dirigierte er jetzt den «Angriff»:

Der Maskenbildner war gerade mit Frank Gantini beschäftigt, er war über den Bordfunk zu hören.

«Du sollst mich nicht anmalen wie eine verdammte Tunte!»
Irgendjemand lachte leise, wahrscheinlich Ruiz.

«Reg dich nicht auf», sagte der Doc, «schließlich stirbst du heute den Heldentod!»

«Quatsch!»

«Das stimmt nicht!»

«Schon mal das Skript gelesen?»

«Ich sterbe nicht!», widersprach Frank. «Stimmt's, Mario?»

«Du stirbst nicht» bestätigte Mario, «sonst müsste ich ja auch sterben. Wegen dem dramatischen Gleichgewicht.»

«Blödsinn! Wenn du tot bist, Frank, ist es doch viel besser. Dann kann Mario hier den Racheengel geben! Das Publikum liebt so etwas!»

«Nein! Das Publikum möchte, dass der Held gesund nach Hause zurückkehrt!»

«Das Publikum möchte den Helden vor seinen Augen mit ein paar bedeutsamen Worten auf den Lippen ins Gras beißen sehen – während es sich in seinen warmen Sesseln zurücklehnen und ein paar Tränen vergießen kann. Dann werden Anleihen gezeichnet. Das einzige Problem werden wohl die Worte sein. Hast du dir schon etwas Passendes für dein Ableben überlegt, Frank?»

Das Publikum liebte die Wahrheit, dachte Frimm plötzlich, nicht die äußere, sondern die innere, falls es so etwas gab. Es sehnte sich danach, wie nach etwas, das man vor langer Zeit aus Unachtsamkeit verloren und nie wieder gefunden hat.

«Wo sind wir?», fragte Sparky.

Frimm sah grünbraune Hügel, als er nach unten blickte, links das Meer, die Irische See. Sie waren irgendwo über Cumbria, über Orten, die Skelton, Welton und Wigton hießen. Eine dünne, zerrissene Wolkendecke lag vor ihnen und schien sich als endloser Flickenteppich bis zum Eismeer hinzuziehen.

«Gleich Wegpunkt zwo.»

«Ist die Tonspur klar? Dass mir keiner irgendwas dazwischenquatscht, das nicht im Skript steht! Ich hab keine Lust, alles im Studio nochmal zu machen! Scott! Kannst du deinen Text?»

«Ruhig. Lasst sie schön nahe herankommen. Und jetzt: Schickt sie in die Hölle, Jungs! Hasta la vista, Adolf.»

«Okay. Weasel? Bist du bereit?»

«Jo-ho!», rief der Kameramann.

Die deutsche Jägerstaffel bestand aus vier Maschinen. Sie waren zunächst kaum zu erkennen. Ein paar silbrig flirrende Punkte am Horizont. Sie flogen leicht schräg gegen die Sonne auf gleicher Höhe, damit Sparky keine Probleme mit dem Licht und dem Objektiv bekam. Das würden sie in Wirklichkeit niemals tun. Sie würden sich von oben aus der Sonne auf sie stürzen, um erst im letzten Augenblick entdeckt zu werden, oder von unten, aus dem toten Winkel angreifen.

«Banditen, zwölf Uhr, gleiche Höhe!», rief der Doc.

«Ruhig. Lasst sie schön nahe herankommen!»

Die Messerschmitts kamen schnell näher, direkt auf Doc und Frimm zu.

«Und jetzt: Schickt sie in die Hölle, Jungs!»

Frimm zielte auf die anfliegenden Maschinen. Er zog den Abzug so weit durch, wie er konnte, bis ihm die Finger wehtaten. Ratatatak-tak. Ratatata-tak. Weasel stand hinter ihm, die Kamera fest umklammert, und filmte. Die ersten beiden Ma-

schinen drehten nach oben und nach unten ab. Ratatata-tak.
Dann die dritte. Ratatata-tak.

«Aaah! Ich bin getroffen!»

«Frank! Frank! Was ist?»

«Verdammt! Mich hat's erwischt!»

«Halte durch, Frank!»

Die vierte Maschine raste auf Frimm zu, der an den Händen schwitzte. Das Geschütz rüttelte ihn durch. Ratatata-tak. Der Motor dröhnte. Doc feuerte. Weasel drehte. Frimm feuerte. Der Jäger flog auf ihn zu, stur geradeaus, wie ferngesteuert.

«Ich schaff's nicht!»

Ratatatata-tak-tak.

Im letzten Augenblick drehte die Messerschmitt nach oben ab, vollführte eine gewagte Rolle, sodass Frimm für einen kurzen Moment den hellgrauen Bauch des Flugzeugs sah, zog einen dicken, pechschwarzen Rauchstreifen hinter sich her, schraubte sich weiter in den Himmel hinein, um dann auf dem Scheitelpunkt jäh in das Wolkenmeer hinabzufallen, das den schimmernden, vom Sonnenlicht gleichsam glühenden Körper wie ein riesiger Schwarm treibender Medusen aufnahm und verschlang.

«Hasta la vista, Adolf!»

«Cut!»

Sie waren noch vor dem Abendessen zurück, trafen sich vor ihrer Baracke, LaMont mitsamt Glas und Zigarre in einem Klappstuhl, die anderen saßen auf Hockern oder den Stufen vor der Eingangstür und genossen die ersten wärmenden Sonnenstrahlen des Jahres, als plötzlich zwei Löschzüge auf das Flugfeld rollten, gefolgt von mehreren Ambulanzwagen. Männer sammelten sich auf der Wiese vor dem Tower und starrten in den Himmel. Auf dem Balkon des Kontrollturms standen der Kommandant und einige Stabsoffiziere und suchten mit ihren Ferngläsern den Horizont ab. Ein fernes Brummen drang zu ihnen, das Geräusch der heimkehrenden B-17.

Frimm zählte die Maschinen: elf, zwölf, dreizehn, vierzehn. Wie viele waren aufgestiegen – zwanzig, einundzwanzig? Nachdem der vierzehnte Bomber auf seine Parkposition gerollt und die Motoren abgestellt hatte, herrschte angespannte Ruhe. Die Offiziere standen immer noch auf dem Balkon und suchten den Horizont ab, die Löschzüge und Feldambulanzen hatten sich nicht von der Stelle gerührt. Aus der Ferne hörten sie das Stottern eines Motors, der immer wieder aussetzte, sahen dann die Maschine, rußgeschwärzt, trudelnd, zersiebt. Die Plexiglasscheibe der Bugkanzel war zerschossen, aber am schlimmsten hatte es den linken, offenen Geschützstand in der Mitte der Maschine erwischt: Hier schien wie von einer gewaltigen Kralle ein ganzes Stück herausgerissen, war das Gerippe des Apparats bloßgelegt, die Maschine gehäutet.

Der Pilot landete erstaunlich sanft, der Schrotthaufen machte einen leichten Hüpfer im Staub, rollte noch ein Stück geradeaus, als die hintere Hälfte abbrach und der Rest der Maschine Feuer fing. Löschzüge und Ambulanzen fuhren bimmelnd und heulend auf das Flugfeld. Flieger stürzten aus den Baracken und rannten in Richtung Rollbahn oder hatten sich eines der Fahrräder geschnappt und radelten damit über die Betonpiste.

Die Crew der Magic Carpet war spät aufgestanden und ging nun zögernd auf das brennende Flugzeug zu, wo sich jetzt der Löschzug an die Arbeit machte. Frimm hatte sich zu LaMont auf den Jeep geschwungen. Gerade hatten sie eine der Ambulanzen erreicht, als ein Mann aus dem Qualm heraustrat, in den Armen ein Bündel. Sanitäter kamen auf ihn zugerannt, legten es auf eine Bahre, stützten den Piloten. Einer rief nach einer Decke. Das schwarze, ölige Bündel auf der Bahre war ein Mann, dem ein Bein und eine Hand fehlten, dessen Augen und Mund noch offen standen, obwohl er schon lange nicht mehr atmete; der Mann auf der Bahre hatte strahlend weiße Zähne, er hatte sie sich am Morgen sorgsam geputzt, schweigend neben Edison Frimm. Drei Könige sind kein Full House.

Wenn sie nicht drehten, fuhr er mit dem Rad auf holprigen Wegen durch die Wiesen und Felder Kents, vorbei an Kühen, Schafherden, Farmhäusern. Manchmal saß er stundenlang zwischen Bäumen an einem kleinen Bachlauf und sah auf das Wasser. Er erinnerte sich an die Zeit im Garten der Crawfordvilla und versuchte sich in sich selbst zu versenken, versuchte an nichts zu denken, so wie Koga es ihn damals gelehrt hatte. Aber er driftete ab, verlor sich in Erinnerungen, im Alltäglichen, ohne dass er der Antwort auch nur ein Stück näher gekommen wäre. Wo ist dein Schatten in der Finsternis? Von allen Fragen, die Koga ihm gestellt hatte, konnte er diese am wenigsten fassen. So blieb ihm nur der Blick auf das Wasser: Furcht, Langeweile, Sehnsucht, Heimweh, Hunger; und immer wieder Penelope: nicht die, die an seinem Spind hing, sondern die echte. Wo war sie jetzt, und was tat sie dort?

«Du wirst doch nicht sentimental werden, oder?», hatte sie an ihrem letzten gemeinsamen Abend gesagt. Frimm wollte gerade antworten, aber sie legte ihm den Zeigefinger auf die Lippen. «Keine Erklärungen, keine Schwüre. Bitte.» Sie schwieg einen Moment lang. «Ich werde nicht auf dich warten. Du musst dich also nicht zurückhalten, was Frauen angeht. Ich werde mir einen Millionär angeln, vielleicht lernst du ja eine junge adlige englische Witwe kennen. Pass nur auf, dass du dir keine Geschlechtskrankheiten holst, okay? Und gib nicht damit an, dass du mich kennst. Komm einfach gesund zurück. Dann können wir mal wieder Hot Dogs essen gehen oder – so.» Sie küsste ihn auf die Wange, stand auf, ging zur Tür, drehte sich aber noch einmal um.

«Und bring mir etwas mit.»

«Was denn?»

«Egal. Irgendwas, ein Souvenir.» Sie zwinkerte ihm zu. «Du kennst doch den ‹Dieb von Damaskus›: Wer aus der Fremde den kostbarsten Schatz mitbringt, bekommt die Prinzessin.»

An den Abenden fuhren sie manchmal in die umliegenden Ortschaften, zu irgendwelchen Veranstaltungen, oder gingen in Pubs, wo ihnen ältere Herren die strategische Lage erklärten. Frimm sah sich nach dem Mann von der Bushaltestelle um, vergeblich. Er bekam Briefe seiner Mutter, in denen sie ihm Alltägliches berichtete, und er schrieb ihr Alltägliches zurück und versicherte, es gehe ihm gut. Die einzige überraschende Neuigkeit aus der Heimat war, dass Georgie Mc-Pherson das Baseball-Team der Wayne High bei den County-Meisterschaften zum Sieg geführt hatte. Frimm konnte es kaum glauben, aber seine Mutter hatte ihm einen Zeitungsartikel beigelegt: Georgie hatte die meisten Homeruns erzielt.

Eines Abends, als die anderen zu einer Spritztour nach London aufbrachen, blieb Frimm zurück. Eine Weile lag er einfach allein auf seinem Bett, las in einem Magazin mit halbnackten Mädchen darin, das der Doc ihm überlassen hatte. Dann stand er auf.

In einer Wellblechbaracke, die sich von außen nicht von den anderen unterschied, war die Bar des Stützpunkts untergebracht, ein einziger großer Raum mit einem langen, weißgestrichenen Tresen an der Stirnseite. Ein paar Pin-up-Girls hingen neben einer Karte, auf der die erfolgreichen Einsätze der Gruppe mit kleinen Fähnchen markiert waren. Über den zwei Billardtischen vermischte ein Deckenventilator den Rauch mit der Luft, durch die Glenn Millers «Moonlight Serenade» schwebte, die Frimm zwei Takte lang an seinen Vater denken ließ.

Niemand drehte sich nach ihm um, als er eintrat. Niemand grüßte ihn. Er stellte sich an die Bar, verlangte ein Bier und wollte schon wieder gehen, als ihm eine Gruppe Männer auffiel, die durch eine Tür in der hinteren Wand verschwanden. Frimm nutzte einen unbeobachteten Moment und folgte ihnen.

Das Hinterzimmer war klein und stickig, Flieger lehnten mit ihren Drinks in der Hand an der Wand und rauchten. Um einen runden Tisch saßen einige Männer, über ihnen baumelte eine Lampe. Sie spielten Poker. An der gegenüberliegenden Wand entdeckte Frimm eine Tafel, die ihn an jene in der Einsatzbesprechung erinnerte.

«Ich bin raus», sagte einer und warf seine Karten hin. Er stand auf, nahm eines der Namensschilder aus dem oberen Drittel der Tafel und hängte es nach unten. Frimm lehnte sich an die Wand und fragte einen der Zuschauer:

«Ist das so eine Art Turnier?»

Der Mann drehte sich um und nickte.

«So was Ähnliches.»

O'Lear hatte Frimm die Grundzüge des Pokerns beigebracht, aber ihm war klar, dass er hier verlieren würde. Trotzdem wollte er mitmachen. Wenigstens einmal dazugehören.

«Kann man einsteigen?»

Sein Nachbar musterte ihn.

«Dich kenn ich doch.»

«Kann man einsteigen oder nicht?»

«Klar kenn ich dich.» Der Mann schüttelte energisch den Kopf. «Nein, ich glaube nicht, dass du hier einsteigen kannst. Du nicht.»

«Warum nicht?»

Die Männer am Tisch drehten sich zu ihm um.

«Das ist einer von der Carpet.»

«Sieh an, der Hauptgewinn!»

«Ich würde gern mitmachen.»

«Aber sicher. Wir könnten dir ein Schleifchen umbinden und dich auf den Tisch setzen, was meinst du?»

Frimm versuchte, dem Blick der Männer standzuhalten. Sie waren nicht viel älter als er, aber sie sahen viel älter aus.

«Kann ich nun mitmachen oder nicht?»

Einer der Spieler, ein junger Captain, der mit dem Rücken zu Frimm saß, legte seine Karten hin, nahm die Zigarre aus dem Mund und drehte sich langsam um. Die Lampe beleuchtete zunächst nur eine Hälfte seines hageren Gesichts, seine blasse, beinahe durchscheinende Haut, die jungenhaften Züge. Als er sich aber vollends umgedreht hatte, konnte man eine lange Narbe sehen, die vom linken Wangenknochen bis zum Mundwinkel verlief. Der Captain versuchte ein Lächeln, das aber durch den schiefen Mund zur Grimasse geriet. «Raus», sagte er.

Später saß Frimm mit einer Flasche Bier auf den Stufen seiner Baracke und sah in den Sternenhimmel. Die Sterne über Europa kamen ihm ganz anders vor als die zu Hause, über der Wüste. Blasser, kälter, weiter entfernt. Er erinnerte sich, wie er als Kind einmal mit Dan Schmidt auf das Dach ihres Hauses gestiegen war und Dan ihm vorgeschlagen hatte, er solle sich einen Stern aussuchen. Irgendeinen. Das sei dann seiner, und egal, wo er sich auch befinde, der Stern bliebe immer bei ihm, er könne nachts, sollte er sich einsam fühlen, immer zu diesem Stern aufsehen, und er wäre immer noch da. Bis in alle Ewigkeit. Dan hatte ihm eine Hand auf die Schulter gelegt, und für einen Moment hatte Eddie sich ihm auf ungeahnte Weise verbunden gefühlt. Schließlich wählte er den hellsten Stern im Westen, kaum eine Handbreit über der Wüste: Aldebaran im Sternbild Stier. Der Name komme aus dem Arabischen, hatte Schmidt ihm erklärt, Al Dabaran heißt: der Begleiter.

Als er auf den Stufen saß, war Aldebaran schon hinter dem Horizont verschwunden. Wolken zogen auf und zurrten die Nacht zu wie einen Sack. Aus der Finsternis hörte Frimm plötzlich eine Stimme.

«He, willst du noch 'n Bier?»

Der Mann, der im Pokerzimmer neben ihm an der Wand gelehnt hatte, trat aus der Dunkelheit heraus und reichte ihm eine Flasche.

«Danke.»

«Darfst es den Jungs nicht übelnehmen.»

Frimm zuckte mit den Achseln.

«Was soll's.» Er wandte sich ab und starrte wieder in den Himmel.

«Weißt du, worum sie spielen?»

Frimm antwortete nicht.

«Du weißt es wirklich nicht, oder?»

Frimm schüttelte den Kopf.

«Wer die zwei Glücklichen sind», sagte der Mann, «die in eure Kiste steigen dürfen. Darum spielen sie.»

So verging der April: Frimm und der Mann an der Bushaltestelle sahen den Flugzeugen nach. Angriffe auf Saint-Nazaire (2-mal), Emden, Amiens, Schweinfurt, Köln. Die Magic Carpet «bombardierte» die Kreidefelsen vor Dover. Der Techniker, den man ihnen zugewiesen hatte, sagte: «Ich bin kein Feigling, nur weil ich mit euch fliege.»

Dann wurde das Wetter schlechter. Eine B-17 stürzte unmittelbar nach dem Start in ein Bauernhaus, in dem eine schwangere Frau wohnte. Sie rannte hinaus, bevor die Maschine explodierte. Die Besatzung schaffte es nicht mehr. Der Postbote, der jeden Morgen auf der Landstraße mit seinem Fahrrad fuhr, fand einen abgerissenen rechten Arm. Die Hand trug einen goldenen Ring. Er brachte ihn zum Stützpunkt. Es war der Arm des Technikers. Sie versuchten, den Ring vom Finger zu lösen, doch irgendwie war das Fleisch aufgedunsen, und sie mussten jemanden vom Bodenpersonal holen, und der sägte den Finger ab, zog den Ring herunter und warf den Finger in einen Eimer mit alten, verrosteten Nieten. Danach begruben sie den Arm des Technikers, denn mehr hatten sie nicht von ihm finden können, nahmen den Ring und wuschen und polierten ihn, der Kommandant schenkte sich einen Whiskey ein und schrieb in einem Brief, wie der Techniker sein Leben für das der schwangeren Frau gegeben habe. Er erzählte nicht die ganze Geschichte. Er ließ den Finger an der Hand und die Hand am Arm und den Arm am Techniker. Als er den Brief beendet hatte, legte er den Ring dazu und verschloss den Umschlag und gab den Brief an die Poststelle, wo der Brief wieder geöffnet und gelesen, der Ring betrachtet wurde; dann steckten sie Ring und Brief wieder in den Umschlag, verschlossen ihn, drückten ihren Stempel drauf und warfen ihn in einen Sack, der zu anderen Säcken gestellt wurde, die man auf einen Lastwagen lud, der zur Zentralen

Sammelstelle fuhr, von wo aus der Sack in ein Flugzeug geladen wurde, das an einem nebligen Morgen in Schottland abhob und an einem nebligen Nachmittag in Boston landete, wo der Sack mit dem Brief mit dem Ring darin ausgeladen, auf einen Pritschenwagen geschmissen, zu den anderen Säcken und dann zur nächsten Sammel- und Verteilstelle gefahren wurde, wo ihn jemand aufmachte, eine Frau, eine Mutter aus Boston, deren Mann noch im selben Jahr von einer Granate auf dem Omaha-Beach zerrissen werden sollte, sie sortierte also die Post (hoffte auf eine Nachricht ihres Mannes und überlegte gleichzeitig, was sie ihren Kindern zum Abendessen kochen und ob sie die Schicht ihrer Freundin Maureen nächste Woche übernehmen sollte), sortierte den Brief in den Sack mit den Briefen, die weiter nach Westen gingen, der neue Sack mit dem alten Brief über den Techniker, von dem nur noch ein Arm übrig war, nur noch eine Hand mit einem Ring daran, den man allerdings hatte absägen müssen: «Er hat sein Leben für das einer schwangeren Frau geopfert. Sie allein können sein Opfer verstehen, wo Sie doch selbst Kinder haben. In tiefer Verehrung und Anteilnahme, Ryan, Colonel.» – der Umschlag mit dem Brief des Kommandanten und dem Ring darin, *Confirming Letter follows* hatte am Ende des Telegramms gestanden, und nun folgt er, der alles besiegelnde Brief, an einem Freitagmorgen in Los Angeles hievt Mary Frimm den Sack mit dem Brief mit dem Ring darin in den Lieferwagen und fährt damit zum West 11433 Riverside Drive, zu einem einstöckigen Bungalow, klein, aber ordentlich, draußen Wäsche im Garten und ein bellender Hund am Zaun.

Und dann, als er schon nicht mehr daran glaubte zurückzukehren, nachdem er lange vergeblich versucht hatte, den
Fränkel zu erreichen, um ihn an den Handel zu erinnern, der
Fränkel aber nie zu erreichen gewesen war und ihm auch niemand hatte sagen wollen, wo der Herr Hauptsturmführer
sich gerade aufhalte, als er es also fast schon aufgegeben hatte,
bekam er einen schlichten Brief vom stellvertretenden Amts-
leiter, in dem ihm seine Rückversetzung zur Mordinspektion
angekündigt wurde: «Melden Sie sich bitte morgen um 9 Uhr
in meinem Büro. Mit freundlichem dt. Gruß, KD Dr. Heinrich Raabe».

Mauser kannte den Direktor Raabe nicht. Und er hatte eigentlich gedacht, in Berlin würde er alle kennen. Musste neu
sein. Und was sollte er von dem «freundlichen dt. Gruß» halten, statt des üblichen «deutschen»?

Irgendwie kam ihm der Name Raabe bekannt vor, aber ihm
fiel nicht ein, woher. Er war auf der Hut.

Raabe trug keine Uniform. Das Parteiabzeichen hatte er
sich ans Revers seines Mantels gesteckt, und der hing an der
Garderobe. Er selbst saß an jenem Schreibtisch, der einst
Cohns Schreibtisch gewesen war, stand auf, als Mauser her-
einkam, lächelte, reichte ihm die Hand, die Mauser nach an-
fänglichem Zögern schüttelte, bot ihm einen Stuhl an. Dann
setzte er sich selbst.

«Also: Einverstanden?»

Mauser kniff die Augen zusammen.

«Womit ... Herr Kriminaldirektor?»

«Sparen wir uns lange Erklärungen, Mauser, bin im Bilde. Kenne den Fränkel. Also, wollen Sie zurück zum Mord oder nicht?»

«Ja.»

«Na, dann hätten wir das ja schon mal geklärt.»

«Was muss ich dafür tun?», platzte Mauser heraus.

«Tun? Nichts. Sie haben doch schon alles getan.»

Mauser schwieg.

«Sehen Sie», fuhr Raabe fort, griff in ein Holzkistchen, zog eine Zigarre hervor und schob ihm das Kistchen zu.

«Bedienen Sie sich.»

Zögernd nahm sich Mauser eine Zigarre. Raabe lehnte sich zurück.

«Aber sagen Sie mal, sind Sie wirklich in den Abwässern herumgekrochen? Weil es Befürchtungen gab, dass … na, Sie wissen schon.»

Mauser rauchte, sagte nichts. Raabe schüttelte den Kopf.

«Nichts gegen Vorsicht, aber man kann's auch übertreiben. Wie dem auch sei. Sie können sich gleich an die Arbeit machen, Mauser, ist einiges liegengeblieben.»

Mauser sah auf Raabes akkurat aufgeräumten Schreibtisch. Cohn war immer von mindestens drei Aktenstapeln eingemauert gewesen. In diesem Moment fiel ihm zum ersten Mal die kleine Messingplakette an der Stirnseite des Tisches auf: JULIUS RAABE MÖBELFABRIKEN, BERLIN.

Er stemmte sich hoch, im Mundwinkel immer noch die Zigarre, die langsam erlosch. Abermals reichte ihm Raabe wortlos die Hand, und Mauser nahm sie zu einem kurzen, knappen Händedruck, ohne sein Gegenüber dabei aus den Augen zu lassen.

«Ist noch etwas?»

«Nein, ich –», Mauser zögerte, überlegte, ob er Raabe nicht

einfach fragen solle, wo sich ihre Wege schon einmal gekreuzt hatten, machte stattdessen eine ausweichende Geste mit der Hand, zeigte auf die Firmenplakette: «... habe nur gerade das Schild hier gelesen. Julius Raabe. Der den Schreibtisch hergestellt hat. Entschuldigen Sie bitte ... war nur so eine zufällige Beobachtung ... ist nicht weiter wichtig.»

Der Kriminaldirektor lachte. «Ihnen entgeht nichts!» Er legte Mauser die Hand auf die Schulter. «Deswegen habe ich Sie geholt. Wahrscheinlich haben Sie überlegt, wann Sie meinen Namen zuvor gehört haben.» Raabe lächelte, zog eine Schreibtischschublade auf und ließ sie wieder zugleiten, bevor Mauser hätte sehen können, was sich darin befand, und deutete auf einen Aktenschrank. «Raabe Büromöbel, hier, im Vorzimmer, überall – die Firma gehörte meinem Vater, und jetzt gehört sie meinem Bruder und mir. Und während er neue Schreibtische baut, habe ich mich entschieden, an einem davon zu arbeiten.»

Aber das ist es nicht, dachte Mauser, daher kennst du seinen Namen nicht, es ist etwas anderes.

Raabe sah ihn an, und sein Lächeln verlor sich. «Tja», sagte er langsam, «wie klein die Welt ist, Mauser.»

Es war, als würde er heimkehren. Zwar hatte sich bei einem der letzten Angriffe ein Blindgänger durch die Trennwand zum Nachbarzimmer gebohrt und ein eiförmiges Loch hinterlassen, das man nur notdürftig wieder zugemauert hatte, sodass er, trat er an die Wand, durch einen Spalt die Sekretärin an der Schreibmaschine sitzen sah. (Sah ganz adrett aus, das Fräulein. Hatte so was Frisches. Wie hieß es noch gleich?) Ansonsten hatte sich in seinem Büro wenig verändert. Der Schreibtisch, der Stuhl, der Garderobenständer, der Aktenschrank, die Lampe, der Fernsprecher, alles wie gehabt.

Mauser sah aus dem Fenster: derselbe Blick über Dircksenstraße und S-Bahn-Trasse zum wuchtigen Bau des Landgerichts. Der Himmel über Berlin trübe, aber nicht unfreundlich, im Westen heller. Unvermeidbar fühlte er sich wohl. Und warum auch nicht? Hatte er es sich nicht verdient? Verbrechen – ganz normale Verbrechen – gab's ja immer noch. Er fühlte sich wohl, und als er sich dabei erwischte, dachte er auch daran, dass er vielleicht den ganzen Schlamassel ohne größere Blessuren überstehen könnte, wenn er nur seine Arbeit machte. Würde vielleicht anecken, aber er hatte ein dickes Fell, und so ein paar Ecken, die würde er gar nicht spüren. Die Armeen im Osten steckten im Schlamm, gruben sich ein, im Westen tat sich nichts Neues, außer dass eine Stadt nach der anderen bombardiert, dem Erdboden gleichgemacht wurde. Er hatte einen Bekannten, der wohnte in einem Vorort von Hamburg, und als Hamburg brannte, hatte er den Lichtschein der brennenden Stadt sehen können und, weil in Hamburg niemand abhob, Mauser angerufen, ob Berlin auch brenne. Sie kannten einander nicht sehr gut. Waren sich vor Jahren bei einem Fortbildungslehrgang für Kriminalisten begegnet. Wir arbeiten an einem neuen Verfahren. Modernste ballistische Tests. Interessant. Hat man halt Adressen ausgetauscht. Ob Berlin auch brenne, aus Hamburg, aus der Stadt würden sie kommen, mit kaum mehr als ihren Kleidern am Leib, sagen kein Wort, aber die haben so einen Blick, Herr Mauser, der kann einem Angst machen. Totales Chaos, völlige Auflösung, die Parteileitung getürmt. Ob Berlin auch brenne, wollte der pensionierte Kommissar wissen, und Mauser wusste, was sich hinter dieser Frage verbarg: Furcht, aber auch Hoffnung. Auf ein Ende. Wenn Berlin auch brannte, wenn auch hier die Führung getürmt war, alles in Auflösung, totales Chaos, dann konnte es nicht mehr lange dauern. Separatfrieden. So was in der Art. Wie damals mit den Russen, flüsterte der pensionierte Kommissar, nur diesmal mit den anderen. Danach den Bolschewiken bezwingen. Ein Jahr vielleicht noch durchhalten, und dann würden die Leute wieder normal werden, oder?

Mauser wog seine Möglichkeiten ab: Mit dem Raabe, der ja kein Hundertprozentiger zu sein schien, könnte er sich schon irgendwie arrangieren. Gestapo und SD würde er, soweit möglich, aus dem Weg gehen. Politische Fälle gleich abgeben. Für Sabotage nicht zuständig sein. Ja, so konnte man es machen, so könnte es gehen, warum sich mit denen mehr abgeben als nötig? Abwarten und Tee trinken, ab und zu vielleicht auch mal etwas Stärkeres, gut Ding will Weile haben. Das sagte dem Mauser so eine Stimme, vielleicht die des Füchsleins, die vielleicht nur das Kreischen des S-Bahn-Zuges war, der gerade in den Bahnhof Alexanderplatz einfuhr, aber trotz des hohen Obertons eine beruhigende Wirkung auf Mauser hatte. Waren wir nicht alle Gewohnheitstiere? Einerseits ja, andererseits –

Auf dem Alexanderplatz, zwischen den Tramgeleisen, bauen sie jetzt Rüben an. Wegen der Rationierung. Hat man am Anfang noch den Kopf geschüttelt, tat man sich den Zucker nun trotzdem in den Malzkaffee. So einfach ist das. Der Mensch ist ein Gewohnheitstier. Wenn die Sirenen heulten, ging er unter Tage, stieg mit stumpfem Blick hinab; und wenn die Entwarnung kam, kletterte er wieder hinauf, um zu sehen, was vom Tage übrig war.

Einerseits. Hamburg brannte eine Woche lang. Nach zwei Wochen rief Mauser den Pensionär an, der war nicht da, nur seine Frau. Sie hätten ihren Mann aus dem Ruhestand geholt, die Parteileitung und so. Seien zurückgekommen. Und jetzt sei er in der Stadt, es sei schrecklich, unbeschreiblich, er müsste alles organisieren, die öffentliche Ordnung, das alles eben. Es müsse ja irgendwie weitergehen. Andererseits: Man habe einige Ausgebombte bei ihnen einquartiert. Platz sei ja genug. Die Tochter verheiratet, der Junge an der Front. Aber das mit den Herzen, die nicht brechen (sagte sie leise, und Mauser hatte ihr zurufen mögen: Ich kenne Sie doch gar nicht!), also, das mit den Herzen, die nicht gebrochen seien, das stimme einfach nicht. Es sei schwer zu beschreiben. Sie würden nicht jammern, jammern nicht, nein, aber, verstehen Sie, es ist diese Art, wie sie mit ihren Händen über die Anrichte streichen oder die Standuhr betrachten, wenn die Stunde schlägt – es ist ein Vorwurf darin, ein Vorwurf, dass unsere Dinge noch da sind, aber ihre nicht (Lassen Sie es uns nicht zu lang machen, das ist ein Dienstapparat, verstehen Sie?, sagte Mauser). Alles verloren, sagen sie, und was soll man darauf antworten? Wir sagen nichts. Wir trinken Tee. Gemeinsam essen wir das Brot. Und wenn die Sirenen heulen, gehen wir gemeinsam in den Keller. Dann sehen sie zu uns herüber – und – ich will diesen Leuten wirklich nichts Böses unterstellen, aber – mir ist dann immer so, als warteten sie darauf, dass über uns alles zusammenbricht. Irgendwie ist jetzt jeder für sich (Grüßen Sie Ihren Mann von mir, sagte Mauser). Ja, das werde ich machen, Herr Kommissar. Wie ist es in Berlin? Gibt es viele Verbrechen? Ich stelle mir Berlin immer ganz verbrecherisch vor (Bestellen Sie Ihrem Mann, wenn er mal wieder hier ist, trinken wir ein Bier zusammen, sagte Mauser). Ach. Gibt es bei Ihnen keine Ausgangssperre? Und Verdunkelung? Es muss doch Verdunkelung geben (Hier ist es genauso dunkel wie anderswo auch). Ja? Ich stelle es mir immer dunkler vor. Kann man nachts noch auf die Straße? Muss man sich jetzt nicht vor den Spitzbuben doppelt in Acht nehmen? (Mauser sagte nichts.) Aber darüber dürfen Sie wahrscheinlich gar nicht reden. Also dann. Leben Sie wohl.

Mauser sah aus dem Fenster. Einerseits, andererseits. In einigen Monaten würden auf dem Alex Rüben geerntet. Jetzt fiel es ihm wieder ein: Das Fräulein hinter der Blindgängerwand hieß Herbst. Die Sirenen heulten. Voralarm. Mauser packte die Akten zusammen. Im Tiefbunker unterm Alex könnte er sie vielleicht durchlesen. Wenn er denn einen Sitzplatz bekam. Ein Zug fuhr ein, und das Säuseln der Schienen vermischte sich mit dem Gesang der Sirenen. Eine Stimme drang zu ihm, leise, störend, beharrlich: Wo sind die Verschwundenen, die Verschwundenen, wo sind sie?

Sturmtief über den Shetland-Inseln. Die Magic Carpet blieb weiter am Boden. Sie fuhren mit den Fahrrädern zu einer Bomber-Attrappe, eine halbe Meile vom Stützpunkt entfernt, und drehten mit Sparkys Second-Unit-Regisseur all die Szenen nach, die wegen des Motorenlärms auf den Originalaufnahmen unbrauchbar waren.

«Ich schaff's nicht!»

«Ihr Schweine! Hier! Nehmt das!»

Ratatatata-tak-tak.

«Entschuldigung, mein Herr. Warum nicht mitfliegen?», fragte der Mann an der Bushaltestelle eines Tages durch den Zaun hindurch.

War er ein Spion?

«Warum steigen Sie nie in den Bus ein?», fragte Frimm.

Der Himmel wurde wieder blau. Die Sonne schien. Frimm sah den Krankenschwestern nach, die manchmal am Stützpunkt vorbeiradelten. Die Apfelbäume blühten. Aber die Magic Carpet blieb am Boden.

«Was ist eigentlich mit Sparky?», fragte LaMont.

«Der dreht in der Südsee.»

«Was denn?»

«Die Eroberung von irgend so einer Insel.»

«Hätte er auch mit uns machen können.»

«Moskitos, Gelbfieber und Malaria? Nein danke!»

«Schließlich müssen wir hier unsere glorreiche Tour fliegen!»

Sie saßen vor ihrer Baracke und taten, als ob sie sich sonnten, zählten die Flugzeuge, die von einem Einsatz zurückkamen, und schämten sich vielleicht etwas, aber nicht zu sehr. Frimm klebte einen Umschlag mit einem Brief an seine Mutter zu. Er wollte gerade zum Postbüro gehen, als Pauly von dort zurückkam, mit einer Zeitung wedelte und bauchredete:

«Du bist raus, Pauly! Ja, und du und du und, und du auch! Ihr alle!»

«Wovon redest du, Pauly?»

«Du meinst, wovon ich rede?», quäkte die Puppenstimme, und Pauly hob die Zeitung hoch. «Davon! Die haben es vor uns geschafft! Wir sind raus, raus, raus!»

Auf der Titelseite posierte eine B-17-Crew, inmitten von bunten Papierschlangen und Girlanden, vor ihrer Maschine. Man feierte sie dafür, dass sie fünfunddreißig Einsätze geflogen hatte, ohne von den Deutschen vom Himmel geholt worden zu sein. Es hieß weiter, sie wären unter den ersten Amerikanern, die Bomben auf Berlin geworfen hätten. Flugzeug und Flieger waren bereits auf dem Weg in die Staaten zu einer Tour durch das ganze Land – auf der natürlich auch ein Film über ihre heldenhaften Einsätze gezeigt werde, denn zwei Kriegsberichterstatter des Signal Corps hatten die Flieger die ganze Zeit über begleitet.

«Die haben uns reingelegt», stellte Frank Gantini erschüttert fest.

«Warum haben nicht wir Berlin bombardiert?», fragte Mario. «Wir hätten das doch viel leichter machen können.»

«Genau», witzelte Ruiz, «wir hätten einfach London genommen, den Unterschied hätten die zu Hause gar nicht gemerkt.»

«Vielleicht gibt man uns ja eine zweite Chance», orakelte

der Doc, dann reichte er Frimm die Zeitung. «Da steht auch was für dich persönlich drin.»

Er nahm sie und spürte, wie sein Mund trocken wurde und sein Herz raste. Reglos starrte er auf das Foto und die Überschrift, während um ihn herum das Geplapper weiterging.

«So ist Hollywood, Jungs», erklärte Frank Gantini Frimm mit weltgewandter Lässigkeit, «die meiste Zeit lassen sie dich warten. In der Garderobe, am Set, in der Maske. Sie ändern fünfmal ihre Pläne. Sie lassen dich zehnmal den gleichen Satz sagen, und am Ende schneiden sie den Satz raus. Und weil das der einzige Satz war, den du sagen durftest, schneiden sie dich gleich mit raus. Sie sagen, rufen Sie uns nicht an, wir rufen Sie an.» Frimm hörte ihm kaum zu.

Hollywood rief nicht an. Der Kontaktmann beim OSS wurde plötzlich versetzt. Der Second Unit Director packte eines Tages Kameras und Beleuchtung zusammen. Lee Rosenbaum lag mit einer schweren Diarrhöe in einem Lazarett auf den Salomonen. Irgendein bis dahin unbekannter Virus. In seinen Fieberträumen steppte Scott LaMont betrunken neben Ginger Rogers über einen verminten Sandstrand.

Und Hodges hatte die Crew der Magic Carpet schlicht vergessen. Nicht so der Stützpunktkommandant. Colonel Ryan erkundigte sich beim Brigade-General, wem diese Männer, die vor ihrer Baracke in der Sonne saßen, denn nun eigentlich unterstellt seien.

«Welche Männer?»

«Die hier diese Filmchen gedreht haben.»

«Ach ja. Stimmt. Sind die damit fertig?»

«Sieht so aus.»

«Hat einer um Versetzung gebeten?»

«Mir liegt kein Gesuch vor.»

Der Brigadegeneral sah in diesem Moment eine Reihe von Problemen auf sich zukommen. Aber er wäre nicht Brigadegeneral geworden, wenn er nicht in der Lage gewesen wäre, Probleme schnell und effizient zu lösen.

«Dann unterstehen sie wohl Ihnen, Colonel.»

«Jetzt hat Ryan uns am Arsch», stellte der Doc fest und warf von seiner Pritsche aus eines von Luis Ruiz' Wurfmessern an die Wand, das aber nicht stecken blieb. «He, Frimm! Ich rede mit dir!»

Edison Frimm sah nicht auf. Einmal mehr war sein Blick auf die zerlesene Zeitung, die Überschrift und das Foto gefallen:

«Multimillionär heiratet ehemaligen Stummfilmstar
Penelope Brooks wird Gerald G. Hodges' achte Frau»

«Mein Gott», schrieb Mary Frimm ihrem Sohn am Abend nachdem sie den Brief mit dem Ring des Technikers zugestellt hatte, «bin ich froh, dass du nicht *wirklich* in eines dieser schrecklichen Flugzeuge steigen musst!»

Langsam breitete sich die Dämmerung über dem Hof aus, und das erste Licht des heraufziehenden Tages fand seinen Weg bis vor das vergitterte Fenster. Es stand halb offen, und ein Luftzug trug vom Flur jenseits der Zellentür die Geräusche der Schlafenden durch Frimms Zelle und hinaus in die fliehende Nacht – das gleichmäßige Atmen der Diebe, das Quietschen stählerner Betten, in denen sich Vergewaltiger wälzten, und – von weit her – das Flüstern der im Schlaf sprechenden, verurteilten Mörder. Noch etwas war zu hören: ganz leise, vielleicht ja nur Teil eines Traums, ein paar Geräusche, die genauso eingesperrt waren wie er selbst – ein Motor. Ziemlich weit weg, dachte er zunächst. Könnte ein Agrarflugzeug sein. Oder eine

Übungsmaschine der Air Force vom nahen Stützpunkt. Es wurde lauter. Kam näher. Rodriguez schnarchte. Auch Williams schien zu schlafen. Frimm lag auf seinem Bett und beobachtete, wie der Morgen sich in der Fensterlaibung langsam vorantastete, während das Dröhnen in der kleinen Zelle anschwoll. Weder Rodriguez noch Williams wachten auf. Er tastete nach seinen Zähnen.

Knatternd, stotternd, halbverbrannte Abgase spuckend, laufen die Motoren an. Nummer eins, Nummer zwei, Nummer drei, Nummer vier. Er ist durch eine Luke am Bug der B-17 in ihr Inneres gekrochen, sitzt in der Flugzeugnase an seinem Kartentischchen. Neben ihm der Doc, der sein Bug-MG und die Schalter kontrolliert. Anstelle des Zielgerätes haben sie Weasels Kamera mitgenommen und Weasel selbst, der rechts von Frimm hockt und recht munter wirkt, wahrscheinlich, weil er das alles einfach nur für einen weiteren Dreh hält. Über den Bordfunk hört Frimm, wie LaMont und der Kopilot, der ganz bestimmt nicht beim Pokern gewonnen hat, die Instrumente durchchecken.

Die Magic Carpet ist nicht länger ein Sonntagsflieger. Manche sagen, sie sei ein Unglücksvogel. Aberglaube war in alten Zeiten der heimliche Begleiter der Seeleute gewesen, ein penetranter Bote des Schicksals, und nun hüpft er wie der Schatten des Klabautermanns zwischen den Fliegern umher. Bloß nicht auf die Magic Carpet versetzt werden. «Hasenbomber» ist noch der freundlichste Spitzname.

Gerüchte haben die Runde gemacht. Dass LaMont ein Trinker sei, der sich nur mühsam auf den Beinen halten, geschweige denn einen Angriff fliegen könne. Warum geht der eigentlich nicht zurück nach Hollywood? Außerdem ist er ein Homo. Und wer Gott kennt, weiß, dass Gott die Schwulen als

Erste vom Himmel holt. Bloß nicht auf die Carpet versetzt werden. Bloß nicht.

Der Heckschütze hat sich zum Heer gemeldet, aber es ist nicht sicher, ob sie ihn nehmen; die Gantinis pochen auf ihren Status als Schauspieler, was ihnen nichts nützen wird, weil in den Papieren etwas anderes steht. Pauly hat Durchfall, aber der wird ihn nur ein, zwei Einsätze lang schützen. Die anderen sind dageblieben, vielleicht, weil in Zeiten des Krieges das Vertraute die stärkste Anziehungskraft hat. Oder weil sie wie LaMont noch nicht begriffen haben, dass der Abspann bereits über die Leinwand gelaufen ist, dass die Lichter im Saal schon angegangen sind.

Der Kommandant füllt die freien Positionen mit Bombenschützen, die nicht getroffen haben, Funkern, die einen Defekt ihrer Anlage vortäuschten, Piloten, die keinen zweiten Anflug wagten, wenn der Flakbeschuss ihnen den Verstand raubte. Feiglinge werden in die Carpet gesteckt. Wer sich bewährt, darf wieder auf seine alte Maschine zurück. Der Kommandant ist vielleicht kein Menschenfreund, aber ein Menschenkenner. Bevor jemand sich auf die Carpet versetzen lässt, wagt er lieber noch einen zweiten Anflug, versucht, sein Radioproblem zu lösen, anstatt umzukehren, repariert sein verklemmtes MG, auch wenn er dabei beschossen wird.

«So einfach ist das», sagt der Kommandant.

Dabei hat die Carpet noch keinen einzigen echten Einsatz gehabt. Nur einen Übungsflug mit der zusammengewürfelten Mannschaft, bei dessen Landeanflug LaMont beinahe den Tower skalpiert hätte. Und alle, die darin waren.

Die Motoren sind gestartet. Die Magic Carpet reiht sich ein in die Prozession von Flugzeugen, die zur Startbahn rollen. Frimm starrt aus der Plexiglasnase heraus zum Heck der Maschine vor ihnen. Ein Flugzeug, zehn Mann: Pilot und Kopilot, Bombenschütze und Navigator, der Techniker, der Funker, Unterer Turmschütze, die beiden Rumpfschützen, der Heckschütze. Der Heckschütze der vorderen Maschine starrt zurück, hebt kurz die Hand, ob zum Gruß oder als Zeichen, nicht zu dicht aufzufahren, ist nicht klar. Die Carpet wird langsamer.

Im Osten geht die Sonne auf, der Himmel ist grauviolett mit einer breiten Wolkenfront im Süden, deren nachtschwarzer Saum sich mit den Wipfeln eines Waldes paart, den Frimm noch nie betreten hat. Für einen Moment sieht dieses dunkle graue Band aus, als befinde sich dahinter nichts als ein gähnender, bodenloser Abgrund, der Rand der Welt, von dem Tippi Lancaster immer gesprochen hatte. Frimm hält nach der Bushaltestelle und dem wartenden Mann Ausschau, aber die Maschine hat bereits in Richtung Startbahn abgedreht. Er spürt, wie sein Mund trocken wird. Er hat ein flaues Gefühl im Magen.

LaMont hat noch nie ein vollbeladenes Flugzeug gestartet. Für den Übungsflug hatten sie Betonplatten geladen, was ja auch fast schiefgegangen wäre.

Vor Frimm liegt die Rollbahn, etwas über eine Meile lang. Die Maschine vor ihnen startet. Es sieht nicht so aus, als ob sie je abheben könnte. Aber dann, ganz am Ende der Piste, kurz vor dem Stacheldrahtverhau und dem Rand des Waldes und dem Rand der Welt dahinter, tut sie es doch. Der Lotse gibt der Magic Carpet das Startzeichen.

Niemand sagt ein Wort, als die Carpet zu ihrem Sprint ansetzt. Es ist ein vom Dröhnen der Motoren erfülltes, von Geklapper und Gescheppere begleitetes, einsames Rennen zum Ende der Welt. Sprengbomben, Splitterbomben, Brandbomben. Noch kurz vor der grauen, dunklen Wand, wo alles vorbei wäre, glaubt Frimm, dass dieser Vogel niemals fliegen wird.

«Fliegender Teppich?», hatten die anderen Flieger gelacht. «Wie's aussieht, ist das Ding ja wohl eher der ‹Fliegende Fußabtreter›!»

In seinem großen Film, «Der Dieb von Damaskus», gewinnt LaMont als Ali Khan, der listige Dieb, seinen fliegenden Teppich durch einen Trick. Als er ihn zum ersten Mal besteigt, sieht es so aus, als glaube er selbst nicht daran, dass dieses alte, schmutzige Ding sich jemals in die Lüfte erheben könne. Dann spricht er die Zauberformel: «Rush-al-bara» – ein Phantasiewort, erdacht von einem der zahlreichen, für den Film verschlissenen und keinesfalls des Arabischen mächtigen Drehbuchautoren, ein Wort ohne tiefere Bedeutung (trotzdem wird es auf einer der seltenen Texttafeln eingeblendet) – Rushalbara, hatte Frimm auf dem Dach des Hauses in Joshua Ridge geflüstert, Rushalbara flüstert er auch jetzt, Rushalbara, Rushalbara. Und dann, als der fliegende Teppich sich wider Erwarten endlich in die Luft erhoben hat, als er über den Dächern der Kasbah hinwegfliegt, lacht Ali Khan sein stummes Lachen, das Lachen des Diebes, der alle an der Nase herumgeführt hat: Er steht auf dem Teppich, die Arme verschränkt, geht leicht in die Knie und lacht dazu. Eine Kindheit lang hatte Frimm sich vorgestellt, wie es wohl klang, dieses Lachen, hatte sich, war er allein, im Schlafzimmer seiner Mutter vor den Spiegel gestellt, sich aus ihrer Stola einen Turban gewunden, die Arme verschränkt und versucht, genauso zu lachen. Dieses Lachen war die Freiheit. Doch sein Klang blieb ein Mysterium, ein Geheimnis, bis zu diesem Moment, dem Moment kurz vor dem Rande des Waldes, dem Ende der Welt. Rushalbara. Der Fliegende Teppich macht einen kleinen Hüpfer, dass es den zehn Mann auf ihm noch einmal den Magen umdreht, dann hat die Maschine sich den Fesseln der Schwerkraft entwunden und erhebt sich langsam, schwerfällig und beinahe die Wipfel der Bäume streifend in die violette Dämmerung hinein.

«Hahahaha!», dringt Ali Khans Lachen über die Bordfunkanlage. «Hahahaha!»

Kurz vor der Belle-Alliance-Brücke fanden sie ihn. Jemand hatte von der Brücke gespien und ihn im Landwehrkanal treiben sehen, von der Strömung gegen die Fundamente des Bahnhofs Hallesches Tor gedrückt, Gesicht nach unten. Zuerst hatte man gedacht, dass es ihn beim letzten Nachtangriff erwischt hätte. Sah noch ganz frisch aus, konnte noch nicht lange im Wasser gelegen haben, der Mann. Mausers Alter, abgetragener Anzug, Behelfsausweis – war anscheinend im vergangenen Monat ausgebombt worden. Er trug einen kompletten Satz Lebensmittelmarken bei sich und die Uhr noch am Handgelenk. Raubmord schied also aus. Daran hatte Mauser sowieso keine Sekunde lang gedacht, als er den Toten auf der Brücke liegen sah. Zwei Schüsse, kleines Kaliber, beide in die Stirn.

«Vielleicht sind die Täter überrascht worden, bevor sie ihn ausrauben konnten», gab der Amtsarzt zu bedenken.

Mauser glotzte ihn nur ausdruckslos an. «Wo bleibt der Fotograf?», fragte er.

«Welcher Fotograf?»

«Ich brauche Fotos von der Fundstelle und dem Toten.»

«Wozu? Sammeln Sie so was?»

«Jetzt passen Sie mal auf: Sie besorgen mir sofort eine Kamera und einen Fotografen – sonst flattert Ihnen morgen Ihr Marschbefehl ins Haus. Können sich ja denken, wohin.»

Obwohl Mauser keinerlei Einfluss auf Versetzungen an die Front hatte, bekam er die Kamera, wenn sich auch schnell herausstellte, dass der, der sie gebracht hatte, nicht mit ihr umgehen konnte.

Der Fotograf, den man dann schickte, war ein tschechischer Zwangsarbeiter, dem einer von der Schutzpolizei glaubte, Anweisungen geben zu müssen, doch Mauser hatte sofort erkannt, dass ein Profi am Werk war.

«Sie sind vom Fach?», fragte er.

Der Tscheche, das Auge am Sucher, reagierte nicht. Schließlich kurbelte er den Film zurück, steckte ihn in eine Papphöhre und reichte sie Mauser.

«Material ist alt und schwach. Vorsichtig sein bei Entwicklung.»

Mauser nickte, reichte dem Mann seine Hand, er nahm sie nicht und ließ sich wieder von einem Schupo abführen. Am Sedanufer hatte eine Bombe die Straßenbahngeleise auseinandergerissen, und die Tschechen mussten sie reparieren. Einige Häuser brannten. Über Kreuzberg hingen Rauchschwaden.

Bevor sie ihn in die Kiste legten, sah Mauser den Toten noch einmal an. Und spürte gleich, dass es nicht der letzte sein würde. Peng-peng.

Voralarm, Alarm, in den Bunker, Entwarnung, raus aus dem Bunker. Manchmal Bomben. Alles dauerte plötzlich ewig. Einmal Flugblätter: «Hitler führt euch in den Untergang!»

Er bekam einen Anruf oder ein Fernschreiben oder eine Funkmeldung aus der Leitstelle, und dann überlegte er, wie lange es wohl dauern würde, bis er da und dort wäre und wie er am besten hinkäme. Dem Dienstwagen mangelte es diesen Monat an Sprit. Er könnte sich von einem Kollegen mitnehmen lassen oder mit der Bahn fahren oder zu Fuß gehen.

«Nehmen Sie ein Fahrrad, Herr Kommissar», hörte er Fräulein Herbst durch das Loch in der Wand sagen, «mit dem

Fahrrad geht es jetzt am schnellsten. Wenn was auf der Straße liegt, heben Sie das Rad einfach drüberweg, und wenn's Alarm gibt, dann lassen Sie's stehen und setzen sich bei Entwarnung wieder drauf.»

«Und wenn das Rad einen Volltreffer abkriegt?», fragte Mauser zurück. Erst jetzt drehte das Fräulein Herbst sich um, kam näher. Sie kam ihm irgendwie spitz und altklug vor, aber er fand sie auch attraktiv. Wobei er überlegte, ob das an dem Loch in der Wand lag, durch das sie sich für gewöhnlich unterhielten.

«Dann können Sie froh sein, dass das Rad kein Automobil war und dass Sie weder drauf- noch dringesessen haben!»

Mauser nickte. Sie sah ihn noch einen Wimpernschlag lang durch das Loch an, wandte sich ab und setzte sich wieder an ihre Schreibmaschine.

Er hatte dann doch den Dienstwagen genommen, sich zu dem Telefonhäuschen kutschieren lassen. Es gab nicht mehr viele öffentliche Fernsprecher, und vor jenen, die noch funktionierten, bildeten sich lange Schlangen. Aber dieser Mann hatte ein freies Häuschen, und in dem hatte ihn sein Mörder gefunden. Der Tote war auf dem Brett, das als Ablage für Taschen vorgesehen war, zusammengesunken; er hatte einen seltsam entrückten Ausdruck im Gesicht und zwei Löcher in der Stirn. Neben ihm baumelte der Hörer an einem schwarzen Kabel, das länger als üblich schien. Er musste ihn bis zuletzt gehalten haben, dann ganz langsam mit dem Rücken an der Milchglasscheibe des roten Häuschens hinabgerutscht sein. Über dem schwarzen Fernsprechapparat hing ein Schild: «Fasse dich kurz. Nimm Rücksicht auf die Wartenden.»

Offenbar hatten die Wartenden zu lange geschwiegen. Es

war Luftalarm gewesen, dann Entwarnung, die Menschen waren aus ihren Kellern gekrochen, Staub bedeckte sie, Rauch umgab sie, und ihre Augen suchten die verschütteten Wege ab, nach allem, was sie gekannt hatten, und dem, was davon jetzt noch übrig war. Irgendwann sahen sie das rote Fernsprechhäuschen, wollten Verwandte in anderen Stadtteilen anrufen. Bald hatte sich davor eine Schlange gebildet. Hinter den Scheiben hatten die ersten Wartenden den Mann wohl ausmachen können, sich vielleicht darüber mokiert, dass er sich auch noch hingesetzt hatte, doch erst einmal nichts gesagt. Die Schlange wurde immer länger, die Menschen immer ungeduldiger.

Mauser versuchte sich vorzustellen, wie er selbst in der Schlange stand, versuchte die Unruhe zu spüren, den Ärger, der ihm den Hals hochgekrochen wäre (Warum geht das da vorn nicht voran? Mit wem telefoniert der denn überhaupt?). Konnte es da nicht sein, dass man die Geduld verlor? Dass in einem, der gerade noch ein guter Mensch gewesen war, alles hochstieg – die Demütigungen, die verlorene Ehre, die Angst, die Ohnmacht? Und dass derjenige sich dann schadlos hielt am Nächstbesten? Dass die Umstehenden sich wegdrehten und schwiegen? Und dass in ihrem Schweigen gleichermaßen Entsetzen wie Billigung läge? Wenn man schon nicht widerstehen konnte, warum nicht selbst zu einem werden, dem nicht widerstanden werden kann?

«Ist man erst einmal das Ungeheuer», hatte Cohn ihm einst erklärt, «ist plötzlich alles ganz leicht. Es gibt keinen Grund mehr, sich in der Dunkelheit zu fürchten, denn man ist selbst die Dunkelheit, und von nun an sind es die anderen, die sich fürchten müssen. Das ist der einfachste Grund, aus dem die Menschen schlimme Dinge tun, Mauser: Angst.»

Der Tote in dem Häuschen sah schwach aus, wie einer, der

sich schon im Leben kaum wehren konnte. Mauser hockte sich neben ihn, schloss die Augen.

Irgendwann war es einem der Wartenden wohl zu bunt geworden. Ein Mann, der sechste oder siebte in der Schlange, war herausgetreten, wutschnaubend nach vorn geschritten und hatte an die Tür des Häuschens geklopft, gehämmert: «Jetzt hörnSe mal, hier draußen warten noch andere!»

Keine Antwort.

Der Mann drehte sich um, beobachtete die Reaktion der Schlange, versicherte sich ihrer Zustimmung, sagte: «Stellt sich tot.» Dann drehte er sich wieder um, brüllte das Häuschen an. «Können Sie nicht lesen? Lesen Sie mal das Schild dadrinnen! Was steht denn da, hm?!»

Dann riss der Mann die Tür auf.

«Oh!», entfuhr es einer.

«Den hat's erwischt», sagte eine andere.

«Der ist tot», sagte ein Dritter.

«Der ist nicht von hier», sagte der Luftschutzwart zu Mauser, «den haben die hier zwangseinquartiert, in der Wohnung vom alten Schönel, der hat's letzten Monat nicht mehr in den Keller geschafft.»

Mauser stand auf, sah ihn an.

Der Luftschutzwart wich Mausers Blick aus, deutete auf den Toten. «Was sucht so einer auch bei Alarm im Fernsprecherhäuschen? Das kommt davon, wenn man nicht warten kann. Nicht in der Reihe stehen. Wie alle anderen auch.»

«Haben Sie was verändert?»

«Ah – Sie fragen wegen der Spuren, Herr Kommissar, stimmt's? Nichts verändert. Ich kenne meine Pflicht. Außer …»

«Außer?»

«Wir mussten doch die Polizei anrufen.»

Mauser seufzte. «Sie haben den Hörer in die Hand genommen?»

Er sah zu den anderen. «Hat noch jemand diesen Apparat benutzt, nachdem der Tote gefunden wurde?»

Die Leute sahen zur Seite oder auf den Boden.

«Natürlich.» Mauser seufzte und musterte den Toten.

Älterer Herr, Finanzbeamter im Ruhestand, Witwer. Zwei Söhne an der Front. Einer vermisst, der andere in Gefangenschaft. Hoffnung soll er noch gehabt haben, sagten die Nachbarn Mauser, ja, und die Schwiegertochter habe ihn ab und zu besucht. Wenn sie Zeit hatte. Arbeitete Schicht in 'ner Munitionsfabrik. Der Alte habe sie ja nie gemocht. Der Vater von ihr war ein SPDler. Sogar mal im Lager gewesen. Aber nur ganz kurz. Vor dem Krieg. Vielleicht nur eine Verwechslung. Nicht alle Sozis waren Verbrecher. Man soll ja nicht schlecht reden von den Toten.

Aus irgendeinem Grund ließ er sich zur Fabrik fahren. Schließlich war die Schwiegertochter die einzige Angehörige. Außerdem – Mauser hatte da wieder so ein Gefühl.

Ihre Schicht hatte gerade erst begonnen. Die Nachricht schien sie zu treffen, doch gleichzeitig wirkte sie nicht überrascht. Sie hatte ein blasses, schmales Gesicht, rötlich blondes Haar, eine ganz passable Figur, war aber zu dünn, um Mauser gefallen zu können.

«Standen Sie sich nahe?», fragte er.

«Nein.» Sie sah sich um. «Jetzt bin ich ganz allein.»

Sie hatte vor dem unterirdischen Eingang auf ihn gewartet, in einem fünfeckigen Vorraum mit einer schweren Stahltür, die in die Montagehalle führte. In einem Verschlag saß ein Soldat an einem schmalen Tischchen, auf dem ein Satz Spielkarten und eine Maschinenpistole lagen. An der Wand hing ein Telefon ohne Wählscheibe. Sie seufzte. «Keiner mehr übrig.»

Einen Moment lang war Mauser versucht, ihr zu sagen, dass auch er ganz allein sei, aber dann riss er sich zusammen, fragte stattdessen: «Haben Sie vor kurzem mit ihm telefoniert?»

Sie sah ihn an. «Mit wem?»

«Mit Ihrem Schwiegervater.»

Ihre grauen Augen waren ohne Ausdruck.

«Wieso fragen Sie?»

«Wir haben ihn in einem Fernsprechhäuschen gefunden. Er wollte jemanden anrufen.»

Ein Schatten über ihrem Gesicht, vielleicht ein ganz leichtes Zucken der Augen, aber Mauser war sich nicht sicher.

«Nein.»

«Mit wem kann er dann telefoniert haben?»

«Ich habe keine Ahnung», sie stockte, sagte dann: «Ich muss jetzt wieder runter. Die Schicht hat angefangen.»

Sie wandte sich um und gab dem Soldaten ein Zeichen. Der griff unter sein Tischchen, drückte einen verborgenen Schalter. Daraufhin sprang die Stahltür auf, die nun, hydraulisch angetrieben, ganz in den Pentagon-Raum hineinschwenkte. So konnte Mauser für einen Augenblick sehen, was dahinter lag: eine eiserne Plattform, von der aus eine Treppe hinab in eine hohe, von Quecksilberdampflampen erhellte Halle führte, aus der Stampfen und Ächzen, Zischen und Surren, Quietschen und Hämmern zu ihnen nach oben drangen. Die Frau drehte sich noch einmal um, trat einen Schritt an Mauser heran, sprach leise:

«Herr Kommissar?»

«Ja?»

«Wie nahe kann man sich jetzt noch stehen?»

Mauser wusste keine Antwort.

«Heil Hitler, Herr Kommissar.»

Er ging den Flur entlang in Richtung Ausgang. Das Notlicht flackerte, und er hielt einen Moment lang inne, lauschte, hörte nichts. Er überlegte, ob er hier drinnen, im Verbindungsgang zwischen oben und unten, die Sirenen überhaupt hören könnte. Er hätte ja den Posten an der Tür fragen können, der hatte ein Telefon gehabt. Er ging eilig weiter. Eilig, fragte er sich mit einem Mal, warum habe ich es eilig? Er zog den Hut tiefer ins Gesicht.

Noch zwei. Beide nach einem Angriff gefunden. Ein Mann, eine Frau. Die Frau mussten sie unter einer umgestürzten Straßenlaterne hervorziehen. Zwei Kopfschüsse. Der Mann lag mit weit aufgerissenen Augen auf der Straße. Eine Sprengbombe hatte ihm den rechten Arm abgerissen.

«Wahrscheinlich war er schon vorher tot», sagte der Arzt und deutete auf das Einschussloch im Hals. «Glatter Schuss in die Halsschlagader. Aber hier, sehen Sie: Vorher hat er eine Kugel ins Bein verpasst bekommen.»

«Der wollte nicht, dass er wegläuft.»

«Tja, sieht so aus.»

«Können Sie den Zeitpunkt des Todes genau bestimmen?», fragte Mauser.

Der Arzt grinste. «Könnte ich. Wenn ich jetzt nicht zu Patienten müsste, denen auch ein Arm fehlt, die aber noch am Leben sind.» Er packte seine Tasche.

«Ich könnte Sie dazu dienstverpflichten», meinte Mauser.

«Sie können mich mal kreuzweise. Heil Hitler, Herr Kommissar.»

«Wie kommen Sie darauf, dass auch dieser Tote auf sein Konto geht?» Raabe hatte sich in seinem Lehnstuhl zurückgelehnt, rauchte eine Zigarette und betrachtete Mauser.

«Selbes Kaliber. Es ist Krieg, er muss improvisieren, da verändert er seine Methode.»

«Die da wäre?»

«Er sucht sich seine Opfer nach dem Voralarm aus. Wer es nicht in den Keller schafft, wird von ihm erwischt. Er spielt Schicksal. Zwischen den Opfern gibt es keine Verbindung. Er lässt die Sirene entscheiden.»

«Interessante Theorie.» Raabe lächelte seltsam. «Hat er sie ausgeraubt? Geschändet?»

Mauser schüttelte den Kopf. «Bei einem fehlten Lebensmittelmarken. Kann aber auch sein, dass die Verwandten das erfunden haben, um Ersatz zu bekommen.»

«Was Politisches? Ein Attentäter? Feindliche Agenten?»

«Glaub ich nicht.»

«Im Gestapa sieht man das anders.»

«Was haben die damit zu tun?»

«Jemand läuft durch diese Stadt und bringt willkürlich Menschen um! So was ist immer politisch!»

Raabe tat verärgert, aber man sah, dass er nur so tat, und genau das verunsicherte Mauser. Der Kriminaldirektor lehnte sich zurück, verschränkte die Arme und sagte leichthin:

«Warum macht er's?»

Mauser zuckte mit den Achseln.

«Macht ihm Vergnügen.»

«Das ist alles?»

«Vielleicht hatte er einmal Angst. Große Angst.»

«Und jetzt hat er keine mehr?»

«Ist man erst einmal das Ungeheuer», hörte Mauser sich leise sagen, «ist plötzlich alles ganz leicht. Es gibt keinen Grund mehr, sich in der Dunkelheit zu fürchten, denn man ist selbst die Dunkelheit.»

Raabe hob die Augenbrauen, und zum ersten Mal konnte

Mauser in seinem Gesicht so etwas wie Überraschung lesen. Er schien etwas hinzufügen zu wollen, dann überlegte er es sich jedoch anders, streckte sich und stand auf. «Na gut. Sie bleiben auf der Straße. Halten Sie Ihr Mundwerk im Zaum. Murren Sie nicht. Immerhin bleibt Ihnen der Papierkram erspart.» Er sah Mauser abermals auf diese schwer ergründliche, amüsierte Weise an.

Mauser hatte sich ebenfalls erhoben und stand nun etwas verloren im Büro seines Vorgesetzten. Es war noch nicht alles gesagt. Das war es, was er dachte. Etwas fehlte. Ein Wort oder ein Zeichen. In diese oder jene Richtung.

«Wie geht's eigentlich dem Kollegen Fränkel?», entfuhr es ihm. Raabe runzelte die Stirn. Es knackte in der Sprechanlage. Feindlicher Verband im Anflug auf Norddeutschland. Das Telefon klingelte. Es klopfte.

Fräulein Herbst stand mit einem Berg Akten in der offenen Tür und sah aus, als habe sie schon eine ganze Weile dort gewartet. Das Heulen hob an. Die Sirenen riefen. Fräulein Herbst wusste nicht, wohin mit den Akten.

«Lassen Sie die liegen», befahl Raabe.

Fräulein Herbst rührte sich nicht.

«Sie haben doch gehört», sagte Mauser, «lassen Sie sie einfach liegen.»

Fräulein Herbst sah ihn verwundert an, als sei sie eben aus einem tiefen Schlaf erwacht.

«Aber wenn die nun einen Volltreffer abbekommen?»

Raabe stand am Fenster. «Was meinen Sie – vielleicht ist er jetzt da draußen und sucht sich sein nächstes Opfer aus?» Mauser trat neben ihn, blickte hinaus. Menschen hasteten die Alexanderstraße entlang, die Sirenen zogen sie zur Klosterstraße, wo der Bunkereingang war.

«Nein, er ist nicht da», entgegnete er.

«Wie sicher Sie sich da sind.» Raabe drehte sich um.

Er stand bereits im Flur, als er ruhig sagte: «Kommen Sie, wir haben keine Zeit zu verlieren!»

«Herr Kommissar», rief Fräulein Herbst fast entrüstet, «wir haben Luftalarm!» Sie hatte sich nicht von der Stelle gerührt, sondern schien auf ihn zu warten.

Mauser musste lächeln. Plötzlich war er unschlüssig, überlegte, ob er nicht noch ein Weilchen stehen bleiben sollte. Vielleicht könnte er ihn wirklich sehen?

«Herr Kommissar!»

Er wandte sich wieder dem Fenster zu. Er müsste nur auf jemanden achten, der keine Angst hatte, den die Sirenen nicht beeindruckten, der ruhig an der Ecke stand und wartete, auf einen, den die Zeit, wie ihn selbst, schon längst verloren hatte.

Die Küste ist ein schmales grünes Band, das Meer ein graublaues Nirgendwo unter ihren Füßen. Frimm sitzt in der Plexiglaskanzel, starrt in den Himmel unter sich. Er schwitzt nicht mehr. Es wird kälter. Das Dröhnen der vier Motoren erfüllt den Innenraum des Flugzeuges, lässt seinen Körper zittern. Ab und an dringen Botschaften durch die kleinen dünnen Drähte, die den Bomber wie Nervenstränge durchziehen. Navigator an Pilot: Neuer Kurs eins-null-zwo-zwo. Pilot an Navigator: Bestätigt. Neuer Kurs eins-null-zwo-zwo. Dreißigtausend Fuß Flughöhe. Test der Sauerstoffmasken. Versagt die Maske, ist man in neunzig Sekunden bewusstlos und in sieben Minuten tot. Die Sicht ist gut, der Kanal ruhig. In der letzten Woche hat die Gruppe sechs Maschinen verloren, das drückt die Stimmung, an einem Abend gab es eine Schlägerei in der Bar, ein Pilot versuchte im Suff, sich zu erschießen. «Ihr kriegt mich nicht! Ihr kriegt mich nicht!», hatte er den Sternen entgegengebrüllt. Dreißigtausend Fuß. Es heißt, die Deutschen erwarten keinen Angriff.

Der Himmel ist voller Flugzeuge. Sie fliegen in der Mitte der Gruppe, nach oben versetzt hinter dem Leitflugzeug, Doc wird das Zielgerät gar nicht brauchen, er wird den roten Schalter umlegen und die Bomben auslösen, sobald die Maschine vor ihm auslöst. Dreißigtausend Fuß. Von Sussex aus ist noch eine Gruppe gestartet, die einen Zickzackkurs Richtung Norddeutschland fliegt. Ein Ablenkungsmanöver. Das Ziel des Fliegenden Teppichs ist Caen: wo der Calvados herkommt, hat Pauly gesagt. Jetzt sagt niemand etwas, nicht einmal die Gantinis, die sich am Vorabend mit markigen Sprüchen Mut gemacht und am frühen Morgen mit nikotinrauer Grantigkeit die Angst vertrieben haben.

Der Ärmelkanal ist die Grenze. Die Grenze zwischen dem Diesseits und dem Jenseits. Vor diesem Morgen hat er sich manchmal vorgestellt, wie es sein würde, die unsichtbare Linie zu überqueren, und wie es dahinter aussähe. Die bekannte Welt ist geteilt: Sie ist das, was man gerade vor seiner Nase hat, und das, wovon man glaubt, beinahe alles zu wissen, auch ohne es gesehen zu haben. Aber das Unbekannte, das wirklich Unbekannte ist das, was man sich nicht einmal vorstellen kann. Zwei Arten von Nacht gibt es, sagt Koga. Die Nacht, wie du sie siehst, und die Nacht, wie sie wirklich ist. Wie sieht die Nacht da drüben aus? Frimm hat nur Schemen im Kopf, öde Landstriche, über die genagelte Stiefel marschieren, dazu der Widerhall von MG-Salven oder die Stille der dunklen Städte mit ihren Bewohnern. Dreißigtausend Fuß. Ein klarer Morgen. Die Küste Frankreichs liegt vor ihnen. Sie ist genauso grün wie die englische. Das Gras fragt nicht, wer darübertrampelt.

Manchmal verdecken Wolkenfetzen die Sicht, doch dazwischen können sie sehen: das Meer und die Schiffe. Schlachtkreuzer, Zerstörer, Frachter, Tender, Schnellboote, Landungsboote. Darüber die Flugzeuge: Tausende müssen es sein, auf mehreren Ebenen, übereinander versetzt.

«Da ist was, sechs Uhr hoch!», ruft der Heckschütze.

«Jäger?», hört Frimm LaMont fragen.

«Ja», sagt der obere Turmschütze, «unsere eigenen.»

Sniff, der Kopilot, meint: «Die Deutschen haben keine Maschinen mehr hier. Sind alle abgezogen worden.»

«Lass uns beten, dass du recht hast, Sniff.»

«Heilige Scheiße, oh, heilige Scheiße.»

Die Küste kommt näher. Keine Messerschmitts, keine Focke-Wulfs. Durch die Wolken streifen manchmal Lichtstrahlen das Meer. Schnellboote patrouillieren zwischen Fregatten und Versorgungsschiffen, über denen Dutzende von Sperrballons gegen feindliche Tiefflieger schweben, silbrig glänzend und seltsam behäbig im Licht des Morgens. Noch feuern die Geschütze der Schlachtkreuzer auf die Bunker der Deutschen, rammm-kracha-rmmm, lassen Feuer, Rauch und Erde zu hohen Fontänen auffliegen, sodass man Teile der Küste kaum sehen kann – rumm-krachakracha-rmmm, Weasels Kamera surrt: fängt das Kräuseln der Wellen ein, das Rennen der Decksmannschaften, den Qualm der Schlote, das Aufblitzen der großkalibrigen Mündungen, den Rückstoß der Geschütze, filmt einen Kanonier, der sich die Ohren zuhält, während das nächste Projektil seinen Flug über die Landungsboote hinweg beginnt, die mit unverminderter Geschwindigkeit auf den Strand zuhalten, wo die Panzersperren und Stacheldrahtverhaue aussehen wie Spinnen in stählernen Netzen.

In den Landungsbooten warten die Soldaten. Stehen hinter der hochgezogenen Rampe. Die letzten Zigaretten sind längst geraucht. Kaum jemand sagt etwas. Einige denken an ihre Kindheit. An ihr Zuhause. An ein Mädchen. An eine Nutte namens Shirley Wright aus Tooting, London. Einmal rein, einmal raus, und der Spaß ist aus. Der Nächste bitte. Sie haben Angst. Gleich wird die Rampe runtergehen, und dann ist alles entschieden. Der Nächste bitte.

O'Lear steht in der zweiten Reihe, er ist ihr Truppführer, und wenn er überhaupt über etwas nachgedacht hat, dann darüber, welcher blödsinnige Zufall ihn aus dem Südpazifik nach Europa bringen musste, aber jetzt denkt auch er an nichts mehr, außer an den nächsten Augenblick. Er ist nicht mehr so grün wie die anderen Jungs, er ist der Methusalem, der Opa, er hat das schon ein halbes Dutzend Mal gemacht, und ob der Strand nun voller Japsen oder Krauts ist, macht keinen Unterschied für ihn. Etwas Namenloses treibt ihn an, schiebt ihn nach vorne, als müsste er persönlich ins Herz der Finsternis vordringen, als gäbe es dort den anderen, den dunklen Bruder, dem er vor seinem Tod noch begegnen soll. Er klopft seinen Männern auf die Schultern. Wie klein sie sind, denkt er, wie klein und wie mutig und wie verzweifelt. Er sagt ihnen, sie sollen die Riemen ihrer Helme festmachen. Er schaut zum Bootsführer. Wenn er Angst hat, dann davor, dass der Bootsführer getroffen wird und der Kahn kentert. Der Bootsführer hebt den Daumen. Noch eine Minute. Der Motor heult auf, als sie auf den Strand rutschen. Die Luke öffnet sich. Sie hören das Summen der Geschosse, die in Garben suchend über die Wasseroberfläche streifen. Von der ersten Reihe bleibt nur einer stehen.

Vor sich sieht Frimm die ersten Rauchwolken aufsteigen. Die erste Gruppe hat ihre Bomben abgeworfen. In drei Minuten werden auch sie dort sein. Schwarze Pilze platzen über ihnen. Metallsplitter rieseln wie Hagel auf die Außenhaut der Maschine. Die Deutschen zielen zu hoch.

Doc legt den Schalter um. Hinter ihnen öffnet sich der Bombenschacht. Unter ihnen brennt Caen. Neben ihnen explodiert eine weitere Granate. Ein Stoß geht durch die Aluminiumkonstruktion, Bomben trudeln in die Tiefe, und die Maschine hüpft erleichtert nach oben. Aber die Freude währt nur kurz. Jetzt stimmt die Höhe für die Deutschen. Die nächste Flakgranate zerbirst schräg vor ihnen.

Sie fliegen durch eine schwarze, gierige Wolke, die scheinbar ganz aus Dunkelheit und Furcht besteht, und für ein, zwei Sekunden denkt er daran, dass dieses Schwarz vielleicht der Tod selbst ist. Wo ist dein Schatten in der Finsternis? Aber es ist zu laut, zu laut, um zu sterben, oder zumindest, um länger daran zu denken, überall kracht, klirrt, scheppert es. Die nächste Granate krepiert links von ihnen, mittschiffs, kurz vor den Tragflächen. Frimm schaut durch das kleine Fenster über seinem Kartentisch. Löcher im linken Flügel. Die Motoren laufen noch. Im Kopfhörer ein Schrei: «Mich hat's erwischt!» Es ist einer der Gantinis. Frimm überlegt, welcher. Wahrscheinlich der im linken Geschützstand, aber welcher war das noch? LaMonts Stimme, seine Filmstimme, ist über den Bordfunk zu hören, samtweich, beruhigend:

«Schlimm?»

«Bist du verrückt? Ich blute!»

«Ist es schlimm?»

Eine Pause.

«Stirbst du?»

«Nein ... Nein, ich denke nicht.»

Das schwarze Gewitter lässt nach. Weit vor ihnen sieht Frimm einen Bomber ausscheren und runtergehen. Aus dem anfänglichen Sinken wird ein Trudeln, dann ein Sturz in Rauch und Feuer.

«Fallschirme?», ruft einer. Und Frimm redet sich ein, dass er welche gesehen hat, doch da waren keine.

Als Frimm am Abend in die überfüllte Bar kam, wurde ihm wortlos ein Bier hingestellt. Jemand klopfte ihm auf die Schulter, und der Mann neben ihm bot ihm eine Zigarette an. Frimm hatte noch nie geraucht, kurz, beinahe scheu, blickte er in die Runde, weil er sich vorstellte, dass sich nun alle nach ihm umdrehen würden, aber sie beachteten ihn nicht. Dann ließ er sich Feuer geben. Er hatte sich vorgenommen, nicht zu husten, rechnete aber fest damit, dass er würde husten müssen, was er dann gar nicht tat. Der Rauch schmeckte scharf und irgendwie süßlich, das Nikotin stieg ihm zu Kopf und entspannte seine Muskeln. Frimm trank einen großen Schluck Bier. Er lauschte dem Gewirr der Stimmen. Lauschte dem Wispern und Murren, dem Brummen und Lachen, dem Hohn und den Seufzern der Erleichterung und der Einsamkeit.

Wie es dem Fränkel ergangen war, erfuhr Mauser in jener Woche, in der die Welt endgültig aus den Fugen geriet. Es fing damit an, dass ein Kleinkrimineller namens Horst Grube, genannt «Grubi» oder auch «Idioten-Horst», plötzlich bei ihm im Präsidium in der Arrestzelle saß.

«Was hast du denn diesmal angestellt, Grubi?», fragte er. «Wieder Rüben ausgebuddelt?»

Er kannte Idioten-Horst seit bald fünfzehn Jahren, seit er ihn zum ersten Mal in einem Bierkeller wegen Zechprellerei und unsittlichem Benehmen hatte festsetzen müssen. Danach hatten sich ihre Wege immer mal wieder gekreuzt, in letzter Zeit waren die Begegnungen allerdings seltener geworden. Mauser hatte Idioten-Horst den Rat gegeben, sich am Riemen zu reißen, denn er stünde auf der Liste derer, die man in Schutzhaft nehmen wolle, ganz, ganz oben. Grube, der wegen seiner ungewöhnlichen Größe, aber auch wegen seines einfachen Gemüts in keine Uniform passte, hatte den Rat wider Erwarten beherzigt und sich seit Kriegsausbruch als Kohlenträger verdingt.

Jetzt kauerte er auf der viel zu kleinen Pritsche und rieb seine riesigen Hände aneinander. Er sah auf und schwieg.

«Zigarette?», fragte Mauser.

«Nee. Die bringen einen um. Hamse an Ratten getestet. Käfigratten. Versuchsratten. Laborratten. Sind alle verreckt.»

«Wirklich? Wie soll ich mir das vorstellen? Dass die Viecher im Käfig saßen und eine gepafft haben, oder was?» Mauser grinste. «Vielleicht auch noch Rauchringe in die Luft geblasen?» Er ließ ein paar Rauchringe durch die Zelle schweben. Idioten-Horst grinste listig zurück.

«Nee, die ham das Zeug, was im Tabak is', den Ratten aufs Fell gepinselt. Laborratten waren das. Käfigratten. Versuchs-ratten. Sind alle verreckt.»

«Warum bist du hier, Horst?»

«Ich hab die nich' gestohlen.»

«Was gestohlen?»

«Ich hab die gefunden. Nach 'm Alarm. Wolltse auch abge-geben. Aber dann kam der nächste Alarm, und ich bin, wie nix, ins Loch, und als ich wieder rauskam, da hatte ich so 'n Hun-ger. Ich bin 'n großer Mann, das sieht doch jeder, ich bin nun mal kein Normalverbraucher, ich bin Mehrverbraucher, ich *muss* was essen. Da hab ich gedacht ... hab ich gedacht ... als so 'ne Art Finderlohn, Herr Kommissar, verstehn Se? Hab ich mir halt auf die gefundenen Marken was zum Beißen be-sorgt.»

Idioten-Horst hatte versucht, auf eine Lebensmittelkarte des Toten aus dem Telefonhäuschen Fleisch zu bekommen.

«Schöner Schlamassel, Horst. Stand doch nicht dein Name drauf auf der Karte, oder?»

«Die schauen doch sonst auch nicht drauf, wenn die Schlange nur lang genug ist.»

«Wo hast du sie denn gefunden?»

«Das ham die Schupos mich schon 'n Dutzend Mal gefragt.»

«Und was haste ihnen erzählt?»

«Die ham mir nich' geglaubt.»

«Also?»

«Lagen bei mir vor der Haustür.»

«Das glaub ich dir auch nicht.»

«Sie müssen! Sie müssen!»

«Du lügst Horst, ich seh so was. Wo hast du sie gefunden?»

Idioten-Horst sah verzweifelt zu Mauser auf.

«Das glauben Se mir noch viel weniger!»

«Nur Mut, Horst, nur Mut.»

«Kenn' Se noch den Bierkeller, wo Se mich damals aufgelesen haben?»

«Unter der alten Brauerei? Der ist doch schon voriges Jahr dichtgemacht worden, oder?»

«Sie sollten sich mal wieder in Ihrer angestammten Gegend umhorchen, Herr Kommissar. Nix ist dicht. Die tun nur so. Gibt sogar Schampus. Für ganz spezielle Gäste.»

«Und da hast du wahrscheinlich deine Karte als Wechselgeld rausgekriegt – oder was für Märchen willst du mir jetzt auftischen?»

«Die Karten war'n in meiner Manteltasche. Hab's erst gemerkt, als ich schon wieder draußen war. Stockfinstere Nacht war's, und ich hab in meinen Taschen nach'm alten Stumpen gesucht, ob ich da noch einen hab, und dann war'n se dadrin. Hätt ich doch niemandem erzählen können, dass mir die einer in dem Keller reingesteckt hat, ist doch alles verboten dort, die Weiber, der Suff und –»

«Und?»

«Die Musik. Deswegen war ich doch da. Wegen der Musik.»

Idioten-Horst sah Mauser traurig an.

«Wo will er sie gefunden haben?»

«Vor seiner Haustür.»

«Und Sie glauben ihm das?» Raabe betrachtete Mauser, als sähe er ihn zum ersten Mal. «Vielleicht hat er gelogen. Soll ja vorkommen bei Mördern.»

«Das würde ich merken.»

«Soso, würden Sie das?»

«Wir kennen uns schon länger.»

Raabe stand auf. Irgendwie wurde Mauser das Gefühl nicht los, dass er innerlich lachte.

«Also, Mauser, was machen wir mit dem Grube?»

«Morgen früh laufenlassen.»

«Sind Sie sich da ganz sicher?»

«Laufenlassen und sehen, wo er hinläuft.»

Als er nach Hause kam, war es bereits stockschwarze Nacht. Die Stadt war verdunkelt, und ihm war, als habe sich diese Finsternis bis in die Herzen ihrer Bewohner geschlichen. Er stieg die dunkle Treppe hinauf, ahnte hinter den Wohnungstüren die Ohren der Mieter, die seine Heimkehr belauschten. Steckte den Schlüssel ins Schloss, öffnete lautstark die Tür und schmiss sie – ohne einzutreten – noch geräuschvoller wieder zu. Er horchte, vernahm das leise Ausatmen hinter den Türen, Schlurfen, quietschende Dielen, schließlich das nasale Quäken der Feindsender. Er wartete noch ein wenig, bis sie endlich aus dem Schatten trat. Sie war ihm vom Präsidium an beharrlich gefolgt, und nun war er überrascht, denn er kannte sie nicht.

«Kommissar Mauser?», flüsterte sie. «Sie sind doch der Kommissar Mauser?»

Er nickte.

«Ich bin Erichs Frau. Erich Fränkel. Wissen Sie, der mal bei Ihnen gelernt hat.»

Mehrere Sekunden lang standen sie schweigend voreinander in der Dunkelheit.

Mauser horchte. Sie hatten die Empfänger abgestellt. Vielleicht standen sie jetzt wieder hinter ihren Türen und lauschten. Er wusste nicht, ob sie Angst vor ihm hatten oder er sich vor ihnen fürchten sollte. Diese Menschen würden niemandem helfen, keine Gnade gewähren, aber auch nicht erwarten, dass man ihnen helfe oder gnädig sei. «Vorsicht ist kein Zeichen von Feigheit, sondern eine vernünftige Vorgehensweise, die sich aus der Erfahrung ergibt», hatte Cohn ihm einst erklärt, «und die dazu dient, das zu erreichende Ziel vor Zugriffen von außen zu schützen.»

Die Fenster im Treppenhaus waren zersprungen, die meisten hatte man mit Pappe verschlossen, durch ein, zwei leere Holzrahmen drang ein wenig Licht. Trotzdem spürte er die Frau mehr, als dass er sie sah. Gerne hätte er erfahren, woher dieses Licht kam, aber dafür war jetzt keine Zeit. Ein neuer Geruch schwebte zu ihm hinüber, getragen vom Nachtwind, der schlaflos durch die zerstörten Häuser zog. Ein freundlicher, vergessener Geruch von Frühling und sauberer Wäsche, der so gar nicht zu der Angst passte, die die Frau durch die dunklen Straßen bis vor seine Wohnung getrieben hatte.

Mauser legte einen Zeigefinger an seine Lippen, steckte leise den Schlüssel ins Schloss, drehte ihn um, schob sanft die Tür auf. Er nickte, und die Frau trat wortlos ein.

Sie musste gut zehn Jahre jünger als Fränkel sein, vielleicht auch mehr. Dunkel konnte er sich an eine Karte erinnern, die die bevorstehende Heirat angekündigt hatte. Das musste im ersten Kriegsjahr gewesen sein. Die Männer wurden rar, dachte Mauser plötzlich, da nimmt man, wen man kriegen kann. Sie hatte ein rundes Gesicht mit einer Stupsnase, lockige braune Haare, gesunde, leicht gebräunte Haut, blaue Augen. Eine unbedarfte, naive Sinnlichkeit ging von ihr aus, die so gar nicht zu einem wie Fränkel zu passen schien. Ihm gefielen die Beine unter dem gelben Kleid. Sie trug einen kleinen Bauch vor sich her, und er fragte sich, ob sie schwanger sei. Unruhig blickte sie sich um. Mauser stellte den Empfänger an. Schlagermusik. Kuddeldaddeldu.

«Niemand kann uns hören, solange Sie nicht zu laut sprechen.»

«Können Sie sich an mich erinnern?»

«Nein.»

«Der Erich hat immer gesagt, der Mauser, der alte Bandit, der stellt sich nochmal selbst ein Bein.»

«Deshalb sind Sie hier?»

«Er hat aber auch gesagt, wenn es mal Probleme gäbe, Probleme, über die man sonst mit niemandem sprechen könne, dann soll ich zu Ihnen gehen.»

«Das hat er gesagt? Passt doch nicht zusammen, ein rechtschaffener Bandit, oder?» Er versuchte ein Lächeln, sie blieb ernst.

«Die haben ihn vor eineinhalb Jahren an die Front geholt. Partisanenbekämpfung. Bolschewistische Kommissare entlarven. So was alles. Ich soll mir aber keine Sorgen machen. Er passt schon auf sich auf. Hat er gesagt. Und er bekam ja auch oft Urlaub. Bekommt er noch. Am Anfang war noch alles normal. Aber dann fing er an, komisch zu werden.»

Er sah sie ruhig an, während sie darauf wartete, dass er eine Frage stellte, aber er erinnerte sich an den Rat von Cohn: Was rauswill, kommt raus, bloß nicht drängeln, sonst hörst du nie die ganze Geschichte.

«‹Wie anders?›, werden Sie sich vielleicht fragen. Nun, immer wenn er zurückkam, war er so übertrieben fröhlich. Konnte sich kaum zusammenreißen. Wir gingen aus, das gefiel mir, aber er trank immer sehr viel, und am nächsten Tag war er furchtbar schlecht gelaunt, so schlecht, das konnte nicht nur vom Trinken kommen. Da dachte ich, dass es vielleicht mit dem Krieg zu tun hätte, und ich hab ihn auch ein ums andere Mal gefragt, ob es sehr gefährlich ist dort. Da hat er nur gelacht. So seltsam gelacht, wissen Sie? Nein, überhaupt nicht gefährlich, hat er gesagt. Und dann war es auch immer sehr komisch, wenn wir –» Sie stockte, senkte den

Blick, sah wieder auf, «wenn wir zusammen waren.» Sie schüttelte den Kopf.

«Schließlich hab ich mir gedacht», fuhr sie fort, «da ist 'ne andere im Spiel.»

Mauser seufzte.

«Ich weiß, was Sie jetzt denken! Das soll ich mal schön selbst mit ihm klären. Soll ihn einfach mal zur Rede stellen, ihm auf den Kopf zusagen, was ich mir so denke, und dann wird man ja sehen, ja, dann wird man sehen.» Sie lachte auf, sah ihn an, und ihr Gesicht, das eigentlich nur fröhlich sein wollte, war verzerrt vor Wut.

«Wie kann man denn mit so einem reden! Wie kann man denn mit so einem das Bett teilen! Haben Sie eine Ahnung, wie sich das anfühlt, wenn Sie so einen auf sich liegen haben?» Sie wurde laut, schrie, zeigte auf ihren Bauch, Mauser legte seinen Zeigefinger an die Lippen. Sie beugte sich vor und flüsterte heiser: «Wissen Sie, was ich manchmal denke? Ich denke, ich hab den Teufel im Leib.»

Sie ließ sich in den Stuhl sacken, griff dann nach der ledernen Handtasche, die sie neben den Stuhl gestellt hatte.

«Irgendwann hab ich's dann nicht mehr ausgehalten. Hab seine Sachen durchwühlt. So tief bin ich gesunken. Es ist hässlich. Himmel! Wie ist es hässlich! Ich wünschte, ich hätt es nie getan, hätte den Koffer nie angerührt. Aber jetzt ist ja alles egal. Wir sind ja alle, alle sind wir –»

Sie reichte ihm ein Päckchen, von dem Mauser zunächst annahm, es seien Postkarten.

«Der Erich hat doch immer so gerne fotografiert», sagte sie, als spreche sie von einem Toten.

Mauser erinnerte sich. Ja, das hatte er immer gut gemacht, Tatortfotos, als es dafür noch keine speziellen Fotografen gab. Er öffnete das Päckchen.

Sehr weit entfernt hörte er einen Zug durch die Nacht fahren. Das Licht flackerte. Sein Telefon klingelte. Die Frau zuckte zusammen. «Wollen Sie nicht rangehen?»

Er schüttelte den Kopf, hielt den Stapel Fotos unter die Schreibtischlampe. Der Boulevard einer großen Stadt. Eine Kolonne deutscher Panzer. Es klingelte. Sie hatte es sich plötzlich anders überlegt, streckte die Hand aus. Auf dem zweiten Foto ein Zug Uniformierter. Machten Rast in einem Wäldchen. Es klingelte. Sie griff nach den Fotos wie ein beleidigtes Kind. «Nun geben Sie schon wieder her.» Er drehte sich um. Sie fiel in den Stuhl zurück, starrte ins Leere, dann sagte sie: «Wir sind alle verloren.»

Es klingelte.

«Wollen Sie nicht endlich, endlich rangehen?»

Er hörte das Klingeln nicht. Er hörte das Füchslein. Was wunderst du dich so, Mauser? Hast du es nicht die ganze Zeit gewusst? Hast du dich nie gefragt, wohin sie gegangen sind?

Mauser hielt das dritte Foto in der Hand. Dasselbe Wäldchen, nur etwas unscharf, so, als habe der Fotograf es im Vorbeigehen gemacht. Als habe er, während ihm die Kleinbildkamera um den Hals hing, ohne durch den Sucher zu schauen, einfach den Auslöser gedrückt. Es klingelte. Im Vordergrund, auf dem bemoosten Boden, erkannte er etwas, das wie der Rand einer Grube aussah. Eine Kinderpuppe lag davor und dahinter

«Mein Gott», sagte Mauser. «O mein Gott.»
Es klingelte.

V. UNTER DEM FLIEGENDEN TEPPICH

V. UNTER DEM FLIEGENDEN TEPPICH
V. UNTER DEM FLIEGENDEN TEPPICH
V. UNTER DEM FLIEGENDEN TEPPICH
V. UNTER DEM FLIEGENDEN TEPPICH
V. UNTER DEM FLIEGENDEN TEPPICH
V. UNTER DEM FLIEGENDEN TEPPICH

Der Bunker im Park war zur einen Hälfte unter dem Schutt des verschwundenen Viertels begraben und zur anderen Hälfte seit fast vierzig Jahren der Witterung ausgesetzt gewesen, was seine narbige Außenhaut freilich kaum verändert hatte. Nach dem Krieg hatte eine Einheit alliierter Pioniere versucht, ihn zu sprengen, und ihm doch nur ein paar Risse zufügen können. An drei seiner Seiten häufte man daraufhin Trümmer auf und ließ die vierte frei, die nun, als künstliche Felswand, aus dem Grün des Parks aufragte. Es hieß, auch nach den Sprengungen hätten Kriegsflüchtlinge, Ausgebombte, die ersten Heimkehrer in dem Bunker gehaust. Im oberen Teil des Trümmerberges gab es einen alten Eingang, eine Eisentür, die mit einem schweren Vorhängeschloss gesichert war, zu dem wir allerdings keinen Schlüssel bekamen. Man hatte uns die Geschichte von einem Schlosserlehrling erzählt, der vor zwanzig Jahren mit ein paar Freunden auf dem Berg gefeiert und dabei, um den Mädchen zu imponieren, die Tür mit einem Dietrich geöffnet habe. Allein, nur mit einem Feuerzeug ausgerüstet, soll er im Bunker verschwunden sein. Die Feuerwehr suchte eine Woche lang vergeblich nach ihm. Im Bunker hatten sich durch die Explosionen neue Gänge aufgetan, Treppen waren weggebrochen, Schächte führten in unbekannte Tiefen. In die unteren Etagen war Wasser eingedrungen, das verwinkelte Kanäle, bizarre Seen gebildet hatte. Der Schlosser wurde nie gefunden. Vielleicht musste ich deshalb allnächtlich kontrollieren, ob das Schloss noch an seinem Platz hing und sich niemand daran zu schaffen gemacht hatte.

Auf den Trümmern war Wald gewachsen, Buchen, Ahorn-
bäume, ein paar Birken und Kiefern. Dazwischen Efeu, Hunds-
rosen und Brennnesseln. Eichhörnchen turnten von Baum zu
Baum und kletterten auf die niedrigen Büsche, und manchmal, nach einem Sommergewitter, wenn der Regen in vielen
kleinen Sturzbächen den Hang hinabfloss, wurden ein paar
alte Scherben auf den Weg gespült, der in steilen Serpentinen
hinauf zur Aussichtsplattform führte, auf der einst die Bat-
terien der Flugabwehrgeschütze gestanden hatten. Von hier
oben konnte man beinahe die ganze Stadt überblicken, vor
allem im Herbst und im Winter, wenn die Bäume ihre Blätter verloren hatten und die Sicht nicht mehr verdeckten. Und
hierher kam ich beinahe jedes Mal, nachdem ich den alten
Eingang kontrolliert hatte. In warmen Nächten sah ich Liebes-
paare auf den Betonsockeln der Geschütze sitzen, und einmal
hatte eine Gruppe Studenten einen Grill hinaufgeschleppt,
lachende Schatten hockten um ein Feuer herum, einer spielte
Gitarre, man bot mir Bier an.

An einem frühen Morgen im September kurz vor der
Dämmerung, die Nächte waren bereits kühl, aber die Luft
noch erfüllt vom Geruch des schwindenden Sommers, traf
ich wieder auf die wilden Hunde. Ich hätte sie fast nicht bemerkt, denn sie regten sich nicht, gaben keinen Laut von
sich. Ihr Anführer stand auf dem Betonvorsprung, der einst
als Fundament für eines der Geschütze gedient hatte, und
sah über die noch schlafende Stadt. Die anderen hockten auf
ihren Hinterläufen, als warteten sie ab, was er als Nächstes
tun würde. Er bemerkte mich, drehte sich kurz um, blickte
mich mit seinen schwarzen Augen an. Dann wandte er sich
wieder der Stadt zu, über der in diesem Moment die Sonne
aufging. Er stimmte ein kurzes Heulen an, das eher wie ein
Ruf klang, während die übrigen Hunde vollkommen still

blieben. Dann schüttelte er sich, drehte sich um, und noch bevor sich die Sonne ganz über den Horizont erhoben hatte, war das Rudel im Gestrüpp des Trümmerbergs verschwunden.

Das sei die Armee der Verschütteten, seien die Geister der verschütteten Armee, sagte Nadja, und ich antwortete:

«Nein. Das waren nur Hunde.»

Ich überlegte, ob ich sie einmal dorthin mitnehmen sollte. Ich stellte mir das ganz romantisch vor.

«Vielleicht solltest du mal mit Siggi hinaufgehen», sagte sie.

Eines Abends fing der Film nicht an. Wir saßen wieder auf dem warmen Sand, ich hatte frei, und wir tranken Bier, aber die weißgetünchte Hauswand blieb leer, die Zeitmaschine stand still. Siggi war nicht gekommen. Wir gingen zu Nadja, die hinter dem Tresen stand und uns genauso ratlos ansah wie wir sie.

«Was ist los?», fragte Wolfram.

«Er ist nicht gekommen», antwortete sie.

«Das sehen wir auch», sagte Yusuf barsch. «Wo ist er?»

«Keine Ahnung. Vielleicht krank? Warum», sie deutete auf Wolframs «tragbares» Telefon, «rufst du ihn nicht an?»

Da fiel uns auf, wie wenig wir von Siggi wussten. Wir hatten keine Adresse, keine Telefonnummer, wussten nicht einmal, ob er überhaupt ein Telefon besaß.

«Hat er dir denn nichts hinterlassen», fragte Wolfram, «ich meine für Notfälle?»

Hatte er nicht. Wir fingen an, den Ikarus nach einem Hinweis auf Siggis Aufenthaltsort zu durchsuchen, zunächst erfolglos, bis Nadja schließlich einfiel, dass Siggi seine Adresse dem Tankwart nebenan gegeben hatte.

Es war nicht sehr weit. Schweigend gingen wir durch die Straßen, in denen noch die Hitze des Tages hing.

Siggi wollte uns zunächst nicht hereinlassen. Er lächelte entschuldigend, wurde wütend, und schließlich bettelte er, wir sollten verschwinden. Wir blieben stur.

«Siggi, was ist los?», fragte Yusuf, und der Ton war mir neu. Siggi sah ihn einen Moment lang traurig an. Dann gab er auf.

Seine Wohnung war nicht einmal klein – zweieinhalb Zimmer und ein endlos langer Flur –, aber vollgestellt mit Zeug. Überall standen kleine Kisten mit irgendwelchen Papieren, Zeitungsausschnitten, Fotos; an den Wänden dichtbepackte Regale mit Büchern. Auf eine merkwürdige Weise wirkte Siggis Zuhause wie das genaue Gegenteil seines Ikarus, der, trotz allen Zierrats, trotz Lichtergirlande und Starporträts, etwas Karges an sich hatte. In seinem Bus hatte alles, noch der kleinste Kaffeelöffel, seinen Platz. Es gab nichts Liegengelassenes. Und noch etwas war anders: Nirgends hatten wir dort etwas Persönliches von Siggi gefunden, während hier aus Illustrierten, Videokassetten und Schnellheftern lauter Dinge herauslugten, die zu Siggis Vergangenheit gehören mussten. Nadja zog ein gerahmtes Foto aus einem Haufen. Es zeigte einen kleinen Jungen in Uniform.

«Das bin ich», erklärte Siggi und sah dabei aus, als habe er das Bild seit Jahrzehnten nicht mehr gesehen, «als Pimpf. Ja, so nannte man das damals, Pimpf.»

Er führte uns in einen Raum, der ihm anscheinend als Wohnzimmer diente. Inmitten der Zeitschriften- und Bücherstapel befanden sich ein Sofa und ein Tisch, beides ordentlich frei geräumt. Auf dem Tisch stand eine Schreibmaschine, mit einem eingespannten leeren Blatt Papier. Siggi zeigte uns einen Brief, das heißt, er drückte ihn Wolfram in die Hand. Der pfiff durch die Zähne.

«Oha», sagte er, «elftausend. Und wo willst du die hernehmen?»

Der Brief war vom Finanzamt. Siggi hatte in den vergangenen zehn Jahren keine Steuern bezahlt. Nicht nur das, er hatte auch keine Steuererklärung abgegeben. «Ich hab doch nichts verdient», verteidigte er sich, aber uns war klar, dass das Amt dies nicht gelten lassen würde.

«Na gut, lass uns zurückgehen», schlug ich vor, «zu deinem Ikarus, Siggi.»

Einige Tage später fand ich einen Zettel an meiner Tür. Im ersten Augenblick wunderte ich mich, von wem der wohl kam. In kleiner, feiner Schrift stand da, dass ich «Herrn Heym» anrufen solle und dass es dringend sei. Offenbar hatte Gero Heym eine seiner Praktikantinnen nach mir geschickt. Also ging ich zur nächsten Telefonzelle, die eigentlich gar keine Zelle war, sondern lediglich ein Münztelefon, das man noch zu DDR-Zeiten in eine Hauseinfahrt gehängt hatte.

Heyms Stimme klang gehetzt, leicht panisch. Es gebe da wieder ein kleines Problem, sagte er. Kein Wort über unseren Auftritt an der innerdeutschen Grenze. Er hatte jetzt andere Sorgen.

«Warst du schon mal am Potsdamer Platz? Nein? Also, ehrlich gesagt gibt's da ja auch nicht viel zu sehen. Auf jeden Fall kein Motiv.»

«Was für ein Motiv?»

«Den passenden Drehort, mein ich.»

«Was suchst du?»

«Den Führerbunker.»

Ich schwieg, während es in der Leitung knisterte und rauschte.

«Bist du noch dran?»

«Ja. Bin ich. Der ist weg. Zugeschüttet. Planiert.»

«Das weiß ich inzwischen auch. Gibt es noch einen anderen?»

«Führerbunker?»

«Nein. Egal. Irgendeinen.»

Ich musste nicht lange überlegen.

«Ja.»

«Wunderbar.»

Ich hatte mir nichts dabei gedacht. Im Gegenteil, ich hatte es für eine gute Idee gehalten, die Siggis finanzielle Probleme wenigstens teilweise würde lösen können. Als ich ihm erzählte, dass der Bekannte, bei dessen Mauerfilm wir Statisten gewesen waren, im Park historische Szenen für eine Fernsehdokumentation nachstellen wollte und dass es sich für ihn lohnen könnte, während der Dreharbeiten Getränke und Verpflegung bereitzustellen, wirkte Siggi zwar nicht ganz so begeistert, wie ich gehofft hatte, machte aber ein Angebot, mit dem Heym sofort einverstanden war.

Ein paar Tage später kam er zusammen mit James Brown und einem Teil des Teams zur Besichtigung des Bunkers. Brown war sofort völlig aus dem Häuschen, als er Siggi's Diner sah.

«This is a great place!», rief er, als er den Ikarus betrat. «I can't believe it's real!»

«Was hat er gesagt?», fragte Siggi.

«Soweit ich verstanden habe, hält er dich für so eine Art Fata Morgana», erklärte Wolfram, der erste Gast.

«Does he really show movies out there?», fragte Brown.

«Yes, he does», sagte ich. «And he makes sandwiches.»

«Great.»

Wir redeten noch eine Weile lang über dies und das. Siggi, der kein Englisch verstand, versuchte aus unseren Blicken und Gesten zu lesen, worüber wir sprachen, während er Gläser abtrocknete, die schon längst trocken waren. Brown erklärte mir, worum es in dem Film ging. Das Ding sollte «Die letzten Tage» heißen und war ein weiteres «Was-wäre-gewesen-wenn»-Projekt. Anhand von historischem Filmmaterial, Zeitzeugeninterviews und Spielszenen wollte er die letzten Kriegstage nachzeichnen und dann «alternative» Handlungsstränge einbauen. Beispielsweise ein Attentat auf Hitler Anfang 1945. Ein mutiger junger Offizier sollte den «Führer» bei seiner letzten Ordensverleihung meucheln. Für die Rolle des Offiziers habe er sogar einen relativ bekannten amerikanischen Schauspieler gewinnen können.

Ich beglückwünschte Brown und vergaß dabei zu fragen, wen sie eigentlich für die Rolle Hitlers vorgesehen hätten.

Heym gefiel es nicht, dass ich mich so ausgiebig mit seinem Regisseur unterhielt. Er sah demonstrativ auf die Uhr, drehte sich nach Beleuchter und Kameramann um und wollte wissen, ob wir jetzt endlich den Bunker besichtigen könnten.

Ich fragte Siggi, ob er mitkomme. Er zögerte. Wich ein paar Schritte zurück. «Warum? Die Aussicht ist vielleicht schön, aber sonst gibt's nicht viel zu sehen.»

«Oh», sagte Gero Heym und klopfte mir gönnerhaft auf die Schulter, «ich glaube, heute gibt's ein wenig mehr zu sehen.»

Siggi blickte mich fragend an.

«Ich habe die Schlüssel zum Bunkereingang organisiert», erklärte ich ihm. «Bist du dabei?»

Ein paar Sekunden lang stand er nur da. Schließlich nickte er.

Die Sonne stand im Zenit, als wir den Gipfel des Hügels erreichten und die schwere Tür des Bunkers öffneten wie in einem Film über die Entdeckung eines Pharaonengrabes. Brown war aufgeregt wie ein kleines Kind. Ich weiß nicht, was er erwartet hatte, vielleicht die mumifizierte Leiche Martin Bormanns. Oder wenigstens ein paar Soldatengerippe unter einem Bild des «Führers». Stattdessen wehte uns modrige Luft entgegen, als wir eintraten. Innen war es kühl und feucht. Unsere Lampen reichten nicht sehr weit, doch was wir sehen konnten, ähnelte auf den ersten Blick einer Tiefgarage. Graubraune Betonwände, Stahlträger, die aus dem Nichts heraus in den Raum hingen, rostige Armierung.

Heym und Brown inspizierten das Stockwerk. Ein älterer Kollege hatte mir erklärt, dass wir die unteren Etagen nicht würden betreten können, das Treppenhaus teilweise eingestürzt sei. Wir sollten aufpassen, dass wir uns nicht alle Knochen brachen. Dann überließ er mir den Schlüssel.

Er hatte recht. An einer Seite ging es nicht weiter. Vor uns gähnte ein dunkler Abgrund. Brown warf missmutig einen Stein hinunter, und es dauerte eine ganze Weile, bis wir ihn ins Wasser plumpsen hörten.

Auf jener Ebene aber, auf der wir hereingekommen waren, fanden Heym und Brown ein paar kleinere und zwei größere viereckige Räume. Die anfängliche Enttäuschung wich verhaltener Euphorie. An den Wänden hingen noch alte Wegweiser: «Zum Sanitätsraum». Was hätte besser zum «Führerbunker» getaugt?

Siggi war zurückgeblieben. Ich fand ihn allein in einem leeren Raum stehend, er selbst kaum mehr als die Funzel, die er in der Hand hielt, ein kleines Licht, das er über die Wände geistern ließ, wieder und wieder, bis er schließlich auf den Fußboden leuchtete. Er sah sich nach mir um und kam mir plötzlich wie ein hilfloser Greis vor.

«Alles okay?», fragte ich. Er starrte mich an, dann wieder auf den Lichtkreis am Boden.

«Es ist der Geruch», sagte Siggi, «an viele Sachen kann ich

mich kaum erinnern. Aber mit dem Geruch ist das was anderes. Diese Luft...» Er stockte, ließ den Lichtkegel langsam über den Boden wandern. «Hier stand mein Bett. Ich war der Älteste. Ich war Geschützführer, aber ich schlief bei meinen Jungs.» Er leuchtete in eine andere Ecke des Raumes. «Sie sind alle tot», sagte er.

«Wer?»

Wolfram stand in der Tür. Aber Siggi nahm ihn gar nicht wahr. Er sah durch uns hindurch, als er sprach: «Ich wurde am 1. September 1923 geboren. Als der Krieg ausbrach, war ich sechzehn. Ich bin in einem Viertel direkt neben dem Park aufgewachsen, aber das gibt es heute nicht mehr, es ist alles zerstört, alles verschwunden. Unser Haus war einmal dort, wo heute die Tankstelle und der Ikarus stehen.»

Luis Ruiz starb leise, wie nebenbei, und wenn LaMont ihn nicht zuvor für den Sauerstoff-Check eingeteilt hätte, wäre ihnen allen vielleicht noch ein wenig länger verborgen geblieben, dass Luis Ruiz nicht mehr da war. Das war während des Angriffs auf Stuttgart, eine Stadt, von der er noch nie gehört hatte. Weil er den Namen weder aussprechen noch schreiben konnte, hatte er einfach «Sind jetzt da» in sein Funkbuch eingetragen und die entsprechende Nachricht an das Führungsflugzeug weitergegeben. Unter ihnen explodierten die Bomben und ebneten das ein, was vom Stuttgarter Bahnhof noch übrig war. Viel war es nicht.

Alle hofften, dass der Krieg bald zu Ende war, keiner verstand, warum die Deutschen nicht einfach die Waffen streckten. Als die Ardennenoffensive begann, glaubte manch einer, der Krieg könne noch Jahre dauern. Aber zwei Wochen später war der Spuk vorbei und jedem klar, dass es dem großen Finale entgegenging. Sie waren fast dreißig Einsätze geflogen, wobei Ryan, der Kommandant, die Carpet immer noch wie eine Strafkolonie behandelte. Meist war Weasel mit seiner Kamera dabei gewesen und hatte Filme für die Wochenschauen gedreht. Zwischen den Einsätzen hatte LaMont ein paar Interviews gegeben, was der Kommandant zwar nicht mochte, aber nicht verhindern konnte, da es dem Brigadegeneral gefiel, der sich gerne zusammen mit LaMont den Fotografen zeigte.

Dann bekam die ganze Gruppe vom Oberkommando eine Belobigung, und der Brigadier ermahnte den Kommandanten: «Passen Sie ein wenig auf diese Schauspieler auf.»

«Es sind gar keine richtigen Schauspieler. Es sind Nebendarsteller, Statisten! Und dieser LaMont ist ein abgehalfterter Stummfilmstar und Trinker!»

«‹Die Freibeuter von Tobago› ist angeblich einer der Lieblingsfilme von General Arnold», gab der Brigadier zu bedenken. Von da an wurden sie auf sichere Positionen geschoben.

«Okay, Luis, wie sieht's denn mit der frischen Luft aus?»

Es knisterte ein wenig in den Kopfhörern. Das atmosphärische Rauschen der Zeit zwischen Himmel und Erde. Frimm sah nach unten. Unter ihnen glitzerte ein Fluss in der Mittagssonne. Er kontrollierte den Kurs. In sieben Minuten waren sie wieder über alliiertem Gebiet.

«War ja klar, dass du es verbockst, Luis», meinte einer der Gantinis.

«Einschlafen und die anderen ersticken lassen!», fügte der zweite hinzu.

War eine Maske undicht oder defekt, blieben knapp zwei Minuten, bevor man bewusstlos wurde. Nach sieben Minuten war man tot. Deswegen musste einer der Mannschaft regelmäßig alle Positionen abfragen, ob auch alle Masken funktionierten.

«He, Luis! Wir warten!»

«So sind diese Mexikaner: mañana, mañana!»

Aber da war nur das Raumzeitknistern, der Nachhall vergangener Worte im Äther. Und schließlich LaMonts Stimme:

«Frimm! Schau nach, was los ist!»

Luis hatte die Maske vorschriftsmäßig übergezogen und saß in der kleinen Funkerkabine auf seinem schmalen Stuhl, nach hinten gelehnt blickte er aus dem Fensterchen schräg über sich. In der Hand hielt er noch den Bleistift, mit dem er «Sind jetzt da» in sein Funkbuch eingetragen hatte.

Frimm betrachtete Luis Ruiz, der überheblich zu lächeln schien. In der Stirn hatte er ein kleines, dreieckiges Loch, das Frimm zunächst gar nicht aufgefallen war. *Confirming letter follows.*

An einem Abend in der folgenden Woche spielte Pauly den Adjutanten und seine Puppe Ike den Brigadegeneral.

«Warum musste der Bauchredner sterben?»

(Gelächter)

«Es war nicht der Bauchredner, Sir.»

«Sondern?»

«Der Messerwerfer.»

(Schweigen)

«Das ist ärgerlich, alles steuert auf das Happy End zu und dann so was.»

«Ja, Sir.»

«Egal, was machen wir jetzt?»

«Wir machen ein Heldenbegräbnis mit Musik.»

«Luis hasste Marschmusik.»

«Davon war ja auch nicht die Rede.»

«Sondern?»

«*I get a kick out of you.*»

(Die Band spielt auf, und eine Braut vom WAC, die gar keine üble Stimme hat, beginnt zu singen. Die anderen stimmen ein, legen sich ins Zeug für den toten Luis Ruiz. Als der Song zu Ende ist, stehen alle einen Moment lang schweigend da, bis sie wieder Ikes Stimme hörten.)

«Na gut, aber der nächste Einsatz, also, haben wir nicht noch besetzte Gebiete, in denen wir den Widerstandskämpfern unten Waffen und Verpflegung abwerfen können?»

«Da müsste ich mal nachschauen.» (Pauly rollt eine Landkarte aus, die den Vormarsch der alliierten Truppen zeigt –

Applaus.) «Also, ich glaube nicht. Da ist nur noch Deutschland selbst, das nicht befreit ist.»

«Mhm. Und was ist mit den deutschen Widerstandskämpfern?»

(Gelächter)

«Sir?»

«Ja, was ist mit denen?»

«Soweit ich weiß, gibt es keine.»

«Wie? Nicht einen einzigen?»

«Nicht dass ich wüsste.»

(Lachen)

«Und was ist mit der da?»

(Ein Foto von Marlene Dietrich wird entrollt.)

«Die gehört inzwischen zu uns.»

(Gegröle, Applaus, Pfiffe)

«Ach so.»

(Gelächter)

«Sir, wenn ich einen Vorschlag machen dürfte –»

«Schießen Sie los.»

«Hitler hat bald Geburtstag.»

(Pfiffe)

«Ich schätze, es wird sein letzter sein.»

(Klatschen, Grölen)

«Eben. Und die Sowjets sind fast schon in Berlin. Ich schlage deshalb eine letzte, spektakuläre Mission vor.»

Die Stadt begann zu verschwinden. Mit jedem Angriff fehlte ein Stück mehr von ihr, und wenn dann jemand zu Mauser sagte: «Das baut der Führer nach dem Endsieg alles wieder auf!», wusste er nicht, ob Hohn oder Irrsinn daraus sprachen. Denn mit jedem Haus, das in sich zusammenfiel, fiel ein Stück der Erinnerung oder, vielmehr, war nur noch die Erinnerung übrig, die nirgendwo mehr wohnen, sich an nichts mehr festhalten konnte und sich mit den Jahren abnutzen, aufbrauchen und schließlich selbst verschwinden würde. Natürlich wusste Mauser, warum sie bombardiert wurden. Wer eine Waffe hat, benutzt sie auch. So einfach war das. Aber hätte er länger darüber nachdenken können, philosophieren, hätte er vielleicht gesagt, dass die Bomben ihnen auch die Erinnerungen nehmen sollten, die Erinnerungen an die Städte, an das Leben, das sie dort früher geführt hatten, aber auch an ihre Schmach, an ihr Versagen.

Aber vor den Städten, sagte das Füchslein, verschwinden die Menschen.

Er hätte nicht erklären können, warum er wieder in die Straße eingebogen war. Lag nicht auf seinem Weg. Sein altes Revier, ja, aber ab vom Schuss, oder? Es zog ihn an. Die Verdunkelung führte dazu, dass man die Wege aus dem Gedächtnis ging. Linienstraße, Gormannstraße, Mulackstraße. Die Rosenthaler runter, Gipsstraße, dann Sophien, rein und bis zum Ende und immer noch Schweigen und kein Wort und Dunkelheit, und dann rechts, Große Hamburger, rauf und links Augststraße. Und du weißt doch, was da ist, oder,

Mauser?, fragte das Füchslein. Da ist die Schule. Das ist keine Schule mehr. Nein? Du weißt doch, was das jetzt ist, Mauser. Da sammeln sie sie ein. Da sammeln sie die Letzten ein. Hab davon gehört. Ja, ja, natürlich, nur davon gehört. Aber heute Morgen bist du doch auch an der Tafel vorbeigegangen, und da hast du doch gewusst, wofür sie mehr Männer brauchen? Ich habe mich nicht gemeldet. Natürlich nicht. Aber hast du jemanden gewarnt?

Ein schriller Pfiff.

Der Junge rennt um die Ecke, und er ist schnell und langsam zugleich, denn er ist klein, und der Mann, der ihn verfolgt, ist groß. Mauser sieht, dass es keiner von der SS ist, sondern ein Schupo, ein ganz normaler Mann, massig und wütend. Er will den Jungen kriegen, aber der Junge schlägt Haken, so wie es nur ein Wesen tun kann, dessen Leben davon abhängt.

Mauser, sagt das Füchslein, eine Chance kriegt man selten, zwei beinahe nie. Was wirst du tun? Kennst du Schiller?

Auf des Degens Spitze die Welt jetzt liegt.

Der Junge steht mit dem Rücken zu einer Toreinfahrt, dreht sich, versucht die Klinke zu erreichen, kommt kaum ran. Er ist um die Ecke gebogen, eine große schwarze Gestalt, der Mann, vor dem alle Kinder Angst haben in der Dunkelheit, Schatten ganz. Der Schupo hat den Knüppel gehoben, schlägt dem Jungen auf die Schulter, der stöhnt, lässt die Klinke aber nicht los.

«Wirst du wohl!», zischt der Polizist und holt zum nächsten Schlag aus. Mauser tritt einen Schritt nach vorn. Was wirst du jetzt tun, Mauser? Wer A sagt, muss nicht unbedingt B sagen. Noch kannst du zurück. Nein, ich kann nicht. Und was dann – zeigst du ihm die Marke, wird er aufhören? Du kannst dir einen Trick ausdenken, aber der wird nicht funktionieren, denn der Befehl lautet, den Jungen auf den Lastwagen zu bringen, so wie alle anderen auch, und wenn du ihn mitnimmst, wird man dich fragen, wohin du ihn gebracht hast. Natürlich könntest du es auch mit der Menschlichkeit probieren, so lassen Sie den armen Jungen schon gehen, auf einen mehr oder weniger kommt's doch nicht an. Siehst du, wie er mit dem Knüppel ausholt? Glaubst du, er wird da mitmachen? Nein, das wird er nicht; du kannst es drehen, wie du willst, es ist die alte Geschichte, Auge um Auge, Zahn um Zahn.

Mauser steht hinter dem Mann, und der Blick des Jungen verrät ihn. Der Plan war, den Verfolger niederzuschlagen, ohne gesehen zu werden, dann zu verschwinden. Aber in diesem Moment schon ist er gescheitert. Der Schupo hält im Schlag inne, dreht sich zu Mauser um, wirkt nicht im Geringsten überrascht (es liegt eine gewisse Boshaftigkeit in dieser Bewegung, seiner Gelassenheit, etwas Herausforderndes, Grausames), Mauser kann gerade noch mit seiner Linken den niedersausenden Knüppel abfangen, der schmerzhaft auf seinen Unterarmknochen kracht. Wer eine Waffe hat, benutzt sie auch. Mit der Rechten greift er nach dem Pistolenhalfter, aber sein Gegner ist schneller, er versetzt Mauser einen Tritt in den Magen, dass er nach hinten stolpert, dann stürzt er mit seinem ganzen Gewicht auf ihn nieder.

Die beiden fallen um. Der Mann ist schwer, bestimmt so schwer wie Mauser, aber jünger, beweglicher, kräftiger. Mauser kann sein Gesicht nicht sehen, aber seinen säuerlichen Atem riechen. Der Mann hat den Knüppel fallen lassen, Mauser zappelt mit den Beinen, versucht, sich rauszuwinden, da legt der andere seine Hände an Mausers Hals, kaum kann er seinen Kopf drehen, nach dem Jungen schauen, der im Hauseingang kauert, sich die schmerzende Schulter hält, die Augen geweitet vor Angst. Hau ab, vergiss deinen Schmerz, will er ihm sagen, lauf, lauf, lauf! Aber Mauser bekommt nur ein Krächzen heraus. Wie klein er ist, kommt es ihm in den Sinn, und wie vergeblich das alles. Der Mann drückt langsam zu. Warum, fragt sich Mauser. Warum ruft er nicht Verstärkung? Da fällt es ihm ein, der will es vielleicht zu Ende bringen, wer weiß. Genauso langsam, wie die Hände zudrücken (der Mann lässt sich Zeit, er hat keine Eile), wandert Mausers Rechte zum Halfter. Ein lautloser Wettlauf beginnt: Wer wird schneller sein, die Hände am Hals oder die Hand an der Pistole? Mauser hat den Riemen gelöst, die Waffe bereits in der Hand, mit dem Daumen entsichert – da riecht sein Gegner den Braten (hat er das Klacken des Sicherungshebels gehört, oder ahnt er nur, dass da etwas ist? Warum greift er nicht danach?). Er löst eine Hand, ballt sie zur Faust, um Mauser einen entsetzlichen Schlag zu geben. Nach dem die Waffe Mauser nichts mehr nützen wird. Nach dem alles vorbei sein wird. Alles. In diesem Augenblick beginnt das Heulen.

Es ist, als sei die Szene eingefroren. *Auf des Degens Spitze die Welt jetzt liegt.* Die Sirenen stimmen ihr Lied an, laut und drohend. Der Polizist hält für eine Sekunde in seiner Bewegung inne, und diese eine Sekunde ist sein Schicksal. Mauser drückt ab. Der Knall geht im Geschrei der Sirenen unter, der Schuss durchzuckt den schweren Mann, der stöhnend zur Seite rollt.

Mauser kommt auf die Knie, der Mann sieht ihn an, schwer zu sagen, ob er sein Gesicht erkennen kann, der Mond scheint, schon möglich, aber er kennt den Jungen, vielleicht sogar mit Namen, war vielleicht einer aus seinem Revier, und der Mann schaut Mauser in die Augen und streckt die Hand aus, kann aber nichts sagen, Bauchschuss, stöhnt, während das Heulen der Sirenen anhält, die Suchscheinwerfer den Himmel abtasten, Schritte zu hören sind, entweder von den Fliehenden oder von den Kameraden des Mannes, der da jetzt am Boden ist. Es hilft nichts, Mauser, Leben für Leben, es ist, als würde alles nochmal passieren und dann immer wieder, als die Sirenen heulen und Mauser dem Polizisten in den Kopf schießt.

Als die Sirenen kurz verstummen, rappelt Mauser sich auf, reicht dem Jungen die Hand.

«Komm», sagt er, aber der Junge zögert. «Komm, schnell, es ist Zeit zu verschwinden.»

Der Junge starrt ihn an, erhebt sich langsam, starrt weiter, in seinem Blick eine Mischung aus Bewunderung und Entsetzen.

«Sind Sie Tom Shark?», fragt der Junge.

Mauser runzelt die Stirn.

«Ja», sagt er dann, «der bin ich.»

Sie liefen durch die heulende Dunkelheit, der eine an der Hand des anderen, wie Vater und Sohn. In einem Hauseingang blieb er stehen, drückte den Jungen gegen die schwere Tür, legte den Zeigefinger an die Lippen, während der Junge ihn ansah, ängstlich und vertrauensvoll zugleich, als der Alte ihm den Stern von der Jacke riss und sie beide frei waren.

«Schnell», flüsterte Mauser, und dann: «Was auch immer geschieht, halt dich an mich!»

Schatten huschten an ihnen vorbei, doch niemand beachtete sie, jeder war mit sich selbst beschäftigt, als sie die Straße hinaufliefen, vorbei an dem vor Jahren schon zerstörten Tempel, immer weiter, bis sie vor dem alten Postamt stehenblieben und Mauser den Himmel absuchte. Scheinwerfer durchschnitten die wabernde Dunkelheit; man hatte versucht, die Stadt in künstlichen Nebelschwaden verschwinden zu lassen, während der Gesang der Sirenen noch anhielt und in der Ferne bereits die Flak dröhnte. Mauser zog den Jungen mit sich. Einen Augenblick musste er überlegen, dann fiel ihm wieder ein, wo der Keller war. Ein Postbeamter wollte gerade die Schleuse schließen.

«Das ist kein öffentlicher Schutzraum!», sagte eine Fistelstimme, und ein Augenpaar erschien in dem Spalt zwischen Stahltür und Zarge. Mauser holte seine Dienstmarke hervor. Jetzt galt es, den richtigen Ton zu treffen.

«Maul halten und Tür auf. Aber dalli, dalli!»

Etwa hundert Postbedienstete saßen auf schmalen Bänken. Eine Seite des Bunkers war mit phosphoreszierender Farbe bestrichen, an der gegenüberliegenden stand ein Sortierregal mit kleinen, nummerierten Fächern. An der Stirnseite zeichneten sich die runden Stutzen der Rohrpostanlage ab. Die Gestalten auf den Bänken starrten sie an. Es waren junge Frauen und alte Männer, die aussahen, als hätten sie schon während des Kaiserreichs bei der Post gearbeitet. Mauser führte den Jungen zur nächsten vollbesetzten Bank, an deren äußerstem Rand eine lange, dünne Frau hockte.

«Aufrücken! Wird's bald!» Mit einer Handbewegung, die offenließ, ob der Junge sein Kamerad oder sein Gefangener war, bedeutete er ihm, sich zu setzen. Dann drehte er sich um. «Wer hat hier das Kommando?», rief er scharf. Die Fistelstimme trat vor. «Ich.»

«Machen Sie gefälligst anständig Meldung, Mann!»

Die Fistelstimme stand stramm, versuchte die Hacken zusammenzuschlagen, was aber nicht recht gelang. Die alten, abgetragenen Schuhe hatten kaum noch Absätze.

«Postmeister Reiner, mit achtundneunzig Angestellten der Reichspost im Luftschutzkeller, ähm, Herr – Heil Hitler!»

Mauser runzelte die Stirn, dann winkelte er leicht den Arm an und nickte. «Das nächste Mal», entgegnete er mürrisch, aber mit versöhnlichem Unterton, «lassen Sie die Staatspolizei nicht wieder einfach im Regen stehen!»

«Jawohl! Natürlich nicht!»

Mausers Haus hatte den Angriff unbeschadet überstanden.

Er schob den Jungen die Treppe hinauf, in die Wohnung hinein, setzte ihn auf das Sofa. Der Junge sah ihn aus großen Augen an.

«Der Mann, der Polizist … ist der tot?»

Mauser nickte.

Der Junge senkte den Kopf.

Sie schwiegen.

Ein Kind!, dachte Mauser. Zehn, elf, höchstens zwölf Jahre alt! Was soll ich denn in solchen Zeiten mit einem Kind! Wie dünn er ist. Er braucht was zu essen. Und er braucht Papiere. Woher –

«Ich heiße –», begann der Junge.

Mauser schüttelte den Kopf.

«Wenn ich Tom Shark bin, dann bist du ...?»

«Pitt Strong.»

«Und so soll es bleiben.»

«Wenn sie uns kriegen –»

«Sie kriegen uns nicht.»

Was er vor allem anderen brauchte, erkannte Mauser, war eine Geschichte.

«Der Sohn eines Kollegen», sagte er zur Frau des Blockwartes, «ausgebombt. Beide Eltern verschüttet.»

«Der arme Junge.»

«Er weiß es noch nicht.»

«Sie meinen?»

«Die sind da nicht mehr rausgekommen.»

«Was sind das für Zeiten, wo man so einem Jungen die Eltern umbringen tut!»

Mauser sah durch den Türspalt an der Frau vorbei, hörte drinnen eine blecherne Stimme, dann Musik.

«Wie geht's Ihrem Mann?»

«Er hat Glück gehabt. Der Splitter hat sich verkapselt, sagen sie. Wandert jetzt durch den ganzen Oberschenkel. Aber ohne sich zu entzünden. Kein Eiter oder so was. Er kommt nächste Woche raus.»

«Ihr Mann?»

«Wie? Ach so – ja!» Sie lachte. Mauser deutete ein Lächeln an. Er nickte.

«Wenn Alarm ist, achten Sie auf den Jungen, ja?»

«Natürlich, Herr Kommissar.»

«Und solange kein Alarm ist, machen Sie bitte das Radio leiser.»

Die Frau wurde bleich. Mauser drehte sich um und ging.

Wachtang. Gemischtwarengeschäft. Nannte er das. Der dicke Hauptmann saß in der Ecke und machte sich nicht einmal die Mühe, auch bloß den Anschein zu erwecken, er sei ein normaler Kunde. War von irgendeinem Versorgungsbataillon – und jetzt bei Wachtang, um Geschäfte zu machen.

«Heil Hitler», sagte Mauser. Der Dicke hob träge den Arm. Mauser ließ seine Marke baumeln. Der Hauptmann sah sich panisch um. Wachtang kam angestürzt.

«Kein Grund zur Sorge», sagte er und wedelte mit den Armen, «der Herr Kommissar ist mein Freund.»

«Kommt drauf an», sagte Mauser und ließ den Hauptmann nicht aus den Augen. Dann ging Wachtang mit Mauser in den Nebenraum.

«Papiere für einen Elfjährigen! Was soll das? Bist du unter die Samariter gegangen?»

«Wie lange?»

«Eine Woche.»

«Fünf Tage.»

«Das wird teuer.»

«Der Schampus und die Huren, die du Ley besorgt hast, waren auch nicht billig.»

«Woher weißt du das?»

Mauser sah zur Tür, hinter der der Hauptmann sitzen musste.

«Ich weiß vor allem, *wo* du sie herhast.»

«Na gut, fünf Tage. Sonst noch was?»

«Kartensätze. Am besten für die nächsten vier Wochen.»

Wachtang seufzte. «Was tust du da? Hast dich bisher doch immer aus allem rausgehalten, Mauser, und bist gut damit gefahren.»

«Ich mach gar nichts. Ich arbeite auf eigene Rechnung.»

«So etwas kann böse enden.»

«Wenn ich draufgeh, geht nur einer mehr drauf, das ist alles.»

«Weißt du», sagte der Händler und sah ihn neugierig an, «ich frage mich, was du eigentlich willst. Für dich ist doch alles bald vorbei. Kannst bald in Pension gehen, na ja, wenn's dann noch 'ne Pension gibt, in die man gehen kann. Weißt du, die meisten Menschen da draußen wollen ein Dach über dem Kopf und ein Butterbrot, und dann gibt's solche wie den Ley, die wollen noch Fleischwurst drauf. Aber du, Mauser? Was ist mit dir? Was willst du?»

Mauser setzte den Hut auf und schlug den Mantelkragen hoch.

«In fünf Tagen die Papiere und die Kartensätze dazu.»

Er fand ein freies, funktionierendes Telefonhäuschen und rief Fräulein Herbst an, dass er später komme, einer Befragung wegen, und der zu Befragende sei ausgebombt worden letzte Nacht, und nun müsse er ihn erst mal finden. Fräulein Herbst erzählte etwas von einem Anruf vom Gestapa und dass der Chef ihn sprechen wolle, aber Mauser wiegelte ab. Er sei jetzt schon auf dem Weg, und nochmal umkehren und dann wieder zurück, das koste alles viel zu viel Zeit, sie wisse doch, wie das sei, und außerdem, scherzte er, habe sein Fahrrad seit gestern einen Platten. Fräulein Herbst versuchte zu widersprechen, aber Mauser hängte den Hörer ein.

Er lief zurück zu seiner Wohnung. Der Weg führte über

geborstene Straßenbahnschienen, über Trampelpfade, vorbei an einsam in die Höhe ragenden Schornsteinen, Häusern, von denen nur noch die Fassaden übrig waren, frei stehenden Treppenaufgängen. Mehrmals verlor er die Orientierung, wusste nicht mehr, wo er war. Na, dann immer der Nase nach, sagte er sich, vielleicht sollte ich mir einen Kompass zulegen.

Es begann zu regnen. Er sah zum Himmel auf. Dann ging er in einen Laden, in dem er noch nie zuvor gewesen war, stellte sich an und ließ sich auf seine Marken Milch, Brot, Margarine und zwei Eier geben. Draußen goss es wie aus Kübeln, und er wartete zusammen mit ein paar müden Frauen mittleren Alters darauf, dass der Regen nachließ.

«Tief aus Dänemark», erklärte der Ladenbesitzer. «Soll die nächsten beiden Wochen so weiterregnen, haben sie gesagt.»

«Hoffentlich», sagte eine der Frauen.

Leise ging er die Stiege hinauf, und ebenso leise steckte er den Schlüssel ins Schloss. Mit der Druckwelle, die die Scheiben im Treppenhaus eingedrückt hatte, war auch sein Türschild zu Bruch gegangen. «M» stand da jetzt nur noch.

Der Junge schlief zusammengerollt auf dem Sofa. Er brachte das Essen in die Küche und schmierte dem Jungen ein Brot mit Margarine. Dann ging er in die Stube, stellte den Teller mit dem Brot auf den Tisch und setzte sich gegenüber in den Sessel. Er hätte nicht sagen können, wie viel Zeit vergangen war, als der Junge endlich die Augen aufschlug. Er deutete auf den Teller.

«Hier. Iss.»

Der Junge nahm das Brot. Mauser stellte das Radio an. Marika Rökk. Er sprach leise.

«Fürs Erste bleibst du hier. Hier eine Karte mit deinem

Namen von jetzt an. Ein Deckname. Das machen Agenten so.»

Der Junge lächelte und nickte.

«Richtige Papiere besorge ich dir noch. Wichtig ist, dass du dir deine Geschichte merkst. ‹Legende› nennen wir Detektive das, klar? Du wurdest vergangene Nacht ausgebombt. Eltern vermisst. Ich bin ein Freund der Familie. Deshalb bist du bei mir. Und du bleibst auch hier, verstanden? Du gehst allenfalls mit den anderen in den Keller, wenn Fliegeralarm ist. Ich hab der Frau des Blockwarts deine Geschichte erzählt, und jetzt weiß sie bestimmt schon das ganze Haus. Alles verstanden, Doktor Strong?»

Der Junge lächelte, obwohl er, während Mauser sprach, immer wieder für Sekunden in einen Sumpf düsterer Erinnerungen zu versinken schien, aus dem er nur mühevoll auftauchen konnte. «Einwandfrei verstanden, Mister Shark!»

«Ich muss jetzt noch ein paar Verbrecher jagen. Du legst dich am besten wieder hin.» Mauser schlüpfte in seinen Mantel, nahm den Hut, sah aus dem Fenster und stellte mit Genugtuung fest, dass der Regen nicht nachgelassen hatte.

Im Präsidium traf er auf ein sehr aufgeregtes Fräulein Herbst, das ihm mit einem nervösen Augenzucken mitteilte, dass der Chef ihn umgehend sprechen wollte.

«Gestern hat unser Mann einen Schupo erschossen!» Raabe schien Mausers Reaktion genau zu beobachten. Mauser tat bestürzt und sagte:

«Wo?»

«Mitte. Und Sie haben mich überredet, den Grube laufenzulassen.»

«Was hat der Grube damit zu tun? Dachte, der wird überwacht.»

«Luftalarm. Da hat er sich der Überwachung wohl entzogen.»

«Der Grube wohnt im Beusselkiez. Das hätte er gar nicht schaffen können.»

«Da bin ich anderer Meinung.»

«Na gut, dann greif ich mir den Grube, und dann wissen wir mehr.»

«Oh, das ist nicht mehr nötig. Sie haben Glück gehabt, Mauser, und ich will dieses eine Mal über Ihre Fehleinschätzung hinwegsehen.» Raabe genoss Mausers Verwirrung. «Der Grube ist schon hier. Er hat gestanden.»

Grube saß noch in der Vernehmungszelle, aber eigentlich war er schon nicht mehr da. Er hockte auf seiner Pritsche und starrte angestrengt zu Boden. Als er Mauser hörte, lachte er leise, sah kurz zur Gittertür und hob dann die Hand.

«Psst.»

«Grube, was soll das?»

«Psst. Sonst hör ich's nicht!»

«Was?»

«Ob der von Zelle acht bald so weit ist.»

«Womit?»

«Die Wahrheit zu sagen.»

«Warum willst du das wissen?»

«Hab gewettet.»

«Mit wem?»

Wieder lachte Grube leise.

«Mit mir selbst.»

«Warum hast du den Leuten erzählt, dass du der Mörder bist?»

Grube stand auf und trat ans Gitter. Er verzog die gesprungenen Lippen zu einem schiefen Grinsen. Seine Stimme klang heiser. «Seh ich nicht wie ein Mörder aus?» Sein linkes Auge war bis zur Unkenntlichkeit zugeschwollen. Beide Hände waren bandagiert. «Na, wer sagt's denn! Jetzt sehen Sie's auch! Ich war's! Ich bin der Mörder. Fünfundvierzigmal» – er machte mit einer bandagierten Hand eine Bewegung quer zum Hals – «das Lichtlein ausgeknipst.»

«Fünfundvierzig Menschen willst du umgebracht haben. Kannst du mir sagen, wann und wo?»

«O nein, von Ihnen lasse ich mir meine Taten nicht madig machen! Von Ihnen nicht! Das wissen die Herren Wachtmeister ganz genau, haben alles aufgeschrieben, wo, wie, wen und wann. Sie heben mich laufenlassen! Ohne Sie würde der arme Wachtmeister noch leben!» Grube hielt inne und blickte in die Stille des Raums, als könne er dem Klang seiner Worte hinterherschauen. «Ich gehe in die Geschichte ein. Fünfundvierzig umgebracht. Das hat noch keiner geschafft. Ich komm vielleicht in die Wochenschau.»

«Warum?»

Grube glotzte ihn verständnislos an. «Warum?»

«Warum hast du's gemacht? Hast du das den Wachtmeistern und dem anderen Kommissar erzählt?»

Grube wirkte plötzlich unsicher. Er schien zu überlegen, aber offensichtlich fiel ihm keine Antwort ein.

«Zieh dein Geständnis zurück!»

Grube hob seine bandagierten Hände. «Nein. Nein! Sehen Sie sich doch meine Hände an! Die Hände eines Mörders! Nein, ich kann nicht, wegen meiner Hände kann ich nicht! Aber schauen Sie auf meinen Hals! Der sieht noch ganz unschuldig aus. Da muss doch kein Beil dran.»

Eine wilde Hoffnung blitzte in Grubes Augen auf. «Sie wissen, wer's war, stimmt's? Dann können meine Hände schweigen, und Sie sagen denen, wer's war! Ich will nicht unters Beil!» Er krümmte sich zusammen und begann zu weinen. «Ich hab nie jemandem was getan. Nicht dem Polizisten und auch sonst keinem. Aber meine Hände sagen was anderes!» Er kicherte. «Meine Hände haben immer was anderes gemacht als das, was sie hätten machen sollen. Haben mich gerne angefasst. Hat der Onkel verboten. Und jetzt sind die Wachtmeister gekommen und haben mir die Wahrheit aus den Händen genommen. Aber, Herr Kommissar, wenn Sie denen sagen, wer's war, dann lassen die meine Hände vielleicht in Ruh.»

Mauser fühlte sich elend. Er schüttelte den Kopf. «Tut mir leid, Horst.»

Grube schaute ihn an, neigte den Kopf leicht zur Seite, als wollte er Mausers Wert bemessen, sprach mit ruhigem Stolz.

«Fünfundvierzig. Immerhin. Mehr, als wie ich alt bin. So viel hat noch niemand umgebracht. Da werden sich die anderen Strolche umgucken müssen!» Plötzlich verschwand alle Euphorie aus seiner Stimme, und er klang nachdenklich. «Alles verloren!» Grube blickte Mauser traurig an. «Vater und Mutter gestorben, blieben nur die weiche Tante und der Onkel mit dem Rohrstock. Kohlen geschleppt für Butterbrot und Schnaps, selten Weiber, hatte ja meine Hände. Einmal den Führer gesehen. Falsche Hand gehoben. Da wollte er mich nicht mehr bei seinen Soldaten haben. Vergeude dein Leben nicht, Horsti, soll meine Mutter gesagt haben, bevor die Engel sie holten, und jetzt ist es aber doch leider so gekommen, und alles ohne Uniform. Wenn ich doch wenigstens auf ein Schlachtfeld gedurft hätte, da wäre ich wenigstens für den Führer gestorben, jetzt sterbe ich ganz umsonst.» Wieder sah er Mauser an. «Werde ich das Fallbeil spüren, Herr Kommissar?»

«Nein», sagte Mauser.

«Bleiben Sie übrig, Herr Kommissar», Grube lachte leise, «das sind Sie mir schuldig. Bleiben Sie übrig.»

Der Georgier hatte die Papiere einen Tag früher fertig als erwartet, und Mauser gab ihm eine Liste mit den geplanten Kontrollen.

«Oh, besten Dank, der Herr, wie großzügig», witzelte der Georgier. «Glaubst du ernsthaft, dass hier überhaupt noch Razzien durchgeführt werden? Wie ich hörte, haben die Russen Ostpreußen erobert.»

«Keine Sorge. Die Russen werden auch Razzien machen», entgegnete Mauser.

Er hatte dem Jungen gebrauchte Kleider besorgt, die die NS-Volkswohlfahrt an Ausgebombte und Flüchtlinge verteilte: Hose, Hemd und einen halblangen, warm wirkenden Mantel, ein echter Glücksfall. Außerdem gestopfte Socken und Halbschuhe, von denen er aber nicht wusste, ob sie passen würden.

Der Junge betrachtete die Papiere und schüttelte ungläubig den Kopf. «Komischer Name. Außerdem bin ich ein Jahr älter, Mister Shark.»

«Du siehst aber jünger aus. In diesen Zeiten ist es besser, wenn man jünger ist, Pitt. Präge dir den Namen gut ein, damit du nicht den falschen nennst, wenn man dich danach fragt. Und erinnere dich an deine Legende. Erzähle nicht zwei Geschichten. Wenn du an jemanden wie mich gerätst, wirst du sonst ganz schnell beim Lügen erwischt.»

«Geht klar, Tom.»

«Und jetzt probier die Sachen an, und dann müssen wir auch schon los – zu deinem neuen Geheimversteck.»

Der Junge sah ihn ängstlich an.

«Ich will lieber bei dir bleiben.»

«Das geht nicht. Noch eine Woche, dann werden die Leute sich wundern. Warum ist der Junge immer noch bei dem alten Mann? Was ist mit den Eltern? Wenn er keine Eltern mehr hat, was ist mit Großeltern, Onkeln, Tanten und so weiter? Es ist nicht weit von hier. Ich werde versuchen, jeden Tag nach dir zu schauen.»

Die Schuhe passten, ebenso die übrigen Kleider. Der Mantel war vielleicht etwas groß, es ging aber. Der Junge zog ihn an, wieder aus, dann legte er ihn stumm zur Seite.

«Stimmt was nicht?»

Der Junge reichte dem Kommissar den Mantel und deutete auf das Innenfutter. Ein kleines weißes Schildchen war eingenäht: David Weizenbaum.

Mauser schwieg.

«Ich will ihn lieber nicht behalten.»

Er packte den Jungen an den Schultern.

«Du musst aber. Du brauchst etwas zum Drüberziehen, wenn es kalt wird. Und es wird kalt werden. Trag ihn wie eine Uniform, wie eine Rüstung, wie einen Zauberumhang. Ich bin mir sicher, er wird dich beschützen. Trag ihn mit Stolz.»

Eine Sprengbombe hatte eine Brücke beschädigt, und sie erreichten die Laubenkolonie erst gegen Mittag. Auf schmalen Wegen zwischen hohen, vernachlässigten Hecken hindurch schob er den Jungen zu seiner Parzelle. Noch trugen die Bäume kein Grün, aber den Fichten und Koniferen schien der Krieg gut zu bekommen. Der Garten war ziemlich zugewachsen, und nur ein paar Meisen beobachteten neugierig Mausers Rückkehr, als sie eine kleine, niedrige Hütte betraten.

«Die Nachbarn rechts sind in Ordnung. Die links haben Angst vor mir.» Er deutete zur Wand. «Hier ist noch nie was runtergekommen, aber falls es Alarm geben sollte – hinter dem Haus ist ein Splittergraben mit einer Betonplatte drüber. Nicht viel, aber besser als nichts.»

Er holte einen Briefumschlag hervor, drückte ihn dem Jungen in die Hand und grinste. «Es wird nicht mehr lange dauern. Keiner weiß, wie lange, aber die Tage unserer Feinde sind gezählt, Doktor Strong. Falls ich nicht da sein sollte – hier sind Instruktionen für unsere Verbündeten. Sag ihnen zunächst, wer du bist. Und wenn das nicht reicht, gib ihnen den Brief.»

Der Junge zog das Papier aus dem Umschlag und faltete es auseinander. Mehrere Zeilen in Kyrillisch waren darauf geschrieben.

«Was bedeutet das?»

Mauser lächelte verlegen.

«Ehrlich gesagt weiß ich das auch nicht so recht. Aber ich hoffe mal, dass der Mann, der es geschrieben hat, mich nicht betrogen hat. Es heißt so viel wie, dass du ihr Freund bist.»

«Danke.»

Mauser ging zur Tür.

«Auf bald, Pitt.»

«Auf bald, Tom.»

Der Junge stand plötzlich auf und reichte Mauser die Hand.

«Was werden Sie jetzt tun?»

«Was ich immer tue – Verbrecher fangen.»

«Manchmal sind die Verbrecher diejenigen, von denen man gar nicht denkt, dass sie es sind.»

«Das ist eine kluge Feststellung, Doktor Strong. Ich werde sie mir merken.»

«Gott mit Ihnen.»

Mauser sah den Jungen an, und dann fiel ihm ein, dass ihm das schon sehr lange niemand mehr gewünscht hatte.

UNTER DEM FLIEGENDEN TEPPICH

«Ob sie ihn heute holen?» Es war kaum sechs Uhr morgens, und Rodriguez war schon wach.

«Oh, Himmel! Weißt du, wie spät es ist?», stöhnte Williams.

«Das weiß ich sehr gut. Aber vielleicht holen sie ihn gleich, und wenn ich schlafe, verpass ich das!»

Der Mörder aus dem Todestrakt sollte heute hingerichtet werden. Er hatte schon viermal Aufschub bekommen.

«Es heißt, der Gouverneur will eine Amnestie erlassen. Dann kommt der auch raus.»

«Entschuldige, aber du hast keine Ahnung, wie so was läuft. Gerade wenn er uns freilässt, kann er den Mörder nicht freilassen. Sonst halten sie ihn für einen Schlappschwanz.»

«Du glaubst also, heute geben sie ihm die Spritze?»

«Vielleicht, aber nicht vor sieben!»

Williams stöhnte und drehte sich um. Rodriguez wandte sich an Frimm:

«He, Frimm, was denkst du?»

Frimm schaute nicht zu Rodriguez hinüber. Er saß auf dem Bettrand und ließ die Beine baumeln. Er sah nach unten.

Graue Felder wechseln sich mit braunen ab, dazwischen etwas Grün. Berge und Täler bedeckt von einem schwarzen Wald, unter dessen Baumkronen, den zerschossenen Zweigen und geborstenen Stämmen verlassene Schützenlöcher Platz bieten für neue Bewohner, Fuchs, Hase, Dachs und Igel. Auf Ästen sitzen Krähen und schauen hinunter auf die Gebeine derer, für die der Weg zu weit war, die man noch nicht gefunden hat und vielleicht nie finden wird, die Unerwähnten, die ohne Denkmal bleiben werden, ohne Kränze, ohne Reden der Betroffenheit und Einsicht, der Bitte um Vergebung, der Lüge, des Vergessens. Ein Acker mit Kartoffeln und ein Acker mit Minen, dahinter eine Stadt, der Kirche fehlt der Turm, vom Rathaus steht nur noch der erste Stock, die Weinkeller sind längst geplündert. Ein Jeep fährt auf der holprigen Hauptstraße zwischen den Ruinen, deren Schutt alte Männer auf Holzkarren zur Seite schieben, späte Nachfahren Sisyphos', ihre Gesichter grau und ohne Erleichterung, bitter, wie bei Menschen, denen das Schicksal böse mitgespielt hat, die sich betrogen fühlen von ihrem Gott (die Söhne in Russland verheizt und ein Volltreffer auf das Häuschen, alles verloren). Ächzend hieven sie die Mauersteine der zerstörten Schule (in die sie selbst schon gegangen sind) und mit ihnen die Erinnerungen an eine vergessene Kindheit auf die Karren, alles umsonst, murmeln sie, und wenn einer sie fragte, dann würden sie sagen: Uns hat keiner gefragt, und dann wieder mürrisch schweigen, Steine rollen, schweigen, denn sie haben nie die Worte gefunden, die die Steine in ihren Mauern hätten halten können.

Der Jeep bleibt vor einem Haus stehen, das früher vielleicht einmal das Pfarramt gewesen ist, der Mann, der aussteigt, hat viel Zeit an einer Bushaltestelle in Wickam verbracht, hat den Flugzeugen nachgeschaut, die in Richtung seiner alten Heimat geflogen sind, und nun trägt er eine Uniform und geht in einen viereckigen Raum, wo das neunzehnjährige Mädchen sitzt und wartet, lacht, als er hereinkommt, und lacht, als er sich ihr gegenüber hinsetzt, denn sie lacht gern und viel, in all den Jahren, auch den nicht so schönen, habe sie das Lachen nicht verlernt, habe mit den anderen Mädeln gelacht, getanzt und natürlich gesungen und später den verwundeten Soldaten im Lazarett vorgelesen oder an die Ausgebombten Suppe verteilt, und: Nein (lacht sie), sie sei den Briten und Amerikanern nicht gram, dass die ihre Stadt zerstört haben, so sei nun einmal der Krieg, natürlich müsse man da auch die Bevölkerung bombardieren (traurig, aber wahr, sagt sie), das hätte man umgekehrt ja auch gemacht (wenn man gekonnt hätte, lacht sie), richtig heimzahlen hätte man es ihnen wollen, mit den neuen Wunderwaffen, V1, V2, Strahlflugzeuge, Amerikabomber, Raketenmaschinen, die über den Atlantik hätten fliegen sollen, um die Wolkenkratzer in New York in Schutt und Asche zu legen, das habe man ihr versprochen, war aber alles gelogen (lacht sie), dummes Zeug, wie die Dörfer von diesem russischen Grafen – Potemkin – ja, genau der, alles erstunken und erlogen, sie seien von ihrer Regierung getäuscht worden (lacht sie), die Bonzen hätten sich die Bäuche vollgeschlagen und ihnen solche Märchen erzählt, dabei hätten die doch am ehesten wissen müssen, dass in den riesigen amerikanischen Fabriken die Neger endlos Boeings zusammenschrauben können, man also quasi überhaupt keine Chance gehabt habe (lacht sie), wenn sie das früher gewusst hätte, also, dann hätte sie sich schon viel früher abgewandt (hätte sie die Nadel von der Bluse genommen, ihren Posten abgegeben, wäre sie nicht mehr zum Appell gekommen, hätte keine Lieder mehr gesungen, nicht mehr gelacht?); Sie können das nicht verstehen, Sie sind ja nicht hier gewesen, sagt sie, ohne zu lachen, als der Mann aufsteht und schweigend aus dem Fenster schaut, draußen auf der Straße eine Frau sieht – und falls Sie das mit dem Pfarrer meinen, Herr Offizier, dann kann ich nur sagen, dass das alles gelogen ist und ich ihn vielleicht nicht mochte, aber auch nie was mit ihm zu tun gehabt habe und es also für mich auch gar keinen Grund gegeben haben kann, ihn an die Gestapo zu verpfeifen, das waren andere, die ich nicht kenne, genauso wenig kenne, wie ich den Pfarrer eigentlich gekannt habe – die Frau draußen hält einen kleinen vier- oder fünfjährigen Jungen an der Hand (mein Gott, wie froh bin ich, dass du hier sicher bist, dass dich diese Bomben nicht mehr treffen können, jeden Tag möchte ich danken, in die Kirche gehen – die ja nun leider keinen Turm mehr hat – und Dankgebete sprechen), der nun aufgeregt den freien Arm hebt und zum Himmel ausstreckt, wo der Bomberstrom, wo die Magic Carpet weiße, schnurgerade Kondensstreifen ins unschuldige Blau des Himmels malt.

Mal ein Fluss, mal ein paar Häuser. Sie fliegen über ein Dorf, das nur noch zehn Stunden von der Freiheit trennen. Der Bürgermeister hat das unsägliche Bild bereits abgehängt, er hat seine Parteiuniform verbrannt, das Abzeichen weggeworfen und die alten Cole-Porter-Platten seiner Schwester vom Speicher geholt: «Anything goes.»

Die weißen Leintücher sind gewaschen und hängen wie zum Trocknen in den Fensterrahmen. Er hat den Vormittag damit verbracht, das alte, seit zwölf Jahren nicht mehr benutzte Grammophon (wozu auch, es gab ja den Volksempfänger, und Wagner mochte er nicht) zu reinigen und zu reparieren, aber das Ding will einfach keinen Ton von sich geben, ist verstockt, streikt, wo doch die Amerikaner bald da sind und er sie begrüßen will mit einem zackigen «I get a kick out of you».

Bald zwei Stunden werkelt er schon an dem Ding herum, fühlt sich wie ein kleiner Junge, der auch er einmal war, alle Männer waren irgendwann kleine Jungs, standen an den Händen ihrer Mütter auf der Straße und sahen in den Himmel, und während er so schraubt, bemerkt er gar nicht, wie an den anderen Häusern die Leintücher leise wieder eingeholt werden, die unsäglichen Bilder wieder zurück an ihre alten

Plätze an den Wänden finden, spürt nicht das leichte Vibrieren des Straßenpflasters, über das die genagelten Stiefel marschieren, sondern ist ganz beglückt, als der Teller sich endlich dreht, der Tonarm sich senkt und die Musik endlich spielt – «All through the night» – und er die Männer nicht hört, die die Treppe herauftrampeln, Männer, die auch einmal Knaben waren, die auch mal an der Hand einer Mutter gingen und die Sterne liebten, die aber jetzt, in den zwölf Jahren, in denen das Grammophon geschwiegen hat, kalte Gesellen geworden sind und darüber gar nicht nachdenken, einen gesunden Appetit haben, nicht schlecht schlafen, sondern nur mit einer gewissen Verärgerung (die feige Sau) vor der Tür stehen, hinter der der ehemalige Kreisleiter und Bürgermeister beschwingt die Hände im Takt zur Musik bewegt – «I get a kick out of you» – und sich (als sie die Tür eintreten) freudig umdreht und sagt: «Welcome, my dear friends!»

Zehn Stunden bis zum Ende der Nacht und strahlender Sonnenschein, als der Teppich über das Dorf fliegt mit dem Baum und dem Bürgermeister daran, dem sie einen Strick um den Hals gezogen und die leere Schallplattenhülle vor die Brust gehängt haben: Ich bin ein Verräter! Anything goes.

Auf Straßen, Wegen, Schienen, Pfaden und Autobahnen, alles fährt, geht, kriecht, schiebt und schleppt sich in irgendeine Richtung, Menschen auf dem Weg in den Westen (alles, nur nicht die Russen), mit Leiterwagen und zurückgelassenen Dingen (was werden sie mit dem Klavier machen?), verfolgt von Erinnerungen (es waren sieben oder acht, sie waren betrunken) – und wieder andere auf dem Weg ins Nirgendwo, angetrieben von ihren Bewachern zu einem letzten tödlichen Marsch, oder von ihren Peinigern schon verlassen (sind sich die Trecks begegnet, auf dem Mittelstreifen der vielgelobten

Autobahn, haben sie sich in die Augen geschaut?), allein und aus der Zeit gefallen unter dem endlosen Himmel. Displaced Persons.

Sie kommen von oben herab, aus der Sonne, man kann sie kaum sehen, sie könnten Vögel sein.

«Banditen, zwölf Uhr hoch!»

Der Doc brüllt (das sind keine von uns), hat den Abzug seines Kinngeschützes umklammert, schießt, Ra-tatatat-tak, sieht kaum, worauf, Weasel filmt. Frimm schmeißt sich auf den Boden (als ob Hinlegen Sicherheit böte), krabbelt zu seinem MG, aber bis er dort ist, ist die Messerschmitt schon unter die Magic Carpet getaucht.

«Ich bin getroffen! Ich bin getroffen!»

«Frank ist getroffen!»

«Mich hat's erwischt!»

«Oh, Scheiße, Scheiße! Blut, da ist so viel Blut!»

«Mario! Kommst du klar?»

«Kommen zurück!»

«Niedrig, sieben Uhr!»

Das Rattern der Maschinengewehre, das Dröhnen des fremden Motors. Und dann – vorbei. Für den Bruchteil einer Sekunde glaubt Frimm, den feindlichen Piloten in seiner Kanzel gesehen zu haben, aber vielleicht ist das auch ein Streich, den sein Gehirn ihm spielt, das einfach ein Bild ergänzt, das da sein müsste, denn irgendjemand muss den fremden Jäger ja gesteuert haben, der sich jetzt schräg vor ihnen in einen Feuerball verwandelt und meteoritengleich zur Erde stürzt. Weasel filmt.

«Kopilot an Navigator: Entfernung?»

Frimm reibt sich die Augen, blinzelt, sieht auf die Karte.

«Sieben Minuten.»

«Mario, was ist mit Frank?»

«Das Schwein hat ihn zweimal in die Brust getroffen.»

«Schafft er's bis nach Hause?»

«Was meinst du damit?»

«Sonst muss er aussteigen.»

«Scheiße! Nein!»

«Wenn die Deutschen ihn finden, bringen sie ihn ins Lazarett.»

«Und wenn nicht?»

«Ich schaff's, ich schaff's!»

«Okay, sonst jemand verletzt?» LaMont hat seine Stimme wiedergefunden. «Pilot an Funker – alles okay?»

«Alles okay», meldet sich der neue Funker, dessen Namen niemand aussprechen kann.

Noch sieben Minuten bis zum Ziel, noch sechs Minuten, fünf Minuten; als das Flakfeuer beginnt, harren sie unter dem Teppich, junge Kerle, denen die Stahlhelme zu groß sind, harren unter dem maschinendunklen Himmel, gestern noch im Haus Vaterland getanzt (was verboten ist), jetzt über ihnen der Bomberverband, der ihr Ziel ist, dessen Ziel sie sind, sie haben sich festgebunden hier oben (das ist das Ende), der Turm bebt, schüttelt sich, die Stadt liegt vor ihnen wie eine dunkle Phantasie, die in Flammen aufgeht, zehn am Geschütz, im Lautsprecher die blecherne Stimme des Batteriechefs, einer gibt die Zieldaten weiter, brüllt fünf-zwei-vier, und einer, der Älteste, brüllt

(Ich wurde am 1. September 1923 geboren. Als der Krieg ausbrach, war ich sechzehn. Ich bin in einem Viertel direkt neben dem Park aufgewachsen, aber das gibt es heute nicht mehr, es ist alles zerstört, alles verschwunden.)

Feuer.

Die Granate verlässt das Rohr, die Fliehkraft trägt sie weit über den Bunker (die jungen Kerle, die ihr nachsehen, ohne sie zu sehen), weit hinaus über die Dächer der Stadt, über Dächer, in die in den nächsten Sekunden Bomben einschlagen, die Ziegel wegreißen, Treppenaufgänge durchstoßen, hochgehen, blindgehen, niedergehen werden. *Wer jetzt kein Haus hat.*

Weasel kauert zwischen dem Doc und Frimm in der Bugkanzel, als die Granate vor dem Fliegenden Teppich explodiert. Etwas schlägt Frimm gegen den Hals, drückt ihn nach hinten, drückt ihn gegen das Kartentischchen. Plötzlich ist die Welt seltsam still. Stumm zerbirst die Plexiglaskanzel, weggerissen von der explodierenden Granate; stumm, mit schlaffen Armen stürzt der Doc ins Nichts.

Weasel hat sich umgedreht, oder etwas hat Weasel herumgedreht, aber Weasel hat sein Auge noch immer am Sucher, ist Teil der Kamera oder die Kamera Teil von ihm, das Objektiv ist auf Frimm gerichtet, der sich an einer Metallstrebe festklammert, es ist, als müsse er der Kamera gehorchen, und er fragt sich, ob er jetzt etwas sagen sollte, etwas Wichtiges, nach dieser Szene kommt vielleicht schon der Abspann.

Weasels Lippen bewegen sich, ohne dass Frimm ihn versteht, er filmt weiter, eins mit seinem kleinen schwarzen Kasten, nimmt er das Auge nicht vom Sucher, selbst als der Sog ihn rückwärts in die Tiefe reißt.

Dies ist der Anfang und das Ende seiner Träume: Frimm, wie er sich an einem Stück Metall festkrallt und ein großes gezacktes Loch, ein Abgrund, dort, wo einmal die Bugkanzel der Magic Carpet war, ein Schlund, der ihn in sich aufnehmen will, der stumm nach ihm ruft, komm schon, komm schon, lass deine Kameraden nicht allein. Es ist der Rand der

Welt, von dem Tippi ihm einst erzählt hat, und dahinter ist nichts

Du bist ganz allein

Cut

Als er wieder zu sich kommt, kann er immer noch nichts hören, aber es gelingt ihm, sich halb aufzurichten und mittschiffs zu ziehen. Wo sind die anderen, die Gantinis, wo Pauly, wo der Funker?

In diesem Moment begann die Maschine sich nach vorne zu neigen, und für einen kurzen Augenblick glaubte Frimm, Pauly, den Bauchredner, zu sehen. Er steckte in seinem komischen Kugelturm fest, offenbar konnte er das Ding nicht bewegen, aber auch nicht aussteigen. Ike, Paulys Puppe, hämmerte gegen das Plexiglas, rief etwas, das Frimm nicht verstand. Das war das Letzte, was Frimm von Pauly sah. Der Vogel ging in den Sturzflug über. Frimm zog die Gurte des Fallschirms fest, schaffte es irgendwie an die offene Luke und schob sich hinaus. Weit unten sah er Rauchschwaden und brennende Häuserschluchten. Er ruderte mit den Armen wie in einem längst vergessenen Slapstick-Film. Er fiel.

VI. GANZ DURCH DIE NACHT

VI. GANZ DURCH DIE NACHT
VI. GANZ DURCH DIE NACHT
VI. GANZ DURCH DIE NACHT
VI. GANZ DURCH DIE NACHT
VI. GANZ DURCH DIE NACHT
VI. GANZ DURCH DIE NACHT

«Ich bin in dem Viertel neben dem Park aufgewachsen, aber das gibt es heute nicht mehr, es ist alles zerstört, alles verschwunden.

Meine Mutter hat mich allein großgezogen. Mein Vater wurde am Tag meiner Geburt niedergeschossen, angeblich von Kommunisten, war sofort tot, die Täter hat man nie gefunden.

Ich wollte Flieger werden, und als das nicht ging, meldete ich mich freiwillig zu den U-Booten. Achtmal sind wir rausgefahren. Einmal hab ich Amerika gesehen. Wir sollten Öltanks am Hudson torpedieren. Da hat mich der Kommandant zu sich ans Sehrohr gerufen, hat gesagt: ‹Komm, Heinze, darfst auch mal gucken, das ist New York bei Nacht.› Und dann hab ich es gesehen.

44 bekam ich einen Metallsplitter ab, beinahe hätten die Ärzte das Bein abgenommen. Als ich nach Hause kam, hieß es, der Krieg sei für mich zu Ende, war er aber nicht. Auf dem U-Boot hatten sie mich an der Schiffsflak ausgebildet, und deshalb kam ich als Geschützführer in den Hochbunker. Die Mannschaft bestand aus Schuljungen, keiner älter als sechzehn, halbe Kinder waren das. Mein Vorgänger hatte sie bei eisiger Kälte vor dem Bunker exerzieren lassen, sie mit Marschgepäck um diesen Klotz gejagt. Mir vertrauten sie. Und für mich waren sie wie Brüder, jüngere Brüder.

Es gab kaum einen Tag ohne Fliegeralarm. Der Bunker war voll mit Menschen, denen alles egal war. Bei jedem Alarm schleppten die ihre Sachen rein, einige gingen gar nicht mehr raus, hatten bevorzugte Plätze, die sie als ihr Eigentum ansahen. In einem der unteren Stockwerke war ein Lazarett, und täglich kamen neue Verwundetentransporte.»

Draußen musste die Sonne scheinen, auf den Hügel, die Birken, Fichten und jungen Eichen, auf Dorrnengestrüpp und Farn, auf den verwaisten Spielplatz mit seiner rostigen Schaukel und dem kleinen Klettergerüst, auf den Teich und seine müde Fontäne, auf die Friedensglocke, auf den ausgetrockneten Brunnen, auf das Moos, das die geborstenen Mauern des Bunkers überzog. Aber in seinem Inneren gab es nichts. Nur Siggi, der immer noch in seiner Ecke stand, die Taschenlampe gesenkt, deren Schein über den blauen Beton strich.

«Im April kamen sie zum letzten Mal. Am Abend davor war ich mit den Jungens im Haus Vaterland. Ein paar hatten dort ihren ersten Rausch. Der Angriff begann morgens um halb zehn. Eine Boeing flog zu niedrig, wurde getroffen. Die Jungs jubelten, als hätten sie gerade den Krieg gewonnen, dabei war gar nicht sicher, dass wir die Maschine abgeschossen hatten. Wir machten ein paar Fallschirme aus, zwei, drei oder vier, der Wind trieb sie in unsere Richtung.»

«Ist er tot?»

«Nein, ich glaube nicht.»

«Kaputt?»

«Oh, Piet, Menschen gehen nicht kaputt, sie verletzen sich.»

«Reparieren?»

«Wir sollten mal nachschauen.»

Edison Frimm wusste nicht, wo er war. Noch weniger wusste er, wer da sprach. Es waren Kinder, so viel war klar. Deutsche Kinder. Langsam öffnete er die Augen. Er lag bäuchlings auf einer Straße.

Neben ihm stand ein kleiner roter Plastikeimer. Dahinter sah er die steinerne Brüstung, die er mit Hilfe des Eimers erklommen hatte, die Brüstung der Brücke über den Rocky Creek. Und vor ihm standen die beiden Jungen – der kleinere, der ihn neugierig beäugte, und sein älterer Bruder, dessen Brille jetzt, nach dem Beben, noch ein wenig schiefer auf der Nase zu sitzen schien.

«Sind Sie verletzt?», fragte der größere auf Englisch. In der Hand hielt er Eddies Notizbuch.

«Nein», sagte Frimm und erhob sich mühsam. «Das ist mein Notizbuch.»

Der Junge gab es ihm zurück.

«Wie kommst du dazu, einfach anderer Leute Sachen zu nehmen?»

«Ich dachte, da steht vielleicht Ihre Blutgruppe drin oder so was.»

«Meine Blutgruppe?»

«Falls Sie verletzt sind und eine Transfusion brauchen.»

Frimm schüttelte den Kopf, klopfte den Staub von Hose und Jacke ab. «Wo kommt ihr beiden her?»

«Von dem Parkplatz.»

Frimm wusste, dass ein Stück die Straße hinauf hinter der nächsten oder übernächsten Kurve ein kleiner Parkplatz war, für Leute, die kurz den Wagen hinstellen und die Aussicht genießen wollten.

«Und wie seid ihr dort hingekommen?»

«Im Wohnmobil von meinem Großvater. Meine Mutter und mein Großvater haben dort angehalten. Dann sind sie wieder weitergefahren.»

«Ohne euch?»

Der Junge sah betreten zu Boden.

«Uns geht's gu-ut!», rief der kleinere Junge und hielt die Hand des größeren ganz fest. Der sah auf.

«Okay, es war eine dumme Idee, ich geb's zu.»

«Was?»

«Dass wir hinten ausgestiegen sind.»

«Und das haben deine Mama und dein Großvater nicht bemerkt?»

«Nein.»

«Warum seid ihr ausgestiegen?»

«Weil sie sich gestritten haben. Sie haben gedacht, wir schlafen hinten. Deswegen sind sie auch weitergefahren.»

«Und wo wollten sie hin?»

«Nach Monterey, glaub ich, in so ein Restaurant, frühstücken.»

Frimm seufzte. «Na gut, irgendwann werden sie ja merken, dass ihr weg seid. Und dann werden sie zurückfahren und euch suchen. Wir warten einfach.»

Großartig, dachte er und machte im Geist einen Eintrag in sein Notizbuch:

07:45 am: Musste Selbstmordpläne wegen Erdbebens und zweier deutscher Bengel aufgeben, die aus einem Wohnmobil abgehauen sind.

«Vielleicht merken sie auch erst in Monterey, dass wir weg sind, und denken, jemand hat uns entführt, und dann gibt es eine Großfahndung mit Sheriffs und Helikoptern und Straßensperren.»

«Das wollen wir nicht hoffen.»

«Keine Angst, wir sind ja bei Ihnen. Gut, dass wir Sie gefunden haben.»

«Dass ihr mich gefunden habt?»

«Ja.»

«Wie heißt ihr?»

«Ich bin Tom, und mein Bruder heißt Piet.»

«Du sprichst gut Englisch.»

«Mein Großvater ist Amerikaner.»

«Aber ihr beide kommt aus Deutschland, stimmt's?»

«Ja. Woher wissen Sie das? Waren Sie mal in Deutschland?»

«Ja.»

«Im Urlaub?»

«Nein, nicht im Urlaub.»

Stimmen. Das Erste, was er hörte, waren ihre Stimmen. Ist er wieder auf dem Set? Wie ging die «Wacht am Rhein» nochmal? Und was sagte der Offizier zu dem Mann am Klavier?

Frimm hing in einem Baum. Sein Fallschirm bestand nur noch aus Fetzen. Er musste in einem Wald oder einem Park gelandet sein. Durch die Äste sah er, wie unten zwei Uniformierte diskutierten. Sie trugen Maschinenpistolen und an einer Kette kleine, stumpf schimmernde Metallschilder, die wie silberne, liegende Halbmonde aussahen. Frimm wagte nicht, sich zu bewegen. Die beiden zündeten sich Zigaretten an, dann nickten sie und gingen gemeinsam davon. Frimm tastete nach dem Messer in einer seiner Taschen. Er zitterte. Als er es endlich herausgefummelt hatte, entglitt es ihm, fiel unter ihm auf den Boden.

Jetzt konnte er nur warten. Darauf, dass die Deutschen wiederkommen würden und ihn vom Baum holen. Oder etwas anderes taten. Er überlegte, wie er sich am besten ergeben könnte. Irgendwo müsste er noch ein weißes Taschentuch haben. Könnte er sich in den Jackenärmel stecken. An die 45er an seinem Gürtel dachte er nicht.

Scott LaMont hatte seine Waffe bereits kontrolliert, den Fallschirm abgelegt und seine Zigaretten hervorgezogen. Während der Kopilot noch mit den Gurten kämpfte, sah er sich um. Sie waren in einem Park gelandet. Von den Bäumen um sie herum stand nur noch die Hälfte, die Bombeneinschläge hatten den Rasen umgepflügt, und allein ein paar sorgfältig angelegte, gepflasterte Wege erinnerten noch daran, dass hier einmal Menschen in der Abendsonne flaniert waren. In der Ferne jähe Blitze und näher das verspätete, lustlose Wummern schwerer Flak. Er sah zum Himmel auf. Die letzten Maschinen der ersten Welle zogen vorüber. Er sah die schwarzen Zylinder aus ihren Bäuchen trudeln, oder zumindest bildete er sich das ein. Seltsamerweise empfand er keinerlei Furcht. Noch in der B-17 hatte er sich vor lauter Angst kaum bewegen können, und als klar war, dass der größte Teil der Besatzung draufgegangen war oder gleich draufgehen würde (die Gantinis verblutend, Pauly eingeklemmt in seinem Turm, der Techniker von Splittern zersiebt, Doc, Weasel und Frimm mit der Nase abgestürzt, von dem neuen Funker fehlte jede Spur), war es Sniff, der ängstliche Kopilot, gewesen, der ihn zur Luke hatte bugsieren müssen. Doch dann, in jenem kurzen Augenblick des freien Falls, bevor sich der Schirm über ihm öffnete, als der Luftzug ihm die Lider aufdrückte und zum Blick in die Hölle zwang, deren Feuer sie selbst entfacht hatten, war die Angst plötzlich weg. Er konnte sich das selbst nicht erklären. Es war besser als Kokain. Er fühlte sich – gut.

Im kahlen Wald vor ihm ein Krachen; Sniff warf sich hin, beide Hände über dem Hinterkopf verschränkt. LaMont blieb stehen, rauchte und dachte, schade, dass Weasel das jetzt nicht mehr filmen kann. Dann begann er seinen Schirm zusammenzulegen und nach einem Versteck dafür zu suchen.

«Was soll das?», fragte Sniff.

«Wir müssen unsere Schirme verstecken.»

«Wozu?»

«Damit sie uns nicht finden.»

«Ist es nicht besser, wenn sie uns finden? Ich meine, wir sollten so was gar nicht erst versuchen, sondern uns gleich ergeben.»

«Captain Blake ergibt sich nicht.»

LaMont blinzelte und stapfte los. Sniff folgte ihm.

Sie kamen nicht sehr weit. Als der Weg die nächste Kurve machte und LaMont gerade überlegte, wie man sich hierzulande am besten tarnen könne, stand plötzlich ein deutscher Soldat vor ihnen. Er schien Angst zu haben, aber er hatte auch ein Gewehr, einen Karabiner, den er auf LaMont richtete. Kleine Änderung im Drehbuch, dachte LaMont. Mit Zeigefinger und Daumen zog er die 45er aus dem Holster, hob langsam die Arme und ließ die Pistole fallen. Sniff tat es ihm nach. Der Soldat schien erleichtert. Er war jung, relativ groß und hager, blond mit kantigen Gesichtszügen.

Der Deutsche sagte nichts, wirkte weder verärgert noch feindselig. Er war einfach müde. Mit seinem Karabiner deutete er in die Richtung, aus der er gekommen war. Die drei zogen los.

Über die Reste des von den Bomben aufgerissenen Weges, vorbei an qualmenden Baumstümpfen und Aschehaufen, hinter ihnen die Ruinen der Stadt. LaMont hatte die zweite Welle ganz vergessen. In seiner Phantasie sah er sich bereits im Kriegsgefangenenlager Fluchtpläne schmieden. An einer Stelle gabelte sich der Weg, und der Soldat blieb stehen. Er rief etwas. «Stay-hen-blyben!», verstand LaMont und blieb stehen. Und Sniff blieb auch stehen. Sie drehten sich um. Der Soldat schien zu überlegen, welchen Weg sie nehmen sollten. Schließlich deutete er mit dem Karabiner nach rechts.

«Wir sprachen kein Wort. Der Batterieführer hatte mich abkommandiert, nach den Fliegern zu suchen. Ich war alleine los, hatte nicht damit gerechnet, sie wirklich zu finden, und jetzt wusste ich nicht, was ich mit ihnen machen sollte. Ich beschloss, zurück zum Bunker zu gehen, sie vielleicht einfach an der Leitstelle abzugeben. Ich deutete mit dem Karabiner in Richtung Park, und wir marschierten los.

Eigentlich hätte ich erleichtert sein sollen, aber ich hatte kein gutes Gefühl, als ich die beiden Kettenhunde da stehen sah. Die waren vom Feldjägerkommando und standen rauchend auf dem Pfad, den wir entlanggingen; ein kleiner Gedrungener und ein etwas größerer Unteroffizier, der eine SS-Uniform unter dem Mantel trug und einen Schmiss im Gesicht hatte. Ob sie auch nach den Fliegern gesucht hatten, weiß ich nicht, auf jeden Fall waren sie nicht überrascht, uns zu sehen. Der Kleinere richtete seine Waffe auf uns, der Größere verlangte meine Papiere, dann wandte er sich den beiden zu. Lange sah er sie an.

‹Amerikaner?›, fragte er schließlich.

Der ältere Gefangene nickte und sagte: ‹Zigarette?›

Wir rauchten, als das Wummern der Zwölf-Achter wieder losging. Eine zweite Welle war im Anflug.»

Die zwei sahen aus wie Brüder, zumindest aus der Entfernung. Fast glaubte LaMont das Unbehagen seines Bewachers spüren zu können, als sich aus dem Qualm die Gestalten der beiden Männer schälten. Sie trugen Helme, Mäntel, Maschinenpistolen, und vor der Brust baumelte jedem von ihnen ein Metallschild an einer Kette. Sie waren vollkommen ruhig. Der Kleinere richtete seine Waffe auf die Gruppe, während der Größere, der offenbar Ranghöhere, den Arm in Richtung ihres Bewachers streckte, der ebenfalls den Arm hob, etwas brüllte und dem Offizier Papiere in die Hand drückte. Der Offizier las sie in Ruhe durch. Dann nickte er, gab sie dem Soldaten zurück und sagte etwas, das LaMont nicht verstand. Auf jeden Fall war es nun wohl so, dass er und Sniff drei Bewacher hatten statt vorher nur einen. Der Größere sah Sniff und LaMont eingehend an. LaMont starrte zurück.

«Amerikaner?», fragte der Offizier.

Diese Dialogzeile kannte LaMont. «Ja», antwortete er und fügte hinzu: «Zigarette?»

Der Offizier nickte. LaMont fiel der Totenkopf auf dem Kragenspiegel seiner Uniform auf, der aus dem Mantel hervorschaute. LaMont fingerte mit einer Hand die Zigaretten aus seiner Brusttasche und warf sie zu dem kleineren der beiden Behelmten. Der fing sie auf und reichte sie dem Offizier. Der Offizier nahm sich eine und ließ dann das Päckchen die Runde machen, bis jeder eine Zigarette hatte, außer Sniff, der dankend ablehnte. So standen sie alle eine Zigarettenlänge im Kreis und rauchten. Dann sagte der Offizier etwas, der kleine Behelmte deutete mit seiner MP einen Trampelpfad hinab, und sie stapften alle los, LaMont und Sniff vorneweg, die drei anderen hinterdrein.

LaMont hatte die zweite Welle vergessen, wahrscheinlich, weil sie zur ersten Welle gehörten, und so fiel ihm das erst wieder ein, als sie in der Luft das noch ferne Dröhnen und erneut schwere Flak hörten. Die Soldaten redeten plötzlich durcheinander. Dann trieb der Kleine Sniff und LaMont tiefer in den Park hinein. Die anderen beiden folgten.

Frimm baumelte immer noch im Geäst des alten, ausladenden Baums, dämmerte erschöpft vor sich hin, als ihn das Krachen der Geschütze weckte. Irgendwo hob eine einsame Sirene an, aber sonst hatte es keine Warnung gegeben, die Deutschen hatten nicht mit einem zweiten Angriff gerechnet. Dann hörte er Gebrüll, das von der Wiese zu ihm heraufdrang. Er musste den Hals ziemlich verrenken, bis er sie näher kommen sah: zwei amerikanische Flieger, die mit erhobenen Händen eilig über die Wiese stapften, hinter ihnen drei Deutsche, einer mit einem umgehängten Karabiner, die beiden anderen mit vorgehaltenen Maschinenpistolen. Erst spät erkannte er Sniff und LaMont.

Einer der Bewacher, ein untersetzter Typ mit Stahlhelm und MP, brüllte: «Stay-hen-blyben!»

Die Gruppe hielt an. Der größere der beiden, die Maschinenpistolen trugen, sah sich um, sah in den Himmel, fast hätte sein Blick den Wipfel des Baumes gestreift. Doch er entdeckte Frimm nicht. Der junge Soldat mit dem Karabiner, der lustlos hinterhergetrottet war, sagte etwas, woraufhin der größere, anscheinend sein Vorgesetzter, zurückbellte: «Mowl ha-alten!» Der Geschützdonner schwoll an, das Dröhnen kam näher, da hatte die Gruppe sich noch immer nicht entschieden, wo sie Schutz suchen sollte.

Eine Flakgranate landete hundert Meter entfernt, die Ladung verpuffte mit einem dumpfen Knall. Sniff hatte sich hingeworfen, sein Bewacher brüllte «Owf-stay-hen!» – was Sniff nicht verstand, sondern einfach liegen blieb, auch nach wiederholtem Anschreien liegen blieb, nach Tritten liegen blieb, starr vor Angst, bis der Gedrungene ihn packte, aufstellte wie eine Kleiderpuppe, über die der Anführer enttäuscht den Kopf schüttelte, bevor er etwas zum Untersetzten sagte, der daraufhin einige Schritte zurücktrat, seine Maschinenpistole hob und auf Sniff zielte, der von der Wucht der Geschossgarbe in einen Holunderstrauch gestoßen wurde, wo er mit halb aufrechtem Oberkörper tot liegen blieb.

Der lustlose Soldat rief etwas, das nach Protest klang, aber Frimm war sich nicht sicher. Seine Pistole fiel ihm wieder ein, und auch, dass er nie mit ihr geschossen hatte. Er wollte nach ihr greifen, den Helden spielen, aber er konnte sich nicht rühren. Starr vor Angst.

LaMont zeigte keine Regung. Von oben sah Frimm, wie er den Kopf drehte und in eine bestimmte Richtung blickte. Plötzlich erkannte Frimm, wohin. LaMont hatte das Messer entdeckt. Das Messer, das ihm, am Baum hängend, aus den Händen geglitten war. LaMont sah die Deutschen an, dann sagte er deutlich und beinahe akzentfrei: «Mistbande!»

Das hatte er aus einem Film. Woher sonst. «Mistbande!», rief er, bevor er sich umdrehte und loslief. Sechs, sieben, acht, neun Schritte, dann trafen ihn die Kugeln.

«Er war noch nicht tot, kroch langsam vorwärts. Die Feldjäger standen hinter mir. Ich wollte etwas sagen, protestieren, aber ich brachte kein Wort heraus.

‹Bring's zu Ende, Junge›, rief einer der beiden. ‹Das ist ein Befehl!›

Ich konnte mich nicht rühren. Der Scharführer kam zu mir und sagte: ‹Wolltest du etwa mit den beiden gemeinsame Sache machen? Dich verkriechen?›

Ich sah den Nacken des Fliegers, sah den Mann auf dem Bauch liegend ruhig atmen. Ich hatte Rohre mit Torpedos bestückt, und die Torpedos hatten Schiffe versenkt, die mitsamt den Männern darauf für immer im Ozean verschwunden waren. Ich hatte auf Stahl, aber noch nie auf einen Menschen geschossen.»

Er spürte, wie ihm die Beine weggerissen wurden, und hatte gleichzeitig nur seine Rolle im Blick, fühlte keinen Schmerz, robbte auf das Messer zu, von dem er hoffte, dass es nur ihm aufgefallen war. Es kam ihm unendlich lange vor, bis er es erreicht hatte, darüberglitt, es unter sich begrub, verbarg, umfasste, als ob es seines wäre. So blieb er liegen, einzig unglücklich darüber, dass er nie erfahren würde, wer im Baum war. Lachen, dann Gebrüll in dieser kehligen, abgehackten Sprache, die für ihn immer, selbst auf dem Filmset, nach Gewalt und Streit geklungen hatte. Das einzige Wort, das er verstand, war «Be-fail!», immer wieder nur «Be-fail!», «Dos eest ayn Befail!». Dann hörte er das Keuchen des jungen Soldaten hinter sich. Und da wusste er auf einmal, welchen Befehl der Offizier dem Jungen gegeben hatte und dass er gleich sterben würde.

Er schloss die Augen. Vielleicht hing Weasel dort oben im Baum und hatte seine Kamera irgendwie gerettet. Das wäre doch was. Da würde sich Sparky die Augen reiben, daheim. Er dachte an Bel Air und an die Zeiten, als er dort rauschende Feste gefeiert hatte. Damals erzählten die Filme, die nur aus Licht und Musik bestanden, denen der Lärm der Welt noch fremd war, von großen Liebesgeschichten, Heldentaten und Abenteuern in fremden Ländern. Mit Wehmut dachte er an den Basar von Damaskus zurück, an seinen Zauberteppich, der ihn vor der Hintergrundprojektion durch die Lüfte getragen hatte, das hydraulische Gestell unter ihm leicht wankend, wie bei einem kleinen Erdbeben, sodass er, wenn er die Augen schloss, beinahe selbst hätte glauben können, er flöge über endlose Wüsten, über palmengesäumte Oasen und sagenhafte Städte. Das war große Schauspielkunst. Es war lange her, aber immerhin. Mehr konnte man nicht verlangen. Wovon würden die Filme handeln, wenn das hier vorbei wäre?

Er öffnete die Augen. Sein Kopf lag auf der Seite, und er entdeckte ein paar kleine Kieselsteine und ein Häuflein verfaulter Kiefernnadeln, ein Büschel Gras. Den Soldaten sah er nicht, aber er wusste, dass er hinter ihm stand, er hörte ihn schwer atmen, weinen. Dann hörte er das Klacken des Gewehrverschlusses. Die Patrone in der Kammer. Immer noch empfand er keine Angst oder Wut, nur grenzenloses Bedauern, ja tiefes Mitleid für den jungen Soldaten, der schluchzte und mit dem Fuß aufstampfte wie ein Kind (und der all das, was jetzt geschah, sein Leben lang mit sich würde herumtragen müssen, stumm oder schreiend, leugnend oder stöhnend in der Nacht, in Träumen, die kein Ende nahmen), der aber trotzdem tun würde, was von ihm verlangt wurde.

Er wusste nicht, wie lange er so allein im Baum gehangen hatte. Der einzige Grund, aus dem ihn bislang keiner dort oben entdeckt hatte, mochte wohl darin liegen, dass alle anderen noch in ihren Kellern hockten. Die Soldaten waren verschwunden. Er hatte ihnen hinterhergerufen, seinem Hass und seiner Verzweiflung Luft machen wollen, es aber nicht gekonnt. Es war, als wären ihm die Worte ausgegangen, denn als er sie von seinem Baum herab anbrüllen wollte, fiel ihm nichts mehr ein. Ein Röcheln kam aus seiner Kehle, ging aber

im allgemeinen Geschützdonner unter, ohne dass die Soldaten (die beiden Älteren hatten den Jungen in die Mitte genommen, ihm auf die Schulter geklopft) sich auch nur nach
ihm umgedreht hätten.

Eine Bombe war in der Nähe eingeschlagen, er sah die
Uniformen rennen, aber Frimm hatte nicht einmal gezuckt.
Zu seinen Füßen lagen die beiden Toten, und er fragte sich,
warum er noch am Leben war. Dann zischte etwas über seinen Kopf hinweg und kappte den Wipfel der alten Kiefer, die
ihm Schutz geboten hatte. Er stürzte mit dem Baum, und
ihm wurde wohl bei dem Gedanken, wie er als Teil des Baumes langsam mit dem Holz in der umgepflügten Erde ver-
modern würde. Er stellte sich vor, wie er in seine Bestandteile
zerfallen, wie erst größere, dann kleinere Tiere an ihm nagen
und wie eine Armee von Ameisen seine letzten Überreste weg-
schleppen würde. Er empfand keine Angst dabei. Die Erde um
ihn herum zitterte von den Einschlägen, und da er sich nicht
in ihr verkriechen konnte, war es da nicht das Beste, selbst ein
Teil von ihr zu werden? Es roch nach Kiefernnadeln und ge-
schmolzenem Asphalt. Als er sich, auf dem Rücken liegend,
dem Anblick des brennenden Himmels hingab, spürte er, wie
etwas an ihm zerrte, ihn beharrlich aus seinem gemütlichen
Grab zog, unter dem Baum hervor, auf den freien Boden.

Frimm sah einen plumpen Schatten, der, ein Messer in der
Hand, auf ihn losging. Er zappelte, schlug um sich, als wollte
er Fliegen verjagen. Da warf sich die kleine Gestalt auf ihn, sie
rangen miteinander, aber schließlich hielt sein Gegner ihn
fest, so fest, dass er sich nicht mehr rühren konnte. Das Training, die Atemübungen, die Selbstversenkung – alles umsonst,
durchfuhr es ihn. Er war an einen Besseren geraten. Er musste
an Koga denken, wie der ihn festgehalten hatte, und klopfte
dem anderen, instinktiv, als Zeichen aufzuhören, zweimal

sanft auf den Rücken. Die Gestalt löste den Griff, richtete sich auf.

Es war der Funker, dessen Namen sich niemand hatte merken können.

«Wir müssen hier weg», sagte Bebo Globodajarian.

Rennen, stolpern, fallen, aufstehen, rennen, stolpern, sich hinwerfen, aufstehen, rennen. Die zweite Welle traf die Stadt mit voller Wucht, kein Stein, der auf dem anderen blieb, *wer jetzt kein Haus hat*. Sie kraxelten über Trümmerschutt, Mauerreste, Fundamente, aus denen spitz die Armierung ragte. Zersplitterte Fenster, Scherben in den leeren Auslagen verlassener Geschäfte («Kauft nicht bei Juden»). Dahinter nichts. Bloße Fassaden. Das Pfeifen einer Sprengbombe, die sich durch drei Etagen bohrte, um dann im Erdgeschoss zu detonieren. Einstürzende Bauten, die Luft dick von Staub und Dreck. Bebo erkannte nichts wieder. Er irrte durch eine Welt jenseits der Vergangenheit, und Frimm lief ihm hinterher.

Die Einschläge wurden dichter, das Donnern der Flak ließ einen pfeifenden Klang in ihren Ohren zurück, untermalt vom Prasseln brennender Dachstühle. Ein Hauseingang, im Hof ein Pfeil an der Wand, darüber in roter Schrift: Luftschutzraum, 30 Personen. Sie taumelten die schmale Treppe hinunter, an eine Stahltür, verschlossen. Bebo hämmerte dagegen: Lasst uns rein. Frimm summte vor sich hin: zum Rhein, zum deutschen Rhein. Die Tür blieb zu. Wieder hoch, raus auf die Straße. Es surrte und krachte, sie warfen sich hin, standen wieder auf, Bebo blickte zurück, das Haus mit dem Schutzraum nur noch ein Haufen ungeordneter Steine.

Weiter, immer weiter. Frimm fiel, Bebo half ihm auf, sie sahen ein nacktes, verdrehtes Frauenbein, den Fuß in einem schwarzen Lackschuh, sie rannten. Eine umgeknickte

Straßenlaterne, die einen zurückgelassenen Karren halbiert hatte. Um den Karren Habseligkeiten: ein Stuhl, ein kleiner runder Tisch, zerschlagenes Geschirr, eine Kaffeekanne ohne Henkel und daneben, auf dem Bürgersteig, eine Standuhr, sie ging, das Pendel schwang hin und her, tick-tack, so wie es jahrzehntelang hin- und hergeschwungen hatte, tick-tack, die Uhr war stehengeblieben und lief jetzt weiter, unmöglich, die verlorene Zeit je wieder aufzuholen, auf der Uhr war es zehn nach vier in Osterode, Ostpreußen, die Nachmittagssonne glitzerte auf dem Fluss, Zeit für Kaffee und Obstkuchen mit Schlagsahne. Sie rannten weiter, überließen die Zeit ihrem Schicksal.

Bebo hielt Ausschau nach einem Schild, nach einem Hinweis, wo man sich verkriechen könnte, sie gelangten an eine Kreuzung, die von einem brennenden Straßenbahnwagen blockiert wurde. Auf dem Gehsteig lagen ein leerer Kinderwagen, eine zerbeulte Brotbüchse. Kurz blickte er sich um, Frimm wankte neben ihm. Hinter ihnen Ruinen, unter ihren Füßen bebte die Erde, vor ihnen war nichts. Frimm setzte sich auf die Bordsteinkante, fummelte an der Brotbüchse herum. Rauch hüllte sie ein, Frimm aß ein Butterbrot.

«Dorthin!», rief Bebo und zerrte den murrenden Navigator hinter sich her. Ein Bürogebäude, VEREINI konnte er noch lesen, der Rest des Schildes fehlte, vielleicht eine Versicherung oder eine Bankfiliale, nicht sehr groß, aber aus Beton, dort musste es einen Keller geben. Die Druckwelle eines Wohnblockknackers hatte die Tür halb aus den Angeln gehoben, mühelos gelangten sie in die Eingangshalle. Bebo rüttelte an Türen, alle waren verschlossen, dann sah er sich nach Frimm um, der ein triumphierendes Glucksen von sich gab: Am anderen Ende des Raumes stand ein übergroßer Tisch, graubraun, das Holz alt, hart, mit feiner Maserung.

Frimm liefzielstrebig darauf zu, kroch darunter, machte sich klein, winkte Bebo zu sich heran. Der zögerte, sah kurz durch den Türspalt hinaus in die brennende Welt. Was blieb ihm anderes übrig?

Zu zweit kauerten sie dort. Das habe ich nicht verdient, dachte Bebo, das nicht. Edison Frimm aber lag auf dem Rücken, die Beine angezogen, um seinem Begleiter genug Platz zu lassen, aber auch, weil es ihn danach verlangte. Er lächelte. Über ihm, auf der Unterseite des Tisches, stand zu lesen: JULIUS RAABE MÖBELFABRIKEN, BERLIN.

Mittags saß er mit dem Jungen auf dem Dach der Laube, und sie sahen den letzten Bombern nach, die nördlich des Stadtzentrums im Grau des Himmels verschwanden. Mauser fragte sich, was der Junge empfunden hatte, während die Bomben fielen, deren Explosionen die Erde auch hier, einige Kilometer entfernt, hatten zittern lassen. Doch er schwieg.

«Wann ist es vorbei?», fragte der Junge.

«Ich weiß nicht. Manchmal kommen sie zwei-, dreimal.»

«Das meine ich nicht.»

«Lange kann es nicht mehr dauern.»

«Sie haben gesagt, sie werden die Stadt bis zum letzten Mann verteidigen.»

«Es gibt keine Männer mehr, nur Greise und Kinder. Sie können die Stadt nicht lange verteidigen, zwei Wochen, vielleicht drei.»

«Kinder?»

«Älter als du.»

«Du wirst die Stadt auch verteidigen müssen.»

«Vielleicht kann ich mich drücken.»

Der Junge sah ihn an. Er wusste genau, dass sich Mauser nicht würde drücken können, er wusste, wie es war, wenn sie einen suchen.

«Sie werden mich finden.»

«Nein, das werden sie nicht.»

«Woher weißt du das?»

«Hast du den Brief noch?»

«Ja.»

«Bewahre ihn gut auf. Du bist hier sicher.»

«Geht klar, Tom.»

Sie saßen in der Laube, draußen schien die Nachmittagssonne, der Wind trug Asche und den trügerischen Sirenen-
singsang der Entwarnung herüber.

«Kannst du nicht hierbleiben, Tom?»

«Wenn ich hierbleibe, werden sie mich suchen, und wenn
sie mich suchen, werden sie dich finden, Pitt.»

Als er mit dem klapprigen Motorrad, das er hatte ergattern
können, zurückfuhr, traf er an der S-Bahn-Brücke auf die alten Männer, von denen er gesprochen hatte. Bewacht von einem vielleicht sechzehnjährigen Jungen in einer Waffen-SS-
Uniform, hoben sie Splittergräben aus, errichteten nutzlose
Barrikaden. Die Männer hatten die Köpfe gesenkt, schnauften, aber murrten nicht, sie schienen Angst zu haben vor diesem gespenstischen Kindersoldaten. Er trug einen kurzen Karabiner, und auf der zu großen Uniform, die aussah, als habe
man sie einem Toten abgenommen, prangte ein Eisernes
Kreuz Zweiter Klasse. Wahrscheinlich hatte er irgendwo einen
Panzer abgeschossen, und man hatte ihm einen Orden verlie-
hen und ihn in die SS aufgenommen. Der Junge hob den Arm,
Mauser stoppte, schob die Brille hoch. Der Soldat streckte
eine Hand aus.

«Sieg Heil! Die Papiere.»

Mauser sah den Jungen scharf an und zeigte ihm Pistole
und Marke. Der Junge war verunsichert.

«Die ganze Stadt ist Kampfgebiet, ich soll jeden kontrollieren.»

Mauser reichte ihm seine Papiere. Der SS-Junge sah kurz
hinein, gab sie ihm dann wieder zurück.

«Was wird das?», fragte Mauser.

«Falls der Russe hier durchbricht.»

Der SS-Junge deutete auf ein paar offene Kisten. Mauser sah zwei zusammengelegte Mörser und ein Dutzend Panzerfäuste. «Wir beschießen den Hügel und die Gärten davor.»

«In der Laubenkolonie sind noch Leute. Flüchtlinge aus dem Osten.»

«Befehl ist Befehl.»

Verdammt, dachte Mauser. «Jemand muss die Leute warnen», sagte er. Der SS-Junge sah sich hilflos um. Einige der alten Männer wagten aufzuschauen, aber niemand sagte ein Wort.

«Was soll's», seufzte Mauser und gab seiner Stimme einen Klang, der andeuten sollte, dass er eigentlich viel Wichtigeres zu tun hätte, «ich werde umkehren, die Leute warnen und räumen lassen.»

Mauser gab seinen Nachbarn Bescheid, die wiederum ihren Nachbarn Bescheid sagten. Es gab tatsächlich ein paar Flüchtlinge, Ausgebombte, darunter eine Familie aus Breslau.

Dann ging er zu seiner Laube.

«Tut mir leid, Pitt, aber unser Versteck wurde zum Kampfgebiet erklärt.»

Der Junge sah ihn erschrocken an.

«Du wirst umziehen müssen.»

Zusammen mit dem Jungen wartete Mauser, bis Nachbarn und Ausgebombte und die Familie aus Breslau mit ihren Bündeln über die Brücke gestapft waren.

«Warum sind wir nicht gleich los?», fragte der Junge.

«Weil der», Mauser zögerte, «Posten da unten dann misstrauisch geworden wäre. Deine Papiere sind gut, aber ich möchte trotzdem nicht, dass jemand sie länger als nötig anschaut. Weißt du deine Geschichte noch?»

Eine lange Pause, der Junge schwieg, als verbiete ihm die wahre Geschichte, zu antworten. Dann ein Seufzer, der so tief und verzweifelt klang, dass er Mauser fast das Herz brach.

«Ich bin ein Waisenkind aus Ostpreußen, mein Vater ist gefallen, meine Mutter und meine Schwestern wurden von den Bolschewiken verschleppt.»

«Gut.»

Der Junge schwieg.

«Wenigstens kannst du jetzt doch noch auf dem Krad mitfahren», sagte Mauser.

Der SS-Junge fragte nicht nach den Papieren des Jungen, der hinter Mauser auf dem Motorrad saß, seine Arme – so weit das ging – um Mausers Bauch geschlungen hatte und zitterte.

«Der ist der Letzte», sagte Mauser.

Die alten Männer reckten neugierig ihre Köpfe aus dem Graben. Mauser wollte weg. Die Maschine knatterte im Leerlauf.

«Was ist mit seinen Eltern?», fragte der SS-Junge leise.

Mauser schüttelte den Kopf.

Der Kindersoldat klopfte dem Jungen auf dem Motorrad auf die Schulter. «Keine Angst, dir wird nichts geschehen.» Der Junge hörte nicht auf zu zittern.

«Heil Hitler», sagte Mauser. Die zu große Mütze schief auf dem Kopf, nahm der Posten Haltung an, streckte den Arm aus und grüßte.

An der nächsten Kreuzung hinter der Brücke hielt Mauser an. Er musste nachdenken. Tatsächlich hatte er keine Ahnung, wohin er den Jungen bringen könnte. Die Ausfallstraßen waren abgeriegelt. Sich zu Fuß durchschlagen war unmöglich, zu groß war das Risiko, dass man sie aufgriff. Er musste ein Versteck finden, wo der Junge die nächsten Tage einigermaßen sicher überstehen könnte. Er dachte nicht darüber nach, was aus ihm selbst werden würde.

Der Junge zitterte nicht mehr und drehte sich um. Am anderen Ende der Straße konnte er gerade noch die Köpfe der alten Männer erkennen. Und den Posten mit seinem Karabiner.

«Sie werden alle sterben», sagte der Junge.

«Ja», sagte Mauser, «wahrscheinlich.»

Die schlanke Gerda hatte ihr Geschäft unter die Erde verlegt, in den Keller der aufgegebenen Brauerei. Sie öffnete die Tür ihres Nebengelasses, in dem noch ein großer Maischekessel stand, neben dem sie es sich schön gemacht hatte: Dort standen ihr französisches Bett und ein paar Kerzen, die den grünfleckigen Kupferbehälter dahinter auf beinahe romantische Weise beleuchteten. Es gab einen Frisiertisch und ein paar Flaschen. Ein Sofa. Eine spanische Wand.

«Heute alles frei!», sagte sie, als sie, die Tür handbreit geöffnet, Mauser erkannte. Aber ihrer Stimme fehlte jene Heiterkeit, für die er sie einst so gemocht hatte. Sie sah den Jungen und runzelte argwöhnisch die Stirn.

«Der ist wohl noch zu jung, oder?»

«Er kann nirgendwohin.»

«Ausgebombt?»

«Flüchtling.»

«Hat er Papiere?»

Sie zog Mauser zu sich hinein, um mit ihm alleine zu sprechen, aber der Junge hielt sich an Mauser fest und ließ sich nicht abschütteln.

«Der ist nicht geflohen, der ist untergetaucht. Ein U-Boot, stimmt's?»

«Er hat Papiere.»

«Wenn sie den bei mir finden, hängen sie mich auf.»

«Dich?»

«Es ist nicht mehr so wie früher. Das ist der letzte Akt. Man serviert die Rechnung.»

«Er kann nirgendwohin.»

«Ich hab Angst. Richtige Angst hab ich, verstehst du?»

«Die hat er auch.»

Sie sah den Jungen an.

«Wie dünn er ist.» Gerda seufzte. «Willst du was essen?»

Der Junge nickte. Sie reichte ihm einen Kanten Brot mit Margarine darauf. Der Junge aß gierig.

«Wenn jemand kommt, muss er nach nebenan verschwinden und ganz still sein.»

«Das wird er. Er wird ganz still sein, stimmt's, Pitt?»

«Ja, Tom.»

«Sie kriegen uns nicht.»

«Nein, sie kriegen uns nicht.»

Als er am Alexanderplatz ankam, befand sich das Präsidium in Auflösung. Der Platz selbst war ein Schutthaufen, gerade mal zwei Häuser waren unversehrt geblieben, die Geleise hatte man notdürftig repariert. Trotzdem kamen noch Menschen aus dem Bahnhof, gingen hinein, manche eiligen Schrittes, mit geschäftigen Mienen, als hätten sie einen Termin beim Chef, den sie nicht verpassen durften. Eine letzte S-Bahn fuhr ein, langsam, rumpelnd, ächzend, als gehe ihr gleich die Puste aus. Nur wer eine Sondergenehmigung hatte, durfte noch mitfahren. Der Rest ging zu Fuß. Menschen, Frauen zumeist, mit Leiterkarren, Kinderwagen, manche voll bepackt, manche nur mit einem kleinen Stadtköfferchen. Wohin gingen sie, wo doch niemand mehr herausdurfte?

Im Hof des Präsidiums oder dem, was davon übrig war (zwei Treffer in einer Nacht), wurde ein großer Haufen Papiere und Akten aufgeschichtet. Oben traf er Fräulein Herbst, sie hatte sich schick gemacht, schien ihm überdreht, wirkte auf eine fast vulgäre Weise erregt.

«Was machen Sie da?»

«Soll alles verbrannt werden. Ich verstehe es auch nicht. Wozu die Mühe? Wir können es auch hier liegenlassen.»

«Die nicht», sagte Mauser und zeigte auf eine der Ermittlungsakten aus den Stapeln.

«Die? Ist doch längst abgeschlossen.»

Mauser griff sich das dicke Paket und drückte es an sich. Er kam sich lächerlich vor. Fräulein Herbst schien jegliches Interesse an ihm verloren zu haben.

Er fand einen halbwegs ruhigen Platz inmitten der Ruine und las in den Akten. Er musste eine alberne Figur abgegeben haben, wie er da auf einem wackeligen Stuhl saß und blätterte, während um ihn herum Gräben ausgehoben und Barrikaden errichtet wurden. Seltsamerweise sprach ihn niemand an. Die alte Regel, dass eine Amtsperson beim Aktenstudium nicht zu stören sei, galt wohl immer noch.

Wenig später schlugen die ersten Granaten der russischen Artillerie ein.

Wie viel Zeit war vergangen? Er hätte es nicht sagen können. Es konnten Minuten sein, Stunden, Tage. Mauser lag im Erdgeschoss des Polizeipräsidiums und starrte an die Decke. Irgendwo, nicht allzu weit entfernt, wurde geschossen. Ein Maschinengewehr knatterte. In seiner Nähe lagen zwei tote Schutzpolizisten. Er war der Rest der hinteren Verteidigungslinie. Draußen hörte er Rufe, Beschimpfungen. Die vordere Linie löste sich auf. Die Schutzpolizisten wollten nicht mehr. Sie schossen auf die SS, und die SS schoss auf sie, und die Russen schossen auf alles, was sich bewegte. Er hörte Krachen und

Geschrei und das Summen der Projektile. Wie ein Sterbender, dachte er, der sich noch einmal aufbäumt. Es war die letzte Schlacht. Jeder gegen jeden.

Er konnte sich nicht bewegen, konnte nicht fliehen. Ein herabstürzender Eisenträger hatte seinen rechten Arm eingeklemmt. Er dachte an den Jungen und sprach im Stillen eine Bitte aus, dass ihm nichts passieren möge, eine Bitte, die man, auch wenn sie an niemanden gerichtet war, beinahe ein Gebet hätte nennen können. Er beruhigte sich: Die Russen waren bestimmt schon dort. Es ist ihm nichts geschehen, es wird ihm nichts geschehen. Gerda wird schon aufpassen, trotz ihrer Angst, sie ist bislang immer durchgekommen, man kann auf sie vertrauen.

So lag er da. Seine Schulter pochte, aber sein Arm schmerzte nicht, er spürte ihn kaum. Wahrscheinlich war das der Schock, und der Schmerz würde noch kommen. Oder auch nicht. Vielleicht würden ihn auch die Russen vorher erwischen.

Er hörte Schritte, Stimmen, jemand näherte sich, blieb neben ihm stehen, groß, irgendwie nachdenklich, in einer Uniform. Eine Maschinenpistole hing vor seiner Brust.

Obwohl Raabe den Griff fest umfasst hatte, sah sie doch seltsam unpassend an ihm aus.

«Freund oder Feind?», fragte Mauser.

Raabe sah auf Mauser herab.

«Das spielt für Sie, glaube ich, keine Rolle mehr.»

An der Säule neben Raabe schlug eine Kugel ein, Splitter flogen Mauser ins Gesicht. Raabe duckte sich, horchte. So hockte er eine ganze Weile lang neben Mauser, ohne dass sie ein Wort miteinander wechselten.

«Der Grube war unschuldig», sagte Mauser unvermittelt.

Raabe sah ihn erstaunt an. «Sind Sie verrückt? Es gibt nun wirklich Wichtigeres!»

«Für mich nicht», sagte Mauser. «Ich komme hier nicht mehr raus. Sie haben Grube zum Sündenbock gemacht, aber warum?»

«Sie haben ihm auch nicht besonders geholfen, oder?»

Jetzt lächelte Raabe wieder süffisant. «Wenn's der Grube nicht war, wer war's dann?»

«Ich hab die alten Akten durchgesehen. Adolf Heinze, der war damals in einem Freicorps, im selben wie Sie.»

«Tatsächlich? Ach, Mauser, die alten Akten, die alten Fälle, die alten Zeiten – was wollen Sie jetzt noch damit? Morgen oder übermorgen sind die alten Zeiten vorbei – glauben Sie, dann interessiert sich noch einer für die alten Fälle?»

«Warum musste Heinze sterben? Weil er sonst etwas verraten hätte?»

«Möglich. Nur – was ist mit den übrigen Morden?»

«Manchmal fängt man mit etwas an und kann dann nicht mehr aufhören.»

Raabe nickte langsam. «Ja, vielleicht ist das so.» Er richtete seine Waffe auf Mauser, wobei nicht klar war, ob er es absichtlich tat oder nur, um sich in eine bequemere Lage zu bringen. «Haben Sie Schmerzen?»

«Nein», sagte Mauser.

Raabe entsicherte.

In diesem Moment klingelte ein Telefon.

Sie sahen sich um, hörten Geschützdonner, Schüsse, entfernt einen Motor, vielleicht einen Panzer, aber zwischen all diesen Geräuschen klingelte in ihrer Nähe ganz eindeutig ein Telefon, klingelte eine Weile, dann hörte es auf. Raabe schien über etwas nachzudenken. Dann sagte er:

«Na gut. Ich muss gehen. Was Ihre Frage angeht, lassen Sie mich mit einer Gegenfrage antworten: Fanden Sie es nie seltsam, einen einzelnen Mörder zu jagen, sich in einen Fall so sehr zu verbeißen, wo doch um Sie herum jeden Tag Tausende umkamen und ermordet wurden? Sie waren doch auch im Weltkrieg. Haben Sie da gefragt, warum? Ich war bei der Artillerie, wo waren Sie? Ich habe jeden Tag auf Hunderte Menschen geschossen, die ich gar nicht kannte. Es kann erlösend sein, wenn man endlich ein Gesicht sieht.»

«Warum hat der Mörder zwischendurch aufgehört?»

«Vielleicht hatte er anderswo zu tun.»

Von hinten erscholl ein Ruf.

«Übrigens: Sie kennen doch Goethe, Faust, Mephisto, oder? Der in dem Telefonhäuschen, wissen Sie noch? Der war ein Gestapo-Spitzel. Wollte seine eigene Schwiegertochter ans Messer liefern. Die wäre jetzt tot, hätte er nicht zwei Kugeln in den Kopf bekommen. Leben Sie wohl.»

Und dann war Mauser wieder allein im Rumpeln und Dröhnen des Krieges, und nach einiger Zeit, als das Pochen in seinem Arm zu einem pulsierenden, stechenden Schmerz geworden war, kurz bevor er vollends in die Ohnmacht glitt, hätte er nicht mehr sagen können, ob all das wirklich passiert war oder ob er nur geträumt hatte.

Die ganze Nacht und die Hälfte des nächsten Tages verbargen sie sich in dem leeren Bürogebäude. In der Dunkelheit hörten sie die Sirenen und Flak, wahrscheinlich von den Geschützen des Turms im Park. Sie lauschten dem Geräusch der Motoren, und obwohl die Nacht die Zeit der britischen Lancaster war, klang es anders. Das waren keine schweren Bomber, die aus großer Höhe ihre Last abwarfen. Moskitos, tippte Bebo, oder vielleicht schon die Schlachtflugzeuge der Roten Armee.

Er hatte die von der Druckwelle aufgedrückte Tür bis auf einen schmalen Spalt wieder schließen können und von innen mit einem Besenstiel notdürftig verriegelt. Doch es kam ohnehin niemand. Vielleicht lag es an den Luftangriffen, vielleicht aber auch an dem Respekt der Deutschen vor allem, was halbwegs amtlich aussah, sei es nun der Stempel unter einem Dokument, eine Uniform oder eben ein Bankgebäude. Erst am nächsten Mittag nahm er Bewegung jenseits der Pforte wahr, schlich zu dem Spalt und sah die kahlgeschorenen Köpfe von ein paar in Lumpen gekleideten, spindeldürren Männern. Ein älterer Deutscher in einer braunen Uniform, vielleicht ein SA-Veteran, und ein einfacher Soldat bewachten sie. Es waren russische Kriegsgefangene, Bebo fing ein paar Fetzen ihrer geflüsterten Unterhaltung auf, in der es hauptsächlich darum ging, ob die Rote Armee den Stadtrand bereits erreicht habe. Der SA-Mann brüllte «Maul halten», die Gefangenen verstummten und hoben weiter den Graben aus. Irgendwann kam ein Wehrmachtsoffizier, sah sich die Grube an, schüttelte den Kopf, betrachtete das Gebäude und schaute zur Tür. Dann sprach er mit dem SA-Mann. Gerade wollte er auf das Haus zugehen, um es zu inspizieren, als erneut die Sirenen erklangen und beinahe gleichzeitig das Schnattern leichter Flak zu hören war. Die Kriegsgefangenen sprangen in ihren eben ausgehobenen Graben, die Deutschen rannten zu einer Ruine auf der anderen Straßenseite. Irgendwo krachten kleinere Sprengbomben.

Frimm wäre gerne unter dem Tisch geblieben, aber Bebo zog ihn nach der Entwarnung hervor. Sie fanden eine offene Tür, die hinaus zum Hof führte, und gelangten von dort in den nächsten. Das Hinterhaus glich einem ausgebrannten Skelett. Es war merkwürdig still – über den Ruinen lag ein unangenehmes Schweigen, das Bebo frösteln ließ. Sie entdeckten eine Treppe, die in einen separaten Keller führte.

Unten verschloss eine schwere Stahltür den Eingang zum Luftschutzraum. Sie lauschten, hörten aber nichts. Die Tür war rußgeschwärzt und von der Hitze verzogen, doch es gelang ihnen, sie zu öffnen. Verbrauchte Luft strömte ihnen entgegen, wirbelte über ihren Köpfen, und als Bebo nach oben blickte, sah es für ihn so aus, als ob ein feiner Rauchschleier seinen Weg in den Himmel finde. Er ließ sein Benzinfeuerzeug aufflackern: festgetretene Steine, ein leerer Aborteimer. Sie gingen hinein. Ein schmaler Flur, dessen untere Hälfte mit einer phosphoreszierenden Farbe bestrichen war, führte in einen rechteckigen Raum, der vollständig auf diese Weise ausgemalt worden war und in einem bizarren grünlichen Licht erstrahlte. Bebo drehte sich zu einer Seite und erstarrte. Dann hob er langsam die Hände: «Nicht schießen, wir ergeben uns.»

Auf einer niedrigen Bank, mit dem Rücken an die Wand gelehnt, saßen Soldaten. Sie konnten nur ihre Umrisse sehen, ihre merkwürdigen Helme, Mützen, die Waffen, die sie entweder neben sich abgestellt oder auf den Knien liegen hatten.

Eine Weile lang standen die beiden so da, Bebo mit erhobenen Händen, Frimm mit hängenden Schultern. Niemand sagte etwas. Und es dauerte noch einmal eine ganze Weile, bis ihnen klar wurde, dass niemand mehr etwas sagen würde.

Bebo ließ sein Feuerzeug schnalzen, und sie blickten in die Gesichter der Soldaten. Sie sahen aus wie Schlafende. Einige von ihnen trugen Bärte, und das, was sie zunächst für Helme gehalten hatten, waren Turbane. Die Abzeichen auf ihren Uniformen zeigten einen springenden Tiger. Es waren Inder, und Bebo, der Gott, das Schicksal und die Armee verflucht hatte, dafür, dass er, ein Armenier, um die halbe Welt gejagt wurde, nur um wieder genau dort vom Himmel zu fallen, von wo er aufgebrochen war, empfand ein paar Atemzüge lang tiefes Mitgefühl für diese Männer, die noch viel weniger als er selbst an diesen Ort gehörten.

Einer der Toten war ein Deutscher, der Schein des Feuerzeugs flackerte über ein noch junges Gesicht, blondes Haar und über einen Orden an der Brust. Frimm sah ihn lange an. Als es zu heiß wurde, ließ Bebo das Feuerzeug zuschnappen, und sie standen wieder in der grünen Dunkelheit des Todes. Bebo war ein wenig ratlos, was sie nun machen sollten, dabei hatte auch er den Gedanken gehabt, den Edison Frimm nun in die Tat umsetzte.

Während Bebo den Bunker nach Nützlichem absuchte, sich dabei von den Blicken der Toten verfolgt fühlte, zog Eddie Frimm sich aus. Erst fiel seine Mütze auf den Boden, dann seine Fliegerjacke. Bebo, der eine Signallampe gefunden hatte und an ihr herumfummelte, hörte die Hose auf den Boden sacken, und als er sich umdrehte, stand Frimm in Unterwäsche da. Erschrocken oder zumindest irritiert, betätigte Bebo den Schalter der Lampe, woraufhin der Raum für einen Augenblick in grellem Licht erstrahlte. Dann brannte die Lampe durch, und sie standen wieder im graugrünen Phosphor-schein. Frimm zog dem Deutschen die Uniform aus und sich selbst an.

Sie gingen aus dem Unterstand als Untersturmführer Schulz und Feldwebel Bedi. Bevor sie Sergeant Globodajarian und Second Lieutenant Frimm in dem Bunker zurückließen, drehte sich der Navigator noch einmal um: Dort, wo er ge-standen hatte, als die Signallampe aufgeleuchtet hatte, waren nun seine Umrisse in die Phosphorwand eingebrannt. Frimm in Unterhosen, die Arme leicht abgespreizt, die Knie gebeugt.

Sein Schatten in der Finsternis.

Bebo vermutete, dass sie in der Nähe der Neuen Königsstraße am Rand des Volksparks heruntergekommen waren und sich jetzt irgendwo zwischen dem Park und dem Alexanderplatz befanden. War das nicht die Lothringer Straße gewesen, durch die sie auf ihrer Flucht vor den Bomben gerannt waren? «Lot» hatte er auf einem zerbrochenen Schild gelesen, mehr nicht. Vielleicht irrte er sich auch. Vielleicht waren sie auch in der Nähe der Brunnenstraße.

Es war diesig, und die Überbleibsel der Häuser wirkten dadurch noch trauriger. Alles war seltsam ruhig. Die Tiefflieger waren verschwunden. Nur in der Ferne hörten sie das Rumpeln von Feldhaubitzen. Menschen krochen aus ihren Kellern oder stiegen, mit ihren letzten Habseligkeiten beladen, wieder hinein. Ein einsames Aufklärungsflugzeug kreiste eine Weile über ihnen, und nachdem die Menschen zunächst ängstlich in Hauseingängen und Bombentrichtern Schutz gesucht hatten, kamen sie wieder hervor. Vom Hochbunker hörte man das Knattern leichter Geschütze, die dem kleinen Flieger in dieser Höhe freilich nichts anhaben konnten. In einer Nebenstraße bauten alte Männer Barrikaden, und ein paar Blocks weiter hockte ein uniformierter Junge in einem Hauseingang und weinte.

«Die Stunde vor der Dämmerung ist die dunkelste», hatte jemand an einen Mauerrest geschrieben. Davor stand eine Wasserpumpe, Menschen warteten, neben sich Eimer, Blechkannen, leere Flaschen, machten ihnen wortlos Platz, als sie ihre Feldflaschen füllten. Ein kleines Mädchen betätigte eifrig den Pumpenschwengel. Niemand sagte etwas, niemand wollte, dass man auf ihn aufmerksam würde.

Bebo und Frimm blickten finster drein. In ihren Taschen steckten Marschbefehle, die sie zu einer ominösen Alpenfestung schickten. Frimm trug einen Verband um den Hals, am Kragenspiegel zwei Zacken und an der Brust einen Orden. Lediglich der Turban auf Bebos Kopf erregte Aufsehen bei ein paar Kindern, die sich neugierig nach ihm umdrehten, und einem Mann in Parteiuniform, der leise davon schwadronierte, dass jetzt alle Arier zusammenhalten müssten.

Die nächste Schlange stand um Essen an. Jemand sprach von Sonderrationen, und wieder gingen sie vor, um sich etwas davon einzupacken. Eine Frau beschwerte sich. Die anderen versuchten sie zu beruhigen, aber sie begann zu kreischen, kreischte, warum irgend so ein dahergelaufener Kümmeltürke schneller seine Margarine haben solle als sie. Sie schrie weiter, schrie, dass sie alles verloren habe: «Alles verloren! Alles verloren.»

Frimm drehte sich um.

«Mowl ha-halten!», krächzte er, und für die Umstehenden klang es, als dringe die Stimme des Propagandaministers aus dem Volksempfänger. Es waren die ersten Worte, die er seit zwei Tagen gesprochen hatte. Die Frau sah ihn entsetzt an und war sofort still. Sie packten ein halbes Brot und ein Viertelpfund Margarine ein. Dann gingen sie weiter, die Straße entlang, die mal breit, mal ein schmaler Pfad zwischen Schuttbergen war. Bebo versuchte sich zu orientieren. Gollnowstraße. Wo war das nochmal gewesen?

Plötzlich ein Zischen, das die Luft zerteilte, und dann zwei-, dreihundert Meter weiter vorne eine Explosion. Sie warfen sich in den Dreck und blieben liegen. Es knallte noch zwei-, dreimal, ein paar Häuser stürzten ein, aber dann war alles wieder so ruhig wie vorher. Frimm setzte sich auf die Bordsteinkante und holte eine Chesterfield hervor, zündete sie an und inhalierte.

«Bist du verrückt?», fauchte Bebo.

Frimm nickte.

Es wurde dunkel. Und da es keine Straßenbeleuchtung oder Ähnliches mehr gab, war es dunkler, als sie beide es seit langer Zeit erlebt hatten. Sie fanden einen leeren Keller, der früher einmal als Lager gedient haben mochte. Sie aßen das Brot mit der Margarine und einer Dose Corned Beef aus ihren Fliegerbeständen. Eine alte Kerze, die sie dort unten gefunden hatten, erhellte das Mahl.

Am nächsten Morgen, um Punkt sechs Uhr, wurden sie von der sowjetischen Artillerie geweckt. Krachen und Donnern, Einschläge. Bebo sah durch einen Mauerspalt nach draußen. Ein Stiefelpaar lief an ihrem Keller vorbei, dann tat es einen Schlag, und es lag nur noch ein Stiefel da.

«Hier ist es nicht sicher», sagte Bebo. Frimm sah ihn ausdruckslos an, packte aber seine Sachen zusammen und hängte sich die Maschinenpistole um.

Sie liefen von einem Kellergang zum nächsten, dann weiter zu einem Mauerdurchbruch. Dahinter befanden sich der nächste Keller und der nächste Gang, durch den sie sich tastend fortbewegten. Dann, während die Erde bebte, Putz von der Decke rieselte, sahen sie Licht am Ende des Tunnels und fanden einen quadratischen Raum, in dem etwa zwanzig Leute saßen. Jemand hob eine Laterne, ließ ihren Schein über die Gesichter von Frimm und Bebo und dann über die eigenen wandern. «Mein Gott», sagte eine Stimme. Niemand schien sich über ihr Kommen sonderlich zu freuen. Draußen schlugen Granaten ein.

Eine Nacht verbrachten sie dort unten. Oder war es eine Nacht und ein Tag? Zwei Nächte – oder drei? Eine Woche?

Bald wussten sie es nicht mehr. Die Menschen schwiegen oder unterhielten sich leise, Kinder weinten. Gelegentlich gab es Streit, etwa wenn der Aborteimer voll war. Die Luft war stickig und wie aufgebraucht von den versprochenen tausend Jahren. «Müssen Sie nicht kämpfen?», fragte eine ältere Frau.

«Wir warten auf Befehle», entgegnete Bebo.

Dies schien allen verständlich. Trotzdem blieb ein gewisses Unbehagen. Ein Mann erkundigte sich bei Frimm nach den Wunderwaffen. «Sind die bald einsatzbereit?»

«Wir können den Amerikanern damit richtig einheizen», erklärte Bebo, «wir schießen denen ihr Empire State Building zusammen.»

«Das ist sehr schön, aber Sie habe ich eigentlich nicht gefragt», erklärte der Mann.

«Der Sturmführer ist am Hals verletzt, wie Sie sehen, er kann Ihnen nicht antworten.»

«Untersturmführer», korrigierte der Mann.

«Wie bitte?»

«Ich sagte: Untersturmführer.»

«Mowl ha-alten!», sagte Frimm.

Einmal fing ein alter Mann an, im Schlaf zu sprechen. Schon bald ging allen das verworrene Gemurmel entsetzlich auf die Nerven. «Ruhe!», riefen sie, und: «Das ist ja nicht zum Aushalten!»

Da stand Bebo auf, rief: «Ich befehle Ihnen zu schweigen!», und hielt dem Mann die Nase zu, der daraufhin schlagartig verstummte, sich auf dem Mauervorsprung, der ihm als Bett diente, umdrehte und laut zu schnarchen anfing.

«Auch das noch», beklagte sich eine Frau.

«Es ist Krieg.»

«Mowl ha-alten», sagte Frimm.

Der Gefechtslärm kam immer näher. Die Kerzen erloschen. Eine nach der anderen. Manche hatten nur einen Stumpf mitgebracht und saßen schnell im Dunkeln. Aber auch jenen mit einer ganzen Schachtel leuchtete irgendwann kein Licht mehr. Frimm kratzte seine letzte Dose Corned Beef aus. Ab und zu erschienen ein paar schmutzige Soldaten in den Keller, schnauften, luden, wenn sie noch Munition hatten, ihre Gewehre nach. Niemand sagte etwas. Niemand sprach ihnen Mut zu. Jeder wollte, dass sie schnell wieder verschwinden. Manche schauten in die Richtung von Bebo und Frimm, die zwar irgendwie ein Ärgernis waren, an deren Anwesenheit man sich aber mittlerweile gewöhnt hatte, und manche hofften wohl auch, dass die beiden die fremden Soldaten wieder vertrieben. Einmal stolperte einer hinunter, nicht älter als fünfzehn, sein Gesicht käseweiß im Schein der letzten Grablichter, und stöhnte: «Ich kann nicht mehr.» Da bekamen es einige wohl doch mit dem Gewissen und starrten ins Schwarze, dorthin, wo sie Feldwebel Bedi und Untersturmführer Schulz vermuteten. Aber als aus dieser Ecke keine Antwort auf die unausgesprochene Frage kam, schüttelten sie nur betrübt die Köpfe und schoben das Kind wieder hinaus in die Schlacht.

Dann, ohne dass jemand gewusst hätte, ob es draußen Tag oder Nacht war, hörte man Stiefel auf der Treppe, Getrampel, fremde Stimmen und Geschrei, sah schließlich den Schein einer Lampe durch den Keller streifen. Eine ängstliche Stimme versuchte, der Lampe in gebrochenem Russisch begreiflich zu machen, dass niemand im Keller etwas mit den beiden Versprengten zu tun habe, die da unter Umständen, also ziemlich wahrscheinlich, in der hintersten Ecke eventuell zu finden seien. Doch da hatte das Licht Bebos Turban bereits erfasst. Und der war es wohl auch, der die beiden vor dem sofortigen Tod durch Erschießen bewahrte. So eine Kopfbedeckung hatten diese Soldaten noch nie bei einem Deutschen gesehen. Noch überraschender aber war, was der Mann unter dem Turban in fließendem Russisch sagte: «Nicht schießen! Wir sind Freunde!»

«Seid ihr nicht. Ihr seid SS.»

«Nein, wir sind keine SS!»

«Ha! Wer seid ihr dann?»

«Wir sind Amerikaner. Amerikanische Geheimagenten!»

«Du lügst!»

«Na gut, es stimmt nicht so ganz. Wir sind Schauspieler. Amerikanische Schauspieler. Unser Flugzeug wurde abgeschossen, als wir gerade einen Film über die Bombardierung Berlins drehten.»

Das war wahrscheinlich die absurdeste Ausrede, die sich ein Soldat der Roten Armee während der Eroberung Berlins von einem gefangen genommenen Deutschen anhören musste. Und weil das so war, traute sich keiner der Rotarmisten, die beiden Gestalten zu erschießen. Stattdessen wurden sie mit vorgehaltener Waffe aus dem Keller getrieben. Draußen angekommen, rieb sich Edison Frimm die Augen. Die Sonne schien. Es war Frühling geworden.

Der junge russische Leutnant sah traurig aus. Als das Telefon klingelte, hob er ab, sagte «da, da», und danach war sein ganzes Gesicht eine einzige Landschaft des Bedauerns.

«Ich bedaure», hob er an, «dass Sie Unannehmlichkeiten haben, aber Sie müssen auch uns verstehen.»

Edison Frimm war langsam alles egal. Er hatte wenig geschlafen, und der Leutnant, dem er gegenübersaß, hatte ihm immer wieder die gleichen Fragen gestellt.

Eine Woche war es her, dass die Soldaten der Roten Armee in dem Keller erschienen waren, in dem Frimm und Bebo gehaust hatten. Zunächst wirkten sie unschlüssig, ob sie die beiden sonderbaren Gestalten nicht besser gleich erschießen sollten. Aber dann war der Augenblick verstrichen. Offiziere wurden geholt, verschiedene Stellen informiert. Jeder versuchte, die Verantwortung auf den Nächsten abzuwälzen. Schließlich hörte sich ein Offizier geduldig ihre Geschichte an, bevor er sie fragte, ob sie nicht vielleicht doch deutsche Spione oder Kriegsverbrecher seien. Bebo war empört. Frimm schwieg. Da lächelte der Offizier und erklärte, dass er die Geschichte glaube, eine Überprüfung aber nötig, jedoch unter den derzeitigen Verhältnissen nicht möglich sei. Dann stellte er seinen «ehrenwerten Verbündeten» zwei Bewacher zur Seite – den jungen, traurigen Leutnant und einen riesigen Sibiriaken mit breiten Schultern, kantigem Gesicht und – trotz seiner Massigkeit – erstaunlich schnellen Bewegungen. Die Maschinenpistole, die er trug, sah in seinen Händen wie ein Spielzeug aus, er sprach wenig, und wenn, dann mit einem sibirischen Dialekt, den selbst Bebo kaum verstand. Auch der Leutnant sprach nur russisch, war aber außergewöhnlich höflich, als er ihnen mitteilte, dass man sie zu ihrer eigenen Sicherheit zu einem anderen Gefechtsstand bringen werde.

Die ersten beiden Nächte, als in den Straßen noch geschossen wurde, verbrachten sie in einem Hochbunker, vielleicht sogar in jenem, dessen Besatzung sie vom Himmel geholt hatte. Die Situation dort war unübersichtlich. Im Bunker befanden sich noch zahllose Verwundete, Zivilisten und auch Gegenstände, die man vor den herannahenden Russen in Sicherheit hatte bringen wollen. Rotarmisten streiften jetzt auf der Suche nach Uhren und Frauen durch die zahllosen Stockwerke der riesigen Anlage, während Frimm und Bebo mit ihren Bewachern lediglich einen sicheren Schlafplatz brauchten. Schließlich standen sie vor einer verschlossenen Tür. Nachdem sie vergeblich daran gerüttelt hatten, entfernten sie sich wieder. Aber nach ein paar Schritten in dem Gang, durch den sie gekommen waren, hielten sie inne. Der Sibiriak legte seinen großen Zeigefinger auf den Mund, schlich zu der verschlossenen Tür zurück, lauschte und nickte. Dann trat er sie mit lautem Krachen ein.

Hinter der Tür befand sich ein niedriger Raum, voller Kisten. Ein etwa fünfzigjähriger, kleiner Mann in grauem Anzug saß beziehungsweise lag halb über den Kisten, als könnte er sie dadurch beschützen.

«Es gibt hier keine Uhren und auch keine Frauen. Njet Uri, njet Frau!», sagte er.

Sie kamen näher, und der Mann war erleichtert, als er den Leutnant sah, dann aber wieder beunruhigt von dem Riesen und Frimm und Bebo, die immer noch deutsche Uniformjacken trugen.

«Das sind Sachen aus dem Museum, archäologische Fundstücke von großer kultureller Bedeutung, aber für Sie bestimmt ohne jeden praktischen Wert!»

Der junge Leutnant schwieg, als der Sibiriak an eine der Kisten trat und sie mit seinem Bajonett aufbrach.

«Vorsichtig!», schrie der Mann. «Sie machen noch etwas kaputt!»

Der Riese wandte sich ihm zu und brummte etwas Unverständliches. Offenbar gefiel ihm der Ton des Deutschen nicht. Dann wühlte er in der Kiste, schmiss ein wenig Holzwolle auf den Boden und hielt schließlich eine bemalte Tonvase in der Hand. Sie zeigte behelmte Krieger, die in eine Schlacht zogen, Frauen, die die Laute spielten.

«Nein! Vorsicht! Das ist unersetzlich! Kreta! Zweites Jahrtausend vor Christus!»

Der Russe grinste vergnügt.

Da gebot ihm der junge Leutnant Einhalt. «Leg es wieder zurück, Sascha», sagte er auf Russisch.

Sascha verzog das Gesicht, gehorchte aber.

«Ich danke Ihnen vielmals, Herr Offizier!»

Der russische Leutnant runzelte die Stirn. «Fragen Sie ihn bitte, ob hier auch Waffen und Dokumente lagern.»

Diensteifrig übersetzte Bebo.

«Nein», sagte der Mann, «hier gibt es keine Waffen, keine Dokumente, keine Uhren, keine Frauen, nichts. Ich bin Abteilungsleiter der Antike, und das sind Exponate aus dem Museum. Ich würde Sie bitten, dies auch Ihrem Kommandanten mitzuteilen, damit ich ihm diese Dinge zeigen und offiziell seinem Schutze überantworten kann.»

Der Leutnant entgegnete nichts, nickte nur. Dann richteten sie sich zur Nacht ein. Sascha breitete Decken aus und holte zwei Kerzen, eine Wurst, Brot und Wodka hervor. Der

Abteilungsleiter war nicht eingeladen, er saß in einer Ecke auf einer kleinen, ihm offenbar besonders wichtigen Kiste. Im Schein der Kerzen musste Bebo von seiner Flucht aus Deutschland, seinem Leben in Hollywood und schließlich dem letzten Flug der Magic Carpet erzählen. Frimm schwieg.

«Was ist mit ihm?», wollte Sascha wissen.

«Er hat Angst, dass sein Mädchen einen anderen hat», erklärte Bebo ausweichend.

Es wurde eine unruhige Nacht. Sascha saß, die Maschinenpistole auf seinen Knien, neben der Tür und hielt Wache. Trotz der meterdicken Betonwand, die sie umgab, drang immer noch vereinzelt das Donnern schwerer Artillerie zu ihnen. Im Inneren des Turms hörten sie Getrampel und schrille Schreie.

«Mein Gott, was ist das?», flüsterte der Abteilungsleiter.

«Das sind die deutschen Frauen», übersetzte Bebo die Antwort, «sie rennen vor den russischen Männern davon, aber die russischen Männer kriegen sie fast immer. Schlafen Sie weiter. Für Ihre Vase besteht keinerlei Gefahr.»

Am nächsten Morgen wiederholte der Abteilungsleiter der Antike seine Bitte, den Kommandanten der siegreichen Roten Armee zu holen, verbunden mit der Forderung, die Kunstschätze nicht länger Plünderern und mutwilliger Zerstörung zu überlassen.

Der junge Leutnant sah den Mann verärgert an. «Sagen Sie ihm bitte, Sergeant Bebo, dass ich für die Sicherheit meiner Verbündeten verantwortlich bin und nicht für die Beute irgendwelcher deutscher Grabräuber. Zu gegebener Zeit werden wir uns seiner Kisten annehmen.»

Kaum hatte Bebo diese Worte übersetzt, beugte Sascha sich

zum Ohr seines Vorgesetzten und flüsterte ihm etwas zu. Der Leutnant lächelte und nickte.

«Der Kamerad hier», übersetzte Bebo, «ist tief betrübt über die Traurigkeit des amerikanischen Leutnants, dessen Mädchen einen anderen hat. Er würde ihm gerne etwas geben, das er seinem Mädchen schenken könnte, um es zurückzugewinnen. Aber er ist nur ein armer sibirischer Jäger. Eine Uhr wäre schon gut, aber da es, wie Sie ja bereits sagten, hier keine Uhren gibt, muss es wohl etwas anderes sein.»

«Wie bitte?», stammelte der Deutsche.

Sascha war inzwischen zielsicher zu der kleinen Kiste gegangen.

«Nein!», sagte der ehemalige Abteilungsleiter der Antike und änderte dann, angesichts der Maschinenpistole, doch seine Meinung. Sascha untersuchte den Inhalt der Kiste, fand mehrere bronzene Speerspitzen, Trinkbecher, Knöpfe. Schließlich fischte er einen golden schimmernden Armreif heraus. So kam Edison Frimm zu einem Schmuckstück aus dem dritten Jahrtausend vor Christus, das keine hundert Jahre zuvor in der staubigen Ebene von Troas ausgegraben worden war.

«Ich bedauere», wiederholte der junge russische Leutnant in einwandfreiem Englisch, «dass Ihnen die gebührende Gastfreundschaft bisher vorenthalten wurde.»

Der junge Leutnant war der Letzte, der ihn verhörte. Dass er fließend Englisch sprach, hatte Frimm erst ganz zum Schluss erfahren. Dabei waren sie nach der Kapitulation gemeinsam durch die Stadt getingelt, hatten an Siegesfeiern teilgenommen, sich verbrüdert, Wodka getrunken und gelacht – aber erst jetzt, als er ihn englisch sprechen hörte, begriff Frimm, dass das Ganze nur ein einziges Ziel gehabt hatte: Bebo und ihn auszuhorchen.

«Sie müssen auch mich verstehen», erklärte der Leutnant traurig. «Obwohl ich Sie mag, kann ich Sie nicht gehen lassen, ohne zu wissen, wer Sie wirklich sind.»

«Wer ich wirklich bin …», murmelte Frimm.

«Wie bitte?» Der Leutnant beugte sich vor, legte dem Gefangenen wie einem Bruder eine Hand auf die Schulter.

Da fand Edison Frimm seinen Weg zurück.

«Wer ich wirklich bin», wiederholte er leise und dachte an den Schatten, den er in den Ruinen, neben den Toten zurückgelassen hatte, an Joshua Ridge und an seine Mutter, an O'Lear und das Poolreinigen, an Sparky, das Filmstudio, an Penelope und an Koga. «Zeig mir dein wahres Gesicht», flüsterte er, «zeig mir dein Gesicht, wie es war, bevor deine Eltern geboren wurden.»

Der Leutnant runzelte die Stirn. «So kommen wir nicht weiter», sagte er. «Vielleicht sollte ich Sie eher nach alltäglichen Dingen fragen? Nach dem Wetter in Kalifornien? Stimmt es, dass dort immer die Sonne scheint?»

Frimm glotzte ihn an.

«Oder vielleicht nach Baseball? Alle Amerikaner lieben Baseball», dozierte der Russe, «selbst jene, die es nicht spielen, wissen meist alles über ihren Heimatverein. Nehmen wir zum Beispiel Ihren Heimatverein, die Los Angeles Angels.»

«Das», erwiderte Frimm heiser, «ist ein Zweitliga-Team.»

«Wir wollen es ja nicht zu einfach machen.» Er schmunzelte. «Also die Angels – wer hat für sie in dieser Saison bisher die meisten Homeruns geschlagen?»

Dazu fiel ihm nichts ein. Hätte ihn der Leutnant nach einem der Major Teams gefragt – den Yankees, den Cardinals –, hätte er vielleicht raten können, aber so war es aussichtslos.

Er schloss die Augen. Er wollte nur in Ruhe gelassen werden. Der Garten vor dem Haus seiner Mutter in Wayne Heights fiel ihm ein und die Wäsche, die dort hing, ohne jemals richtig sauber zu sein.

«Georgie McPherson.»

Der junge Leutnant warf einen Blick auf einen Zettel, dann stand er auf, umarmte Edison Frimm und küsste ihn heftig. «Tawarisch Frimm, es ist mir eine Ehre, Sie als ersten amerikanischen Offizier in der eroberten Hauptstadt unseres Feindes begrüßen zu können.»

Der Leutnant hieß Piotr Stefanowitsch Konew und hatte es geschafft, ein Auto zu organisieren, ein 35er Adler Trumpf Cabriolet, dessen ursprünglich rote Lackierung unter dem abblätternden olivgrauen Militäranstrich wieder sichtbar wurde. Die Sonne schien, und sie fuhren durch das zerstörte Berlin. Vorbei an den Wracks unzähliger Panzerwagen und Laster, an von Granateinschlägen durchlöcherten Häuserwänden, deren unversehrte Stellen mit Namen, Ortsangaben und Zahlen bekritzelt waren. Die Leute waren aus ihren Kellern gekrochen und kletterten über die Ruinen, zwischen denen sich kleine Trampelpfade gebildet hatten. Manche waren auf der Suche, andere auf der Flucht, einige ohne Ziel. Eine merkwürdige Apathie fiel Frimm in den Gesichtern auf. Etwas fehlte dort, das entweder nie da gewesen war oder nun einen langen Heimweg hatte.

Immer wieder sahen sie Deutsche, die von den Besatzern zu «Rabota» verdonnert worden waren, Arbeit, die meist darin bestand, Trümmer zur Seite zu räumen oder Leichen. Wieder sahen sie Menschen an Wasserpumpen stehen, und einmal drei alte Männer, die ein totes Pferd ausweideten.

Während der Fahrt mussten sie ständig Hindernissen ausweichen, manchmal ein Stück des Weges zurückfahren, wenn sich herausstellte, dass eine Straße oder Brücke noch nicht passierbar war. Schließlich rumpelten sie durch das Brandenburger Tor, Sascha stoppte und fragte seinen Leutnant etwas. Der Leutnant überlegte.

«Sollen wir einen kleinen Umweg machen? Eine Sehenswürdigkeit besichtigen? Sascha meint, der Führerbunker könnte dich interessieren.»

«Nein», antwortete Frimm, «ich will in keinen Bunker mehr. Ich will nach Hause.»

Sie hielten sich rechts, fuhren an einem von Einschlägen pockennarbigen Theater vorbei. Es ging leicht bergauf. An einem weiteren Platz, den ein kopfloses Denkmal und ein ramponiertes Pissoirhäuschen zierten, bogen sie in eine Seitenstraße ab, bis sie vor einem nahezu unversehrten Haus mit einem großen Eingangsportal stehenblieben, dem allerdings mehr oder weniger die Tür fehlte. Sie stiegen aus. Frimm nahm seinen Segeltuchsack und fragte: «Was ist mit Sergeant Bebo?»

Der junge Leutnant lächelte. «Das hatte ich ganz vergessen. Sergeant Globodajarian lässt dich grüßen. Wenn er es noch schafft, wird er hier vorbeikommen. Wusstest du, dass er zum Zeitpunkt eures Abschusses gar kein amerikanischer Staatsbürger war? Im Gegenteil, ein Teil seiner Familie lebt im Kaukasus, in der Sowjetunion! Er ist also einer von uns! Er ist wirklich begabt, spricht viele Sprachen, und wir haben ihn gefragt, ob er nicht für uns übersetzen kann. Bald wird es im Westen einen großen Gefangenenaustausch zwischen Amerikanern und Roter Armee geben. Da sind wir für jeden Übersetzer dankbar und haben ihm angeboten, freiwillig eine Weile für uns zu arbeiten. Möglicherweise ist er schon unterwegs. Er kann natürlich jederzeit wieder zurück zu euch, wenn er will. Aber, unter uns: Ich vermute, dass seine Sehnsucht nach der Heimat größer ist!»

Das alles stimmte und stimmte auch wieder nicht. Wahr war, dass ein kleiner Teil von Bebos Familie, ein paar vergessene Onkel, Tanten, Cousins und Großcousinen, in jener Region Armeniens lebte, die sich die Sowjetunion vor dem Krieg einverleibt hatte. Wahr war auch, dass es an der Demarkationslinie im Westen, wo sich Amerikaner und Russen gegenüberstanden, einen Austausch von alliierten Kriegsgefangenen geben sollte, die die jeweils andere Seite aus ihren Lagern befreit hatte. Wahr war, dass es an Übersetzern fehlte. Wahr war, dass man Bebo Globodajarian das Angebot gemacht hatte, zu dolmetschen, allerdings nicht, ohne ihm klarzumachen, dass er dieses Angebot lieber nicht ablehnen solle. Und wahr war auch, dass Bebo bereits unterwegs war. Er saß in Zivilkleidung hinten auf einem Lastwagen, neben sich zwei Soldaten, ein dritter schlief auf dem Boden der Ladefläche seinen Rausch aus.

«Wann kommen wir an die Demarkationslinie?», fragte er.

«Bald», antwortete einer seiner Bewacher.

Am Anfang waren sie wirklich nach Westen gefahren, aber dann hatte die Straße eine Kurve gemacht. Nun schien es Bebo, als würden sie sich wieder zurück, Richtung Osten bewegen. Der Laster war Teil einer Kolonne, die, gespeist von Nebenstraßen, Feldwegen und Pfaden, immer länger wurde und immer häufiger haltmachte. Wenn weiter vorn ein Fahrzeug liegengeblieben war, stiegen Fahrer und Mitfahrer aus, fluchten und rauchten. Die Gefangenen, die auf dem Mittelstreifen wie eine endlose Karawane schweigend und mit grauen Gesichtern marschierten, waren Deutsche.

Als es dämmerte, war sich Bebo endgültig sicher, dass die

Kolonne in die falsche Richtung fuhr. Irgendwann stoppten die Fahrzeuge ein weiteres Mal, die Fahrer stiegen aus, schimpften auf «die da vorn», Bebo bat, austreten zu dürfen, was keinen der Soldaten interessierte, unter denen ein Streit um Souvenirs ausgebrochen war: ein Luftwaffendolch, eine Daimon-Taschenlampe, zwei Ringe mit Totenkopf, Porzellangeschirr, ein Spielzeugmodell des Reichstages, ein Rührmixer, ein Schnellkochtopf, mehrere Fotoapparate, ein Fahrrad, zwei Pferdesättel, eine Autogrammkarte von Marika Rökk, fünf Volksempfänger und ein richtiges Radio, ein Grammophon, Schallplatten, ein kaputtes Akkordeon, diverse Eiserne Kreuze, zwei Polstersessel, ein unbequemer Diwan im gotischen Stil, eine Schreibmaschine, eine Stehlampe sowie Caravaggios «Bildnis einer jungen Frau», das einer der Soldaten in einem der Flaktürme neben einer aufgebrochenen Kiste entdeckt und nur deswegen mitgenommen hatte, weil ihn die Frau auf dem Bild an seine Mutter erinnerte.

Bebo fragte noch einmal, ob er austreten dürfe, und bekam abermals keine Antwort. Er musste wirklich. Stieg also von dem vollgeramschten Laster herunter. Hockte dann, die Dornen wegdrückend, hinter einem Brombeerstrauch. Er sah sich um und musste feststellen: Er war nicht der Erste hier. Und da wusste er plötzlich, dass er sich entscheiden musste, ob er jetzt die Hosen hochziehen, in den LKW steigen und Teil der Geschichte bleiben oder ob er diese Geschichte, die nicht seine war, für immer hinter sich lassen sollte.

«Vielleicht war dies der Moment», erzählte er später, «in dem ich wirklich Amerikaner wurde.» Denn was konnte amerikanischer sein, als sein Schicksal selbst in die Hand zu nehmen?

Er wartete eine ganze Weile, ob sein Fehlen irgendjemandem auffallen würde. Im Schneckentempo setzte sich die Kolonne wieder in Bewegung, doch niemand rief, sah oder suchte nach ihm. Schließlich ließ er sich die Böschung vollends hinuntergleiten, bis er von der Straße aus nicht mehr zu sehen war. Er atmete durch, lauschte – nichts. Es roch nach Scheiße, und es roch nach Benzin.

Aber so war die Freiheit eben.

«Wann kann ich wieder nach Hause?», fragte Edison Frimm.

«Bald», antwortete der Leutnant, stieg wieder ins Cabriolet und fuhr davon.

In der Wohnung, die Konew für ihn requiriert hatte, gab es einen Tisch mit einer Waschschüssel, ein Bett und einen Standspiegel mit einem diagonalen Sprung von einer Ecke zur anderen. Zum ersten Mal seit langer Zeit betrachtete sich Frimm – und erschrak. Der junge Leutnant hatte ihm, nach einer ausschweifenden Entschuldigung, dass gerade keine amerikanischen Uniformen zu haben seien, einen abgetragenen Anzug gegeben. Übermüdet und unrasiert sah er darin genauso aus wie einer der zahllosen Versprengten, die draußen auf der Suche nach Nahrung und Obdach durch die Trümmer streiften.

Am darauffolgenden Abend bog der Adler Trumpf wieder um die Ecke. Der junge Leutnant und Sascha stiegen aus, klopften höflich an Frimms Tür, begrüßten ihn überschwänglich und kamen dann mit einer Flasche Wodka herein. Eine kleine Feier begann, während deren viele Gläser geleert, Würste gegessen und Frimms letzte amerikanische Zigaretten geraucht wurden.

«Wann kann ich zurück zu meinen Leuten?», wollte Eddie abermals wissen.

«Morgen.» Konew grinste.

Frimm beugte sich vor. «Wirklich?»

«Ja, wirklich», bekräftigte der Leutnant und musterte Frimm. «Aber wir möchten nicht», sagte er und sah an Frimm hinunter, «dass du in so einer Kluft bei deinen Vorgesetzten auftauchst. Sascha!»

Strahlend zog Sascha einen Karton hervor, den er theatralisch auf den kleinen Tisch vor dem Spiegel legte und öffnete.

«Er hat einige Zeit gebraucht, sie zu finden.»

«Wo hat er das her?», fragte Frimm.

«Aus der Oper.»

In dem Koffer lag, frisch gereinigt, gebügelt und gestärkt, die weiße Uniform eines Leutnants der US Navy. Es war die Uniform von Lieutenant Pinkerton aus «Madame Butterfly».

«Ich hoffe, sie passt», sagte der junge Leutnant.

Sie passte wie für ihn gemacht.

Am nächsten Tag verließen sie die Stadt und fuhren über Land, bis zu einem Fluss. Es war frühmorgens, dennoch herrschte Hochbetrieb. Eine provisorische Brücke querte den Strom, und auf beiden Seiten warteten alliierte Soldaten – zumeist ehemalige Kriegsgefangene. Frimm verabschiedete sich von seinen Begleitern. Dann, als die Menge sich in Bewegung setzte, nahmen ihn ein paar Soldaten, vielleicht wegen der weißen Uniform, auf die Schultern, und so wurde er unter Lachen und Johlen, wie ein Heiliger bei einer Prozession, ans andere Ufer des Flusses getragen.

Dort sollte er sich in einem Zelt melden. Drinnen saß ein Captain an einem Schreibtisch. Als Frimm eintrat, stand er auf, grüßte militärisch und schüttelte ihm die Hand. Sie setzten sich, und der Captain sah ihn lange schweigend an.

«Sie sind also Lieutenant Frimm?»

Eddie wusste nicht, was die Frage sollte, aber er nickte.

«Der Sohn von Mary Ann Frimm aus Monterey, Kalifornien?»

«Ja.»

«Ich muss Ihnen eine traurige Mitteilung machen.»

DER VERLORENE SOHN

Der Fluss schimmerte in der Morgendämmerung wie die Verheißung eines fremden Landes, wand sich zwischen den Hügeln und verschwand dann am Horizont, als müsste man nur seinem Verlauf bis zum Ende folgen, um alle Träume wiederzufinden, die man seit der Kindheit verloren hatte.

Von der Anhöhe aus sahen sie die zwei nebeneinanderliegenden Pontonbrücken und wie die ersten Fahrzeuge darauf übersetzten: eine Kolonne von Lastwagen, gefolgt von einigen Jeeps und Limousinen, danach ließen die Posten die sich am Ufer drängenden Menschen hinüber. Dunkle Gestalten gingen auf den Anfang des jeweiligen Stegs zu, erst langsam, als ob sie es kaum fassen konnten, dann immer schneller, als sei dies die Zielgerade eines langen Rennens. Ihre Stimmen waren zu hören, dann ertönte Musik, ein Akkordeon spielte, jemand blies Trompete. «Wir sollten uns beeilen», sagte sein Fahrer, «sonst stehen wir bis zum Mittag hier, Sir.»

Immer noch war Cohn das «Sir» genauso fremd wie seine britische Uniform. Als sie schließlich über die Brücke Richtung Osten fuhren, kam er sich vor wie ein Fremder in einer Horde Eingeborener, obwohl es doch gerade umgekehrt war: Briten, Amerikaner, Franzosen kamen ihm entgegen, alle in unterschiedlichen Uniformen, manche nach Jahren der Gefangenschaft müde und kaum fähig zu jubeln, andere ausgelassen, trunken von Freiheit und Schnaps, der trotz aller Verbote seinen Weg zu ihnen gefunden hatte.

Das Wort «Heimat» hatte einen merkwürdigen Klang für Cohn bekommen. Fünf Monate war er den vorrückenden Armeen gefolgt und hatte die Menschen befragt. Aber was er gesehen und gehört hatte, ließ ihn zum ersten Mal in seinem Leben an seinen Fähigkeiten zweifeln. Vielleicht war diese Ermittlung zu groß für ihn, vielleicht war er nicht der Richtige? Er ertappte sich dabei, wie er sich in die grüne Idylle des Exils zurückwünschte: an die stillen Seen, auf alte Straßen, in das gemütliche Haus seiner Schwester.

Nun fuhr er auch vorbei an stillen Seen und über alte Straßen: über die Reichsstraße 2. Cohn hatte viele zerstörte deutsche Städte gesehen, große und kleine, und mit der Zeit, das mag wohl sein, hatte ihn das immer wiederkehrende Bild der skelettartig in den Himmel ragenden Ruinen abstumpfen lassen. Mit Berlin war es anders. Der Schock traf ihn wieder wie beim ersten Mal, und dabei war alles, was er tun konnte, hilflos den Kopf zu schütteln.

«Sollen wir anhalten, Sir?»

«Nein, fahren Sie weiter.» Cohn hatte das Gefühl, eine Erklärung schuldig zu sein, deshalb sagte er: «Das war einmal meine Stadt. Ich bin hier geboren, ich habe auf den Straßen gespielt und bin sonntags in den Park gegangen.»

Es dauerte, bis er Mauser gefunden hatte. Er lag in einem Lazarett und hatte doppelt Glück gehabt: dass er noch lebte und dass er nicht in Gefangenschaft geraten war. Nur die rechte Hand und der Unterarm fehlten ihm.

«Ich bin nicht mehr komplett», sagte Mauser.

«Das stört mich nicht», erwiderte Cohn fröhlich, «es gibt Prothesen. Ich nehme dich auch ohne Arm. Oder ohne Beine, wenn's sein muss. Herz und Verstand reichen.»

«Für die Ermittlung, von der Sie sprachen, bin ich vielleicht nicht der Richtige.»

«Warum?»

«Ich habe versagt. Ein Unschuldiger musste den Kopf hinhalten. Und bei den Verbrechen, von denen Sie sprachen, habe ich zwar nicht mitgemacht, aber auch nichts dagegen.»

Cohn nickte. «Das beruhigt mich.»

«Das beruhigt Sie?»

«Fünf Monate bin ich durchs Land gefahren und dabei beinahe zu einem echten Hitlerbewunderer geworden», antwortete Cohn sarkastisch. «Niemand hat etwas gewusst, niemand hat mitgemacht, niemand war dafür. Es sah schon fast so aus, als hätte der alles ganz allein gemacht. Du kennst das ja.»

Mauser verzog keine Miene. «Es klebt Blut an meinen Händen.»

«Jetzt ja nur noch an einer Hand», erwiderte Cohn, «und die kannst du dir waschen. Bei mir.»

Mauser schwieg.

«Überleg es dir», sagte Cohn.

Als er aus dem Lazarett entlassen wurde, machte Mauser sich auf die Suche nach dem Jungen. Der Brauereikeller war verlassen, von Gerda fehlte jede Spur. «Die schafft jetzt für die Russen», meinte einer. Er fragte bei der Kommandantur, beim Roten Kreuz. «Wenn Sie nicht mal seinen richtigen Namen kennen, wie soll ich ihn da finden?», meinte eine Schwester. Anfangs suchte er einfach drauflos, später wurde er akribischer, ging die Krankenhäuser eines nach dem anderen durch, studierte Listen, brachte Suchmeldungen an. Aber er fand den Jungen nicht. Später im Jahr ging er durch den Park in sein altes Viertel. Der Park sah aus wie eines jener verstümmelten Wäldchen, die er am Ende des Ersten Weltkrieges, auf dem Rückzug, durchstreift hatte. Von seinem Viertel waren bloß Fundamente der Häuser übrig, deren Trümmer man in der Mitte der Grünanlage zu zwei künstlichen Hügeln aufgeschüttet hatte, auf denen im nächsten Frühjahr schon das erste Gras wachsen und die Kinder Krieg spielen würden.

Er stand am Alexanderplatz, das Präsidium eine Ruine, und danach meldete er sich bei Cohn, der nickte, als hätte er nichts anderes erwartet.

«Diesen Raabe haben übrigens die Russen gefunden. Oder zumindest jemanden mit seinen Papieren. Allerdings trug er keine Uniform. Wollte wohl durch einen Tunnel flüchten; als Wasser kam, ist er nicht mehr rausgekommen, ertrunken, der Ausgang war mit einem Gitter zugeschweißt.»

Die Ermittlungen gestalteten sich schwierig, langwierig, wie etwas, das in einem Menschenalter nicht abzuschließen war.

«Wir sind zu alt für diese Arbeit», meinte Mauser einmal. Und Cohn antwortete: «Was macht der Arm?»

«Manchmal ist es so, als ob er noch dran wäre.»

«Siehst du. Deshalb müssen wir diese Arbeit machen.»

Er erwähnte den Jungen nie, erzählte niemandem, was er getan hatte.

Die Jahre vergingen, aber innerlich gab er die Suche nicht auf. Nur manchmal, wenn er morgens aus einem unruhigen, flachen Schlaf erwachte, fürchtete er, seine Erinnerung mache ihm etwas vor und er sei ihm in Wirklichkeit nie begegnet.

VII. EINER VON VIELEN

Siggi und ich verließen den Bunker als Erste. Zuvor hatte Gero Heym ihm noch die Zusage abgerungen, in seinem Film als Zeitzeuge aufzutreten. Ich weiß nicht, wie viel er von Siggis Geschichte mitbekommen hatte, auf jeden Fall stand Heym irgendwann neben uns und fragte ihn. Natürlich werde er, hatte er hinzugefügt, Siggi für seinen Aufwand entschädigen.

Draußen schien die Sonne, es war schwül, und die Schwalben flogen tief, ein Gewitter kündigte sich an. Als wir den Trümmerberg hinabstiegen, sah Siggi sich immer wieder nach dem Bunker um, obwohl er es eilig zu haben schien wegzukommen. So saßen wir bald wieder alle im Ikarus, jeder vor seinem Glas, und Siggi erzählte die Geschichte zu Ende: davon, wie er nach dem Angriff zurück zum Bunker kam und erfuhr, dass sein Geschütz getroffen worden war und keiner seiner Jungs überlebt hätte. Er sammelte ein, was in der zerstörten Stellung noch zu finden war – ein paar Erkennungsmarken, Orden, Koppelschlösser, Amulette und Glücksbringer –, und ging damit am nächsten Tag zu ihren Müttern, soweit er sie finden konnte. Danach sei ihm alles egal gewesen. Die Russen kamen stündlich näher, und irgendwann sei er einfach losgestapft. Es sei ihm gleich gewesen, erzählte er, von wem er nun erschossen werde. Er wurde aber nicht erschossen, sondern geriet in sowjetische Kriegsgefangenschaft. Nach seiner Rückkehr fing er als Statist in Ost-Berlin am Theater an. Es sei eine schöne Zeit gewesen, bis ihn jemand als Nazi denunziert hätte. Zeugin der Anklage war die Mutter eines toten Flakhelfers, die ihn als erbarmungslosen Schleifer beschrieb, der seine Untergebenen noch kurz vor Kriegsende in einen sinnlosen Tod getrieben habe. Warum, wurde er gefragt, warum habe er sich denn während des Angriffs vom Geschütz entfernt? Wo er denn hingegangen sei? Er kam in eines der gefürchteten Staatssicherheitsgefängnisse, bis man ihn überraschenderweise in den Westen abschob. Doch auch dort war es nicht leichter für ihn, es stellte sich nämlich heraus, dass er vorbestraft war – wegen Fahnenflucht. «Vielleicht», sagte Siggi, «hatte ich es ja nicht besser verdient.»

Nach der Sache im Bunker war Siggi nicht mehr derselbe. Er war unruhig, gereizt, schnauzte Nadja wegen Kleinigkeiten an und vernachlässigte sein Freiluftkino. Es begann zu regnen, hörte nicht mehr auf, und der Dauerregen verwandelte die Sandbank vor Siggi's Diner in matschiges Schwemmland und wusch nach und nach die billige weiße Farbe von der Ruine des letzten Hauses. Eines Tages begegnete ich Siggi frühmorgens, und er erzählte mir, dass er den Projektor verkauft habe. Es sei ein gutes Geschäft gewesen, erklärte er, er habe sogar noch ordentlich Gewinn gemacht. Was mit den Filmen passiert ist, haben wir nie erfahren.

Unterdessen rückten die Dreharbeiten näher. Heym und sein Aufnahmeleiter tauchten auf, um mit Siggi über das Interview zu sprechen. An diesem Tag war Siggi noch gereizter als sonst. «Zeitzeugen wie Sie», sagte Gero Heym, «sind für uns unersetzlich.» Im Schlepptau hatte er einen bekannten DDR-Schauspieler, der Hitler darstellen sollte. Jeder um uns herum kannte ihn, außer Wolfram, Yusuf und mir. Er hatte sich den Spaß erlaubt, ein kleines, falsches Bärtchen mitzunehmen, das er sich unter die Nase klebte. Danach schlurfte er im Ikarus auf und ab, nur um vor Yusuf stehenzubleiben und zu fragen: «Wie finden Sie mich?»

«Überecht», sagte Yusuf.

«Ich will nicht zu menschlich rüberkommen», sagte Hitler.

Nadja kam nun seltener, es gab jetzt weniger Arbeit für sie. Einmal traf ich sie, da hatte sie einen Stapel Reiseprospekte bei sich.

«Hallo», sagte sie.

«Hallo», sagte ich.

Dann saß sie eine Weile mit Siggi zusammen über die Prospekte gebeugt. Sie lachten, es war das erste Mal seit langem, dass ich Siggi fröhlich sah. Ich legte ein paar Münzen auf den Tresen und ging.

Am Abend vor dem ersten Drehtag saß ich mit Wolfram und Yusuf zusammen, und wir sprachen über Heym und was Siggi ihm wohl erzählen würde. Siggis Laune hatte sich tatsächlich gebessert, er wirkte direkt ausgelassen. Er hatte Vorräte besorgt, seinen Bus gewienert, und ich hatte ihn zum ersten Mal sogar an der Elektrik und am Motor herumhantieren sehen. Und großzügig war er auch, gab drei Lokalrunden aus. Bald redeten wir über dies und das, bis Wolfram Siggi unvermittelt fragte:

«Bist du schon aufgeregt? Ich meine wegen morgen?»

Siggi runzelte die Stirn. «Nein.»

«Also, ich wäre ganz schön aufgeregt», fuhr Wolfram fort, «ich wüsste gar nicht, was ich sagen sollte.»

«Deswegen fragen Sie dich ja auch nicht», warf Yusuf ein.

«Weißt du, was du ihnen sagen wirst?», fragte ich Siggi.

«Ja», antwortete er.

Am nächsten Tag war ich früh dran. Ich bog auf den Parkplatz ein und – ich weiß nicht mehr genau, was ich dachte. Vielleicht traute ich meinen Augen nicht, glaubte ich an eine Art optischer Täuschung. Aber es half nichts.

Er war nicht mehr da. Der Ikarus war verschwunden.

Dort, wo er gestanden hatte, war ein merkwürdiger Abdruck auf dem Beton. Stromkabel lagen nutzlos auf dem Boden herum. Ein PVC-Abflussrohr war mit alten Lappen verstopft.

Im Mini-Café der Tankstelle aß ich ein belegtes Brötchen und trank einen Kaffee aus dem Automaten. Ich fragte, was mit dem Ikarus passiert sei, aber die Kassiererin war neu, erklärte mir, sie könne sich an keinen Gelenkbus erinnern, und zuckte nur mit den Achseln.

Dann tauchte das Filmteam bei der Tankstelle auf. Brown wollte es zuerst nicht glauben, er schäumte vor Wut. Gero Heym redete beruhigend auf ihn ein, Hitler rauchte Kette.

Ich wartete auf Nadja, aber sie kam nicht. Irgendwann kamen dafür Wolfram und Yusuf. Jeder mit einem Becher Automatenkaffee in der Hand, betrachteten wir die seltsam leere Fläche.

Wolfram hatte eine Seite eines russischen Reiseprospekts gefunden, auf der der Baikalsee zu sehen war. «Vielleicht macht er nur mal Urlaub», meinte er, aber wir wussten, dass das nicht stimmte.

Wieder sagten wir nichts, bis Yusuf erneut begann:

«Wisst ihr, was der Willy Brandt gesagt hat?»

Wolfram stöhnte. «Ich fürchte, wir werden es nicht mehr erfahren.»

Wir starrten auf das graue Stück Nichts, das uns Siggi hinterlassen hatte. Zugvögel flogen über uns hinweg, es roch nach Herbst.

«‹Lasst euch nicht zu Lumpen machen›», sagte Yusuf, «das hat er gesagt: ‹Lasst euch nicht zu Lumpen machen.›»

Unsere Blicke schweiften in die Ferne, vielleicht zu dem, was einst in dem Park vor uns geschehen war, vielleicht zu dem, was noch geschehen mochte. Wir versprachen, uns gegenseitig anzurufen, uns zu treffen, aber wir wussten, dass unsere Geschichte hier zu Ende war, dass wir uns nicht anrufen, nicht treffen, dass wir einander nie mehr begegnen würden.

Wir waren noch nicht auseinandergegangen, als Wolframs Telefon klingelte. Die ganze Zeit über hatte er den klobigen Kasten mit sich herumgeschleppt, ohne ein einziges Mal damit zu telefonieren.

«Willst du nicht rangehen?», fragte ich.

«Nein», sagte Wolfram, «das ist nicht für uns.»

Als Mary Frimm den Telegrammboten sah, wollte sie glauben, all das würde nur im Traum geschehen: Sie stand am Küchenfenster, als er kam; fast wäre er vorbeigefahren, dann bremste er am Ende des Zauns, stieg ab, schob das Fahrrad ein Stück zurück und hielt schließlich vor dem Holzgatter, das in den Vorgarten führte, an. Er holte den Umschlag aus einer Umhängetasche, sah auf die Hausnummer, kratzte sich hinter dem Ohr. Dann öffnete er das Gatter, zögerte kurz, seufzte und ging den kurzen, mit losen Steinen gepflasterten Weg hinauf, bis er vor der Haustür stehenblieb. Mary stand reglos hinter dem Fliegengitter, er konnte sie nicht sehen. Wieder zögerte der Bote, überlegte, ob er klingeln sollte oder nicht. Er klingelte nicht. Schob nur das Telegramm unter der Tür durch, ging zu seinem Rad und fuhr los.

Wie lange stand sie so am Fenster, hinter dem schmutzigen Fliegengitter, und starrte hinaus in den Garten, in dem Mrs. McPhersons Wäsche trocknete? Sie wusste, solange sie nicht zur Tür ging und den Umschlag öffnete, so lange wäre nichts geschehen. Konnte es nicht so sein, dass alles, was in diesem Telegramm stand, erst wirklich würde, wenn sie es las?

Sie rührte sich nicht von der Stelle. Alles war besser als das. Mochte die Welt von nun an stillstehen, sie wusste, sie könnte es nicht ertragen. Alles, was jenseits dieses Telegramms lag, würde sie umbringen. Vielleicht nicht sofort, aber nach und nach. Also stehenbleiben. Die eigene Zeit anhalten. Wie lange?

«Mrs. Frimm, sind Sie das?»

Mary blinzelte. Auf der anderen Seite des Fliegengitters, wo sich die Welt ohne sie weitergedreht hatte, war es Abend geworden. Die Gestalt da draußen, die sie gerufen hatte, war eine Frau. Mary nahm ihre massige Gestalt wahr, ein dunkler Findling in der Dämmerung.

«Mrs. Frimm, wenn Sie das sind, sagen Sie etwas. Sonst hole ich die Polizei.»

«Ja. Ja, ich bin es.»

«Geht es Ihnen gut? Kann ich reinkommen?»

Dann stand Mrs. McPherson in der Küche.

«Sie haben Post. Ein Telegramm.»

«Legen Sie es da auf den Tisch. Gehen Sie bitte.»

«Wollen Sie es nicht lesen?»

«Nein, will ich nicht.»

«Sie sollten es lesen.»

«Weshalb?»

«Es sieht wichtig aus.»

«Wissen Sie, was in solchen Telegrammen steht?»

«Sie müssen es trotzdem öffnen und lesen.»

Die Witwe ließ sich schwer auf einen Stuhl sacken. Sie schnaufte.

«Ich versteh Sie ja. Aber es nützt nichts. Was geschehen ist, ist geschehen, egal, ob Sie das Telegramm jetzt lesen oder nicht.»

«Ist das so? Für Sie vielleicht, für mich nicht.»

Sie blieb auf ihrem Stuhl sitzen und starrte schweigend in das dämmrige Zwielicht der Küche.

«Wie geht's Georgie?», fragte Mary plötzlich.

«Georgie? Oh, dem geht's gut.»

«Hat er schon seinen Einberufungsbefehl?»

«Er ist zurückgestellt. Wegen Baseball.»

«Wegen Baseball?»

«Da ist nichts Schlechtes dran. Jemand muss in diesem Land auch noch Baseball spielen.»

«Ich habe nicht gesagt, dass es schlecht ist.»

«Oder unpatriotisch.»

«Auch das nicht.»

«Sie haben ihn von der Highschool abgeworben.»

«Er spielt jetzt in einer College-Mannschaft?»

«Nein. Er spielt bei den Angels.»

«Los Angeles Angels?»

«Genau die. Sie sagen, er sei eine Ausnahme. Weil er gut als Werfer und als Schläger ist. Er hat jetzt schon die meisten Homeruns in dieser Saison geschlagen.»

«Das ist doch toll.»

Mrs. McPherson versank noch etwas weiter in dem Stuhl, der sie kaum zu tragen vermochte.

«Wollen Sie jetzt nicht das Telegramm lesen?»

«Nein.»

«Wenn er tot ist, glauben Sie nicht, dass er will, dass Sie es wissen?»

«Er ist nicht tot, solange ich nicht den Umschlag öffne.»

«Und glauben Sie nicht, dass es wichtig ist, dass jemand um ihn trauert? Wenn niemand von ihm weiß und niemand um ihn trauert, ist es dann nicht auch so, als wäre er nie da gewesen?»

Es war jetzt beinahe völlig dunkel in der Küche. Draußen senkte sich die Nacht auf die Stadt, und die Wäsche im Garten wurde von einem schwachen Wind geisterhaft bewegt, als streife ein Kobold zwischen den Leinen umher.

«Vielleicht», sagte Mary schließlich, «haben Sie recht.»

«Ich bin bei Ihnen.» Die Witwe reichte ihr das Telegramm. Mary atmete schwer, schloss die Augen, dann schaltete sie die Lampe ein und öffnete das Telegramm. Sie las es immer wieder.

«Es tut mir leid», sagte Mrs. McPherson plötzlich mit einer Mischung aus Hilflosigkeit und Inbrunst. «Es tut mir so leid.»

Mary sah auf. «Er ist nicht tot», sagte sie.

«Mary, es ist besser, wenn Sie den Schmerz nicht verleugnen, damals, als mein Mann –»

«Er ist nicht tot. Hier, lesen Sie. Sie schreiben, er sei vermisst. Abgeschossen bei einem Einsatz über Berlin.»

Und so begann eine Zeit, die ihr wie die Verlängerung jenes langen Augenblicks in der Küche vorkam, Edison Frimms Leben hing am seidenen Faden eines Fallschirms, der seiner war oder nicht, der sich geöffnet hatte oder nicht. Sie rief bei den zuständigen Stellen an, versuchte Auskunft zu erhalten; meistens vertröstete man sie, mal schien es, als wollte man sie bereits auf das Unvermeidliche vorbereiten («Ich will Ihnen da keine unrealistischen Hoffnungen machen»), mal sprach man ihr Mut zu («Wenn er mit dem Fallschirm rausgekommen ist, hat er gute Chancen, bald wieder bei Ihnen zu sein»). Einig waren sich nur alle in dem Versprechen, dass man sich umgehend bei ihr melden werde, sobald «diese Angelegenheit geklärt» sei. «Ach so, und: Sind Sie konfessionell gebunden?»

«Ob ich was bin?»

«Ob Sie in einer Kirche sind.»

«Warum fragen Sie das?»

«Wir könnten Ihnen einen Pater schicken oder einen Geistlichen vor Ort informieren, falls –»

«Ich brauche keinen Pater.»

«Oder einen Rabbi, falls Sie jüdisch sind.»

«Ich bin in keiner Kirche, und ich glaube auch nicht an Gott.»

«Es gibt auch andere Formen geistlichen Beistandes, wir haben –»

«Sie sollen mir meinen Jungen wieder zurückbringen und sonst nichts!»

Zwei Tage nach der deutschen Kapitulation stand sie wieder am Küchenfenster, als ein Mann in khakifarbener Uniform auf das Haus zuschritt. Es war Vormittag, und sie hatte frei.

Der Mann war Ende dreißig, Anfang vierzig. Er war groß und schlaksig, wirkte, als wäre er nicht gewohnt, Uniform zu tragen. Er sah zum Haus, zog etwas aus seiner Aktentasche und ließ es wieder darin verschwinden. Er ging zur Tür, fand die Klingel nicht, klopfte.

Mary überlegte, was sie tun sollte. Dann gab sie auf. Vielleicht hatte Mrs. McPherson recht, man konnte die Realität nicht aussperren. Sie öffnete.

«Mrs. Frimm?»

«Ja. Worum geht es?»

«Es geht um Mr. Frimm, er –»

«Machen Sie schnell», sagte sie.

Der Mann war verwirrt. Offensichtlich hatte er eine ausschweifende Erklärung für sein Kommen vorbereitet, die nun überflüssig geworden war.

«Ja. Natürlich. Mhm. Darf ich reinkommen?»

Mary nickte.

Drinnen sagte sie: «Sind Sie Pater oder Rabbi?»

«Wie bitte?»

«Oder so eine Art Universalgeistlicher?»

«Ich bin überhaupt kein Geistlicher.»

«Also Psychologe? Seelenklempner?»

«Meine Spezialgebiete sind angewandte Statistik und – na ja – Mathematik.»

«Und Sie kommen hier so einfach rein und wollen mir etwas über meinen Sohn erzählen?»

Der Mann sah sie verdutzt an.

«Ich kenne Ihren Sohn doch gar nicht.» Der Mann sah sie mit einem Mal aufmerksam an. «Wer, glauben Sie, dass ich bin?»

«Sie sind der geistliche Beistand, den die Air Force schickt.»

«Wozu?»

«Um mir den Tod meines Sohnes zu erklären.»

«Ich kenne Ihren Sohn nicht, und ich habe keine Ahnung, ob er lebt oder nicht. Es geht um Mr. Frimm, Ihren Mann.»

Mary ließ sich auf das abgewetzte Sofa im Wohnzimmer fallen. Erinnerungen streiften sie wie ein alter Vorhang, der sich raschelnd öffnete und den Blick auf ein Bühnenbild freigab, in dem zwar noch alle Kulissen und Requisiten an ihrem Platz standen, aus dem aber die Schauspieler längst verschwunden waren. Dann fing sie an, hemmungslos zu lachen.

«Was ist daran so komisch?»

«Nichts. Gar nichts. Wollen Sie einen Drink?»

«Ich bin, wie man so sagt, im Dienst.»

«Was ist das für ein Dienst?»

«Gesundheitsdienst.»

Mary grinste.

Sie tranken drei Manhattan, und erst danach erfuhr Mary den Namen des Besuchers, David Keszegy.

«Das ist ungarisch. Niemand kann es aussprechen. Sie können mich Cassidy nennen.»

«Okay, Cassidy, was führt Sie zu mir?»

«Die Spanische Grippe.»

«Das müssen Sie jetzt schon genauer erklären.»

«Haben Sie schon einmal von der Spanischen Grippe gehört?»

Mary erinnerte sich an Hodges in seiner seltsamen Einsamkeit, umgeben von den Mauern seines ebenso seltsamen Märchenschlosses. «Ja, ich kann mich erinnern, dass mir jemand mal davon erzählt hat. Seine Eltern sind daran gestorben.»

«Diese Grippe hat weltweit einige Millionen Menschen umgebracht, und zwar am Ende des Großen Krieges 1918/19. Mit einem, wenn ich mich so salopp ausdrücken darf, Affenzahn. Der Erreger wurde wahrscheinlich durch Soldaten eingeschleppt und verbreitet. Und jetzt, wo der nächste Krieg dem Ende zugeht, haben natürlich einige Leute Angst, dass so was wieder passieren könnte.»

«Und was haben wir damit zu tun?»

«Wie gesagt, ich suche Ihren Mann, John Frimm. Wir erforschen den Weg der Erreger. Und Ihr Mann war wahrscheinlich dort, wo die Krankheit ausbrach.»

Mary sah Keszegy an, schüttelte den Kopf. «Ich fürchte, ich kann Ihnen da nicht helfen. Ich habe ihn seit Jahren nicht gesehen.»

Keszegy seufzte. «Ich hab fast schon so was geahnt. Wieder einer weniger. Was ist mit Ihrem Sohn?»

«Er ist Flieger. Er wird vermisst. Über Deutschland abgeschossen.»

«Das tut mir leid. Das wusste ich nicht.»

«Haben Sie Kinder? Sind Sie verheiratet?»

«Nein.»

«Wollen wir tanzen gehen?»

Sie landeten dann in einer Tanzhalle in Long Beach, die brechend voll war mit Soldaten und Matrosen.

«Da haben sich ja zwei gefunden», sagte Mary, als sie tanzten, «das späte Mädchen und der verrückte Wissenschaftler.»

«Ich finde nicht, dass du wie ein spätes Mädchen aussiehst, und ob ich verrückt bin, wird sich erst noch herausstellen.»

Er begleitete sie nach Hause, und während sie überlegte, ob sie ihn hereinbitten sollte, verabschiedete er sich höflich, mit einem gar nicht ungeschickten Kuss.

«Nicht schlecht für einen verrückten Wissenschaftler.»

«Sehen wir uns morgen?»

«Ich brauche weder Ablenkung noch Mitleid.»

«Gnädigste», erwiderte er, «hier geht es um Liebe und um Cocktails.»

«Ist das aus einem Film?»

«Keine Ahnung. Ich bin Ungar.»

Von da an trafen sie sich regelmäßig. David führte sie aus, manchmal blieb er über Nacht. Es war warm geworden, und sie lagen manchmal noch lange wach in der schwülen Dunkelheit und unterhielten sich über seine Arbeit, nicht nur, weil Mary nicht über Eddie sprechen wollte, sondern auch, weil sie das, was David ihr erzählte, wirklich interessierte.

«Ich kann mir nicht erklären, warum sich die Grippe so schnell ausbreiten konnte. Dass es in einer Kaserne sofort zu einer Epidemie kommt, ist klar, aber auf der ganzen Welt? Auch der Krieg ist kein ausreichender Grund, denn in Spanien brach die Krankheit aus, in einem Land, das gar nicht beteiligt war.»

Manchmal kritzelte er Formeln und kleine Zeichnungen in ein Heft, die zeigte er ihr dann. «Siehst du – wieder nichts. Ich habe ausgerechnet, wie viele Schritte die Seuche von einem Menschen zu einem beliebigen anderen auf dem Erdball brauchen würde, es sind durchschnittlich einige tausend. Nach meinen Berechnungen hätte sich die Krankheit nicht so schnell verbreiten können.»

«Was sagen deine Kollegen?»

«Sie sagen, dass man Krankheiten nicht mit Mathematik

bekämpfen kann. Einige behaupten sogar, dass die Deutschen die Grippeviren freigesetzt hätten. Oder dass es die Strafe Gottes für den Krieg gewesen sei. Was für ein Quatsch!»

«Glaubst du an Gott?»

David dachte nach. «Viele Menschen, die ich kenne, die an Gott geglaubt haben, sind in Budapest geblieben, und dort hat sie der Teufel geholt. Was für ein Gott ist das dann? Andererseits – wenn ich mir die Mathematik anschaue, die unerwarteten Lösungen, die Art, wie das eine in das andere greift, wie selbst der Zufall eine Ordnung bekommt: Das ist Schönheit, Perfektion.»

Diese Worte geisterten ihr durch den Kopf, als sie am nächsten Tag in ihrem Wagen saß und die Post verteilte. Es war ein schöner Tag im Mai, die Bäume blühten, und es roch bereits nach Sommer. In einer kleinen Allee im noblen Brentwood fand sie die Lösung. Sie hatte einen Brief in ihrem Sack gefunden, der an jemanden im nicht so noblen East-L. A. adressiert war. Niemand in Brentwood wollte was mit denen in East-L. A. zu tun haben. Doch die Straßennamen waren in diesem Fall praktisch gleich. Sie dachte an den einen Brief, den sie seit Jahren in ihrer Schublade aufhob, der immer weiter und weiter geschickt worden war.

Als David am Abend zu ihr kam, war sie ganz aufgeregt. Er wollte ihr etwas sagen, aber sie ließ ihn nicht zu Wort kommen.

«Ich habe die Lösung, ich weiß, wie die Spanische Grippe nach Spanien kam!»

«Schön, aber ich wollte dir –»

«Es ist wie ein verirrter Brief, verstehst du?»

«Nein.»

«Ein kranker amerikanischer Soldat kommt zufällig nach Spanien, weil sein Schiff einen Motorschaden hat. Und damit

466

ist die Grippe in Spanien! Verstehst du? Die zufälligen Verbindungen verkürzten den Weg.»

Er runzelte die Stirn. «Das hört sich ganz interessant an.»

«Wir könnten es ausprobieren, zum Beispiel mit Briefen, die wir falsch oder unvollständig adressieren, und dann sehen wir, wie viele von ihnen ankommen!»

«Wie gesagt, das hört sich interessant an, aber –»

«Aber was?»

«Ich muss dir etwas sagen.»

Plötzlich war Mary auf der Hut. Die Art, wie er sich zurückzog, sein Zögern, sein mangelndes Interesse an ihrer Entdeckung, all das machte sie misstrauisch.

«Du bist gar nicht geschieden, und deine Frau hat dir ein Ultimatum gesetzt.»

«Nein, nein.»

«Was dann?»

«Ich muss für einige Zeit verreisen.»

«Wohin?»

«Das weiß ich selbst nicht so genau.»

«Du lügst.»

«Nein. Wirklich. Es geht um ein streng geheimes Experiment. Von der Regierung. Sie haben mir nicht gesagt, wo es stattfindet, und ich dürfte eigentlich noch nicht einmal dir erzählen, dass es überhaupt stattfindet.»

«Das hast du dir ausgedacht.»

«Nein. Ich fahre morgen nach Santa Fe. Dort gibt es eine Tür. Und wenn ich durch die Tür gehe, haben sie gesagt, gibt es kein Zurück.»

«Warum gehst du dorthin?»

«An dem Experiment arbeiten exzellente Wissenschaftler mit, auch Mathematiker und Statistiker.»

«Und da darf Klein David natürlich nicht fehlen.»

Er überhörte den Spott und sagte stattdessen: «Wenn ich zurück bin, können wir ja noch einmal über deinen Einfall mit diesen Briefen sprechen.»

Am nächsten Morgen war er weg. Sie stand auf, ging in die Küche, kochte Kaffee und sah, wie der Telegrammbote auf ihr Haus zukam. Er klingelte, aber sie öffnete nicht. Es war derselbe wie beim letzten Mal, mit demselben Zögern schob er das Telegramm unter der Tür durch, und ihr kam mit einem Mal alles vergeblich vor. Sie hatte das Gefühl, als habe alles, was in den vergangenen drei Wochen geschehen war, nicht stattgefunden, als stehe sie immer noch in der Küche, unfähig, den Tatsachen ins Auge zu sehen, gelähmt, eine Gefangene. Mit einem Stöhnen rührte sie sich, hob das Telegramm auf und öffnete es: «Ihr Sohn, Edison Frimm, lebt – Rückkehr aus sowjetischer Zone so bald wie möglich.»

Am Nachmittag ging sie aus dem Haus, glücklich und dankbar. Einen Moment lang dachte sie an all die anderen, die weniger Glück gehabt hatten, und beinahe schämte sie sich für ihre Fröhlichkeit. Sie hatte Spätschicht und ging die Straße entlang zur Bushaltestelle. Es war keine besonders breite Straße, nicht sonderlich lang und wenig befahren. Im unteren Teil, am Hang, machte die Straße eine Kurve.

Der Fahrer des 41er Mercury Coupés sah sie erst, als es schon zu spät war. Er versuchte noch, ihr auszuweichen, aber er war zu schnell. Mary spürte lediglich einen dumpfen, heftigen Schlag, bevor sie in die Luft gehoben wurde, sich drehte und wieder auf den Boden fiel. Dann lag sie auf dem Rücken und konnte sich nicht bewegen. Sie wusste, dass es das Ende war, und empfand keinerlei Bitterkeit. Ihr Sohn war am Leben und in Sicherheit, das war alles, was zählte. Es würde schwer werden für ihn, wenn er zurückkam, aber sie konnte es nicht ändern.

Man sagt, dass im Moment des Todes noch einmal das ganze Leben an einem vorbeizieht. Möglicherweise war Mary Frimm eine Ausnahme. Auf dem Rücken liegend sah sie den blauen, weiten Himmel, und in diesem Himmel sah sie die Zukunft: Sie sah die Kondensstreifen eines hoch fliegenden Flugzeuges, dann die eines nächsten. Sie sah silberne Körper, Maschinen, die noch gar nicht gebaut waren, sie schimmerten in der Abendsonne, an Bord Menschen, die alle unterwegs waren zu ihren kleinen oder großen Zielen, die unbedeutend schienen und doch jedes für sich ein Universum ausmachen konnten. Immer mehr Spuren kamen dazu, manche breit, manche pfeilschmal, manche glitzernd und sich auflösend im Sonnenlicht. Manche überschnitten sich, manche beschrieben ausladende Kurven, andere liefen parallel nebeneinanderher und begegneten sich in der Unendlichkeit.

«Ich war wie du», sagte Koga. «Ich war jung. Die Mädchen sahen mir nach. Ich lief durch eine Stadt; eine Stadt aus Holz, Papier und Gesang, eine lebendige Stadt, eine schöne Stadt. Was am Ende des Tages übrig blieb, war meine Erinnerung. Die Stadt wurde wiederaufgebaut, aber sie war nicht mehr dieselbe. Heimat, das sind die Landschaften und Städte, die wir uns als Kinder bauen, und wenn sie zerstört werden, dann ist auch unsere Heimat verschwunden und wird langsam vergessen. Deswegen ist die Geschichte des Großen Erdbebens eine Geschichte des Vergessens, weil nichts uns das Vergangene zurückbringen kann und es endgültig verschwunden sein wird, von dem Moment an, da sich niemand mehr daran erinnert.

An jenem Morgen weckte mich ein bellender Hund, ein Geschöpf, das vielleicht schon wusste, was passieren würde, aber machtlos war im Angesicht der Menschen. Ahnte er, dass er sterben würde?

Sein Bellen riss mich aus einem schrecklichen Albtraum, an den ich mich aber bereits im Moment des Erwachens nicht mehr erinnerte. Meine Familie schlief noch: meine Mutter, meine beiden Schwestern, mein Vater. So sah ich sie auf ihren Bettlagern: ruhig atmend, auf der Seite liegend. Als ich meine Uniform angezogen hatte, ging ich noch einmal an die Tür des Schlafraumes und sagte ihnen auf Wiedersehen. Meine Mutter öffnete kurz die Augen und lächelte. Ihre Lippen bewegten sich, aber um die anderen nicht zu wecken, sprach sie so leise, dass ich sie nicht verstand. Ich fragte nicht nach. Ich nickte nur, lächelte und ging. Das war das letzte Mal, dass ich sie gesehen habe.

Es ist ein Samstagmorgen im Spätsommer, es ist der 1. September 1923 und noch dunkel, als ich im Tempel eintreffe. Ich ziehe meine Uniform wieder aus, schlüpfe in die Gewänder der Mönche und setze mich in der vorgeschriebenen Position vor die Wand. Ich höre das Läuten, und eine Stunde lang versuche ich, an nichts zu denken. Aber es gelingt mir nicht. Ich denke an tausend verschiedene Dinge. Wie der Tagesbefehl auf dem Revier lauten wird, ob ich einen Verbrecher festsetzen kann. Für den Abend habe ich mich mit einem Freund verabredet. Wir wollen nach Yokohama fahren. Dort liegen die großen Schiffe aus Übersee, und man kann in ein Café an der Hafenpromenade gehen und sich die hellerleuchteten Dampfer anschauen.

Kurz vor dem Ende der Meditation, als ich meine Augen kaum mehr offen halten kann, sehe ich einen Moment lang einen Riss in der Wand vor mir. Dann läutet es.

Ich gehe durch die noch leeren Straßen Tokios zu meinem Revier. Nachdem ich mich bei meinem Vorgesetzten gemeldet habe, müssen wir auf dem Hof antreten und erhalten unsere Tagesbefehle. Zusammen mit Sumito soll ich auf Streife gehen. Ich mag Sumito nicht sonderlich, er ist ein wenig dick, schwitzt stark, versucht ständig, sich bei unseren Vorgesetzten beliebt zu machen und mich zu belehren, obwohl ich doch die Patrouille führe.

Der Dienstplan führt uns in eine Kleine-Leute-Gegend mit niedrigen Holzhäusern, in denen jetzt, am Vormittag, das Essen auf den Kochstellen steht. Kinder spielen vor den Häusern. Sumito überredet mich, den Karren eines Gemüsehändlers zu überprüfen, weshalb, weiß keiner von uns dreien.

Es ist fünf vor zwölf, als Sumito und ich uns heftig darüber

471

streiten, wohin wir zum Mittagessen gehen. Es ist ein unnötiger Streit, und ich fühle mich lächerlich, als ich ihm befehle, mir zu folgen. Sumito weiß einen Moment lang nicht, wie er reagieren soll. Ich drehe mich um und gehe. Wir haben den gleichen Rang, aber ich leite die Patrouille. Ohne ihn zu sehen, weiß ich, dass er angestrengt überlegt. Soll er sich widersetzen, sich fügen? Soll er nachgeben und gleichzeitig meinen ‹Befehl› als Scherz abtun? Ich werde es nicht mehr erfahren. Ich drehe mich um, wir sind vielleicht sechs Schritte voneinander entfernt, ich sehe ihn an. Er lächelt und will gerade antworten, als es beginnt.

Der Boden unter unseren Füßen wankt, zittert, zerreißt. Wir werden umgeworfen. Ein lautes, ächzendes Geräusch ist zu hören, als sich mitten auf der Straße ein tiefer Spalt auftut, als würde der ganze Planet auseinanderbrechen. Sumito verschwindet. Ich kralle mich auf dem Boden fest. Dann sehe ich Sumitos Hände am Rand des Abgrunds, die verzweifelt nach Halt suchen. Sechs Schritte. Sechs Schritte und zehn Sekunden, die ich zögere, starr vor Angst. Als ich endlich langsam auf die Spalte zukrieche, lösen sich Sumitos Hände, und der Riss schließt sich wieder, hinterlässt nichts weiter als eine hohe Verwerfung aus Erde und Steinen. Es ist vorbei. In meiner Erinnerung sind diese ersten Sekunden (oder waren es Minuten?) vollkommen still. Ich bleibe auf dem Bauch liegen, habe den Kopf zur Seite gelegt und schaue mich um. Die Holzhäuser sind in sich zusammengefallen, keines steht mehr. Dann höre ich wieder Menschen: die Schreie der Verschütteten, der Verletzten, der Sterbenden, der Klagenden. Über den Ruinen steigt Rauch auf. Ich dachte, es wäre vorbei, aber das war es noch lange nicht.

Die Stadt brannte, und die Feuer fraßen sich wie gierige Räuber durch das Trümmermeer. Ich lief inmitten einer

Horde von Menschen, wir liefen ohne Ziel, wechselten ständig die Richtung, getrieben vom Feuer. Wir waren die Beute. Ich hatte vergessen, wer ich war, war Teil dieses Schwarms, nur manchmal erinnerte mich jemand an mein einstiges Selbst, das seit zwei Minuten vor zwölf nicht mehr existierte, sagte: Herr Polizist, wissen Sie vielleicht, wo –

Ich wusste es nicht. Empört und beschämt zugleich glotzte ich die Fragenden an, sie verstummten. Wir schoben uns durch die Trümmer, die Wüste der Stadt. Manchmal kamen wir an Menschen vorbei, die wie irre an etwas zerrten, nach etwas gruben, jemanden riefen. Und wenn sie uns fragten, deuteten wir nur hinter uns, wo das Feuer herannahte. Der Blick der Menschen richtete sich auf das Feuer und dann auf die Trümmer, aus denen sie eben noch etwas bergen wollten. Einige schluchzten, schrien, hoben die Hände zum Himmel – dann schlossen sie sich uns an. Andere blieben, wo sie waren. Saßen, die Gesichter stumm den Flammen zugewandt oder auf den Trümmern liegend, mit denen darunter sprechend, bis sie eins wurden mit Hitze und Wind.

Wir gelangten auf einen Hügel und sahen die brennende Stadt. Die Menschen ließen sich auf das Gras fallen. Alte stöhnten. Junge schüttelten den Kopf. Mütter beruhigten ihre weinenden Kinder. Ich begann, das Feuer zu beobachten.

Irgendwann tauchten Militärpolizisten auf und brachten Wasser. Ich meldete mich bei ihnen und half, das Wasser zu verteilen. Ein Major kam und erklärte den Menschen, dass sie auch auf dem Hügel nicht sicher wären. Damit hatte er recht. Ich hatte den Weg der Flammen genau verfolgt, sie würden uns bald erreichen. Der Major befahl, dass alle sich in einem Armeedepot auf der anderen Seite des Hügels sammelten. Ich wusste zwar, dass das falsch war, konnte aber nicht erklären, warum. Die Soldaten glaubten, das Depot wäre ein sicherer Ort, weil es aus Beton gebaut, relativ gering beschädigt und von allen vier Seiten von breiten Straßen umgeben war, die das Feuer nicht ohne weiteres überwinden könnte. Was ich wusste, war, dass das Feuer über den Hügel kommen und auch vor dem Armeegelände nicht haltmachen würde. Mehr noch: Ich sah, wie sich das Feuer, genährt von der Stadt, in einen Sturm verwandeln würde, der die Straßen einfach übersprang.

‹Herr Major›, begann ich vorsichtig, ‹es besteht die Möglichkeit, dass das Feuer auch auf das Depot übergreift.›

Der Major sah mich wütend und brüllte:

‹Wagen Sie es nicht, noch einmal meine Befehle in Zweifel zu ziehen!›

Ich wagte es nicht.

Ich musste vor einem der Eingänge des Depots stehen und darauf achten, dass das Gedränge nicht zu groß wurde. Das war meine Rettung. Das Feuer kam über den Hügel, wie ich es geahnt hatte. Es schloss schließlich beinahe das ganze Depot ein, machte aber an den breiten Straßen halt. Es wurde unerträglich heiß, und die Menschen drängten sich auf dem Exerzierplatz in der Mitte des Geländes. Ein, zwei Stunden vergingen, dann liefen die meisten Wachen auch dorthin, nur ich blieb auf meinem Posten. Nicht aus Pflichtbewusstsein, sondern instinktiv, denn in meiner Vorstellung war das Feuer längst zu einem lebendigen Wesen geworden, voll Tücke und Grausamkeit. Es verging vielleicht noch eine halbe Stunde, in der die Flammen auf der anderen Straßenseite unentschlossen züngelten. Dann hörte ich hinter mir ein Geräusch, das ich nie zuvor in meinem Leben gehört hatte. Ich drehte mich um.

Aus dem Feuer war ein Tornado geworden, eine Windhose aus Funken und Flammen, die als fauchendes, feuerspeiendes

Tier über die Kaserne hinwegzog. Dachziegel, Mauern, Feldbetten, Matratzen, Handkarren, Holzbalken wurden einfach in die Luft gehoben, andere Dinge, die die Windhose irgendwo in der zerstörten Stadt aufgehoben hatte, fielen nun auf die Menge herab; glühende Trümmer, ein unversehrtes Fahrrad, ein verbranntes Pferd. Die Menschen, die eben noch in der Mitte des Geländes Schutz gesucht hatten, stoben auseinander. Vergebens. Der Sturm war schneller als sie, raubte ihnen noch im Laufen den Atem. Manche verbrannten sofort, andere erstickten, einige verschwanden einfach im glühenden Himmel. Ich weiß noch, dass ich mich nicht von der Stelle rühren konnte. Dann fiel etwas auf mich, begrub mich unter sich, als der Sturm an mir vorüberzog. Ich verlor das Bewusstsein.

Als ich erwachte, war es Nacht oder vielleicht schon der nächste Morgen. Die Stadt brannte immer noch, und der Feuerschein erhellte die Dunkelheit, aber die Flammen fanden langsam keine Nahrung mehr, und nach und nach erloschen sie. Das, was mich unter sich begraben und gleichzeitig vor glühenden Splittern beschützt hatte, war der Überseekoffer eines gewissen Vincent J. Peabody aus San Francisco. Er war aufgegangen und sein gesamter Inhalt entweder verbrannt oder in alle Himmelsrichtungen zerstreut. Doch er war unbeschädigt. Es war eine merkwürdige Konstruktion: An einer Seite hatte Mister Peabody kleine Holzräder anschrauben lassen, sodass man den Koffer hinter sich herziehen konnte. Ich überlegte, ob Peabody zu geizig für einen Gepäckträger war. Vielleicht, weil der Koffer mich gerettet hatte, vielleicht, weil er der einzige unversehrte Gegenstand weit und breit war, zog ich ihn auf meiner Wanderung durch die Trümmerwüste hinter mir her. Nur einmal drehte ich mich um. Dort, wo zuvor die Armeekaserne gestanden hatte, herrschte Totenstille.

Wie ein Geist stolperte ich durch die glimmende Nacht. Es dämmerte bereits, als ich das Viertel erreichte, in dem ich aufgewachsen war. Es machte mir Mühe, unser Haus zu finden. Als ich schließlich vor der Ruine stand, sprach mich eine Frau aus der Nachbarschaft an. Sie hatte eine Vase aus weißem Porzellan in der Hand und sagte: ‹Armer Herr Koga.›

Meine Mutter, mein Vater, meine Schwestern – sie waren alle tot.

Ich saß den ganzen Tag auf Peabodys Koffer. Gegen Abend sah ich eine Gestalt über die Ruinen klettern. Sie trug einen Holzeimer, wie auch meine Mutter ihn immer benutzt hatte, um das Bad zu bereiten. Plötzlich war ich besessen von dem Gedanken, dass die Gestalt, der Plünderer, den Eimer meiner Mutter gestohlen hatte. Ich rief ihm zu, er solle stehenbleiben, er lief davon. Ich lief ihm hinterher, stolperte und fiel. Er war verschwunden.

Am nächsten Morgen meldete ich mich im provisorischen Polizeipräsidium. Bereits auf meinem Weg dorthin hatte ich die Gerüchte gehört: Durch die Straßen zögen plündernde Banden von Koreanern, sie hätten die Feuer gelegt, sie würden die Brunnen vergiften. Die Koreaner hassten uns, weil wir ihr Land besetzt hatten. Umgekehrt verachteten wir die Koreaner, weil sie so arm waren, dass sie für uns, ihre Feinde, arbeiten mussten. In der Stadt herrschte Kriegsrecht. Der Offizier in der Polizeikaserne hatte uns nicht aufgetragen, Koreaner zu jagen, nur dass wir Plünderer und Saboteure festnehmen und, wenn es nicht anders ging, töten sollten.

Draußen, wo einmal Häuser und Straßen gewesen waren, fragten uns die Menschen, wann die Koreaner kämen. Ich war einem älteren Polizisten zugeteilt worden, wir sollten die noch verbliebenen Brücken kontrollieren. Unter einer der Brücken kauerten fünf oder sechs verängstigte Menschen. Es waren koreanische Arbeiter. Sie starrten mich an. Ich schwieg.

Wir gingen weiter und trafen ein Dutzend junger Männer, sie hatten Messer und angespitzte Bambusstäbe, sie fragten uns, ob wir die koreanischen Plünderer schon gesehen hätten, wir verneinten. ‹Die haben sich bestimmt bei der Brücke versteckt!›, rief einer, und die Gruppe zog los. Wir hätten sie aufhalten können. Aber als ich in ihre Richtung gehen wollte, hielt mich der ältere Kollege zurück. Ich dachte an den Holzeimer meiner Mutter und schwieg.

Später erfuhr ich, dass die Meute die Männer unter der Brücke und noch Hunderte, ja, Tausende anderer Koreaner oder Menschen, die dafür gehalten wurden, umgebracht hatte. Ich erfuhr auch, dass es auf der anderen Seite des Armeedepots ein paar Überlebende gegeben hatte, Kinder zumeist, die die ganze Nacht inmitten der Leichen hatten zubringen müssen, bevor ihnen jemand zu Hilfe kam. Und schließlich tauchte Sumitos Mutter in unserem provisorischen Polizeirevier auf und wollte von mir wissen, wie ihr Sohn gestorben war. Noch am Morgen hatte ich mir allerlei Heldentaten ausgemalt, und dann, als ich hätte mutig sein sollen, hatte ich gleich dreimal versagt. Ich wollte Selbstmord begehen, doch ich schaffte es nicht. Ich ging zum Tempel, wo ich an jenem Morgen meditiert hatte.

Die Tempelanlage war nahezu unversehrt, aber voller Menschen. Die Mönche versuchten zu helfen, verteilten Essen, Wasser und Decken. Trotzdem wurde ich zum Meister vorgelassen, der sich ruhig, ja gleichmütig meine Geschichte anhörte und nickte, bevor er sagte: ‹Deine Entscheidungen mögen falsch gewesen sein, aber weißt du, was geschehen wäre, hättest du es anders gemacht? Wärst du deinem Kollegen zu Hilfe geeilt, wärst du vielleicht selbst umgekommen.

Wer hätte dann den Major gewarnt? Wer hätte geschwiegen? Wisse, dass es zwei Arten von Nacht gibt: die Nacht, wie du sie siehst, und die Nacht, wie sie wirklich ist.›

Ich zog meine Uniform aus, um sie nie wieder anzuziehen, und verließ Tokio noch am selben Tag. Ich ging zum Hafen von Yokohama. Ich zog den lächerlichen, leeren Koffer hinter mir her, dessen hölzerne Räder auf den Trümmern schepperten. Niemand beachtete mich. Ich war nur einer von vielen, die irgendwohin unterwegs waren, mit dem, was ihnen geblieben war oder was sie während ihres Marsches aufgesammelt hatten. Die nicht in Bewegung waren, saßen in den Trümmern auf den Resten ihrer Häuser herum, voller Angst, sie könnten ihren Grund und Boden sonst niemals mehr wiederfinden. Über allem lag der beißende Geruch nach Verbranntem. Es fing an zu regnen.

In der Abenddämmerung kamen mir die fremden Schiffe vor der zerstörten Hafenmole von Yokohama wie riesige prähistorische Tiere vor. Auf Peabodys Koffer liegend, paddelte ich auf eines davon zu, einen amerikanischen Frachter. Ich gab mich als der chinesische Diener Peabodys aus, setzte mich auf dem Koffer an die Reling zwischen die anderen Flüchtlinge und sah auf die Bucht hinaus. Der Frachter nahm seine Kessel unter Dampf, lichtete die Anker und schob sich langsam aus dem Hafenbecken hinaus ins offene Meer, Rauchwolken zurücklassend, die sich hinter uns mit dem Qualm der letzten Schwelbrände über den Ruinen vermischten, bevor der Nieselregen sie aus dem Aschehimmel wusch.»

Der Ozean war eine weite, konturlose Ebene, eine Scheibe von unbestimmter Ausdehnung, deren dunkles Aquamarin die Tiefe des Meeres nur erahnen ließ. Die See war ruhig, und das Schiff durchmaß die beinahe glatte Oberfläche, wie ein einsamer Wanderer im Morgengrauen eine unberührte Wiese. Vom Bug geteilt, gurgelte mittschiffs das aufgewühlte Wasser und erzeugte durch seine Verwirbelung einen eigenartigen Singsang, der selbst das dumpfe Stampfen der Dieselmotoren tief im Bauch des Transporters übertönte und die Soldaten, die an Deck schliefen, in ihre morgendlichen Träume begleitete. Es waren Träume von der Heimat, Träume von der Zukunft und Träume von Dingen, die längst vergangen waren, denen sich die Männer auf dem Deck der USS Ulysses hingaben. Einige waren schon wach, tranken Kaffee, den ein schwarzer Steward in Aluminiumkannen verteilte. Ganz vorne am Bug, neben den schweren Tauen, die die Anker sicherten, auf einem der großen, gegossenen und zigmal überstrichenen Festmacher, saß ein einsamer Lieutenant in eine Decke gehüllt und starrte auf die Kimm, den dünnen Faden, der Himmel und Ozean trennte. Manchmal sprachen ihn andere Soldaten an, hielten ihm eine Tasse hin, die er nahm, ohne sich zu bedanken. Jedes Mal versuchten diese Männer dann, ihn in ein Gespräch zu verwickeln, bis das beharrliche Schweigen der Gestalt sie mürrisch aufgeben ließ.

Nebel lag auf dem Wasser, als das Schiff am nächsten Morgen die niedrigen Kasematten von Fort Tilden passierte und in die Bucht von New York einlief. Es war ein Tag, der Regen bringen würde, und in diesem trüben Licht sahen Ellis Island und die Statue merkwürdig teilnahmslos aus, als würden weder sie noch die Stadt dahinter von der Rückkehr der Soldaten Notiz nehmen wollen.

Edison Frimm ging in Hoboken von Bord, an ziemlich genau der Stelle, an der einst Dan Schmidt seinen Truppentransporter verlassen hatte. Frimm hatte kein Ziel, er hatte kein Zuhause, in das er hätte zurückkehren können. Er fühlte sich leer, so leer, dass selbst der Schmerz, der ihn zunächst überrollt hatte, aus seinem Inneren gewichen war. Es war nicht der Gleichmut, von dem Koga einst gesprochen hatte, sondern eine Gleichgültigkeit, die etwas Dumpfes, Selbstzerstörerisches an sich hatte. War es Dan Schmidt einst genauso gegangen, als er von den Schlachtfeldern des Ersten Weltkrieges heimkehrte?

Auf jeden Fall machte sich Frimm, nachdem er einige Tage in den Hafenkaschemmen von Hoboken verbracht hatte, genauso wie einst Schmidt, auf den Weg. Er ging aus der Kneipe und dann weiter. Er wusste nicht genau, warum und wohin, doch nach einiger Zeit wurde ihm klar, dass er nach Westen ging.

Manchmal nahmen ihn Leute im Wagen mit und drängten ihn, von seinen Kriegserlebnissen zu erzählen. Dann zuckte er nur mit den Achseln und stieg an irgendeiner Kreuzung aus. Manchmal sah er einen Tag lang keinen Menschen, manchmal sprang er auf einen langsam fahrenden Güterzug auf, der seinem Gefühl nach unterwegs nach Westen war. Einmal, in der Nacht, als so ein Zug lange auf einem Rangierbahnhof stand, glaubte er die «Cannery Serenade» zu hören. Da zog er sich in das Dunkel des Güterwaggons zurück und weinte.

Er schlief in billigen Motels, im Freien oder in Scheunen.

In Redding, Kalifornien, ging Eddie Frimm eines Morgens in ein Diner, um zu frühstücken. Er bestellte sich Kaffee und ein Schinkensandwich und blätterte in ein paar zerlesenen Magazinen, die auf dem Tresen lagen. Er blätterte und trank Kaffee, und er amüsierte sich. Ihm war es egal, ob die Zeitschriften alt waren oder nicht. Er hatte den Bezug zur Gegenwart ohnehin verloren. Die Leute im Diner sahen ihn an – einen bärtigen Veteranen von gerade einmal zweiundzwanzig Jahren –, die älteren Frauen mokierten sich darüber, wie sich jemand so gehenlassen konnte, die Männer hielten ihn für einen Spinner. Eddie kicherte leise vor sich hin, während er die Klatschseiten der Zeitschrift betrachtete, auf der allerhand Tratsch zu lesen war. Plötzlich hörte er auf zu kichern. Die anderen Gäste beobachteten ihn. Sie erwarteten, dass gleich etwas passierte, wobei ihnen egal war, was. Hauptsache, es passierte überhaupt etwas. Frimm legte ein Geldstück auf den Tresen und ging hinaus. Kaum hatte er die Tür hinter sich zugezogen, versammelten sich die Gäste um das aufgeschlagene Magazin, konnten aber nichts Interessantes darin entdecken. Der übliche Kram über Prominente, noch dazu vom vergangenen Jahr. (Unter anderem: «Ehe von Milliardär mit Stummfilmstar schon nach zehn Monaten geschieden».)

Es dauerte Wochen, bis er sie gefunden hatte. Sie war dort, wo selbst er sie am wenigsten vermutet hätte: in einem Lebensmittelgeschäft in Santa Ana hinter der Kasse. Penelope war so stolz, dass sie von Hodges' Geld nichts hatte haben wollen. Dem Film hatte sie endgültig den Rücken gekehrt, ihre Ersparnisse waren bald aufgebraucht gewesen, und so hatte sie schließlich diese Stelle angenommen, in einer Gegend, in der sich wirklich niemand mehr an sie erinnerte.

Frimm ging in den Laden, der größer war, als er zunächst

vermutet hatte. Er entdeckte sie sofort, drückte sich aber noch eine Weile zwischen den Regalen herum und wusste mit einem Mal nicht mehr so recht, was er als Nächstes tun sollte. Eine Sekunde lang überlegte er, unverrichteter Dinge wieder hinauszugehen. Aber dann war die Sekunde vorüber, und er ging zur Kasse und legte den goldenen Armreif vor ihr auf die Theke.

«Wer das kostbarste Geschenk mitbringt», sagte er, «bekommt die Prinzessin.»

Sie sah auf, und es dauerte einen Moment, bis sie ihn erkannte.

Noch Jahre später, wenn sie auf der Veranda schlief, neben ihm im Wagen saß, wenn er ihr morgens den Kaffee brachte oder sie vor ihrer Schreibmaschine grübelte, dabei rauchte und sich schrecklich über einen neuen Film aufregte, wenn sie in einem Restaurant zu Abend aßen oder einfach nur spazieren gingen, und auch dann noch, als sie kaum mehr gehen konnte und er sie in ihrem letzten Sommer durch den Echo Park schob, sie in einem kleinen Boot über den See, vorbei an den Lotusblüten ruderte, immer dachte er an jenen Moment zurück: wie langsam das Erkennen in ihr Gesicht trat, wie sich erst in ihren Augen, dann auf ihrem Mund ein Lächeln zeigte und sie ihn schließlich einige Zeit lang einfach nur anschaute und er mit einem Mal wusste, dass er doch noch heimgekehrt war.

«Werden Sie's wieder machen?»

Frimm blinzelte. Er musste ein paar Sekunden gedöst haben, als hätte ihn das Rauschen der Brandung auf den Grund des Meeres entführt. Er öffnete die Augen. Die Sonne stand über den Hügeln und beschien die eben noch finsteren Scharten und Spalten der Klippen auf der anderen Seite der Bucht. Möwen kreisten schreiend über einem kleinen Punkt schäumenden Wassers vor den Felsen, als hätten sie dort einen Schwarm Fische entdeckt.

Sie saßen seit zwanzig Minuten auf dem Parkplatz und warteten. Das Aussichtscafé in der anderen Richtung war noch geschlossen, aber bald müsste es aufmachen, und dann konnten sie wieder zurückgehen, und er konnte die Polizei anrufen. Er hatte zunächst versucht, ein Auto anzuhalten, aber sie waren alle vorbeigefahren, sei es, weil man die Stelle nicht gut einsehen konnte, sei es, weil sie Frimms Äußerem wohl misstrauten. Schließlich hatte er aufgegeben. Das Beste sei wohl, hatte er den Jungen gesagt, wenn sie wieder zum Anfang gingen, also dorthin, wo sie aus dem Camper gestiegen waren, denn sobald ihre Mutter und ihr Großvater sie suchten, würden die bestimmt die ganze Strecke zurückfahren und überall dort halten, wo sie zuvor auch gehalten hatten. Daraufhin marschierten sie die Straße entlang, der Ältere voneweg, der Jüngere neben Frimm, der ihn nicht ansah, nichts sagte, aber trotzdem wie selbstverständlich seine Hand genommen hatte, was Frimm seltsam berührte, war er doch noch nie mit einem kleinen Jungen an der Hand eine Straße entlanggelaufen.

Er drehte sich um. Der Ältere mit der Brille wartete auf eine Antwort.

«Was wieder machen?»

«Versuchen, sich umzubringen.»

Die Frage war ihm peinlich.

«Wie kommst du denn darauf, dass ich mich umbringen wollte?»

«Es stand in Ihrem Buch.»

«Ich dachte, du hättest darin nach Blutgruppen gesucht.»

«Waren ja keine drin.»

«Das verstehst du nicht.»

«Dann erklären Sie's mir.»

«Warum –», begann Frimm, dann stockte er, brummte: «Ich bin eben alt. Und ich habe eine schwere, unheilbare Krankheit.»

«Tut die weh?»

«Nein, aber ich werde dran sterben.»

«Dann ist es doch dumm, sich vorher umzubringen.»

«Dass es nicht wehtut, heißt ja nicht, dass es angenehm ist.»

Der kleine Piet hatte sich in eine Ecke des Parkplatzes verdrückt und sortierte ganz bestimmte Steine aus, die er in den roten Aladdin-Eimer warf. Klack-klack machten die Steine im Eimer, klack-klack. Angesichts des Kleinen, der da akribisch Steinchen sortierte, nach einer Ordnung, die nur er selbst kannte, kam Frimm das Ganze wieder unwirklich vor. Hatte er nicht eben noch auf der Brücke gestanden? Hatte dieser Gefängnisarzt nicht zu ihm gesagt, dass –

«Was ist das für eine Krankheit?»

«Was ist das für eine Krankheit», wiederholte Frimm, «erst erinnert man sich an alles, dann vergisst man alles. Und manchmal», fuhr er fort, beugte sich etwas vor und sah den Jungen scharf an, «bildet man sich Dinge ein, die es gar nicht

484

gibt. Zum Beispiel zwei kleine Jungs, die aus einem Wohnmobil abgehauen sind.»

Der Junge grinste. «Hört sich nicht so schlimm an.»

«Das sagst du. Am Anfang vergisst man die kleinen Dinge, dann die großen, schließlich sich selbst.»

«Aber wenn man sich selbst vergisst, dann weiß man doch gar nicht mehr, dass man sich vergessen hat, und dann ist es doch nicht so schlimm, oder?»

«Ein Mensch, der sich an nichts erinnert, ist nicht da, er existiert eigentlich gar nicht!», ereiferte sich Frimm – und kam sich sofort lächerlich vor.

«Moment», sagte der Junge streng, «ich kann mich nicht erinnern, wie ich auf die Welt gekommen bin, aber trotzdem war ich da, ich kann mich nicht erinnern, wie ich war, bevor ich auf die Welt gekommen bin, aber ich war schon da!»

Frimm sah ihn verblüfft an.

«Was ist?»

«Du hast mich gerade an jemanden erinnert.»

«An wen? An Ihren Enkel?»

«Nein, nein. An meinen Lehrer.»

«Haben Sie keine Kinder?»

«Keine Enkel, keine Kinder, niemanden.»

«Nicht mal einen Hund?»

Frimm lächelte. «Ich hatte mal eine Schildkröte, aber die habe ich meiner Nachbarin gegeben, als ich sozusagen umziehen musste. Verstehst du jetzt, warum ich auf die Brücke gegangen bin? Alle Menschen, die mir etwas bedeutet haben, sind tot. Es gibt niemanden mehr.»

Sie schwiegen. Frimm beobachtete Piet, der in der Hocke wie ein Taschenkrebs ein kleines Stück nach rechts gegangen war, den Eimer mitschleifend, und nun an dieser Stelle begann, den Kies nach ihm genehmen Steinchen zu durchforsten. Immer wenn er einen gefunden hatte, lächelte er selig, betrachtete ihn ein, zwei Sekunden lang und warf ihn dann in den Eimer.

Nach einer Weile sagte Tom: «Das war bei meinem Großvater auch so. Dass er ganz allein war, meine ich. Aber dann hat ihn jemand gefunden.»

«Jemand hat ihn gefunden?»

«Ja», sagte der Junge, und als er weitersprach, klang seine Stimme nicht mehr altklug, sondern zaghaft, beinahe vorsichtig: «Seine Eltern und seine Brüder und Schwestern, die waren alle schon im Himmel. Nur er war noch da, ganz allein. Er war ungefähr so alt, wie ich jetzt bin. Damals lebte er in Berlin, das ist die Hauptstadt von Deutschland, und er musste sich verstecken.»

«Warum musste er sich verstecken?»

«Wegen den Bösen. Damals gab es eine Menge Böse dort, und die Guten mussten sich verstecken. Mein Großvater hat sich lange versteckt. Im geheimen Untergrund. Eines Tages haben die Bösen aber doch von dem Versteck gehört, und da hätten sie ihn fast geschnappt. Aber er wurde vorher von einem berühmten Detektiv gefunden, der hat ihn gerettet. Tom Shark, falls Sie den kennen.»

«Nein, den kenne ich nicht. Aber dein Großvater und er müssen ja dicke Freunde sein.»

«Leider nicht. Tom hat ihn in ein sicheres Versteck gebracht. Damals war nämlich auch noch Krieg.»

«Und weiter?»

«Er hat sich bei einer Frau, die auch bei den Guten war, im Keller versteckt, aber als dann alles vorbei war und die Bösen verloren hatten, da war Tom Shark nicht mehr da. Großvater hat ihn lange gesucht, überall, aber er hat ihn nicht gefunden. Dann ist er mit dem Schiff nach Amerika gefahren.»

«Das hast du dir ausgedacht, stimmt's?»

Der Junge schüttelte den Kopf. «Nein. Sie können meinen Großvater fragen, wenn er kommt. Er kann ganz gut mit Leuten sprechen. Besonders, wenn sie müde sind. Er erzählt ihnen dann seine Geschichte, und dann fühlen sie sich gleich besser.»

Frimm sah die Küste entlang, an der sich die Straße als graues Band schlängelte. Der Nebel über den Bergen war verschwunden, und es war so klar, dass man bis zum nächsten Kap sehen konnte. Er glaubte dort, auf der Straße, einen weißen Lastwagen oder Camper ausmachen zu können, aber er war sich nicht sicher. In wenigen Minuten würden sie es wissen.

«Also. Werden Sie's wieder tun?»

«Was?»

«Das mit der Brücke.»

Frimm sah zur Brücke. Das kurze Beben hatte keine Spuren hinterlassen und alles sah noch genau so aus, wie er es vor nicht mal einer Stunde vorgefunden hatte.

«Nein, ich werde es nicht wieder tun.»

«Weil wir Sie gefunden haben.»

«Ja. Weil ihr mich gefunden habt.»

INHALT

Der Autor verdankt unter anderem folgenden Büchern und Filmen wichtige Anregungen:

Hartvig Andersen (Hrsg.): «The Dark City. A True Account of Adventures of a Secret Agent in Berlin as told to Hartvig Andersen», New York 1954
Jochen Köhler: «Klettern in der Großstadt. Geschichten vom Überleben 1933–45», Berlin 1981
Giwi Margwelaschwili: «Kapitän Wakusch, Band 1: In Deuxiland», Konstanz 1991
Saul K. Padover: «Experiment in Germany. The Story of an American Intelligence Officer», New York 1946 (deutsche Ausgabe: ders.: «Lügendetektor», Frankfurt/Main 1999)
«The Thief of Bagdad», Regie: Raoul Walsh, Drehbuch: Douglas Fairbanks, United Artists, USA 1924
«Twelve O'Clock High», Regie: Henry King, Drehbuch: Sy Bartlett, Beirne Lay jun., Twentieth Century Fox, USA 1949

Die ersten Notizen zu «Einer von vielen» entstanden 2002 während eines dreimonatigen Aufenthalts in der Villa Aurora, Los Angeles.

R. REAGAN
A.SCHWAR
JESSE WAYNE
CASSIDY
GEORGIE
ARTHUR
TOM
PIET
MRS. MCPHERSON
WILLIAMS
RODRIGUEZ
JULIETTE
DR. BAILER
DAN SCHMIDT
RANDALL
JAMES B.
LEUTNANT RONEW
GERO HEYM
NADJA
SASCHA
NUSCHEL
ADOLF H.
JULIUS RAABE
DER WACHMANN
SIGGI
HEINRICH RAABE
WOLFRAM
YUSUF
SIEGFRIED HENZE
BEDI
SCHOLZ